SIBYLLE SPINDLER

DIE ÄRZTIN VON TSINGTAU

aufbau taschenbuch

SIBYLLE SPINDLER wurde 1958 als Tochter deutscher Eltern in Costa Rica geboren, wuchs in Deutschland auf, studierte Sinologie in München und Taipei und arbeitet heute freiberuflich als Lektorin, Dramaturgin und Übersetzerin für internationale Filmfirmen. Die Auseinandersetzung mit China zieht sich wie ein roter Faden durch ihr Leben. In ihrem ersten Roman »Die Ärztin von Tsingtau« verarbeitet sie Wissen und eigene Erfahrungen mit dieser spannenden Kultur. Sie spricht Englisch, Chinesisch, Französisch und Italienisch. Zurzeit lebt sie mit ihrem dänischen Mann in Flensburg.

Im Jahre 1910 reist die 24-jährige Marie Hildebrand nach Abschluss ihres Medizinstudiums von Berlin nach Tsingtau, der Hauptstadt der deutschen Kolonie in China, um Zeit mit ihrem Vater zu verbringen, der dort lebt. Schnell wird ihr klar, dass es unter der idyllischen Oberfläche Tsingtaus brodelt: In China herrschen Chaos, Armut und revolutionäre Unruhe, die in die deutsche Kolonie eindringt. Als moderne Frau nimmt Marie das Angebot des Hospitalleiters an, eine Frauenstation aufzubauen, doch ihre undamenhaften Aktivitäten sorgen für Aufregung und Empörung in der Kolonie. Auch privat sind es für Marie aufwühlende Zeiten: Philipp von Heyden, ein deutscher Marinearchitekt, umwirbt sie – doch sie verliebt sich ausgerechnet in Du Xündi, einen chinesischen Revolutionär.

SIBYLLE SPINDLER

DIE ÄRZTIN VON TSINGTAU

HISTORISCHER ROMAN

atb aufbau taschenbuch

MIX
Papier aus verantwortungsvollen Quellen
FSC® C083411

ISBN 978-3-7466-3092-2

Aufbau Taschenbuch ist eine Marke der Aufbau Verlag GmbH & Co. KG

1. Auflage 2015
© Aufbau Verlag GmbH & Co. KG, Berlin 2015
Umschlaggestaltung cornelia niere, www.cornelianiere.de
unter Verwendung der Motive von Jan Blaeu/Corbis,
Susan Fox/Trevillion Images und shutterstock/guigamartins
Gesetzt in der Fairfield und der Musashi BB durch Greiner & Reichel, Köln
Druck und Binden CPI – Clausen & Bosse, Leck
Printed in Germany

www.aufbau-verlag.de

1.

Das rhythmische Stampfen der Schiffsmaschinen, das sie in den Schlaf begleitet hatte, war auch das Erste, was Marie wahrnahm, als sie wieder erwachte. Fahles Morgenlicht drang durch das Bullauge der Kabine. Im Bruchteil eines Augenblicks war sie hellwach. Eine Welle nervöser Vorfreude durchflutete sie. In nur wenigen Stunden würde die lange Schiffsreise endlich zu Ende gehen. Fast sieben Wochen an Bord des Norddeutschen Lloyd-Dampfers »Lützow« auf dem schier endlosen Weg von Bremerhaven nach Tsingtau, der deutschen Kolonie in China. Heute würde sie endlich ihren Vater wieder sehen und sein Leben kennenlernen, in dem Land, das sie in ihrer Vorstellung mit sich herumgetragen hatte, seit er vor zehn Jahren dorthin versetzt worden war.

Zügig stand Marie auf und machte sich fertig. Seit Shanghai hatte sie die Kabine für sich allein, was das Leben auf den wenigen Quadratmetern angenehmer machte. Ihr braunes Reisekostüm und die hochgeschlossene weiße Bluse hatte sie schon am Abend vorher bereitgelegt, als sie ihre Koffer packte. Mit geübten Handgriffen steckte sie schließlich ihr langes braunes Haar hoch und heftete sich eine Gemme über den obersten Knopf ihrer Bluse. Einen Moment lang blieb sie vor dem Spiegel stehen, die Hand auf der Brosche. Sie war ein Erbstück von ihrer Mutter, die immer gehofft hatte, eines Tages gemeinsam mit ihrer Tochter auf diese Reise zu gehen. Doch dieser Traum war nicht in Erfüllung gegangen. Marie schob den melancholischen Gedanken beiseite, zog ihren Mantel an, nahm ihre Handschuhe und verließ die Kabine.

Das Deck war noch menschenleer. Marie trat an die Reling. Der Tag versprach gutes Herbstwetter, das Meer war ruhig, die Sicht klar. In der Ferne war deutlich die chinesische Küste zu erkennen. Ab und zu stieg Rauch auf, wahrscheinlich Siedlungen am Meer. Lange, weiße Sandstrände wechselten mit schroffen, dunklen Felsen ab, die im Hinterland zu Bergen emporwuchsen, deren Gipfel sich in Nebelschwaden hüllten. Geheimnisvoll lag das Land im ersten Morgenlicht.

»Sieht alles ganz friedlich aus, nicht wahr? Aber der Schein trügt.«

Erschrocken drehte Marie sich um. Sie hatte nicht bemerkt, dass jemand hinter sie getreten war. Paul Grill war wie sie in Bremerhaven als Passagier der zweiten Klasse an Bord gegangen. Er war etwas jünger als Marie, hatte häufig ihre Gesellschaft gesucht und viel über Tsingtau erzählt. Sein Onkel hatte in der Friedrichstraße ein Kaufhaus, wo Waren aus Deutschland an die Kolonisten und reiche Chinesen verkauft wurden. Eines der ersten Häuser am Platz, wie Paul immer wieder stolz betont hatte. Da sein Onkel keinen Sohn hatte, war er vor einigen Jahren nach Tsingtau geschickt worden, um dort seine Lehrjahre zu absolvieren und irgendwann einmal das Familienunternehmen zu übernehmen. Aber nachdem er einen schweren Anfall von Fleckfieber nur knapp überlebt hatte, war er in die Heimat zurückgeschickt worden, um sich völlig auszukurieren. Nun war er wieder auf dem Weg nach China, entschlossener denn je, dort eines Tages als Nachfolger seines Onkels reich zu werden.

»Wir können von Glück sagen, dass wir in Tsingtau unsere Truppen haben, die von den Schlitzaugen respektiert werden. Sonst würden sie uns fremden Teufeln bei nächster Gelegenheit nur zu gerne die Hälse durchschneiden. Beim Boxeraufstand vor zehn Jahren haben sie es versucht, ist ihnen aber schlecht bekommen.«

Er grinste verächtlich.

Kühl sah Marie ihn an. Die Art und Weise, wie er über Chinesen sprach, hatte sie von Anfang an irritiert. Außerdem hatte er ihre Gedanken gestört. Sie hätte gerne diese Augenblicke der Vorfreude allein genossen.

»Sie entschuldigen mich. Ich muss noch frühstücken und zu Ende packen.«

Sie drehte sich abrupt um und ließ den jungen Mann einfach stehen.

Kaum eine Stunde später stand Marie landfertig in Hut, Mantel und Handschuhen wieder an der Reling und starrte auf die zerklüftete Küstenlinie. Auch die meisten anderen Passagiere hatten sich inzwischen an Deck eingefunden und beobachteten trotz der kühlen Herbstbrise erwartungsvoll, wie das Ziel ihrer Reise langsam näher kam. Neben Marie standen Gerlinde Zimmermann und deren Mutter Helene, beide in eleganter Reisekleidung nach letzter Pariser Mode. Sie waren Passagiere der ersten Klasse auf dem Heimweg in die Kolonie, wo der Ehemann von Helene Zimmermann und Vater von Gerlinde seit zehn Jahren eine Rechtsanwaltskanzlei betrieb. Gerlinde hatte sich unterwegs für Marie als Quell immerwährender Überraschung entpuppt. Sie war in China aufgewachsen, sprach fließend Chinesisch und schien wirklich alles über die Kolonie zu wissen. Als sie vom Kapitän einander vorgestellt worden waren, hatte Marie zu ihrer Überraschung erfahren, dass die beiden Damen ihren Vater kannten. Hafenbaumeister Hildebrand war ein angesehener Mann, und auf gesellschaftlichen Veranstaltungen in der Stadt lief man sich immer wieder über den Weg. Paul Grill jedoch wurde unterwegs von Helene Zimmermann ignoriert. Er gehörte eindeutig nicht zu den gesellschaftlichen Kreisen, mit denen sie zu verkehren gewillt war.

Plötzlich riss die Küstenlinie ab, und es schien, als ob sich ein riesiger See auftat, dessen Ufer sich weit ins Landesinnere zurückzog, so dass es nur noch schemenhaft in weiter Ferne zu sehen war.

»Gott sei Dank«, stieß Gerlinde begeistert aus. »Endlich die Bucht! Das ist die Bucht von Kiautschou – und am anderen Ende liegt Tsingtau. Jetzt dauert es nur noch eine gute Stunde. Sieh mal, da drüben. Kannst du die Küste sehen? Da ist es!«

Aufgeregt deutete sie auf den vor dem Bug liegenden Horizont. Helene Zimmermann zischte ihrer Tochter zu. »Gerlinde! Ich bitte dich! Du benimmst dich wie ein kleines Mädchen!«

»Ach, Mama! Ich freue mich einfach so, nach Hause zu kommen.«

Marie schien es, als sei Gerlinde fast selbst erschrocken über diesen spontanen Freudenausbruch. Das junge Mädchen schwieg einen Augenblick. Ihre Mutter musterte sie misstrauisch. Doch schon wandte sich Gerlinde wieder an Marie und fuhr begeistert fort.

»Marie, du kommst zur rechten Jahreszeit! Jetzt ist das beste Wetter, und im Herbst und Winter ist hier besonders viel los, eine Veranstaltung nach der anderen. In zwei Monaten ist Weihnachten. Dann wird alles schön geschmückt, und überall gibt es Weihnachtsfeiern! Und wenn das Wetter mitspielt, können wir mit meinem Vater einen Ausflug in den Laoshan machen und Ski laufen.«

»Laoshan?«

»So heißt das Gebirge bei Tsingtau«, erklärte Gerlinde wie selbstverständlich. »Dort ist es märchenhaft schön, und es gibt viel zu sehen. Tempel, Höhlen, sogar Wasserfälle.«

»Klingt ja sehr verlockend. Aber ehrlich gesagt, bin ich noch nie Ski gelaufen. Außerdem werde ich mich zunächst um meinen Vater kümmern müssen und mich dann erst ins Vergnügen stürzen.«

»Hier hat man doch Personal. Du musst dich um nichts kümmern, nur um dich selbst«, protestierte Gerlinde.

»Jetzt lass Fräulein Hildebrand doch erst einmal ankommen, dann sehen wir weiter. O Verzeihung, Fräulein Doktor Hildebrand«, fügte Helene Zimmermann mit einem spitzen Unterton hinzu. Marie spürte, dass Gerlindes Mutter ihr gegenüber Vorbehalte hatte. Ihr akademischer Titel und die Tatsache, dass sie einen Beruf hatte, lösten häufig Irritationen aus. Eine Frau als Ärztin? Manche Menschen behandelten sie wie ein fremdartiges Wesen, so als wüssten sie nicht, wie sie mit ihr umgehen sollten.

»Ich gehe wieder aufs Promenadendeck und nehme noch eine Tasse Tee bis zur Ankunft. Kommst du, Gerlinde?«

»Nein, Mama. Ich bleibe hier unten bei Marie. Wir können sie doch jetzt nicht ganz alleine lassen! Wer soll ihr denn alles erklären?«

Unwillig, in aller Öffentlichkeit weiter mit ihrer Tochter zu diskutieren, schritt Helene Zimmermann an einem salutierenden Matrosen vorbei die Treppe hinauf zum Deck der ersten Klasse.

Paul Grill, der in diesem Augenblick um die Ecke kam, blickte Helene Zimmermann mit einer Mischung aus Neid und Verachtung hinterher.

»Deine Mutter kann es wohl nicht ertragen, wenn sie jemand bei ihrer Ankunft auf dem Deck der zweiten Klasse sieht«, spottete er.

»Du bist ja nur neidisch, dass du nicht aufs Promenadendeck darfst«, entgegnete Gerlinde schnippisch.

»Eines Tages fahre ich auch nur noch erster Klasse«, gab Paul selbstbewusst zurück.

Gerlinde zupfte Marie leicht am Ärmel.

»Komm, wir müssen auf die andere Seite. Der Lotse ist gerade an Bord gekommen. Sie schießen gleich!«

»Sie schießen?« Marie sah Gerlinde verwundert an.

»Nicht auf uns! Das ist der Willkommenssalut! Jedes große Schiff wird so begrüßt«, belehrte Gerlinde sie geduldig. »Jetzt komm schon!«

Tatsächlich wechselten nun alle Passagiere von Backbord nach Steuerbord, da die »Lützow« ihren bisherigen Kurs parallel zur Küste langsam buchteinwärts änderte. Der nun vor dem Schiff liegende Landstrich wurde immer deutlicher. Eine zerklüftete Felsenspitze ragte weit ins Meer hinein. Auf ihr stand der Leuchtturm. Dahinter erhoben sich karge, nur spärlich bewachsene Hügel, auf denen erste Gebäude zu erkennen waren.

Ganz hinten am Horizont erstreckte sich ein Gebirgszug, dessen schneebedeckte Gipfel in der Sonne leuchteten.

»Sieh mal, da oben auf dem Hügel das riesige Haus, das ist das ›Schlösschen‹. Da wohnt der Gouverneur«, erläuterte Gerlinde.

Marie musste lachen. Das Gouverneurshaus ragte wie eine wuchtige Trutzburg zwischen niedrigen Bäumen empor. Trotz der Entfernung sah das Gebäude mit seinen Giebeldächern und dem Turmaufsatz an der einen Ecke plump und überdimensional aus.

»Du hast wirklich Glück, Marie. Solch klare Sicht haben wir hier eher selten. Hoffen wir, dass dies ein gutes Omen für deinen Aufenthalt ist.« Gerlinde strahlte sie an.

Wie zur Bestätigung dieser Aussage stieg plötzlich eine kleine Rauchwolke von der Felsenspitze im Meer auf, und im selben Augenblick donnerte auch schon der erste Salutschuss. Die an Deck stehenden Passagiere klatschten begeistert Beifall, die Herren winkten mit ihren Hüten der Salutbatterie auf den Felsen zu, von wo aus weitere Salven abgefeuert wurden. Nun kamen die mächtigen Hafenbefestigungen von Tsingtau in Sicht. Marie konnte sich des plötzlichen Gefühls von Stolz nicht erwehren. Das war also das Werk ihres Vaters. Unglaublich was hier geschaffen worden war. Wieder tauchte Paul Grill neben Marie auf. Als habe er ihre Gedanken gelesen, bemerkte er: »Schon eine tolle Leistung, der Hafen und die Stadt. Wenn man sich vorstellt, dass hier vor zwölf Jahren nichts als Wildnis war.«

An der Uferbefestigung tat sich jetzt eine Durchfahrt auf, dahinter lag ein weitläufiges Hafenbecken. Ein schweres Holzschiff mit hohem Achterdeck und einem riesigen dunkelroten Segel steuerte majestätisch auf die Einfahrt zu.

»Das ist der Kleine Hafen«, erklärte Paul sachkundig. »Dort liegen die Torpedoboote und die Sampans und Dschunken, die chinesischen Transportschiffe. Die dürfen nicht in den Großen Hafen, der ist nur für große Kriegsschiffe und Passagierdampfer. Alles perfekt organisiert.«

Marie lächelte ihn an. »Mit deutscher Gründlichkeit.«

Er nickte stolz. »Genau.«

»Und da vorne ist die Einfahrt zum Großen Hafen«, mischte sich Gerlinde ein. »Wir legen an Mole II an.«

Im Anschluss an den Sampanhafen erstreckte sich eine Reihe von Lagerhallen und Schuppen am Ufer, dahinter lagen auf dem weitläufigen Gelände Fabrikhallen mit Schornsteinen und Bürogebäuden. Unzählige dunkel gekleidete Chinesen mit langem Haarzopf waren zwischen den Gebäuden an der Arbeit. Vor dem Schiff ragten zwei Molen in das riesige runde Hafenbecken. Beeindruckt registrierte Marie, wie modern die ganze Anlage war. Eisenbahnschienen führten bis zum Ende der langen Piers, so dass der Zu- und Abtransport von Kohle und Fracht mit Eisenbahnwaggons erfolgen konnte. Auf der gegenüberliegenden Seite des Hafens lag die Werft mit einem riesigen Kran und einem Schwimmdock. Die »Lützow« steuerte langsam auf die zweite Mole zu. Dort stand eine bunte Ansammlung von Menschen, die dem Dampfer erwartungsvoll entgegenblickten. An Deck kam Bewegung in die Passagiere. Sie reckten die Hälse, winkten lachend und deuteten auf Freunde und Angehörige, die am Pier standen, um sie endlich in die Arme zu schließen. Etwas abseits entdeckte Marie eine Gruppe Soldaten in Formation, die gerade ihre Blasinstrumente ansetzte und als musikalischen Willkommensgruß »Alle Vöglein sind schon da« zum Schiff herüberschmetterte. Marie musste wieder lachen.

»Genau das richtige Lied für eine Ankunft in China«, rief sie Paul in dem allgemeinen Trubel zu.

»Das ist nicht China«, antwortete er brüsk. »Das ist Deutschland, deutsches Schutzgebiet. Hier haben die Chinesen nichts zu sagen.«

Für einen kurzen Moment ärgerte sich Marie wieder über Pauls Überheblichkeit. Doch irgendwie sah es hier wirklich aus wie in Deutschland. Die Form der Gebäude mit Fachwerk, spitzen Giebeln und roten Ziegeldächern, die ganze Hafenanlage. Schon auf den zweiten Blick aber waren Unterschiede festzustellen: Zwischen den Europäern standen überall Chinesen, die als Diener, Träger oder Rikschafahrer arbeiteten.

Etwas abseits entdeckte Marie drei, in dunkelblaue lange Gewänder gekleidete, würdevoll aussehende Chinesen. Sie waren eindeutig keine Kulis, sondern warteten offensichtlich ebenfalls auf Ankömmlinge an Bord. Einer der drei Männer fiel Marie besonders auf, denn er trug statt der üblichen runden chinesischen Kappe einen Hut in westlichem Stil und überragte die anderen Chinesen fast um Haupteslänge.

Gerlinde deutete auf einen gut aussehenden Mann, der neben einem Automobil am Ufer stand. »Da ist mein Vater.«

Sie winkte heftig, Manfred Zimmermann grüßte lachend zurück.

»Automobile gibt es hier auch schon«, staunte Marie.

»Na ja. Nicht gerade das Verkehrsaufkommen von Berlin! Aber immerhin haben wir schon neun Stück davon in der Kolonie. Sieh doch, da ist dein Vater, Marie…«

Gerlinde zeigte auf zwei Männer in dunklen Marinemänteln.

Wolfgang Hildebrand wirkte sehr imposant. Er war von großer Statur, hatte graue Haare und einen Vollbart. Marie winkte ihm zu. Ihr Vater deutete ebenfalls in ihre Richtung und sprach kurz mit dem jungen Mann, der neben ihm stand.

»Und wer ist der Mann neben ihm?«, fragte Marie.

Gerlinde kniff die Augen zusammen und sah dann Marie erstaunt an.

»Alle Wetter! Das nenne ich das perfekte Empfangskomitee! Das ist Philipp von Heyden. Von ihm würde sich hier jede Frau gerne abholen lassen.«

Marie lachte. »Gut, dass deine Mutter das nicht gehört hat.«

»Was soll ich nicht gehört haben?«

Unbemerkt in all dem Trubel war Helene Zimmermann zurückgekehrt, um ihre Tochter abzuholen.

»Komm, Gerlinde, wir sollten uns bereit machen, von Bord zu gehen.«

Gerlinde reagierte nicht, sondern deutete aufgeregt auf die wartende Menge am Pier.

»Sieh doch, Mama, wen Maries Vater bei sich hat. Philipp von Heyden!«

Helene Zimmermann sah über die Reling und zog die Augenbrauen hoch. »Tatsächlich, das ist ja wirklich eine nette Überraschung.« Wie ausgewechselt wandte sie sich Marie zu. »Kommen Sie, Fräulein Hildebrand! Wir nehmen Sie mit zum Ausgang erster Klasse, dann müssen Sie nicht so lange warten.«

Gerlinde und Marie sahen sich erstaunt an und folgten Helene. Marie drehte sich noch einmal zu Paul Grill um und winkte ihm zu, bevor er vom Gedränge am Ausgang der zweiten Klasse verschluckt wurde.

Gemeinsam schritten die drei Damen wenige Minuten später die leicht schwankende Gangway hinunter. Manfred Zimmermann umarmte seine Frau und seine Tochter herzlich.

Marie ging auf ihren Vater zu und blieb einen Moment lang unschlüssig vor ihm stehen. Auch er zögerte kurz, während er sie mit liebevollem Blick musterte. Dann zog Wolfgang Hildebrand seine Tochter an seine Brust und hielt sie einen Moment lang fest.

»Willkommen in Tsingtau, mein Kind.«

Er hielt sie mit ausgestreckten Armen von sich und musterte sie von Kopf bis Fuß.

»Du siehst deiner Mutter immer ähnlicher.«

Er stockte kurz. Marie konnte sehen, dass er Tränen in den Augen hatte, doch schnell gewann er wieder seine Fassung.

»Wie ich sehe, hat sich meine liebe Schwester Lottie gut um dich gekümmert. Marie, darf ich dir einen guten Freund von mir vorstellen? Das ist Philipp von Heyden, seines Zeichens Architekt, Leutnant der Marine, ein hochgeschätzter Kollege und ein teurer Freund.«

Philipp von Heyden trat vor und küsste Marie galant die Hand.

»Es ist mir eine große Freude und Ehre, Fräulein Dr. Hildebrand. Ihr Vater hat mir so viel über Sie erzählt.«

»O danke. Zu viel der Ehre. Ich hoffe, er hat Ihnen nicht all meine Jugendsünden verraten«, antwortete Marie, und alle lachten.

»Jugendsünden? Nach den Erzählungen Ihres Vaters sind Sie ein Muster an Tugend!«

»Oje. Wie langweilig das klingt! Vater, ich glaube, damit hast du mir keinen Gefallen getan.«

Philipp lachte laut, während Wolfgang Hildebrand eher verwirrt dreinsah. Marie musterte Philipp von Heyden unauffällig. Sie schätzte ihn auf Mitte bis Ende zwanzig, er wirkte aber reifer durch seine Uniform. Er war genauso groß wie ihr Vater, doch weitaus schlanker, mit blonden Haaren und blauen Augen, die ihr aus seinem leicht gebräunten, etwas kantigen Gesicht entgegenblitzten. In diesem Augenblick drehte sich

Helene Zimmermann zu Wolfgang Hildebrand um und streckte ihm die Hand zum Handkuss entgegen.

»Lieber Kapitän Hildebrand, wie Sie sehen, haben wir Ihre Tochter an Bord unter unsere Fittiche genommen. Hallo, Philipp! Welche Überraschung.«

Während Wolfgang Hildebrand Herrn Zimmermann seine Tochter vorstellte, hauchte Philipp formvollendet einen Kuss auf Helene Zimmermanns Hand, die seine Begrüßung sichtlich genoss.

Philipp lächelte galant. »Ich hoffe, die Damen hatten eine angenehme Reise und blieben von Taifunen und Piraten verschont.«

Helene kicherte leicht affektiert und zog ihre Tochter näher zu sich und Philipp heran.

»Gerlinde freut sich ganz besonders, Sie wiederzusehen!«

Philipp küsste auch Gerlindes Hand. »Das ehrt mich natürlich sehr.« Er hielt Gerlindes Hand fest und sah sie prüfend an. »Ich muss gestehen, ich hätte dich kaum wiedererkannt. Darf ich überhaupt noch ›du‹ sagen? Was ein paar Monate in der Zivilisation Europas doch ausmachen können!«

Gerlinde lief unter seinem Blick rot an. Verstört warf sie ihrer Mutter einen wütenden Blick zu, aber Frau Zimmermann ignorierte die Irritation ihrer Tochter.

»Gerlinde ist während unseres Urlaubs in der Heimat achtzehn geworden. Wir planen aus diesem Anlass, demnächst ein kleines Fest zu geben. Wir rechnen fest mit Ihnen, Philipp. Und mit Ihnen und Ihrer Tochter natürlich auch, Kapitän Hildebrand.«

Die Gruppe setzte in leichtem, vertraulichem Plauderton das Gespräch fort, während man darauf wartete, dass das Gepäck von Bord gebracht wurde. Marie stand am Rande und fühlte sich mit einem Mal fremd in dieser eleganten, weltläufigen Gesellschaft. Ihr Blick schweifte über die Menschenmenge auf der Mole. Der Chinese mit dem Hut, der ihr von Deck aus aufgefallen war, stand mit seinen Begleitern nur wenige Meter von ihr entfernt am Fuß der Gangway der ersten Klasse und sah nach oben. Dort erschien jetzt eine chinesische Familie. Ein Mann in einem westlichen Anzug, Mantel und Hut, gefolgt von einer einfach gekleideten Frau, offensichtlich eine Dienerin, die einen kleinen Jungen an der Hand führte. Zwei weitere Diener stützten eine Chinesin, die unter Schwierigkeiten die Gangway hinuntertrippelte. Marie sah, dass sie winzige Füße hatte, das chinesische Schönheitsideal, von dem überall zu hören war. Entsetzt registrierte Marie, dass die Frau durch die eingebundenen Füße deutlich behindert war. Am oberen Ende der Gangway tauchte jetzt ein kleines chinesisches Mädchen auf, das angesichts des schwankenden Abstiegs verängstigt in Tränen ausbrach. Die Frau wandte den Kopf und rief ihr in barschem Tonfall etwas zu, worauf das Mädchen nur noch heftiger weinte, während alle anderen Familienmitglieder unbeeindruckt weitergingen. Der Mann mit dem Hut begrüßte das Ehepaar mit einer höflichen Verbeugung, wandte seinen Blick aber sofort wieder dem weinenden Mädchen zu, das immer noch oben an Deck stand. Er zögerte einen Augenblick, ging schließlich zu dem Matrosen, der vor der Gangway Wache stand, und wechselte einige Worte mit ihm. Der Matrose nickte und ließ ihn passieren. Oben angekommen nahm er das kleine Mädchen auf den Arm, trug es hinunter, setzte es behutsam auf festen Boden, nahm seinen Hut ab und flüsterte dem weinenden Kind einige beruhigende Worte zu.

Marie beobachtete die Szene lächelnd. Als hätte das Mädchen ihren Blick gespürt, sah es plötzlich zu Marie auf, hörte auf zu weinen und erwiderte scheu ihr Lächeln. Der Blick des Mannes folgte ihm. Für einen Moment sahen Marie und der Chinese sich an. Er war jung, hatte ein feines Gesicht mit hohen Backenknochen. Wie üblich war sein vorderer Kopf rasiert, seine Haare waren zu einem Zopf am Hinterkopf verflochten. Seine dunklen Augen musterten sie eindringlich. Ein Lächeln überflog sein Gesicht.

»Fräulein Hildebrand, könnten Sie mir bitte Ihren Gepäckschein geben.«

Philipp von Heydens Stimme riss Marie aus ihrer Versunkenheit.

Verwirrt sah sie zu Philipp, der sie freundlich anlächelte. »Wir können bald abfahren, die Gepäckträger kommen jetzt von Bord.«

Bevor sich Marie wieder der Gruppe um ihren Vater und Zimmermanns zuwandte, drehte sie sich noch einmal zu dem kleinen Mädchen und dem Mann um, doch diese waren schon mit dem Rest der Familie in der Menge verschwunden.

Familie Zimmermann verabschiedete sich und stieg in ihr schweres Automobil. Die chinesischen Kulis starrten das motorisierte Ungetüm fassungslos an und gingen nur langsam aus dem Weg, als könnten sie nicht begreifen, dass es sich von alleine bewegte. Manfred Zimmermann saß konzentriert am Steuer, Gerlinde winkte, während ihre Mutter den Hafenbaumeister und seine Gruppe zum Abschied nochmals mit einem huldvollen Nicken und einem freundlichen Lächeln bedachte. Hildebrand wandte sich seiner Tochter zu.

»Du hattest Glück, die Damen Zimmermann schon an Bord kennengelernt zu haben. Das ist das beste Entree, das man sich für hier wünschen kann.«

»Ich bin mir nicht ganz sicher, ob Frau Zimmermann wirklich so angetan von mir ist.«

»Ach, gut erzogene junge Damen sind überall willkommen, nicht wahr?«, schmunzelte ihr Vater.

Philipp grinste. »Ich würde sagen, bei dem Männerüberschuss in der Kolonie sind alle jungen Damen willkommen, auch wenn sie nicht so gut erzogen sind.«

Marie musste lachen.

Wolfgang Hildebrand schüttelte den Kopf. »Marie, nimm dich in Acht vor seinem zynischen Mundwerk. Los jetzt!«

Philipp dirigierte den Gepäckträger zu einer zweispännigen Kutsche. Ihr Vater deutete auf den Chinesen, der beim Verladen der Koffer half.

»Das ist Xiao Li, unser Mafu, der Pferdeknecht.«

Der Junge verbeugte sich linkisch mit einem freundlichen Grinsen. Sein Gesicht wirkte kindlich, aber es fehlten ihm bereits mehrere Zähne. Marie nickte ihm freundlich zu.

Auf der Fahrt in die Stadt saß Wolfgang Hildebrand neben seiner Tochter und erklärte ihr, was es zu sehen gab. Philipp von Heyden saß den beiden gegenüber. Obwohl sie es vermied, ihn anzusehen, spürte Marie deutlich, wie er sie musterte. Die Straße verließ den Hafen durch das Zolltor und stieg leicht an. Rechts und links lagen vereinzelte, typisch deutsch aussehende Wohnhäuser. Nach einer Unterführung, über die die Eisenbahnlinie verlief, bog die Straße ab.

»Hier sind wir jetzt in Dabaodao, der Chinesenstadt. Die Europäerstadt liegt weiter unten in der Bucht.«

Marie sah ihren Vater verwundert an.

»Chinesenstadt und Europäerstadt? Ist das getrennt?«

»Ja, natürlich. Die Chinesen haben doch ganz andere Lebensgewohnheiten als wir. So kommt man sich nicht in die Quere, das ist doch das Beste für alle. Die Chinesenstadt wurde natürlich auch nach deutschen Bauvorschriften gebaut. Aber wir respektieren ihre stilistischen Wünsche.«

Tatsächlich hatte sich die Atmosphäre der Umgebung nun deutlich verändert. Auf beiden Seiten reihten sich zwei- und dreigeschossige Häuser in chinesischem Stil aus hellgrauen Ziegeln aneinander. Auf Straßenebene waren Geschäfte und Werkstätten untergebracht, wie Schilder mit chinesischen Schriftzeichen und nur ab und zu mit deutscher Beschriftung verrieten. Die Obergeschosse der Geschäftshäuser dienten als Wohnräume. Aus manchen Fenstern ragten lange Bambusstangen, an denen Wäschestücke aufgefädelt hingen, so dass sie nicht heruntergeweht werden konnten. Ein kluges System, das Marie gefiel.

Auf der Straße herrschte reger Verkehr. Rikschas und Transportkarren wurden geschoben und gezogen, aber im Vergleich zu dem Gewühl, das Marie in Hongkong und Shanghai erlebt hatte, ging es hier eher beschaulich zu. Auf den Bürgersteigen flanierten chinesische Passanten in dicken wattierten Gewändern. Viele blickten neugierig auf die Kutsche. Auffällig war, dass es keine Bettler gab.

»Die Chinesen kommen hierher, um zu arbeiten. Sie können hier weit mehr Geld verdienen als im eigenen Land. Wer beim Betteln erwischt wird, wird ausgewiesen. Wir brauchen hier Arbeiter und keine Rumtreiber.«

Wolfgang Hildebrand deutete auf die Straßenlampen und referierte unbeirrt weiter. »Und wie du siehst, ist die Stadt voll elektrifiziert, und ein Großteil der Häuser der Kolonie ist an die Kanalisation und die Wasserleitung angeschlossen. Das ist einzigartig in diesem Teil der Welt. Sogar der chinesische Kaiserhof schickt Beamte her, um unsere Anlagen zu studieren.«

»Da spricht ganz der stolze Baumeister.« Marie lachte. »Aber du hast recht, es ist wirklich eindrucksvoll.«

Philipp von Heyden erhob Einspruch. »Wolfgang, glaubst du wirklich, dass all diese technischen Details eine junge Dame interessieren?«

Marie traute ihren Ohren nicht. Empört schüttelte sie den Kopf und holte Luft. Doch Wolfgang Hildebrand kam ihrem Protest zuvor. »Mein lieber Philipp, hier sitzt eine promovierte Ärztin in unserer Kutsche. Ich bitte doch um etwas mehr Respekt vor ihrem wissenschaftlichen Verständnis.«

Marie sah belustigt von Philipp von Heyden zu ihrem Vater. Genauso hatte sie ihn in Erinnerung. Er hasste jede Form von Konfrontation, war immer auf Ausgleich bedacht. Er versuchte die Wogen zu glätten, bevor Maries Temperament, an das er sich offensichtlich noch gut erinnerte, mit ihr durchging.

Philipp grinste Marie schuldbewusst an. »Asche auf mein Haupt. Tut mir leid, ich wollte Ihnen nicht zu nahe treten. Trotz aller modernen Technik sind wir eben doch etwas provinziell. Damen mit akademischen Weihen sind hier eine bisher unbekannte Spezies. Das ist alles noch etwas ungewohnt für mich.«

Marie konterte süffisant. »Wie sagte schon Dante: Nur wer bereut, dem wird verziehen.«

Wolfgang Hildebrand lachte laut auf. »Na, das kann ja heiter werden.«

Marie genoss die Fahrt durch diese neue, unbekannte Welt an der Seite ihres Vaters. Alles wirkte so ordentlich wie in Deutschland, aber reizvoll ergänzt durch chinesische Geschäftshäuser, die prunkvoll verziert mit bunt bemalten Säulen oder verschnörkelten goldenen Gittern beeindruckten.

Plötzlich jedoch musste der Mafu die Droschke abrupt zum Stehen bringen. Eine große Menschenmenge drängte sich um ein Pferdegespann auf der Straße und blockierte den Weg. Wütende Stimmen waren zu hören, dann die durchdringenden Töne einer Trillerpfeife und scharfe Kommandorufe. Wolfgang Hildebrand runzelte die Stirn. Zwei gefesselte Chinesen wurden von uniformierten chinesischen Polizisten auf den Wagen gehievt. Sie waren offensichtlich bewusstlos, denn sie blieben reglos liegen. Ein deutscher Wachtmeister blies hektisch in seine Trillerpfeife, ein zweiter kletterte auf den Wagen und trieb die Pferde an. Da die Straße nicht sehr breit war, rollte das Polizeigefährt nahe an Hildebrands Kutsche vorbei. Erschrocken bemerkte Marie, dass einer der Delinquenten am Kopf blutete. Beide hatten Verletzungen, als wären sie zusammengeschlagen worden.

Der Mafu rief den Schaulustigen etwas zu. Als einer von ihnen antwortete, brach sofort wieder wütender Protest aus. Die Polizisten gebrauchten ihre Schlagstöcke, um die aufgebrachte Menge auseinanderzutreiben.

Marie sah Philipp und ihren Vater beunruhigt an. »Was war da los?«
Philipp wechselte einige Worte auf Chinesisch mit dem Mafu.

»Er sagt, das waren wahrscheinlich Aufrührer.«

»Aufrührer?«

»Ja, Revolutionäre. In China brodelt es heftig. Es gibt mehr und mehr Stimmen, die zum Sturz der Kaiserdynastie aufrufen!«

Wolfgang Hildebrand hob abwehrend die Hand. »Jetzt keine Politik. Ich will mir diesen schönen Tag nicht verderben lassen. Marie, es tut mir leid, dass du das mit ansehen musstest. Du kannst aber gewiss sein, dass hier keine Gefahr besteht. Unsere Truppen haben alles im Griff. Genug davon!«

Marie war erschrocken über diesen rüden Tonfall. »Und was passiert mit diesen Männern?«

Hildebrand sah sie kühl an. »Sie werden an die chinesischen Behörden übergeben und dann wahrscheinlich wegen Landesverrat verurteilt.«

Er untermalte seine Aussage mit der Bewegung seiner flachen Hand am Hals entlang. Die brutale Sachlichkeit, mit der ihr Vater das Todesurteil der Männer vorhersagte, irritierte Marie. Sie sah zu Philipp, der ihrem Blick auswich. Nach wenigen Augenblicken des Schweigens räusperte sich Hildebrand und setzte launig seine Stadtführung fort, als sei nichts vorgefallen.

»Hier sind wir jetzt in der Shandongstraße, der wichtigsten Geschäftsstraße der Stadt. Weiter unten im europäischen Teil heißt sie dann Friedrichstraße.«

Stattliche deutsche Geschäfts- und Kontorhäuser lösten die Gebäude im chinesischen Stil ab. Die Straße führte nun leicht bergab. An ihrem unteren Ende konnte man das Meer sehen. Die Kutsche gewann an Geschwindigkeit. Geschäftshäuser aller Art zogen vorbei: Buchladen Paul Lindner, Iltisbrunnen – Bureau und Lager, Jardine & Matheson – Passagier- & Frachtdienst, Paul Hinrich – Uniformschneiderei und Herrenmoden, Shanghai & Co. Importeure, Deutsch-Chinesische Druckerei und Verlagsanstalt Walter Schmitt, Kaufhaus Max Grill.

»Ach, hier ist das Kaufhaus Max Grill. Ich habe den Neffen von Herrn Grill auf dem Schiff kennengelernt.«

»Ist der Junge also wieder ganz gesund? Er hatte wirklich Glück«, murmelte Wolfgang Hildebrand.

»Er hat mir erzählt, dass er beinahe an Fleckfieber gestorben wäre.«
Ihr Vater nickte. »Ja, leider. Ansteckende Krankheiten sind hier ein großes Problem. Die Chinesen schleppen alles Mögliche ein. Es kann wirklich jeden erwischen.«

Als wolle er auch diesen unangenehmen Gedanken sofort wieder beiseiteschieben, fuhr Wolfgang Hildebrand fort: »Gleich sind wir zu Hause, und dann gibt's Mittagessen.«

Die Kutsche fuhr inzwischen einen Hügel hinauf durch Nebenstraßen mit hübschen Villen. Treppen, Bögen, Türmchen und Fachwerk waren hier beliebte Stilmittel. Marie hatte das Gefühl, in einer deutschen Kleinstadt gelandet zu sein, mit properen Häusern in gepflegten Gärten hinter Gartenzäunen und ordentlich geschnittenen Hecken. Nur der Gedanke an die todgeweihten Revolutionäre störte dieses Bild.

Schließlich bog der Landauer in den Hof eines ansehnlichen Wohnhauses in der Tirpitzstraße ein. Sofort öffnete sich die Haustür, und eine attraktive, etwas dralle Frau mittleren Alters kam mit ausgebreiteten Armen lächelnd die Treppe herunter.

»Marie, das ist Adele Luther, eine gute Freundin. Sie hat sich bereit erklärt, zur Feier deiner Ankunft ein deutsches Festessen zu kochen, damit du dich gleich wie zu Hause fühlst.«

Adele Luther umarmte Marie. »Willkommen in Tsingtau. Ich gestehe, das Festessen war nur ein Vorwand, um Sie so bald wie möglich kennenzulernen, Marie. Ich darf doch Marie sagen, oder? Bitte nennen Sie mich Adele! Ihr Vater hat mir schon so viel von Ihnen erzählt. Wie schön, dass Sie seiner Einladung gefolgt sind. Ich bin wirklich beeindruckt. Sie sind die erste Ärztin, die mir begegnet.«

Hinter ihr war ein älterer Chinese aus dem Haus gekommen.

Wolfgang Hildebrand legte die Hand auf den Arm seiner Tochter.

»Ich muss mal kurz unterbrechen. Fritz, das ist meine Tochter Marie und ab heute die Dame des Hauses.«

Der Mann starrte sie einen Augenblick neugierig an. Dann legte er vor dem Gesicht die Hände übereinander, schüttelte sie, verbeugte sich lächelnd und sagte auf Deutsch: »Willkommen in Tsingtau, Missy.«

»Marie, das ist Fritz, der Boy, die gute Seele meines Haushaltes.«

Marie begrüßte ihn und sah ihren Vater verwundert an. »Fritz? Das klingt ja nicht gerade wie ein chinesischer Name!«

Wolfgang Hildebrand schüttelte den Kopf. »Ich kann mir seinen chinesischen Namen einfach nicht merken. Li irgendwas. Ich finde, Fritz ist ein durchaus ehrenwerter Name für einen Diener in einem deutschen Haus. Außerdem ist er stolz auf seinen ausländischen Namen. Jetzt kommt endlich rein, es wird kühl.«

Marinebaurat Hildebrands Heim war wie die meisten Häuser, die Marie unterwegs gesehen hatte, ein dreistöckiges Einfamilienhaus gehobenen deutschen Standards mit allen Errungenschaften modernen Lebens. Von einem holzgetäfelten Treppenhaus gelangte man in die großzügigen Wohnräume im Erdgeschoss, mit Ess-, Wohn- und Herrenzimmer. Alle Räume waren durch Schiebetüren verbunden. Ein offener Kamin, eingefasst mit geschmackvollen Jugendstilfliesen, bildete das Herzstück des gemütlichen Wohnzimmers.

Neben der Garderobe in der Halle lag eine moderne Toilette mit Wasserspülung, hinter der Treppe führte eine Tür in den Küchentrakt.

Nichts deutete darauf hin, dass dieses Haus auf chinesischem Boden stand, außer den Dienstboten, die inzwischen in der Halle Aufstellung genommen hatten.

Fritz stellte Marie den Koch Lao Shu, den Kochboy Xiao Shu und den Gärtner Pang vor.

Marie staunte. »Fünf Dienstboten! Du lebst hier ja wie der Kaiser von China, Vater.«

Hildebrand winkte ab. »Es gibt sogar noch mehr, die allerdings nicht ständig hier arbeiten. Den Waschboy und einen Nachtwächter teile ich mir mit den Nachbarn. Ich finde es auch übertrieben, aber so funktioniert das hier eben.«

Mit kurzen Kommandos scheuchte Fritz alle Dienstboten wieder an die Arbeit. Wolfgang Hildebrand fuhr fort. »Da wir schon beim Thema Personal sind, gleich ein paar wichtige Dinge. Die Chinesen unter sich haben eine strenge Hierarchie, nicht jeder macht alles. Daraus folgt auch gleich die wichtigste Regel im Umgang mit den Bediensteten, um deren Einhaltung ich dich unter allen Umständen bitten muss, Marie.

Der einzige Ansprechpartner für uns ist Fritz. Er ist der Majordomus, der die Befehle an die anderen Bediensteten weitergibt. Wir dürfen auf keinen Fall direkt mit den anderen sprechen, sonst verliert er sein Gesicht und kündigt. Er arbeitet seit zehn Jahren für mich, und ich möchte ihn ungern missen. Außerdem sprechen die anderen kein Deutsch.«

»Aber jetzt stoßen wir erst mal auf deine gesunde Ankunft an«, verkündete Wolfgang Hildebrand. Im Wohnzimmer standen Gläser und ein Sektkübel mit einer eisgekühlten Flasche bereit. Hildebrand ließ den Korken knallen und schenkte ein. Marie staunte, als sie das Etikett sah. »Mumm! Und das am anderen Ende der Welt!«

»In Tsingtau findet man praktisch alles, was das Herz begehrt«, bemerkte Philipp von Heyden hintergründig lächelnd, und alle stießen an.

Zum Mittagessen gab es Suppe, Rouladen mit Salzkartoffeln und Rotkohl und zum Nachtisch Vanillepudding.

Marie war ein wenig enttäuscht. »Kocht man hier immer deutsch?«

Wolfgang Hildebrand schüttelte bekümmert den Kopf. »Ehrlich gesagt, esse ich bisher ganz selten zu Hause. Wenn hier überhaupt gekocht wird, gibt es chinesisches Essen, denn der Koch kann nichts anderes. Heute ist eine Ausnahme, da Adele eingesprungen ist und für uns dieses Festmahl bereitet hat.« Er lächelte Adele über den Tisch an. »Wenn's nach mir ginge, würde ich zu Hause öfter gerne mal deftige deutsche Küche essen, aber ich kann dem Koch ja keine deutschen Kochrezepte beibringen. Und Adele hat keine Zeit. Vielleicht kannst du dich ja dieser Aufgabe annehmen?«

Als er Maries überraschten Gesichtsausdruck bemerkte, mischte sich Philipp von Heyden ein. »Erst betonst du das wissenschaftliche Verständnis deiner promovierten Tochter, und nun schickst du sie in die Küche? Ich dachte, sie sollte sich hier erholen und etwas ausspannen nach dem anstrengenden Examen?«

»Ein wenig sinnvolle Beschäftigung hat noch niemandem geschadet«, brummte Hildebrand.

Marie hob beschwichtigend die Hände. »Danke für Ihre Schützenhilfe, Philipp, aber ich glaube nicht, dass ich mir dabei einen Zacken aus der Krone brechen werde.«

»Es ist auch wirklich kein Problem, die Chinesen lernen schnell«, mischte sich Adele Luther ein. »Das Allerwichtigste ist nur, dass Sie der Hygiene wegen das Fleisch beim deutschen Metzger einkaufen.«

»Es gibt hier einen deutschen Metzger?«

»Sie werden lachen. Wir haben einen chinesischen Metzger, der in Berlin gelernt hat. Er spricht mit echt Berliner Schnauze. Er ist eine lokale Berühmtheit. Und wir haben einen Schlachthof, auf dem das Fleisch untersucht wird. In der Chinesenstadt wird ungestempeltes Fleisch billig verkauft. Das kann lebensgefährlich werden. Deshalb ist es besser, Sie kaufen Fleisch selbst ein oder kontrollieren die Einkäufe des Personals, damit Sie auf Nummer sicher gehen. Kleine Nebenverdienste mit dem Haushaltsgeld sind hier sehr beliebt«, führte Adele Luther weiter aus.

Marie bemerkte, wie ihr Vater und Philipp einen vielsagenden Blick wechselten und belustigt die Mundwinkel verzogen. Marie sah fragend von einem zum anderen.

Adele lachte. »Und schon sind wir wieder beim Lieblingsthema der deutschen Hausfrauen – dem chinesischen Personal. Ein schwerwiegendes Thema, das wir vielleicht ein anderes Mal weiterdiskutieren sollten.«

Wolfgang Hildebrand lächelte. »Da wäre ich dir dankbar. Aber im Ernst, Marie. Wenn du Fragen wegen des Haushalts haben solltest, wende dich an Adele. Sie hat jahrelange Erfahrung.«

»Nach dieser ausführlichen Einführung in die Pflichten einer deutschen Hausfrau würde ich mich gerne als gelegentlicher Begleiter für die unterhaltsameren Zeiten Ihres Aufenthaltes anbieten, die Sie hoffentlich nicht in der Küche verbringen werden«, warf Philipp von Heyden ein. »Darf ich Sie gleich für kommenden Mittwochabend zu einem kleinen Souper und Konzert einladen?«

Bevor Marie reagieren konnte, kam ihr Vater ihr zuvor. »Eine prima Idee. Ich bin Mittwochabend im Schützenverein. Auf mich musst du also keine Rücksicht nehmen.«

Marie lächelte. »Das klingt ja wie ein abgekartetes Spiel! Aber vielen Dank. Ich komme gerne mit.«

Nach dem Kaffee wurde die Tafel aufgehoben.

Fürsorglich ermahnte Wolfgang Hildebrand seine Tochter, sich nach der aufregenden Ankunft etwas auszuruhen. Adele Luther und Philipp von Heyden verabschiedeten sich. Adele umarmte Marie. Philipp von Heyden küsste Marie die Hand und lächelte sie dabei herausfordernd an.

»Ich hoffe, Sie werden Ihren Aufenthalt hier genießen und viele interessante Begegnungen haben.«

»Es hat ja schon sehr vielversprechend angefangen.«

Als Marie wieder die Treppe herunterkam, schlug die Standuhr im Wohnzimmer fünfmal. Draußen war es bereits dunkel. Ihr Vater saß am Schreibtisch. Er ergriff eine Tischglocke und läutete. Sofort erschien Fritz.

»Tee bitte.«

Fritz deutete eine Verbeugung an und verschwand, um wenig später mit einem Tablett zurückzukehren. Marie schenkte Tee ein. Für einige Augenblicke herrschte Schweigen. Sie merkte, dass ihr Vater nach Worten suchte.

»Ich glaube, ich brauche was Stärkeres.«

Er stand auf und holte eine Flasche Cognac aus einem Vitrinenschrank. Er hob sein Glas.

»Nochmals herzlich willkommen. Ich kann dir gar nicht sagen, wie sehr ich mich freue, dich endlich bei mir zu haben.«

Er nahm einen tiefen Schluck. Marie spürte deutlich seine Anspannung. Es war das erste Mal nach acht langen Jahren, dass sie und ihr Vater wieder alleine waren. Jahre in verschiedenen Welten und voller schwerer Erfahrungen. Bei ihrer letzten Begegnung war Marie fünfzehn Jahre alt gewesen, fast noch ein Kind, und ihre Mutter hatte noch gelebt.

Wolfgang Hildebrand räusperte sich. »Lass mich dir sagen, dass ich für die Art und Weise, mit der du die letzten Jahre gemeistert hast, größten Respekt empfinde. Ich bin stolz auf dich. Als es deiner Mutter immer schlechter ging und ich hier einfach nicht weg konnte, bin ich fast verzweifelt. Lottie hat mir geschrieben, wie aufopfernd du dich um Emmy gekümmert hast.«

Er rang sichtlich nach Worten und Fassung.

»Als sie dann starb und ich viel zu weit weg war, um an ihrer Beerdigung teilnehmen zu können, wollte ich dich hierher holen, aber dann kam dein Brief, in dem du schriebst, dass du studieren wolltest. Es erschien mir der beste Weg für dich, mit der Vergangenheit fertig zu werden.«

Er beugte sich zu ihr hinüber und nahm ihre Hand.

»Marie, es tut mir so leid, dass ich nicht für dich da war, als du mich gebraucht hast.«

Marie sah ihren Vater betroffen an. Mit einem solchen Gefühlsausbruch hatte sie nicht gerechnet, da seine Briefe immer eher distanziert geklungen hatten.

»Ich danke dir für diese Worte. Ich gebe zu, dass ich mich manchmal etwas allein gelassen fühlte, aber ich habe verstanden, dass diese Aufgabe hier die Erfüllung deines Lebenstraumes ist. Und es konnte ja auch niemand ahnen, dass sich Mutters Zustand so verschlechtern würde. Sie hat immer gehofft, eines Tages ihren Platz an deiner Seite hier einnehmen zu können. Mir war klar, dass du nicht nach Deutschland kommen konntest, um ihr zu helfen. Was hättest du auch tun können? Ich habe mir mit meinem Studium meinen Lebenstraum erfüllt oder zumindest den Grundstein dazu gelegt. Ich möchte etwas tun können, wenn Menschen krank sind und nicht einfach dabeisitzen und warten, bis sie sterben. Ich muss mich bei dir bedanken, dass du mich unterstützt hast. Vielleicht bestand ja in all dem, was passiert ist, doch ein Sinn.«

Marie stand auf, ging zu ihrem Vater und umarmte ihn. Einen Augenblick lang herrschte Schweigen, dann richtete sie sich auf und ging hinaus, um sich unbemerkt die Tränen vom Gesicht zu wischen und auch ihrem Vater die Möglichkeit zu geben, wieder die Fassung zu gewinnen.

2.

Der nächste Morgen kündete einen klaren Spätherbsttag an. Beim Sonntagsfrühstück erklärte Wolfgang Hildebrand gut gelaunt, dass er angesichts des Kaiserwetters nach dem Gottesdienst eine Stadtbesichtigung mit anschließendem Mittagessen im Strandhotel vorschlagen würde. Es war offensichtlich, dass ihr gestriges Gespräch den Druck von seiner Seele genommen hatte.

Marie war überrascht von dem Vorschlag, in die Kirche zu gehen. Sie hatte ihren Vater nicht als regelmäßigen Gottesdienstbesucher in Erinnerung.

»Na ja, schließlich haben wir erst vor zwei Wochen unsere neue Kirche eingeweiht. Früher wurde der Gottesdienst in einer Militärbaracke abgehalten. Zumindest hin und wieder muss man sich dort blicken lassen, das gehört hier zum guten Ton.« Er langte über den Tisch und nahm ihre Hand. »Und außerdem muss ich gestehen, dass mir heute wie selten der Sinn danach steht.«

Gerührt blickte Marie ihn an.

»Und das ist eine gute Gelegenheit, mein Fräulein Tochter allen zu zeigen«, fügte er zufrieden hinzu. »Ich glaube, du wirst die Sensation der Saison.«

Marie zog die Augenbrauen hoch. »Übertreibst du jetzt nicht etwas?«

»Keineswegs. Schließlich landet hier nicht jeden Tag eine hübsche junge Dame, die einen Universitätsabschluss in Medizin hat. Da haben die Leute endlich mal einen vernünftigen Gesprächsstoff.«

»Werden Frau Luther und Herr von Heyden auch in der Kirche sein?«

»Philipp wohl eher nicht. Ich glaube, er trainiert für die Herbstjagd am nächsten Wochenende. Aber Adele wird sicher da sein.«

»Sie ist eine wirklich sympathische Frau. Kennt ihr euch schon lange?«

Wolfgang schwieg einen Augenblick, als suche er nach Worten.

»Das ist eine traurige Geschichte. Ihr Mann war Oberstleutnant beim III. Seebataillon und ein guter Freund von mir. Die beiden haben mir damals sehr beigestanden, als deine Mutter starb.« Er schluckte. »Adele und Friedrich waren sehr glücklich miteinander. Bis zu diesem Herrenausflug zum Laoshan vor drei Jahren. Auf dem Rückweg verunglückten wir mit dem Automobil. Es fuhr in einen Graben. Friedrich wurde hinausgeschleudert und brach sich das Genick.«

Marie sah ihn entsetzt an. »Wir? Warst du dabei?«

»Ja, leider. Und obwohl ich nicht der Fahrer und schon gar nicht der Besitzer des Wagens war, mache ich mir bis heute Vorwürfe. Wir hatten etwas getrunken. Als der Älteste in der Gruppe hätte ich zur Vernunft aufrufen sollen.« Er sah Marie traurig an. »Adele … Frau Luther meisterte die ganze tragische Situation mit bewundernswerter Haltung. Jeder erwartete, dass sie zurück in die Heimat gehen würde, zumal ihr Sohn gerade Abitur gemacht hatte und anfing, in Kiel zu studieren. Doch sie entschloss sich, den Traum, den sie und ihr Mann gehegt hatten, auch alleine zu verwirklichen: Sie investierte ihre ganzen Ersparnisse und eröffnete eine Pension. Heute ist die Pension Luther eine feste Institution in der Stadt. Es gibt eine Menge Leute, die über einen längeren Zeitraum hier sind, die aber keine Wohnung nehmen wollen und denen das Leben im Hotel zu teuer ist. Für sie ist die Pension Luther der ideale Ort. Ich habe noch niemanden getroffen, der sich bei Adele Luther nicht wohl gefühlt hat.«

»Ja, das kann ich mir gut vorstellen.«

Gerade als Marie ihn nun nach Philipp fragen wollte, kam Fritz herein.

»Die Kutsche ist bereit.«

Der Mafu steuerte die Kutsche durch fast menschenleere Straßen. An einigen Straßenecken warteten Rikschakulis auf Kundschaft, sonst war kaum jemand zu sehen. Schließlich öffnete sich ein großer freier Platz mit einer runden Grünanlage in der Mitte. Zur Rechten zog sich eine Prachtstraße hinab bis zum Meer. Die dem Berg zugewandte Seite des Platzes wurde durch ein riesiges Gebäude begrenzt, auf das Hildebrand deutete.

»Hier ist das Gouvernementgebäude, der Amtssitz des Gouverneurs.«

Eine breite Repräsentationstreppe führte zum Haupteingang des zweistöckigen Baus. Riesige Fenster im Obergeschoss darüber ließen auf eine große Empfangs- oder Festhalle schließen. Rechts und links davon schloss je ein langer Flügel an, begrenzt durch einen vorspringenden Eckbau. Ein rotes Schindeldach mit schweren Giebeln und unzähligen Dachfenstern krönte den Koloss.

Marie fühlte sich an Berlin erinnert. Allerdings wirkte dieses Gebäude hier noch wuchtiger als vergleichbare Bauten in der deutschen Hauptstadt.

»Das sieht ja ziemlich eindrucksvoll aus«, urteilte sie spontan.

Ihr Vater nickte. »Genau diesen Effekt wollte man erreichen. Schließlich wird hier das Deutsche Kaiserreich repräsentiert.«

»Ich gestehe, ich finde es etwas übertrieben im Verhältnis zum Rest der Stadt«, erwiderte Marie.

Ihr Vater schüttelte den Kopf. »Du darfst nicht vergessen, dass alles hier innerhalb von nur zehn Jahren entstanden ist. Wir stehen erst ganz am Anfang und haben noch viel vor. Die Stadt ist ja lange noch nicht fertig.«

Die Kutsche rollte über den Platz in die gegenüberliegende Straße, die nun leicht bergan führte. Linker Hand lagen etwas erhöht am Hang eine Reihe von großen Villen mit aufwendiger Fachwerkverzierung, Giebeln, Veranden und Türmchen.

»Das ist der Diederichweg«, erklärte Wolfgang Hildebrand. »Hier wohnt die Hautevolee.«

»Höre ich da einen Hauch von Zynismus?«

Ihr Vater verzog spöttisch das Gesicht. »Wo denkst du hin? Hier gibt es nur wichtige Leute, aber manche sind eben besonders wichtig, und die leben hier.« Er grinste. »Aber keine üble Nachrede am heiligen Sonntag.«

Vor ihnen tauchte auf einer kleinen Anhöhe die Christuskirche auf. Die Kutsche fuhr die steile Straße hinauf zum Kirchhof. Auf halbem Weg holten sie zwei Rikschas ein, die von zwei keuchenden Kulis den Berg hinaufgezogen wurden.

Marie war außer sich.

»Das nenne ich christliche Nächstenliebe! Und dann noch auf dem Weg zur Kirche.«

»Bitte, Marie, mäßige dich. Wenn dich jemand hört! Die Kulis verdienen gutes Geld.«

»Sie hätten sicher nicht viel weniger verdient, wenn die beiden Herrschaften unten am Berg ausgestiegen wären«, gab sie erzürnt zurück.

27

Da die Straße zu eng war, konnte der Mafu nicht überholen, und sie mussten langsam hinter den Rikschas hertrotten. Vom Kirchhügel aus hatte man einen wunderschönen Ausblick auf die sonnenüberflutete Bucht und das Meer mit kleinen vorgelagerten Inseln. Dieser Anblick lenkte Marie von ihrem Ärger ab. Auf dem Kirchhof herrschte bereits reger Betrieb. Verschiedene kleinere und größere Kutschen parkten in einer Ecke, die Mafus saßen geduldig auf dem Bock. Grüppchen gut gekleideter Damen und Herren im Sonntagsstaat oder in Uniform standen plaudernd auf dem Hof. Marie erkannte einige Passagiere wieder, die gestern mit der »Lützow« angekommen waren. Alle Kirchenbesucher waren ausnahmslos Europäer.

Das Ensemble der neu eröffneten Christuskirche in modernem Jugendstil mit einem Turm und kleinen Anbauten war in Ockergelb gehalten, das in der Sonne warm und freundlich erstrahlte.

Die Ostfassade, auf die man vom Kirchhof blickte, wirkte relativ schlicht mit zwei Eingängen rechts und links und einem runden Fenster in der oberen Mitte des Giebeldreiecks. An verschiedenen Stellen der Fassade waren unregelmäßig verteilt schmale, schießschartenartige Fenster eingefügt. Als Verzierung hatte man in den Sockel des Haupttraktes und des Kirchturmes sowie in die Türumrandungen grobe, vorspringende Granitblöcke eingelassen, die dem modernen Bau eine Anmutung von Wehrhaftigkeit verliehen.

Mit seiner Tochter am Arm steuerte Wolfgang Hildebrand auf eine Gruppe zu, deren Kreis sich vor ihnen öffnete.

»Guten Morgen allerseits! Was für ein besonders schöner Sonntagmorgen«, verkündete er aufgeräumt. »Darf ich Ihnen meine Tochter Marie vorstellen, die gestern angekommen ist. Marie, das sind Frau Ohlmer und ihr Mann, Seezolldirektor Ohlmer, Herr und Frau Seiters, Im- und Export in großem Stile, Oberrichter Seibold und Frau Zimmermann. Herrn Zimmermann und ihre Tochter Gerlinde kennst du ja schon.«

Man begrüßte sich freundlich, aber förmlich. Schon im ersten Moment war Marie Gerlindes strenger Gesichtsausdruck aufgefallen. Als sie Gerlinde die Hand gab, reagierte diese verhalten und sah sie nur kurz an. Von ihrer üblichen Fröhlichkeit war nichts zu spüren. Marie wusste sofort, dass irgendetwas vorgefallen sein musste, doch gleichzeitig fühlte sie instinktiv, dass dies der falsche Augenblick war, danach zu fragen. Deshalb reagierte sie so unbeschwert wie möglich.

»Ich freue mich, endlich in Tsingtau zu sein und Sie alle kennenzulernen!«

Seezolldirektor Ohlmer sprach Marie geradezu euphorisch an. »Fräulein Dr. Hildebrand! Ich möchte Ihnen im Namen aller hier unsere herzlichsten Glückwünsche und unsere Bewunderung für Ihre Promotion ausdrücken. Sehr beachtlich für eine junge Dame!«

Die anderen stimmten ihm zu. Marie registrierte, dass rundherum die Leute sich umdrehten und sie neugierig anstarrten.

Ihr Vater blickte stolz auf sie hinunter. »Genau! Und deshalb werde ich sie während ihres Aufenthaltes hier nach Strich und Faden verwöhnen. Das hat sie wirklich verdient.«

Marie sah ihn dankbar an.

»Was soll denn das heißen? Während Ihres Aufenthaltes?«, fragte Frau Ohlmer. »Wollen Sie denn bald wieder abreisen?«

Marie zögerte. »Das wird noch eine Weile dauern. Ich habe eine Stelle als Internistin an der Charité in Berlin bekommen, die ich im September nächsten Jahres antreten werde. Das ist eine Chance, die ich mir nicht nehmen lassen kann.«

Sofort spürte Marie es wieder. Ihre Zuhörer versteiften sich. Niemand schien zu wissen, wie er auf diese undamenhafte, professionell sachliche Antwort reagieren sollte. Es herrschte einen Moment lang verlegenes Schweigen.

»Ach, wie schade«, antwortete Frau Ohlmer. »Na, vielleicht überlegen Sie es sich ja doch noch anders.«

Da übertönte lautes Motorengeräusch die Plaudereien der Kirchenbesucher. Ein großes Automobil fuhr langsam auf den Hof.

»Vornehme Leute kommen immer zu spät«, flüsterte Wolfgang Hildebrand seiner Tochter zu. »Das ist seine Exzellenz Gouverneur Truppel mit Familie.«

Wie auf Stichwort ertönte in diesem Moment aus der Kirche Orgelmusik.

»Na, dann wollen wir mal«, sagte Wolfgang Hildebrand. »Pfarrer Winter wird wohl schon ungeduldig!«

Er bot Marie wieder seinen Arm an und folgte den Gemeindemitgliedern, die hinter dem Gouverneurspaar in die Kirche drängten.

Nach dem Gottesdienst und der persönlichen Verabschiedung mit Handschlag von Pfarrer Winter am Kirchenportal fand sich die Gemeinde wieder in Grüppchen auf dem Kirchhof ein. Nur Familie Zimmermann stieg in ihr Automobil und fuhr davon, ohne an den offenbar üblichen Sonntagsplaudereien auf dem Kirchhof teilzunehmen. Das Gouverneurspaar stand mit einigen Herren in Uniform und eleganten Damen beisammen und schien sich prächtig zu unterhalten.

»Muss man den Gouverneur nicht begrüßen?«, fragte Marie.

»Nein, das läuft hier an der Kirche immer recht ungezwungen ab. Er gibt Zeichen, wenn er jemanden sprechen will, sonst lassen wir ihn in Ruhe. Er kann ja schließlich nicht jeden Sonntag Hunderten von Menschen die Hand drücken.«

Da drängte sich Paul Grill, gefolgt von einem dicklichen Ehepaar, durch die Menge und stellte Marie und ihrem Vater seinen Onkel Max und seine Tante Gertrude Grill vor. Marie begrüßte die beiden herzlich, doch Wolfgang Hildebrand drängte zum Aufbruch. Paul Grill sah ihnen enttäuscht nach, als die beiden sich gleich wieder verabschiedeten und zu ihrer Kutsche gingen. Wolfgang Hildebrand grüßte mit einem Nicken zu Adele Luther hinüber, die mit zwei Damen zusammenstand und zurücknickte.

»Wollen wir nicht hingehen?«, frage Marie erstaunt.

»Nein, wir halten bewusst in der Öffentlichkeit Distanz. Man soll dem Geschwätz der Leute nicht noch Vorschub leisten.«

Als die Kutsche durch das Tor zum Kirchhof rollte, meinte Marie lachend: »Ich kann mich des Gefühls nicht erwehren, dass du es besonders eilig hattest, hier wegzukommen.«

»Da kannst du recht haben«, brummte ihr Vater. »Mir geht dieses ewige Getratsche ziemlich auf die Nerven. Genug geredet für heute. Jetzt wollen wir etwas erleben.«

Die Fahrt ging am Gouvernementgebäude vorbei auf der prächtigen Wilhelmstraße mit ihren imposanten Villen zum Meer hinunter. Unterwegs zeigte Wolfgang Hildebrand seiner Tochter die Villa Zimmermann, ein riesiges wunderschönes Haus in elegantem Jugendstil, das die ganze Straße beherrschte. Am Meer stieß die Wilhelmstraße auf die befestigte Uferpromenade am Strand.

»Hier sind wir am Kaiser-Wilhelm-Ufer«, erklärte Wolfgang Hildebrand. »Das ist unsere Vorzeigemeile. Laut Stadtplanung sind hier nur repräsentative Bauten vorgesehen, wie das Prinz-Heinrich-Hotel, die Deutsch-Asiatische Bank, das Seezollamt und weiter hinten der Neubau des Tsingtau Clubs.«

»Also im Prinzip so etwas wie der Bund in Shanghai?«

Erst vor einigen Tagen hatte Marie die imposante Uferstraße in Shanghai bewundert, die zum Wahrzeichen der Stadt geworden war.

Wolfgang Hildebrand quittierte diesen waghalsigen Vergleich mit entschlossenem Gesichtsausdruck. »So in etwa.«

An der Ecke zur Wilhelmstraße lag das Hotel Prinz Heinrich.

»Das erste Haus am Platze mit einem großen Festsaal. Hier finden alle wichtigen Veranstaltungen statt«, führte Hildebrand weiter aus.

Das Hotel blickte nach Osten auf die wunderschöne Bucht. Seine Fassade war im Parterre und Obergeschoss durch Veranden mit blau-weiß gestreiften Markisen aufgelockert, die die Leichtigkeit eines freundlichen Seehotels vermittelten. Schräg gegenüber vom Hotel ragte eine lange Seebrücke weit in die Bucht hinein, auf der Spaziergänger die Herbstsonne genossen.

»Das ist die ehemalige Landungsbrücke der Kolonie. Früher wurden von hier aus die Passagiere mit kleinen Booten zu den großen Ozeandampfern eingeschifft. Heute landen sie direkt im Großen Hafen, und hier legen nur noch Ausflugsdampfer an.«

Die Kutsche bog links ab und fuhr an der Uferpromenade entlang. Das Meer war fast spiegelglatt. Eine kleine Insel lag nicht weit vom Ufer in der Bucht.

»Das ist die Insel Arkona.«

»Ausflugsdampfer, Insel Arkona, Hotels mit Seeblick. Irgendwie komme ich mir hier vor wie in einem der Kaiserbäder an der Ostsee.« Marie lachte.

»Das ist genau die Absicht! Unser hochgeschätzter Dr. Zimmermann ist gerade dabei, einen Verein zur Hebung des Fremdenverkehrs zu gründen, der vom Gouvernement und allen wichtigen Geschäftsleuten der Stadt unterstützt wird. Tsingtau hat inzwischen einen guten Ruf als Badeort in China, die Leute kommen sogar aus Hongkong und Shanghai hierher zur Sommerfrische.«

Marie schüttelte den Kopf. »Eine erstaunliche Entwicklung für einen Marinestützpunkt.«

»Irgendwann muss sich diese Stadt ja auch rechnen. Fremdenverkehr ist ein Wirtschaftsfaktor der Zukunft. Inzwischen kann man mit der Bahn in zwölf Tagen von Berlin nach Peking fahren … Und abgesehen davon versuchen wir eben, es uns hier so schön wie möglich zu machen.«

In diesem Augenblick entdeckte Marie an der Uferpromenade einen kleinen, von einer roten Mauer umgebenen Tempel.

»Wie wunderbar! Ein Tempel. Ich dachte schon, es gäbe hier überhaupt keine chinesischen Gebäude in der Stadt.«

»Es gibt auch nur noch diesen Tempel und die Reste des Yamens, der ehemaligen Residenz des chinesischen Bezirkskommandanten. Das Dorf, das hier in der Bucht lag, wurde abgerissen, als man die Stadt neu anlegte.«

»Kann man den Tempel besichtigen?«

Ihr Vater winkte ab. »Heb dir das für einen anderen Tag auf. Vielleicht findest du einen kompetenteren Führer als mich. Am besten fragst du Philipp. Ich verstehe nichts von chinesischen Götzen und Tempeln. Ich weiß nur, dass er der Meeresgöttin geweiht sein soll.«

Etwas enttäuscht registrierte Marie, dass sich ihr Vater wenig für chinesische Kultur interessierte. Aber sie konnte ja wirklich jederzeit allein hierher kommen und die malerische Anlage besichtigen.

Die Straße verlief zunächst weiter am Meer entlang und führte dann einen kleinen felsigen Hügel hinauf. An der höchsten Stelle bot sich Marie ein atemberaubender Ausblick: Vor ihnen lag eine weitere Bucht mit einem kilometerlangen breiten Sandstrand. Hier sah es wirklich aus wie in einem der Kaiserbäder an der Ostsee. Den oberen Teil des weißen Sandstrandes säumten blaue und rote Badebuden, dahinter schloss sich ein Grünstreifen mit Büschen und Bäumen an, aus denen zwei Musikpavillons ragten. In der Mitte lag ein großes Hotel mit einem Turm und Veranden auf mehreren Etagen. Den Hügel oberhalb der Bucht zierten prächtige Villen.

Wolfgang Hildebrand ließ die Kutsche anhalten, damit Marie den Blick genießen konnte.

»Und hier sind wir in der Viktoria-Auguste-Bucht mit dem Villenviertel und dem Badestrand. Und mittendrin das berühmte Strandhotel, wo wir gleich Mittag essen werden.«

Fassungslos schüttelte Marie den Kopf. »Ich weiß nicht, was ich mir genau unter einer deutschen Kolonie in China vorgestellt habe, aber bestimmt nicht so etwas!«

Ihr Vater lachte und bedeutete dem Mafu weiterzufahren.

»Weiter geht's. Ich bekomme langsam Hunger.«

Der Speisesaal des Strandhotels war ein heller, lichtdurchfluteter Raum mit weiß gedeckten Tischen, die durch geschickt positionierte Palmen in Blumentöpfchen aus chinesischem Porzellan voneinander abgetrennt wurden. Es herrschte eine angenehme Atmosphäre mit gedämpft geführten Gesprächen, Geschirrgeklapper und Gläsergeklirr. Der deutsche Oberkellner begrüßte Marie und ihren Vater und führte sie zu einem Tisch am Fenster, von dem man eine schöne Aussicht auf den Strand hatte. Marie spürte, wie zahlreiche Augen ihnen folgten. Das Restaurant war gut besucht. Elegante Damen und Herren saßen plaudernd an den Tischen. Marie konnte deutsche, englische und russische Sprachfetzen ausmachen. Abgesehen von den chinesischen Hilfskellnern waren alle Anwesenden Europäer. Die Speisekarte offerierte gehobene europäische Küche, von Rinderkonsommé oder Schildkrötensuppe bis Forelle Müllerin oder Lammkoteletts. Wolfgang Hildebrand sah Maries enttäuschten Gesichtsausdruck.

»Auf der letzten Seite gibt es orientalische Genüsse«, sagte er schmunzelnd über seine Speisekarte hinweg.

Marie sah ihn dankbar an. »Gott sei Dank! Es fällt mir schwer, zu verstehen, dass man ans andere Ende der Welt zieht, nur um dort genau das Gleiche zu essen und zu trinken wie zu Hause.«

»Na, warte mal, bis du länger hier bist, dann weißt du warum.«

In diesem Moment schien es Marie, als ob die Gespräche im Saal mit einem Mal verstummten. Sie blickte auf.

Am Eingang standen vier Chinesen. Drei von ihnen trugen lange Roben aus dunklem, edel bedrucktem Stoff. Der vierte, mit einem westlichen Anzug bekleidete Mann war gestern an Bord der »Lützow« angekommen. Der Oberkellner steuerte diensteifrig auf sie zu und verbeugte sich.

An seinem Hut erkannte Marie den jungen Chinesen, der ihr gestern am Pier bereits aufgefallen war. Sie hörte, wie er mit dem Kellner Deutsch sprach, und gleich darauf wurden die vier Männer zu einem etwas abseits gelegenen Tisch geführt, verfolgt von vielen skeptischen Blicken.

Marie kicherte leise. »Unfassbar, wie neugierig hier alle sind. Erst hat man uns genau beäugt, und nun werden diese vier Chinesen angestarrt, als kämen sie vom Mond.«

»Darf ich dich darauf aufmerksam machen, dass du die Gruppe ebenso neugierig angesehen hast wie alle anderen.«

Marie schnaubte protestierend. »Ich darf das! Schließlich bin ich neu hier und hab noch nicht so viel Erfahrung mit Chinesen in vornehmen Restaurants.«

»Wir auch nicht«, murmelte Wolfgang Hildebrand. »An diese neuartigen Entwicklungen müssen wir uns hier auch erst gewöhnen.«

Für einen Moment war Marie verblüfft. Sie beobachtete, wie der Kellner mit einem großen Messingtopf zurückkehrte und ihn unauffällig unter den Tisch schob.

Wolfgang Hildebrand war ihrem Blick gefolgt.

»Was soll der Topf?«, flüsterte Marie.

»Unsere chinesischen Mitbewohner haben noch die eine oder andere problematische Angewohnheit. Hast du draußen das Schild gesehen, auf dem stand ›Bitte nicht spucken‹?«

Marie nickte.

»Nun ja, du wirst sicher bald verstehen, was ich meine.«

Marie verzog ungläubig das Gesicht.

»Ich hoffe aber in deinem Interesse, es bleibt uns heute erspart, denn es ist ganz nebenbei auch kein schönes Geräusch«, fügte ihr Vater noch hinzu und widmete sich weiter seiner Speisekarte.

»Weißt du, wer sie sind?«, fragte Marie.

Wolfgang Hildebrand nickte unmerklich. »Ich kenne nur den älteren Herrn in der chinesischen Robe. Er ist ein Komprador. Das sind Chinesen, die zwischen den ausländischen Kaufleuten und den chinesischen

Abnehmern und Produzenten im Inland vermitteln. Für jeden Vertragsabschluss kassieren sie Provision, ohne sie geht nichts. Diese Leute verdienen ein Vermögen, wahrscheinlich mehr als jeder ausländische Kaufmann, und keiner weiß, wo überall sie ihre Finger im Spiel haben. Sie nehmen gerne an der internationalen Gesellschaft teil. Das hebt ihr Ansehen bei ihren Landsleuten. Vielleicht will er einen neuen Kunden mit seiner Weltläufigkeit beeindrucken. Die beiden jungen Männer sind wahrscheinlich Verwandte von ihm, die für ihn arbeiten. Familienzusammenhalt wird in China ganz großgeschrieben. Streng genommen kann ein Chinese nur einem Verwandten trauen.«

»Ein interessanter Gedanke«, meinte Marie.

»Der aber nicht unproblematisch ist, wenn es um die Staatsführung geht«, murmelte Wolfgang Hildebrand und winkte nach dem Kellner, um endlich die Bestellung aufzugeben.

Den Kaffee nahmen die beiden auf der windgeschützten Veranda des Strandhotels ein. Wolfgang Hildebrand paffte genüsslich eine Zigarre zum Cognac, Marie genoss die Aussicht und die warme Sonne. Spaziergänger promenierten trotz einer frischen Brise den Strand entlang.

Da tauchte am Ende der Bucht eine Gruppe Reiter auf, die mit atemberaubender Geschwindigkeit das Ufer entlanggaloppierte.

»Donnerwetter! Kein schlechtes Tempo. Da trainiert jemand für die Herbstjagden«, meinte Hildebrand anerkennend.

Marie beobachtete die Reiter. »Die Pferde sehen irgendwie mickrig aus.«

Hildebrand zuckte mit den Achseln. »Das sind mongolische Ponys. Es ist einfach zu teuer, Pferde aus Europa hierherzubringen. Noch dazu sind sie hier ungewohntem Klima und Krankheiten ausgesetzt. Nur unser oberstes Militär sitzt auf hohem Ross. Zum privaten Vergnügen reitet man hier diese Ponys. Sie sind zwar etwas niedriger als die Pferde, die wir sonst gewöhnt sind, aber ausgesprochen zäh, genügsam, schnell und vor allem bezahlbar.«

Die Reiter hatten das Ende des Strandes erreicht. Sie machten kehrt, kamen hinauf zum Strandhotel galoppiert und zügelten vor der Veranda ihre Pferde. Der Reiter an der Spitze der Gruppe war Philipp von Heyden. Er begrüßte Wolfgang und Marie und stellte ihnen seine Begleiter vor, zwei attraktive junge Männer in Uniform und einen jungen Mann in elegantem Reitzivil.

»Leutnant Azarieff vor der russischen Marine, Major Bentley von der Royal Navy und Geoffrey McKinnan von Spencer & Masters. Gestattet ihr, dass ich mich etwas zu euch geselle? Die Herren haben leider anderweitige Verpflichtungen.«

»Es wäre uns ein Vergnügen«, antwortete Wolfgang Hildebrand.

Philipp wechselte einige Worte auf Englisch mit seinen Begleitern und sprang vom Pferd. Sie verabschiedeten sich und ritten davon. Einer von ihnen nahm Philipps Pferd am Zügel mit. Marie sah ihnen nach.

»Offiziere der englischen und russischen Marine reiten bei den Herbstjagden mit?«

Wolfgang Hildebrand zuckte mit den Achseln. »Selbstverständlich. Wir pflegen besten Kontakt mit allen Marineverbänden, die hier einlaufen. Die Mannschaften spielen gegeneinander Fußball, die Offiziere spielen Polo oder reiten bei den Jagden mit. Wir sind eine internationale Stadt. Hier leben nicht nur Deutsche und Chinesen, sondern auch Russen, Engländer, Amerikaner und Japaner.«

Philipp hatte es sich inzwischen bequem gemacht und bei einem Kellner Kaffee und Cognac bestellt.

»Eure Ponys sind gut in Schuss. Beste Voraussetzungen für das nächste Wochenende«, sagte Wolfgang Hildebrand gut gelaunt.

»Ja, es wird bestimmt spannend.«

Philipp wandte sich an Marie. »Reiten Sie, Fräulein Hildebrand?«

Sie schüttelte den Kopf.

»Sie sollten es versuchen! Ich bringe es Ihnen gerne bei. Die mongolischen Ponys sind ausgesprochen brav, und außerdem fällt man im Fall der Fälle nicht so tief.« Er lachte.

»Ich bin kaum vierundzwanzig Stunden hier, und schon habe ich eine Einladung zum Skilaufen und zum Ausreiten bekommen. Tsingtau scheint mir ein sportliches Fleckchen Erde zu sein.«

»Ja, Sport ist hier sehr populär, es gibt fantastische Möglichkeiten«, antwortete Philipp.

Er deutete auf die Tennisplätze neben dem Hotel. Dort versuchten sich gerade zwei etwas korpulente Damen mit hochroten Köpfen an einem mühevollen Ballwechsel.

»Hier spielen sogar Beamte und Missionare Tennis! Vor allem aber ihre Ehefrauen. Personal ist billig, und irgendwas müssen die Damen ja tun.« Er grinste. »Wie Sie sehen, kämpft so manche Brunhilde mehr auf dem Tennisplatz als am heimischen Herd. Man will eben auf keinen Fall im vornehmen englischen Sport-Ladies aus Shanghai und Hongkong nachstehen.«

Marie musste lachen.

»Sei nicht so respektlos«, brummte Wolfgang Hildebrand gutmütig. »Schließlich müssen die Leute hier manches Opfer bringen. Da muss man ihnen auch ein bisschen Vergnügen gönnen.«

»Ich laufe ganz gerne Schlittschuh. Kann man das hier auch?«, fragte Marie. »In Berlin ist das im Winter immer wunderbar.«

Von Heyden nickte. »Ja, natürlich. Die Saison wird sicher bald beginnen, nachts friert es ja schon.«

»Tennis spielen würde ich gerne versuchen«, überlegte Marie.

»Ich stelle mich gerne als Lehrer zur Verfügung«, erwiderte Philipp von Heyden.

»Wollen Sie sich wirklich bei all Ihren Verpflichtungen mit einer Anfängerin herumquälen?«, fragte Marie mit einem leicht zynischen Unterton.

Er zog überrascht eine Augenbraue hoch. »Es kann doch sehr reizvoll sein, einer Anfängerin etwas beizubringen.«

Vor Verblüffung verschlug es Marie die Sprache, und sie spürte, dass sie rot wurde. Wolfgang Hildebrand paffte an seiner Zigarre und lächelte still in sich hinein.

Mit einsetzender Dunkelheit kehrten Wolfgang Hildebrand und Marie erschöpft, aber gut gelaunt nach Hause zurück. Philipp hatte sich verabschiedet. Fritz wartete mit dem Abendessen und einer Nachricht für Marie. Gerlinde Zimmermann hatte angerufen und um Rückruf gebeten.

Am Telefon wollte Gerlinde nicht mit der Sprache herausrücken, was ihr auf dem Herzen lag, und so lud Marie sie für den nächsten Tag zum Tee ein.

3.

Nach dem Frühstück verabschiedete sich Wolfgang Hildebrand. Er musste zum Dienst ins Hafenbauamt. Er verkündete, dass er Philipp von Heyden zum Abendessen mitbringen werde. Mit dem Wochenbeginn war der Alltag im Hause Hildebrand eingekehrt, und Marie sollte ihren Dienst als Dame des Hauses aufnehmen. Sie marschierte in die Küche, aus der lautes Gezeter drang, seit Wolfgang Hildebrand das Haus verlassen hatte. Als sie die Tür aufstieß, verstummte der Lärm schlagartig. Marie starrte in drei fassungslose Gesichter. Sie hatte das Gefühl, in ein fremdes Reich einzudringen, in dem sie nichts zu suchen hatte. Fritz saß an einem Tisch in der Ecke, vor ihm eine Schüssel Reis und verschiedene Tellerchen mit Gemüse und Fleisch. Der Kochboy war dabei, Geschirr abzuwaschen, der Koch hantierte am Ofen herum. Marie zögerte eine Augenblick angesichts der abweisenden Mienen.

»Fritz, würden Sie bitte nach Ihrem Frühstück zu mir kommen, ich muss mit Ihnen sprechen.«

Daraufhin drehte sie sich um und ging zurück ins Wohnzimmer. Als die Küchentür hinter ihr zufiel, hörte sie eine kurze Äußerung des Boys, die wie eine Verwünschung klang, und ein leises Kichern. Kurz darauf erschien er wie verlangt und sah Marie fragend an.

Zunächst erklärte sie ihm, dass er ihr Zimmer nicht zu putzen habe, das würde sie selbst erledigen. Die Vorstellung, dass ein fremder Mann mit ihren Sachen herumhantierte, war Marie ausgesprochen unangenehm. Zu Hause war das Hauspersonal durchweg weiblich gewesen. Fritz starrte sie nur verständnislos an. Als Nächstes galt es die Frage des Abendessens zu klären.

»Würden Sie den Koch bitten, heute Abend ein chinesisches Essen zu kochen? Für drei Personen.«

Wieder erntete Marie einen verständnislosen Blick. Sie wiederholte ihre Bitte. Als Fritz sich schließlich sicher war, dass sie es ernst meinte und ihm die Wahl der Gerichte überließ, da sie selbst nichts von chinesischer Küche verstand, strahlte er über das ganze Gesicht.

Erleichtert beschloss Marie, auf Erkundungstour durch die Stadt zu gehen. Ihr Vater hatte ihr Rikschabons gegeben. Im Gegensatz zu anderen asiatischen Städten versuchten die deutschen Behörden mit der Einführung dieser Gutscheine für Ordnung zu sorgen und jeder Art von Betrug vorzubeugen. Nach der Fahrt gab man pro Viertelstunde einen Bon ab und vermied so das sonst übliche lautstarke Feilschen um den Fahrpreis. Doch Marie entschloss sich, den kurzen Weg zur Friedrichstraße zu Fuß zu gehen. Die Idee, dass ein Mensch wie ein Zugtier ihr Gewicht ziehen sollte, war ihr unangenehm. Auf der Straße herrschte im Gegensatz zur Sonntagsruhe am Vortag geschäftiges Treiben. Rikschas, Einspänner und Kutschen waren unterwegs. In der Friedrichstraße bummelte sie die Schaufenster entlang und sah sich die Auslagen der Geschäfte an. Es gab deutsche Marineuniformen und neueste Herrenmode für den Mann von Welt, Reitgerten aus Italien, Stiefel aus Prag, Damenmode aus Berlin, Wien und Paris, Rheinwein, Bier aus München, Spreewaldgurken und Mundwasser von Odol. Marie staunte, was alles für wert befunden wurde, den langen Weg aus Europa ans andere Ende der Welt transportiert zu werden. Aus alter Gewohnheit zog es sie in die Buchhandlung, wo sie durch die Regale stöberte und schließlich einen kleinen bebilderten Führer von Tsingtau und Umgebung kaufte.

Langsam wanderte Marie weiter die Straße hinauf und sah sich neugierig um. Vereinzelte europäische Passanten warfen ihr musternde Blicke zu, der eine oder andere Herr zog grüßend den Hut. Die Chinesen starrten Marie offen an und blieben sogar stehen, um sich nach ihr umzudrehen. Ein Blick auf das Straßenschild offenbarte Marie, dass sie inzwischen im chinesischen Teil der Stadt angelangt war. Die Straße hieß nun Shandongstraße. Über dem Eingang eines Geschäftes las Marie »Fu Shen Yü – Rohseide«. Sie blickte in das zur Straße offene Geschäft. Auf langen Tischen lagen Stapel von Rollen farbenfroher Seide. Ein älterer Chinese mit einem spitzen weißen Bart und einer Nickelbrille verneigte sich lächelnd und machte eine einladende Armbewegung.

»Seide! Kommen Sie! Guter Preis!«

Marie lächelte zurück. »Nein, danke. Heute nicht.«

Sie ging weiter. Plötzlich überholte sie der Mann aus dem Seidenladen und blieb vor ihr stehen. Wieder verbeugte er sich und hielt ihr mit beiden Händen eine Visitenkarte entgegen.

»Bitte. Kommen Sie wieder. Guter Preis.«

Marie nahm die Karte, bedankte sich freundlich und setzte ihren Weg fort. Ein offener Laden schloss sich an den nächsten an. Vor den meisten Geschäften saßen die chinesischen Besitzer auf kleinen Hockern und warteten auf Kundschaft. Sobald sie Maries ansichtig wurden, sprangen sie auf und versuchten freundlich, aber bestimmt, sie unter heftigem Gestikulieren in ihren Laden hinein zu komplimentieren. Marie lächelte stets, warf nur kurze Blicke auf die Waren, bedankte sich höflich und ging weiter. Es gab Geschäfte mit Seide, Korbwaren, Haushaltsartikeln, Schmuck und Perlen. Marie überquerte mehrere kleine Seitenstraßen, die in die Shandongstraße mündeten, und beobachtete das Leben, das sich dort auf den Bürgersteigen abspielte. Überall standen kleine Schemel, auf denen Händler vor ihren auf dem Boden ausgebreiteten Waren saßen. Ein Friseur rasierte einem Kunden auf offener Straße den Kopf. Ein anderer schrieb mit dem Pinsel einen Brief, den eine vor ihm sitzende ältere Chinesin offensichtlich diktierte. Es herrschte rege Betriebsamkeit, ganz anders als auf der Friedrichstraße, wo vergleichsweise wenige ausländische und chinesische Passanten unterwegs gewesen waren und keine Geschäfte auf der Straße gemacht wurden. Eine dickliche, rotbackige, junge Chinesin stand hinter einem zu einem Ofen umfunktionierten Fass, auf dem riesige Bambuskörbe gestapelt waren. Als Marie vor ihr stehen blieb, hob die junge Frau lächelnd den Deckel vom obersten Korb. Eine Dampfwolke stieg auf. Mit einer kleinen Handbewegung zeigte die Frau auf die faustgroßen, weißen Klöße im Dampfkorb und sagte: »Baozi.«

Sofort blieben die chinesischen Passanten stehen, um das weitere Geschehen zu beobachten. Ein Junge tauchte neben Marie auf und deutete auf die Klöße.

»Hao chi! Gut!«

Marie zögerte. Die Klöße sahen wirklich sehr appetitlich aus, aber sie hatte keine Ahnung, aus was sie bestanden. Kurz entschlossen wandte sie sich der Verkäuferin zu und fragte: »Wieviel?«

Die Frau hob lächelnd den Zeige- und den Mittelfinger einer Hand in die Höhe, dann machte sie eine Faust.

Der Junge übersetzte. »Zwei Baozi, fünf Cent.«
»Gut.«
Marie fischte ein Fünfcentstück aus ihrem Portemonnaie und gab es der Frau. Diese überreichte ihr die zwei Baozi auf einem Blatt Papier. Marie hielt dem Jungen die Baozi hin.
»Bitte, einer ist für dich.«
Sie nahm den anderen Kloß und biss hinein. Der Teig war warm, luftig weich und ganz leicht süßlich. Im Inneren befand sich eine rötliche Füllung aus Fleisch und Gemüse. Es schmeckte köstlich. Auch der Junge verzehrte den Kloß genüsslich. Rundherum war zustimmendes Gemurmel und Gekicher aus der inzwischen beträchtlichen Menge an Schaulustigen zu hören. Plötzlich jedoch ertönte eine herrische laute Stimme.
»Was ist hier los? Platz da!«
Ein großer, dicklicher deutscher Polizist, gut erkennbar an seinem imposanten gezwirbelten Kaiser-Wilhelm-Bart, gefolgt von einem dünnen chinesischen Polizisten, drängte durch die Menschen, die um Marie und die Dampfkörbe herumstanden. Marie aß ruhig weiter und sah den beiden Gesetzeshütern gespannt entgegen. Der Wachtmeister starrte sie sichtlich irritiert an und schlug schließlich die Hacken zusammen.
»Ist bei Ihnen alles in Ordnung? Was machen Sie hier?«
Marie spürte, wie die Freundlichkeit der Passanten verschwand und ihre Mienen erstarrten.
»Alles in Ordnung. Ich probiere nur eine lokale Spezialität«, gab sie gelassen zur Antwort. »Ist übrigens köstlich.« Sie sah zu dem chinesischen Jungen. »Wie heißen sie noch mal?«
»Baozi.«
»Ja, Baozi.«
Der Junge nickte, während der Polizist den Kopf schüttelte.
»Hoffentlich verderben Sie sich an dem Zeug nicht den Magen. Sind Sie in Begleitung hier?«
»Nein. Ich bin alleine unterwegs.«
»Sie sollten vorsichtiger sein.«
Marie sah ihn fragend an. »Ist denn hier schon einmal jemand überfallen worden?«
Der Polizist räusperte sich. »In der Stadt natürlich nicht. Das würde auch streng bestraft werden. Aber man kann ja nie wissen. Der Chinese bleibt immer unberechenbar. Und außerdem gibt es Taschendiebe.«

»Die gibt's in Berlin auch. Aber ich danke Ihnen für Ihre Fürsorge, Herr Wachtmeister.«

Damit nickte Marie allen zum Abschied freundlich zu und ging weiter.

Sie überquerte die Straße und ging auf der anderen Seite den Weg zurück, den sie gekommen war. Dabei überdachte sie, was gerade geschehen war. Sie hatte sich inmitten der neugierigen chinesischen Zuschauer völlig sicher gefühlt. Keinerlei Feindseligkeit war zu spüren gewesen. Im Gegenteil. Erst als der deutsche Polizist durch die Menge stampfte, hatte sich die Stimmung verändert. Sie ärgerte sich über den Polizisten, der ihr kleines Abenteuer unterbrochen hatte.

Unentschlossen wanderte Marie weiter die Straße entlang. Plötzlich hörte sie Marschmusik, die rasch näher kam.

Die Passanten blieben stehen, die Fuhrwerke und Rikschas auf der Straße fuhren wie auf ein geheimes Kommando an den Straßenrand und hielten dort an. Angeführt von zwei berittenen Offizieren und begleitet von Marschmusik, marschierte eine Einheit deutscher Soldaten im Gleichschritt die Straße hinunter. Einige der Soldaten warfen Marie neugierige Blicke zu, während sie dem unerwarteten Schauspiel erstaunt zusah. Aus den Geschäften kamen Schaulustige und beobachteten das Geschehen mit regloser Miene. Als der Trupp vorbeigezogen war, drehte sich einer der chinesischen Ladenbesitzer um, räusperte sich geräuschvoll, spuckte auf die Erde und verschwand wieder in seinem Geschäft. Marie war von der Heftigkeit dieser Geste bestürzt. Plötzlich schien sie die Fremdheit dieses Ortes zu spüren. Es war Zeit, wieder nach Hause zu gehen.

Am Nachmittag kam Gerlinde wie verabredet zum Tee. Souverän kutschierte sie selbst mit einem Einspänner auf den Hof. Xiao Li kümmerte sich um das Pony und das Dogcart, während Marie sie begrüßte. Gerlinde wirkte immer noch bedrückt, gab sich aber mehr Mühe als am vorherigen Tag, sich nichts anmerken zu lassen.

»Und? Wie ist dein erster Eindruck von Tsingtau?«

»Schwer zu sagen. Auf den ersten Blick sieht es hier aus wie in einer deutschen Kleinstadtidylle. Aber irgendwie erscheint mir das nur die

Fassade zu sein, ich kann mir vorstellen, dahinter verbergen sich viele Geheimnisse!«

Gerlinde nickte anerkennend. »Das ist ja schon eine Menge an Erkenntnis nach nur einem Tag!«

Marie bedankte sich bei Fritz, der Tee und Gebäck serviert hatte, und wandte sich wieder Gerlinde zu. »Und welche Laus ist dir über die Leber gelaufen? Gestern an der Kirche war ich richtig erschrocken, als ich deinen Gesichtsausdruck sah.«

Gerlinde nahm einen Schluck Tee und seufzte. »Ich habe mal wieder Ärger mit meiner Mutter. Seit Jahren nörgelt sie an mir rum, dass ich mich nicht damenhaft benehme. Da man hier überall beobachtet wird, werden auch alle Verstöße gegen die Contenance sofort an meine Mutter berichtet. Letzten Winter bekam sie mit, dass ich beim Schlittschuhlaufen mit einem Gefreiten aus der Bismarckkaserne getanzt habe, und sofort erhielt ich Hausarrest. Dabei war das nur Spaß. Gleich nach dem Abitur fuhr sie mit mir nach Deutschland, damit ich ihn nie wieder treffen kann. Ich habe inzwischen herausgefunden, dass er nach Japan versetzt wurde. Dann vorgestern am Hafen, diese peinliche Szene mit Philipp von Heyden. Und kaum waren wir wieder zu Hause, teilte sie mir mit, dass nun ein neuer Lebensabschnitt für mich angefangen habe und sie den richtigen Mann für mich suchen wolle. Ihr Favorit ist natürlich Philipp von Heyden, aber als weiteren Kandidaten hat sie einen Legationsrat von der deutschen Botschaft in Peking auserkoren, der in den nächsten Tagen bei uns eintreffen wird, um als Hausgast an den Herbstjagden teilzunehmen. Nach dem Motto ›Konkurrenz belebt das Geschäft‹. Ich finde es empörend, dass sie mich anscheinend meistbietend versteigern will.«

Marie lachte laut auf. »Ich glaube, du übertreibst. Deine Mutter hat bisher dein Leben maßgeblich bestimmt, und deshalb liegt es nahe, dass sie sich auch weiter um dich kümmert. Das ist doch ganz normal. Aber schließlich leben wir ja nicht im Mittelalter, wo Frauen ungefragt verheiratet werden.«

Gerlinde schüttelte den Kopf. »Du hast gut reden, du hast ja keine Mutter, die sich überall einmischt.« Sie schlug sich vor Entsetzen die Hand vor den Mund. »Es tut mir leid. Das war wirklich geschmacklos.«

Marie winkte ab. »Ist schon gut. Nein, aber denk doch mal nach. Wenn du nicht mehr möchtest, dass sich jemand in dein Leben einmischt, dann solltest du beweisen, dass du selbst einen Plan hast, der sie überzeugt, dass du erwachsen geworden bist.«

Gerlinde sah sie fragend an. »Einen Plan für mein Leben? Ich habe doch erst vor ein paar Monaten Abitur gemacht und wollte jetzt meine Freiheit genießen! Irgendwann werde ich natürlich heiraten, aber doch nicht sofort.«

»Na, siehst du! Dann liegt deine Mutter ja gar nicht so falsch, dir mögliche Kandidaten vorzustellen. Das kannst du ihr doch nicht wirklich übel nehmen.«

Gerlinde schien nicht überzeugt. »Ich weiß nicht so recht. Was könnte ich denn tun? Vielleicht studieren, so wie du? Aber dann müsste ich ja aus Tsingtau weggehen, und das möchte ich auf keinen Fall.«

»Ich denke, das sind Fragen, die du in Ruhe überlegen solltest. Schließlich geht es um dein Leben, da kann man nicht binnen einer Minute eine Entscheidung fällen.«

»Du hast recht. Ich werde darüber nachdenken.« Sie nahm einen Keks.

»Aber wie stehst du denn zu den Kandidaten deiner Mutter?«

Gerlinde lächelte unsicher. »Na ja, diesen Legationsrat kenne ich ja noch nicht. Und Philipp von Heyden?« Sie seufzte. »Er ist natürlich der Traumschwiegersohn. Adelig, Protestant, Offizier, ein Mann von Welt. Was will man mehr?«

Marie zog die Augenbrauen hoch. »Was heißt hier Traumschwiegersohn? Es geht schließlich nicht darum, deine Mutter zufriedenzustellen, sondern darum, dass du glücklich wirst im Leben. Kannst du dir das mit ihm vorstellen?«

Gerlinde zögerte einen Augenblick, dann lächelte sie. »Ehrlich gesagt, schwärme ich für ihn, seit ich ihn kenne. Er ist nett, charmant und ein toller Sportler. Aber ich glaube, er sieht immer noch das Mädchen mit den Zöpfen in mir und nimmt mich nicht ernst. Bei ihm habe ich immer den Eindruck, er spielt nur mit Frauen. Er lockt sie mit seinem Charme aus der Reserve und zieht sich dann zurück.«

Marie blickte Gerlinde überrascht an. »Du hast dir ja schon eine Menge Gedanken über ihn gemacht.«

»Kein Wunder, ich kenne ihn ja schon eine Weile, und in den Damenzirkeln ist er ein beliebtes Gesprächsthema. Alle warten gebannt darauf, dass er endlich einmal ernsthaftes Interesse an einer Frau zeigt, aber das ist bisher nicht geschehen. Er fährt so oft es geht nach Shanghai, und man munkelt, dass vielleicht eine Frau dahinterstecken könnte, aber einen Beweis dafür gibt es bisher nicht.«

»Ein Grund mehr für dich, dir Gedanken über deinen Lebensplan zu machen. Vielleicht beginnt er dich ernst zu nehmen, wenn er sieht, dass du erwachsen geworden bist.«

Gerlinde sah Marie nachdenklich an und nickte. »Vielleicht hast du recht. Aber genug davon. Das Problem lösen wir heute sowieso nicht. Wie ist es dir denn bisher ergangen?«

»Ich war heute Morgen auf Erkundungstour in der Chinesenstadt.«

»In Dabaodao? Ganz alleine?« Gerlinde sah sie ungläubig an. »Du bist ganz schön mutig! Normalerweise wagen sich Neuankömmlinge am ersten Tag höchstens in die deutschen Kaufhäuser in der Friedrichstraße.«

»Da war ich zu Anfang, aber das war mir dann doch zu langweilig.«

Marie erzählte Gerlinde von ihren Erlebnissen an der Garküche.

Gerlinde war begeistert. »Ich bin so froh, dass dir das alles gefällt. Ich liebe Dabaodao. Da gibt es so viel zu entdecken! Wir sollten in den nächsten Tagen zusammen auf Erkundungstour gehen. Ich würde dich nur bitten, meiner Mutter nichts davon zu sagen. Sie sieht das nicht so gerne.«

»Ist es denn deiner Erfahrung nach dort gefährlich? Ich hatte heute nicht den Eindruck, dass die Menschen mir gegenüber feindselig waren.«

»Nein, sind sie auch nicht. Den Chinesen, die in der Kolonie Arbeit finden, geht es weit besser als außerhalb des Schutzgebietes. Und hier sind sie vor Banditen und korrupten Beamten sicher, dafür sorgen schon die deutsche Polizei und das Militär. Aber es besteht immer die Gefahr von ansteckenden Krankheiten, die aus dem Hinterland eingeschleppt werden. Von dieser Angst sind hier alle wie besessen. Es gibt sogar eine Rubrik in der Tageszeitung ›Ansteckende Krankheiten‹. Da kann man jeden Tag nachlesen, wie viele Fälle von welchen Krankheiten aufgetreten sind. Ich lasse mich davon aber nicht verrückt machen. Man kann sich doch nicht nur in der winzigen Europäerstadt bewegen, da bekommt man ja Klaustrophobie.«

Marie war froh, dass Gerlinde zu ihrer guten Laune und ihrem Temperament zurückgefunden hatte. Sie lud sie ein, zum Abendessen zu bleiben. Als Gerlinde hörte, dass es chinesisches Essen geben würde, sagte sie sofort zu. Die Tatsache, dass Philipp von Heyden auch zum Essen kommen würde, störte sie nicht.

»Solange du ihm nicht verrätst, was ich dir heute erzählt habe.«

Marie schüttelte den Kopf. »Wo denkst du hin?«

Gerlinde grinste verschmitzt. »Meine Mutter wird sicher nichts einzuwenden haben, wenn sie erfährt, dass Philipp auch kommt. Ich rufe kurz zu Hause an und sage Bescheid.«

Pünktlich um halb sieben kamen Wolfgang Hildebrand und Philipp von Heyden zum Essen. Der Marinebaurat war sichtlich enttäuscht, dass Marie nicht deutsch gekocht hatte. Sie beschwichtigte ihn. »Keine Sorge, Vater! Ich verspreche dir, ich werde mich bald ans Werk machen, aber ich fand es sozusagen als vertrauensbildende Maßnahme erst einmal wichtig, dass der Koch zeigt, was er kann, bevor ich anfange, ihm Anweisungen zu geben.«

Während Hildebrand enttäuscht brummte, zeigte sich Philipp beeindruckt. »Sie sind die geborene Diplomatin! Eine Frau mit Sinn fürs Pragmatische!«

Marie schüttelte den Kopf. »Ich wollte ihm nur zeigen, dass ich Respekt vor seinem Beruf habe. Es ging nicht darum, ihn zu überlisten.«

Ihr Tonfall klang deutlich bissig, und das Lächeln auf Philipps Gesicht wirkte etwas gequält.

Gerlinde rettete die Stimmung. »Ihr werdet sehen, das wird ein herrliches Essen werden. Der Koch wird sich schwer ins Zeug gelegt haben, um die neue Missy zu beeindrucken.«

Und sie sollte Recht behalten. Das Essen war köstlich und von unerwarteter Vielfalt. Es gab Gemüse, Fleisch, Fisch und Garnelen, alles geschmacklich perfekt kombiniert und abgeschmeckt. Dazu wurden gedämpfte Mantou serviert, eine Art Hefeklöße, die man wie Brot zu den Speisen aß. Als Fritz zwei zugedeckte kleine Bambuskörbchen auf den Tisch stellte, strahlte Gerlinde ihn an und fragte: »Xiao longbao?«

Fritz nickte lächelnd und hob die Deckel der Dampfkörbe an.

»Oh, lecker! Das ist mein Lieblingsgericht!«, jubelte Gerlinde.

In den Körbchen lagen weiße, walnussgroße Klößchen, die nach oben spitz zuliefen.

»Das ist eine Spezialität aus Shanghai. Das heißt soviel wie kleine Dampfkorbtaschen. Sie schmecken einfach herrlich! Probier mal, Marie. Aber vorsichtig! In den Klößchen ist heiße Suppe und eine Füllung!«

Marie langte beherzt zu. Tatsächlich, als sie in ein Klößchen biss, strömte herzhafte heiße Brühe in ihren Mund. Die Füllung bestand aus einer Mischung aus Hackfleisch und Gemüse. Die Kombination zerging auf der Zunge.

Marie staunte. »Wie kommt denn die Suppe in die Teigtaschen?«

Gerlinde lachte. »Eine berechtigte Frage! Unser Koch hat es mir erklärt: Man kocht eine starke Brühe und lässt sie abkühlen. Dann geliert sie. Man schneidet die Gelatine in kleine Würfel, setzt sie auf die Füllung und verschließt den Teig. Beim Dämpfen verflüssigt sich die Gelatine wieder zur Brühe! Das ist nur ein kleines Beispiel für die Genialität der chinesischen Küche.«

Marie, Philipp und sogar Wolfgang Hildebrand stimmten ihr zu. Gerlinde lobte den Koch in vollen Zügen. Er wurde aus der Küche geholt und erhielt großen Applaus. Fritz und Lao Shu strahlten voller Stolz über diese ungewohnte Anerkennung.

Gerlinde verriet, dass auch bei Zimmermanns auf Wunsch der Familie meistens chinesisch gekocht wurde. Deutsches Essen gab es nur, wenn Besuch erwartet wurde oder an speziellen Feiertagen. Wolfgang Hildebrand erntete allgemeines Gelächter, als er Marie daraufhin fast flehentlich bat, zumindest hin und wieder einen deutschen Braten auf den Tisch zu bringen. Marie legte ihre Hand tröstend auf seinen Arm und versprach, dem Koch alle Lieblingsgerichte ihres Vaters beizubringen.

Da wandte sich Philipp an Gerlinde. »Reitest du am Samstag die Jagd mit?«

Gerlinde strahlte begeistert. »Ja, natürlich. Unser Mafu hat mein Pony trainiert, während wir in Europa waren. Ich werde versuchen, dir das Leben so schwer wie möglich zu machen.«

Philipp lächelte sie herausfordernd an. »Das verspricht ja ein besonderes Vergnügen für mich zu werden.«

Für einen Moment verlor Gerlinde ihre Fassung und wurde rot. Sofort stieg der Ärger in Marie hoch, dass Philipp sein überhebliches Spiel nun auch mit Gerlinde spielte, die einfach viel zu jung war, um ihm Paroli bieten zu können. Sie versuchte, Gerlinde aus der Patsche zu helfen.

»Ich habe noch nie eine Jagd miterlebt. Werden wirklich Füchse gejagt?«

An Philipps Grinsen erkannte Marie, dass er ihr Ablenkungsmanöver sofort durchschaut hatte.

»Nein, an diesem Wochenende wird keine Treibjagd mit Hunden veranstaltet. Es gab wieder einen Fall von Tollwut, deshalb möchte man kein Risiko eingehen. Diese Jagd wird nur ein Spiel. Ein Reiter spielt den Fuchs. Er hat einen Fuchsschwanz an seiner Jacke. Er reitet voraus, alle anderen folgen ihm. Zuletzt gibt der Master die Piste frei, und alle versuchen den Fuchs zu stellen. Wer den Fuchsschwanz ergattert, hat gewonnen. Diesmal sind wir gut dreißig Reiter, das wird sicher spannend werden.«

Wolfgang Hildebrand war begeistert. »Na, da werden wir uns den nächsten Sonnabend am besten freihalten, Marie. Es gibt einen Aussichtsplatz, von dem aus man die Jagd und vor allem das große Finale bestens beobachten kann. Das Picknick dort ist auch nicht zu verachten. Lasst uns also noch mal anstoßen! Auf Maries Aufenthalt und auf eine erfolgreiche Jagd für die beiden Konkurrenten!«

Die Gläser klirrten, und man sah Marinebaurat Hildebrand deutlich an, dass er die ausgelassene Stimmung, für die Maries Gegenwart in diesem sonst stillen Hause sorgte, sehr genoss.

Beim Abschied lud Gerlinde Marie für den nächsten Tag zum »At Home« ein, einer Teegesellschaft, die ihre Mutter jeden Dienstagnachmittag für einen Kreis von ausgewählten Damen der Kolonie veranstaltete.

»Schade! Ich hatte gehofft, wir könnten morgen zusammen einen kleinen Ausflug machen«, flüsterte Marie ihr zu.

»Das müssen wir etwas verschieben. Meine Mutter und ich waren fast ein halbes Jahr weg. Jetzt hat sie einiges an gesellschaftlichen Verpflichtungen nachzuholen.«

»Das klingt ja richtig anstrengend.«

Gerlinde lachte. »Nein, dann ist wenigstens viel los. Ich denke, wir werden uns noch mehrmals in dieser Woche sehen! Man bleibt hier gerne unter sich. Meine Mutter ist der Meinung, dass die meisten Menschen hier keinen Stil und keine Manieren haben. Das beschränkt die Kontakte auf einen relativ überschaubaren Kreis.«

»Wen meint sie damit? Etwa die Chinesen?«, fragte Marie.

»Die Chinesen?« Gerlinde sah sie erstaunt an. »Von denen redet hier überhaupt niemand. Mit Chinesen hat man doch keine gesellschaftlichen Kontakte! Nein, sie meint damit unsere Landsleute. Zu viele kleine Leute, die ihre Stellung maßlos überschätzen, wie sie immer zu sagen pflegt.«

Marie runzelte die Stirn. »Ich dachte eigentlich, hier in der Kolonie sitzen alle in einem Boot.«

Ihr Vater nickte entschieden. »So ist es ja auch, aber auf einem Schiff diniert ein Heizer auch nicht in der Offiziersmesse.«

An dieser Feststellung war nicht zu rütteln. Philipp von Heyden, der sonst nie um eine zynische Bemerkung verlegen schien, schwieg zu diesem Thema. Beim Abschied erinnerte er Marie noch einmal an ihre Verabredung am Mittwochabend und lud auch Gerlinde ein mitzukommen. Er wollte beiden bei dieser Gelegenheit seinen neuen englischen Freund Geoffrey McKinnan vorstellen. Gerlinde musste enttäuscht absagen. Sie wäre viel lieber mit ins Konzert gekommen, aber leider erwarteten die Zimmermanns am Mittwoch einen Gast aus der Gesandtschaft in Peking.

4.

Als Marie am nächsten Morgen ins Esszimmer kam, saß ihr Vater bereits hinter der Tageszeitung verschanzt beim Frühstück. Nachdem Fritz Marie Kaffee eingeschenkt hatte, faltete Wolfgang Hildebrand die »Tsingtauer Neuesten Nachrichten« zusammen, machte eine kleine Handbewegung zu Fritz, um ihm zu bedeuten, sie alleine zu lassen.

»Fritz hat mit mir gesprochen. Er schlägt vor, dass wir eine Amah für dich einstellen, eine Bedienstete, die sich um dich kümmert. Dumm von mir, dass ich nicht selbst daran gedacht habe. Ich kann verstehen, dass du nicht möchtest, dass er in deinem Zimmer Ordnung macht. Fritz hat auch schon einen Vorschlag. Er hat eine Nichte, die ordentlich und fleißig ist.«

Marie sah ihn zweifelnd an. »Findest du das nicht übertrieben? Ich kann doch alleine mein Zimmer in Ordnung halten. Das habe ich in Berlin ja auch getan, da Tante Lottie nur eine Hausangestellte hatte.«

Wolfgang Hildebrand schüttelte den Kopf. »Ich fürchte, es muss sein. Wir sind hier in Tsingtau, da herrschen einfach andere Regeln. Es wäre für unser beider Ansehen sowohl bei den Dienstboten als auch nach außen undenkbar, wenn du selbst diese Art von Hausarbeit leistest. Dein Angebot ehrt dich, aber ich kann es leider nicht annehmen.«

»Kann ich mir dann nicht wenigstens selbst jemanden aussuchen? Vielleicht können mir Frau Zimmermann oder Adele Luther ja jemanden empfehlen?«

Wieder hatte ihr Vater Bedenken.

»Was bringt das? Wir können genauso gut Fritz' Angebot annehmen. Es ist wichtig, dass unter dem Personal Frieden herrscht. Man hört hier die schlimmsten Dinge über Streitereien bis zur Gewalt unter den Angestellten. Fritz würde sein Gesicht verlieren, wenn wir es nicht zumindest versuchen. Und wahrscheinlich würde er einer Amah, die nicht von ihm vorgestellt wurde, das Leben hier zur Hölle machen.«

Marie sah ein, dass ihr Vater wahrscheinlich recht hatte. Fritz versprach, dass das Mädchen schon am übernächsten Tag ihren Dienst antreten würde.

Den Vormittag nutzte Marie, um endlich erste Briefe nach Deutschland zu schreiben. Am Nachmittag machte sie sich auf den Weg zum »At Home« bei Helene Zimmermann. Vor dem Haus herrschte Hochbetrieb an Einspännern und Kutschen, welche die Damen zum Tee brachten. Die hochherrschaftliche Villa mit mehreren spitzen Giebeln, einem runden Eckturm und einem riesigen Garten sah aus wie eine Industriellenvilla in einem der vornehmen Vororte von Berlin, nur dass hier eine chinesische Bedienstete Marie ihren Mantel und Hut abnahm und sie in den Salon geleitete, in dem bereits mehrere Grüppchen eleganter Damen versammelt waren.

Die Einrichtung war äußerst geschmackvoll in überwiegend europäischem Stil. Doch einige Stücke ausgesucht schöner chinesischer Möbel und Porzellane gaben den Räumen eine unerwartete Leichtigkeit, die man sonst in deutschen Häusern selten verspürte.

In einem der Gesellschaftsräume war ein opulentes Buffet aufgebaut mit verschiedenen Torten, Gebäck und Sandwiches, Kaffeekannen und einem Samowar für Tee.

Gerlinde umarmte Marie und führte sie zur Hausherrin, die mit mehreren Damen im angrenzenden Musikzimmer saß. Helene Zimmermann begrüßte Marie deutlich distanzierter als ihre Tochter und stellte ihr die Damen an ihrem Tisch vor.

»Die Gattin des Gouverneurs Frau Truppel, Frau Vehring, Frau Sievert, Frau Ohlmer, Miss Quincy. Meine Damen, das ist Fräulein Doktor Marie Hildebrand, Tochter von Marinebaurat Hildebrand. Einige von Ihnen hatten ja schon gestern an der Kirche das Vergnügen. Wir haben uns an Bord der »Lützow« auf dem Weg nach Tsingtau kennengelernt. Fräulein Hildebrand ist Ärztin und wird im nächsten Herbst eine Stelle an der Charité in Berlin antreten, wie sie uns gestern verraten hat.«

Marie begrüßte die eleganten Damen, die sie eingehend musterten. Sie fühlte sich einen Moment lang wie ein kleines Schulmädchen.

Frau Truppel senkte ihr Lorgnon, durch das sie Marie betrachtet hatte, und ergriff als ranghöchste Dame das Wort.

»Fräulein Doktor Hildebrand! Willkommen. Wir freuen uns über jede interessante Bereicherung unserer Gesellschaft. Ich hoffe, Sie werden sich bei uns wohl fühlen und feststellen, was für eine fortschrittliche Stadt Tsingtau ist.«

Die umsitzenden Damen pflichteten der Gouverneursgattin bei.

»Ich denke, unser medizinisches System dürfte Sie besonders interessieren. Das Gouvernementhospital und das Faberhospital haben beide einen exzellenten Ruf. Eine Besichtigung lässt sich bestimmt arrangieren.«

Marie war überrascht von der Aufgeschlossenheit der Gouverneursgattin ihrem Beruf gegenüber.

»Leider ist Frau Wunsch heute nicht hier, die Ehefrau von Doktor Wunsch, dem Leiter des Faberhospitals. Aber vielleicht kommt später noch Frau Wilhelm. Ihr Mann vertritt die Allgemeine Protestantische Mission in Tsingtau, die das Faberhospital unterhält.«

Die überaus zuvorkommende Begrüßung der Gouverneursgattin wirkte wie eine offizielle Anerkennung von höchster Stelle. Marie wurde allseits äußerst freundlich begrüßt. Die eine oder andere Dame wagte es sogar, sie nach medizinischen Ratschlägen zu fragen. Doch das Interesse an dem Neuankömmling ließ schnell nach. Man wandte sich wieder vertrauteren Themen zu. Bei Kaffee, Tee, Kuchen und Gebäck ging es um die anstehenden gesellschaftlichen Ereignisse des Herbstes, allen voran die Jagd am kommenden Wochenende, Klatsch und Tratsch aus der Kolonie und vor allem immer wieder Beschwerden über das chinesische Personal. Adele hatte recht gehabt. Früher oder später lief jedes Gespräch unter den Hausfrauen auf dieses Thema hinaus. Marie hörte fassungslos zu, wie sich verschiedene Damen über die Unfähigkeit, Betrügereien oder gar Racheaktionen ihres Kochs, Boys, der Amahs oder des Mafus eiferten.

Als Marie sich eben fragte, wie sie sich, ohne Anstoß und Aufsehen zu erregen, verabschieden könnte, betrat eine gut aussehende junge Frau den Salon. Sie war deutlich schlichter gekleidet als die anderen Damen, wirkte jedoch ungezwungen und selbstsicher. Zielstrebig steuerte sie auf die Herrin des Hauses zu, nickte den anderen Damen an ihrem Tisch zur Begrüßung zu und entschuldigte ihr Zuspätkommen mit Verpflichtungen in der Schule. Sofort war Maries Neugierde geweckt.

»Wer ist das?«, flüsterte sie Gerlinde zu.

»Das ist Salome Wilhelm«, antwortete Gerlinde leise. »Frau Truppel hat vorhin von ihr gesprochen. Ich stelle dich ihr gleich vor.«

Salome Wilhelm war Marie auf Anhieb sympathisch. Sie strahlte eine ungekünstelte Freundlichkeit aus, die sich angenehm von dem polierten Lächeln der meisten anwesenden Damen unterschied. Als Gerlinde ihr Marie als Ärztin vorstellte, reagierte Salome freudig überrascht und fing sofort an, Marie über ihr Studium und ihre Fachrichtung auszufragen. Und sie versprach ihr, so bald wie möglich einen Besichtigungstermin im Faberhospital zu arrangieren. Anschließend bat sie mit fester Stimme alle Anwesenden um Aufmerksamkeit für ein besonderes Anliegen.

»Wie Sie wissen, haben wir letztes Jahr endlich die deutsch-chinesische Mädchenschule gegründet. Leider fehlt es den Schülerinnen außerhalb des Unterrichts an Gelegenheit, Deutsch zu sprechen. Deshalb möchte ich Sie bitten, sich für Konversationsrunden mit kleinen Gruppen von chinesischen Schülerinnen zur Verfügung zu stellen. Am besten wäre es, Sie würden die Mädchen zu sich nach Hause einladen. Dadurch könnten sie gleichzeitig mit der deutschen Lebensweise vertraut gemacht werden, was eine zusätzliche Hilfe für ihre Ausbildung wäre.«

Während die meisten Damen diese Aufforderung mit ungläubigem Geflüster kommentierten, reagierte Marie spontan.

»Das ist eine wunderbare Aufgabe, für die ich mich gerne zur Verfügung stellen möchte.«

Salome Wilhelm lud Marie umgehend für den nächsten Tag ein, um ihr die chinesischen Schülerinnen vorzustellen. Die meisten anderen Damen wollten erst mit ihren Ehemännern darüber sprechen. Gerlinde schlug Marie vor, ebenfalls an ihrer Runde teilzunehmen, damit nicht die ganze Last der deutschen Konversation allein auf Marie lag. Helene Zimmermann quittierte das Angebot ihrer Tochter mit einem säuerlichen Gesichtsausdruck.

»Aber nur solange du deine Verpflichtungen nicht vernachlässigst, Gerlinde!«

Am nächsten Morgen ließ sich Marie von einer Rikscha auf den Missionshügel bringen, auf dem die Wohnhäuser der Missionare, die chinesische Mädchenschule und das Faberhospital lagen. Salome Wilhelm erwartete sie bereits. Sie führte Marie ins Wohnzimmer ihres Hauses. Der helle Raum war mit den üblichen Einrichtungsgegenständen möbliert, doch eine rotlackierte chinesische Kommode und zwei chinesische Rollbilder mit Landschaftsdarstellungen in schwarzer Tusche lockerten das Gesamtbild auf.

Auch die Missionarsfamilie verfügte über mehrere chinesische Bedienstete. Der Boy Max servierte Tee. Das Haus duftete verführerisch nach Braten. Salome bat Marie um etwas Geduld.

»Mein Mann würde Sie auch sehr gerne kennenlernen. Er arbeitet morgens immer zusammen mit einem chinesischen Mitarbeiter an seinen Übersetzungen, aber ich denke, die heutige Sitzung dürfte bald beendet sein.«

Sie sah aus dem Fenster. Marie trat neben sie und stieß einen Laut der Überraschung aus. Vor ihr lag ein Garten von verwunschener Schönheit. Ein Ensemble aus zerklüfteten Felsen zog den Blick sofort an. Eine zierliche gewölbte Brücke führte über einen kleinen Wasserlauf, Büsche und Bäume waren geschickt zwischen geschwungenen Wegen verteilt. Buntes Herbstlaub strahlte in der Sonne neben dunklen Nadelbäumen. Licht und Schatten in perfektem Zusammenspiel einer kunstvoll angelegten Landschaft.

Salome lächelte über Maries verzückte Miene.

»Mein Mann war vom ersten Augenblick an überwältigt von der chinesischen Kultur in all ihren Facetten. Der Garten ist eine seiner besonderen Leidenschaften geworden. Chinesische Gärten sind kleine Abbilder des Landes der Seligkeit. Ein wunderbares Konzept, nicht wahr?«

Im hinteren Teil des Grundstücks stand ein chinesischer Pavillon mit Säulen und einem geschwungenen Dach. Zum ersten Mal hatte Marie das Gefühl, in China zu sein.

»Der Pavillon in seinem Land der Seligkeit beherbergt das Arbeitszimmer und die Bibliothek. Diese Anlage inspiriert meinen Mann und erfreut seine chinesischen Freunde. Leider mussten wir dafür unseren Tennisplatz opfern.«

In diesem Augenblick kamen zwei Männer aus dem Pavillon und gingen auf das Haus zu. Voran schritt ein Chinese in einem langen dunklen Gewand und mit Zopf, ihm folgte ein untersetzter mittelgroßer Europäer im Anzug.

Die beiden traten durch die Terrassentür ins Haus. Richard Wilhelm begrüßte Marie herzlich. Dann stellte er ihr seinen Mitarbeiter Sun Lang vor, der sich höflich vor Marie verbeugte. Richard Wilhelm deutete auf Marie und erklärte Sun Lang auf Chinesisch offensichtlich etwas zu ihrer Person, denn Sun Lang stieß einen überraschten Laut aus und starrte sie erstaunt an.

»Ich habe Herrn Sun Lang gerade erklärt, dass Sie promovierte Ärztin sind. Für Chinesen ist es unvorstellbar, dass Frauen außer Haus berufstätig sind oder gar einen akademischen Grad haben.«

Sun Lang verabschiedete sich und verschwand. Richard Wilhelm entschuldigte den übereilten Aufbruch seines Mitarbeiters.

»Für Chinesen ist die Art und Weise, wie Männer und Frauen in unserer Gesellschaft miteinander verkehren, schwierig zu verstehen. Außerhalb der Familie haben chinesische Männer und Frauen überhaupt keinen Kontakt.« Er legte liebevoll seinen Arm um seine Frau. »Man weiß nicht so recht, wie man mit all den frei herumlaufenden ausländischen Frauen umgehen soll. Der arme Sun Lang hat damit immer noch Probleme, obwohl er von meiner Frau und ihrer Schwester, die auch bei uns lebt, ja bereits einiges gewohnt ist«, meinte er lachend. Salome stieß ihn in spielerischer Empörung in die Seite.

Beim Tee hatte Marie Gelegenheit, Richard Wilhelm eingehender zu studieren. Die Bewunderung für chinesische Kultur, die aus seinen Worten klang, beeindruckte sie sehr, denn sie unterschied sich so wohltuend von allem, was sie bisher in Tsingtau erlebt hatte. Richard und Salome Wilhelm hatten sich beide besonders der schulischen Erziehung junger Chinesen verschrieben. Modernes Wissen war in ihren Augen der einzige Weg für China in die Zukunft.

Marie hörte fasziniert Richard Wilhelms Ausführungen über die Situation in China zu.

»Bis 1905 war das einzige Kriterium für eine Beamtenlaufbahn die Beherrschung der konfuzianischen Klassiker, die in den Prüfungen abgefragt wurden und die die geistige Basis des politischen Systems bildeten. Die Beamten, die das Reich regieren, sind also Schriftgelehrte. Eigentlich ein wunderbares System, das nur leider durch menschliche Schwäche und Korruption aus dem Gleichgewicht geraten ist. Dazu kommt, dass pragmatisches oder naturwissenschaftliches Wissen nie gefragt war. Deshalb liegt die technische Entwicklung in China seit tausend Jahren brach. Der Kaiserhof in Peking versucht nun vorsichtige Reformen des Systems, um China für die Herausforderung durch die Ausländer mit ihren Kanonenbooten zu wappnen, aber diese Reformen sind nur halbherzig und viel zu theoretisch. Deshalb ist es an uns Ausländern, den Chinesen zu helfen, ihr Land zu modernisieren. Und wenn wir sie nach bewährtem deutschen Muster ausbilden, schaffen wir eine natürliche Basis für zukünftige Allianzen mit einer neuen chinesischen Elite.«

Marie hörte aufmerksam zu. Wie so oft in den vergangenen Tagen fielen ihr sofort die Aufrührer ein, deren Verhaftung sie beobachtet hatte.

»Es gibt aber doch wohl auch Chinesen, die einen radikalen Bruch mit ihrem Kaiserhaus herbeiführen wollen?«

Richard Wilhelm nickte mit besorgter Miene. »Ja. Angeführt von Auslandschinesen und der jungen Intelligenz mehren sich die Stimmen, die nach einem völligen Umsturz des Systems rufen. Eine Entwicklung, die schlimme Folgen haben könnte. Wenn mit dem Kaiser der geistige Überbau des Konfuzianismus abgeschafft würde und nur noch reine materielle Machtinteressen vorherrschen, droht das Reich auseinanderzufallen. Ein entsetzlicher Gedanke, der nur gewissen ausländischen Kräften in die Hände spielt, die China beherrschen wollen.«

Marie war fasziniert, aber Salome Wilhelm sah auf die Uhr.

»Ich fürchte, ich muss diesen politischen Diskurs unterbrechen. Wir sollten jetzt in die Schule hinübergehen. Der Vormittagsunterricht ist gleich zu Ende. Meine Schwester Hedda gibt gerade Deutschunterricht und hat ihre Klasse schon auf Ihren Besuch vorbereitet.«

Marie bedankte sich bei Richard Wilhelm für seine Erläuterungen und verabschiedete sich.

Er winkte ab. »Hoffentlich habe ich Sie nicht gelangweilt. Bei diesen Themen gehen immer die Pferde mit mir durch. Ich freue mich, dass Sie sich für China interessieren und dazu beitragen wollen, den Mädchen eine bessere Chance zu geben.« Er tätschelte seiner Frau die Wange. »Was gibt es eigentlich heute zum Mittagessen?«

»Deine Leibspeise: Schweinebraten und Spätzle.« Sie lachte und zog Marie davon.

Auf dem Weg zur Mädchenschule, die in einem Gebäude nebenan untergebracht war, erklärte Salome Marie ihren Plan. Im Augenblick besuchten zehn chinesische Schülerinnen die Schule, die, in drei Gruppen aufgeteilt, zu deutschen Damen geschickt werden sollten.

Als sie das Gebäude betraten, läutete die Pausenglocke. Salome öffnete eine Tür und bat Marie herein. Alle Blicke wandten sich ihr zu. Salome stellte Marie die Lehrerin vor, ihre Schwester Hedda Burghard, die Marie erfreut die Hand drückte.

»Sie werden schon sehnsüchtig erwartet. Ich habe den Mädchen erzählt, dass Sie Ärztin sind und in einem Krankenhaus arbeiten. Sie wollten mir nicht glauben, dass eine Frau so etwas kann.«

Marie wandte sich der Klasse zu und sah die Schülerinnen an, die sie neugierig musterten. Sie fühlte sich fast überfordert von der Erwartung, die auf den jungen Gesichtern stand. Sie suchte nach Worten.

»Guten Morgen!«

»Guten Morgen, Fräulein Doktor Hildebrand!«, scholl es ihr lautstark im Chor entgegen.

Die Lehrerin zwinkerte Marie fröhlich zu. »Wir haben ein bisschen geübt!«

Marie lachte. »Vielen Dank für den herzlichen Empfang. Ich freue mich sehr, euch kennenzulernen und mich mit euch über China und Deutschland zu unterhalten.«

Die Mädchen lächelten schüchtern zurück, es herrschte einen Augenblick lang ratloses Schweigen.

In diesem Moment wurde die Tür aufgerissen, ein junger Chinese stürzte herein und redete in einem Schwall Chinesisch auf Salome Wilhelm ein. Sie stutzte einen Moment, dann wandte sie sich an Marie.

»Ich fürchte, wir brauchen Ihre Hilfe. Herr Dr. Wunsch, der Leiter des Faberhospitals, wurde heute Morgen zu einem dringenden Fall gerufen, und keiner weiß, wann er wieder zurückkommt. Gerade wurde eine Frau eingeliefert, die von einem Zug angefahren wurde, als sie in der Nähe des Bahnhofs versuchte, die Gleise zu überqueren. Das passiert leider immer wieder, die Chinesen können einfach die Geschwindigkeit der Züge nicht einschätzen. Sie atmet sehr schwer, und der Pfleger fürchtet, sie habe vielleicht innere Verletzungen und könne sterben. Würden Sie nach ihr sehen?«

Marie zögerte keinen Moment. »Natürlich.«

Salome und Marie rannten hinter dem chinesischen Jungen her hinüber zum Faberhospital. Marie zog ihre Kostümjacke aus, krempelte sich die Ärmel ihrer Bluse auf und beugte sich über die Frau auf der Bahre. Sie war mager, ihre Kleidung und ihr Körper waren schmutzig und stanken, ihre Gesichtsfarbe war aschfahl, sie atmete stoßweise und stöhnte schwer. Beherzt ergriff Marie das Stethoskop, öffnete die verdreckte Jacke und hörte sie ab. Die Frau machte einen schwachen Versuch der Gegenwehr, aber der chinesische Krankenpfleger hielt sie fest. Das Herz schlug schnell und ungleichmäßig. Marie legte ihr die Hand auf die Stirn. Sie war heiß.

»Wissen Sie, wie die Frau heißt?«

Die Frau riss die Augen auf und starrte sie angstvoll an.

»Sie heißt Li Nan«, erklärte der Pfleger.

Marie spürte, dass die Frau Angst vor dem Pfleger hatte, und wandte sich an Salome.

»Sagen Sie ihr bitte, sie soll sich beruhigen. Wir kümmern uns um sie.«

Salome sprach auf die Frau ein, doch ihr Gesichtsausdruck blieb vor Angst und Verzweiflung verzerrt. Immer wieder versuchte die Frau sich aufzurichten, als wolle sie fliehen.

Nur mit Mühe konnten Salome und der Pfleger sie festhalten, während Marie sie abtastete. Sie stellte nur eine starke Prellung am Kopf fest. Nichts wies auf innere Verletzungen hin. An den Beinen hatte die Frau lauter offene Wunden.

»Wir müssen sie dringend ruhigstellen. Sie hat wahrscheinlich eine schwere Gehirnerschütterung. Da helfen nur Ruhe und möglichst wenig Bewegung. Die Wunden an den Beinen sehen aus wie Hungerödeme. Auch das Fieber kann durch extreme Unterernährung hervorgerufen werden. Ich schlage vor, wir geben ihr ein starkes Beruhigungsmittel, damit sie schläft. Dann wird sie gewaschen, die Wunden werden gereinigt, und sie bekommt einen Teller kräftigende Suppe, wenn sie wieder aufwacht. Ihr Magen wird nicht mehr vertragen. Ich denke nicht, dass noch unmittelbare Gefahr besteht. Ein bisschen Ruhe und etwas zu essen, und sie wird sich erholen. Und vielleicht könnte man auch ihre Kleidung waschen lassen.«

Nachdem Marie der Frau eine Spritze verpasst und die Wunden versorgt hatte, ging sie zum Waschbecken und wusch sich die Hände. Salome Wilhelm half ihr in ihre Jacke.

»Warum bleiben Sie nicht zum Mittagessen bei uns? Wir würden uns freuen.«

Marie nahm die Einladung gerne an.

Während Richard Wilhelm genüsslich den Braten mit den Spätzle verspeiste, stocherte Marie in ihrem Essen herum.

»Ich kann das nicht verstehen. Alle sagen, die Chinesen verdienen hier im Schutzgebiet viel mehr als in ihrem eigenen Land. Diese Frau leistet offensichtlich körperliche Schwerstarbeit und ist trotzdem am Verhungern.«

»Das kann verschiedene Gründe haben«, meinte Richard Wilhelm. »Die Löhne mögen höher sein, aber die Unkosten sind es auch. Selbst gebaute Unterkünfte werden hier in der Stadt aus hygienischen Gründen sofort abgerissen. Sie ist also gezwungen, irgendwo Miete zu bezahlen. Dann gibt es natürlich auch schwarze Schafe, sowohl auf deutscher als auch auf chinesischer Seite, die bei der Arbeitsvermittlung Provision kassieren. Und man kann davon ausgehen, dass die Frau Geld für ihre Familie im Hinterland spart. Wahrscheinlich hat sie keinen Mann mehr, oder er ist opiumsüchtig und ernährt die Familie nicht mehr. Sie hat keine eingebundenen Füße. Das bedeutet, sie gehört zu den Ärmsten der Armen. Für ihre Familie geht sie bis an die Grenzen ihrer eigenen Existenz. Das wird von den chinesischen Frauen erwartet. Ein teuflischer Kreislauf! Dagegen können Sie nicht viel tun. Aber Ihre medizinische Hilfe hat die Frau ja zumindest schnell von ihren Schmerzen befreit.«

Marie seufzte. Sie kannte Hunger aus den Elendsquartieren von Berlin, aber das, was sie heute gesehen hatte, übertraf jede ihr bekannte Form von Not. »Alle hier sind so stolz auf ihre fortschrittliche Stadt.«

Richard Wilhelm nickte. »Diese Stadt ist in der Tat ein Meisterwerk moderner Technik und bietet auch viele Chancen für China. Aber Sie dürfen nicht vergessen, dass das Schutzgebiet im Verhältnis zu ganz China die Größe eines Stecknadelkopfes hat. Wie viel kann man von einer solch winzigen Basis aus wirklich verändern? Und moderne Technik alleine ist eben nicht die Antwort auf alle Probleme.«

Als Marie nach Hause kam, bat sie Fritz, den Badeofen anzufeuern. Sie brauchte ein heißes Bad, um ihr Gleichgewicht wieder zu gewinnen.

Gegen Abend erschien Philipp von Heyden, um Marie wie verabredet zu einem kleinen Abendessen und dem anschließenden Konzert im Hotel Prinz Heinrich abzuholen. Marie war inzwischen wieder einigermaßen hergestellt.

Doch kaum saßen sie im Restaurant, sah Philipp sie besorgt an. »Geht es Ihnen nicht gut, Fräulein Hildebrand? Sie sehen blass aus?«

Marie zögerte einen Augenblick. »Nein. Alles in Ordnung.«

Sie lächelte ihn zuversichtlich an. Für einen kurzen Moment überlegte sie, ihm von ihren heutigen Erlebnissen zu erzählen, doch dann verwarf sie diese Idee wieder. Philipp war für sie der Typ Mann, der das Leben als Abenteuer und Spiel betrachtete, aber den ernsten Seiten des Daseins so weit wie möglich aus dem Weg ging. Wahrscheinlich würde ihm ihr Bericht über die halb verhungerte Frau im Krankenhaus seine gute Laune verderben. Marie wechselte daher das Thema.

»Verraten Sie mir, was Sie nach Tsingtau verschlagen hat?«

Philipp zuckte mit den Achseln. »Das alte Spiel. Meine Familie besitzt ein Gut in Mecklenburg, aber als zweitgeborener Sohn, der nicht erbt, erwartete jeder, dass ich traditionsgemäß zum Militär gehen würde. Irgendwie erschien mir das nicht als der richtige Weg für mich. Ich studierte Architektur. Ein Onkel, der bei der Marine war, erzählte oft von Tsingtau und diesem einzigartigen Experiment, das hier durchgeführt wird. Deshalb habe ich mich nach meinem Diplom bei der Marine als Architekt beworben und bin vor drei Jahren hierhergekommen.«

»Einzigartiges Experiment?«

»Nun ja, wie Ihnen Ihr Vater ja schon erklärt hat, plant und baut man hier eine Stadt nach den modernsten technischen Erkenntnissen und versucht, möglichst optimale Lösungen für die schwierigen Bedingungen des Standortes zu finden. Ich empfinde das als eine einzigartige Herausforderung, eine Chance, die man nur hier in China bekommt. Und ich glaube, bisher haben wir uns vorbildlich geschlagen.«

»Klingt spannend.«

Philipp nickte.

Marie war trotzdem skeptisch. »Die Stadt wirkt gar nicht modern. Eher wie eine Kopie einer romantischen Bilderbuchstadt.«

»Sie haben recht, zumindest oberflächlich betrachtet. Es liegt wahrscheinlich in der Natur des Menschen. In allen Kolonien versucht man, ein Stück Heimat nachzubauen. Aber hier in China fließen so viele Einflüsse zusammen. Über kurz oder lang wird sich ein eigener moderner internationaler Stil durchsetzen. In Shanghai kann man das schon sehen. Die Stadt wird Maßstäbe setzen.«

Marie erinnerte sich, dass Gerlinde erzählt hatte, dass Philipp oft nach Shanghai fuhr. »Kennen Sie Shanghai gut? Wir hatten bei der Anreise aus Deutschland leider nur wenige Stunden Aufenthalt. Zu wenig, um wirklich etwas von der Stadt zu sehen.«

Philipp nickte lächelnd. »Für mich ist Shanghai die faszinierendste Stadt Asiens. Diese Mischung unterschiedlichster Menschen und Kulturen ist spannend und anregend.«

Marie konnte nicht umhin, sich zu fragen, ob diese Begeisterung vielleicht auch mit einer Frau zusammenhing.

Philipp jedoch blieb beim Thema Städteplanung. »Hier träumt man heimlich davon, irgendwann einmal mit Shanghai gleichzuziehen.« »Das wird wohl noch lange ein Traum bleiben!«

Marie sah überrascht zu dem jungen Mann auf, der unbemerkt an ihren Tisch getreten war. Sie erkannte einen der Reiter aus Philipps Truppe vom vergangenen Sonntag.

Philipp schüttelte schmunzelnd den Kopf. »Sei nicht so vorlaut, Geoffrey.«

Geoffrey hob entschuldigend die Hände und grinste. »Entschuldigt die Verspätung. Ich musste noch ein paar Papiere fertig machen, die morgen früh mit dem Postdampfer nach Hongkong gehen müssen.« Er küsste Marie galant die Hand und nahm Platz. »Guten Abend, Marie. Darf ich Marie sagen? Ich heiße Geoffrey. Wir hatten ja schon einmal kurz das Vergnügen.«

Marie gefiel die unkomplizierte Art des Engländers. »Guten Abend! Ich denke, Geoffrey hat recht.« Sie erhob ihr Weinglas und prostete den beiden zu. »Ich heiße Marie.«

»Geoffrey.«

»Philipp.«

Sie stießen an, und Marie spürte, dass sich sofort die Atmosphäre am Tisch entspannte.

»Ich hatte Philipp gerade gefragt, wie er nach Tsingtau gekommen ist. Und was führt Sie denn hierher, Geoffrey?«

»Ich setze quasi die Familientradition fort. Mein Großvater ging vor siebzig Jahren nach Macao und später Hongkong. Meine Mutter heiratete leider einen Professor für Deutsch und Geschichte. Deshalb wuchs ich in England auf. Sobald ich alt genug war, eigene Entscheidungen zu treffen, reiste ich nach Hongkong und bekam eine Stelle in der Firma, die mein Großvater gegründet hatte. Und da ich deutsch spreche, versetzte man mich vor einigen Monaten hierher.«

»Und wie gefällt es Ihnen hier? Finden Sie es auch so spannend wie Philipp?«

Er rollte mit den Augen. »Nun ja. Für meinen Geschmack gibt es hier zu viel Militär und deutsche Beamte. Anwesende natürlich ausgenommen!«

Philipp grinste.

Geoffrey wiegte den Kopf. »Es ist eben nicht Hongkong oder Shanghai. Eine Kleinstadt eben. Aber es ist ja auch nicht schlecht zu wissen, was die deutsche Konkurrenz macht, die versucht, einen Fuß in den chinesischen Markt zu bekommen.«

Philipp zuckte mit den Achseln. »Na ja, warum sollten wir den chinesischen Markt kampflos euch Engländern und den Japanern überlassen? Prost, Geoffrey.«

Die beiden lachten und prosteten sich zu. Marie sah etwas irritiert von einem zum anderen.

»Für mich klingt das wie die Verteilung von Stücken eines Kuchens. Und wo bleiben dabei die Chinesen?«

Geoffrey sah sie überrascht und belustigt an. »Natürlich geht es um den großen Kuchen. Das nennt man freien Welthandel. Und die Chinesen profitieren nur davon. Als mein Großvater nach China kam, lebte das Land noch im Mittelalter. Auch heute noch ist dieses Riesenreich unvorstellbar rückständig, aber es steht vor dem Umbruch in die Moderne, und zwar nur durch die Konfrontation mit dem Westen. Es hat sich schon einiges verändert, doch das ist erst der Anfang. Die Chinesen müssen vom Westen lernen, sonst werden sie untergehen. Man kann die Uhr eben nicht zurückdrehen.«

Marie runzelte die Stirn. »In anderem Zusammenhang habe ich das heute schon einmal gehört. Trotzdem klingt diese Argumentation sehr überheblich.«

Diesmal war es Philipp, der sich einschaltete. »Was heißt hier überheblich? Das sind Tatsachen! Hier in Tsingtau versucht man viel zu tun, um die Chinesen auszubilden – als Studenten an der deutsch-chinesischen Hochschule und als Lehrlinge in den Betrieben.«

Er wirkte ungeduldig, als ob ihm der Verlauf des Gesprächs nicht zusagte, und griff zur Speisekarte. »Lasst uns endlich bestellen, sonst kommen wir noch zu spät zum Konzert. Herr Wilke sieht das nicht so gerne.«

»Herr Wilke?«

»Der Dirigent des III. Seebataillons. Er hält tapfer die Fahne der Musikkultur hoch. Aber immerhin hat er aus seinem Orchester eine feste Institution in China gemacht, um die uns alle anderen ausländischen Konzessionen beneiden. Das Orchester geht sogar regelmäßig auf Konzertreise in der Region.«

Geoffrey grinste. »Ja, als Musiker sind die Deutschen überall gern gesehen.«

Marie sah aufmerksam von einem zum anderen. Beide junge Männer grinsten sich zu. Es war offensichtlich, dass ihre kleinen Reibereien ihrer Freundschaft keinen Abbruch taten.

Das Konzert im großen Veranstaltungssaal des Hotels Prinz Heinrich sollte um acht Uhr beginnen. Auf dem Programm standen Werke von Mozart und Haydn. Der holzgetäfelte Saal, der siebenhundert Leute fassen konnte, füllte sich nicht einmal zur Hälfte. Die Gäste waren auch hier ausschließlich Europäer. Marie entdeckte eine Reihe von bekannten Gesichtern, die ihr freundlich zunickten und einen neugierigen Seitenblick auf Philipp und Geoffrey warfen.

»Ich denke, morgen bin ich Stadtgespräch«, flüsterte sie Philipp zu.

Er wiegte den Kopf. »Oh, das sind Sie längst! Man zerreißt sich den Mund über die promovierte Ärztin, die einen Beruf ergreifen will, statt zu heiraten und Hausfrau zu werden.«

Marie stöhnte. »Die alte Leier. Soviel zum Thema Fortschritt in Deutschland.«

Als der Dirigent seinen Taktstock hob und die ersten Takte von Mozarts »Jupitersymphonie« den Raum erfüllten, konnte Marie sich endlich in ihre Gedankenwelt zurückziehen. Das Orchester spielte wirklich erstaunlich gut. Aber wie weit schien diese Musik und dieser Konzertsaal mit dem gut gekleideten Publikum von der Frau entfernt, die heute halb verhungert und vor Dreck starrend auf der Bahre vor ihr gelegen und sie mit angsterfüllten Augen angeblickt hatte.

5.

Am nächsten Morgen teilte Marie Fritz mit, dass sie mit ihm auf den Markt gehen wolle. Er sah sie entsetzt an und versuchte sie mit einem lauten, nur teilweise verständlichen Wortschwall und hektischen Gesten von diesem unsinnigen, ja geradezu gefährlichen Vorhaben abzubringen. Doch Marie ließ sich nicht umstimmen.

Schließlich blieb Fritz nichts anderes übrig, als klein beizugeben. Er erklärte ihr, dass der Kochboy mitkommen müsse, um die Einkäufe zu tragen. Dies sei nicht seine Aufgabe. Als sie gerade das Haus verlassen wollten, klingelte das Telefon. Die Vermittlung stellte Dr. Wunsch vom Faberhospital durch, der sich bei Marie für ihren kollegialen Noteinsatz und ihre fabelhafte Arbeit bedankte. Dr. Wunsch lud sie baldmöglichst zu einem weiteren Besuch und zur Besichtigung der Klinik ein.

Vor dem Haus stieß Fritz einen kurzen lauten Ruf aus, und sofort tauchten drei Rikschas auf, die in der Nähe auf Kunden gewartet hatten. In brüskem Kommandoton gab er den Kulis das gewünschte Ziel, und sie trabten los. Fritz trieb sie mit lauten Befehlen an, während er mit arrogantem Gesicht in seinem Sitz lehnte. Nach wenigen Minuten war die überdachte Markthalle an der Shandongstraße in Dabaodao erreicht.

Hier hatte Marie zum ersten Mal das Gefühl, wahres chinesisches Leben zu sehen. Unzählige Menschen drängten sich in der nach allen Seiten offenen, überdachten Markthalle. Händler priesen lautstark ihre Waren an, die auf hölzernen Tischen oder auf dem Boden aufgetürmt vor ihnen lagen. Verschiedene Gemüsesorten wurden angeboten, allen voran Berge von Kohlköpfen, Zwiebeln und Knoblauch, daneben Kräuter, getrocknete Hülsenfrüchte, Reis, Fisch, Äpfel, Birnen, Eier, lebendes Geflügel, Säcke voller Gewürze und getrockneter Fisch, dessen strenger Geruch über dem gesamten Platz hing. Käufer und Händler verhandelten wild gestikulierend über die Preise. Niemand nahm Notiz von Marie, die sich hinter Fritz durch die Menge schob. Es herrschte eine Atmosphäre hektischer Aktivität und Energie. Zwischen den Chinesen in ihren dunklen wattierten Gewändern erspähte Marie hin und wieder Gestalten in etwas hellerer Kleidung. Neugierig beobachtete sie die europäischen Hausfrauen beim Einkauf, zumeist waren sie in Begleitung eines chinesischen Boys. Keine der Frauen kam Marie bekannt vor. Die eleganten Damen aus dem Salon von Frau Zimmermann kauften hier wohl nicht ein. Angesichts der Weißkohlberge beschloss Marie, ihrem Vater als Überraschungsessen am Abend Kohlrouladen zuzubereiten.

Nachdem Fritz das nötige Gemüse eingekauft hatte, machten die beiden sich auf den Weg zum Metzger. Sein Laden lag in einem der Häuser um die Markthalle. Eine große Zahl von chinesischen Kunden drängte sich vor dem Geschäft. Der Verkaufstresen war direkt vor dem Gebäude aufgebaut, dahinter im Laden hingen Fleischstücke, Schinken und Würste an den Haken. Zwei Chinesen bedienten die zahlreich andrängende Kundschaft.

Marie stellte sich auf die Zehenspitzen, um das Geschehen am Tresen besser beobachten zu können. Kaum hatte sie der ältere der beiden Metzger entdeckt, scheuchte er mit energischen Handbewegungen seine chinesischen Kunden zur Seite und gab Marie ein Zeichen, näher zu treten.

»Guten Morgen, gnädige Frau, was kann ich für Sie tun?«, fragte er in fast akzentfreiem Deutsch.

Marie lächelte ihn erstaunt an. »Es ist also wahr, was man mir über Sie erzählt hat. Mein Name ist Marie Hildebrand. Ich komme aus Berlin und bin gerade erst in Tsingtau eingetroffen. Es freut mich, Sie kennenzulernen.«

Der Mann strahlte sie stolz an, dann warf er einen kurzen warnenden Blick auf seine chinesischen Kunden, die offensichtlich verärgert über die Bevorzugung der Ausländerin vor sich hin murrten.

»Sie kommen aus Berlin! Eine schöne Stadt. Ich habe fünf Jahre dort gelebt. Mein Name ist Wang. Stets zu Diensten.«

In ihrer Überraschung übersah Marie die ungeduldigen Gesichter um sie herum, die allerdings nicht wagten, laut zu protestieren. Wang war augenscheinlich eine anerkannte Autorität im Umgang mit Ausländern.

Marie erledigte ihren Einkauf, und die drei machten sich wieder auf den Weg nach Hause. Fritz schimpfte laut, als Marie darauf bestand, zu

Fuß zu gehen. Der Weg war schließlich nicht weit und ging außerdem nur bergab, das Wetter war gut.

Mit mürrischem Gesicht trotteten Fritz und der Kochboy hinter ihr her, da nun auch sie auf eine Fahrt mit der Rikscha verzichten mussten. Auch Fritz' Hinweis auf die schweren Einkäufe konnte Marie nicht umstimmen. Sie empfand es für den Kochboy durchaus zumutbar, einen Kohlkopf, etwas Gemüse und Fleisch zu tragen.

In weiter Ferne glitzerte das Meer in der Sonne, und hin und wieder warfen große Wolken dunkle, dramatische Schatten auf das Wasser. Marie genoss den Spaziergang und die Eindrücke dieses Morgens. Ein Gefühl von Glück und Freiheit durchströmte sie. Alles kam ihr schon so vertraut vor.

Der Weg zurück in die Tirpitzstraße führte quer durch das Europäerviertel. Wieder einmal staunte Marie, wie großzügig die Villen und Straßen angelegt waren. Längst waren nicht alle Grundstücke bebaut, doch es war deutlich zu erkennen, dass das gesamte Gelände bereits parzelliert und als Bauland ausgewiesen war. Auch in der Luitpoldstraße passierten sie ein großes Stück Brachland zwischen zwei Villen. Um schroffe Felsen wucherten Unkraut und verwilderte Büsche.

Plötzlich nahm Marie im Augenwinkel eine Bewegung im Gebüsch wahr. Als sie genauer hinsah, entdeckte sie eine riesige Ratte, die an einem Bündel Lumpen zerrte, das jemand achtlos dort weggeworfen hatte. Sie blieb stehen und hob ihre Handtasche, um das Tier zu verscheuchen. Die Ratte verschwand im Unterholz. Dieses Bündel war auffällig, da nirgends in der Europäerstadt Abfall herumlag. Die Straßenreinigung war, wie Marie bemerkt hatte, ständig im Einsatz, um den hohen Hygieneansprüchen der Deutschen Genüge zu leisten.

Fritz folgte ihrem Blick und wurde spürbar unruhig. Der Kochboy Xiao Shu zischte entsetzt durch die Zähne.

»Wir müssen nach Hause«, stammelte Fritz und zupfte Marie am Ärmel, um sie zum Weitergehen zu drängen, doch sie starrte immer noch auf das Bündel Stoff. Eine böse Vorahnung stieg plötzlich in ihr auf.

Kurzerhand raffte sie ihren Rock und stapfte durch das Unkraut auf dem Grundstück zu dem Bündel hinüber. Sie bückte sich und drehte es vorsichtig mit einem Ast um. Als sie den Stoff etwas zur Seite schob, blickte sie in das starre, graue Gesicht eines toten chinesischen Säuglings. Mit einem Entsetzensschrei wich sie zurück. Nach einem Moment des Schocks näherte sie sich dem Leichnam wieder. Sie öffnete die Stoffumhüllung etwas mehr und erkannte sofort die Leichenstarre. Das neugeborene Mädchen war erst seit einigen Stunden tot.

Sie sah sich um und machte Fritz ein Zeichen, zu ihr zu kommen.

Zögernd und leise schimpfend stolperte Fritz näher. Kaum hatte er erkannt, was Marie dort entdeckt hatte, blieb er wie angewurzelt stehen.

Marie deutete auf das nächstgelegene Haus. »Fritz, gehen Sie dort hinüber und sagen Sie den Leuten, sie sollen die Polizei rufen.«

Sie wollte sich auf keinen Fall von dem kleinen Leichnam entfernen, um ihn nicht den Ratten preiszugeben.

Fritz drehte sich um und rannte zu dem Wohnhaus. Er klingelte und wechselte einige aufgeregte Worte mit der Angestellten, die die Tür geöffnet hatte. Mehrere chinesische Dienstboten kamen aus dem Haus und starrten neugierig zu Marie hinüber, doch niemand wagte sich näher heran.

Nach einer schier endlosen Zeit des Wartens erschien schließlich ein deutscher Polizist, gefolgt von einem chinesischen Hilfspolizisten, der einen Handkarren zog. Der Mann packte das kleine Bündel und warf es auf die Ladefläche. Der Wachtmeister wandte sich an Marie und zuckte mit den Achseln.

»Das kommt hier leider öfter vor. Das Kind wurde entweder nach der Geburt umgebracht oder hier ausgesetzt und ist in der Kälte der Nacht erfroren. Mädchen sind unerwünscht, sie bedeuten nur überflüssige Esser. Tut mir leid, dass Sie einen solchen Schock erleiden mussten. Brauchen Sie Hilfe, gnädiges Fräulein, soll ich Sie nach Hause begleiten?«

Marie schüttelte den Kopf. »Was passiert denn jetzt mit dem toten Kind?«

»Es wird auf dem chinesischen Friedhof beerdigt. Ein Routinefall.«

Marie nickte traurig und verabschiedete sich. Wie betäubt machte sie sich auf den Heimweg. Als Ärztin war ihr der Tod vertraut, doch der Mord an diesem unschuldigen Säugling erschütterte sie bis ins Mark. Was waren das für Menschen, und wie groß musste ihre Not sein, dass sie ihr wehrloses Kind nach der Geburt umbrachten oder es gar den Ratten überließen?

Sie rief Salome Wilhelm an, die sich ungefragt bereit erklärte, sofort zu kommen. Salome versuchte Marie zu trösten. »Vielleicht hat jemand das Mädchen dort abgelegt in der Hoffnung, dass es ein Ausländer findet und sich darum kümmert. Marie, Sie können sich die Situation der Menschen in diesem Land nicht vorstellen. Die Frau, die Sie gestern behandelten, war ein Beispiel für das entsetzliche Elend, das überall herrscht. Die Menschen verhungern zu Tausenden. Da bedeutet jedes neugeborene Kind eine unvorstellbare Belastung. Leider Gottes sind Mädchen traditionell in der chinesischen Gesellschaft nichts wert. Deshalb entledigt man sich ihrer ohne Mitleid.«

Stumm hörte Marie zu, und allmählich wurde ihr klar, wie wichtig das Anliegen von Richard Wilhelm und seiner Frau war, für die Ausbildung von chinesischen Mädchen zu kämpfen, um sie gegen diese rückständigen Ideen zu rüsten. Ihr Schmerz wich einem Gefühl von Entschlossenheit.

Als Salome ihr vorschlug, den für den Nachmittag geplanten Gesprächskreis mit ihren Schülerinnen auf einen anderen Tag zu verschieben, schüttelte Marie energisch den Kopf.

»Nein, wir sollten keine Zeit verlieren. Ich freue mich auf die Mädchen und hoffe sehr, mit diesen Konversationsstunden einen kleinen Beitrag zu ihrer Zukunft leisten zu können.«

Salome nahm sie spontan in den Arm. »Das ist die Einstellung, die wir hier brauchen.«

Pünktlich um drei Uhr klingelte es an der Haustür. Marie öffnete selbst die Tür und begrüßte die drei Schülerinnen, die an diesem ersten Tag unter der Obhut von Hedda Burghard gekommen waren. Gerade als die Mädchen die Treppe zur Haustür heraufkamen, fuhr Gerlinde mit ihrem Dogcart auf den Hof. Fasziniert beobachten alle, wie Gerlinde schwungvoll vom Bock sprang und Xiao Li die Zügel zu ihrem Gespann übergab.

Marie fiel auf, wie sich die chinesischen Mädchen und Gerlinde schon allein in der Körperhaltung unterschieden. Während Gerlinde sich selbstbewusst und voller Energie bewegte, vermittelten die Chinesinnen mit hängenden Schultern und kurzen bedachtsamen Schritten den Eindruck, als versuchten sie sich kleiner zu machen. Dabei wirkten sie im Vergleich zu Gerlinde geradezu winzig und zerbrechlich.

Marie bat ihre Gäste ins Wohnzimmer. Die drei Mädchen nahmen nebeneinander auf der Couch Platz. Sie saßen mit kerzengeradem Rücken, die Hände auf den Knien vorne an der Sitzkante. Neugierig sahen sie sich im Raum um, während Hedda die drei Mädchen vorstellte, die alle in das typische knielange chinesische Übergewand und schwarze lange Hosen gekleidet waren. Liu An war mit vierzehn Jahren die Älteste von ihnen. Wang Ping und Sun Mei waren beide zwölf Jahre alt.

Nach wenigen Minuten erschien Fritz mit dem Tee. Er musterte die Mädchen mit einem verächtlichen Gesichtsausdruck und stellte ihre Teetassen etwas zu heftig auf den Tisch vor ihnen, so dass das Porzellan klapperte. Gerlinde und Marie sahen einander an. Gerlinde zog belustigt die Augenbrauen hoch. Um weitere Peinlichkeiten zu vermeiden, nickte Marie Fritz nur kurz zu. »Danke, den Rest übernehme ich selbst.«

Er hielt inne, sah sie unfreundlich an, verließ den Raum und schlug die Tür hinter sich zu.

Gerlinde grinste und sah Marie achselzuckend an. Sie war offensichtlich an Temperamentsausbrüche von chinesischem Personal gewöhnt. Marie beeilte sich den Tee einzuschenken und reichte den Mädchen einen Teller mit Keksen. Alle drei nahmen zögernd ein Stück Gebäck und betrachteten es skeptisch. Liu An erwies sich als die Mutigste, denn sie entschied sich als Erste, vorsichtig ein Stückchen abzubeißen. Die beiden anderen beobachteten sie gespannt. Ein erstauntes Lächeln breitete sich über Liu Ans Gesicht aus. »Oh, das schmeckt sehr gut.«

Ermutigt durch ihr tapferes Vorbild, probierten nun auch die anderen beiden Mädchen ihre Kekse und waren ebenfalls so angetan von dem Geschmack, dass sie gerne alle noch ein weiteres Stück Gebäck nahmen.

Marie hatte diese kleine Episode erstaunt beobachtet. Hedda erklärte ihr, dass es in der chinesischen Küche keine vergleichbaren Süßigkeiten gebe, deshalb auch die anfängliche Skepsis. »Die meisten Süßwaren hier sind aus Bohnen oder Früchten hergestellt. Zucker wird nicht verwandt. Kuchen und Kekse in unserem Sinne gibt es nicht.«

Marie lachte. »Also haben sie gleich etwas Neues kennengelernt. Das war auf jeden Fall ein guter Anfang!«

Da die Mädchen erst seit einem Jahr Deutsch lernten, waren ihre

Sprachkenntnisse begrenzt. Gerlindes Anwesenheit erwies sich als besonderer Segen, denn sie konnte die schwierigeren von Maries Fragen für die drei Schülerinnen übersetzen und somit das Gespräch aufrechterhalten. Sowohl die Mädchen als auch Marie und Hedda waren von Gerlindes chinesischen Sprachkenntnissen sehr beeindruckt. Ihr fröhliches und ungezwungenes Wesen trug maßgeblich dazu bei, dass bald eine fast ausgelassene Stimmung herrschte. Alle drei Schülerinnen stammten aus Kaufmannsfamilien, die sich in Tsingtau angesiedelt hatten. Man spürte, wie stolz und glücklich sie waren, dass ihnen ihre Familien erlaubt hatten, das Haus zu verlassen und eine ausländische Schule zu besuchen. Keine von ihnen hatte eingebundene Füße. Liu An erklärte, dass Frauen traditionell als »nei ren« – »Innenmenschen« – bezeichnet wurden, die nie das Haus verließen. Nur wer sehr arm war, schickte seine Frauen hinaus, wo sie für alle Welt sichtbar arbeiten mussten, um zu verhindern, dass die Familie verhungerte.

»Das heißt, jede Frau, die hier in der Kolonie arbeitet, kommt aus einer Familie in größter Not. Sonst würde man diese Schande nicht auf sich nehmen, sie hinauszuschicken?«, fragte Marie.

Liu An nickte ernst. Selbst Gerlinde schien die Situation ihrer weiblichen Dienstboten noch nie unter diesem Aspekt betrachtet zu haben und sah nachdenklich drein.

Liu An sagte dann stolz: »Aber jetzt ändert sich vieles. Wir dürfen lernen und hoffen, später einen Beruf zu ergreifen. Vielleicht kann ich Ärztin werden wie Sie. Deutschland ist so viel fortschrittlicher.«

Marie lächelte, obwohl sie insgeheim widersprechen wollte. »Ich frage mich nur, ob sich die deutschen oder europäischen Frauen eigentlich bewusst sind, in welcher vergleichsweise privilegierten Situation sie sich befinden?«

Gerlinde wirkte zutiefst betroffen. »Und man muss sich die Frage stellen, was wir aus dieser privilegierten Situation wirklich machen?«

Marie sah sie erstaunt an. Sie merkte es Gerlinde an, dass sie diese Frage sehr beschäftigte.

Gegen Abend stürmte Wolfgang Hildebrand ins Wohnzimmer, wo Marie saß und las. Er war außer sich vor Sorge. »Marie, wie geht es dir? Ich habe gehört, was dir heute widerfahren ist! Das muss ja ganz furchtbar für dich gewesen sein.«

Marie sah ihn ruhig und gefasst an. »Mir geht es gut. Es gibt keinen Grund, mit mir Mitleid zu haben. Das kleine tote Mädchen ist es, dem Mitgefühl gebühren würde.«

Hildebrand reagierte fast wütend. »Wie konntest du solch ein Risiko eingehen? Du musst vernünftiger werden. Du bist hier nicht in Deutschland! Wir sind hier umgeben von einem Land, in dem überall Krankheit und Tod lauert. Du solltest doch wissen, dass du nicht einfach alles anfassen kannst. Schon gar nicht hier.«

Marie reagierte brüsk. »Als ich dieses Bündel sah, ahnte ich, was sich darin verbarg. Ich weiß nicht wieso, aber ich wusste es. Da war diese riesige Ratte. Hätte ich abwarten sollen, bis sie sich über das Kind hermacht? Es hätte ja vielleicht noch leben können. Bitte, vergiss nicht, dass ich Ärztin bin.«

Hildebrand sackte seufzend in einen Sessel.

Marie beugte sich vor und strich ihm über die Hand. »Mach dir keine Sorgen um mich. Ich kann sehr gut auf mich aufpassen. Woher weißt du überhaupt von der Geschichte?«

Hildebrand zuckte müde mit den Achseln. »Ich war auf dem Heimweg noch im Club. Dort spricht man von nichts anderem.«

Als Marie und ihr Vater am nächsten Morgen beim Frühstück saßen, kam Fritz herein und verkündete, dass die neue Amah soeben eingetroffen sei. Er schob ein junges Mädchen in den Raum, das Marie und ihren Vater ängstlich ansah. Marie stand auf, ging auf sie zu, um ihr die Hand zu reichen, doch das Mädchen wich zurück und verbeugte sich linkisch.

»Ihr Name ist Yonggang. Sie ist die Tochter von meinem Vetter«, erklärte Fritz. »Sie spricht kein Deutsch, aber ich werde ihr beibringen, was sie wissen muss.«

»Hat sie denn Erfahrung? Hat sie schon einmal in einem deutschen Haushalt gearbeitet?«, fragte Wolfgang Hildebrand.

»Ja, aber nur kurz. Die Familie ist weggezogen.«

»Das sagen sie immer«, brummte Hildebrand. »Damit kann man nicht nachprüfen, ob es stimmt und ob sie zuverlässig sind. Ich weiß nicht, ob es einen Sinn hat, jemanden einzustellen, der überhaupt kein Deutsch spricht. Wie alt ist sie überhaupt? Sie sieht noch sehr jung aus!«

Fritz antwortete knapp. »Sie ist vierzehn.«

Hildebrand musterte das Mädchen skeptisch. »Das heißt also dreizehn nach unserer Rechnung.«

Marie sah ihren Vater fragend an.

»Nach chinesischer Rechnung ist man schon ein Jahr alt, wenn man auf die Welt kommt. Also ist sie erst dreizehn nach westlicher Rechnungsart.«

Marie musterte das Mädchen, das fragend von einem zum anderen sah. Seine Kleidung war sauber, die Füße waren nicht eingebunden. Marie musste unwillkürlich an all das denken, was sie in den letzten Tagen über die Situation chinesischer Frauen erfahren hatte.

»Ich finde, wir sollten ihr eine Chance geben. Sie soll sich ja nur um meine Sachen kümmern. Ich denke, das kann man leicht lernen.«

Fritz sah Wolfgang Hildebrand an, als erwarte er dessen Entscheidung. Maries Vater saß immer noch am Frühstückstisch und strich sich nachdenklich über den Bart.

»Na, wenn du meinst. Also gut, Fritz. Wir versuchen es mit ihr.«

Fritz lächelte. Er warf Yonggang einen kurzen Blick zu und nickte, worauf ein Lächeln ihr blasses Gesicht überzog. Marie spürte ihre Erleichterung. Sie sah Yonggang freundlich an und deutete mit der Hand auf sich selbst. »Yonggang – ich heiße Marie.«

Yonggang sah sie mit großen Augen an und sagte: »Daifu.«

Marie sah Fritz fragend an.

»Daifu heißt Doktor«, erklärte er.

Fritz lächelte, drehte sich zu Yonggang und schob sie aus der Tür. »Hao, zouba. Gehen wir.«

Kaum hatte ihr Vater nach dem Frühstück das Haus verlassen, ging Marie in die Küche. Als sie die Küchentür erreichte, hörte sie, wie Fritz und Yonggang lautstark diskutierten. Sie lauschte einen Moment lang lächelnd. Yonggang ließ sich offensichtlich von Fritz' Vorrangstellung nicht allzu sehr beeindrucken. Schließlich öffnete Marie die Tür und machte den beiden ein Zeichen mitzukommen.

Marie ging mit ihnen durch ihr Schlafzimmer und das angrenzende Badezimmer im oberen Stockwerk und erklärte Yonggang ihre Aufgaben. Staunend blickte das Mädchen sich um. Ganz offensichtlich sah sie zum ersten Mal ein modernes Badezimmer mit Wasserklosett und fließend Wasser. Marie konnte Fritz' Erklärungen nicht verstehen, aber sie beobachtete lächelnd diese erste Begegnung mit der Technik. Fritz machte Yonggang vor, wie man den Wasserhahn auf und zu drehte und die Toilettenspülung zog. Yonggang probierte beides selbst aus und schrie laut auf, als sie den Schwall Wasser durch die Toilettenschüssel schießen sah. Marie musste lachen, und Yonggang fiel in ihr Gelächter ein. Dabei sah sie Marie an und signalisierte mit nach oben gerecktem Daumen der rechten Hand ihre Anerkennung für dieses technische Wunder.

Marie ging eine Etage höher ins Dachgeschoss. Dort lagen drei kleine Kammern, die für die Amahs vorgesehen waren, die die Kinder betreuen sollten. Eine der Kammern war für Yonggang hergerichtet worden. Mit großen Augen blickte das Mädchen sich um und sah Marie dankbar an.

Als alles geklärt schien, hörte Marie, wie das Mädchen Fritz etwas zuflüsterte. Fritz zischte ihr eine kurze Antwort zu.

Marie blickte ihn fragend an. »Was möchte sie noch wissen?«

Er zögerte. »Sie fragt, wo Ihr Ehemann ist.«

Marie sah die beiden verblüfft an. Die Direktheit dieser Frage verschlug ihr die Sprache. Sie zuckte mit den Achseln. »Ich habe keinen Ehemann.«

Fritz übersetzte ihre Antwort.

Yonggang starrte sie verständnislos an.

6.

Am Samstagmorgen machten sich Wolfgang Hildebrand und seine Tochter voller Vorfreude auf den Weg zur Herbstjagd. Sie sahen einem ereignisreichen Tag entgegen. Vormittags sollte die Jagd stattfinden, anschließend ein Jagdtiffin im Strandhotel, abends ein großer Ball im Hotel Prinz Heinrich. Xiao Li kutschierte sie am Strandhotel vorbei über eine holprige Straße aus dem Stadtgebiet hinaus. Sie waren nicht die einzigen Reisenden, die an diesem Morgen unterwegs waren. Zahlreiche Kutschen, Einspänner und Reiter hatten sich aufgemacht, um dem vom Poloclub organisierten Spektakel als Zuschauer beizuwohnen.

Nach fast einer Stunde Fahrt erreichten sie einen Hügel, auf dessen Gipfel ein chinesischer Pavillon stand. Schon von weitem sah Marie, dass dort reges Treiben herrschte. Zackige Marschmusik wehte ihnen entgegen.

Das letzte kleine Stück zum Gipfel musste zu Fuß erklommen werden. Oben angekommen schaute Marie sich verblüfft um. Unter dem Dach des Pavillons standen Tische mit weißen Tischdecken und einem Imbissbuffet mit heißen und kalten Getränken, Suppen, belegten Brötchen, Kuchen, Torten und anderen Leckereien. Chinesische Diener in der weißen Uniform des Strandhotels standen bereit, die Gäste zu bedienen, die sich rege unterhielten. Die Damen tranken Champagner, die Herren prosteten einander mit Bier oder Schnäpsen zu. Etwas abseits spielte eine Bläsergruppe des III. Seebataillons Märsche und Jagdfanfaren, was dem exotischen Ort eine bizarre Volksfestatmosphäre verlieh. Überall verteilt standen kleine Sitzgruppen mit zierlichen Klappstühlen und Tischchen, so dass man das Rennen auch im Sitzen beobachten konnte. Das Publikum war elegant und international. Marie konnte sofort sehen, dass man hier wieder »unter sich« war, wie Gerlinde es ausgedrückt hatte. Deutsche, britische, russische und österreichische Uniformen beherrschten das Bild.

Marie ging am Arm ihres Vaters durch die schon versammelte Zuschauerschar und begrüßte mit ihm zahlreiche Damen und Herren. Sie konnte sich des Eindrucks nicht erwehren, dass die meisten sie neugierig und forschend ansahen und manche Gespräche verstummten, wenn sie näher kamen.

Sie flüsterte ihrem Vater zu: »Wieso sehen die Leute uns so merkwürdig an?«

»Sie haben alle von dem toten Kind und deinem Einsatz im Krankenhaus gehört. Der Mangel an Gesprächsthemen treibt hier seltsame Blüten. Sie sind alle neugierig, aber ich denke, an einem Tag wie heute wird keiner es wagen, dieses Thema offen anzusprechen.«

Die meisten Damen kannte Marie von der Teegesellschaft bei Helene Zimmermann, die auch an diesem Vormittag schon wieder im Mittelpunkt einer Gruppe stand und sich bestens amüsierte. Auch sie hielt einen Moment inne, als sie Marie sah, nickte lächelnd, drehte sich wieder ihren Zuhörern zu und setzte ihre Unterhaltung fort. Rechtsanwalt Zimmermann stand mit einigen Offizieren etwas abseits. Er zog seine Taschenuhr aus der Weste. »In einer Viertelstunde geht es los.«

Marie ließ ihren Blick über die umliegende Landschaft schweifen. Der Hügel überragte eine unwirtliche Hochebene mit Felsen und spärlichem Bewuchs. Nach Osten hin zog sich eine mit niedrigem Gebüsch bewachsene Sandschneise bis zum Meer. Ihr Vater erklärte Marie den Verlauf der Jagdstrecke.

»Der Start ist am Poloplatz hinter dem Strandhotel. Dann kommen sie über die Ebene und reiten weitläufig um den Hügel herum. Da unten liegt die Finalstrecke für das Rennen am Schluss, wo jeder zeigen muss, was er kann, wobei das Gelände schon ziemlich anspruchsvoll ist.«

»Es sieht wirklich nicht ungefährlich aus«, meinte Marie.

»Bisher hatten wir Glück. Höchstens mal ein gebrochenes Bein. Aber du musst dir keine Sorgen machen. Da unten warten schon die Sanitäter. Sicher ist sicher.«

Tatsächlich saßen am Fuße des Hügels zwei Soldaten in Uniform, neben ihnen ihre Pferde mit Notfallkoffern. Etwas weiter entfernt hockte eine Gruppe von Chinesen, die lautstark diskutierten und Scheine austauschten.

»Da sind die Mafus, die übernehmen nachher die Ponys, wenn das Rennen vorbei ist und man hier oben auf den Sieger anstößt.« Wolfgang Hildebrand lachte. »Im Moment setzen sie wohl ihre Wetten. Die

Chinesen sind leidenschaftliche Spieler. Sie verzocken manchmal ganze Monatsgehälter.«

Punkt zehn Uhr ertönte ein Böllerschuss in der Ferne. Das Startsignal. Die Bläser setzten Wald- und Jagdhörner an und schmetterten eine Fanfare. Sofort war zu spüren, wie sich eine erwartungsvolle Nervosität unter den Schaulustigen breitmachte. Einige Herren starrten gespannt durch ihre Ferngläser nach Süden.

Marie schmunzelte. »Kann es sein, dass hier oben auch Wetten abgeschlossen wurden?«

»Ja, natürlich. Ein bisschen Spannung muss sein. Aber es dauert noch eine Weile, bis überhaupt mal jemand zu sehen ist.« Wolfgang Hildebrand überlegte. »Wie wär's mit einem kleinen Imbiss? Vielleicht ein heißes Süppchen und Schnaps? Es ist doch etwas kühl heute Morgen. Nicht, dass du dich noch erkältest.«

Zusammen inspizierten Marie und ihr Vater das Buffet und ließen sich einen Schlag Erbsensuppe mit Würstchen und ein Glas Schnaps geben. Die Suppe tat gut, der Schnaps wärmte den Magen. Ein frischer Wind blies, und es war ziemlich kalt auf dem kleinen Hügel. Marie aber genoss die Aussicht sehr. Im Osten konnte sie in weiter Ferne das Meer sehen, im Norden erhoben sich die schroffen Berge des Laoshangebirges mit seinen schneebedeckten Gipfeln.

Rings um Marie wurde heftig diskutiert, welchem Reiter man die besten Chancen beim Rennen einräumte. Da jede Nation auf ihre eigenen Landsleute setzte, war keine Einigung zu erzielen, doch die Stimmung war angeregt und heiter. Diener gingen mit Tabletts voller Schnapsgläser umher.

Schließlich ertönte wieder eine Fanfare. Der Reiter, der den Fuchs gab, war zwischen den Felsen aufgetaucht. Kurze Zeit später konnte man seine Verfolger erkennen. In wildem Galopp ging es durch das steinige Gelände und über die Hindernisse.

Wolfgang Hildebrand sah durch sein Fernglas und reichte es Marie.

»Alle Wetter! Gerlinde scheint Philipp wirklich das Leben schwerzumachen. Sie ist ihm dicht auf den Fersen.«

Tatsächlich galoppierte Gerlinde in der Spitzengruppe mit. Sie war eine von drei Damen, die an der Jagd teilnahmen. Mit flottem Tempo ging es voran, wobei bis zum Ende niemand den Master überholen durfte. Ein Pony verweigerte an einem Hindernis, und der Reiter stürzte kopfüber über die Barriere. Ein erschrockenes Raunen ging durch die Zuschauer. Die Sanitäter wollten sich soeben in Bewegung setzen, als der Reiter hinter dem Hindernis auftauchte, seinem Pferd hinterherlief und wieder aufstieg. Erleichtert klatschten einige. Schließlich hatte die auseinandergezogene Gruppe den Hügel weitläufig umrundet und jagte nun über die Sandschneise Richtung Meer. Am anderen Ende der Schneise hob der Master den Arm. Alle Reiter parierten ihre Ponys durch und versammelten sich rechts und links von ihm. Erneut ertönte eine Jagdfanfare. Kaum war der letzte Ton verklungen, riss der Master in einer energischen Bewegung den Arm herunter, und die Gruppe sprengte in ungezähmtem Galopp hinter dem Fuchs her, der in einiger Entfernung vor ihnen gewartet hatte.

Gespannt verfolgten alle Zuschauer auf dem Hügel das Finale mit Ferngläsern.

»Jetzt geht's ums Ganze! Jeder darf so schnell reiten, wie er kann«, erklärte Hildebrand seiner Tochter.

In wirklich atemberaubendem Tempo rasten Reiter auf den Hügel zu. An der Spitze bildete sich ein dichter Pulk. Marie erkannte, dass Gerlinde ihr Pferd etwas seitlich versetzt dahinter zurückhielt.

Hildebrand sog beunruhigt Luft an. »Das ist ganz schön eng da vorne. So etwas kann gefährlich werden.«

Vom Hügel aus war jetzt deutlich zu sehen, dass der Reiter, der den Fuchs spielte, in einer Senke verschwand, kurz anhielt und dann seine Richtung änderte. Er ritt nun in vollem Tempo seitlich auf die Reiter zu und passierte sie dicht vor der Spitze. Da er erst in letzter Sekunde wieder in ihrem Blickfeld auftauchte, mussten die Verfolger auf Grund der kurzen Entfernung eine scharfe Kurve reiten, um ihm zu folgen. Durch die Fliehkraft nach vorne getrieben, rammten einige Reiter ihre Jagdgenossen, die bereits in der Kurve lagen, mit einem dumpfen, lauten Knall. Mehrere Pferde stürzten und rissen ihre Reiter mit sich zu Boden. Ein Aufschrei ging durch die Menge auf dem Hügel, die Sanitäter galoppierten sofort auf die Unglücksstelle zu. Dort rappelten sich die Ponys sofort wieder auf, vereinzelte Reiter lagen noch am Boden. Alle, die den Zusammenstoß unbeschadet überstanden hatten, galoppierten, ohne sich umzusehen, weiter hinter dem Fuchs her, allen voran Philipp von Heyden. Aber jetzt lag Gerlinde an der Spitze. Ihre strategisch klug überlegte Position etwas abseits der Hauptgruppe hatte ihr einen günstigen

Winkel zur Änderung der Richtung verschafft. Von dem Zusammenprall der Pferde blieb sie als Einzige völlig unbehelligt. Sie raste dem Fuchs hinterher. Ihre Verfolger holten auf, doch sie legte noch einmal Tempo zu. Philipp von Heyden war Gerlinde dicht auf den Fersen.

Oben auf dem Hügel verfolgte Marie begeistert Gerlindes meisterhafte Attacke. Sie legte ihre beiden Hände vor dem Mund zusammen und schrie so laut sie konnte. »Los, Gerlinde, zeig's ihm! Schneller! Schneller!«

Wolfgang Hildebrand, der neben seiner Tochter stand, blickte sie erstaunt an und lachte.

Als hätte Gerlinde Maries Ruf gehört, warf sie einen kurzen Blick über die Schulter und trieb ihr Pony noch einmal mit kurzen Tritten in die Flanke an. Sie gewann wieder einige Meter Vorsprung. Schließlich lag sie auf gleicher Höhe mit dem Fuchs. Sie beugte sich in vollem Tempo zu ihm hinüber, riss ihm den Fuchsschwanz von der Jacke und hielt ihn triumphierend hoch. Sie hatte gewonnen!

Auf dem Hügel brach tosender Applaus aus. Die Sensation war perfekt. Unter all den Männern hatte zum ersten Mal eine Reiterin das Herbstrennen des Poloclubs von Tsingtau gewonnen. Der stolze Vater nahm erste anerkennende Gratulationen entgegen. Helene Zimmermann lächelte eher gekünstelt. Als perfekte Kavaliere ritten die noch im Sattel sitzenden Teilnehmer der Jagd zu Gerlinde und gratulierten ihr. Dann wendete die Gruppe und kam geschlossen zum Hügel zurück, wo sie mit großem Applaus empfangen wurde. Alle gestürzten Reiter waren inzwischen wieder auf den Beinen. Der eine oder andere hielt sich noch den Kopf oder klopfte sich den Staub aus der Kleidung, aber niemand schien ernsthaften Schaden genommen zu haben.

Als Gerlinde vom Pferd sprang, stürzte einer der chinesischen Mafus schreiend auf sie zu. Sie drehte sich um, riss triumphierend die Arme hoch und umarmte ihn kurzerhand. Der Mann blieb stocksteif stehen, während seine Kollegen hinter ihm in lautes meckerndes Gelächter ausbrachen. Der Mafu schickte einen lauten Fluch zu ihnen hinüber, dann klopfte er Gerlinde anerkennend auf die Schulter. Die beiden lachten verschwörerisch.

Helene Zimmermann, die wie alle anderen die Szene vom Hügel aus beobachtet hatte, hielt den Atem an und blickte entsetzt auf ihren Mann. »Sie umarmt den Mafu!«

»Kein Wunder, ihm hat sie den Sieg ja mit zu verdanken. Er hat ihr Pony trainiert! Ich hoffe nur, dass er auf sie gesetzt hat!«

Helene Zimmermann war ganz offensichtlich nicht mit der Nonchalance einverstanden, mit der ihr Mann diesen ungeheuren Lapsus kommentierte. Unten am Fuße des Hügels nahm niemand weiter Notiz von diesem kleinen ungewöhnlichen Zwischenfall. Alle Jagdteilnehmer drängten sich um Gerlinde und beglückwünschten sie. Schließlich waren die Reiter wieder so weit zu Atem gekommen, dass sie den kurzen Anstieg auf den Gipfel zu den Zuschauern bewältigen konnten. Dort wurden sie begeistert empfangen.

Gerlinde strahlte über das ganze Gesicht. Ihre Wangen waren gerötet, die Lebensfreude sprühte förmlich aus ihren Augen.

Manfred Zimmermann umarmte seine Tochter stolz. Ihre Mutter beließ es bei einem freundlichen Lächeln und einem Kuss auf die Wange. Alle Zuschauer drängten sich um Gerlinde, die lachend die Gratulationen entgegennahm.

Marie umarmte ihre Freundin. »Du bist ja eine wahre Amazone! Einfach fantastisch!«

»Na ja, ein bisschen Glück war auch dabei.«

»Für mich sah das weniger nach Glück aus als nach einem sehr geschickten und wohl überlegten Manöver!«

»Das kann man wohl sagen!« Plötzlich stand Philipp von Heyden mit drei Gläsern Champagner in der Hand neben ihnen. »Hier kommt erst mal was zu trinken! Erheben wir das Glas auf die siegreiche Reiterin!«

Ringsherum prosteten Reiter und Zuschauer Gerlinde zu, die sich überglücklich bedankte.

Marie hob ihr Glas, um Philipp zu gratulieren. »Auf den glorreichen zweiten Platz.«

Philipp schüttelte lächelnd den Kopf. »Bei der Jagd gibt's keinen zweiten Platz. Entweder man erlegt den Fuchs oder nicht! Da kann nur einer siegen … oder besser eine!«

Marie musterte seinen Gesichtsausdruck. Trotz der Niederlage war von Heyden guter Dinge. Er schien es gelassen hinzunehmen, dass er gegen eine Frau verloren hatte.

Gerlinde genoss die Bewunderung der jungen Männer um sie herum. Sie war Marie noch nie so lebendig vorgekommen. Philipp von Heyden, sein englischer Freund Geoffrey McKinnan und andere Reiter standen um sie herum und plauderten angeregt. Gerlinde warf ihren Kopf in den Nacken und lachte laut. Alle stimmten ein. Sie waren offensichtlich in ihrem Element.

Einer der chinesischen Kellner tauchte vor Marie auf und bot ihr auf einem Tablett ein weiteres Glas Champagner an. Maries Blick folgte ihm, als er sich wieder entfernte. Sie betrachtete die chinesischen Diener, die hinter dem Buffet standen und mit ausdruckslosen Gesichtern das Geschehen beobachteten. Für einen Moment fragte sich Marie, welches Schicksal diese Männer wohl in die deutsche Kolonie verschlagen hatte. Gerlinde riss Marie aus ihren Gedanken. »Marie, ich wollte dir jemanden vorstellen? Das ist meine Freundin Doktor Marie Hildebrand, und das ist Freiherr von Beck, Legationsrat an unserer Botschaft in Peking. Er ist in dieser Woche zu Gast bei uns.«

Gerlinde blinzelte Marie hinter Freiherr von Becks Rücken fröhlich zu. Das war also der zweite Ehekandidat. Von Beck reichte Marie die Hand und schlug mit einem zackigen Nicken die Hacken zusammen. »Sehr erfreut, gnädiges Fräulein!«

Er war groß, hatte dunkles Haar und trug einen modisch gezwirbelten Bart im Stil des Kaisers. Marie erkannte in ihm einen der Reiter, der bei der großen Kollision vom Pferd gestürzt war.

»Die Freude ist ganz auf meiner Seite. Geht es Ihnen gut? Haben Sie den Sturz unbeschadet überstanden? Von hier oben sah das alles sehr bedenklich aus.«

Marie sah den jungen Mann besorgt an, doch abgesehen von ein paar Grasflecken an seiner Hose schien der Sturz keine Spuren hinterlassen zu haben. Maries Frage jedoch erinnerte ihn offenbar an die peinliche Schmach, die er vor aller Augen erlitten hatte. Sein Gesichtsausdruck verfinsterte sich, und er antwortete kurz angebunden: »Danke der Nachfrage. Nichts passiert.«

Gerlinde hatte sofort bemerkt, dass Marie mit ihrer Frage einen wunden Punkt ihres Gastes angesprochen hatte. Sie mischte sich beherzt in das Gespräch ein. »Stell dir vor, Marie, unser Mafu hat hundert Dollar gewonnen, weil er als Einziger auf mich gesetzt hat!«

»Seine Begeisterung war nicht zu übersehen«, bemerkte von Beck säuerlich.

Gerlinde ignorierte seine Bemerkung. Philipp von Heyden, der sich in diesem Augenblick zu ihnen gesellte, rettete unbewusst die Situation.

»Wir sollten uns auf den Weg zum Strandhotel machen. Langsam wird's hier oben etwas frisch.«

Nach dem Mittagessen in heiterer Stimmung im Strandhotel kehrte man nach Hause zurück, um sich für den Abend auszuruhen. Gegen acht Uhr abends traf sich die Hautevolee im großen Saal des Hotels Prinz Heinrich wieder zum Dinner und zum Ball. Marie war eigentlich nicht zum Feiern zumute, aber um ihres Vaters Willen versuchte sie die Ereignisse der letzten Tage hinter sich zu lassen. Der Festsaal war geschmackvoll mit Herbstlaub geschmückt. Vor der Bühne, auf der wieder das Orchester des III. Seebataillons spielte, wartete die leere Tanzfläche. Drumherum waren runde Tische für das festliche Abendessen mit fünf Gängen und Wein von der Mosel gedeckt.

Marie und ihr Vater saßen mit drei Ehepaaren am Tisch, die Marie noch nicht kannte. Direktor Schultheiss von der Deutsch-Asiatischen Bank, Fuhrunternehmer Heinzel und Zahnarzt Dr. Grote nebst Gattinnen machten höflich Konversation über Alltäglichkeiten der Kolonie und das Wetter. Man erwartete den baldigen Wintereinbruch. Marie gab sich Mühe, ihre freundliche Miene nicht zu verlieren.

Philipp und Geoffrey waren an einem Junggesellentisch platziert worden, wo man den Getränken eifrig zusprach und Hochstimmung herrschte.

Gerlinde thronte mit ihren Eltern, Legationsrat von Beck, dem Gouverneursehepaar und Seezolldirektor Ohlmer mit Gemahlin am Ehrentisch. Bevor das Dinner serviert wurde, hielt Gouverneur Truppel eine launige Laudatio auf die besondere Bedeutung der Frauen in den Kolonien und auf Gerlinde Zimmermann, die neue Amazone von Tsingtau. Gerlinde strahlte vor Stolz, ihr Tischnachbar Herr von Beck verzog keine Miene.

Unter den Gästen erspähte Marie Hedda Burghard, die Schwester von Salome Wilhelm. Hedda war in Begleitung eines deutschen Offiziers gekommen, mit dem sie sich gut zu unterhalten schien. Nach dem Essen begrüßte Marie Hedda und fragte nach Salome und Richard Wilhelm.

Hedda lachte. »Solche Art von gesellschaftlichen Veranstaltungen liegen nicht auf der Linie meines Schwagers. Er betrachtet sie als reine

Zeitverschwendung.« Aufgeräumt raunte sie Marie verschwörerisch zu. »Mit mir hat er allerdings Nachsicht, denn er hofft wahrscheinlich im Stillen, dass ich hier einen Mann finde und endlich ausziehe.«

Die beiden lachten.

Als Marie sich aber nach ihrer Patientin erkundigte, wurde Hedda ernst. »Es geht ihr immer noch nicht wirklich besser. Dr. Wunsch scheint sich große Sorgen um sie zu machen. Ich habe nur kurz mit seiner Frau gesprochen. Er hat offenbar noch nicht herausgefunden, was der Grund für die anhaltende Krise ist.«

Besorgt kehrte Marie an ihren Tisch zurück. Ihr Vater bemerkte ihre gedrückte Stimmung. Er stand auf, machte eine kurze Verbeugung und nahm ihre Hand. »Wie wär's mit einem Tanz mit deinem alten Vater?«

Obschon Marie wenig Lust zum Tanzen verspürte, konnte sie diese Aufforderung nicht ablehnen, und der Walzer vertrieb die ernsten Gedanken vorübergehend. Als auf der Tanzfläche Gerlinde im Arm von Legationsrat von Beck an ihnen vorbeischwebte und unauffällig die Augen rollte, musste Marie schmunzeln. Ihr Vater lächelte zufrieden, nicht ahnend, was der Grund ihrer Heiterkeit war. Auch Philipp führte nacheinander Damen verschiedenen Alters über das Parkett, die strahlend in seinen Armen dahinschwebten. Marie konnte sehen, dass er ein erfahrener Tänzer war.

Nachdem auch die anderen Herren am Tisch mit Marie getanzt hatten und während sie noch überlegte, wie sie am besten verschwinden könnte, ohne großes Aufsehen zu erregen, stand plötzlich Philipp neben ihrem Stuhl und forderte Marie auf. Auf der Tanzfläche nahm er sie in die Arme, und sie begannen sich zu einer heiteren Walzermelodie zu bewegen. Marie beobachtete über Philipps Schulter, wie Geoffrey McKinnan sich vor Gerlinde verbeugte. Fröhlich nahm das junge Mädchen seine Aufforderung zum Tanz an, während ihre Mutter sie mit einem missbilligenden Blick bedachte und Legationsrat von Beck sofort in ein Gespräch verwickelte.

Philipp blickte freundlich auf Marie hinunter. »Ist Ihnen bewusst, dass Sie heute vor einer Woche in Tsingtau angekommen sind?«

Marie sah ihn erstaunt an und schüttelte ernst den Kopf. »Es kommt mir vor, als sei ich schon eine Ewigkeit hier. So viele neue, schwerwiegende Eindrücke.«

Philipp schwieg eine Weile.

»Warum haben Sie mir am Mittwoch vor dem Konzert nicht erzählt, was Sie an diesem Tag im Faberhospital erlebt hatten?«

Marie beschloss, nicht um die Wahrheit herumzureden. »Ehrlich gesagt, wollte ich Ihnen Ihre gute Laune nicht verderben.«

Philipp wirkte betroffen. »Halten Sie mich für so oberflächlich? Es tut mir leid, wenn ich diesen Eindruck auf Sie machen sollte. Erlauben Sie mir zu sagen, wie sehr ich Sie bewundere. So viel Stärke hätte ich einer so zierlichen jungen Dame nie zugetraut.«

Mit leichten Zornesfalten zwischen den Augenbrauen sah Marie zu Philipp auf. In ihren Augen blitzte gefährlicher Widerspruchsgeist auf, doch dann erinnerte sie sich daran, wo sie sich gerade befand, und meinte mit leiser Stimme: »Herr von Heyden. Tun Sie mir bitte in Zukunft den Gefallen und verschonen Sie mich mit solchen Plattitüden. Ich wünschte mir, Sie würden einfach akzeptieren, dass ich Ärztin bin. Da muss man bereit sein, mit allen Schattenseiten des Lebens konfrontiert zu werden. Heben Sie diese Art von Komplimenten für die anderen Damen hier auf. Die werden sicher entzückt sein.«

Obwohl der Tanz noch nicht beendet war, drehte Marie sich um und ließ Philipp von Heyden einfach stehen. Sie bat ihren Vater, die Kutsche zu rufen. Sie hatte Kopfschmerzen, vielleicht hatte sie sich ja doch eine Erkältung auf dem zugigen Hügel geholt.

7.

Obwohl ihr Vater empfohlen hatte, den Besuch im Faberhospital auf den Nachmittag zu verschieben, ließ Marie am nächsten Morgen sofort nach dem Frühstück die Kutsche anspannen. Wolfgang Hildebrand hatte kurz vor ihr das Haus verlassen, um zum Iltisplatz hinter dem Strandhotel zu reiten, wo den ganzen Vormittag über Truppenparaden abgehalten werden sollten. Am heutigen 14. November 1910 feierte man den 13. Jahrestag der Besetzung des Kiautschougebietes durch die deutschen Truppen mit großem militärischem Zeremoniell. Hildebrand hatte seiner Tochter nahegelegt, sich die Truppenparade ebenfalls anzusehen, aber sehr zum Verdruss des Marinebaurats hatte Marie die Verabredung mit Dr. Wunsch für wichtiger erklärt. Marie machte sich große Sorgen um ihre chinesische Patientin. Alle offiziellen Gebäude von Tsingtau hatten geflaggt, und sogar in einigen privaten Gärten sah Marie die deutsche Reichsfahne wehen. Es herrschte dichter Verkehr in Richtung Iltisplatz. Ganz offensichtlich war ein Großteil der deutschen und sogar der chinesischen Bevölkerung unterwegs, um sich die Parade anzusehen. Verschiedene Male musste Xiao Li unterwegs anhalten, um durchmarschierende Einheiten von deutschen Soldaten passieren zu lassen.

Auf dem Missionshügel jedoch herrschte beschauliche Ruhe. Das Faberhospital glich vielen modernen Krankenhausbauten im deutschen Kaiserreich. Der zweistöckige rote Ziegelbau mit seinen hohen Fenstern und spitzen Giebeln lag in einem Garten, in dem Bänke unter den Bäumen zur Rast einluden. Im klaren spätherbstlichen Morgenlicht sah das Gebäude freundlich und fast einladend aus. Dr. Wunsch empfing Marie in seinem Behandlungszimmer. Er war nicht sehr groß, trug einen kleinen Schnurrbart, und hinter einer Nickelbrille mit dünnem Goldrahmen lächelten Marie lebendige dunkle Augen an. Sie spürte instinktiv, dass ihr hier ein Arzt aus Leidenschaft gegenübersaß, jemand, der mit allen ihm zur Verfügung stehenden Mitteln und Kenntnissen versuchte, leidenden Menschen Linderung und Besserung zu verschaffen. Er begegnete ihr ohne den männlichen Überlegenheitsdünkel, den sie oft im Laufe ihres Studiums und ihrer Praxissemester an der Charité erlebt hatte. Dr. Wunsch fragte Marie über ihre bisherige Arbeit aus und erzählte ihr, dass er schon seit mehreren Jahren in Asien praktiziere und oft mit englischen und amerikanischen Ärztinnen zusammengearbeitet habe. Weibliche Kolleginnen waren für ihn eine Selbstverständlichkeit.

Schließlich erkundigte sich Marie vorsichtig nach dem Zustand der Frau, deren Notversorgung sie durchgeführt hatte.

Dr. Wunsch runzelte die Stirn. »Li Nan ist immer noch sehr schwach und erholt sich nicht so gut, wie ich es erwartet hätte. Ich befürchte, sie hat ein inneres Leiden, das wir noch nicht entdeckt haben, aber leider widersetzt sie sich einer Untersuchung meinerseits. Ich möchte ihr aber auch nicht gegen ihren Willen näher treten.« Er zuckte traurig mit den Achseln. »Der übliche Fall. In China würde eine Frau bei einem Arzt nie die Kleidung ablegen oder sich sonst irgendwie entblößen. In der traditionellen chinesischen Heilkunst werden Diagnosen weitgehend über den Puls gestellt. Dabei geht man davon aus, dass es zwölf Pulse gibt, die den einzelnen Organen zugeordnet sind.«

Er öffnete die Schublade seines Schreibtisches und holte eine handgroße chinesische Porzellanpuppe hervor.

»Darüber hinaus benutzen Frauen beim Arzt diese kleinen Puppen, um die Stelle am Körper anzuzeigen, wo sie Schmerzen haben. Ich habe es bei ihr versucht, doch sie reagiert nicht. Aber selbst wenn sie eine Stelle andeuten würde, könnte man auf diese Art und Weise keine vernünftige Diagnose stellen. Ich müsste sie eingehend untersuchen, um herauszufinden, was ihr fehlt, dagegen wehrt sie sich, trotz guten Zuredens von Salome Wilhelm. Leider konnten wir noch nicht einmal aus ihr herausbekommen, ob sie Familie hat, die wir benachrichtigen oder befragen könnten.«

Marie sah Dr. Wunsch nachdenklich an. »Ich möchte mich nicht aufdrängen oder in ihre Zuständigkeit einmischen, aber vielleicht wäre es ja hilfreich, wenn ich ihr vorschlagen würde, sie zu untersuchen. Vielleicht hätte sie mit einer weiblichen Ärztin weniger Probleme.«

Augenblicklich sprang Dr. Wunsch auf und drückte Marie spontan die Hand.

»Ich hätte nie gewagt, Sie darum zu bitten, aber im Stillen hatte ich gehofft, dass Sie selbst diesen Vorschlag machen würden. Kommen Sie, lassen Sie uns keine Zeit verlieren. Ich bitte Salome Wilhelm, für Sie zu übersetzen, dann kann ich mich im Hintergrund halten.«

Marie nahm die Porzellanpuppe vom Schreibtisch. »Ich denke, wir sollten es noch einmal mit der Puppe versuchen.«

Salome war in wenigen Minuten zur Stelle. Sie hatte schon auf Dr. Wunschs Anruf gewartet und warf ihm einen verschwörerischen Blick zu, der Marie nicht entging.

Marie erkannte die Patientin kaum wieder. Sie war bis zum Hals zugedeckt. Auf dem großen Kopfkissen wirkte ihr eingefallenes Gesicht winzig und verloren. Die Haare klebten an der fiebrigen Stirn und den Schläfen. Marie, Salome und Dr. Wunsch traten leise an ihr Bett. Die Frau öffnete die Augen und sah sie ängstlich an. Plötzlich huschte ein Lächeln über ihr Gesicht. Sie hatte Marie wiedererkannt und flüsterte: »Daifu, nin hao.«

Marie nahm ihre Hand. Sie fühlte sich klamm und kalt an. Marie zeigte der Frau die Puppe und fragte, wo sie Schmerzen habe. Die Frau warf einen verängstigten Blick auf Dr. Wunsch, der sofort verstand und sich zurückzog. Ein Wandschirm wurde herangezogen. Zögernd deutete die Frau auf den Unterleib der Puppe. Behutsam schob Marie die Bettdecke beiseite. Die Frau stöhnte leise auf, als Marie ihren Bauch betastete. Entweder war sie völlig entkräftet, oder sie billigte Maries Vorgehen. Marie konnte sie ohne Gegenwehr untersuchen. Sie erkannte schnell, dass die Frau vor sehr kurzer Zeit ein Kind bekommen haben musste. Auf Grund unsachgemäßer Behandlung war nun eine Infektion aufgetreten, die inzwischen lebensbedrohlich geworden war.

Beunruhigt fragte Marie: »Wo ist das Kind? Wie geht es ihm?«

Doch die Frau blickte nur starr vor sich hin und schüttelte den Kopf.

Marie sah Salome entsetzt an. »Vielleicht war es das Mädchen, das ich gefunden habe.«

Salome legte ihr beruhigend die Hand auf den Arm. »Das werden wir nie erfahren. Wenn ihr Kind tot ist, leidet sie sicher darunter. Jeder Mutter würde das nahegehen. Wir sollten es dabei belassen.«

Marie nickte betroffen.

Nach Beratung mit Dr. Wunsch spülte sie den Geburtskanal aus, um Gewebereste zu entfernen. Dann erhielt Li Nan stärkende Medikamente, um die Infektion besser bekämpfen zu können. Marie verordnete kalte Wickel und Abreibungen, um das Fieber zu senken.

Nachdem sie alles getan hatte, was im Moment möglich war, verabschiedete sich Marie von ihrer Patientin. Sie nahm die kleine Hand in beide Hände und streichelte sie.

»Zai jian, auf Wiedersehen.«

Li Nan lächelte sie erschöpft an. »Zai jian, daifu, nin mingtian zai lai?« Fragend sah Marie zu Salome.

»Sie fragt, ob Sie morgen wiederkommen.«

Marie blickte zu Dr. Wunsch, der lächelnd die Szene beobachtete. Sie nickte Li Nan zu.

»Ja, ich komme wieder.«

Dr. Wunsch führte Marie durch das ganze Missionshospital. Es war modern und zweckmäßig karg eingerichtet und verfügte über die notwendige medizinische Ausrüstung. Die meisten Patienten wurden ambulant behandelt. Es gab je einen Krankensaal für Männer und Frauen. Außer Li Nan lag keine weitere Chinesin im Hospital.

Dr. Wunsch zuckte hilflos mit den Achseln. »Frauen kommen nie freiwillig hierher. Es werden bisher nur Fälle eingeliefert, wo Chinesinnen auf der Straße zusammenbrechen oder verunglücken und sich nicht mehr wehren können. Meist ist es dann natürlich zu spät, was auch nicht zum Ruf eines Hospitals beiträgt. Die Chinesen haben Angst vor der westlichen Medizin, denn unsere Methoden sind unerhört für sie. Chirurgie gibt es zum Beispiel in der chinesischen Medizin überhaupt nicht. Als ich meinen ersten Patienten für eine Operation anästhesierte und er nachher wieder putzmunter wurde, habe ich für eine Sensation gesorgt. Die Leute glaubten, ich hätte den Mann umgebracht und dann wieder zum Leben erweckt. Gegen solches Unwissen anzukämpfen ist denkbar schwierig. Wir müssen vor allem erst einmal Vertrauen schaffen, bevor wir den Menschen wirklich helfen können.«

Fasziniert hörte Marie Dr. Wunsch zu. Sie spürte, dass er mit seiner ganzen Seele daran interessiert war, den Chinesen zu helfen. Sie war dankbar, neben den Wilhelms noch einen Menschen gefunden zu haben, der nicht einfach nur erklärte, dass nichts zu verändern sei an all diesem Elend.

Als die beiden sich verabschiedeten, sah Marie Dr. Wunsch prüfend an. »Soll ich wirklich morgen wiederkommen? Ich will mich wirklich nicht in Ihre Arbeit einmischen!«

Dr. Wunsch hielt ihre Hand fest. »Sie wissen gar nicht, wie sehr Sie mir damit helfen würden … und vor allem unserer Patientin. Bitte kommen Sie wieder!«

Marie nickte glücklich und gerührt. Wie immer ging sie zu Fuß nach Hause. Die hübschen Häuser, das Meer, das in der Sonne glänzte, die weißen Gipfel des Laoshangebirges in der Ferne stimmten sie froh. Endlich hatte sie das Gefühl, angekommen zu sein.

Adele Luther hatte eine Damenrunde am frühen Abend in den Gesellschaftsräumen ihrer Pension zum Abendessen eingeladen. Da alle deutschen Männer diesen wichtigen Jahrestag der Kolonie im Kreise der Militärs bei feuchtfröhlichen Herrenabenden feierten, waren die deutschen Hausfrauen von ihren Pflichten befreit.

Zu Maries Überraschung entpuppte sich die Pension Luther als eine stattliche Villa mit großem Garten und Tennisplatz. Insgesamt gab es auf zwei oberen Etagen zwölf Gästezimmer und jeweils zwei Bäder. Das gesamte Erdgeschoss nahmen ein großes und ein kleines Esszimmer, die Bibliothek und der Salon ein, die Küche befand sich im Souterrain. Marie fühlte sich auf Anhieb wohl in den gemütlich eingerichteten Räumen. Zwei junge chinesische Angestellte servierten Sherry am offenen Kamin im Salon.

Als Marie eintrat, kam Adele Luther auf sie zu, umarmte sie herzlich und stellte sie ihren Gästen vor. Nachdem sie ihren Namen genannt hatte, bemerkte Marie sofort, dass einige Damen bedeutungsschwere Blicke wechselten.

Marie kannte außer Adele Luther niemanden. Die anwesenden Damen waren Ehefrauen von Militärs und Beamten, eine Lehrerin der Gouvernementschule, zwei Krankenschwestern und drei weibliche Pensionsgäste. Kaum hatte Marie Platz genommen und man hatte erste höfliche Floskeln ausgetauscht, beugte sich Isolde Richter, die junge, aber bereits matronenhaft wirkende Gattin des Oberförsters zu Marie herüber und legte ihr eine Hand auf den Arm. »Wir haben alle von ihrem schrecklichen Fund gehört. Das muss entsetzlich für Sie gewesen sein.

Sie müssen ja einen fürchterlichen Eindruck von unserer schönen Kolonie bekommen haben.«

Marie suchte einen Augenblick lang nach den richtigen Worten. Bisher hatten alle anderen taktvollerweise dieses Thema vermieden, und es schien ihr auch nicht das richtige Gesprächsthema für ein Damenkränzchen.

»Sie haben recht. Danke für Ihr Mitgefühl. Es war in der Tat ein entsetzliches Erlebnis. Aber diese Erfahrung hat mir nur einmal mehr Verständnis für die katastrophale Lage der Frauen in China vermittelt.«

Alle schwiegen zutiefst betroffen.

Nur Isolde Richter schnaubte empört. »Meiner Meinung nach hat dieser Zwischenfall in erster Linie nur wieder mal gezeigt, was für ein barbarisches Volk diese Chinesen sind. Welche deutsche Mutter wäre denn zu solch einer grausamen Tat in der Lage?«

Marie sah sie ruhig an. »Liebe Frau Richter! Ich glaube, Sie urteilen etwas vorschnell. Waren Sie schon einmal in den Hinterhöfen vom Scheunenviertel in Berlin? Auch in Deutschland werden Kinder aus Not ausgesetzt. Aber die Zustände in diesem riesigen Land scheinen alles zu übertreffen, was man in Deutschland seit langem erlebt hat. Was wissen Sie denn über die Chinesinnen? Vielleicht über die Frauen und Mädchen, die in Ihrem Haushalt arbeiten? Haben Sie sich schon einmal gefragt, was sie dazu bringt, bei uns fremden Teufeln zu arbeiten?«

Marie spürte, dass die Damen um sie herum unruhig wurden.

Frau Richter sah sie herablassend an. »Wir fremden Teufel bringen ihnen doch die Zivilisation! Und das Elend in Berliner Hinterhöfen? Was für Leute wohnen denn dort? Doch meist irgendwelche schäbigen Einwanderer aus Osteuropa. Was die hiesige Situation angeht, sollten wir wohl Nachsicht mit Ihnen haben, mein Fräulein, denn Sie sind ja erst vor kurzem hier angekommen und haben noch keine Erfahrung mit diesem schmutzigen und hinterhältigen Volk gemacht.«

»Meine Damen, bitte.« Adele Luther versuchte zu intervenieren, aber Isolde Richter ließ sich nicht aufhalten.

»Was maßen Sie sich überhaupt an? Wie man hört, fehlt Ihnen ja jegliche Erfahrung als Hausfrau und Mutter. Vielleicht sollten Sie sich auf die wesentlichen Dinge im Leben einer deutschen Frau besinnen, statt sich um die Probleme der Schlitzaugen zu kümmern.«

Marie starrte die Frau entgeistert an, während alle anderen Damen peinlich berührt auf ihre Kaffeetassen blickten oder nach einem Taschentuch in ihrer Handtasche kramten. Für einen kleinen Moment herrschte Schweigen im Raum. Irgendwo im Haus hörte man laute Stimmen von chinesischen Dienstboten.

Schließlich holte Marie tief Atem und sagte kurz. »So viel zum Thema christliche Nächstenliebe.«

Dann stand sie auf und verließ den Raum. Frau Richter schnäuzte brüskiert in ihr Taschentuch. In der Halle wandte sich Marie an Adele Luther, die ihr gefolgt war.

»Tut mir wirklich leid, Adele. Es war nicht meine Absicht, Ihnen diesen Abend zu verderben. Ich denke, ich bin tatsächlich mit den hiesigen Denkweisen noch nicht vertraut. Ich bin mir auch nicht sicher, ob ich es wirklich werden will. Es ist wohl besser, wenn ich jetzt gehe.«

Adele war sichtlich überfordert. Marie sah ihr an, dass ihr dieser Zwischenfall mehr als unangenehm war.

»Es tut mir auch leid, Marie. Aber lassen Sie mich die Situation erklären.«

Marie unterbrach sie. »Ich glaube nicht, dass es da viel zu erklären gibt! Lassen Sie Ihre Gäste nicht zu lange warten. Ich finde schon allein hinaus. Nichts für ungut! Ich wünsche Ihnen noch einen schönen Abend. Auf Wiedersehen.«

Marie küsste Adele auf die Wange und ging die Treppe hinunter auf die Straße. Sie atmete tief durch. Die frische Luft tat gut und kühlte ihre vor Aufregung heißen Wangen. Trotz der Dunkelheit entschied sie sich, den kurzen Weg nach Hause zu Fuß zurückzulegen.

Als Marie dort ankam, lag die Villa im Dunkeln. Nur in der Küche brannte Licht. Stimmen waren zu hören. Marie klopfte kurz an die Küchentür und trat ein. Die Dienstboten saßen um den Tisch beim Essen. Schlagartig verstummten die Gespräche, alle starrten Marie nur an. Fritz fand als Erster seine Fassung wieder und wechselte stirnrunzelnd einen kurzen Blick mit den anderen.

»Sie sind schon zu Hause? Wollen Sie essen?«

Marie schüttelte den Kopf. »Nein, danke. Ich gehe zu Bett. Gute Nacht.«

Yonggang wollte aufstehen und mit ihr kommen.

Marie winkte ab. »Nein, nein. Es geht schon. Bis morgen. Schönen Abend noch.«

Sie zog die Küchentür hinter sich zu und ging die Treppe hinauf. Plötzlich fühlte sie sich sehr einsam in dieser fremden Welt.

Einer der chinesischen Assistenten empfing Marie am nächsten Morgen in der Klinik, da der Chefarzt noch im Haus unterwegs war. Er führte Marie in Dr. Wunschs Behandlungszimmer. Marie fiel auf, dass der Mann dabei immer wieder irritiert auf den kleinen Korb mit Äpfeln starrte, die sie für Li Nan mitgebracht hatte. Nach einer Weile hörte Marie Stimmen vor der Tür, und kurze Zeit später betrat Dr. Wunsch das Zimmer und begrüßte sie. Er deutete auf den Korb. »Mein Assistent war ganz aufgeregt. Ihr Mitbringsel ist zwar gut gemeint, aber leider können wir es Li Nan nicht geben. Das bringt Unglück.«

Marie sah ihn fragend an. »Äpfel bringen Unglück?«

Dr. Wunsch lachte und nickte. »Normalerweise sind Äpfel wie die meisten Nahrungsmittel immer ein willkommenes Geschenk. Noch dazu heißt Apfel auf Chinesisch ›ping‹, was gleichlautend ist mit ›Frieden‹. Leider klingt ›ping‹ aber auch fast wie ›bing‹, und das heißt ›krank‹. Deshalb kann man Kranken keine Äpfel schenken, sonst fürchten sie, nicht mehr gesund zu werden.«

Trotz ihrer Verwirrung war Marie erleichtert. »Oh Gott, das tut mir leid, das wusste ich nicht.«

Dr. Wunsch lächelte gutmütig. »Woher auch? Wo es doch bei uns heißt: ›Ein Apfel am Tag erspart den Arzt.‹ Bleibt noch zu klären, welche Seite nun recht hat.«

Li Nan sah tatsächlich viel besser aus, als Marie zusammen mit Dr. Wunsch an ihr Krankenbett trat. Auch die Untersuchung verlief ruhig und zufriedenstellend. Li Nan war auf dem Weg der Besserung.

Als sie und Dr. Wunsch später noch zusammensaßen, um den Fall zu besprechen, war Marie sehr nachdenklich.

»In ein paar Tagen wird Li Nan wieder entlassen. Und was passiert dann mit ihr?«

Dr. Wunsch zuckte mit den Achseln. »Sie wird wohl oder übel in ihr Leben zurückkehren müssen.«

»Haben Sie denn herausfinden können, woher sie kam und was mit dem Kind passiert ist?«, fragte Marie.

Er schüttelte den Kopf. »Die Polizei beruft sich lediglich auf Augenzeugenberichte über den Unfall mit dem Zug. Li Nan war mit mehreren Frauen zusammen unterwegs, mehr weiß keiner. Ihre Kleidung war sehr schmutzig, deshalb hat sie sicher in keinem Haushalt gearbeitet. Eher in einer der Fabriken am Hafen.«

»Ich würde ihr gerne helfen und eine Stellung für sie finden, wo sie besser bezahlt und ernährt wird.« Marie seufzte.

Dr. Wunsch sah sie eindringlich an. »Marie, Sie können nicht für jeden Menschen hier die Verantwortung übernehmen.«

Marie lachte bitter. »Das hat man mir gestern Abend auch schon gesagt, nur nicht so freundlich.«

Das Erlebnis vom Vorabend lastete noch schwer auf ihr, und sie erzählte dem Doktor von der Auseinandersetzung.

Dr. Wunsch spielte mit einem Brieföffner, während er ihr zuhörte. Schließlich sah er Marie an und seufzte tief. »Was soll man dazu sagen? Dieses Problem ist so alt wie die Menschheit. Nicht umsonst musste in der Bibel stehen: ›Liebe deinen Nächsten wie dich selbst.‹ Und es wird immer Menschen geben, die in ihrer Beschränktheit und Unwissenheit nicht in der Lage sind, die Not ihres Nächsten zu erkennen – weder in Deutschland noch sonst auf der Welt oder schon gar hier, wo die Kluft und das gegenseitige Unverständnis noch viel größer sind. Aber lassen Sie sich nicht davon beeindrucken. Es gibt auch andere Meinungen, sogar hier in unserer Kolonie, wo es vor Spießern, übrigens jedweder Nationalität, nur so wimmelt.«

Marie lächelte ihn dankbar an.

»Aber im Ernst. Sie müssen mit Ihrer Energie haushalten, Marie. Kümmern Sie sich um die Leute in Ihrer unmittelbaren Umgebung. Wenn es ihnen gutgeht, entsteht daraus vielleicht eine Kettenreaktion, weil diese Menschen dann auch mehr Kraft haben, sich um ihre Angehörigen zu kümmern. Wir können alle nur im Kleinen wirken.«

Marie musste zugeben, dass er recht hatte. Spontan fiel ihr Yonggang ein. Sie musste unbedingt mehr über sie in Erfahrung bringen. Trotzdem dachte sie nicht daran, im Falle von Li Nan so schnell aufzugeben.

Sie lächelte nachdenklich. »Noch ist nicht aller Tage Abend! Vielleicht fällt mir für unsere Patientin doch noch etwas ein.«

Dr. Wunsch schüttelte anerkennend den Kopf. »Sie sind ein zäher Brocken. Aber meinen Segen haben Sie natürlich. Übrigens, meine Frau lässt fragen, ob Sie heute Nachmittag zum »At Home« bei Frau Zimmermann gehen? Unser Töchterchen war krank, so dass sie letzte Woche nicht kommen konnte. Heute würde sie sich aber sehr freuen, Sie bei dieser Gelegenheit endlich kennenzulernen.«

Marie sah ihn erstaunt an. Es war wirklich auffällig, wie schnell hier die Menschen von schweren Problemen zu simplen Fragen des Alltags zurückkehrten. Der Gedanke an eine weitere Teegesellschaft mit gelangweilten Damen bereitete ihr jedoch eher Unbehagen. Sie befürchtete, dass ihre Konfrontation mit Frau Richter inzwischen Stadtgespräch geworden war, und im Augenblick hatte sie genug von merkwürdigen Blicken oder Getuschel hinter ihrem Rücken.

In den eleganten Empfangsräumen der Villa Zimmermann hatten es sich bereits zahlreiche Besucherinnen gemütlich gemacht, als Marie dort eintraf.

Sie stellte erleichtert fest, dass keine der Damen vom Vorabend anwesend war. Marie musste sich gestehen, dass sie zum ersten Mal dankbar für Helene Zimmermanns gesellschaftliche Maßstäbe war, denen die Ehefrauen kleiner Beamter wohl nicht entsprachen. Somit konnte Marie hoffen, dass sie nicht schon wieder zum allgemeinen Gesprächsthema geworden war. Helene Zimmermann empfing sie diesmal persönlich und stellte ihr Lore Wunsch vor, die sie schon sehnsüchtig erwartet hatte. Lore war eine Frau nach Maries Geschmack. Sie war warmherzig, humorvoll, attraktiv, nicht übertrieben elegant, und wie Salome Wilhelm besaß sie eine gesunde Portion Selbstvertrauen und Unabhängigkeit. Sie bedankte sich bei Marie für die Hilfe, die sie ihrem Mann bei seiner Patientin geleistet hatte.

»Ohne Sie wäre die Frau wahrscheinlich nicht mehr am Leben und mein Mann würde sich die größten Vorwürfe machen, dass er ihr nicht helfen konnte. Sie haben seinen Seelenfrieden gerettet! Das würde er natürlich nie zugeben, aber ich als seine Frau kann Ihnen das ganz offen sagen.«

»Es freut mich, dass ich helfen konnte, sowohl der Patientin als auch Ihrem Mann.«

Sie mussten beide lachen.

»Ich muss gestehen, mir war die Angst und Scham der chinesischen Frauen vor einem ausländischen Arzt gar nicht bewusst, bis Ihr Mann mir die Situation selbst erklärte. Da war mein Vorschlag, mich als Frau um sie zu kümmern, nur die logische Konsequenz. Und ich habe etwas dazu gelernt.«

Für einen Augenblick schwiegen sie beide. An einem Tisch brach in diesem Moment lautes Gelächter aus. Als die beiden hinübersahen, winkte Gerlinde ihnen zu.

»Frau Wunsch, Marie, kommt doch zu uns.«

Lore Wunsch hakte Marie unter und zog sie mit sich zu der kleinen Runde. Gerlinde übernahm kurz die Vorstellung und wandte sich dann an eine der Damen am Tisch.

»Bitte, Frau Müller, was ist denn genau passiert? Erzählen Sie doch!«

Frieda Müller, die Gattin eines Fregattenkapitäns, war eine rüstige junge Frau mit einem fröhlichen runden Gesicht und flachsblondem Haar. Sie hob lachend die Hände.

»Vorgestern hatte ich wieder einen Disput mit dem Boy, nachdem ich ihn gebeten hatte, ausnahmsweise eine Torte vom Konditor abzuholen, während der Koch und der Kochboy beim Einkaufen waren. Er machte wieder ein Höllentheater, dass solche Dinge nicht zu seinen Aufgaben gehörten, aber das kenne ich ja schon. Schließlich ist er doch losmarschiert und hat die Torte geholt. Damit war für mich die Angelegenheit erledigt, für ihn wohl nicht. Heute Morgen ließ ich dann das Dogcart anspannen, um einen Besuch zu machen. Der Boy stand die ganze Zeit an der Treppe und beobachtete alles. Ich wunderte mich schon. Als der Mafu das Pferd loslässt, springt er plötzlich nach hinten und gibt ihm einen Klaps. Was ich nicht gesehen hatte, war, dass er dem Pferd Salz unter den Schwanz gerieben hat. Auf jeden Fall rast das Pony wie von der Tarantel gestochen los. Ich komme von einem Gutshof und bin gewohnt selbst zu kutschieren, aber diese Situation drohte außer Kontrolle zu geraten. Das Vieh wollte nicht anhalten, sondern rannte immer schneller.

Ich hatte größte Sorge, dass ich jemanden überfahre oder der Wagen in einer Kurve umstürzt. Deshalb bin ich immer geradeaus gefahren, die ganze Wilhelmstraße hinunter bis zum Strand. Mir blieb nichts anderes übrig, als den Wagen geradewegs ins Meer zu steuern. Nach nur wenigen Metern blieben die Räder im Sand stecken. Ich war nass, aber zumindest sind meine Knochen heil geblieben. Nur mein Schirm ist leider weggeschwommen.«

In einer Mischung aus Empörung und Bewunderung fingen die Zuhörerinnen an zu klatschen und redeten aufgeregt durcheinander.

»Ist Ihnen auch nichts passiert?«

»Wer hat den Wagen denn wieder an Land gezogen?«

»Haben Sie den Mafu hinausgeworfen?«

Frieda Müller sah stolz und amüsiert um sich. »Nein. Das kann ich doch nicht. Mir ist klar, dass hinter diesem Komplott nur der Boy stehen kann, aber dafür fehlen mir die Beweise. Wahrscheinlich hat er den armen Mafu erpresst.«

»Ja, und was wollen Sie jetzt unternehmen? Sie hätten sich ja den Hals brechen können«, warf Gerlinde ein.

Frau Müller zuckte gutmütig mit den Achseln. »Ich werde schon eine Gelegenheit finden, es dem Boy heimzuzahlen.«

Alle lachten, und nun fielen einer Dame nach der anderen eigene empörende Episoden mit ihrem Hauspersonal ein. Marie stand auf, um sich eine Tasse Tee vom Samowar zu holen. Ihr Vater hatte wohl recht zu sagen, dass es einen Mangel an vernünftigen Gesprächsthemen gab. Gerlinde nutzte den ungestörten Augenblick am Kuchenbuffet, um mit Marie unter vier Augen zu reden. Sie hatte am nächsten Tag keine Verpflichtungen. Eine günstige Gelegenheit für einen kleinen Ausflug nach Dabaodao. Marie war wirklich neugierig auf diesen unbekannten Teil der Stadt.

Als ihr Vater spät abends nach Hause kam, saß Marie im Wohnzimmer am Kamin und las. Er schenkte sich ein Glas Cognac ein, setzte sich in den Sessel gegenüber und räusperte sich.

»Marie, ich glaube, wir müssen uns unterhalten.«

Marie sah von ihrem Buch auf.

Hildebrand nahm einen tiefen Schluck aus seinem Glas. »Es fällt mir wirklich ausgesprochen schwer, dies zu sagen. Aber ich muss dich dringend bitten, dein Temperament zu zügeln. Wir leben hier in einer kleinen Gemeinschaft, die trotz aller Unterschiede aufeinander angewiesen ist. Ich kann es nicht dulden, dass du die Leute offen vor den Kopf stößt.«

Marie holte Luft, aber ihr Vater hob abwehrend die Hand.

»Lass mich bitte ausreden. Gestern auf dem Abend im Offiziersclub saß ich neben Philipp. Als ich ihn für Freitagabend zum Essen bei uns zu Hause einladen wollte, lehnte er ab. Das hat er noch nie gemacht. Er ist einer meiner besten Freunde. Als ich ihn nach dem Grund für seine Absage fragte, meinte er nur, dass du wohl keinen großen Wert auf seine Anwesenheit legen würdest. Irgendwas ist passiert, ich hoffe, du kannst mir das erklären. Und heute im Hafenbauamt beim Mittagessen erzählte man mir, dass du dich gestern Abend bei Adeles Gesellschaft offen mit Frau Richter gestritten hast. Sie ist die Frau eines Clubkameraden aus dem Tsingtau Club. Wie stehe ich jetzt da?«

Marie schloss ihr Buch und sah ihren Vater kampflustig an. »Ich konnte diese Herablassung einfach nicht mehr ertragen.«

»Herablassung? Was soll das heißen?«

»Dein Freund von Heyden ist in meinen Augen nichts als ein eingebildeter Fatzke, der mich behandelt, als sei ich ein dummer Backfisch. Du wirst verstehen, dass ich das nicht akzeptieren kann und will. Und Frau Richter maßte es sich an, mein Mitgefühl für das Schicksal chinesischer Frauen als Unverständnis dieses ›schmutzigen Volkes‹ hinzustellen und mich auf mein mangelndes Pflichtbewusstsein als Hausfrau und Mutter hinzuweisen. Ich bin ja gewohnt, dass gewisse Frauen Probleme mit mir haben, aber das konnte ich nicht unwidersprochen hinnehmen.« Wütend sah Marie ihren Vater an. »Und die Tatsache, dass du mich jetzt auch noch wie ein unerzogenes Kind behandelst und mir die Schuld an diesen Auseinandersetzungen zuschiebst, setzt dem Ganzen noch die Krone auf.«

Hildebrand war sichtlich irritiert. Einen Moment lang schwiegen beide. Schließlich atmete er tief durch und meinte beschwichtigend. »Du hast recht. Zumindest teilweise. Ich muss mich bei dir entschuldigen. Aber ich möchte auch darauf hinweisen, dass du vielleicht etwas vorschnell urteilst. Philipp ist keiner dieser eingebildeten Fatzkes, wie es sie hier zuhauf gibt. Du unterschätzt ihn, und wahrscheinlich unterschätzt er auch dich. Du bist ein anderes Kaliber als die meisten Frauen hier in der Kolonie. Ihr müsst euch beide einfach besser kennenlernen. Frau Richter ist ein anderer Fall. Sie mag aus anderen gesellschaftlichen Verhältnissen kommen, aber man muss ihr unglücklicherweise zugutehalten, dass im letzten Jahr ihr einziger Sohn mit fünf Jahren an Typhus gestorben ist. Die Krankheit hatte die Amah des Jungen ins Haus eingeschleppt, und als man den Ernst der Situation erkannte, war es für den Jungen zu spät. In gewissem Sinne ist es also verständlich, dass ihre Gefühle für chinesische Frauen nicht besonders freundlich sind.«

Marie hielt entsetzt den Atem an. »Mein Gott, das konnte ich doch nicht ahnen!«

Hildebrand nickte traurig. »Natürlich nicht. Genauso wenig, wie sie ahnen kann, welche Erfahrung dich zu deinem Medizinstudium bewogen hat.«

Marie dachte einige Augenblicke lang nach. Schließlich machte sie ein Angebot zur Güte.

»Ich werde mich bei Frau Richter entschuldigen. Gleich morgen. Mach dir also keine Gedanken, Vater. Und bitte ruf Philipp an und lade ihn ausdrücklich in meinem Namen für Freitagabend zum Essen ein. Vielleicht wollen Gerlinde, ihre Eltern und Adele auch kommen. Darum werde ich mich kümmern.«

Ihr Vater sah sie erleichtert an, und Marie fügte fröhlich hinzu: »Zur Feier des Tages mache ich eine verspätete Martinsgans mit Klößen. Und jetzt könnte ich auch ein Glas Cognac vertragen.«

8.

Am späten Vormittag nahm Marie eine Rikscha in die Prinz-Heinrich-Straße, in das einzige Blumengeschäft am Platze. Sie ließ einen schönen Strauß aus Herbstastern und Laub zusammenstellen und machte sich auf den Weg zu Frau Richter. Auf Maries Klingeln öffnete der Boy und teilte Marie mit, dass die Dame des Hauses sich leider auf dem Friedhof befinde. Mit einer Mischung aus Erleichterung und Betroffenheit hinterließ Marie den Blumenstrauß und ihre Karte, auf deren Rückseite sie einige Worte der Entschuldigung schrieb.

Das Café Keining im oberen Teil der Friedrichstraße war der ideale Treffpunkt für einen Abstecher in die Chinesenstadt. Marie kam fast eine Stunde zu früh. Sie hatte eigentlich vorgehabt, noch ein wenig alleine auf der Friedrichstraße zu bummeln, aber das nasskalte Wetter hatte sie eines Besseren belehrt. Nur wenige Gäste saßen zu dieser Stunde im Café, und Marie war nicht unglücklich darüber, dass sie niemand erkannte. Hinter dem Tresen mit der Tortenvitrine und einem großen Samowar stand ein älteres Paar. Die Frau rief Marie ein herzliches »Grüß Gott« zu.

Marie nahm an einem der kleinen runden Tische mit den nachgemachten Biedermeierstühlen Platz und bestellte bei der Bedienung, die sie ebenfalls in breitem schwäbischem Akzent begrüßte, heiße Schokolade. An der Garderobe hingen, wie man es aus den Cafés in Deutschland kannte, in Holzleisten eingespannte Zeitungen. Marie nahm die »Tsingtauer Neuesten Nachrichten« vom Haken und verschanzte sich hinter der Zeitung. In der Rubrik »Aus dem Hinterland« wurde berichtet, dass ein Schiff der deutschen Wasserpolizei sich ein Gefecht mit chinesischen Seeräubern geliefert hatte, nachdem eine Dschunke gekapert worden war. Die Seeräuber konnten vertrieben werden, die gefesselten Geiseln wurden befreit, die Dschunke wurde ihrem rechtmäßigen

Eigentümer wieder zurückgegeben. In den Lokalnachrichten stand, dass bei einem verendeten Jagdhund die Tollwut festgestellt worden war und somit alle Hunde im Gelände Maulkorb tragen sollten. Für den kommenden Sonntag war ein Motorradrennen des Deutschen Motorradfahrer Verbandes auf dem Iltisplatz hinter dem Strandhotel geplant. Die Firma Martin Krogh inserierte die Ankunft von echten holländischen Matjesheringen und norwegischen Anchovis.

Die Lektüre der Tageszeitung, die auch Wolfgang Hildebrand abonniert hatte, fand Marie immer sehr interessant. Neben einem Kurzüberblick über das Weltgeschehen gab es die täglichen Neuigkeiten aus Tsingtau und Umgebung sowie über die Situation im chinesischen Kaiserreich, die zunehmend düster schien. Fast täglich wurde von Aufständen, Hungerepidemien, Bankenzusammenbrüchen und Überfällen durch Banditen und Seeräuber berichtet.

»Hallo, Marie! Wartest du schon lange?« Gerlinde war an den Tisch getreten. Sie legte Mantel und Schal ab und nahm Platz.

»Nein, ich war zu früh dran, weil mir draußen zu kalt war. Außerdem ist es eine meiner Leidenschaften, im Café zu sitzen und Zeitung zu lesen. Das habe ich in Berlin immer im Kranzler unter den Linden gemacht. Ein wundervolles Gefühl.«

Gerlinde lachte. »Du verkappte Bohemienne! Weißt du, wer mir gerade begegnet ist? Philipp von Heyden! Ich habe ihn gefragt, ob er sich uns nicht auf eine Tasse Kaffee anschließen möchte, aber er schien in Eile zu sein. Er lässt dich auf jeden Fall herzlich grüßen! Nein, besonders herzlich hat er gesagt.«

Marie runzelte die Stirn.

Gerlinde sah sie fragend an. »Stimmt irgendetwas nicht?«

»Nein, aber ich dachte, wir sollten unseren Ausflug geheim halten. Wir wollen doch nicht, dass Herr von Heyden deiner Mutter erzählt, was wir vorhaben.«

Gerlinde winkte ab. »Da mache ich mir keine Sorgen. Ich habe ihm nichts erzählt. Aber ich glaube nicht, dass er uns verraten würde. Er ist kein Spielverderber, dessen bin ich mir sicher.«

»Nun gut. Und was hast du geplant? Wohin gehen wir bei diesem Wetter?«

Gerlinde grinste. »Ich dachte, wir sehen uns erst einmal ein paar interessante Geschäfte an, dann gehen wir ins Theater.«

»Ins Theater? Am Nachmittag?«

»Oh ja. Das chinesische Theater hat an manchen Tagen zwei Aufführungen. Heute gibt es ›Aufruhr im Himmel‹, das ist eine besonders spektakuläre und farbenprächtige Oper.«

Marie staunte. »Kennst du dich auch mit chinesischer Oper aus?«

Gerlinde senkte verschwörerisch die Stimme. »Ich verrate dir ein streng gehütetes Geheimnis. Meine Amah hat mich früher hin und wieder mit nach Dabaodao mitgenommen, wenn meine Mutter nachmittags ihren gesellschaftlichen Verpflichtungen nachgegangen ist. Dabei haben wir manchmal das Theater besucht. Das war immer wunderbar! Und sie hat mir die Geschichten immer genau erklärt, denn der Gesang ist schwer zu verstehen. Aber erst brauche ich eine Tasse Kaffee und ein Stück von Keinings berühmter Schwarzwälder Kirschtorte. Die solltest du probieren. Selbst in Deutschland bekommst du keine bessere, geschweige denn irgendwo in Asien.«

Sie winkte der Kellnerin, die lächelnd an den Tisch trat.

»Gerlinde, wie schön, dich mal wieder zu sehen. Ich hab gehört, du warst mit deiner Mutter in Deutschland! Hattet ihr einen erlebnisreichen Sommer?«

Gerlinde nickte und deutete auf Marie. »Ja, es war herrlich, aber es gibt etwas Wichtigeres! Luise, das ist Marie Hildebrand, die Tochter von Marinebaurat Hildebrand. Wir haben uns auf dem Heimweg auf dem Schiff kennengelernt. Marie, das ist Luise Keining, die Tochter des Hauses. Wir waren zusammen in der Schule und im Konfirmandenunterricht.«

»Ah, meine Eltern und ich waren schon ganz neugierig, wer diese unbekannte junge Dame sein könnte.« Luise lachte. »Hier kennt fast jeder jeden, da fallen neue Gesichter gleich auf.«

Sie nahm Gerlindes Bestellung auf und eilte davon. Gerlinde verzog scherzhaft das Gesicht. »Du siehst, hier bist du nie unbeobachtet.«

»Und wie stellen wir es dann an, unbemerkt durch die Chinesenstadt zu bummeln?«

Gerlinde grinste vielsagend. »Ich habe da meine Schleichwege.«

Eine halbe Stunde später machten sich die beiden auf den Weg. Sie verließen sofort die Friedrichstraße und bogen in eine Nebenstraße ein. Von dort ging es weiter in immer kleinere Gassen. Auf Grund des schlechten Wetters waren an diesem Tag nur wenige Europäer unterwegs, und Marie hatte den Eindruck, dass sie tatsächlich unbeobachtet durch die engen Straßen liefen. Nach mehreren Richtungswechseln konnte sie sich nicht mehr orientieren. Schließlich stießen sie auf eine breitere Straße mitten in der Chinesenstadt.

»Das ist die Kiautschoustraße. Hier kannst du alles kaufen, was das Herz begehrt. Pelze, Seide, Gold, Schmuck, Jade, Antiquitäten, Porzellan«, sagte Gerlinde.

Die beiden stöberten durch mehrere Porzellangeschäfte. Das Angebot war überwältigend, aber die Art und Weise, wie die chinesischen Händler ihre Waren durch einen unaufhörlichen Redefluss anpriesen, ging Marie bald auf die Nerven. Jedes Mal, wenn sie nur einen kurzen Blick auf irgendeinen Gegenstand warf, setzte sofort eine lautstarke Tirade über die Vorzüge dieses Objektes ein. Nach einer Stunde bat sie Gerlinde flehend um Schonung.

»Mir schwirrt schon der Kopf. Können wir nicht irgendwo hingehen, wo weniger geredet wird? Wo man sich in Ruhe umsehen kann?«

Gerlinde lachte. »Daran wirst du dich gewöhnen müssen. Klappern gehört für chinesische Kaufleute zum Handwerk. Vornehme Zurückhaltung ist hier nicht gefragt. Aber ich kann dich verstehen. Ich habe eine wunderbare Idee. Wir besuchen Herrn Deng in seinem Geschäft. Ich kenne ihn seit meiner Kindheit und den Ausflügen mit meiner Amah, die mich immer in sein Geschäft mitnahm. Damals war es für mich ein wahrhaft magischer Ort voller Geheimnisse. Ich glaube, die beiden sind verwandt oder kommen zumindest aus demselben Dorf. Er ist weniger Kaufmann als Künstler und Gelehrter. Er redet nur das Nötigste, aber sein Angebot ist sehenswert.«

Herrn Dengs unscheinbarer Laden lag in einer kleinen Seitenstraße. Der Raum war bis unter die Decke mit Regalen vollgestellt, die ein Sammelsurium an chinesischen Antiquitäten enthielten. An einer Wand hingen Rollbilder. Gerlinde begrüßte den alten Mann respektvoll und stellte ihm Marie vor. Beide verbeugten sich voreinander. Herr Deng lud Marie und Gerlinde zu einer Schale Tee ein. In einer Ecke des Geschäfts standen vier Holzstühle um einen Tisch, auf dem sich chinesische Bücher stapelten. Marie nahm Platz und musste feststellen, dass man auf der ungepolsterten Sitzfläche mit der geraden Lehne nur sehr unbequem saß. Der Raum lag im Zwielicht, und da kein anderer Kunde im Geschäft war, herrschte fast feierliche Stille. Die Gegenstände auf den Regalen waren von einer Staubschicht überzogen. Marie fühlte sich wie in einer

Höhle mit längst vergessenen Schätzen. Sie konnte sich gut vorstellen, dass Gerlinde diesen Ort als Kind sehr spannend gefunden hatte.

Gerlinde unterhielt sich mit einer für sie ungewöhnlich verhaltenen Stimme mit dem alten, ernst dreinblickenden Mann.

»Ich habe ihn gefragt, wie die Geschäfte gehen. Er meint, in diesen unruhigen Zeiten gibt es viele Menschen, die Familienerbstücke verkaufen müssen, um zu überleben. Herr Deng ist Experte für chinesische Antiquitäten und wird von Käufern und Verkäufern gerne als Mittelsmann hinzugezogen. Sein Geschäft läuft gut, für die Lage im Land ist das leider kein gutes Zeichen.«

Marie betrachtete den alten Mann. Nicht nur aus seinen Worten, sondern auch aus seinem Gesichtsausdruck sprach tiefe Sorge. Er bedeutete Marie durch ein Handzeichen, dass sie sich gerne umsehen sollte. Sie stand auf und besah sich die Stücke in den Regalen. Herr Deng unterhielt sich weiter leise mit Gerlinde. Marie entdeckte eine schier endlose Vielfalt an Lackdosen, kunstvoll geschnitzten Jadeobjekten, Porzellan in allen Formen und Farben, Schmuckstücken und merkwürdigen Keramikfigürchen.

Während Marie langsam die Regale abschritt, kam sie an dem einzigen Fenster des Ladens vorbei, durch das man auf die kleine Nebenstraße blickte. Draußen regnete es, leise trommelten Regentropfen ans Fenster. Die Straße war menschenleer. Plötzlich huschten drei Männer in langen chinesischen Mänteln mit eiligen Schritten vorbei. Der Mann, der dem Fenster am nächsten war, trug einen Hut. Marie erkannte sofort den jungen Mann, den sie bei ihrer Ankunft am Pier und einen Tag später im Strandhotel beobachtet hatte. Für einen Moment schoss es ihr durch den Kopf, wie klein doch diese Stadt war, dass er ihr schon wieder über den Weg lief.

Ihr Blick folgte den Männern, die nun stehen blieben und sich vorsichtig nach allen Richtungen umsahen. Einer von ihnen zog unter seinem Mantel ein aufgerolltes Plakat hervor, das er dann mit geübten Bewegungen an die Wand klebte. Kaum eine Minute später waren die drei wieder verschwunden. Instinktiv wusste Marie, dass gerade etwas Verbotenes geschehen war, doch sie wandte sich wieder den Ausstellungsstücken im Laden zu, ohne sich die Aufregung, die sie ergriffen hatte, anmerken zu lassen.

Gerlinde und Herr Deng hatten nichts bemerkt und unterhielten sich leise weiter miteinander. Schließlich endeten die Regale, und Marie besah sich die Rollbilder, die an der Wand hingen. Auch hier bot sich eine Vielfalt an Motiven und Farben. Teilweise hingen die Bilder übereinander, so dass Marie die oberen Rollen zur Seite schob, um die darunter befindlichen Bilder ansehen zu können. Plötzlich stutzte sie. Sie blickte auf eine einfache Berglandschaft in schwarzer Tusche. Im Hintergrund des Bildes ragten wie im Dunst liegend zwei riesige zerklüftete Berge empor, deren Mitte von mächtigen Wolken verhüllt war. Bei näherem Hinsehen stellte Marie fest, dass die Illusion der Wolken schlicht durch die Schattierung der umliegenden Berge zustande kam, tatsächlich fehlte in den Abschnitten, die wie Wolken erschienen, jegliche Tusche. Vor dem großen Bergmassiv lag mit klaren, scharf gemalten Konturen ein dreigeteilter Fels, auf dessen hoch aufragendem Mittelabschnitt eine einzelne windzerzauste Kiefer stand, so als trotze sie dem Wind, dem Wetter und der Welt. Fasziniert blieb Marie stehen und ließ das Bild auf sich wirken. Sie hatte etwas gefunden, was alle ihre Sinne ansprach.

Herr Deng und Gerlinde, die ihre plötzliche Reglosigkeit bemerkt hatten, unterbrachen ihre Unterhaltung, traten neben Marie und musterten das Bild. Herr Deng strich sich nachdenklich über seinen Bart und begann zu sprechen. Gerlinde übersetzte für ihn.

»Er sagt, du hättest eine ungewöhnliche Wahl getroffen. Das ist das Bild eines jungen Malers, dessen Stil die Verwirrung der heutigen Zeit widerspiegelt. Er malt auf den ersten Blick traditionelle Motive mit traditionellen Methoden. In Wahrheit jedoch ist weder die Wahl des Bildausschnittes noch seine Tuschtechnik wirklich traditionell, sondern völlig neuartig. Er versucht nicht, wie sonst in der chinesischen Malerei üblich, die alten Meister nachzuahmen, sondern er möchte seinen eigenen Stil finden. Er ist ein Suchender nach einem neuen Weg zwischen Tradition und Unbekanntem. Die fünf Berge stehen für die fünf taoistischen Orte, wo die Menschen mit dem Kosmos in Verbindung treten. Die Kiefer bedeutet langes Leben, Beständigkeit, aber auch Selbstdisziplin, also Beständigkeit im Handeln und Denken. Aber gegen die Selbstdisziplin im traditionellen chinesischen Verständnis hat der Maler durch seine neue Technik verstoßen.«

Marie hörte dieser Erklärung fasziniert zu. Sie fühlte sich merkwürdig angesprochen von dem Bild.

»Ich würde das Bild gerne kaufen. Wieviel soll es denn kosten?«

Gerlinde besprach sich kurz mit Herrn Deng.

»Mir scheint, er hält nicht besonders viel von diesem Maler. Für zwei Dollar kannst du es haben. Bei diesem Preis sollten wir nicht weiter verhandeln, vor allem, wenn es dir gut gefällt.«

Marie nickte.

Während Herr Deng das Bild sorgfältig in mehrere Lagen Papier wickelte, damit es im Regen nicht nass wurde, tranken Gerlinde und Marie noch eine Tasse Tee. Fast hätte Marie ihre unheimliche Beobachtung vor einigen Augenblicken vergessen.

Plötzlich jedoch wurde die Stille im Laden durch laute Geräusche auf der Straße gestört. Man hörte wütende Rufe, gefolgt von schrillen Pfiffen. Mit lautem Getrampel liefen Menschen die Straße entlang. Herr Deng, Marie und Gerlinde sahen sich erschrocken an und öffneten die Ladentür. Vor dem Plakat, das die drei Männer vor einigen Minuten an die Wand geklebt hatten, herrschte dichtes Gedränge. Laute Stimmen waren zu hören. Klar und deutlich rief jemand auf Deutsch. »Runter damit! Reißt das Plakat sofort ab!«

Herr Deng schüttelte den Kopf und murmelte einige Worte.

Fragend sah Marie Gerlinde an. »Was sagt er? Was ist da los?«

»Er sagt, das Plakat sei eine Proklamation einer der Geheimgesellschaften, die den Sturz der Mandschudynastie herbeiführen wollen. Sie protestieren gegen den bevorstehenden Besuch des chinesischen Gouverneurs von Shandong und fordern die deutschen Behörden auf, nicht mehr mit dem korrupten Kaiserhof zusammenzuarbeiten. Das ist offene Rebellion, deshalb die Aufregung.«

Inzwischen hatten mehrere der Polizisten das Plakat von der Wand gerissen. Zeugen wurden gesucht, aber keiner wollte etwas gesehen haben. Einer der Wachtmeister befragte auch Gerlinde und Marie, aber sie verschwieg ihre Beobachtungen. Insgeheim überschlugen sich aber ihre Gedanken. Sie war froh, dass Gerlinde zum Aufbruch mahnte.

Das chinesische Theater war ein großes, prachtvoll dekoriertes Gebäude mit einem geräumigen Innenhof. Neben dem Haupteingang zum Vorstellungsraum lag das Teehaus, das, nach der Lautstärke der Stimmen zu urteilen, gut besucht war.

Gerlinde kaufte zwei Eintrittskarten für die Theateraufführung, die schon begonnen hatte. Chinesische Musik und hoher, eigenartig intonierter Gesang und Geschrei dröhnten aus dem Theatersaal. Es war offensichtlich nichts Ungewöhnliches, nach Beginn der Vorstellung zu kommen. Ein Saaldiener führte die beiden zu ihren Plätzen.

Sofort erschien ein Kellner und stellte ungefragt zwei Teller mit Sonnenblumenkernen auf das Tischchen vor ihnen. Der Teekellner folgte mit zwei Teeschalen mit Teeblättern. Sekunden später tauchte ein weiterer Kellner in einer weißen Jacke auf, der eine riesige Kanne mit einem fast einen Meter langen, gekrümmten Schnabel in der Hand hielt, aus der er aus einiger Entfernung, ohne einen Tropfen zu verschütten, schwungvoll Wasser in die Teeschalen goss und diese anschließend mit einem Deckel versah.

Auf der Bühne saß ein Schauspieler in einem prächtigen gelben Kostüm und mit weißgeschminktem Gesicht mit roten Konturen um Augen, Nase und Mund. Er hatte eine goldene Kanne in der Hand, aus der er hin und wieder einen Schluck nahm. Währenddessen sang er laut.

»Das ist der Affenkönig«, raunte Gerlinde Marie zu, »eine berühmte Märchenfigur. Er fühlt sich zu Großem berufen, ist immer gut gelaunt und ein rebellischer Charakter. Als er erfährt, dass er nicht zum Bankett bei der Mutter des himmlischen Westens eingeladen ist, schleicht er sich in ihren Palast und trinkt heimlich vom himmlischen Wein, dem Lebenselixier. Als sein Einbruch bemerkt wird, schickt der Jadekaiser seine Armeen hinter ihm her, doch der Affenkönig kann ihnen durch die magischen Kräfte, die ihm das Elixier verliehen hat, immer wieder entkommen. Das wird sehr turbulent, du wirst sehen.«

Tatsächlich verfolgten furchterregend aussehende Generäle mit langen Bärten und ihren Kriegern den gelben Affenkönig durch das Bühnenstück. In wahrhaft akrobatischen Szenen kämpften sie gegen den Rebellen, der ihnen zur großen Freude des Publikums immer wieder entwischte. Marie war hingerissen von dem turbulenten Treiben auf der Bühne und im Zuschauerraum, wo das Publikum mit Anfeuerungsrufen und Getrampel dem Schicksal des Affenkönigs folgte. Besonders gelungene Sprünge und Paraden der Darsteller wurden von Applaus und Geschrei der Zuschauer begleitet.

Gerlinde und Marie saßen inmitten dieses Hexenkessels, ohne dass irgendjemand von ihnen Kenntnis nahm. Marie ließ ihren Blick in die

Runde schweifen. Die Lebensfreude der Zuschauer, die aus ihrer Begeisterung sprach, berührte sie zutiefst.

Nach einer Weile stieß Gerlinde Marie an und deutete mit dem Kopf zur Tür. Es wurde Zeit zu gehen. Die beiden kämpften sich bis zum Ausgang durch und traten laut lachend auf die Straße.

»Mein Gott, was für ein Erlebnis! Ich danke dir, Gerlinde, dass du mir das gezeigt hast. So etwas habe ich noch nie gesehen, aber ich muss gestehen, jetzt bin ich froh, dass der Lärm vorbei ist.«

Marie saß vor dem Kamin und wartete auf ihren Vater. Es fiel ihr schwer, sich auf ihr Buch zu konzentrieren. Immer wieder ging ihr die geheimnisvolle Szene in der dunklen Gasse durch den Kopf. Zu später Stunde kehrte Wolfgang Hildebrand aus dem Schützenverein heim. Er ließ sich in seinen Sessel fallen und schüttelte den Kopf. »Was für ein Zirkus! Es ist nicht zu fassen.«

»Was ist passiert?«

»Auf dem Nachhauseweg bin ich in einen Polizeieinsatz geraten. Chinesische Aufrührer haben überall in der Stadt Plakate angeklebt. Darauf stand, dass die Tage des Kaiserhauses in Peking gezählt seien und man fordere unsere Behörden auf, nicht mehr mit ihm zu kollaborieren. Was für eine Anmaßung! Und ein schwerer Verstoß gegen die Chinesenordnung.«

»Chinesenordnung?«

Hildebrand stopfte sich eine Pfeife. »Für uns Deutsche gilt hier das Recht des deutschen Reiches, aber für Chinesen gibt es die sogenannte Chinesenordnung. Jegliche politische Betätigung ist danach streng verboten.«

Marie hörte schweigend zu.

»Was für eine Blamage für Gouverneur Truppel, dass unter seiner Nase zum Aufstand aufgerufen wird.« Ihr Vater schnaubte wütend. »Aber sie werden nicht ungeschoren davonkommen. Gott sei Dank hat man ein paar von diesen Kriminellen geschnappt. Man muss einfach Exempel statuieren. Prügelstrafe und Auslieferung an die chinesischen Behörden.«

Marie erschrak. Es war klar, was das bedeutete.

»Selbst schuld, wenn sie unsere Polizei so unterschätzen.«

Beunruhigt zog sich Marie auf ihr Zimmer zurück. Immer wieder kehrten ihre Gedanken zu dem jungen Mann am Hafen zurück, der sich so rührend um das kleine Mädchen gekümmert hatte. Sie hoffte, dass er nicht festgenommen worden war.

9.

Als Marie ihrem Vater beim Frühstück am nächsten Morgen ihren Plan für den Tag erläuterte, schmunzelte er. »Du bist kaum eine Woche hier, und schon hast du dir ein Arbeitsprogramm aufgestellt.«

Am Morgen besuchte Marie Li Nan im Krankenhaus, am Nachmittag empfing sie Gerlinde und die drei chinesischen Schülerinnen zum Tee, die sich diesmal schon ohne Begleitung von Hedda in die Europäerstadt gewagt hatten. Marie bat Gerlinde nach der Konversationsrunde, noch eine Weile bei ihr zu bleiben. Marie wollte einmal ohne Beisein von Fritz mit ihrer neuen Amah sprechen, und Gerlinde sollte übersetzen. Gerlinde spürte sofort, dass Marie sich Gedanken um Yonggang machte.

»Marie, ich bitte dich. Du kannst hier nicht zum Schutzengel für alle Menschen werden. Und bedenke, sie werden sich alle weiter alleine durchschlagen müssen, wenn du wieder nach Deutschland zurückkehrst. Deswegen solltest du auch keine falschen Hoffnungen wecken.«

Marie nickte. »Das hat Dr. Wunsch mir auch schon gesagt. Aber ich möchte die Zeit einfach nutzen und Yonggang etwas beibringen, was ihr später vielleicht weiterhilft. Manchmal können ja auch kleine Dinge große Wirkung zeigen. Mir ist leider nur noch nicht klar, wo ich ansetzen soll.«

Gerlinde überlegte. »Wir können ja versuchen herauszufinden, ob sie Kenntnisse hat, aus denen man etwas machen könnte. Ich habe die Erfahrung gemacht, dass chinesische Frauen sehr praktisch veranlagt sind und schnell lernen, wenn sie merken, dass es ihnen etwas nützt.«

Marie ging in die Küche und bat Yonggang, mit ihr ins Wohnzimmer zu kommen. Fritz wollte ihnen folgen, aber Marie hielt ihn zurück.

»Danke, Fritz, ich brauche Sie nicht. Fräulein Zimmermann wird mir helfen zu übersetzen.«

Marie konnte seinem Gesichtsausdruck anmerken, dass er mit diesem Arrangement nicht einverstanden war.

Im Wohnzimmer bedeutete sie Yonggang, sich hinzusetzen. Das Mädchen schüttelte den Kopf und blickte nervös von Gerlinde zu Marie. Als Gerlinde sie auf Chinesisch nach der Bedeutung ihres Namens fragte, um ihr Vertrauen zu gewinnen, reagierte Yonggang verblüfft. Dann aber plapperte sie munter drauflos. Sie erklärte selbstbewusst ihren Namen. Er bedeutete »mutig wie Stahl«. Gerlinde fand, dass dies ein ungewöhnlicher Name für ein Mädchen war. Yonggang erzählte ihnen ganz ohne Bitterkeit, dass ihre Eltern bei ihrer Geburt natürlich auf einen Sohn gehofft hatten. Als nun stattdessen eine Tochter geboren wurde, gab man ihr einen Jungennamen, in der Hoffnung, böse Geister würden neidisch werden und sie sterben lassen. Als Marie und Gerlinde einen betroffenen Blick wechselten, lachte Yonggang nur.

»Es hat ja nicht funktioniert. Die Geister haben mich übersehen.«

Auf Maries Bitte hin begann Gerlinde dann, Yonggang über ihr Leben auszufragen. Yonggang gab offen zu, dass sie noch nie in einem ausländischen Haushalt gearbeitet hatte. Sie stammte aus einer armen Bauernfamilie in Shandong, die durch die Missernten der letzten Jahre in große Schwierigkeiten geraten war. Ihre Eltern mussten vor mehreren Jahren bereits ihre kleinere Schwester verkaufen. Yonggang war diesem Schicksal bisher nur entgangen, weil sie die Familie und ihre Mutter versorgen musste, die schwach und bettlägerig war. Nachdem Yonggangs Bruder vor kurzem geheiratet hatte und eine Schwiegertochter ins Haus gekommen war, die nun die Hausarbeit übernehmen konnte, musste man Yonggang, die nun nur noch ein überflüssiger Esser war, loswerden. Für eine Mitgift war kein Geld vorhanden. Deshalb hatte ihr Vater seinen Vetter gebeten, eine Lösung für das Mädchen bei den Ausländern in Tsingtau zu finden.

Marie sah Gerlinde bewegt an. In gewisser Weise ähnelte diese Geschichte ihrer eigenen Kindheit, doch wie unterschiedlich war ihr Leben verlaufen. Sie war froh, dass sie das Mädchen aufgenommen hatte. Sie bat Gerlinde, diese Gedanken für sie zu übersetzen.

Yonggang sah sie lächelnd an und sagte ernst: »Yuanfen.«

Gerlinde nickte. »Yuanfen bedeutet das Schicksal, das zwei Menschen zusammenbringt. Die Chinesen glauben daran, dass solche Begegnungen vorbestimmt sind.«

Marie betrachtete Yonggang nachdenklich. »Wenn man bedenkt, welche Verkettung von Umständen uns beide hier zusammengebracht hat, fällt es schwer, nicht an Vorbestimmung zu glauben, oder?« Sie schwieg einen Augenblick. »Sie hat also trotz ihres zarten Alters schon seit Jahren einen ganzen Haushalt geführt und ihre kranke Mutter versorgt. Damit hat sie ja tatsächlich die besten Voraussetzungen, sich hier gut einzufügen.«

Gerlinde unterbrach sie. »Ich glaube, es gibt sehr viel für sie zu lernen. Ein chinesischer Bauernhaushalt unterscheidet sich doch gravierend von einem deutschen Haus.«

Marie lachte. »Ich hab schon verstanden. Ich werde mich selbst um sie kümmern und versuchen, ihr die wichtigsten Worte auf Deutsch beizubringen. Mit einer entsprechenden Empfehlung wird sie später sicher eine neue Anstellung finden.«

Als Gerlinde alles übersetzt hatte, fiel Yonggang vor Marie auf die Knie. Entsetzt zog Marie das Mädchen hoch. Als sie Tränen in Yonggangs Augen sah, umarmte Marie die zierliche Gestalt spontan. Plötzlich brachen alle Dämme. Yonggang fing an zu weinen und klammerte sich an Marie. Es schien, als würde das Mädchen mit diesen Tränen den ganzen Kummer seines jungen Lebens wegspülen.

Den nächsten Vormittag verbrachten Marie und Yonggang in Maries Zimmer. Die beiden räumten zusammen auf und amüsierten sich damit, sich gegenseitig einzelne Worte auf Chinesisch und Deutsch beizubringen. Plötzlich hörten sie vor dem Haus lautes Geschrei. Als sie aus dem Fenster in den Hof sahen, erblickten sie Fritz, der eine junge Chinesin beschimpfte, die am Gartentor lehnte und mit flehender Stimme auf ihn einredete. Marie sah Yonggang an, als erwarte sie von ihr eine Erklärung. Yonggang krümmte sich, hielt beide Arme vor den Bauch und sagte: »Ta hao tong.«

Obwohl Marie das chinesische Wort für Schmerz nicht kannte, verstand sie sofort und rannte hinunter.

Vor dem Haus war die Frau unter Fritz' Gezeter zusammengebrochen. Sie lag mit den Händen an den Leib gepresst am Boden und stöhnte. Marie gebot Fritz wütend Einhalt. Zusammen mit Yonggang hob sie die Frau auf und brachte sie vorsichtig ins Haus. Behutsam legten sie sie auf die Couch im Wohnzimmer. Yonggang schob der Frau ungefragt ein

Kissen unter die Beine, so dass sich ihr Bauch etwas entspannte. Marie bemerkte die verständnisvolle Umsicht, die in dieser einfachen Maßnahme lag. Sie legte eine Hand auf die schweißnasse Stirn der Frau. Yonggang verstand sofort. Sie lief in die Küche und kam mit einer Schüssel kaltem Wasser und einem Tuch zurück, das sie anfeuchtete und der Frau auf die Stirn legte. Dabei redete Yonggang beruhigend auf die Frau ein.

Marie lächelte ihr dankbar zu. Dann legte sie vorsichtig die Hände auf den Bauch der Frau, um herauszufinden, was ihr fehlte. Nach nur wenigen Augenblicken ertastete sie, dass die rechte Bauchseite stark geschwollen war. Die Frau hatte eine akute Blinddarmentzündung und musste sofort operiert werden. Marie lief zum Telefon und ließ sich mit Dr. Wunsch im Faberkrankenhaus verbinden. Sie schilderte ihm kurz die Situation.

Während Dr. Wunsch den Operationssaal vorbereitete, ließ Marie Xiao Li den Landauer anspannen. Fritz und der Gärtner mussten ein breites Brett bringen, denn die Frau durfte keinen Schritt mehr gehen. Vorsichtig hievten sie die Kranke zu viert auf das Brett, schleppten es zur Kutsche und schoben es in den Fußraum. Marie bat Yonggang mitzukommen.

Als sie das Krankenhaus endlich erreichten, war die Frau fast ohnmächtig. Daher leistete sie kaum Gegenwehr, als Dr. Wunsch sie mit Äther anästhesierte und mit der Operation begann. Marie assistierte ihm, Yonggang stand die ganze Zeit reglos daneben und beobachtete fasziniert das Geschehen. Der Anblick von Blut und der offenen Operationswunde schien ihr nichts anzuhaben.

Nachdem die Operation beendet war, wurde die neue Patientin in den Krankensaal gebracht und in das Bett neben Li Nan gelegt. Erstaunt beobachtete Yonggang, dass Marie Li Nan wie eine alte Bekannte begrüßte. Li Nan erklärte ihr, dass Marie sie behandelt und ihr nach Aussagen von Dr. Wunsch das Leben gerettet hatte.

Während sich Yonggang und Li Nan unterhielten, nahm Dr. Wunsch Marie zur Seite und bat sie in sein Behandlungszimmer.

Marie nahm Platz und atmete nach all der Aufregung tief durch. »Ich kann mir immer noch nicht erklären, wieso die Frau zu mir gekommen ist und nicht gleich ins Krankenhaus gegangen ist. Und woher sie überhaupt wusste, dass ich Ärztin bin.« Dr. Wunsch sah sie lächelnd an. »Sie sind inzwischen eine Berühmtheit geworden! Die ganze Stadt spricht von Ihnen. Und offensichtlich nicht nur die Deutschen, sondern auch die Chinesen. Das Erlebnis von heute ist der Beweis. Nun haben Sie innerhalb von einer Woche zwei Frauen das Leben gerettet, Fräulein Dr. Hildebrand. Das sollte Ihnen zu denken geben.«

Marie sah ihn verwirrt an.

»Ich möchte Ihnen ein Angebot machen«, fuhr Dr. Wunsch fort. »Das Krankenhaus hat einen kleinen Etat für einen zusätzlichen Arzt. Ich wollte Sie fragen, ob Sie nicht in Erwägung ziehen könnten, sich während Ihres Aufenthaltes hier um die Frauenstation zu kümmern. Wie sich heute gezeigt hat, haben die chinesischen Frauen Vertrauen zu Ihnen. Sie könnten unzählige Leben retten! Frauen, die nicht kämen, wenn Sie nicht hier wären. Und ich wäre mehr als glücklich, wenn Sie mit mir zusammenarbeiten würden.«

Marie starrte ihn gerührt an. »Vielen Dank für Ihr Vertrauen! Aber das kommt alles sehr überraschend für mich.« Sie zögerte. »Eigentlich wollte ich mich um meinen Vater kümmern.«

»Sie müssten ja nicht jeden Tag hier sein. Zwei oder drei Tage in der Woche wären sicher auch genug, und im Notfall wohnen Sie ja ganz in der Nähe. Überlegen Sie es sich.«

Marie seufzte. »Da gibt es nichts zu überlegen. Ich habe in den wenigen Tagen, seit ich hier bin, so viel Leid von chinesischen Frauen gesehen, dass ich mir schon selbst überlegt habe, wie ich am besten helfen könnte. Ihr Angebot ehrt mich, und ich nehme es mit Freuden an. Aber ...«

Dr. Wunsch strahlte. »Aber was? Was immer ich tun kann, Sie für uns zu gewinnen, es sei Ihnen gewährt.«

Marie lachte. »Ein gefährliches Versprechen! Nein, mein Anliegen ist ganz einfach. Ich würde gerne Yonggang mitbringen und sie zur Pflegerin ausbilden. Die Art und Weise, wie sie heute Geistesgegenwart und Einsatz bewiesen hat, zeigt mir, dass diese Arbeit die richtige für sie wäre. Auf diese Weise würden wir beide etwas für die Sicherung ihrer Zukunft tun.«

Dr. Wunsch nickte anerkennend. »Sie können es nicht lassen, sich immer um andere zu sorgen, oder? Aber einverstanden. Ich muss gestehen, ich war auch beeindruckt, wie das Mädchen die Operation durchgestanden hat.«

Er holte Yonggang herein und teilte ihr mit, was gerade beschlossen worden war. Doch das Mädchen reagierte erschrocken.

»Sie möchte lieber bei Ihnen bleiben und sich um Sie kümmern«, übersetzte Dr. Wunsch.

»Fragen Sie sie bitte, ob sie nicht beides zusammen machen will. Zu Hause kümmert sie sich um mich. Und wenn ich im Krankenhaus arbeite, steht sie hier an meiner Seite.«

Jetzt strahlte Yonggang über das ganze Gesicht. Dann ging sie wortlos zu Marie und umarmte sie. Marie sah über ihre Schulter hinweg, wie sich Dr. Wunsch lächelnd abwandte.

Marie war gerade dabei, die letzten Vorbereitungen ihres Abendessens zu treffen, als es an der Haustür klingelte. Sie hörte, wie Fritz die Tür öffnete und Adele Luther willkommen hieß. Sofort legte Marie ihre Schürze ab und ging in die Halle. Adele begrüßte sie warmherzig und nahm sie in die Arme. Der Zwischenfall vom Montagabend wurde nicht mehr erwähnt.

Wenige Minuten später betraten auch Wolfgang Hildebrand und Philipp von Heyden das Haus. Marie verspürte leichte Nervosität, als sie ihnen entgegentrat. Aber Philipp beugte sich galant zu einem Handkuss vor und lächelte Marie an.

»Frieden? Ich verspreche, nie wieder Bemerkungen über Ihre zierliche Statur zu machen.«

Marie lachte. »Und ich entschuldige mich dafür, Ihre Bemerkungen Plattitüden genannt zu haben.«

Philipp hielt ihre Hand einen Moment länger fest und sah Marie ernst an. »Es tut mir wirklich leid, Sie verletzt zu haben, Marie. Das war nicht meine Absicht.«

Marie nickte. »Ich glaube Ihnen. Vielleicht war ich auch etwas überempfindlich. Es tut mir auch leid.«

In diesem Augenblick kam als letzter Gast Gerlinde durch die Haustür und begrüßte fröhlich alle Anwesenden. Sie war wohl die Einzige, die noch nichts über die Zwistigkeiten gehört hatte. Gut gelaunt versammelte man sich zum Aperitif vor dem Kamin. Marinebaurat Hildebrand ließ wieder den Sektkorken knallen, und alle stießen auf einen schönen Abend an. Maries Martinsgans mit Rotkohl und Kartoffelklößen und die leichte Apfeltarte zum Nachtisch fanden das höchste Lob aller Anwesenden. Zu späterer Stunde fand man sich wieder zum Kaffee vor dem Kamin ein. Als alle versorgt waren, ergriff Marie das Wort.

»Ich möchte die Gelegenheit nutzen, um euch allen eine wichtige Entscheidung mitzuteilen. Ich habe heute mit Dr. Wunsch vom Faberhospital die Vereinbarung getroffen, dass ich meine Zeit hier in Tsingtau sinnvoll nutzen werde und ab kommender Woche die Station für chinesische Frauen übernehme.«

Für einen Augenblick herrschte verblüfftes Schweigen.

Gerlinde war die Erste, die reagierte. »Aber Marie, dann hast du ja gar keine Zeit mehr, Ausflüge zu machen und die Gegend kennenzulernen.«

»Und ich dachte, du wolltest dich während deines Aufenthaltes hier ein bisschen um mich kümmern«, warf Wolfgang Hildebrand ein.

Marie tätschelte den Arm ihres Vaters. »Ich verspreche dir, dafür bleibt mir noch genug Zeit … Yonggang, meine Amah, wird mich dabei unterstützen. Ich werde sie zur Krankenpflegerin ausbilden. Damit kann ich zwei Fliegen mit einer Klappe schlagen und auch die Chancen für ihre persönliche Zukunft erheblich verbessern.«

Adele lachte kopfschüttelnd. »Sie sind wirklich unverbesserlich, Marie. Es scheint mir, dass Sie alles, was Sie sich vornehmen, auch in die Tat umsetzen.«

Marie zuckte mit den Achseln. »Es ging einfach nicht anders. All die Dinge, die mir in den letzten beiden Wochen hier widerfahren sind … und heute kam schon wieder eine Frau, die Hilfe brauchte.«

Marie berichtete über die Ereignisse des Morgens.

»Durch meine Anwesenheit kann ich vielleicht Vertrauen schaffen und Leben retten. Ich kann doch nicht monatelang hier bei Teegesellschaften und mit Sport verbringen, während um mich herum so große Not herrscht. Es mag vielleicht Menschen in der Kolonie geben, die das Elend der chinesischen Frauen nicht wahrnehmen wollen. Ich habe es gesehen … wahrscheinlich aber nicht einmal die Spitze des Eisbergs. Aber ich bin mir sicher, dass ich helfen kann, wenn auch nur in einzelnen Fällen.«

Maries vehementes Plädoyer verschlug ihren Zuhörern die Sprache. Sie fuhr mit fast entschuldigendem Tonfall fort.

»Aber ich werde voraussichtlich nur zwei oder drei Tage pro Woche arbeiten müssen. Somit bleibt genug Zeit für Ausflüge, Teegesellschaften und …«, sie sah Philipp lächelnd an, »… vielleicht sogar Reitunterricht.«

Philipp hob sein Glas. »Auf eine Frau von außergewöhnlicher Tatkraft! Aber ein wenig Zerstreuung schadet auch hier nie.«

Marie nickte. »Ich verspreche, ich werde nicht nur arbeiten.«

Alle lachten.

Nur Maries Vater blieb skeptisch. »Aber du sprichst doch kein Chinesisch. Wie willst du die Frauen behandeln und Yonggang ausbilden, wenn du nicht mit ihnen reden kannst?«

»Das habe ich mir auch schon überlegt.«

»Ich kann dir doch Chinesisch beibringen«, meldete sich Gerlinde zu Wort.

Marie schüttelte den Kopf. »Nein, Gerlinde, du hast ja auch deine Verpflichtungen und musst dich nach deiner Mutter richten. Ich glaube, ich habe schon eine Lösung gefunden. In der Zeitung steht seit Tagen eine Anzeige: Ein gebildeter Chinese bietet Chinesischunterricht an. Ich habe heute schon bei den »Tsingtauer Neuesten Nachrichten« angerufen und unsere Telefonnummer und Adresse hinterlassen. Ich brauche jemanden, der mir auch bei medizinischen Begriffen behilflich ist. Unterricht mit einem gebildeten Muttersprachler, der mir vielleicht noch das eine oder andere über China und die chinesischen Frauen erklären kann, ist die vernünftigste Variante. Aber falls sich dies nicht bewahrheiten sollte, würde ich gerne auf dein Angebot zurückkommen, Gerlinde.«

Wolfgang Hildebrand war immer noch nicht überzeugt. »Wer weiß, welche Krankheiten du dir da holen wirst«, brummte er.

Marie versuchte ihn zu beruhigen. »Ach, Vater, hab einfach Vertrauen zu mir. Wo kämen wir denn hin, wenn Ärzte Angst vor Krankheiten hätten? Außerdem ist Dr. Wunsch ein erfahrener Arzt. Von ihm kann ich noch eine Menge lernen.«

»Apropos lernen!«, meldete sich Philipp zu Wort. »Wann fangen wir denn nun mit dem Reitunterricht an?«

Marie lächelte Philipp dankbar an. Sie verstand, dass er versuchte, ihren Vater abzulenken. Sie zuckte mit den Achseln. »Geben Sie mir etwas Zeit, mich einzuarbeiten. Dann werde ich mich bestimmt über etwas Abwechslung freuen.«

»Gut! Abgemacht! Aber ich lasse nicht locker.« Philipp lachte. »Manchmal muss man die Leute zu ihrem Glück zwingen.«

»Ganz meine Meinung. Und deshalb machen wir alle einen Ausflug in den Laoshan«, mischte sich Gerlinde ein. Sie warf Philipp einen strahlenden Blick zu. »Philipp, du kommst doch mit? Vielleicht hat auch Geoffrey Lust zu einer kleinen Exkursion. Wie wäre es am Sonntag, bevor für Marie der Ernst des Lebens beginnt? Es ist Schnee gefallen, dann ist es immer besonders schön. Lasst mich das organisieren und euch überraschen.«

Die lockere Stimmung des Abends war wieder zurückgekehrt.

10.

Am Sonntagmorgen bestiegen Gerlinde, Marie, ihr Vater, Philipp und Geoffrey ein geräumiges Automobil, das Manfred Zimmermann gehörte und das er steuerte, und brachen in Richtung Laoshan auf. Adele hatte leider anderweitige Verpflichtungen in der Pension, und Helene Zimmermann hatte wegen eines leichten Schnupfens von einer Teilnahme abgesehen. Marie konnte sich des Eindrucks nicht erwehren, dass weder Manfred Zimmermann noch seine Tochter darüber besonders traurig waren. Herr Zimmermann hupte übermütig, als sie losfuhren.

»Als Initiator und Vorstand des Vereins zur Hebung des Fremdenverkehrs darf ich Sie herzlich zu unserem Ausflug willkommen heißen. Ich hoffe, wir können Ihnen beweisen, dass das Schutzgebiet viel mehr zu bieten hat als die Stadt und den Strand!«

Es herrschte wieder bestes Winterwetter. Die Fahrt mit dem Automobil führte über die staubige und zerklüftete Ebene nördlich von Tsingtau bis zu den etwa zwanzig Kilometer entfernten Ausläufern des schneebedeckten Laoshangebirges. Dort wartete an »Heinzels Ausspann«, einer kleinen Hütte am Wegesrand, ein offener Schlitten des Fuhrunternehmens Heinzel auf die Ausflügler.

Von zwei Ponys gezogen, ging es von hier aus mit dem Schlitten weiter. Mit dicken Felldecken über den Beinen waren die Passagiere vor der Kälte geschützt. Im Fußraum standen schwere Eisenbehälter mit heißer Kohle, die die Füße angenehm wärmten. Bevor die Fahrt begann, schenkte der russische Kutscher jedem Passagier ein Glas Schnaps ein, so dass alle auch von innen gewärmt wurden und in noch bessere Stimmung gerieten. Marie war begeistert.

Die verschneiten Täler des Laoshan schienen wie die Kulisse aus einem Wintermärchen. An dem Zaumzeug des Gespanns hingen kleine Glöckchen, so dass der Schlitten unter rhythmischem Geläut voranglitt. Das Sonnenlicht verlieh der zunehmend schroffen Berglandschaft eine geradezu magische Atmosphäre. Schneebedeckte zerklüftete Felsen, kahle Bäume und Büsche funkelten unter den Sonnenstrahlen. Im Sturz von den steilen Klippen gefrorene Wasserfälle leuchteten wie kostbare, bizarre Skulpturen. Hin und wieder entdeckte man einen zierlichen chinesischen Pavillon auf einer Bergkuppe. Riesige Raubvögel kreisten am strahlend blauen Himmel. Alle waren überwältigt von der Schönheit und Urkraft dieser Landschaft.

»Das ist ja wie im Märchen. Hier kann man wirklich die Welt vergessen«, seufzte Marie glücklich.

Gerlinde, die ihr gegenübersaß, lächelte. »Du hast recht. Nicht umsonst gilt dieses Gebirge als mythisches Gefilde. Hier soll der Taoismus, die wichtigste chinesische Naturreligion, entstanden sein. Angeblich haben Eremiten hier schon vor Tausenden von Jahren die Einheit mit der Natur gesucht. Es gibt unzählige Legenden über diese Gegend. Wir kommen nachher an einem taoistischen Tempel vorbei, den wir besichtigen können.«

Marie sah Gerlinde beeindruckt an. »Es ist immer wieder erstaunlich, Gerlinde, wie viel du über Land und Leute weißt.«

Philipp und Geoffrey nickten.

Gerlinde winkte ab. »Das meiste hat mir meine Amah erzählt, als ich noch ein Kind war. Die Geschichten über den Laoshan haben mir immer am besten gefallen. Hier soll es sogar Feen und Berggeister geben.«

Marie lachte. »Das kann ich mir gut vorstellen. Wenn ich Fee wäre, würde ich auch gerne hier leben.«

Es war, als hätte Philipp nur auf ein Stichwort gewartet. Er grinste Marie herausfordernd an. »Da Sie ja schon auf dem besten Wege sind, die gute Fee von Tsingtau zu werden, dürfen Sie jederzeit wieder hierherkommen, wenn Ihnen danach der Sinn steht.«

Marie verdrehte die Augen und stieß ihren Vater neben sich an. »Jetzt hör dir dieses lose Mundwerk an!«

Wolfgang Hildebrand drohte Philipp spielerisch mit dem Finger. »Ich muss doch bitten, Philipp. Keine despektierlichen Äußerungen über meine Tochter.«

»Was heißt hier despektierlich? ›Gute Fee‹ ist meines Erachtens doch ein Ehrentitel!«

Gerlinde schüttelte den Kopf. »Ihr beiden seid wirklich unverbesserlich … Da vorne ist der Tempel. Zeit, uns ein wenig die Füße zu vertreten.«

Die kleine Tempelanlage, umgeben von einer etwas baufälligen roten Mauer, lag wie Schutz suchend zwischen hohen Felswänden. Das Eingangstor stand offen. Über eine hohe Schwelle gelangte man in den Innenhof. Eine Mauer direkt hinter dem Tor verwehrte den Einblick ins Innere des Tempels.

Gerlinde kannte sich auch hier genau aus. »Die hohe Schwelle und die Geistermauer hinter dem Eingang schützen gegen böse Geister. Die können nämlich die Füße nicht heben und nur geradeaus gehen.«

»Womit mal wieder bewiesen wäre, dass wir ausländischen Teufel doch keine bösen Geister sind«, brummte Wolfgang Hildebrand.

Der Hof war menschenleer. Gegenüber vom Portal befand sich eine Halle mit dem Hauptaltar, auf dem Öllämpchen glühten. In der Mitte des Hofes stand ein riesiger schwarzer Kessel mit geschwungenen Beinen, in dem brennende Räucherstäbchen steckten. Ihr Qualm verbreitete leichten Nebel, der durch die schräg einfallenden Sonnenstrahlen geheimnisvoll beleuchtet wurde. An den Wänden der um den ganzen Hof laufenden überdachten Galerie prangten bunte Bilder von wilden Dämonen und geometrischen Mustern. Gerlinde deutete auf einen Kreis, bestehend aus zwei s-förmigen Teilen. Ein Teil war weiß mit einem schwarzen Punkt an seiner breitesten Stelle, der andere Teil war schwarz und hatte einen weißen Punkt.

»Das ist eines der wichtigsten Symbole des Taoismus. Der dunkle Teil ist Yin, das weibliche Prinzip. Es steht für kalt und passiv. Der helle Teil ist Yang, des männliche Prinzip, warm und aktiv.«

Marie spürte Philipps herausfordernden Blick angesichts ihres Gesichtsausdrucks. Er führte Gerlindes Ausführungen weiter aus.

»Wichtig aber ist, dass jedes Prinzip das andere Prinzip in sich trägt. Der helle Teil trägt einen dunklen Punkt in sich und umgekehrt. Und nur zusammen ergeben sie den Kreis, das perfekte Ganze.«

Marie sah ihn mit hochgezogenen Augenbrauen an. »Ich muss gestehen, jetzt ist es Ihnen gelungen, mich zu überraschen.«

Er lächelte sie provozierend an. »Und ich muss gestehen, dass mich das freut.«

Gerlinde seufzte unüberhörbar.

Marie und Philipp wechselten einen schuldbewussten Blick.

Marie musste lachen. »Touché! Du hast ja recht, Gerlinde, wir sind schon friedlich.«

Marie sah sich weiter um. In diesem Moment trat ein alter Mönch aus einem der Tempelgebäude in den Hof. Er war mager, trug schmutzige, zerlumpte Kleidung und löchrige Stoffschuhe. Aber er sah die Besucher lächelnd an und verbeugte sich. Gerlinde folgte seinem Beispiel. Die beiden wechselten einige freundliche Worte.

»Er heißt uns willkommen und wünscht uns Glück und Schutz für unseren weiteren Weg. Und er möchte wissen, ob wir das Orakel befragen wollen.«

Die Männer schüttelten den Kopf.

Wolfgang Hildebrand knurrte leise. »So ein Humbug.«

Aber Maries Neugierde war geweckt. »Das Orakel?«

»Ja, hier kann man Orakelstäbchen ziehen, die einen Rat für die Zukunft geben. Versuche es doch, Marie. Schließlich stehst du quasi vor einem Neubeginn. Wer weiß, welchen Rat das Orakel für dich hat.«

Gerlinde und Marie folgten dem Mönch zu einem kleinen Tisch, auf dem ein Gefäß voller Holzstäbchen stand. Auch Philipp und Geoffrey schlossen sich ihnen neugierig an. Der alte Mann bedeutete Marie, ein Stäbchen herauszuziehen. Der Mönch nahm ihr den Holzstab ab und musterte die Zeichen, die daraufgemalt waren. Dann blätterte er in einem zerfledderten Buch und las einen kurzen Satz vor.

Gerlinde übersetzte für Marie. »Du sollst dich nicht auf eine lange Reise begeben.«

Alle blickten sich ratlos an.

»War das alles?«, fragte Marie.

Gerlinde nickte. »Du hast den Rat des Orakels gehört. Wenn der richtige Zeitpunkt kommt, wirst du verstehen, was damit gemeint ist.«

Der alte Mönch lächelte Marie mit weisen Augen an, sagte aber nichts weiter. Gerlinde verabschiedete sich höflich und übergab ihm mit beiden Händen und einer leichten Verbeugung einen kleinen Umschlag, den er ebenfalls mit beiden Händen entgegennahm. Dann drehte Gerlinde sich um und ging zusammen mit Marie zum Tor zurück.

»Was hast du ihm gegeben?«

»Nur eine kleine Spende. Mönche leben von den Opfergaben, die dem Tempel gebracht werden. Geldgaben sind willkommen, aber man übergibt sie möglichst nicht offen. Das wäre unhöflich. Deshalb der Umschlag.«

Marie musste sich eingestehen, dass sie dem verwöhnten jungen

Mädchen nie so viel Sensibilität zugetraut hätte. Sie hörte hinter ihrem Rücken, wie Geoffrey Gerlinde bewundernd zuraunte: »You are really the perfect guide.«

Gut gelaunt und frisch gewärmt durch ein weiteres Glas Schnaps wurde die Fahrt fortgesetzt.

»Und wohin geht es jetzt?«, fragte Marie.

»Zum Mecklenburghaus. Das wurde eigentlich als Genesungsheim für unsere Soldaten gebaut. Der guten Luft wegen. Inzwischen ist es aber ein sehr beliebter Ausflugsort geworden. Man kann dort Fremdenzimmer mieten, und es gibt ein Restaurant, wo man ganz gut essen kann.«

Marie staunte. »Herr Zimmermann, Sie tun wirklich gut daran, hier einen Fremdenverkehrsverein zu gründen. All diese Sportangebote und herrlichen und perfekt organisierten Ausflugsziele.«

Manfred Zimmermann nickte. »Und Sie haben erst einen Bruchteil davon erlebt, was hier auf die Beine gestellt wird. Warten Sie ab, bis das Frühjahr kommt. Sie müssen bedenken, das Schutzgebiet ist nicht besonders groß, und die Stadt ist doch sehr begrenzt. Und außerhalb des Schutzgebietes sind die Bedingungen eher schwirig, und man kann sich nicht wirklich sicher fühlen. Auf dem beengten Gebiet gehen sich die Leute gegenseitig schnell auf die Nerven. Ausflüge in die Berge oder mit dem Dampfer auf die umliegenden Inseln und schwer zugängige Buchten sind sehr beliebt.«

Nach einer weiteren halben Stunde Fahrt im Schlitten erspähte Marie auf einer Anhöhe vor einem zerklüfteten Bergkamm mehrere Gebäude mit rauchenden Schornsteinen. Gerlinde sah auf die Uhr. Wir sind da! Pünktlich zum Mittagessen.«

Der Schlitten fuhr über einen schmalen Pfad bis an den Abhang vor dem Mecklenburghaus, der eisig im Sonnenlicht glänzte. Der Kutscher hielt an. Der Rest des Weges bis hinauf zum Haus musste zu Fuß bewältigt werden, doch alle stapften gut gelaunt über den gefrorenen Schnee den Hügel hinauf. Von hier aus hatte man einen wunderbaren Ausblick über das ganze Tal bis zum Meer. Rings um das Haus erhoben sich sanfte Hügel, dahinter die felsigen Anhöhen des Gebirges, eine wunderbare Landschaft für endlose Wanderungen und Spaziergänge. Das zweigeschossige Haupthaus lag umgeben von flachen Anbauten und Nebengebäuden am Hang. Die Anlage wirkte behäbig, aber sehr einladend. Rund um die einzelnen Gebäude türmten sich fast meterhohe Schneehaufen auf. Mehrere Paar Ski steckten im Schnee. Der Zugang zur Veranda, die unter einem von Säulen getragenen Vordach lag, war freigeschaufelt. Dort konnten sich die Neuankömmlinge auf Liegestühlen, die mit warmen Decken ausstaffiert waren, für einige Minuten im sonnigen Windschatten des Hauses ausruhen, während Gerlinde und ihr Vater sich um die Bestellung des Mittagessens kümmerten.

Im gemütlichen Gastraum prasselte ein Feuer im Kamin. An einem Tisch saßen acht junge Gefreite in Uniform des Artillerieregiments von Tsingtau bei Bier und Mittagessen. Sie begrüßten mit lautem Gejohle und erhobenen Biergläsern die beiden jungen Damen. Als jedoch Wolfgang Hildebrand und Philipp in ihren Marineuniformen hinter ihnen den Raum betraten und Hildebrand einen kurzen strengen Blick auf die jungen Gefreiten warf, wurde es schlagartig still. Mit gedämpftem Gelächter und Gesprächen setzten die Männer ihre Mahlzeit fort, bis sie schließlich mit einem beherzten »Schönen Tag noch« das Lokal verließen.

Nach einem deftigen Mittagsmahl plädierte Gerlinde für einen Winterspaziergang. Marie, Philipp und Geoffrey waren sofort Feuer und Flamme, während Wolfgang Hildebrand und Manfred Zimmermann es vorzogen, auf der sonnigen Veranda im Liegestuhl eine Zigarre zu rauchen. Angeführt von Gerlinde stapfte die »Jugend«, wie Wolfgang Hildebrand sie genannt hatte, hinaus in den Schnee. In weiter Ferne sah man die acht Soldaten auf ihren Skiern davongleiten.

Gerlinde lachte. »Es sieht aus, als seien sie auf der Flucht! Wahrscheinlich vor deinem Vater, Marie!«

Alle prusteten laut los, als Gerlinde den sächsischen Akzent des Gefreiten nachmachte, der sich mit einem strammen »Schönen Tag noch« mit den anderen hinausgeschlichen hatte.

Der strahlende Sonnentag, die wunderbare Umgebung und die fröhliche Gesellschaft wirkten wie ein belebendes Elixier. Kaum war das Mecklenburghaus außer Sicht, stürzte sich Marie in den Schnee und fing an, die anderen mit Schneebällen zu bombardieren. In kürzester Zeit entbrannte eine wilde Schneeballschlacht mit viel Geschrei und Gelächter. Marie und Gerlinde kreischten wie Schulmädchen, wenn sie getroffen wurden. Philipp und Geoffrey schienen wieder in ihre Flegeljahre zurückversetzt.

Minutenlang tobte die Schlacht. Als Marie sich in einem unbedachten Augenblick aufrichtete, um einen neuen Schneeball abzufeuern, traf sie eines von Philipps Geschossen mitten ins Gesicht. Sie stolperte, fiel rückwärts und blieb verdutzt im Schnee sitzen. Alle verstummten vor Schreck und rannten zu Marie, um ihr aufzuhelfen. Sie wischte sich den Schnee aus den Augen und lächelte Philipp, der als Erster bei ihr ankam, tapfer an. Einige ihrer braunen Locken hatten sich in der Hitze des Gefechts aus ihrer hochgesteckten Frisur unter dem Hut gelöst. Schneekristalle glitzerten im Gegenlicht in ihrem Haar. Ihre Wangen waren gerötet, eine Träne lief ihr über die Wange. Philipp beugte sich zu ihr hinunter, um ihr aufzuhelfen. Er hielt einen kleinen Augenblick lang inne und blickte Marie in die Augen.

»Wissen Sie, dass Sie ganz bezaubernd aussehen?«

Marie sah ihn überrascht an. Von Philipps üblichem Zynismus war in diesem spontanen Kompliment nichts zu merken. Sie verspürte einen Stich im Herz. Für den Bruchteil eines Augenblicks herrschte atemloses Schweigen zwischen den beiden. Sie sahen sich nur in die Augen.

Dann ertönte hinter Philipp Gerlindes Stimme. »Marie, ist dir etwas passiert? Ist alles in Ordnung?«

11.

Die ersten Tage in ihrem neuen Wirkungsfeld im Faberhospital verbrachte Marie vor allem mit organisatorischen Angelegenheiten. Ein eigenes Behandlungszimmer wurde für sie ausgestattet, und sie musste sich mit den Einrichtungen des Hospitals vertraut machen. Dr. Wunsch ließ Anzeigen in der chinesischen Lokalzeitung schalten, um bekanntzugeben, dass im Faberhospital ab sofort eine deutsche Ärztin für die Behandlung von Frauenkrankheiten zur Verfügung stand. Yonggang war stets an Maries Seite. Dr. Wunsch nahm sich so viel Zeit wie möglich, um Marie und Yonggang einzuweisen. Die Patientinnen fassten schnell Vertrauen zu Maries Assistentin, und Yonggang übernahm die Pflege der Frauen, die noch einige Tage im Hospital bleiben sollten, um sich zu erholen.

Marie blieb wenig Freiraum, ihren Gedanken nachzuhängen. Trotzdem kamen ihr immer wieder Momente des herrlichen Ausflugs in die verschneiten Berge in Erinnerung, und jedes Mal sah sie Philipps forschende Augen ganz nah vor sich. Sie war selbst überrascht über ihre Reaktion auf seine plötzliche, völlig unerwartete Nähe.

Der Rest des Ausflugs war wieder in der üblichen höflichen Distanziertheit abgelaufen. Marie versuchte den Vorfall zu vergessen. In einigen Monaten würde sie nach Deutschland zurückkehren und ihr neues Leben beginnen. Nur das war wichtig. Doch trotz aller dieser Vernunftgründe ertappte sie sich dabei, dass ihre Gedanken immer wieder zu der Schneeballschlacht zurückkehrten.

Der nächste Tag begann mit einer schlechten Nachricht. Li Nan war verschwunden. Sie musste sich in den frühen Morgenstunden aus dem Krankenhaus geschlichen haben.

Marie war außer sich vor Sorge, aber Dr. Wunsch beruhigte sie.

»Sie müssen ihren Entschluss respektieren. Li Nan muss zurück in ihr Leben. Wir wissen alle nicht, wer auf sie wartet. Gesundheitlich ist sie so weit wiederhergestellt, dass keine Gefahr mehr besteht. Und wenn es ihr schlechtgehen sollte, wird sie wiederkommen, dessen bin ich mir sicher.«

Schweren Herzens musste sich Marie eingestehen, dass er recht hatte. Trotzdem wollte sie Augen und Ohren offen halten, um herauszufinden, wo Li Nan abgeblieben war.

Nachdem die wichtigsten Grundlagen ihrer zukünftigen Arbeit gelegt waren, hatte sich Marie mit ihrem Chinesischlehrer verabredet und ihn zu einem ersten Treffen am späten Nachmittag zu sich nach Hause gebeten. Gespannt sah sie diesem Ereignis entgegen.

Pünktlich auf die Minute klingelte es. Um eine ruppige Begrüßung durch Fritz zu vermeiden, öffnete Marie selbst die Tür. Aus dem Dunkel des Hofs trat ein großgewachsener Mann auf sie zu. Er hielt eine Laterne in der Hand, wie dies für Chinesen vorgeschrieben war, und trug einen langen Mantel und einen Hut. Erst als er an der Treppe angelangt war, konnte Marie sein Gesicht erkennen. Vor ihr stand der junge Mann vom Hafen, den sie vor einigen Tagen beobachtet hatte, als er heimlich ein revolutionäres Plakat angeschlagen hatte. Marie erschrak, verspürte aber gleichzeitig Erleichterung. Er war nicht verhaftet worden. Der junge Mann streckte ihr, ohne zu zögern, die Hand entgegen. Überrascht über diese für Chinesen völlig unübliche Form der Begrüßung griff Marie zu.

»Guten Abend. Ich bin Marie Hildebrand.«

Ihr Gegenüber musterte sie einen Moment lang lächelnd, als versuche er sich zu erinnern. »Freut mich sehr. Ich heiße Du Xündi. Wir haben telefoniert.«

Marie bat ihren Gast ins Wohnzimmer an den Kamin zu einer Tasse Tee.

Du Xündi ließ seinen Blick durch den gemütlichen Raum schweifen. »Ein schönes Haus. Sie leben hier mit Ihrer Familie?«

»Mit meinem Vater.«

Du sah sie überrascht an, fragte aber nicht weiter nach.

Marie schenkte ihm Tee ein. Ihre Gedanken überschlugen sich. War dieser Mann gefährlich? Eigentlich sah er sehr sympathisch aus, und die Erinnerung an die Szene am Hafen sprach nur für ihn.

Was sollte sie tun? Sie konnte ihn doch nicht einfach auffordern, wieder zu gehen. Ihre Vernunft riet ihr zu verschweigen, dass sie sein Geheimnis kannte.

Marie atmete tief durch. Sie beschloss, dass es am vernünftigsten sei, die Dinge erst einmal auf sich zukommen zu lassen.

»Vielen Dank, dass Sie gekommen sind. Wo haben Sie so gut Deutsch gelernt?«

Du Xündi winkte verlegen ab. »Ich bin seit fünf Jahren in Tsingtau und hatte einen guten Lehrer. Seit letztem Jahr bin ich selbst Lehrer an der deutsch-chinesischen Hochschule.«

»Wie interessant. Und was unterrichten Sie?«

»Die chinesischen Klassiker.«

»Und wieso geben Sie auch noch privaten Chinesischunterricht?«

»Es ist eine gute Gelegenheit, außerhalb der Schule Deutsche und ihr Leben kennenzulernen.«

Marie drängten sich sofort verschiedene Fragen auf, aber sie beschloss, diese zurückzustellen, bis sie sich besser kannten. Wie passte dieses Interesse mit seinem revolutionären Engagement zusammen?

Du Xündis Gegenfrage lenkte sie von diesen Gedanken ab. »Und darf ich fragen, warum Sie Chinesisch lernen möchten?«

»Das ist eine einfache und gleichzeitig komplizierte Geschichte. Ich bin Ärztin und besuche für einige Monate meinen Vater, der hier arbeitet. Auf Grund der Erfahrungen, die ich in den letzten beiden Wochen hier machen musste, habe ich mich entschlossen, das Angebot des leitenden Arztes des Faberhospitals Dr. Wunsch anzunehmen und für die Dauer meines Aufenthaltes die Station für chinesische Frauen zu übernehmen.«

Das Erstaunen in Dus Augen war unübersehbar. »Sie sind Ärztin? Das heißt, Sie haben einen Universitätsabschluss? Als Frau?«

Marie nickte.

Er hob entschuldigend die Hände. »Oh, verzeihen Sie. Ich wollte Sie nicht beleidigen. Das ist nur so unvorstellbar für mich. Eine chinesische Frau an einer Universität ist absolut undenkbar. Ich bewundere Deutschland sehr für seine technischen Errungenschaften, aber dass

Frauen dort auch an der Universität studieren können, wusste ich bisher nicht und finde es noch bewunderungswürdiger.«

Marie bremste seine Begeisterung. »Das ist tatsächlich ein großer Fortschritt, aber auch in Deutschland sind Frauen an den Universitäten ungewöhnlich. Es war ein harter Kampf für mich, meinen Entschluss zu studieren zu verwirklichen. Ich muss immer noch gegen viele Vorurteile kämpfen.«

Du Xündi sah Marie beeindruckt an. Sie begegnete seinem Blick, und wieder fielen ihr seine ausdrucksstarken, neugierigen Augen auf, die sie einen Moment lang festhielten.

»Sie müssen eine außergewöhnlich mutige Frau sein.«

Marie überging diese Bemerkung verlegen. Stattdessen beschloss sie, die Karten offen auf den Tisch zu legen. Sie erzählte ihm von ihren schrecklichen Erlebnissen in den letzten Tagen und davon, was sie über die schwierige Situation der chinesischen Frauen erfahren hatte. Du Xündi hörte schweigend zu. In seinem Gesicht spiegelte sich zunehmende Betroffenheit wider. Als Marie ihren Bericht beendet hatte, saß er einen Augenblick niedergeschlagen da und blickte auf seine langen, schmalen Hände.

»Sie haben recht. Die Situation der Frauen in China ist tatsächlich furchtbar. Und seit sich die Lage im Land immer mehr verschlechtert, trifft es die Frauen am schlimmsten. Ich schäme mich dafür, dass mich eine Frau aus dem Ausland an all diese Probleme erinnern muss.«

Marie sah Du erschrocken an. »Es tut mir leid, wenn ich Ihre Gefühle verletzt haben sollte. Das war gewiss nicht meine Absicht. Ich wollte Ihnen nur erklären, was mich bewogen hat, diese Aufgabe am Faberhospital zu übernehmen. Ich will ganz einfach den Frauen helfen.«

Sie stockte. Obwohl sie den jungen Mann nicht kannte, war sie sicher, dass er sie verstanden hatte.

»Sie werden einsehen, dass ich dazu schnell chinesische Grundkenntnisse lernen möchte. Und außerdem brauche ich einen kundigen Berater, der mir chinesische Gepflogenheiten erklärt.«

Du Xündi lächelte schwach. »Ich fühle mich geehrt, wenn ich Ihnen helfen kann, mein Land und seine Kultur besser zu verstehen. Und gleichzeitig möchte ich auch von Ihnen lernen. Sie müssen mir alles über Deutschland und Europa erzählen.«

Du sah Marie offen an. Hier saßen sie, zwei junge Menschen aus völlig unterschiedlichen Kulturen, neugierig, so viel wie möglich von der Welt des anderen zu erfahren. Gegensätze und Gemeinsamkeiten. Marie hatte das Gefühl, als sei eine Tür aufgestoßen worden, eine Tür ins Unbekannte. Für einen kurzen Augenblick herrschte Schweigen. Marie fühlte sich überwältigt von einem unerklärlichen Gefühl der Seelenverwandtschaft mit diesem unbekannten Mann aus einer fremden Welt. Und sie spürte, dass er ihr viele Fragen über China beantworten würde, die andere gerne verschwiegen hätten.

Auch Du Xündis Gedanken schienen abzuschweifen. Dann jedoch räusperte er sich, um die plötzliche Stille zu durchbrechen. Er öffnete seine Aktentasche und zog einige Seiten Papier hervor.

»Also gut. Fangen wir gleich an. Lektion eins. Die Begrüßung. Ni hao. Wissen Sie, was das eigentlich heißt?«

Marie und Du waren so in Unterhaltung und Sprachübungen vertieft, dass sie das leise Klopfen überhörten. Das Geräusch der sich öffnenden Tür riss sie aus ihrem Gespräch. Gerlinde und Philipp standen im Türrahmen und sahen überrascht von einem zum anderen.

Gerlinde deutete auf die Standuhr. »Marie, hast du unsere Verabredung vergessen?«

Marie blickte verwirrt auf. »O Gott, tut mir leid. Ich muss gestehen, ich habe wirklich die Zeit vergessen. Es ist alles so interessant!« Sie stand auf. »Darf ich vorstellen! Das ist mein Chinesischlehrer Herr Du, und das sind Gerlinde Zimmermann und Philipp von Heyden, Freunde der Familie.«

Gerlinde nickte Du freundlich zu. »Schön, Sie kennenzulernen.«

Philipp streckte Du die Hand hin. Die beiden begrüßten sich förmlich und musterten sich gegenseitig.

Marie spürte eine kühle Distanz zwischen den beiden.

»Ich habe in der ersten Stunde schon eine Menge gelernt! Ich bin wirklich froh, dass ich so einen guten Lehrer gefunden habe wie Herrn Du.«

Philipp sah sie forschend an. »Sie haben ja ganz rote Wangen, Marie. Der Unterricht muss ja sehr aufregend sein. Wie eine Schneeballschlacht?«

Für einen Moment wusste Marie nicht, wie sie auf diese zynische Bemerkung reagieren sollte. Wieso musste Philipp sie immer provozieren? Gleichzeitig fühlte sie sich irgendwie ertappt.

»Sie haben recht. Es ist sehr aufregend. Wusstet ihr zum Beispiel, warum das chinesische Schriftzeichen für gut ›hao‹ die Kombination aus den Schriftzeichen ›Mädchen und Junge‹ ist?«

Philipp grinste. »Eine kluge Einsicht.«

Marie schnaubte ärgerlich. »Nein, nicht, was Sie meinen. Es bedeutet, dass es für eine Familie gut ist, wenn erst ein Mädchen und dann ein Junge geboren wird. Das Mädchen kann sich dann gleich um den Jungen kümmern.«

Philipp zog erstaunt die Augenbrauen hoch. »Das ist in der Tat eine feinsinnigere Interpretation.«

Du starrte irritiert von einem zum anderen. Er schien die Spannung zu spüren und verabschiedete sich rasch.

Marie begleitete ihn zur Haustür.

»Ich danke Ihnen für Ihre Geduld mit mir. Kommen Sie übermorgen um dieselbe Zeit?«

Du nickte, ging die Treppe hinunter und kletterte in die Rikscha, die Fritz schon für ihn gerufen hatte.

»Wie ist er denn, Ihr Chinesischlehrer?«

Gerlinde, Marie und Philipp nahmen im Café des Hotels Central Platz, wo Geoffrey bereits auf sie wartete. In einer Stunde sollte die allwöchentliche kinematographische Vorführung der Firma Pathé beginnen, eine Attraktion, mit der das Hotel seit einigen Monaten für eine neue Form der Unterhaltung in der Kolonie sorgte.

Geoffrey wollte es genau wissen. »Ein kleiner alter Mann mit langen Fingernägeln und einem weißen Bart?«

Er sah Marie neugierig an, doch sie schüttelte den Kopf.

Philipp kam ihr mit seiner Antwort zuvor. »Weit gefehlt! Er ist jung, groß und hat keinen Bart. Er ist Lehrer an der deutsch-chinesischen Hochschule.«

»Oho, einer der fortschrittlichen jungen Intellektuellen! Das ist ja interessant. Seien Sie vorsichtig, Marie. Der Mann ist wahrscheinlich ein Revolutionär. Man hört immer wieder, dass viele junge Intellektuelle die Abdankung des Kaiserhauses anstreben … Und sie sind Feinde von uns Ausländern, die sich ihrer Meinung nach unrechtmäßig Gebiete in China angeeignet haben.«

Marie erschrak. Sie wusste, dass Geoffrey ins Schwarze getroffen hatte.

»Ich weiß nicht, ob er ein Revolutionär ist, aber er ist sehr fortschrittlich eingestellt. Er ist übrigens der gleichen Meinung wie Sie und Philipp. Er meint, dass China nur eine Chance hat, wenn es vom Westen lernt. Ich glaube, ich habe noch nie jemanden erlebt, der so begierig ist, mit allen Mitteln etwas über die Welt zu lernen. Auf jeden Fall hatte ich nicht den Eindruck, er sei mir feindlich gesonnen.«

Philipp musterte Marie aufmerksam. »Wer kann schon einer schönen Frau gegenüber feindliche Gefühle hegen. Mir scheint, als hätten Sie Ihr perfektes Pendant gefunden.«

Marie sah Philipp an. Konnte es sein, dass sich hinter seinem Spott etwas anderes verbarg?

»Da könnten Sie recht haben. Er weiß nichts über meine Welt und ich nichts über seine. Vielleicht können wir uns beide gegenseitig etwas beibringen. Ich würde gerne verstehen, was in China vor sich geht. Und wer könnte mir das besser erklären als ein Chinese?« Sie sah Philipp herausfordernd an. »Oder glauben Sie, dass politische Neugierde auch ein Privileg der Männer ist und sich – ich zitiere: ›Junge Damen für solche kleinlichen technischen Details nicht interessieren‹?«

Gerlinde und Geoffrey wechselten einen halb belustigten, halb beunruhigten Blick.

»Wie wäre es mit einem Waffenstillstand für den heutigen Abend?«, schlug Geoffrey vor.

Philipp hob entschuldigend die Hände und nickte.

Doch trotzdem war Marie nicht bereit, so schnell das Thema zu wechseln.

»Geoffrey, Sie haben mir vor einigen Tagen erklärt, dass sich seit den Tagen Ihres Großvaters in China vieles verändert hat. Was genau meinten Sie damit?«

»Mein Großvater kam 1839 nach Canton. Den Langnasen war damals nur genehmigt, eine Handelsniederlassung auf einer Insel im Perlfluss zu betreiben. Chinesisches Territorium zu betreten war verboten. Jeder Chinese, der einen Ausländer dabei ertappte, hatte das Recht, ihn ohne Strafe umzubringen. Doch England wollte sich damit nicht abfinden. Die englische Krone pochte auf freien Welthandel. So kam es zum ersten Krieg zwischen China und Großbritannien, in dem wir gesiegt haben. Im Friedensvertrag von Nanjing bekamen wir die Insel Hongkong zugesprochen. Nach und nach wurden immer mehr Städte in China für den Handel geöffnet wie Shanghai, Hankou oder Tianjin.«

»Wenn du schon über den britischen Standpunkt zum freien Welthandel sprichst, Geoffrey, solltest du das Opium nicht vergessen. Schließlich war das der Anlass für den Krieg«, warf Philipp ein.

Geoffrey nickte. »England hatte damals begonnen, große Mengen von Opium nach China zu importieren, und der Kaiserhof wollte dies verbieten. Das wurde ebenfalls ein Kriegsgrund.«

»Soll das bedeuten, China wurde durch Krieg gezwungen, den Import von Opium zu akzeptieren und Ausländern den Zugang zu seinen Städten zu gestatten?« Marie war entsetzt.

Geoffrey zuckte mit den Achseln. »Ich fürchte, ja. Diese Entwicklung ist noch lange nicht abgeschlossen. Alle Ausländer profitieren von der Schwäche Chinas. So erzwang Deutschland 1898 die Abtretung des hiesigen Schutzgebiets für 99 Jahre und England die Abtretung des Gebietes gegenüber der Insel Hongkong, des New Territories. Das heißt, bis 1997 werdet ihr Deutschen hier sitzen und wir in Hongkong.«

Marie war einen Moment lang sprachlos. »Und was soll sich dadurch in China verändert haben, außer, dass sich die Chinesen gedemütigt fühlen müssen?«

»Nun ja, innenpolitische Veränderung ist ein positiver Nebeneffekt dieser Entwicklung. China ist durch den Kontakt mit den Ausländern aufgeweckt worden. Heute gibt es in China mehr und mehr Leute, die einsehen, dass sich das Land modernisieren muss, um in der Welt zu bestehen. Ihr Chinesischlehrer scheint einer davon zu sein.«

Marie starrte einen Augenblick lang nachdenklich auf ihr Weinglas.

»Ich stelle mir das entsetzlich vor, wenn ein Land unter Waffengewalt gezwungen wird, seine Traditionen aufzugeben, weil sie angeblich nicht mehr zeitgemäß sind.«

»Auf der anderen Seite warst du selbst entsetzt zu erfahren, dass in China traditionsgemäß Mädchen und Frauen nichts wert sind und nur wie Haussklaven gehalten werden«, mischte sich Gerlinde ein.

Marie nickte. »Du hast recht. Jede Gesellschaft hat natürlich unendlich viele Aspekte. Aber umso interessanter finde ich es, mehr darüber zu erfahren.«

Geoffrey sah Marie ernst an. »Ein lobenswerter Vorsatz. Ich kann Sie verstehen, aber Sie sollten trotzdem vorsichtig mit Ihrem Lehrer sein. Sie wissen nie, welche Abgründe sich hinter einem freundlichen Gesicht verbergen.«

Marie lächelte. »Das gilt ja wohl nicht nur für chinesische Gesichter!«

Geoffrey lachte gutmütig. »Eins zu null für Sie!«

Philipp winkte einem Kellner. Dann lehnte er sich zu Marie hinüber und sagte leise: »Aber eines sollten Sie beachten, Marie! Überlegen Sie genau, mit wem Sie Ihre Gedanken über die Probleme Chinas teilen. In der Kolonie hört man eine zu liberale Einstellung gegenüber den Chinesen nicht gerne.«

Marie musterte ihn misstrauisch. Sprach er nur über andere oder auch über sich? »Ich muss gestehen, dass ich diese Erfahrung bereits gemacht habe. Aber vielen Dank für den Hinweis.«

Philipp lächelte den Kellner an, der an den Tisch getreten war. »Wollt ihr noch etwas zu trinken bestellen? Gleich geht das Licht aus.«

Die letzten Getränke wurden serviert, und schon begann die Leinwand zu leuchten. Der Begleitpianist schlug in die Tasten. Erwartungsvoll lehnten sich die Zuschauer auf ihren Stühlen zurück, um sich von den bewegten Bildern der Firma Pathé in fremde Länder und Welten entführen zu lassen. Philipp warf einen verstohlenen Blick auf Marie, die mit abwesendem Blick auf die Leinwand starrte, so als sei sie in Gedanken ganz weit weg.

»Soll das heißen, dass dein Chinesischlehrer jetzt mehrmals in der Woche in unser Haus kommt?« Wolfgang Hildebrand sah seine Tochter konsterniert an.

»Langsam geht mir deine Vorliebe für die Chinesen etwas zu weit. Erst lädst du jede Woche diese chinesischen Mädchen zum Tee ein, dann behandelst du deine Amah wie eine Kollegin, und nun soll auch noch ein Chinese hier regelmäßig ein und aus gehen? Das alles schafft Unruhe unter dem Personal, und was sollen außerdem die Leute sagen?«

Marie bestrich weiter seelenruhig ihr Brötchen mit Erdbeermarmelade. Das gemeinsame Frühstück war das tägliche Ritual, das von ihr und ihrem Vater besonders geschätzt wurde. Man besprach dabei gerne gemeinsame Verabredungen oder Neuigkeiten aus der Tagezeitung. An diesem Morgen war die Atmosphäre allerdings ungewohnt gespannt.

»Deine Haltung überrascht mich, Vater. Du gibst doch sonst nichts auf das Gerede der Leute. Woher denn dieser plötzliche Stimmungsumschwung?«

»Das ist kein Stimmungsumschwung. Gerlinde hat es neulich bereits auf den Punkt gebracht. Man pflegt hier keinen privaten Umgang mit Chinesen. Dazu gibt es zu viele Unterschiede.«

»Glaubst du nicht, dass es Zeit wird, diese Vorurteile langsam abzubauen. Schließlich sind wir hier in China. Richard und Salome Wilhelm haben auch private chinesische Kontakte.«

»Zum einen befinden wir hier nicht in China, sondern in deutschem Schutzgebiet. Zum anderen ist Richard Wilhelm Missionar. Die haben ihre eigenen Regeln, mit denen sie, mit Verlaub gesagt, immer wieder für eine Menge Ärger sorgen, eben weil sie den Chinesen zu nahe rücken. Jeder soll nach seiner Façon glücklich werden, aber bitte nicht in meinem Haus.«

»Würde es dir besser gefallen, wenn ich mich mit meinem Lehrer irgendwo anders treffe? Vielleicht in seiner Wohnung?«

»Um Gottes willen! Auf keinen Fall! Das gäbe einen Skandal! Nicht auszudenken.« Wolfgang Hildebrand war außer sich. Er seufzte. »Ich sehe ein, es gibt wohl keine Alternative zu dieser Lösung. Sei's drum. Aber der Kontakt bleibt auf den Sprachunterricht beschränkt.«

Marie spürte, dass es im Augenblick diplomatischer war, zuzustimmen. Eigentlich hatte sie geplant, Du Xündi bei einem Abendessen ihrem Vater und ihren Freunden vorzustellen, aber sie entschied, diesen Plan vorerst aufzuschieben, bis sich alle an die neue Situation gewöhnt hatten.

Die Äußerungen ihres Vaters hatten jedoch ihre Neugierde geweckt.

»Was meintest du damit, dass die Missionare für Ärger sorgen?«

Hildebrand schnaubte verächtlich. »Ich werde nie verstehen, warum man die Chinesen zu Christen machen muss! Die Missionare dringen bis in die letzten Dörfer vor und mischen sich überall ein. Kein Wunder, dass so etwas die Menschen gegen die Ausländer aufbringt. Immer wieder werden Missionare im Inland umgebracht. Und meist sind es nur höchst zwielichtige Gestalten, die sich von ihnen bekehren lassen. Alles Reischristen! Leute, die alles tun würden für eine Schüssel Reis.«

Marie sah ihren Vater fassungslos an.

Hildebrand schnaubte ärgerlich. »Sieh mich nicht so an! Ich stehe nicht allein mit dieser Meinung!«

»Findest du nicht, dass die Arbeit, die hier im Faberkrankenhaus und den Missionsschulen geleistet wird, wichtig ist?«, fragte Marie irritiert.

»Doch, natürlich. Das ist ein gutes Beispiel christlicher Nächstenliebe. Aber muss man deshalb den Chinesen auch unseren Glauben aufdrängen? Ich habe da meine Zweifel.«

Marie nickte nachdenklich, schwieg aber, um ihren Vater nicht ungebührlich zu provozieren. Es lag ihr auf der Zunge, ihn daran zu erinnern, dass es der Mord an zwei deutschen Missionaren gewesen war, der dem Deutschen Reich den Vorwand geliefert hatte, das heutige Schutzgebiet zu besetzen. Sie musste auch an Geoffreys Erklärung über Englands Krieg mit China wegen des Opiumimports denken. Es war mehr als deutlich, dass sich das Ausland in China nur um seine eigenen Interessen kümmerte, egal, zu welchem Preis. Kein Wunder, dass die Chinesen Ausländer »fremde Teufel« nannten.

Am nächsten Nachmittag stand wieder Chinesischunterricht auf dem Programm. Marie saß im Wohnzimmer, als Fritz Du Xündi hereinführte. Erstaunt registrierte Marie, dass Fritz den jungen Mann mit ausgesuchter Höflichkeit behandelte und ihn gleichzeitig neugierig aus dem Augenwinkel betrachtete. Fritz schien Du zu kennen, Du hingegen ignorierte den Boy weitgehend. Er machte den Eindruck, als komme er aus einem Umfeld, in dem Dienstboten eine Selbstverständlichkeit waren. Du begrüßte sie förmlich, nahm Platz und eröffnete ohne weitere Umschweife seinen Unterricht. Er erklärte, dass Marie unbedingt einen chinesischen Namen brauchte.

»Genau wie Ausländer Schwierigkeiten mit chinesischen Namen haben, haben Chinesen Probleme, sich ausländische Namen zu merken. Ich habe mir bereits Gedanken gemacht. Schließlich soll der Name Ihnen ja Ehre machen. Ich schlage He Meiren vor.«

Er schrieb drei Schriftzeichen auf ein Blatt Papier.

»In China haben Namen in der Regel drei Silben. An erster Stelle steht der Familienname. ›He‹ ist einer von ungefähr hundert gängigen Familiennamen, deshalb heißt übrigens der Begriff ›Volk‹ auf Chinesisch ›die alten hundert Namen‹ – laobaixing. In Ihrem Fall ist ›he‹ die lautliche Annäherung an Ihren deutschen Familiennamen ›Hildebrand‹. Vornamen sind nicht wie bei Ihnen festgelegt. Eltern wählen beliebig ein oder zwei Schriftzeichen nach wünschenswerten Eigenschaften oder ihren Visionen für ihre Kinder. ›Meiren‹ ist auf der einen Seite wieder eine phonetische Umsetzung von Marie, inhaltlich bedeutet ›Mei‹ schön und ›ren‹ gütig.«

Marie musste unwillkürlich lächeln. »Dieser Name klingt ziemlich schmeichelhaft. Ist das nicht etwas übertrieben?«

»Oh nein. Keinesfalls. Das ist ein Frauenname von bedeutungstiefer Schönheit. Und ich denke, er passt zu Ihnen, nach all dem, was ich schon von Ihnen weiß.«

Du sah Marie ernst an. Wieder fiel ihr die Intensität seines Blickes auf, und sie fragte sich, welche Geheimnisse sich dahinter verbargen. Marie war sich ganz sicher, dass es eine unsichtbare Verbindung zu ihrem Lehrer gab. Eines Tages würde sie ihn besser kennen.

Als habe er ihre Gedanken gelesen und wollte ihnen ausweichen, sagte Du Xündi unvermittelt: »Kaishi ba. Fangen wir an. Di er ke. Lektion zwei.«

12.

Am nächsten Morgen trafen sich Marie und Gerlinde zu einem Einkaufsbummel in der Friedrichstraße. Es war der Sonnabend vor dem ersten Advent, und Marie hatte beschlossen, das Haus als Überraschung für ihren Vater für die Adventszeit weihnachtlich zu dekorieren. Sie war entzückt, dass viele Geschäfte entlang der Straße mit Tannengirlanden, bunten Schleifen und Kugeln geschmückt waren. In den Schaufenstern der Kaufhäuser waren Gabentische mit Geschenken für Jung und Alt aufgebaut. Am schönsten war die Dekoration im Kaufhaus Grill. Marie und Gerlinde betraten den Ladenraum und sahen sich um. Weihnachtsdekoration, wohin das Auge fiel. In einer Ecke stand ein großer geschmückter Weihnachtsbaum, davor auf dem Boden lagen gestapelt bunt verpackte Pakete jeder Größe.

Gerlinde war begeistert. »Das sieht doch aus wie Weihnachten in Deutschland, nicht wahr?«

Marie schüttelte ungläubig den Kopf. »Wirklich nicht zu fassen.«

Von hübsch gebundenen Adventskränzen über geschnitzte Nussknacker und Lichterpyramiden aus dem Erzgebirge bis hin zu Rauschgoldengeln, bunten Christbaumkugeln und Weihnachtssternen gab es alles zu kaufen, womit man die gute Stube zur Weihnachtszeit schmücken konnte. Auch für das leibliche Wohl war gesorgt. Ob Aachener Printen, Marzipankartoffeln, Nürnberger Lebkuchen oder Dominosteine, niemand musste auf seine Lieblingsleckereien aus der Heimat verzichten.

Das Geschäft war gut besucht. Mehrere Damen der Kolonie in Begleitung ihrer Kinder bestaunten die Auslagen. Marie entdeckte Paul Grill, der einer Mutter und ihren beiden Kindern ein thüringisches Lichterkarussell vorführte. Auch Max Grill und seine Frau waren mit Kundschaft beschäftigt, so dass Marie und Gerlinde sich in Ruhe umsehen konnten.

Marie suchte sich einen hübschen Adventskranz und mehrere Weihnachtssterne zum Aufhängen am Kamin und an den Wandlampen aus.

Paul Grill hatte inzwischen seine Kundin bedient und kam nun zu Marie und Gerlinde herüber.

»Willkommen im Kaufhaus Grill! Ich freue mich, Sie bei uns begrüßen zu dürfen. Kann ich Ihnen helfen?«

Marie streckte ihm lächelnd die Hand entgegen. »Lieber Herr Grill! Darf ich Ihnen ein großes Kompliment für die wunderschöne Weihnachtsdekoration aussprechen.«

Paul Grill strahlte und lief rot an. Gerlinde registrierte dies mit einem belustigten Gesichtsausdruck und fügte hinzu: »Ja, Marie, du hast recht. So schön war es noch nie.«

Paul Grill war nun bis in die Ohrenspitzen rot angelaufen und stotterte leicht. »Das … das freut mich. Vielen Dank. Ich gestehe, dieses Jahr habe ich zum ersten Mal die ganze Dekoration alleine übernommen.«

Er stockte, entdeckte die Artikel in Maries Hand und nahm sie ihr eilig ab. Er schien froh zu sein, eine schnelle Möglichkeit gefunden zu haben, wieder zum geschäftlichen Teil der Unterhaltung zurückzukehren.

»Kann ich sonst noch etwas für Sie tun, Fräulein Dr. Hildebrand?«

»Ich würde mich gerne etwas umsehen. Ich melde mich, wenn ich Sie brauche.«

Paul Grill nickte dienstfertig und trug Maries bisherige Einkäufe zur Kasse. Marie und Gerlinde bummelten weiter durch den Laden. Plötzlich bemerkten sie, dass die Gespräche um sie herum erstarben. Neugierig folgten sie den Blicken der anderen Kundinnen. Alle starrten schweigend ein Paar an, das gerade hereingekommen war.

An den Arm eines jungen Mannes mit brünettem Haar und gezwirbeltem Schnurrbart klammerte sich eine zierliche Chinesin, die ängstlich die unfreundlichen Gesichter musterte, während ihr Mann die Blicke mit trotziger Miene erwiderte, um sich nun demonstrativ dem Weihnachtsschmuck zuzuwenden. Als wolle er seine Frau ablenken, berührte er mit der Hand ihren Arm und deutete lächelnd auf den Weihnachtsbaum. Trotz ihres dicken Mantels konnte man deutlich erkennen, dass die junge Frau hochschwanger war.

Marie registrierte die eisigen Blicke der Kundinnen und wandte sich ab. Sie zog Gerlinde mit sich fort und setzte mit gut vernehmlicher Stimme ihre Kommentare über die angebotenen Waren fort, da sie das feindselige Schweigen als himmelschreiende Unhöflichkeit empfand. Auch die anderen Kundinnen lösten sich allmählich aus ihrer Erstarrung und wandten sich wieder ihren Einkäufen zu. Nur eine Frau zog ihre kleine Tochter mit indigniertem Gesichtsausdruck aus dem Laden. Paul Grill blickte hilfesuchend zu seinem Onkel. Max Grill, der beleibte Kaufhausbesitzer, schob sich hinter dem Verkaufstresen hervor und ging freundlich lächelnd auf das Paar zu. »Kann ich etwas für Sie tun, meine Herrschaften?« Sein rheinischer Akzent war unüberhörbar.

Der junge Mann lächelte dankbar. »Ehrlich gesagt, Herr Grill, wollte ich meiner Frau nur mal Ihren wunderschönen Weihnachtsschmuck zeigen. Sie kennt Weihnachten noch nicht, und ich wollte, dass sie selbst sieht, welche Vorbereitungen man bei uns für dieses besondere Fest trifft.«

Max Grill strich sich über seinen grauen gezwirbelten Schnurrbart und nickte gutmütig. »Na, dann sehen Sie sich mal in Ruhe um.«

Dann kehrte er wieder auf seinen Platz hinter dem Tresen zurück. Dabei blickte er sich mit freundlichem Gesichtsausdruck demonstrativ um, als wolle er mit seiner Haltung ein klares Signal geben, welcher Geist in seinem Kaufhaus wehte.

Marie warf Gerlinde einen bedeutungsvollen Blick zu. Max Grill war ein Mann nach ihrem Geschmack. Aus dem Augenwinkel beobachtete sie gerührt, wie der junge Mann seine Frau auf besonders schöne Stücke aufmerksam machte. Sie hatte inzwischen so viel Mut gefasst, dass sie seinen Arm losließ und mit großen Augen die goldenen Engel und bunten Kugeln bewunderte. Für einen kurzen Moment war wieder vorweihnachtlicher Frieden in den Laden zurückgekehrt.

Plötzlich jedoch hörte Marie einen spitzen Schrei und sah, dass die junge Chinesin ausgerutscht und zu Boden gestürzt war. Ohne zu zögern, drängelte sich Marie durch die gaffenden Frauen, kniete sich neben die Schwangere und nahm ihre Hand.

Gerlinde beugte sich zu der Frau hinab und sagte zu ihr und ihrem Mann: »Ni fangxin. Ta shi daifu. Keine Sorge, sie ist Ärztin.«

Marie bat die Frau, ein paar Minuten liegen zu bleiben und ruhig zu atmen. Als sie sicher war, dass sich keine Schmerzen eingestellt hatten, halfen Marie und der junge Ehemann ihr auf einen Stuhl, den Paul eilends herbeigeholt hatte. Die Chinesin brauchte einige Minuten, um ihren Schreck zu überwinden. Einfühlsam schlug Max Grill vor, die junge Frau im Hinterzimmer des Geschäfts etwas ausruhen zu lassen. Marie dankte ihm für seine Umsicht, sie den neugierigen Blicken der Kundschaft zu entziehen. Der junge Deutsche reichte Marie dankbar die Hand und stellte sich und seine Frau Feng vor. Alfred Fritsch war Braumeister der Germaniabrauerei.

Mit Gerlindes Hilfe versuchte Marie herauszufinden, ob Feng unter ärztlicher Beobachtung stand, doch die junge Frau starrte Gerlinde nur an, als sei sie erschrocken über diese fremde Frau, die ihre Sprache beherrschte.

Alfred Fritsch war ebenfalls überfragt. »Ich fürchte, ich kann Ihnen da auch nicht viel zu sagen. Ich weiß nur, dass sich meine Frau bei einem chinesischen Heiler in unserer Nachbarschaft Rat holt. Ich habe versucht, sie zu überreden, sich im Gouvernementkrankenhaus untersuchen zu lassen, aber sie weigert sich. Und ehrlich gesagt, weiß ich gar nicht, ob man sie dort behandeln würde.«

Marie holte aus ihrer Tasche eine Visitenkarte und überreichte sie Fritsch. »Hier ist meine Karte mit meiner Telefonnummer. Aber bringen Sie Ihre Frau am Montag zu mir ins Faberhospital. Sprechstunde ist ab neun Uhr morgens.«

Der junge Mann sah verlegen auf die Visitenkarte in seiner Hand. »Ich befürchte, das geht nicht. Ich muss doch arbeiten.«

»Kann denn niemand anderer Ihre Frau begleiten?«

Er zögerte einen Moment, dann schüttelte er den Kopf. »Nein, tut mir leid. Ich wüsste nicht wer. Sie müssen verstehen, wir leben sehr zurückgezogen.«

Marie betrachtete ihn betroffen. Es war ihr klar, was dies bedeutete. Mischehen wurden gesellschaftlich rigoros abgelehnt. Wahrscheinlich hatten sich alle seine ehemaligen Freunde von Alfred Fritsch und seiner chinesischen Frau zurückgezogen.

»Hat Ihre Frau denn keine Familie?«

»Nein. Sie kommt aus einer anderen Provinz, aber es besteht wohl schon seit langem kein Kontakt mehr.«

Marie dachte fieberhaft nach. Es war klar, dass der Geburtstermin unmittelbar bevorstand, und die Vorstellung, dass die junge Frau ohne medizinische Betreuung war, bereitete ihr große Sorge. Es gab nur einen Ausweg.

»Geben Sie mir Ihre Adresse. Ich werde Ihre Frau am Montagmorgen selbst abholen. Sorgen Sie dafür, dass sie ein kleines Notfallgepäck bereithält, für den Fall, dass wir sie gleich im Krankenhaus behalten.«

Alfred Fritsch wirkte sichtlich erleichtert über diesen Vorschlag. Verlegen bat er Gerlinde noch einmal um Hilfe, seiner Frau den komplizierten Tatbestand zu erklären. Seine chinesischen Sprachkenntnisse reichten nicht aus. Erschrocken erkannte Marie, dass die beiden jungen Menschen zwar verheiratet waren, aber über viele Dinge nicht sprechen konnten. Gleichzeitig bewunderte sie den Mut, sich unter solchen Bedingungen einer weitgehend feindseligen Umgebung auszusetzen. Wie stark musste eine Liebe sein, um all das zu ertragen? Gerührt beobachtete sie, wie Alfred Fritsch seiner zierlichen Frau liebevoll auf die Beine half und sie vorsichtig hinausgeleitete.

Als Wolfgang Hildebrand an diesem Samstagnachmittag zusammen mit Philipp zum Tee nach Hause kam, öffnete ihm nicht wie üblich Fritz die Tür. Auch im Hausflur und in der Halle war niemand zu sehen, stattdessen drang aus der Küche fröhliches Gelächter und Stimmengewirr. Das ganze Haus duftete köstlich nach Weihnachtsgebäck. Vorsichtig öffnete Hildebrand die Tür zur Küche einen Spaltbreit. Philipp spähte neugierig über seine Schulter. Die Dienstboten standen um Marie herum und knabberten genüsslich an frisch gebackenen Plätzchen. Yonggang nahm gerade einen Zuckerstern vom Backblech, biss hinein und sagte: »Binggan hao chi.«

Marie stand mit dem Rücken zur Tür und konnte so nicht sehen, was hinter ihr vor sich ging. Sie wiederholte: »Binggan hao chi.«

Ihre chinesischen Angestellten lachten und applaudierten.

Marie rief: »Jetzt du, Yonggang! Der Keks schmeckt gut.«

Das Mädchen zögerte kurz und sagte mit einem etwas hölzernen Akzent: »Der Keks schmeckt gut!«

Diesmal war es Wolfgang Hildebrand, der applaudierte.

»Dürfen wir auch probieren?«

Yonggang sah die beiden erschrocken an, Marie drehte sich um.

»Aha, die Herren haben einen Hang zum Küchenpersonal.«

Sie wischte ihre mehligen Hände an der langen berüschten weißen Küchenschürze ab, die sie über einem dunkelgrünen Rock und einer gestreiften weißgrünen Bluse trug. Dann gab sie ihrem Vater einen leichten Kuss auf die Wange.

»Ihr kommt gerade recht. Zeit für eine Tasse Tee!«

Sie drückte Philipp die Hand.

Er grinste frech. »Die Schürze steht Ihnen ausgesprochen gut.«

Maries Lächeln erstarb. Ihr Vater rettete die Situation.

»Und hoffentlich gibt's auch ein paar von deinen köstlich duftenden Weihnachtsplätzchen.«

Marie beschloss, Philipps Bemerkung um ihres Vaters willen unkommentiert zu lassen.

»Was? Heute schon? Aber der erste Advent ist doch erst morgen! Na, vielleicht können wir ja auch mal eine Ausnahme machen.«

Wolfgang Hildebrand seufzte genüsslich, als sie schließlich gemütlich vor dem Kamin saßen, Tee tranken und vom frischgebackenen Weihnachtsgebäck naschten.

Erfreut sah er sich im Wohnzimmer um und betrachtete die Weihnachtsdekoration.

»Wenn eine Frau im Haus ist, entsteht doch gleich eine anheimelnde Atmosphäre. Danke für den hübschen Weihnachtsschmuck, Marie. Ich habe schon seit Jahren die Vorweihnachtszeit einfach ignoriert. Es ist zu traurig, alleine vor einem Adventskranz zu sitzen. Da fällt mir ein, ich kann auch noch etwas zur weihnachtlichen Stimmung beitragen.«

Er stand auf und verließ den Raum. Philipp und Marie sahen ihm nach. Für einen Moment herrschte Schweigen zwischen ihnen.

Schließlich räusperte sich Philipp. »Sie überraschen mich immer wieder, Marie. In Ihnen steckt ja doch eine perfekte Hausfrau.«

Marie spürte wieder Wut in sich aufsteigen, aber sie bemühte sich, Fassung zu bewahren. Nur ihr kühler Tonfall verriet, dass ihre gute Laune einen Dämpfer bekommen hatte.

»Frauen sind vielseitiger, als sich das die meisten Männer bisher vorstellen können. Es schließt sich nicht aus, kochen zu können und eine gute Ärztin zu sein. Aber die Zeiten ändern sich, Gott sei Dank. Zumindest in Berlin.«

An Philipps betroffenem Gesichtsausdruck konnte sie sehen, dass er ihre Verstimmung verstanden hatte. Doch bevor er etwas erwidern konnte, kehrte der Marinebaurat mit einer großen Pappschachtel in der Hand zurück. Er strahlte über das ganze Gesicht. Vorsichtig hob er den Deckel und entnahm dem Karton eine in feines Seidenpapier gehüllte Figur. Marie stockte der Atem. Schlagartig vergaß sie ihren Ärger, den Philipps

Äußerung ausgelöst hatte. Ihr Vater hielt einen wunderschönen Weihnachtsengel hoch, mit großen, goldenen Flügeln, einem langen Gewand und einer Schriftrolle in den Händen, auf die der Blick des Engels gerichtet war. Hinten am Hals der Figur war eine feine Schnur befestigt, so dass man ihn aufhängen konnte und er schwebend seine frohe Botschaft verkündete.

Marie klatschte begeistert in die Hände. »Der Engel mit der Weihnachtsbotschaft! Ich hatte ihn längst vergessen! Den habe ich seit meiner Kindheit nicht mehr gesehen.«

Wolfgang Hildebrand betrachtete den Engel mit liebevollem Blick. »Den haben Emy und ich auf unserer Hochzeitsreise in Neapel gekauft. Emy hat ihn mir damals mitgegeben, als ich nach Tsingtau aufbrach. Er sollte mich in der Ferne immer an unser gemeinsames Weihnachten in Deutschland erinnern. Seit ihrem Tod habe ich ihn nicht mehr hervorgeholt, aber jetzt ist es an der Zeit, ihn wieder fliegen zu lassen.«

Gerührt legte Marie ihre Hand auf den Arm ihres Vaters. Sie spürte, dass ihn der Schmerz über den Verlust seiner Frau immer wieder einholte, vor allem zur Weihnachtszeit, wo man sich besonders nach Geborgenheit sehnte. Im Stillen tat es ihr in der Seele weh, daran zu denken, dass sie im kommenden Jahr nicht mehr hier sein würde und ihren Vater wieder in seiner Einsamkeit zurücklassen müsste.

Sie beschloss, ihm um jeden Preis ein schönes Weihnachtsfest zu bereiten.

Nach dem Kirchgang am nächsten Morgen brachen Marie und ihr Vater im Landauer zum Wohnsitz des Gouverneurs auf, wo sie zu einem vorweihnachtlichen sonntäglichen Mittagsmahl geladen waren. Marie war sehr gespannt auf das »Schlösschen«, wie Gerlinde das Gebäude genannt hatte. Die Kutsche fuhr hinter dem Gouvernementgebäude den Signalberg hinauf, vorbei an den prächtigen Fachwerkvillen des Diederichswegs und dem dahinter anschließenden noch unbebauten Gelände. Nach einer letzten Kurve führte eine schnurgerade, baumgesäumte Straße bis auf das Hochplateau, auf dem die Villa über der Stadt thronte. Von nahem besehen wirkte die dreigeschossige Residenz des Gouverneurs wie eine Festung. Über dem Haupteingang erhob sich eine durch

Granitblöcke ungleichmäßig strukturierte Fassade. Unter dem Giebel waren weitere Granitblöcke im Halbkreis eingelassen und ergaben so das Bild einer strahlenden Sonne. Rechts von dieser Mittelfassade dominierten im Erdgeschoss und ersten Obergeschoss zwei von Säulen begrenzte Loggien, links vom Haupteingang erhob sich ein Flügel mit Fachwerk. Vor dem Haupteingang lag eine kreisrunde Auffahrt mit einer Grünfläche in der Mitte. Kutschen und Rikschas hielten vor dem Eingang und entließen ihre Passagiere zu dem Empfang.

Ein chinesischer Diener öffnete den Wagenschlag. Einige Stufen führten hinauf in einen Windfang und von dort aus in die Halle des Hauses. Marie schmunzelte angesichts der rustikalen Wandlampen in Form von Hirschköpfen, in deren Schnauzen die Lampenfassungen eingelassen waren. Die zweistöckige, mannshoch mit dunklem Holz getäfelte Halle mit einer breiten Treppe in den ersten Stock war gleichzeitig ein geräumiger Festsaal mit einer Galerie, einem Balkon und einer Empore, die Raum für das Orchester bot. In einer Ecke stand ein großer Weihnachtsbaum. Die geschmackvollen Wandlampen in modernstem Jugendstil waren mit Tannenzweigen und Kugeln festlich dekoriert. Chinesische Diener nahmen den ankommenden Gästen die Mäntel und Hüte ab und geleiteten sie weiter in den Wintergarten, wo Seine Exzellenz Gouverneur Truppel und Gattin ihre Gäste begrüßten. Hier herrschte eine völlig andere Atmosphäre. Der Anbau aus Stahl und Glas war ein riesiger lichter Raum und genauso hoch wie die Halle. Der ganze Wintergarten war mit üppigen Pflanzen und meterhohen Palmen und Farnen angefüllt, die im Sonnenlicht wie ein tropischer Park wirkten. Überall standen Sitzgruppen aus Korbstühlen oder weiß lackierten eisernen Gartenmöbeln, die zum zwanglosen Verweilen einluden. Gouverneur Truppel drückte Marie fest die Hand und musterte sie freundlich.

»Fräulein Doktor Hildebrand! Herzlich willkommen! Ich freue mich, endlich Ihre Bekanntschaft zu machen. Sie sind ja quasi schon eine Berühmtheit in Tsingtau. Und Herr Dr. Wunsch und Herr Wilhelm sind voll des Lobes über Ihr Engagement!«

Obwohl Marie inzwischen gelernt hatte, dass in der deutschen Kolonie gerne und viel geredet wurde, war sie doch überrascht zu erfahren, dass sie selbst in höchsten Kreisen Gesprächsthema war. Mit gemischten Gefühlen fragte sie sich, was man wohl über sie zu sagen hatte, nachdem sie beim ersten Blick über die anwesende Gästeschar Frau

Richter entdeckt hatte, die sie mit einem kurzen kühlen Blick bedachte, um sich sofort demonstrativ wegzudrehen. Marie hoffte, dass der Empfang spannungsfrei verlaufen würde. Lächelnd bedankte sie sich bei Gouverneur Truppel für seine freundlichen Worte, der daraufhin das Wort an ihren Vater richtete.

»Lieber Hildebrand, schön, Sie zu sehen. Ganz famos, Ihr Fräulein Tochter! Respekt! Solche Frauen können wir in den Kolonien gut brauchen. Furchtlosigkeit und Selbstaufopferung sind die höchsten Tugenden unserer Frauen. Den Mann, der Ihr Fräulein Tochter einmal bekommt, wird man als besonderen Glückspilz beglückwünschen können.«

Marinebaurat Hildebrand nahm die Lobeshymne des Gouverneurs auf seine Tochter dankend an. Kaum hatte sich Truppel protokollgemäß den nächsten Ankömmlingen zugewandt, raunte Hildebrand seiner Tochter gut gelaunt zu: »Wenn der wüsste, was für ein Dickschädel meine famose Tochter ist! Der Glückspilz wird's sicher nicht leicht haben.«

Marie schmunzelte und deutete unauffällig auf Frau Richter, die gerade mit dem Mann an ihrer Seite eine blühende Orchidee bewunderte. »Apropos Dickschädel. Da drüben steht Frau Richter. Vielleicht könnten wir zusammen versuchen, die Wogen zu glätten, nachdem sie neulich nicht zu Hause war, als ich mich für die Auseinandersetzung bei Adele Luther entschuldigen wollte.«

Wolfgang Hildebrand seufzte und nickte. »Das wird wohl unumgänglich sein. Komm. Je eher dahin, je eher davon.«

Mit einem freundlichen Lächeln auf dem Gesicht steuerten die beiden auf das Ehepaar Richter zu. In diesem Moment drehte Frau Richter sich um und erstarrte. Ihr schmächtiger Mann, dessen schmales Gesicht von einem mächtigen gezwirbelten Schnurrbart beherrscht wurde, registrierte ihre Anspannung, bemühte sich aber, Fassung zu bewahren. Er sah Marie und ihrem Vater freundlich entgegen.

Wolfgang Hildebrand machte eine kurze Verbeugung vor Frau Richter. »Gnädige Frau, verehrter Oberförster Richter. Schön, Sie hier zu treffen. Ein festliches Sonntagsmahl in diesem Hause ist doch immer eine besondere Freude! Darf ich vorstellen, das ist meine Tochter Marie. Ich glaube, Ihre Frau hat sie ja bereits kennengelernt.«

Der Oberförster reichte Marie die Hand. »Guten Tag, Fräulein Doktor Hildebrand.«

Man konnte ihm seine Verkrampfung deutlich anmerken. Er schien nervös die Reaktion seiner Frau abzuwarten. Diese atmete tief durch und reckte schließlich Wolfgang Hildebrand die Hand zum Handkuss entgegen. »Lieber Kapitän Hildebrand, die Freude ist ganz auf unserer Seite.« Dann sah sie Marie mit einem strengen Gesichtsausdruck an. »Vielen Dank für die Blumen und Ihre Karte, Fräulein Hildebrand.« Sie schluckte. »Ich denke, in der Hitze des Gefechts sind auf beiden Seiten etwas zu heftige Worte gefallen, die wir am besten vergessen sollten.«

Marie konnte sich des Eindrucks nicht erwehren, dass Frau Richter diese Aussage ausgesprochen schwergefallen war. Trotzdem lächelte Marie und gab ihr höflich die Hand. »Sie haben recht.«

Beiden Männern schien ein Stein vom Herzen zu fallen. Herr Richter deutete auf eine blühende Orchideenrispe, um so schnell wie möglich das Thema zu wechseln.

»Dann ist ja alles gut. Wir haben gerade dieses Meisterwerk der Natur betrachtet. Es ist doch immer wieder erstaunlich, dass diese wunderschönen exotischen Blüten überhaupt nicht duften. Da lobe ich mir eben doch unsere deutschen Blumen.«

Wolfgang Hildebrand nahm den Faden auf und machte einige anerkennende Bemerkungen zu der Blütenpracht in dem Wintergarten. Marie hörte nur schweigend zu. Ein chinesischer Diener in einer weißen Jacke trat an die kleine Gruppe heran und bot auf einem Tablett Sherry und Sekt an. Als Marie den Servierkellner anblickte, erkannte sie den Jungen, der ihr vor einigen Tagen in Dabaodao empfohlen hatte, die Baozi zu probieren. Auch der Junge erkannte sie in diesem Augenblick und grinste über das ganze Gesicht.

»Ni hao. Baozi zhen hao chi ma?«

Marie nickte lächelnd und nahm ein Glas Sekt. »Zhen hao chi. Sie schmeckten wirklich gut. Danke.«

Der Junge machte eine leichte Verbeugung mit dem Kopf. »Bu yao keqi.«

Dann drehte er sich um und verschwand.

Wolfgang Hildebrand und das Ehepaar Richter wechselten überraschte Blicke.

»Was wollte der Junge von dir, Marie? Was hat er gesagt?«

»Er hat gefragt, ob mir die Baozi geschmeckt haben. Ja, ich kenne ihn. Er ist mir vor einigen Tagen in der Chinesenstadt über den Weg gelaufen. Er hat mir empfohlen, eine lokale Spezialität zu probieren, die am Straßenrand verkauft wurde. Baozi. Das sind gedämpfte Teigklöße mit Fleischfüllung. Sie schmeckten wirklich gut.«

Alle sahen sie völlig entgeistert an.

»Sie gehen in die Chinesenstadt, lassen sich von Chinesen ansprechen und essen in diesen schmutzigen Garküchen auf der Straße?«

Frau Richter war sichtlich schockiert.

Marie nickte. »Es war zwar nicht geplant, aber es hat sich so ergeben. Ich fand es allerdings sehr interessant.«

Bevor Frau Richter Maries Antwort weiter kommentieren konnte, mischte sich ihr Mann ein. »Mein liebes Fräulein! Sie sollten vorsichtiger sein. Sie kennen sich hier nicht aus und können die Gefahren, die hier lauern, noch nicht richtig einschätzen.«

Nun war es an Wolfgang Hildebrand, eine weitere Diskussion zu verhindern. Er verbeugte sich vor dem Ehepaar Richter und verabschiedete sich kurzerhand. »Würden Sie uns bitte entschuldigen? Marie, da drüben sehe ich Dr. Wunsch und seine Frau. Ich denke, wir sollten sie begrüßen.«

Er zog Marie mit sich fort, die ihm ohne Widerspruch folgte. Als sie außer Hörweite waren, seufzte sie erleichtert auf. »Vielen Dank für die Rettung, Vater. Tut mir leid, dass ich schon wieder ins Fettnäpfchen getreten bin.«

Herr und Frau Dr. Wunsch waren sehr erfreut, Marie und ihren Vater auf dem Empfang zu treffen. Neben ihnen stand ein anderes Ehepaar, das Dr. Wunsch Marie vorstellte.

»Darf ich Sie mit Herrn und Frau Knopp bekanntmachen? Herr Dr. Knopp ist Leiter der deutsch-chinesischen Hochschule.«

Augenblicklich war Maries Interesse geweckt. Dr. Wunsch schien ihre Gedanken erraten zu haben.

»Stellen Sie sich vor, Dr. Knopp, Fräulein Dr. Hildebrand nimmt privaten Chinesischunterricht bei einem Lehrer ihrer Hochschule – Du Xündi. Was halten Sie von ihm?«

Dr. Knopp sah Marie anerkennend an. »Ich habe schon gehört, dass Sie im Krankenhaus mitarbeiten und deshalb ein paar Grundbegriffe der Sprache lernen wollen. Sehr lobenswert. In Herrn Du haben Sie einen sehr guten Lehrer gefunden, da bin ich mir sicher. Ich halte große Stücke auf ihn. Junge Männer wie ihn wird China noch gut brauchen können.«

Marie nickte.

»Verzeihen Sie meine Neugierde, Herr Dr. Knopp, aber wissen Sie etwas über seine Herkunft. Ich habe zwar noch nicht viele Chinesen hier kennengelernt, aber Herr Du scheint mir eine sehr interessante Persönlichkeit zu sein.«

Dr. Knopp lächelte. »Da haben Sie sicher recht, gnädiges Fräulein. Herr Du stammt aus einer einflussreichen Beamtenfamilie der Provinz Shandong. Er legte 1905 im letzten Jahrgang der chinesischen Staatsprüfungen sein Beamtenexamen ab, bevor das System abgeschafft wurde. Er arbeitet für seinen Onkel, der ein wichtiger Mann unter den chinesischen Kaufleuten am Ort ist. Nebenbei studiert er an unserer Hochschule Ingenieurwissenschaften und unterrichtet seit zwei Jahren chinesische Klassiker. Er ist ein sehr fleißiger junger Mann, an ihm könnte sich mancher deutsche Student ein Beispiel nehmen.«

In diesem Augenblick klatschte die Gouverneursgattin Frau Truppel in die Hände und bat die Gäste mit lauter Stimme zu Tisch. Die über dreißig Gäste nahmen im großen Esszimmer an einer langen Tafel Platz. Marinestabsarzt Dr. Henning vom Gouvernementhospital war Maries Tischherr. Chinesische Diener servierten das festliche Sonntagsmenü, bestehend aus Schildkrötensuppe, Seezunge, Kalbsbraten mit Gemüse, Crêpes Suzette und einer Käseplatte zum krönenden Abschluss. Marie unterhielt sich prächtig mit Dr. Henning, einem gutmütigen, etwas korpulenten medizinischen Haudegen, der kein Blatt vor den Mund nahm. Als Marie ihn fragte, mit welchen Krankheiten er hier in Tsingtau am meisten zu kämpfen habe, antwortete Dr. Henning lapidar und mit einem nachsichtigen Grinsen auf dem Gesicht: »Mit Geschlechtskrankheiten. Jedes Jahr, wenn der Truppenentsatzdampfer neue Einheiten bringt, geht das Spielchen von vorne los! Wir haben zwar Lokalitäten mit medizinischer Überwachung, aber die sind teurer als die ungeprüfte Ware auf dem freien Markt, wenn Sie verstehen, was ich meine. Aber als Ärztin dürfte Ihnen ja nichts fremd sein. Der Sold ist niedrig. Kein Wunder, dass die Jungs sich auf der freien Wildbahn austoben.«

Erst als er das Husten seiner Tischnachbarin zur Linken nicht mehr ignorieren konnte, seufzte Dr. Henning kurz und wechselte abrupt das Thema.

»So ist das Leben. Aber warum kommen Sie uns nicht einmal im Gouvernementlazarett besuchen, Fräulein Dr. Hildebrand? Ich führe Sie gerne durch unser Haus und erzähle Ihnen mehr von unserer Arbeit. Das ist ein besserer Ort für ein Gespräch unter Kollegen. Ich denke, das wird Sie sicher interessieren. Die Anlage ist vorbildlich und auf dem letzten technischen Stand. Wir brauchen uns auch vor der Charité nicht zu verstecken.«

Marie nahm diese Einladung nur zu gerne an. Gerade, als sie Dr. Henning zu seinen Erkenntnissen zu Tropenkrankheiten befragen wollte, erhob sich die Hausherrin.

»Meine Damen, wir nehmen den Kaffee im Salon.«

Alle Damen an der langen Tafel standen auf, um der Gouverneursgattin zu folgen, während die Herren im Speisezimmer zurückblieben, wo nun Zigarren, Kaffee und Digestifs gereicht wurden.

Marie folgte der Prozession der Damen, die sich nach einem kurzen Zwischenaufenthalt zum Nasepudern im Salon einfanden, wo Kaffee und Likör serviert wurde.

Marie gesellte sich zu Lore Wunsch, die sich über Maries Überraschung angesichts der Damenrunde amüsierte.

»Das ist überall in Asien so üblich. Das hat man von den Engländern übernommen. Die Herren bleiben am Esstisch sitzen, trinken Kaffee und Cognac, rauchen Zigarren und führen Männergespräche, während die Damen bei Kaffee, Likör und einem Plausch über Kinder und Haushalt unter sich bleiben.« Sie lachte über Maries Kopfschütteln. »Es bleibt uns natürlich unbelassen, auch über andere Themen zu sprechen. Haben Sie sich denn im Krankenhaus schon gut zurechtgefunden? Mein Mann ist ganz aus dem Häuschen, dass Sie Ihren Aufenthalt hier nutzen wollen, um mit ihm zusammenzuarbeiten. Das bedeutet eine große Erleichterung für ihn und natürlich auch für unsere Familie.« Sie beugte sich zu Marie und senkte die Stimme. »Sie sollen es als Erste erfahren. Ich bin wieder guter Hoffnung. Das Kind kommt im April. Da freut es mich natürlich besonders, dass mein Mann dann etwas mehr Zeit für mich und unseren Nachwuchs haben wird. Aber bitte behalten Sie diese Neuigkeit noch für sich.«

Marie strahlte Frau Wunsch an und tätschelte ihr spontan die Hand.

»Herzlichen Glückwunsch! Es wird mir eine große Freude sein, Ihren Mann unter diesen Umständen soweit wie möglich zu entlasten.«

»Und was macht Ihr Chinesischunterricht? Sie sind ja mutig, diese Sprache lernen zu wollen. Mein Mann hat früher Koreanisch gelernt, aber über seine chinesischen Lektionen stöhnt er besonders!«

Bevor Marie antworten konnte, erklang hinter den beiden die höhnische Stimme von Frau Richter. »Was höre ich da, Fräulein Hildebrand? Jetzt wollen Sie auch noch Chinesisch lernen? Wieso wollen Sie sich mit diesem Gesindel gemein machen?«

Trotz dieser unerwarteten Attacke blieb Marie gefasst. Sie blickte hilflos in Isolde Richters verbittertes Gesicht. Lore Wunsch, die solche Äußerungen offensichtlich nicht zum ersten Mal hörte, versuchte zu beschwichtigen.

»Für eine effektive Arbeit mit chinesischen Patienten kann es nur von Nutzen sein, wenn man einige Worte mit ihnen wechseln kann. Mein Mann legt auch großen Wert darauf, direkt mit den Kranken sprechen zu können. Schließlich geht es ja um Vertrauen.«

Etwas besänftigt schüttelte Isolde Richter den Kopf und entfernte sich wieder.

Lore Wunsch sah Marie mitfühlend an. »Sie Arme! Ich habe gehört, dass Frau Richter schon einmal auf Sie losgegangen ist!«

Marie seufzte. »Ja, das war wirklich unangenehm, aber inzwischen hat mich mein Vater über die Ursache ihrer Feindseligkeit aufgeklärt. Sie kann einem wirklich leid tun!«

Lore Wunsch nickte. »Das ist wirklich eine schreckliche Geschichte. Wir können nur für sie hoffen, dass sie noch ein Kind auf die Welt bringt und damit über den Schmerz hinwegkommt.«

Trotz der problematischen Begegnung mit Frau Richter genoss Marie den Sonntagsempfang im Hause des Gouverneurs. Alles in allem herrschte eine zwanglose, geradezu anheimelnde Atmosphäre. Während es draußen feucht und kalt war, sorgten die offenen Kamine und das Kerzenlicht für Behaglichkeit.

Erst am späten Nachmittag löste sich die Gesellschaft auf und machte sich im unangenehmen Nieselregen auf den Heimweg. Marie und ihr Vater ließen diesen ersten Advent mit einem ruhigen Abend und Lektüre vor dem Kamin ausklingen. Marie erwartete mit Spannung, was ihre erste wirkliche Arbeitswoche im Faberkrankenhaus bringen würde.

Dr. Wunsch staunte, als Marie am nächsten Morgen im Landauer am Faberhospital vorfuhr und zusammen mit Yonggang einer schwangeren Frau aus der Kutsche half.

»Solche Ärzte lob ich mir, die zum Dienstantritt ihre Patienten gleich mitbringen!«

Marie bat Yonggang, Feng ein Bett zuzuweisen, wo sie sich vor der Untersuchung ausruhen konnte. Marie nutzte die Zeit, um Dr. Wunsch über Fengs Zustand und den Zwischenfall vom Samstag in Kenntnis zu setzen. Er reagierte verhalten, als Marie ihm erzählte, dass die junge Chinesin die Ehefrau eines deutschen Braumeisters von der Germania-Brauerei sei.

»Ich habe von dem Fall gehört.«

»Welchem Fall?«, fragte Marie.

»Albert Fritsch war monatelang Gesprächsstoff in der Stadt. Er hatte Himmel und Hölle in Bewegung gesetzt und sich von Freunden Geld geliehen, um eine chinesische Sklavin aus einem Teehaus freizukaufen und sie dann gegen jeden Ratschlag auch noch zu heiraten.«

Marie sah Dr. Wunsch irritiert an. »Missbilligen Sie die Verbindung dieser beiden jungen Leute auch?«

»Missbilligen wäre übertrieben, aber ich bin lange genug in Asien, um zu wissen, dass solche Mischehen mit vielen Problemen behaftet sind. Die Menschen ahnen gar nicht, in welche Schwierigkeiten sie sich damit bringen. Weder Chinesen noch Europäer heißen diese Verbindungen gut. In Sachen Rassismus stehen sich beide Seiten in nichts nach! Das heißt, dieses Ehepaar wird überall abgelehnt werden, und ihre gemischtrassigen Kinder sind weder Deutsche noch Chinesen. Was soll aus ihnen werden? Manchmal glaube ich fast, dass die Eltern dieser Kinder einfach rücksichtslos gegen ihre Nachkommen sind und sich keine Gedanken über deren Schicksal machen.«

Maries Kampfesgeist war sofort geweckt. »Zu allererst geht es hier doch um die Liebe zwischen zwei Menschen. Wer gibt den Leuten das Recht, andere deswegen zu verurteilen? Umso wichtiger ist es, dass man sich als aufgeschlossener Mensch um diese Schicksale kümmert. Ich für meinen Teil werde alles daransetzen, den beiden und ihrem Kind zu helfen. Darauf können Sie Gift nehmen.«

Dr. Wunsch lächelte. »Etwas anderes hätte ich von Ihnen auch nicht erwartet! Und mit mir und meiner Frau sind wir schon zu dritt. Sie haben recht. Was hilft es, über die Probleme und Vorurteile der Welt zu lamentieren, statt etwas dagegen zu tun?«

Er schwieg für einen Augenblick.

»Als Allererstes werden wir Frau Fritsch auf Geschlechtskrankheiten untersuchen müssen. Sie sieht zwar gesund aus, aber wir sollten auf Nummer sicher gehen. Um ihrer ganzen Familie willen.«

Marie sah ihn fragend an.

Dr. Wunsch räusperte sich. »Wir wissen schließlich nicht, was die junge Frau in dem Teehaus durchmachen musste. Diese Etablissements sind in Wirklichkeit meistens Freudenhäuser.«

Die Untersuchung der verängstigten jungen Frau verlief weitgehend problemlos. Die Gegenwart und Fürsorge von Yonggang, die kaum älter war als die Patientin, tat ihr Übriges. Zu Maries Erleichterung ergaben die Untersuchungen keinen Befund. Die Schwangerschaft war sehr weit fortgeschritten, aber Mutter und Kind waren wohlauf. Um Feng nicht noch eine beschwerliche Fahrt an diesem Tag zuzumuten, beschloss Marie, sie für eine Nacht im Krankenhaus zu behalten. Marie telefonierte mit der Brauerei und hinterließ eine Nachricht für Albert Fritsch.

Am frühen Nachmittag tauchte unerwartet Paul Grill im Krankenhaus auf. Er hatte einen kleinen Korb mit Weihnachtsgebäck und zwei roten Weihnachtskugeln für Feng bei sich und brachte Grüße von Max und Trude Grill, die sich Gedanken um das Wohlergehen der jungen Frau machten. Diese unerwartete Geste berührte Marie. Es schien doch mehr aufgeschlossene Menschen zu geben, als man ahnte. Sie schickte Paul mit allerherzlichsten Grüßen nach Hause.

Albert Fritsch kam nach Dienstschluss sofort ins Krankenhaus, um nach seiner Frau zu sehen. Marie hatte schon auf ihn gewartet. Sie bat ihn kurz in ihr Behandlungszimmer und teilte ihm lächelnd mit, dass keinerlei Anlass zur Beunruhigung bestand. Fritsch rang für einige Augenblicke mit seiner Fassung. Er konnte Marie nicht in die Augen sehen, sondern starrte mit Tränen in den Augen auf den Hut, den er in seinen Händen drehte.

Marie legte ihre Hand auf seinen Arm. »Kommen Sie. Setzen Sie sich einen Moment hin und atmen Sie durch, bevor Sie zu Ihrer Frau gehen. Wir wollen sie doch nicht beunruhigen.«

Der junge Mann nickte nur stumm und nahm Platz. Er schluckte und blickte weiter schweigend auf seinen Hut. Schließlich atmete er tief durch und sah auf.

»Wissen Sie, dass Sie der erste Mensch sind, der Mitgefühl mit uns zeigt? Mir war klar, dass eine Mischehe bei vielen Menschen auf Verständnislosigkeit stoßen würde, aber ich hätte nie erwartet, dass man deshalb zum Ausgestoßenen wird. Ich danke Ihnen, dass Sie sich Fengs angenommen haben, ohne uns zu verurteilen.«

Marie betrachtete das Häufchen Elend vor sich. Sie schätzte, dass Albert Fritsch etwas jünger war als sie selbst. In seiner Hilflosigkeit sah er noch jünger und verletzlicher aus.

»Fassen Sie Zuversicht, lieber Herr Fritsch! Sie sind doch ein mutiger Mensch. Außerdem werden Sie bald Vater! Was gibt es Schöneres?«

Fritsch lächelte unsicher. »Mutig?«

»Schließlich haben Sie sich entschlossen, in Ihren jungen Jahren um die halbe Welt zu fahren, um sich hier in völliger Fremde eine Existenz aufzubauen. Und Sie sind Ihrem Herzen gefolgt und haben um die Frau, die Sie lieben, gekämpft, obwohl die Vorzeichen mehr als schwierig waren! Für Sie selbst mag das inzwischen die Normalität sein, aber für mich als Außenstehende klingt das sehr mutig.«

Albert Fritsch lächelte tapfer. »Vielleicht haben Sie recht. Verzeihen Sie, wenn meine Gefühle mit mir durchgegangen sind. Nochmals vielen, vielen Dank.« Er stand auf. »Es wird Zeit, nach meiner Frau zu sehen. Kann ich heute Nacht bei ihr bleiben? Sie fürchtet sich alleine.«

Marie nickte gerührt.

Den Abend verbrachte Marie gemütlich mit ihrem Vater zu Hause. Sie hatte bei ihrem Einkaufsstreifzug am Sonnabend mit Gerlinde neben der Weihnachtsdekoration auch frisch eingetroffenen Matjes erstanden, den sie nun zur großen Freude ihres Vaters mit Bratkartoffeln zu einem einfachen Abendessen servierte. Danach saßen die beiden gemeinsam am Kamin und lasen. Marie erzählte nur kurz von ihrem Tag in der Klinik, erwähnte aber nichts von der schwangeren chinesischen Ehefrau des deutschen Braumeisters, denn es lag auf der Hand, dass ihr Vater diese Verbindung indiskutabel finden würde.

Das Gespräch drehte sich vielmehr in der Hauptsache um die Einladung, die mit einem Boten ins Haus geflattert war: Helene und Manfred Zimmermann luden für den Sonnabend in einer Woche zu einem festlichen Dinner ein, um den Geburtstag ihrer Tochter Gerlinde nachzufeiern.

Zu später Stunde meldete sich Gerlinde überraschend noch telefonisch. Sie fragte an, ob Marie Lust hätte, am morgigen Abend mit ihr, Philipp und Geoffrey zum Schlittschuhlaufen bei Fackelschein zu kommen. Die Wintersaison würde so offiziell eröffnet. Marie sagte gerne zu. Dieses Angebot klang nach einer schönen Abwechslung.

Mitten in der Nacht stand Yonggang plötzlich an Maries Bett und rüttelte sie wach. An der Tür stand Fritz.

»Das Krankenhaus hat angerufen. Eine Frau bekommt ein Kind.«

In Windeseile machten sich Marie und Yonggang auf den Weg. Es war bitterkalt. Im Stillen war Marie erleichtert, dass die Geburt eingesetzt hatte, während Feng in der Klinik war. Dr. Wunsch war schon vor Ort, und unter seinen wachsamen Augen half Marie, Fengs Kind zur Welt zu bringen. Als sie Albert Fritsch, der blass und nervös im Korridor patrouillierte, seinen neugeborenen Sohn in die Arme legte, liefen ihm Tränen über das Gesicht. »Fräulein Dr. Hildebrand! Ich weiß gar nicht, wie ich Ihnen danken soll! Würden Sie uns die Ehre erweisen, Taufpatin unseres Sohnes zu sein?«

Marie strahlte ihn an. »Es wird mir eine besondere Freude sein.«

13.

Du Xündi erschien wie verabredet pünktlich zum Chinesischunterricht. Kaum hatte er Platz genommen, holte er aus seiner Aktentasche ein schmales schwarzes Kästchen, kaum länger als eine Streichholzschachtel, und überreichte es Marie.

Sie sah ihn überrascht an. »Was ist das?«

»Machen Sie es auf! Sie müssen nur den Deckel zur Seite schieben, dann sehen Sie selbst.«

Marie öffnete das Kästchen. Es enthielt einen viereckigen Stempel und in einem kleinen abgetrennten Fach an einem Ende rote Farbpaste.

»Das ist Ihr persönlicher Stempel mit Ihrem chinesischen Namen, He Meiren! Probieren Sie ihn aus. An einer Längsseite des Stempels ist ein Punkt. Diese Seite muss immer zu Ihnen weisen, dann stehen die Schriftzeichen nicht auf dem Kopf!«

Marie tauchte die Unterseite des Stempels in die rote Tinte und drückte ihn auf ein Blatt Papier.

»Man liest wie ein chinesisches Buch von rechts oben nach unten. In China unterschreibt man nicht, sondern man stempelt mit seinem persönlichen Stempel. Somit haben Sie nun Ihren offiziellen chinesischen Stempel.«

Marie strahlte ihn an. »Vielen Dank. Das ist ein besonders schönes Souvenir.«

Du winkte ab. »Es soll kein Souvenir sein, es ist durchaus nützlich! Falls Sie je das Schutzgebiet verlassen sollten und nach China einreisen wollen und mit chinesischen Behörden zu tun haben, werden Sie den Stempel brauchen können.«

Es war schon dunkel, als Gerlinde, Philipp und Geoffrey in der Droschke vorfuhren, um Marie abzuholen. Warm angezogen in langen Wintermänteln, Schal, Hut und Handschuhen machten die vier sich auf den Weg. Als sie hinter dem Strandhotel in den Forstgarten fuhren, bot sich ihnen ein märchenhaftes Bild. Der zugefrorene Teich im Versuchsgarten der Tsingtauer Försterei wurde von Fackeln hell erleuchtet. Einige Dutzend Schlittschuhläufer waren bereits auf dem Eis, begleitet von schwungvollen Melodien, gespielt von einer Gruppe dick vermummter Soldaten des III. Seebataillons, die auf einer kleinen Bühne standen und tapfer gegen die Eiseskälte anbliesen. An Holzbuden verkauften chinesische Angestellte des Strandhotels dampfenden Glühwein und Schmalzgebäck zum Aufwärmen.

Philipp sah Marie herausfordernd an, als er ihr aus der Kutsche half. »Na, was sagen Sie nun? Wir müssen uns hinter Berlin nicht verstecken!«

Sie schüttelte anerkennend den Kopf. »Ich muss gestehen, hier erlebt man immer wieder Überraschungen. Das sieht tatsächlich aus wie an der Krummen Lanke. Und es gibt sogar Glühwein!«

Gerlinde meinte: »Aber an der Krummen Lanke gibt's wahrscheinlich weniger Chinesen.«

Alle lachten.

Geoffrey deutete auf eine Holzbude.

»Great! A drink first! Sollten wir nicht zuerst Glühwein trinken, damit uns warm wird?«

Gerlinde protestierte. »Papperlapapp! Beim Schlittschuhfahren wird uns sofort warm werden! Erst die Arbeit, dann das Vergnügen.«

Die Kufen waren schnell unter die Stiefel geschnallt. Als die beiden jungen Frauen auf das Eis glitten, ernteten sie von allen Seiten bewundernde Pfiffe. Die Mehrzahl der Eisläufer waren junge Soldaten aus der Iltiskaserne, die auf einem Hügel oberhalb des Forstgartens lag. Ganz offensichtlich kannte Gerlinde einige von ihnen, die sie sofort unter fröhlichem Gejohle verfolgten. Marie entdeckte Paul Grill, der mitten unter den jungen Soldaten dahinsauste. Sie winkte ihm zu.

Geoffrey stieß Philipp in die Seite. »Come on. Die Konkurrenz schläft nicht.«

Philipp und Geoffrey beeilten sich, die jungen Damen einzuholen und ihnen Geleitschutz zu geben. Nach nur wenigen Runden war es ihnen warm genug, um die Mäntel am Ufer abzulegen. Geoffrey kreuzte vor Gerlinde hin und her und feuerte sie an, schneller zu laufen. Die beiden lieferten sich ein Wettrennen. Dann wurde eine Walzermelodie angestimmt.

Philipp verbeugte sich spielerisch vor Marie. »Darf ich bitten?«
»Gerne!«

Marie ergriff seine ausgestreckte Hand, glitt in seine Arme. Nach nur einigen wenigen Momenten hatten sie ihren gemeinsamen Rhythmus gefunden, und in ruhigen, harmonischen Tanzfiguren schwebten sie zusammen über das Eis.

Geoffrey blieb stehen und pfiff ihnen bewundernd hinterher. »Look at them! Das perfekte Paar!«

Er drehte sich zu Gerlinde um, um sie ebenfalls aufzufordern, aber ein anderer Eisläufer war ihm bereits zuvorgekommen. Im Arm eines blau gewandeten Marinesoldaten mit Pudelmütze drehte sie sich über das Eis. Geoffrey fluchte leise, konnte aber nichts weiter tun, als abzuwarten, bis dieser Walzer beendet war, bevor er abklatschen durfte. Damen waren Mangelware. Zu lange zögern durfte man nicht.

Marie und Philipp glitten in eleganten Figuren über den zugefrorenen Teich. Philipp steuerte sie beide gewandt und konzentriert zwischen den anderen Eisläufern hindurch. Mit jeder Drehung entspannte sich Marie mehr. Mit jedem neuen Walzer wurden ihre Figuren gewagter. Nicht ganz ohne Stolz bemerkte sie, dass eine Reihe von Menschen am Ufer stehen blieben und sie bewundernd beobachteten.

»Es sieht so aus, als würden wir hier übergebührlich für Aufmerksamkeit sorgen«, bemerkte sie lächelnd.

Philipp sah schelmisch auf sie herunter. »Sagen Sie bloß, das macht Ihnen etwas aus?«

In diesem Moment klangen die letzten Walzertakte aus. Marie löste sich aus der Tanzhaltung, aber Philipp gab ihre linke Hand noch nicht frei. Gerade als Marie dies überrascht zur Kenntnis nahm, rempelte sie von hinten ein Schlittschuhläufer an, der von mehreren Kameraden über das Eis gejagt wurde. Durch den Aufprall wurde Marie von Philipp losgerissen und stürzte zu Boden. Bevor sie reagieren konnte, stürmten von allen Seiten Männer auf sie zu, um ihr aufzuhelfen, während andere laut schimpfend dem Übeltäter hinterherjagten. Philipp drängte sich zu Marie durch, legte beschützend den Arm um sie und brachte sie ans Ufer. Er platzierte sie auf eine Bank und entschuldigte sich.

»Es tut mir leid, ich hab einen Moment nicht aufgepasst.«

Trotz ihres Schrecks schmunzelte Marie. »Keine Sorge, es ist ja nichts passiert.«

Gerlinde und Geoffrey tauchten nun ebenfalls aus der Menge auf dem Eis am Ufer auf.

»Alles in Ordnung?«, fragte Gerlinde besorgt.

Marie winkte ab. »Nichts gebrochen.«

Geoffrey deutete zur Glühweinbude. »Jetzt haben wir uns aber endlich eine Stärkung verdient.«

Er stakste auf seinen Schlittschuhkufen davon, um Getränke zu holen.

Schließlich saßen alle vier eng aneinandergedrängt auf der Holzbank, umklammerten mit beiden Händen ihre Gläser mit heißem Wein und beobachteten das Treiben auf dem Eis, wo immer noch ein Pulk junger Gefreiter herumtobte.

»Mir scheint, einige dieser jungen Männer haben dem Glühwein heute Abend schon mehr als reichlich zugesprochen«, meinte Marie.

Philipp schüttelte den Kopf. »Die haben ihren eigenen Fusel dabei. Die Preise vom Strandhotel können sie sich wohl kaum leisten.«

Geoffrey grinste. »Irgendwie sehen sie aus wie eine Herde junger Hengste, die zusammen auf die Weide gelassen wurden ...«

Philipp schmunzelte. »Kein schlechter Vergleich! Aber die Burschen können einem auch leidtun. Für einen Hungersold sitzen sie hier am Ende der Welt den ganzen Tag in der Kaserne. Viel bezahlbare Abwechslung gibt es hier nicht gerade. Also gönnen wir ihnen ein bisschen Vergnügen.«

Doch mit einem Mal schien das Treiben auf dem Eis außer Kontrolle zu geraten. Wütendes Gebrüll drang zum Ufer hinüber, man sah einzelne Eisläufer stürzen. Die ersten Fäuste flogen. Paul Grill war mitten im Zentrum des Geschehens. Immer mehr Männer liefen zur Mitte des Teiches. Plötzlich ertönte ein lauter Knall, gefolgt von einem durchdringenden Knirschen.

Das Eis brach.

Von weitem konnte man zunächst nicht sehen, welche Ausmaße das Unglück hatte. Draußen auf dem Teich warfen sich die Eisläufer geistesgegenwärtig zu Boden und versuchten auf dem Bauch ans Ufer zu robben. Marie beobachtete Paul Grill, der so das rettende Ufer erreichte.

Instinktiv sprang Philipp auf.

Marie packte ihn am Arm. »Um Gottes willen, Philipp, bleiben Sie hier.«

Doch Philipp zögerte nicht, er eilte los und rief so laut er konnte: »Wir brauchen Bretter, Leitern und Seile.«

Geoffrey folgte ihm.

Nun hörte man Entsetzensschreie von der Mitte der Eisfläche. Vier Männer paddelten brüllend im Wasser und versuchten sich auf das Eis zu ziehen, das unter ihnen nachgab. Von überall her wurden Stangen und Leitern auf das Eis geworfen. Auf dem Bauch liegend schoben die mutigsten unter den Männern diese Rettungsanker weiter bis zur Einbruchstelle. Einer nach dem anderen wurde mühsam aus dem Wasser gehievt und liegend an Land gezogen, wo schon Helfer mit warmen Decken und heißen Getränken bereitstanden.

Entsetzt starrte Marie zur Einbruchstelle. Dort im eiskalten, dunklen Wasser des Teiches kämpfte immer noch ein Mann um sein Leben. Er hatte aufgehört zu schreien und versuchte mit allmählich erlahmenden Bewegungen sich an einer Leiter festzuhalten, die man ihm entgegenschob. Philipp lag mit mehreren Soldaten auf dem Eis und redete auf ihn ein. Sie hatten dem Mann ein Seil zugeworfen, doch auch das rutschte ihm immer wieder aus den erfrorenen Händen. Plötzlich verschwand sein Kopf unter der Wasseroberfläche. Vom Ufer war ein durchdringender Entsetzensschrei zu hören. Paul Grill warf sich wieder auf das Eis und robbte mit schnellen Bewegungen auf das Eisloch zu. Wieder ertönte ein Aufschrei, dann verschwand auch er in den Fluten. Doch sofort tauchte er wieder auf. Mit schnellen Ruderbewegungen drehte er sich, bis er den Ertrinkenden zu fassen bekam und ihn auf eine Leiter schob, die über die Eiskante ragte.

Endlich gelang es, den Besinnungslosen ans Ufer zu zerren, während auch sein Lebensretter von einem Seil in Sicherheit gebracht werden konnte. Schließlich waren alle Männer vom Eis.

Marie drängte sich zu dem bewusstlosen jungen Mann durch. »Lassen Sie mich durch! Ich bin Ärztin!«

Gerlinde, die hinter Marie herlief, beobachtete mit Erstaunen, wieviel Kraft diese zierliche Frau hatte. Ohne auch nur eine Sekunde zu zögern, schob Marie die Männer aus dem Weg und ging neben dem jungen Gefreiten auf die Knie.

»Ausziehen!«

Da sie die Männer nur verblüfft ansahen, wiederholte Marie ihr Kommando.

»Er muss so schnell wie möglich raus aus den nassen Sachen. Alle müssen mit anpacken.«

Marie fühlte den Puls des Mannes. Fieberhaft versuchte sie, seine dicke Jacke aufzuknöpfen. Der nasse kalte Stoff und die vereisten Knöpfe fingen sofort an zu gefrieren. Philipp drängte sich durch die Menge und kniete neben Marie nieder.

»Was soll ich tun?«

»Versuchen Sie, ihm Stiefel und Hosen auszuziehen. Ich massiere inzwischen sein Herz. Sein Puls ist kaum noch spürbar.«

»Sollen wir ihn nicht ins Strandhotel tragen? Dort ist es warm!«

»Nein, das dauert zu lange, dann ist es vielleicht zu spät. Zieht ihn aus und massiert ihn mit einer Wolldecke.«

Während Philipp und einige Soldaten ihre Anweisung befolgten, schob Marie den nassen Pullover des Mannes so weit wie möglich nach oben, legte beide Hände auf seinen Brustkorb und stemmte sich mit ihrem ganzen Gewicht auf seinen Körper. Ein weiterer Mann tauchte neben ihr auf!

»Ich bin Sanitäter.«

»Fühlen Sie seinen Puls. Sagen Sie mir Bescheid, wenn Sie ihn fühlen.«

Mit all ihrer Kraft stemmte sich Marie auf den Brustkorb des Mannes. Endlich kam Entwarnung von dem Sanitäter. »Ich kann seinen Puls fühlen.«

Die inzwischen nackten Beine des Mannes wurden von harten Händen mit einer Wolldecke massiert. Nach einigen Minuten hielt Marie inne.

»Er ist jetzt stabil genug, um ihn ins Strandhotel zu bringen.«

Dort legte man ihn in ein Bett und wickelte ihn in warme Decken. Nach einer Weile schlug er die Augen auf. Seine Kameraden, die um ihn und Marie herumstanden, jubelten. Sie klopften Paul, der, mit trockener Kleidung versorgt, zwischen ihnen stand, anerkennend auf die Schulter.

Auch Marie lächelte ihn erleichtert an. Es dauerte einige Minuten, bis der junge Mann wieder vollends zu sich gekommen war. Er starrte irritiert um sich. Plötzlich wurde er unruhig.

»Wo ist Karl?«, stammelte er.

Alle sahen sich ratlos an.

»Er stand neben mir, als das Eis brach. Er kann nicht schwimmen. Es ging alles so schnell. Ich habe versucht ihn hochzuziehen, doch ich hab ihn nicht mehr erwischt.«

Für einen Moment herrschte erschüttertes Schweigen im Raum. Marie starrte den Mann im Bett an. Die Freude über seine Rettung war mit einem Schlag wie weggewischt. Paul stand da, wie vom Donner gerührt. Einige Männer eilten aus dem Zimmer, um auf die Suche nach dem letzten Opfer zu gehen, für das jetzt sicherlich jede Hilfe zu spät kam.

Marie spürte eine Hand auf ihrer Schulter.

»Marie, kommen Sie. Hier können Sie nichts mehr tun.«

Sie sah Philipp traurig an und stand auf. Sie ging zu Paul und zog ihn aus dem Zimmer.

Marie wandte sich zu Philipp, Geoffrey und Gerlinde.

»Kommt. Lasst uns gehen. Es ist spät geworden. Und wir müssen Paul Grill unterwegs zu Hause abliefern.«

Marie war froh, dass die nächsten Tage ruhig verliefen. Der Unfall am Schlittschuhteich war Stadtgespräch. So manche Familie war im Stillen dankbar, dass die Eröffnung der Eislaufsaison in diesem Jahr abends stattgefunden hatte und daher keine Kinder und Jugendlichen auf dem Eis gewesen waren. Die Leiche des ertrunkenen jungen Gefreiten konnte in der Nacht nicht mehr geborgen werden. Am nächsten Morgen hatten seine Kameraden die traurige Pflicht, die Eisdecke, die über Nacht wieder zugefroren war, aufzuhacken und nach dem Vermissten zu suchen. Fast den ganzen Tag lang stocherten sie in dem Teich herum, bis man den Toten endlich fand.

Bedrückt nahm Marie die anerkennenden Worte für die Rettung des jungen Mannes entgegen, den sie aus dem Kälteschock zurück ins Leben geholt hatte. Immer wieder musste sie daran denken, wie heiter und ausgelassen dieser Abend begonnen hatte. Die Vorstellung, dass der blutjunge Gefreite am anderen Ende der Welt, fern von seinen Lieben, sein Leben lassen musste, nur weil Übermut und Schnaps die Situation außer Kontrolle hatten geraten lassen, beschäftigte sie sehr. Wie schrecklich musste die Nachricht dieses sinnlosen Todes für seine Familie sein.

Erst die Teerunde mit den chinesischen Mädchen, an der inzwischen auch Yonggang teilnahm, heiterte Marie etwas auf. Alle bewunderten die Dekoration und das Weihnachtsgebäck und lauschten Gerlinde, die ihnen auf Deutsch und Chinesisch vom Nikolaus erzählte, der in ein paar Tagen die Kinder in Deutschland erschrecken, aber auch belohnen würde. Als Anschauungsmaterial zeigte Marie ihnen ein Bild vom Nikolaus, das nach Ansicht der Mädchen verblüffende Ähnlichkeit mit Maries Vater hatte. Marie und Gerlinde lachten, vor allem als Liu An, die älteste und vorwitzigste unter den Schülerinnen, entschuldigend hinzufügte, dass für Chinesen Ausländer sowieso alle gleich aussahen. Gerlinde entfachte darauf einen Sturm der Entrüstung unter den drei Mädchen, als sie ihnen im Gegenzug erklärte, dass für viele Ausländer Chinesen auch alle gleich aussahen. Fröhliches Gelächter drang wieder durch das Haus.

Nachdem sich die Schülerinnen verabschiedet hatten, zog Gerlinde Marie zur Seite.

»Wie wäre es mal wieder mit einem kleinen Ausflug nach Dabaodao am Samstagnachmittag? Treffpunkt Café Keining um drei?«

Am frühen Abend kehrte Marie noch einmal kurz ins Krankenhaus zurück. Albert Fritsch würde nach Dienstschluss seine Frau und sein Kind nach Hause holen. Sie wollte die beiden verabschieden, letzte Ratschläge geben und vor allem die Taufe besprechen. Überglücklich hielt der junge Vater seinen kleinen Sohn im Arm. Richard und Salome Wilhelm waren auch gekommen. Albert Fritsch hatte Richard Wilhelm gebeten, seinen Sohn zu taufen, da Wilhelm ihn und Feng vor knapp zwei Jahren getraut hatte.

Wilhelm hatte auch schon einen Vorschlag. »Wir taufen den Kleinen am Sonntagnachmittag in der Christuskirche. Das ist doch ein schöner Rahmen. Ich habe schon mit Pfarrer Winkler gesprochen.«

Fritsch hatte Bedenken. »Glauben Sie nicht, dass die Christuskirche etwas zu groß ist?«

Wilhelm sah ihn forschend an.

Marie verstand sofort. »Ich werde mal nach Ihrer Frau sehen, ob sie schon fertig für die Heimfahrt ist.«

Fast instinktiv machte Fritsch einen Schritt auf sie zu, um sie zurückzuhalten. »Nein! Bitte bleiben Sie, Fräulein Dr. Hildebrand!«

Seine Stimme klang flehend. »Sie wissen doch, worum es geht.«

Wilhelm legte ihm die Hand auf die Schulter. »Haben Sie Angst, Ihr Kind öffentlich zu zeigen?«

Fritsch widersprach nicht.

»Junger Mann, jetzt ist es zu spät, Angst zu haben. Wollen Sie Ihre Familie denn von nun an verstecken?«

Fritsch schüttelte den Kopf.

»Na sehen Sie! Ich glaube, es gibt keine bessere Gelegenheit als den kommenden Sonntag, um der Borniertheit Ihrer Mitmenschen die Stirn zu bieten. Der Termin der Taufe wird wie üblich im Gemeindeschaukasten ausgehängt und im Gottesdienst am Vormittag noch einmal angekündigt, und somit steht es jedem offen, daran teilzunehmen oder nicht. Es ist auch nicht einzusehen, warum diese Taufe an einem heimlichen Ort stattfinden soll, wo wir jetzt doch diese schöne Kirche haben. Wie soll der Kleine denn überhaupt heißen?«

Albert Fritsch lächelte Marie dankbar an.

»Wenn das Kind ein Mädchen geworden wäre, hätten wir es Marie genannt. Aber so würde ich ihn gerne Gustav nennen, nach meinem jüngeren Bruder. Er ist bisher der Einzige von meiner Familie, der auf den Brief reagiert hat, in dem ich von der Heirat mit Feng schrieb.«

Nachdem sich Familie Fritsch endlich auf den Weg gemacht hatte, lief Marie den kurzen Weg nach Hause den Hügel hinunter. Unterwegs überlegte sie, wie sie ihrem Vater schonend beibringen könnte, dass sie Taufpatin für das Kind aus einer deutsch-chinesischen Ehe werden würde. Ohne Zweifel war wieder mit einer hitzigen Diskussion zu rechnen. Vielleicht wäre es vernünftiger, das Thema in größerer Runde anzuschneiden, etwa in Gesellschaft von Philipp und Adele, die, wie Marie bemerkt hatte, immer besänftigend auf ihren Vater wirkten.

14.

Normalerweise war verabredet, dass der Chinesischunterricht von Marie zwei Stunden lang sein sollte. An diesem Freitag hatte sie Mühe, bei der Sache zu bleiben. Du ermahnte sie, sich zu konzentrieren. Marie zögerte. Seit Tagen schon hatte sie sich überlegt, wie sie in dieses Thema einsteigen sollte, ohne ihn in Bedrängnis zu bringen.

»Ich bin seit einem Monat in Tsingtau, und meine einzige bisherige Quelle, etwas über China zu erfahren, ist die deutsche Tageszeitung, die »Tsingtauer Neuesten Nachrichten«. Allerdings habe ich den Eindruck, dass man dort versucht, schlechte Nachrichten aus China so weit wie möglich herunterzuspielen, um die Bürger im Schutzgebiet nicht zu beunruhigen. Trotzdem las ich gestern wieder von Unruhen in einigen Provinzen, die mit Militärgewalt niedergeschlagen wurden. Vor einigen Tagen hieß es, dass etliche chinesische Banken zusammengebrochen sind und die Menschen um ihre ganzen Ersparnisse betrogen wurden. Und angeblich sorgen direkt hinter der Grenze zum deutschen Schutzgebiet Räuberbanden für Unruhe unter der Bevölkerung. Ich würde gerne wissen, ob das stimmt.«

Du starrte sie an. Marie konnte förmlich sehen, wie seine Gedanken arbeiteten. Schließlich seufzte er.

»Die Probleme sind so groß, dass ich nicht weiß, wo ich anfangen soll. Seit mehr als einem halben Jahrhundert machen sich die klügsten Köpfe Chinas Gedanken darüber, was die Ursache der zunehmenden Katastrophe ist und was man dagegen unternehmen sollte. Es gibt unzählige Ideen, aber keine zeigt wirklich Erfolg. Tatsache ist, dass das Kaiserhaus die Kontrolle über das Land verloren hat. Die alte Ordnung ist aus den Fugen geraten.«

Er schwieg für einen Moment. Mit ernster Miene sah er Marie plötzlich durchdringend an. »Bevor ich weiterspreche, möchte ich Sie bitten, das, was ich Ihnen jetzt sage, für sich zu behalten.«

Erschrocken über diese Bitte nickte Marie. »Sie können mir vertrauen.«

Du lächelte traurig. »Ja, ich weiß.«

Dann zeichnete er ein chinesisches Schriftzeichen auf ein Stück Papier.

王。

»Dieses Schriftzeichen bedeutet ›König‹ – wang. Sehen Sie die drei Querlinien? Die oberste steht für den Himmel, die unterste für die Erde, die mittlere für die Menschen. Die senkrechte Linie, die alles verbindet, steht für den Kaiser oder früher König, der alle drei Sphären miteinander verbindet. In der chinesischen Weltsicht geht man davon aus, dass der Kaiser ein Mandat des Himmels hat, um für die Harmonie zwischen den drei Bereichen zu sorgen. All seine Handlungen und Rituale sind darauf ausgerichtet. Nun ist diese Harmonie gestört. Alle Versuche, sie wiederherzustellen, sind gescheitert.«

Du hielt inne. Marie spürte, dass er überlegte, wie er fortfahren sollte.

»Die gestörte Harmonie zeigt sich in Naturkatastrophen, Aufständen, Unruhe im Reich. Wenn früher solche Katastrophen über das Land hereinbrachen, hieß es, die herrschende Dynastie habe ihr Mandat verloren. Sie wurde gestürzt, ein neuer Kaiser und eine neue Dynastie kamen an die Macht. Auch heute gibt es Menschen, die glauben, das Mandat der herrschenden Dynastie sei abgelaufen und es würde Zeit, sie durch eine neue Regierung zu ersetzen.«

Schweigend hörte Marie ihm zu.

»Es gibt allerdings sehr unterschiedliche Vorstellungen davon, welcher Art die nächste Regierung sein sollte. Die gegenwärtige Dynastie sind keine Chinesen, sondern Mandschus, ein Nomadenvolk aus dem Norden. Somit gibt es Bestrebungen, wieder eine chinesische Dynastie auf den Thron zu bringen und eine konstitutionelle Monarchie einzuführen. Es gibt aber auch Gruppen, die glauben, dass die Monarchie ausgedient hat und dass man eine Republik gründen sollte. Auf jeden Fall ist das Kaiserhaus nicht mehr in der Lage, die Ordnung im Land zu gewährleisten. Dazu kommen die Naturkatastrophen. In der Provinz Shandong, in der das deutsche Schutzgebiet liegt, ist auf Grund von Trockenheit die Ernte im letzten Jahr um fünfzig Prozent geringer ausgefallen als üblich. Das bedeutet, hier und auch in anderen Provinzen verhungern die Menschen. Betrüger gründen Banken, versprechen den ahnungslosen Menschen Gewinne und berauben sie ihrer Ersparnisse. Viele, die so rettungslos verarmt sind, rotten sich zu Räuberbanden zusammen und plündern, um zu überleben. Sie haben nichts mehr zu verlieren. Das Kaiserhaus ist unfähig, solche Dinge zu verhindern. Sie haben ganz recht, Marie. Die Situation ist weitaus schlimmer, als die ausländischen Zeitungen es darstellen. Aber sie nutzen chinesische Zeitungen als Quellen, und auch hier wird der Ernst der Lage oft nicht ausgesprochen, sondern aus Angst vor Repressalien heruntergespielt. Und jeden Tag werden Elend und Gewalt größer. Es muss bald etwas geschehen.«

Die grenzenlose Verzweiflung, die aus Dus Worten sprach, bestürzte Marie zutiefst.

»Verzeihen Sie meine naiven Fragen. Ich wollte Ihnen damit nicht wehtun, ich wollte nur versuchen zu verstehen, was hinter den Grenzen des Schutzgebiets wirklich vor sich geht.«

Du nickte. Plötzlich wirkte er erschöpft und müde. Er schob seine Unterlagen zusammen, steckte sie in seine Aktentasche und verabschiedete sich. Marie brachte ihn zur Haustür und sah ihm nach, bis er in der Dunkelheit verschwunden war.

Nachdenklich ging Marie in die Küche, um nachzusehen, wie weit die Vorbereitungen zum Abendessen gediehen waren. Es war schon fast zur Gewohnheit geworden, dass ihr Vater Philipp von Heyden mit zum Abendessen brachte, wenn dieser keine anderen Verpflichtungen hatte. Trotz all der Spannungen, die manchmal unvermutet zwischen ihnen auftraten, empfand Marie seine Anwesenheit als Erleichterung, denn ihr Vater war oft wortkarg und Philipp war Garant für abwechslungsreiche und amüsante Unterhaltung.

Der Koch Laoshu hatte nach Maries Anweisungen ein Szegediger Gulasch gekocht, obwohl er die Verwendung von Sauerkraut zusammen mit Fleisch missbilligend zur Kenntnis genommen hatte. Sie würzte das deftige Gericht noch etwas nach, lobte Laoshu aber überschwänglich für diese neuerliche Premiere in Sachen deutscher Kochkunst. Dann machte sie sich daran, zum Nachtisch Bratäpfel mit Vanillesoße zuzubereiten. Fritz überprüfte an der großen Anrichte den Glanz der Gläser und des silbernen Bestecks, der Kochboy schälte Kartoffeln. In der Küche herrschte eine Atmosphäre friedlicher Betriebsamkeit, so dass Marie ihren Gedanken nachhängen konnte. Dus Worte klangen in ihrer Erinnerung nach. Es war ihr mehr als klar, dass er in irgendeiner Gruppierung zum Sturz der Dynastie mitarbeitete. Sie hätte so gerne mehr über ihn und sein Leben gewusst.

Fritz hatte inzwischen seine Aufgabe beendet und stand unvermittelt neben Marie. »Kann ich helfen?«

Sie schüttelte den Kopf, doch dann hielt sie inne. »Kannten Sie eigentlich Herrn Du? Ich meine, bevor er mein Lehrer wurde?«

Fritz wiegte nachdenklich den Kopf. »Eine wichtige Familie! Sein Vater ist Bezirksmandarin in Luotou, das liegt ganz in der Nähe von dem Dorf, aus dem ich komme. Er ist ein sehr strenger Richter, viele Leute haben Angst vor ihm. Sein Onkel ist ein reicher Kaufmann hier in Tsingtau, er macht Geschäfte mit Deutschen und Chinesen. Herr Du ist Lehrer an der Hochschule. Aber man hört, dass die Familie unzufrieden ist, weil er sich nicht darum kümmert, für Nachkommen zu sorgen.«

Überrascht blickte Marie Fritz an. »Was soll das heißen? Ist er denn verheiratet?«

Fritz schnaubte verächtlich. »Natürlich. Es ist die Pflicht eines Sohnes, zu heiraten und für Nachwuchs zu sorgen. Das ist er seinen Ahnen schuldig!«

In diesem Augenblick hörte Marie, wie die Haustür geöffnet wurde. Leider war nun keine Zeit, mehr über Du in Erfahrung zu bringen, denn Fritz hastete hinaus, um den Herren die Mäntel abzunehmen. Marie hatte all ihre Vorbereitungen abgeschlossen, hängte die Schürze an den Haken hinter der Tür und ging hinaus, um ihren Vater und den Gast des Abends zu begrüßen.

Obschon es unvermeidlich war, die schrecklichen Ereignisse auf dem Schlittschuhteich und deren Nachwirkungen zu rekapitulieren, verlief der weitere Abend angenehm und harmonisch. Marie war froh zu erfahren, dass der junge Gefreite das Unglück ohne Nachwirkungen überstanden hatte, wie Philipp berichten konnte. Die Beerdigung des verunglückten jungen Mannes musste wegen der gegenwärtigen Kälteperiode bis auf weiteres verschoben werden. Marie ergriff eine günstige Gelegenheit, das Thema zu wechseln und auf ein erfreuliches Ereignis hinzulenken, auch wenn sie dabei wachsende Nervosität im Magen verspürte.

»Ich wollte euch beide am kommenden Sonntagnachmittag zur Taufe des ersten Kindes, dem ich hier auf die Welt geholfen habe, in der Christuskirche einladen. Die Eltern haben mich gebeten, Taufpatin für den kleinen Gustav zu werden.«

Ihr Vater sah Marie ausdruckslos an. »Du meinst das Kind von Albert Fritsch?«

Marie nickte. »Genau! Der Sohn von Albert Fritsch und seiner Frau Feng.«

»Du willst Taufpatin für diesen Bastard werden? Und das Ganze soll auch noch in der Christuskirche stattfinden?«

Marie seufzte. »Ich bitte dich, Vater! Wir leben im zwanzigsten Jahrhundert! Glaubst du nicht, es ist an der Zeit, etwas fortschrittlicher zu denken?«

Hildebrand sah seine Tochter ärgerlich an. »Erzähl mir nichts von Fortschritt. Ich bin durchaus auf der Höhe der Zeit. Aber gewisse Dinge ändern sich nicht. Mischehen zwischen den Rassen gehören dazu! Spatzen paaren sich schließlich auch nicht mit Meisen!«

Philipp, der bisher geschwiegen hatte, schaltete sich ein. »Mein lieber Wolfgang, ich muss deiner Tochter Recht geben! Wir leben in einer Welt, die immer kleiner wird. Und wir sind alle Menschen aus Fleisch und Blut und keine Spatzen oder Meisen!«

Hildebrand schenkte sich mit verschlossener Miene ein weiteres Glas Cognac nach.

»Ihr jungen Leute meint immer, ihr müsst alles verändern. Aber es gibt Dinge, die ändert man besser nicht. Vor vierhundert Jahren haben die Spanier die Neue Welt erobert. Dann haben sie den Fehler gemacht, sich mit den Ureinwohnern Amerikas zu vermischen und somit die Herrschaft über einen ganzen Kontinent verloren.«

Philipp schüttelte den Kopf. »Es lassen sich aus historischer Sicht eine Menge ganz anderer Faktoren finden, die zum Untergang der spanischen Herrschaft geführt haben wie zum Beispiel Größenwahn oder die Unfähigkeit, sich auf die veränderten Umstände in den eroberten Gebieten einzustellen! Vielleicht sollte man hierzulande auch einmal darüber nachdenken!«

Hildebrand paffte ärgerlich an seiner Zigarre und machte eine wegwerfende Handbewegung. »Wenn ich dich nicht besser kennen würde, könnte ich auf den Gedanken kommen, dass du auf das Geschwätz der Sozialdemokraten in Deutschland hereingefallen bist, mein Lieber. Nach dem Motto ›Alle Menschen sind gleich‹. So ein Unsinn. Aber Schwamm drüber! Macht, was ihr wollt, aber lasst mich dabei aus dem Spiel!«

Er sah Marie vorwurfsvoll an. »Was werden die Leute nur wieder sagen? Aber das ist dir ja egal, ich weiß!« Er seufzte tief.

Marie hatte den unerwarteten Schlagabtausch zwischen den beiden Männern überrascht verfolgt. Sie lächelte Philipp an. »Kann ich Ihren Worten entnehmen, dass Sie mich am Sonntagnachmittag begleiten würden?«

Mit einem schmunzelnden Seitenblick auf den alten Hildebrand, der immer noch indigniert an seiner Zigarre pafte, nickte Philipp.

»Gerne! Haben Sie denn schon ein Taufgeschenk?«

Marie schüttelte den Kopf. »Noch nicht, aber mit Gerlindes Hilfe werde ich schon das Richtige finden. Es freut mich wirklich, dass Sie mitkommen wollen, Philipp.«

»Hallo, Marie! Entschuldige die Verspätung!«

Mit einem Seufzer der Erschöpfung ließ sich Gerlinde auf einem Sessel gegenüber von Marie im Café Keining nieder. »Meine Mutter macht alle Welt verrückt mit ihren Vorbereitungen zum Fest am nächsten Wochenende. Ich musste gerade noch ihre neuesten Instruktionen für den Blumenschmuck abliefern.«

Marie legte die Zeitung weg. »Keine Sorge, du weißt doch, dass ich mich hier gut beschäftigen kann.«

Bei Schwarzwälderkirschtorte und Kaffee schmiedeten die beiden Pläne für den Nachmittag.

Gerlinde wollte unbedingt in das neu eröffnete indische Kaufhaus gehen. Marie wollte sich nach Weihnachtsgeschenken umsehen. Über einen neuen Schleichweg durch die kleinsten Gassen von Dabaodao erreichten die jungen Frauen ihr Ziel, ohne einem Europäer zu begegnen. Das indische Kaufhaus war geschmückt wie ein Palast aus Tausendundeiner Nacht. Rotgoldene Girlanden umrankten das von zwei gewaltigen Steinlöwen bewachte Eingangsportal. Darüber prangte ein goldenes Schild mit kunstvoll geschwungener Aufschrift »Prandesh Emporium

Madras – Hongkong – Tsingtau«. Auch im Inneren des Geschäfts setzte sich diese Pracht fort. Im Gegensatz zu den chinesischen Geschäften, die sich eher nüchtern auf die Darbietung der Ware konzentrierten und Dekoration für überflüssig zu halten schienen, machte das indische Kaufhaus einen pompösen Eindruck. Vor den Fenstern und der Tür hingen rauschende Vorhänge, die Wände waren rötlich gestrichen, die Lampen schimmerten golden. Ein angenehmer süßlicher Geruch hing in der Luft.

Kaum waren Gerlinde und Marie über die Schwelle getreten, tauchte hinter einem Vorhang ein Mann mit Bart und Turban auf, der sich verbeugte und mit einer einladenden Armbewegung auf seine Waren deutete. »Welcome, my ladies! Please have a look around.«

Gerlinde streifte neugierig durch den großzügigen Laden. Dabei raunte sie Marie zu: »Das sieht hier doch sehr vielversprechend aus.«

Marie schmunzelte. In der Tat sah der Laden aus, wie sie sich als Kind die Schatzhöhle von Ali Baba und den vierzig Räubern vorgestellt hatte. In den Regalen lagerten schimmernde Stoffe in allen Farben, daneben goldene Tabletts, Geräte, Statuen von Messinggöttern und -göttinnen mit unzähligen Armen, wohlgeformten Brüsten oder gar Elefantenrüsseln. Kissen, Decken und Teppiche in warmen Farben stapelten sich im hinteren Teil. Gerlinde schritt die Regale ab, nahm hier und da ein Stück in die Hand und stieß entzückte Rufe aus. Schließlich blieb sie vor dem Regal mit den Stoffballen stehen. »Marie, sieh dir diese Farben an!«

Sie zog einzelne Rollen heraus und legte sie auf einen Tisch, um sie besser ansehen zu können. Der indische Besitzer eilte sofort an ihre Seite. Mit einer geschickten Bewegung wickelte er blitzschnell einige Meter des glänzenden Materials von der Rolle und hielt sie ins Licht. »Look! It's pure silk! Reine Seide! Wonderful colour! Look!«

Lächelnd beobachtete Marie von der anderen Seite des Tisches aus, wie er weitere Ballen aufrollte. Sie musste zugeben, dass die Farben atemberaubend schön waren. Gold, rosa, tiefrot, grün und schließlich ein leuchtendes Blau. Er hielt den Stoff hoch und sah Marie über den Tisch an. »Your colour! Just like your eyes!«

Gerlinde sah von dem Stoff zu Marie und nickte.

»Er hat recht! Marie, das ist deine Farbe, genau die Farbe deiner Augen! Willst du dir nicht ein Abendkleid daraus machen lassen?«

Marie schüttelte den Kopf. »Ich habe doch ein Abendkleid mitgebracht.«

Gerlinde ließ nicht locker. »Am besten bestellst du gleich zwei Kleider. Du wirst aussehen wie die Königin von Saba! Die Ballsaison ist lang, du kannst doch nicht immer nur dasselbe Kleid tragen.«

Marie zögerte. »Ich weiß nicht. Wer weiß, ob ich überhaupt noch zu einem Ball gehen werde.«

Gerlinde lachte laut. »Du wirst dich nicht drücken können! Du weißt doch, Damen sind hier Mangelware, vor allem junge und hübsche!«

Der indische Verkäufer ließ den Stoffballen los und hob beide Hände mit einer Geste, die zum Verharren auffordern sollte. »Wait.«

Er verschwand hinter einem Vorhang und kam Sekunden später mit einem Stapel Zeitschriften zurück, gefolgt von einer lächelnden Inderin in einem wunderschönen goldgelben Sari. Er reichte Marie und Gerlinde die Zeitschriften. Es waren die neuesten Modepostillen aus London und Paris. »You choose, we make! Good price.«

Gerlinde sah Marie an. »Nun komm schon, such dir zwei Schnitte aus. Eines schenke ich dir zu Weihnachten!«

Marie schüttelte den Kopf. »So weit kommt das noch!«

Inzwischen räumte die Inderin im hinteren Teil des Geschäftes ein niedriges Tischchen frei, brachte Tee und lud die beiden jungen Frauen ein, sich hinzusetzen und die Magazine zu studieren. Angeregt blätterten Gerlinde und Marie alle Zeitschriften durch. Schließlich entschied sich Marie für ein schulterfreies, figurbetontes Kleid in dem königsblauen Stoff und eine zweite lange Robe in Türkis. Der Verkäufer zauberte weitere Stoffballen mit hauchdünnem, durchsichtigem Organza aus dem Regal, die farblich genau zu den Kleidern passten. Dazu bot er silberne gestickte Borte für den Saum des blauen Abendkleides und als Verzierung an dem Schal an. Gerlinde handelte souverän einen guten Preis aus. Die indische Verkäuferin nahm Maries Maße, und mit dem Versprechen, dass alles am kommenden Freitagmittag fertig sein würde, verließen sie fröhlich den Laden.

Draußen dämmerte es schon. Berauscht von den bisherigen Entdeckungen ihres Erkundungsfeldzugs sahen Marie und Gerlinde sich um.

»Und was machen wir jetzt?«, fragte Gerlinde.

Marie zögerte. »Ich würde gerne einmal in ein chinesisches Teehaus gehen.«

Gerlinde schüttelte den Kopf. »Frauen gehen nicht in chinesische Teehäuser. Man hört die wildesten Gerüchte, was dort vor sich geht. Deine Abenteuerlust in allen Ehren, aber das geht selbst mir zu weit!«

Marie seufzte enttäuscht. »Schade!«

In diesem Augenblick kamen zwei chinesische Frauen um die Ecke. Trotz des Dämmerlichts konnte man erkennen, dass eine der beiden jung, die andere bedeutend älter war. Auf der gegenüberliegenden Straßenseite traten drei deutsche Gefreite aus einem Laden. Als sie der beiden Frauen ansichtig wurden, fingen sie an, zu pfeifen und zu rufen. Die Frauen gingen eilig weiter, ohne sich umzudrehen. Die drei Männer setzten zur Verfolgung an, die Frauen beschleunigten ihre Schritte. Unter lautem Gejohle holten die jungen Männer auf. Die alte Frau drehte sich um und beschimpfte sie mit keifender Stimme, doch sie ließen sich nicht vertreiben.

Marie ließ Gerlinde stehen und rannte über die Straße. »Lassen Sie die Frauen gefälligst in Ruhe!«

Die Soldaten drehten sich um. »Ja, was haben wir denn da? Nicht übel, die Kleine! Eine echte Deutsche nehmen wir sowieso lieber als so ein Schlitzauge!«

Für eine Sekunde erschrak Marie angesichts der Aggressivität, die ihr entgegenschlug. Doch da tauchte Gerlinde neben ihr auf. »Wenn Sie nicht sofort verschwinden, rufe ich die Polizei«, herrschte sie die Gefreiten selbstbewusst an. Verdutzt blieben die Männer stehen. Aus einigen Läden kamen Menschen heraus, um zu sehen, was hier vor sich ging. Einer der Soldaten war noch klar genug, um zu erkennen, dass sie hier schlechte Karten hatten. Er klopfte seinen Kameraden auf die Schultern. »Seid vernünftig. Kommt, lasst uns woanders hingehen!«

Die drei drehten sich um und torkelten von dannen.

Die junge Chinesin, die mit ihrer Begleiterin einige Meter weiter stehen geblieben waren, ging auf Marie und Gerlinde zu. Die Alte lief zeternd hinter ihr her. Als die junge Frau näher kam, erkannten die beiden Liu An, eines der Mädchen aus Maries wöchentlicher Teerunde. Sie sah Marie und Gerlinde dankbar an. »Marie! Gerlinde! Vielen Dank für die Hilfe! Aber was macht ihr hier?«

Nachdem Marie erklärt hatte, dass sie zusammen die Stadt erkundeten, lud Liu An die beiden zum Tee ein. Sie wohnte ganz in der Nähe. Neugierig nahmen Marie und Gerlinde diese Einladung gerne an. Niemand von ihnen bemerkte, dass im Schatten eines Hauseingangs Isolde Richter stand, die die ganze Szene beobachtet hatte.

Liu Ans Elternhaus entpuppte sich als ein stattliches zweistöckiges Kauf- und Wohnhaus. Von der Straße aus gelangte man durch ein prunkvoll geschmiedetes Gittertor in den Vorhof des Hauses, wo schwere Granitblöcke gestapelt waren. Während sich im unteren Teil des Hauses Geschäftsräume und Lager befanden, gelangte man über eine Außentreppe auf eine Galerie im oberen Stock, die um den Innenhof herumlief. Von hier ab gingen Türen zu den Wohngemächern der Familie. Liu An steuerte direkt auf den in der Mitte des Hauses liegenden Wohnbereich zu, wo der Empfangsraum lag.

Marie fiel zuerst die strenge Symmetrie dieses Raums auf. In der Mitte der Wand gegenüber der Tür hingen mehrere Rollbilder, die wohl die Ahnen der Familie darstellten. Auf dem Tisch davor zeugten frische Blumen und Gefäße mit Räucherstäbchen davon, dass man ihrer täglich gedachte. Rechts und links an der Wand standen Stühle mit hohen Lehnen aus dunklem Holz und aufwändigen Perlmutteinlagen, dazwischen passende Tischchen und auf dem Boden Spucknäpfe aus Messing. Elektrische Lampen ohne Schirme an der Wand verbreiteten kaltes Licht. Von Wärme und Gemütlichkeit war hier nach Maries Empfinden keine Spur.

Liu An bat ihre Gäste Platz zu nehmen. Schon nach wenigen Minuten brachten zwei Diener Tee und kleine Schälchen mit Nüssen und unbekannten Knabbereien. Vier Frauen in farbenfrohen Gewändern und winzigen aufwändig bestickten Pantöffelchen erschienen, die Liu An als ihre Großmutter, Mutter und zwei Tanten vorstellte. Die Großmutter nahm auf einem der beiden Stühle gegenüber dem Eingang Platz, die anderen Frauen setzten sich gegenüber von Marie und Gerlinde und betrachteten sie neugierig. Liu An servierte erst ihrer Großmutter, dann ihrer Mutter und dann den beiden Tanten Tee und klärte sie über die fremden Gäste auf. Während die alte Dame sie schweigend misstrauisch beäugte, nickten die drei jüngeren Frauen ihnen freundlich zu. Als

Gerlinde sich in fließendem Chinesisch für die unerwartete Einladung bedankte, wechselten sie überraschte, anerkennende Blicke und plapperten drauflos. Gerlinde übersetzte für Marie. Zunächst wurde Maries heldenhafter Einsatz für Liu An gelobt, dann wurde ihr wunderschönes Haus gepriesen, von dem Liu An erzählt hatte. Marie lud kurzerhand alle Damen zu einem Gegenbesuch ein, damit diese ein deutsches Haus mit eigenen Augen sehen konnten. Alle nickten erfreut.

Plötzlich öffnete sich noch einmal die Tür, und gefolgt von zwei Jungen, kam der Herr des Hauses herein, der ohne Zögern auf Marie und Gerlinde zuging und ihnen die Hand gab.

Er hieß sie willkommen und nahm neben seiner Mutter Platz. Auch die beiden Jungen gaben Marie und Gerlinde höflich die Hand. Sie sprachen gut Deutsch, denn sie besuchten seit mehreren Jahren das deutsch-chinesische Seminar auf dem Missionshügel. Alle drei Kinder blieben stehen. Sie übernahmen wie selbstverständlich die Übersetzung. Liu An reichte immer wieder Tee. Das Gespräch bestand aus gegenseitigen Ehrbezeugungen: Liu Ans Vater lobte Maries und Gerlindes Engagement für die chinesischen Schülerinnen und zollte Marie Respekt für ihre akademische Ausbildung und ihren Beruf. Gerlinde übernahm es, die Eleganz des Hauses Liu zu preisen und das Sprachtalent der drei Kinder hervorzuheben, das ihnen eine glänzende Zukunft bescheren würde. Marie lauschte interessiert, aber auch amüsiert der höflichen, aber sehr steifen Konversation.

Nach einer halben Stunde sah Gerlinde unauffällig auf ihre Armbanduhr und bat um Entschuldigung, dass sie nun leider die Räume der Familie Liu verlassen mussten. Herr Liu bestand darauf, dass beide mit Sänften nach Hause gebracht wurden. Man verabschiedete die beiden deutschen Gäste mit großem Aufwand im Vorhof. Gerlinde, die unter keinen Umständen in dieser Sänfte nach Hause kommen durfte, da ihr Ausflug in die Chinesenstadt geheim bleiben musste, bat darum, ebenfalls zur Villa Hildebrand gebracht zu werden. Jeder Sänfte lief ein Diener mit einer Laterne voran, und nach wenigen Minuten erreichte die kleine Karawane ohne Zwischenfälle das Haus in der Tirpitzstraße. Dort kletterten die beiden jungen Frauen aus den Tragestühlen.

»Jetzt kann ich mir vorstellen, wie sich die Kaiserin von China fühlen muss.« Marie kicherte. »Diese Art von Beförderung ist nichts für schwache Mägen! Kommst du noch einen Moment mit hinein?«

Gerlinde nickte.

Als die beiden die Treppe zur Haustür hinaufgingen, hörte Marie, wie jemand ihren Namen rief. Sie drehte sich um. Aus dem Schatten eines Pfeilers löste sich eine Gestalt und kam auf sie zu. Sofort erkannte Marie ihren Lehrer.

»Fräulein Hildebrand, entschuldigen Sie, ich wollte Sie nicht erschrecken. Kann ich Sie einen Moment sprechen?«

Gerlinde war stehen geblieben und starrte Du argwöhnisch an.

Er warf Marie einen hilfesuchenden Blick zu. Gerlinde zögerte einen Moment lang. »Ach, ich glaube, ich sollte mich lieber auf den Heimweg machen! Es ist schon spät. Wir sehen uns morgen in der Kirche.«

Marie nickte. »Ja, bis morgen. Und vielen Dank für den interessanten Nachmittag.«

Als Gerlinde mit einer Rikscha davongefahren war, wandte sie sich wieder Du Xündi zu. Ihr war nicht ganz wohl zumute über diesen unerwarteten Besuch, doch sie bat ihn herein.

Du kam ohne weitere Umschweife auf den Grund seines Besuchs zu sprechen. »Marie, ich brauche Ihre Hilfe. Sie sind meine letzte Hoffnung.«

Sie sah ihn erschrocken an. »Was ist passiert?«

»Es geht um meine Frau!«

»Ihre Frau?«

Du wirkte bedrückt. »Ich ... Es tut mir leid ... Es ist alles sehr kompliziert.«

Marie sah ihn nur fragend an.

»Meine Frau ist seit Wochen krank, und die Ärzte meiner Familie können ihr nicht helfen. Jetzt ist ihr Zustand kritisch geworden. Ich wollte Sie bitten, sie zu untersuchen. Ich mache mir große Sorgen, dass sie sterben könnte.«

»Ja, natürlich, das ist kein Problem. Aber wäre es nicht besser, Dr. Wunsch würde sie untersuchen? Er hat weit mehr Erfahrung als ich!«

Du schüttelte den Kopf. »Meine Frau würde sich weigern, sich von einem ausländischen Mann untersuchen zu lassen.«

»Ich verstehe. Ich werde mein Bestes tun. Wollen Sie Ihre Frau in die Klinik bringen, oder soll ich sie zu Hause besuchen?«

Du senkte den Kopf. »Ich befürchte, sie ist zu schwach, um transportiert zu werden. Sie müssten sie zu Hause untersuchen.«

»In diesem Fall müsste ich nur einige Instrumente aus der Klinik holen. Sollen wir uns gleich auf den Weg machen?«

Du sah sie betreten an. »Ich fürchte, es ist leider nicht ganz so einfach. Meine Frau lebt nicht in Tsingtau, sondern in Luotou, im Haus meiner Familie!«

Marie runzelte die Stirn. »Das heißt außerhalb des Schutzgebietes?«

Du nickte. »Es liegt circa fünfzig Kilometer hinter der Grenze an der Bahnlinie von Tsingtau nach Jinan. Die Bahnfahrt dauert nur knappe drei Stunden, und die Bahnstation ist nur zehn Kilometer von Luotou entfernt.«

Zum ersten Mal verspürte Marie Angst. Der Gedanke, das sichere deutsche Schutzgebiet zu verlassen und in chinesisches Territorium zu reisen, von wo in letzter Zeit immer dramatischere Nachrichten nach Tsingtau drangen, hatte etwas überaus Bedrohliches. Aus dem, was Marie gehört und gelesen hatte, war zu schließen, dass dort niemand für ihre Sicherheit garantieren konnte.

Du sah sie schweigend an. Als habe er ihre Gedanken gelesen, sagte er: »Ich garantiere für Ihre Sicherheit. Sie stehen unter dem Schutz von mir und dem Namen meiner Familie. Es wird Ihnen nichts geschehen. Außerdem reisen wir mit einer Leibwache. Sie können schon am nächsten Tag wieder zurückfahren! Ich flehe Sie an, retten Sie meiner Frau das Leben!«

Marie überlegte fieberhaft. Natürlich wollte sie Dus Frau helfen, auf der anderen Seite schien die Situation außerhalb des Schutzgebietes wirklich äußerst prekär. Aber letztendlich konnte sie die Lage in keiner Weise selbst einschätzen.

Kurz entschlossen ging sie in die Küche und bat Fritz und Yonggang, ins Wohnzimmer zu kommen. Sie erklärte beiden Dus Anliegen und fragte sie offen nach ihrer Meinung. Würde eine Reise nach Luotou lebensgefährlich werden? Sowohl Yonggang als auch Fritz waren sichtlich erschrocken, wagten aber nicht, Stellung zu beziehen. Mit betretenem Gesichtsausdruck standen sie da und blickten schweigend zu Boden.

Keiner hatte gehört, dass die Wohnzimmertür aufging. Plötzlich standen Wolfgang Hildebrand und Philipp im Raum.

»Was ist denn hier los?«, polterte Hildebrand los.

Du Xündi sprang erschrocken auf. Marie war klar, dass sie auf keinen Fall in dieser Runde ihren Vater über Dus Ansinnen unterrichten konnte. Sie hob beschwichtigend die Hände und sagte zu Philipp und ihrem Vater: »Schön, dass ihr da seid. Setzt euch doch schon, ich bin gleich bei euch. Herr Du wollte gerade gehen.«

Du, aber auch Fritz und Yonggang war anzusehen, dass sie froh waren, den Raum verlassen zu können. Marie folgte ihnen. An der Haustür verabschiedete sie sich von Du.

»Bitte lassen Sie mir etwas Zeit. Ich muss erst meinem Vater schonend beibringen, was wir nun tun. Gibt es vielleicht die Möglichkeit, Sie später telefonisch zu erreichen?«

Du sah Marie dankbar an. »Sie wollen es also wagen?«

»Ich denke, wir werden einen Weg finden.«

»Ich danke Ihnen! Ich gehe ins Haus meines Onkels und warte auf Ihren Anruf. Er hat ein Telefon mit der Nummer 888. Ich werde ihn inzwischen bitten, mir einige Männer als Leibwächter bereitzustellen.«

Marie konnte seine Erleichterung sehen. Er ergriff Maries Hände und hielt sie einen Augenblick lang fest. Unfähig zu sprechen, nickte er zum Abschied und verließ eilig das Haus.

Als Marie ins Wohnzimmer zurückkehrte, sahen ihr die beiden Männer fragend entgegen. Sie holte tief Luft.

»Ich will es kurz machen. Herr Du hat mich gebeten, mit ihm und einer Leibwache in das Haus seiner Familie nach Luotou zu fahren, um seine todkranke Frau zu behandeln. Er weiß sich keinen anderen Rat. Sie ist leider zu schwach, um sie nach Tsingtau ins Krankenhaus zu bringen.«

Wolfgang Hildebrand sah seine Tochter einen Augenblick lang fassungslos an. Dann brüllte er los. »Das kommt überhaupt nicht in Frage. Das verbjete ich dir! Und wenn ich dich in deinem Zimmer einsperren muss!«

Auch Philipps Gesichtsausdruck spiegelte Entsetzen wider.

Schwer atmend und mit hochrotem Kopf wischte sich der Marinebaurat mit einem Taschentuch den Schweiß von der Stirn. Marie beugte sich zu ihm und legte beruhigend ihre Hand auf seine. »Vater, ich bitte dich! Reg dich nicht so auf!«

Philipp stand auf und holte aus dem Vitrinenschrank Gläser und eine Flasche Cognac. Marie sah ihn dankbar an, als er drei Gläser füllte und sie verteilte. »Ich denke, wir sollten alles in Ruhe besprechen.«

Hildebrand schüttete das Glas in einem Schluck herunter. »Da gibt es nichts zu besprechen! Das ist viel zu gefährlich, und außerdem wäre der Skandal perfekt. Was sollen die Leute nur denken?«

Einige Minuten lang herrschte Schweigen im Raum. Dann räusperte sich Marie. »Glaubt ihr wirklich, dass es so gefährlich ist, das Schutzgebiet zu verlassen? Schließlich reisen fortwährend Leute von hier nach Tianjin oder Peking.«

Philipp warf einen abwartenden Blick auf Hildebrand, aber dieser schwieg verstockt.

»Die Bahnfahrt ist kein Problem. Sobald Sie aber von der Bahnstation ins Hinterland fahren, kann es lebensgefährlich werden. Sie können auf keinen Fall alleine mit Herrn Du und seinen Wächtern fahren.«

»Ich würde Yonggang mitnehmen.«

»Sie kann Ihnen im Notfall auch nicht helfen.« Er überlegte einen Moment lang. »Wolfgang, wenn du mir frei geben würdest, könnte ich deine Tochter begleiten. Damit wäre ihre Sicherheit zwar nicht garantiert, aber zumindest wäre sie damit nicht ganz ungeschützt.«

Wolfgang Hildebrand und Marie sahen Philipp überrascht an. Hildebrand war sichtlich verstimmt, dass Philipp ihm mit seinem Vorschlag in den Rücken fiel, Marie hingegen fühlte eine Mischung aus Erleichterung und Sympathie. »Das würden Sie tun?«

Philipp lächelte. »So wie ich Sie inzwischen einschätze, Marie, glaube ich, dass Sie so oder so nach Luotou fahren, um der Frau zu helfen. Es wäre mir einfach wohler bei dem Gedanken, dass Sie dabei nicht gänzlich auf Fremde angewiesen sind.«

»Ich weiß gar nicht, wie ich Ihnen danken soll. Ihre Unterstützung bedeutet mir sehr viel.«

Kurzerhand stand sie auf, ging zu Philipp hinüber und umarmte ihn.

Die Wärme und Stärke, die sein Körper ausstrahlte, vermittelte ihr ein Gefühl von Sicherheit. Bevor er reagieren konnte, ließ sie Philipp wieder los. Sie blickte auf ihren Vater, der kopfschüttelnd vor sich hin starrte. Als Marie ansetzte, erneut mit ihm zu sprechen, hob er abwehrend die Hand. »Ist schon gut. Ich kann ja wohl doch nichts dagegen unternehmen.«

Marie seufzte erleichtert. »Wenn Ihr mich jetzt einen Moment entschuldigt, rufe ich Du Xündi gleich an. Außerdem muss ich mich noch mit Dr. Wunsch besprechen. Wir sollten versuchen, so schnell wie möglich loszufahren. Am besten gleich morgen. Die Taufe werden wir dann um eine Woche verschieben müssen, aber ich bin mir sicher, Albert Fritsch wird für diesen Fall Verständnis haben.«

15.

In aller Eile wurden die nötigen Vorbereitungen für die kurze Reise getroffen. Dus Onkel stellte eine Leibwache zur Verfügung und besorgte über Nacht alle nötigen Papiere und Fahrkarten.

Statt wie sonst am Sonntagmorgen den Hausherren und seine Tochter in die Kirche zu kutschieren, lenkte der Mafu diesmal den Landauer zum Bahnhof. Trotz der angespannten Stimmung registrierte Marie die hübsche Fachwerkarchitektur des Bahnhofsgebäudes mit seinem Turm, der ihm den Charme eines verschlafenen deutschen Kleinstadtbahnhofs verlieh. Auf dem Bahnsteig jedoch herrschte eine ganz andere Atmosphäre. Mit lautem Geschrei und Geschimpfe schoben sich chinesische Passagiere, Gepäckträger und fliegende Händler, die in großen Körben Proviant für die Tagesreise verkauften, auf den Zug zu. Vor den Waggons zweiter und dritter Klasse drängelten sich zahlreiche Passagiere zum Einstieg.

Am Waggon der ersten Klasse ging es etwas gediegener zu. Dort stand ein uniformierter deutscher Schaffner, der vor dem Einstieg die Fahrkarten kontrollierte. Er begrüßte Philipp, Marie und Yonggang mit freundlicher Geschäftsmäßigkeit, Du und seine Begleiter, die ebenfalls Billetts für die erste Klasse hatten, wurden besonders sorgsam kontrolliert. Drei der Männer neben Du waren von riesiger Statur wie kraftstrotzende Ringkämpfer mit brutalen Gesichtern. Der vierte Mann hingegen war etwas kleiner als Du und trug eine Nickelbrille. Du stellte ihn als seinen besten Freund und Kommilitonen Zhang Wen vor.

Wolfgang Hildebrand beobachtete Du mit eisiger Miene. Als der Schaffner die Fahrgäste laut zum Einsteigen aufforderte und Hildebrand seine Tochter ein letztes Mal umarmt hatte, brach seine verzweifelte Wut aus ihm heraus, und er herrschte Du an.

»Sie bringen meine Tochter in Lebensgefahr. Ich schwöre Ihnen, wenn ihr irgendetwas passiert, werden Sie hier in Tsingtau keinen Fuß mehr auf den Grund kriegen.«

Du wich erschrocken vor seiner bedrohlichen Körpersprache zurück. Doch bevor er etwas erwidern konnte, ging Marie dazwischen.

»Vater, bitte! Er handelt doch nur in Sorge um seine Frau. An seiner Stelle hättest du dasselbe getan.«

Wolfgang Hildebrand erstarrte. Erst in diesem Moment wurde Marie bewusst, was sie soeben gesagt hatte. Sie ergriff beruhigend seine Hände und sah ihn eindringlich an. Er umarmte sie wortlos. »Kommt gesund zurück.«

Dann drehte er sich auf dem Absatz um und marschierte zum Ausgang. Pünktlich auf die Minute ertönte ein schriller Pfiff, und langsam setzte sich der Zug in Bewegung. Letzte Proviantpakete wurden durch die offenen Fenster gereicht, Abschiedsworte schwirrten durch die Luft.

Minuten später hatte der Zug den Bahnhof hinter sich gelassen, und allmählich kehrte Ruhe in den Gängen ein. Der Waggon erster Klasse war ein offener Wagen mit roten gepolsterten Sesseln, die in Vierergruppen arrangiert waren. Unter dem Fenster war ein Tischchen angebracht, auf dem Teegläser bereit standen. Kaum hatte der Zug Fahrt aufgenommen, tauchte ein chinesischer Bediensteter in weißer Jacke und schwarzer Hose auf, der mit geübter Hand Teeblätter in die Tassen verteilte und heißes Wasser aufgoss.

Marie lehnte sich behaglich in ihrem bequemen Sessel zurück, trank einen Schluck Tee und sah aus dem Fenster. Philipp, der ihr gegenübersaß, beobachtete sie eine Weile schweigend. Schließlich räusperte er sich. »Ich muss gestehen, dass ich mich glücklich schätze, auf Ihrer ersten Reise nach China an Ihrer Seite zu sein.«

Marie lächelte. Du, der neben Philipp saß, tat, als habe er diese vertraulichen Worte nicht gehört. Er starrte ausdruckslos vor sich hin. Dann erhob er sich und ging ans Ende des Waggons, wo Zhang Wen mit den Leibwächtern saß. Die beiden wechselten einige Worte. Zhang schien beruhigend auf Du einzureden.

Marie sah Philipp an. »Ich bin auch froh, dass Sie mich begleiten. Ich gestehe, ich freue ich mich über diese unerwartete Reise, obwohl ich weiß, dass sie nicht ungefährlich ist.«

»Kann es sein, dass sich unter Ihren verschiedenartigen Persönlichkeiten auch noch eine Abenteurerin versteckt?«

Marie zuckte mit den Achseln. »Ich empfinde mich nicht als abenteuerlustig.«

Sie blickte wieder aus dem Fenster, spürte aber deutlich, dass Philipp sie eindringlich musterte.

Draußen zog eine karge, felsige Landschaft vorbei, dahinter glänzte die riesige Bucht von Kiautschou in der Sonne. Der Zug fuhr über eine Anhöhe. Philipp wandte seinen Blick auch aus dem Fenster. »Leider ist diese Strecke nicht sehr aufregend. Wir durchfahren die südlichsten Ausläufer des Laoshangebirges, aber westlich davon liegt nur noch eine flache Ebene mit mehreren Flussläufen, nichts sehr Beschauliches.«

Da der Zug auf einem aufgeschütteten Bahndamm entlang fuhr, konnte man weit ins Land sehen. Trotz des klaren Winterwetters und hellen Sonnenscheins wirkte das Gebiet an der Strecke unwirtlich. Niedrige Vegetation durchzog die trockene, zerklüftete Ebene.

Vereinzelt konnte Marie ärmliche Hütten ausmachen, von denen Rauchsäulen aufstiegen. Der Zug fuhr an weitläufigen, mit Sand und großen Felsbrocken durchzogenen Flussbett entlang, in dem ein kleines Rinnsal seinen Weg in die Bucht am Meer suchte.

»Das sieht nach einem großen Fluss aus, aber viel Wasser führt er nicht.«

Philipp nickte. »Jetzt im Winter ist Trockenzeit. Klares Wetter, wenig Niederschläge. Im Frühjahr beginnt die Regenzeit. Dann kann sich dieser Fluss innerhalb weniger Stunden zu einem reißenden Ungetüm entwickeln … Die beiden Extreme, große Trockenheit und fatale Überschwemmungen, sind die Geisel dieser Provinz. Weiter nördlich liegt der Gelbe Fluss, einer der größten Flüsse Chinas. Seine Überschwemmungen kosten regelmäßig Hunderttausenden das Leben. Die Menschen sind bisher machtlos gegen diese Gewalten.«

Du war auf seinen Platz zurückgekehrt. Er hatte Philipps Ausführungen gehört und nickte. »Inzwischen hat sogar die kaiserliche Regierung verstanden, dass man vielleicht mit moderner westlicher Technologie dieses Problems Herr werden kann. Verschiedene Ingenieure, die im Ausland studiert haben, versuchen jetzt mit Dammbauten, die gefährlichsten Stellen zu regulieren.«

Interessiert hörte Marie den beiden Männern zu, die ihr gegenüber saßen. Im Stillen verglich sie die beiden. Jeder von ihnen war auf seine Weise attraktiv. Philipp war groß, drahtig, blond mit kantigen Gesichtszügen und energischen Bewegungen. Du Xündi war fast genauso groß wie Philipp, aber er wirkte in seiner chinesischen Robe, die ihn vom Hals bis zu den Füßen einhüllte, feingliedriger, weicher und eleganter als Philipp.

Insgeheim ertappte sich Marie bei dem Gedanken, glücklich darüber zu sein, dass diese beiden unterschiedlichen Männer nur ihretwegen hier in diesem Zug saßen.

Kurze Zeit später ging der Schaffner mit einer Glocke durch den Zug und verkündete auf Deutsch und Chinesisch, dass im Speisewagen das Mittagessen serviert würde. Es gab ein erstaunlich abwechslungsreiches chinesisches Essen mit verschiedenen Gängen an Gemüse, Fleisch und Fisch mit Tee oder auf Wunsch auch mit Germania-Bier.

Freundliche chinesische Kellner bedienten schnell und zuvorkommend. Draußen zog weiter die karge Landschaft Nordchinas vorbei, und trotz des unerfreulichen Anlasses dieser Reise und der Gefahr, die ihr Vater beschworen hatte, fühlte Marie plötzlich ein überschwängliches Glücksgefühl, die Gelegenheit zu einem solchen Abenteuer in diesem fremden Land bekommen zu haben.

Die Fahrt verlief ohne Zwischenfall. Nach knapp drei Stunden war die Haltestelle erreicht, wo sie aussteigen mussten.

Der Bahnhof lag am Rande des kleinen Ortes Qian, wo sich mehrere Handelsstraßen kreuzten. Das Bahnhofsgebäude war eine Miniaturversion des Bahnhofs in Tsingtau, nur ohne Turm. Die Fachwerkarchitektur mit einem von Säulen getragenen Vordach wirkte in dieser Umgebung noch unwirklicher als der Bahnhof in der Hauptstadt des deutschen Schutzgebietes. Auf dem Bahnsteig herrschte wieder dichtes Gedränge. Flankiert von den Leibwächtern, schob sich die Gruppe dem Ausgang zu. Marie bemerkte, dass sie und Philipp außer zwei deutschen Bahnbeamten, die den Zug abfertigten, die einzigen Ausländer waren.

Unvermittelt fühlte sie die Fremdartigkeit der Umgebung. Sie tauchte in eine neue, andersartige Welt ein. Sie spürte die vielen neugierigen Augen, die ihr folgten, und beobachtete, wie man sich die Nachricht zuflüsterte, dass zwei fremde Teufel ausgestiegen waren. Hier herrschte eindeutig eine andere Atmosphäre als in Tsingtau, wo Marie eher positive Neugierde der Chinesen empfunden hatte. Hier herrschte deutliche Feindseligkeit gegen Ausländer. Jetzt konnte Marie verstehen, warum ihr Vater so vehement gegen diese Reise gewesen war.

Am Ende des Bahnsteiges standen zwei chinesische Polizeibeamte, die ihre Reisedokumente überprüften. Du wechselte einige Worte mit ihnen und gab dann ein Zeichen, weiterzugehen. Vor dem Bahnhofsgebäude herrschte dichtes Gedränge von Menschen und Fahrzeugen aller Art. Lautstark priesen Kutscher und Sänftenträger ihre Dienste an. Du ging zielstrebig auf einige Männer zu, die ihn mit ehrfürchtigen Verbeugungen begrüßten. Hinter ihnen standen mehrere Sänften mit Vorhängen und Pferde bereit.

Du drehte sich um und winkte kurz. »Kommen Sie, bitte. Wir sollten uns hier nicht zu lange aufhalten.«

Marie, Philipp, Yonggang und Zhang Wen bekamen je eine Sänfte zugewiesen, die Vorhänge wurden geschlossen. Du und die drei Leibwächter bestiegen die Pferde. Nun ertönte ein lautes Kommando von einem Reiter mit einer Standarte. Je vier Träger ergriffen die Tragestangen der Sänften, zählten laut »yi, er, san«. Auf »san« hoben sie die Sänften an.

Die Karawane setzte sich in Bewegung und bahnte sich einen Weg durch das Getümmel. Marie schob den Vorhang ein wenig beiseite. Alle Augen waren auf die Sänften der ungewohnten Ankömmlinge gerichtet. Die Menschen drängten nah an die Tragesessel heran. Marie war unwohl zumute. Sie fühlte sich eingepfercht und zur Bewegungslosigkeit verdammt. Erleichtert bemerkte sie, dass zwei Diener rechts und links von ihrem Tragestuhl gingen, die die Menge, so gut es ging, abhielten. Als die Karawane den dicht bevölkerten Platz verließ und ihren Weg durch eine Dorfstraße fortsetzte, vernahm sie deutlich einzelne Rufe. »Yang guizi« – »Fremde Teufel.« Ihre Anwesenheit verbreitete sich offensichtlich wie ein Lauffeuer. Kinder rannten schreiend und Grimassen schneidend neben den Tragestühlen her und versuchten einen Blick auf die Fremden zu erhaschen. Nur den Bewachern, die neben den Sänften einhergingen, war es zu verdanken, dass sie nicht bis zu ihnen vordringen konnten.

Marie schloss den Vorhang und lehnte sich zurück. Ein nie gekanntes Gefühl von Hilflosigkeit überfiel sie. Mit einem Mal wurde ihr bewusst, in welcher Scheinwelt die kleine deutsche Kolonie kaum hundert Kilometer von hier entfernt lebte. Sie war froh, als die Karawane endlich das Ortsende erreichte und nun über freies Land zog, wo ihnen keine Menschen mehr am Wegesrand nachstarrten. Die Anspannung ließ nach. Marie lehnte sich vor und lugte wieder hinter dem Vorhang hervor. Weit und breit nichts als karge, vertrocknete Landschaft.

Ohne Pause für die Träger ging die Reise über eine flache Ebene, vorbei an kahlen Äckern, die im Winter nicht bestellt wurden, vereinzelten ärmlichen Bauernhöfen, vor denen Gänse, Hühner und manchmal ein Schwein herumliefen. Marie konnte zerlumpte Gestalten ausmachen, die mit ausdruckslosen Gesichtern zu ihnen herüberstierten, während sie, vor ihrer Hütte hockend, leichten Hausarbeiten nachgingen. Einige besonders mutige Kinder wagten sich etwas näher an die vorbeiziehenden Reisenden heran. Trotz des kalten Winterwetters trug keines dieser Kinder Schuhe, ihre Gesichter und Kleidung starrten vor Dreck. Im Gegensatz zu der energiegeladenen, deutlich aggressiven Atmosphäre des Ortes mit der Bahnstation hatte Marie hier das Gefühl, dass in diesen Behausungen die Lethargie des Elends vorherrschte und die Menschen erschöpft resigniert hatten.

Nach knapp drei Stunden hörte Marie plötzlich Rufe der Träger und wagte wieder einen vorsichtigen Blick hinter dem Vorhang hervor. Vor ihnen erhob sich die Stadtmauer der Kreisstadt Luotou. Über zehn Meter hoch und von Zinnen bekrönt verlieh sie dem Ort das Aussehen einer dunklen mittelalterlichen Festung. Der Verkehr nahm zu. Vor den Wehrmauern lag ein breiter Streifen armseliger Hütten, die sich in ihren Windschatten zu drücken schienen. Mitten durch dieses Elendsviertel führte die staubige Straße auf ein riesiges Stadttor zu.

Marie hielt ihren Vorhang nur einen winzigen Spalt geöffnet, so dass von außen niemand sehen konnte, wer hier in die Stadt getragen wurde. Die Standarte des Anführers der Karawane zeigte offenbar Wirkung, denn niemand drängte sich an die Tragesessel heran. Alle blieben in respektvoller Entfernung. Einige Passanten winkten Du Xündi zu, der huldvoll zurückgrüßte. Ohne behelligt zu werden, erreichten die Sänften das Stadttor und passierten durch einen langen dunklen Gang die mehrere Meter dicke, uralte Stadtmauer. In den engen Gassen, in denen ein strenger Geruch hing, bewegten sich Mensch und Tier zu Fuß oder in allen nur denkbaren Transportmitteln. Der Standartenführer brüllte lautstarke

Kommandos. Vor dem Zug tat sich auf wundersame Weise eine Schneise in dem Gedränge auf, die sich hinter ihnen sofort wieder schloss.

Dann erfolgte ein letztes Kommando: »Kai men.«

Wie von Geisterhand öffnete sich ein riesiges zweiflügeliges Holztor in einer hohen grauen Mauer. Die Sänften wurden zügig hineingetragen, und noch bevor sie abgestellt wurden, fielen die Tore donnernd hinter ihnen zu.

Marie kletterte aus ihrer Sänfte. Die Träger streckten stöhnend ihre Glieder. Sofort kamen mehrere Dienstboten angelaufen, um die Ankömmlinge in Empfang zu nehmen. Nur durch die Mauern getrennt, herrschte hier, wenige Meter von dem Gewimmel in den engen Gassen entfernt, eine Atmosphäre friedvoller Schönheit. Die Geistermauer, die das Tor verdeckte, war mit einer eingemeißelten Kalligraphie verziert. Die Gebäude um den Hof herum waren weiß gestrichen, Dächer, Säulen und Fenster waren aus dunklem, kunstvoll geschnitztem Holz. Rechts und links neben dem Tor lagen Ställe und Remisen für die Pferde und Sänften. Die restlichen drei Seiten des Hofes umgab ein offener Verandengang. Dahinter führten Türen in die Innenräume eines palastartigen Hauses.

Die Diener reichten Wasserbecken mit warmem Wasser und Tücher, um die Hände vom Staub der Reise zu reinigen. Eine alte Frau stürzte auf den Hof, verbeugte sich vor Du Xündi und fiel Zhang Wen um den Hals. Er warf Du einen fragenden Blick zu. Als dieser nickte, verschwand Zhang mit der Frau in einem der Seitengebäude.

Marie, Philipp und Yonggang folgten Du Xündi in einen weiteren Innenhof. In der Mitte dieses Hofes stand eine alte, krumm gewachsene Kiefer, Blumentöpfe mit blühenden Pflanzen belebten als farbige Tupfen die elegante Schlichtheit dieses Ortes.

Marie fühlte sich in eine Märchenwelt versetzt. Die geschwungenen Dächer der Gebäude um den Hof herum ragten tief herab. Auf ihren Ausläufern saßen mehrere, hintereinander aufgereihte Figuren, ganz vorne eine Figur, die auf einem Huhn ritt. Du überquerte hastig den Hof und führte seine Gäste in einen Empfangsraum. Er bat sie, Platz zu nehmen, und beauftragte die Diener Tee und Essen zu bringen. Dann verbeugte er sich förmlich, um sich für einige Minuten zu verabschieden. Er musste seinen Eltern Aufwartung machen, um sie über die Ankunft der Gäste in Kenntnis zu setzen.

Als er den Raum verlassen hatte, sahen Philipp und Marie sich bewundernd um.

Philipp pfiff anerkennend durch die Zähne. »Eines steht jetzt fest: Hier lebt eine äußerst wohlhabende Familie. Dieses Haus steht dem Palast des chinesischen Provinzgouverneurs in nichts nach.«

Yonggang schüttelte eingeschüchtert den Kopf, als Marie ihr ein Zeichen machte, neben ihr Platz zu nehmen. In diesem Haus hatten Bedienstete nicht zu sitzen.

Nach einer Weile kehrte Du Xündi zurück. Sein Gesichtsausdruck wirkte deutlich angespannt. »Wir müssen uns etwas gedulden. Man wird uns rufen, wenn wir meine Eltern begrüßen können.«

Marie sah ihn fragend an. »Wollen wir nicht die Zeit nutzen und inzwischen Ihre Frau besuchen?«

Du antwortete mit versteinerter Miene. »Zuerst möchten meine Eltern die Gäste des Hauses begrüßen. Das ist ein Gebot der Höflichkeit.«

Marie runzelte die Stirn. »Trotz eines medizinischen Notfalls?«

»Wir müssen warten.«

Marie sah Philipp hilfesuchend an, doch er machte nur eine beschwichtigende Handbewegung, um ihr anzudeuten, Geduld zu bewahren. Er stand auf, ging zu einem der Tuschbilder an der Wand und meinte in einem beiläufigen Tonfall: »Eine wunderbares Bild! Wie heißt der Maler?«

Du griff erleichtert dieses unerwartete Gesprächsangebot auf. »Das ist ein Bild von Wang Hui, einem der größten Maler dieser Dynastie. Seine Art, den Stil der frühen Meister zu imitieren, ist einzigartig.« Er bemerkte Philipps anerkennende Miene. »Sie mögen chinesische Malerei?«

Philipp lächelte. »Ich wäre ein schlechter Architekt, wenn ich mich nicht für Kunst interessieren würde. Egal, ob europäische oder chinesische Kunst, sie ist doch Spiegelbild einer Epoche und ihrer Menschen. Und schließlich baue ich Häuser für Menschen.«

Du hörte Philipp mit überraschtem Gesichtsausdruck zu.

Marie hingegen war irritiert. Wie konnte man schöngeistige Gespräche führen, wenn nebenan vielleicht ein Mensch starb? Sie versuchte erneut, Du zu überreden, nach seiner Frau sehen zu dürfen, aber er überging ihr Drängen mit dem Hinweis auf seine Eltern, die sie gewiss in wenigen Minuten empfangen würden. Marie war verwirrt über Dus merkwürdige Energielosigkeit. Sie hatte ihn als Mann der Tat kennengelernt, der zu seinen Überzeugungen stand, auch wenn dies drastische, vielleicht sogar umstürzlerische Aktionen nötig machte. Hier jedoch, wo es um das Leben seiner Frau ging, handelte er nicht, sondern war nur bemüht, die Etikette zu wahren. Es schien, als lähmte ihn sein Elternhaus auf unerklärliche Weise.

Nach einer endlosen halben Stunde ungeduldigen Wartens erschien endlich eine Bedienstete und verkündete, dass der Herr des Hauses und seine Gemahlin nun bereit waren, die ausländischen Gäste zu empfangen.

Während Yonggang im Empfangszimmer zurückblieb, folgten Marie und Philipp Du über einen weiteren Innenhof in den Flügel des Hauses, in dem sein Vater residierte. Als sie das geräumige Studierzimmer betraten, starrten ihnen ein alter Mann und eine in prächtige Gewänder gekleidete alte Frau entgegen. Beide blieben reglos sitzen. Sie nickten lediglich, als Du ihnen höflich seine Begleiter vorstellte.

Dus Mutter begaffte Marie unverfroren von Kopf bis Fuß. Vor allem die Lederstiefel, die unter Maies knöchellangem Rock hervorlugten, schienen es ihr angetan zu haben. Aber sie sagte kein Wort. Dus Vater hingegen, dessen Miene ebenfalls völlig unbewegt blieb, sprach einige trockene Begrüßungsfloskeln, die Du ehrerbietig übersetzte. Der Anlass des Besuches oder die kranke Schwiegertochter blieben unerwähnt. Nach nur wenigen Minuten bedeutete der alte Mann mit einer Handbewegung, dass die Audienz beendet sei, und Du führte seine Gäste mit versteinerter Miene wieder hinaus. Obwohl Marie nichts über chinesische Etikette wusste, war ihr klar, dass sie in diesem Hause nicht willkommen waren. Die Schönheit dieses Palastes mit seinen zauberhaften, blühenden Innenhöfen, seinen Säulen und geschwungenen Dächern erschien ihr plötzlich kalt und abweisend. Marie und Philipp tauschten einen kurzen Blick, der Marie verriet, dass Philipp ähnlich empfand. Insgeheim hoffte sie, dass sie so schnell wie möglich wieder abreisen konnten.

»Wissen Ihre Eltern, warum wir hier sind?«

Du nickte stumm.

»Gehe ich recht in der Annahme, dass sie nicht besonders glücklich über unseren Besuch sind?«

Du sah sie mit verstörtem Gesichtsausdruck an.

Philipp versuchte zu vermitteln. »Marie, bitte, chinesische Etikette ist sehr kompliziert. Man kommt nicht sofort auf den Kern eines Anliegens zu sprechen.«

Marie wollte widersprechen, aber Du kam ihr zuvor. Er wirkte wütend und verzweifelt. »Sie haben leider recht. Aber das hat weniger mit Ihnen zu tun als mit der Tatsache, dass es hier um eine unwürdige Schwiegertochter geht, die nach fünf Jahren Ehe noch immer kein Kind geboren hat. Deshalb verstehen meine Eltern auch meine Sorge um meine Frau nicht. Sie haben mich aufgefordert, sie zu verstoßen und mir eine neue Frau zu nehmen. Wenn sie sterben sollte, wäre das Problem für sie gelöst.«

Marie war entsetzt. »Das ist ja furchtbar. Warum haben Sie sie denn nicht mit nach Tsingtau gebracht, statt sie hier in dieser feindseligen Umgebung zu lassen?«

»Meine Frau wollte ihre Pflicht gegenüber ihren Schwiegereltern erfüllen und ihnen dienen, wie es traditionell von ihr erwartet wird. Und sie hat Angst vor einem Leben in einer völlig fremden Welt außerhalb dieser Mauern, in der sie vielleicht ihre Würde verlieren würde. Ich habe versucht, ihr Mut zu machen, mit mir ein modernes Leben zu führen, aber sie hat mich gebeten, so weiterleben zu dürfen, wie sie es von Kindesbeinen an gelehrt worden ist.«

Marie musste an die Erklärungen der chinesischen Schülerinnen denken, die ihr von der Bestimmung der chinesischen Frau als »Innenmensch« erzählt hatten. Sie verstand plötzlich, dass dieses System, das ihr selbst unvorstellbar vorkam, auch für Sicherheit und Ansehen der Ehefrauen in deren eng gestecktem Wirkungsrahmen sorgte. Und mit einem Schlag verstand sie, welchen Zwängen und Konflikten Du Xündi ausgesetzt sein musste, der zwischen Tradition und Moderne stand. Sie empfand höchste Bewunderung für ihn, dass er den Wunsch seiner Frau respektierte, ihr althergebrachtes Leben weiterzuführen, während er auf der Suche nach einer ganz anderen Gesellschaft war. Und er bewahrte seinen Eltern gegenüber die Form, die schon längst nicht mehr seinen Vorstellungen entsprach. Es tat ihr unendlich leid, dass sie ihn mit ihrem direkten Urteil über das Verhalten seiner Eltern in Verlegenheit gebracht hatte.

»Kann ich Ihre Frau jetzt untersuchen?«

Sie wollte alles tun, um diese für ihn so unangenehme Situation so schnell wie möglich hinter sich zu bringen.

Du nickte. »Ich bringe Sie hin.«

Philipp musste im Vorzimmer warten. Gefolgt von Yonggang, die den Arztkoffer trug, betrat Marie hinter Du Xündi die Gemächer seiner Frau. Zwei ältere Frauen begrüßten sie mit einer höflichen Verbeugung, aber misstrauischen Blicken. In der Mitte des dunklen Zimmers stand ein kunstvoll geschnitztes Himmelbett, dessen bestickte Vorhänge geschlossen waren. Auch die anderen Möbel waren von erlesener Schönheit. Die Fenster waren geschlossen, ein Geruch von Erbrochenem lag in der Luft.

Du schob die Vorhänge zur Seite. Auf einem schmalen Kopfkissen und unter schweren bunten Steppdecken lag eine blasse junge Frau mit tiefen, dunklen Augenringen und schweißnassen Haaren. Sie drehte den Kopf und lächelte schwach, als sie ihren Mann erblickte. Als sie hinter ihm Marie entdeckte, erschrak sie sichtlich. Du redete leise auf sie ein. Schließlich beruhigte sich die Kranke etwas.

Marie ergriff sofort die Initiative. »Fragen Sie Ihre Frau bitte, welche Symptome sie hat.«

»Sie sagt, sie hat seit Wochen starke Leibschmerzen, Fieber, sie muss sich erbrechen und fühlt sich so schwach, dass sie nicht mehr stehen kann.«

Marie nickte ernst. Sie legte ihre Hand auf Qinglings Stirn und fühlte, dass sie starkes Fieber hatte. Die Augen der Kranken waren rot unterlaufen, ihre Zunge zeigte eine dunkle Verfärbung.

»Sagen Sie ihr, dass ich sie abtasten muss.«

Du übersetzte Maries Worte und trat diskret zurück. Marie und Yonggang schoben Qinglings Kleidung zur Seite, damit Marie sie untersuchen konnte. Mit Yonggangs Hilfe stellte Marie der Kranken vorsichtig einige Fragen. Schließlich deckten sie Qingling wieder zu. Du trat wieder neben sie und sah auf seine Frau hinunter.

»Was hat sie? Können Sie etwas feststellen?«

Marie machte ein ernstes Gesicht. »Sie haben mir doch gesagt, dass die Hausärzte der Meinung sind, sie könnten ihr nicht helfen?«

Du nickte.

»Könnte es vielleicht sein, dass sie ihr nicht helfen wollen?«

»Was soll das heißen?«

»Die Symptome sind ganz eindeutig. Ich weiß nichts von chinesischer Medizin, doch diese Anzeichen sind so klar, dass ich mir sicher bin, dass jeder Arzt der Welt sie erkennt. Sie leidet an einer Vergiftung!«

Dus Gesicht wurde aschfahl.

»Dadurch hat sie stark an Gewicht verloren. Außerdem sagt sie, sie hätte schon drei Monate lang keine Blutung mehr gehabt. Es ist also möglich, dass sie schwanger ist. Es könnte aber auch eine Folge des Gewichtsverlustes sein.«

Du warf einen entsetzten Blick auf seine Frau.

»Ich hoffe, Sie verzeihen mir, wenn ich noch einmal sehr direkt bin«, fuhr Marie fort. »Es gibt zwei Möglichkeiten: Entweder hat jemand ihr das Gift verabreicht, oder sie hat es selbst eingenommen. Nach all dem, was Sie mir erzählt haben, ist beides denkbar. Die Dosis ist noch nicht hoch genug. Sie wird überleben, wenn sie nicht noch weiteres Gift bekommt. Falls sie wirklich schwanger sein sollte, bleibt offen, wie sich das Gift auf das ungeborene Kind auswirkt. Die Tatsache, dass Ihre Hausärzte behaupten, sie könnten ihr nicht helfen, lässt darauf schließen, dass jemand daran interessiert ist, dass sie nicht wieder gesund wird. Überlegen Sie also genau, was Sie Ihrer Frau jetzt sagen, und vor allem, was Sie tun wollen. Ich würde Ihnen empfehlen, zunächst nichts von der möglichen Schwangerschaft zu sagen. Das könnte sie zusätzlich aufregen. Warten wir erst weitere Untersuchungen ab.«

Marie erkannte Du kaum wieder. Das Entsetzen schien ihm jegliche Kraft entzogen zu haben.

»Darf ich Ihnen einen Rat geben?«

Er nickte nur schwach.

»Bringen Sie Ihre Frau von hier weg. Ich kann verstehen, dass sie Angst vor der Unsicherheit des Lebens jenseits der Mauern dieses Hauses hat. Aber hier ist sie in höchster Lebensgefahr. Die nächste Dosis Gift könnte sie umbringen. Man sollte sie nicht mehr aus den Augen lassen, um sie entweder vor sich selbst oder einem heimtückischen Mörder zu schützen. Gibt es jemanden, dem Sie vertrauen können, der sich zuverlässig um sie kümmern kann?«

Du schüttelte den Kopf. Er warf einen besorgten Blick auf Qingling, schien aber außerstande, eine Entscheidung zu treffen.

Marie übernahm erneut die Initiative. »Wir nehmen sie morgen mit. Ich denke, Sie haben keine andere Wahl. Und jetzt schicken wir Yonggang in die Stadt. Sie soll aus einem Restaurant Suppe für Qingling holen, dann sind wir sicher, dass niemand Gift in ihr Essen schütten kann. Außerdem werden wir heute Nacht hier bei ihr schlafen. Schicken Sie einen Diener zur Bahnstation, er soll eine weitere Fahrkarte besorgen und ein Telegramm an Ihren Onkel schicken. Er hat doch schon einmal seine Beziehungen spielen lassen, um über Nacht Papiere für uns zu besorgen. Jetzt brauchen wir noch einmal seine Hilfe.«

Du hörte ihr schweigend zu. Er überlegte nur kurz. »Sie haben recht. Ich danke Ihnen für Ihren Rat.«

Er schickte die beiden Dienerinnen aus dem Zimmer, die, obwohl sie nichts verstanden, mit großen Augen die Untersuchung und seine entsetzte Reaktion auf die Diagnose verfolgt hatten. Dann setzte er sich auf die Bettkante, nahm die Hand seiner Frau und sprach leise auf sie ein. Die junge Frau fing an zu weinen. Sie versuchte, sich aufzurichten und ihrem Mann zu widersprechen, doch er ließ sie nicht ausreden. Allmählich beruhigte sie sich wieder. Er saß minutenlang wortlos neben ihr und hielt ihre Hand, bis sie vor Erschöpfung eingeschlafen war.

Yonggang, die erst durch seine Worte das Ausmaß der Tragödie verstand, wartete reglos auf weitere Anweisungen. Die wenigen Augenblicke der Ruhe schienen Du die Kraft gegeben zu haben, wieder aufzustehen, um zu tun, was getan werden musste.

Auch Marie fühlte sich plötzlich erschöpft und leer. Sie war froh, dass Philipp hier war, mit dem sie über diese schrecklichen Ereignisse sprechen konnte. Du schlug vor, dass sie und Philipp sich im Raum vor dem Schlafgemach ausruhen konnten, während er Vorbereitungen für die Rückreise nach Tsingtau traf und Yonggang auf Qingling aufpasste.

Philipp hörte sich Maries Schilderung der Lage schweigend an und schüttelte fassungslos den Kopf. »Der arme Kerl kann einem wirklich leidtun. Es wird vor allem nicht leicht werden, seinen Eltern gegenüber seinen Plan zu rechtfertigen. Für traditionsbewusste Familien ist der Platz eines Sohnes an der Seite seiner Eltern. Sein Interesse am Ausland und sein Studium in Tsingtau verstoßen sicher gegen ihre Pläne für ihn. Wenn er jetzt auch noch die Schwiegertochter ihrem Zugriff entzieht und sich ihretwegen gegen die eigene Familie stellt, so ist das ein grober Verstoß gegen alle Gesetze der chinesischen Familie.«

Wie auf ein Stichwort war plötzlich draußen lautes Gezeter zu hören. Die Tür flog auf, und Dus Mutter erschien mit den beiden Dienerinnen.

Angesichts der beiden Ausländer, die sie verwirrt anstarrten, verschlug es ihr einen kurzen Augenblick die Sprache. Wortlos stierte sie die beiden feindselig an. Mit dem Tonfall höchster Verachtung zischte sie ihnen einige Worte entgegen, dann marschierte sie auf die Tür zu Qinglings Schlafzimmer zu. Marie sprang auf. Nach allem, was sie erfahren hatte, war nicht auszuschließen, dass Dus Mutter das Giftkomplott angezettelt hatte.

Marie drängte sich an den beiden Dienerinnen vorbei ins angrenzende Zimmer. Die alte Frau hatte Yonggang entdeckt und fing an, sie lauthals zu beschimpfen. Yonggang stand verängstigt am Bett und sah der rasenden Furie erschrocken entgegen. Die Alte stieß sie brutal zur Seite, riss die Bettvorhänge auf und begann schreiend, auf Qingling einzuschlagen. Marie zögerte nicht und packte die Frau von hinten. Da sie wesentlich größer und stärker war, konnte sie die alte Frau ohne größere Mühe vom Bett wegziehen. Dus Mutter schrie aus vollem Halse. Die beiden Dienerinnen stürzten sich auf Marie, um ihre Herrin zu befreien.

Philipp hatte das Geschehen von der Tür aus beobachtet. Er zögerte einen Moment, dann riss er die beiden Dienerinnen von Marie los. Sein Eingreifen verstärkte das Geschrei der Frauen noch. Qingling lag im Bett und weinte herzzerreißend. Die ganze Situation war völlig außer der Kontrolle geraten.

Marie ließ die alte Frau los und schob sie vom Bett weg. Philipp und Marie blockierten den Weg zu ihrer Schwiegertochter. Die infernalische Lautstärke hatte verschiedene Mitbewohner des Hauses alarmiert, die nun angelaufen kamen. Mehrere Frauen schlossen sich den Schimpftiraden der Alten an. Es herrschte ohrenbetäubender Lärm.

Plötzlich drängten sich Du Xündi und Zhang Wen in das Schlafzimmer. Alle Anwesenden verstummten schlagartig. Dus Mutter jedoch zeigte mit ihren krallenförmigen Fingern auf Marie und Philipp und zeterte weiter. Für einen Moment konnte Marie völlige Ratlosigkeit in Dus Blick erkennen. Dann hob er die Hand, sah seine Mutter mit festem Blick an und deutete auf die Tür. Seine Stimme klang laut und befehlend. »Nin chu qu ba.«

Die Alte erstarrte. Sekundenlang herrschte entsetzte Stille im Raum. Trotz ihrer bescheidenen Chinesischkenntnisse hatte Marie verstanden, dass Du seine Mutter des Zimmers verwiesen hatte. Zhang Wen stand bleich, mit gesenktem Kopf neben seinem Freund und wagte es nicht, die alte Frau anzusehen. Nach einigen Augenblicken hatte sie ihre Fassung wiedergewonnen und stolzierte aus dem Zimmer. Dabei warf sie ihrem Sohn einen hasserfüllten Blick zu, der Marie erschauern ließ. Alle Bediensteten folgten ihr, als wollten sie so schnell wie möglich Abstand von dem abtrünnigen Sohn gewinnen, der seine Mutter vor aller Augen gedemütigt hatte, indem er seine Frau und die fremden Eindringlinge vor ihr in Schutz nahm.

Du stand wie versteinert da. Zutiefst betroffen waren auch Marie, Philipp und Yonggang. Das Schluchzen von Qingling riss Marie aus ihrer Erstarrung. Sie trat ans Bett, reichte der jungen Frau eine Tasse Tee und strich ihr beruhigend über das Haar.

Dann wandte sie sich an Du. »Könnten Sie jetzt einen Ihrer Männer mit Yonggang in die Stadt schicken, um für Ihre Frau etwas zu essen zu besorgen?«

Du atmete tief durch und sprach einige Worte mit Yonggang. Beide verließen den Raum.

Marie und Philipp schwiegen einen Moment, dann seufzte Marie. »Man kann nur hoffen, dass dieser Alptraum für Du Xündi jetzt vorbei ist.«

Philipp sah sie skeptisch an. »Ich befürchte, jetzt fängt er erst wirklich an.«

Die Stunden bis zum Morgengrauen verbrachten alle gemeinsam in Qinglings Gemächern. Auch die Leibwachen und Zhang Wen kauerten im Vorzimmer auf dem Boden. Da die Bediensteten des Hauses jegliche Hilfestellung verweigerten, hatte Du seine drei Begleiter losgeschickt, um Abendessen sowie Decken und Kissen für ein provisorisches Nachtlager zu besorgen. Alle versuchten, es sich so bequem wie möglich zu machen.

Zu später Stunde erschien plötzlich ein gut gekleideter junger Mann, der Du barsch aufforderte, mit ihm zu kommen. Als dieser nach einer Weile wieder zurückkehrte, erschien er Marie noch blasser als zuvor. Vorsichtig fragte sie, wer der Unbekannte gewesen sei.

Du sah sie unendlich traurig an. »Das war mein älterer Bruder. Er und mein Vater haben mir mitgeteilt, dass ich in diesem Hause nicht mehr erwünscht bin.«

Zhang Wen setzte sich neben Du und legte seinen Arm um dessen

Schultern. Die beiden unterhielten sich flüsternd, als wollten sie sich gegenseitig Mut machen.

Schon lange vor Morgengrauen wurden die letzten Vorbereitungen zur Abreise getroffen. Im Hof des Hauses wurden Sänften und Pferde bereitgestellt. Yonggang packte Qinglings Schmuck und einige wenige persönliche Habseligkeiten zusammen. Die Diener der Familie Du beobachteten alles mit unbeweglichen Gesichtern, ohne selbst Hand anzulegen. Im letzten Moment tauchte Zhang Wen aus der Dunkelheit auf und kletterte in eine Sänfte. Marie beobachtete die alte Frau, die ihn bei ihrer Ankunft so glücklich begrüßt hatte. Sie stand hinter einer Säule und beobachtete heimlich die Abreisevorkehrungen. Offenbar wagte sie es nicht, sich für andere sichtbar von dem jungen Mann zu verabschieden. Marie war erleichtert, als endlich das Kommando »kai men« erklang, sich die Tore öffneten und die Karawane in Bewegung setzte. Es war noch dunkel, und sie wagte vorsichtig, den Vorhang ihrer Sänfte zur Seite zu schieben. Du sah sich wehmütig um, als er durch das große Tor ritt. In letzter Minute tauchte der Reiter mit der Standarte auf, der den Zug bis zur Bahnstation begleitete.

Drei Stunden später hatten sie den Bahnhof ohne Zwischenfälle erreicht. Als Marie das Bahnhofsgebäude mit der vertrauten Fachwerkfassade erblickte, musste sie sich eingestehen, dass sie sich plötzlich sehr viel sicherer fühlte. Der Zug wurde erst gegen Mittag erwartet, doch der Wartesaal der ersten Klasse erschien wie ein rettender Hafen, wohin man sich, abgeschirmt vor den unzähligen neugierigen Augen, zurückziehen konnte. Zwei von Dus Begleitern schwärmten aus, um einen Imbiss zum Frühstück zu besorgen. Yonggang verteilte Schälchen mit einer heißen weißen Flüssigkeit und in Fett gebackene längliche Teigstücke.

»Was ist das?« Marie schnupperte an ihrem Schälchen.

Du nickte ihr auffordernd zu. »Doujiang he youtiao. Sojabohnenmilch und Schmalzgebäck, das isst man hier zum Frühstück.«

Obwohl Marie in diesem Moment eine Tasse starker Kaffee lieber gewesen wäre, probierte sie die Sojabohnenmilch. Sie schmeckte süß und nussig. Zusammen mit dem Gebäck, das einem Krapfen ähnelte, ergab sich eine wohlschmeckende und wärmende Mahlzeit. Sogar Qingling aß ein paar Bissen. Zum ersten Mal lächelte sie Marie scheu an. Yonggang kümmerte sich rührend um sie und trug dafür Sorge, dass sie nach Maries Anweisung so viel Flüssigkeit wie möglich zu sich nahm. Du Xündi wich nicht von der Seite seiner jungen Frau.

Marie setzte sich neben Zhang Wen, der reglos und mit erstarrter Miene in einer Ecke saß.

»Gehören Sie auch zur Familie Du?«

Zhang Wen sah sie traurig an. »Streng genommen nicht. Mein Vater war weitläufig mit Dus Mutter verwandt, aber die mütterliche Linie zählt nicht zur Familie. Meine Eltern starben, als ich noch ein Säugling war. Der Du-Klan hat mich trotzdem aufgenommen. Ich wurde von einer Amme aufgezogen und durfte zusammen mit Du Xündi unterrichtet werden. Er ist wie ein Bruder für mich.«

»Und die alte Frau, die sie begrüßt hat?«

»Das war meine Amme, die zu meiner Ersatzmutter wurde.« Er seufzte. »Hoffentlich wird sie jetzt nicht dafür bestraft, dass ich mich auf Dus Seite gestellt habe.«

Er nahm seine Nickelbrille ab und rieb sich die Augen. An seinen rot geränderten Augen konnte Marie erkennen, dass er geweint hatte. Er stand wortlos auf und verließ den Raum.

Philipp hatte den Wortwechsel von Ferne beobachtet und setzte sich nun neben Marie.

Marie atmete tief durch. »Diese Tragödie scheint viel mehr Dimensionen zu haben, als wir uns das vorstellen können. Philipp, ich wollte Ihnen nochmals danken, dass Sie mitgekommen sind. Ich weiß nicht, wie ich das ohne Sie überstanden hätte. Ich muss gestehen, ich war vielleicht doch etwas naiv. Dieses Land ist mir viel fremder, als ich dachte.«

Philipp schwieg einen Augenblick. »So etwas habe ich auch noch nicht erlebt. Ich war seelisch darauf vorbereitet, Sie vor gefährlichen Rebellen oder Banditen zu retten. Dass es stattdessen nur zwei wild gewordene Kammerzofen waren, macht mir schwer zu schaffen. Wenn sich das herumspricht, lacht ganz Tsingtau über mich.«

Trotz des Ernstes der Situation musste Marie lachen. »Ich verspreche

Ihnen, nichts zu verraten. Ihr Heldenmut in allen Ehren, aber ich bin wirklich froh, dass wir keine unangenehmen Begegnungen gefährlicherer Natur hatten.«

Philipp nickte. »Wir hatten Glück im Unglück. Wahrscheinlich muss sich trotz aller Widrigkeiten doch irgendjemand aus der Familie Du Gedanken um unsere Sicherheit gemacht haben. Ich bin mir ziemlich sicher, dass die Standarte der Familie Du uns vor unliebsamen Zwischenfällen beschützt hat.«

Sie saßen eine Weile schweigend nebeneinander. Jeder war in seine Gedanken und Eindrücke vertieft. Schließlich wandte sich Marie wieder an Philipp.

»Ich möchte mich noch einmal in aller Form bei Ihnen entschuldigen, Philipp. Ich habe Sie von Anfang an völlig falsch eingeschätzt. Ich habe das Gefühl, Sie haben weit mehr Verständnis und Interesse an China, als Sie offenlegen.«

Philipp winkte ab. »Vielleicht erinnern Sie sich, dass ich Ihnen einmal sagte, dass eine zu liberale Einstellung gegenüber den Chinesen in gewissen Kreisen in Tsingtau nicht gerne gesehen wird.«

Marie nickte nachdenklich. »Ich will Ihnen ja nicht zu nahe treten, Philipp. Aber könnte es sein, dass Sie dann eigentlich nicht wirklich zu diesen Kreisen passen?«

Philipp vermied es, Marie anzusehen, und beantwortete ihre Frage nicht.

Der Zug der Shandong Eisenbahngesellschaft lief pünktlich in Qian ein. Zu aller Überraschung saß Gerlindes Vater Manfred Zimmermann im Zug, der auf Geschäftsreise in Tianjin gewesen war. Er staunte über die unerwartete Reisebegleitung, die hier an diesem kleinen Ort mitten in der Provinz zustieg. So vergingen die wenigen Stunden bis zur Ankunft im deutschen Schutzgebiet mit interessanten Gesprächen. Dort angekommen, brachten sie Qingling ins Faberhospital, wo sie in den kommenden Tagen nochmals genau untersucht und beobachtet werden sollte.

Philipp begleitete Marie nach Hause. Wolfgang Hildebrand war sichtlich erlöst, seine Tochter wieder in die Arme schließen zu können. Betroffen lauschte er der Schilderung der Ereignisse in Luotou. Als Philipp schließlich selbst von seinem Kampf gegen die beiden Chinesinnen in Qinglings Schlafzimmer erzählte, lachte der Marinebaumeister aus vollem Halse. Marie und Philipp stimmten ein. Allen war die Erleichterung anzuspüren, dass sie wieder zusammen am Kamin der Villa Hildebrand sitzen und ein Glas Moselwein trinken konnten.

Marie hob ihr Glas und prostete Philipp zu. »Nochmals vielen, vielen Dank für Ihre Begleitung und Ihre tatkräftige Unterstützung. Das werde ich Ihnen niemals vergessen.«

Philipp hielt ihren Blick einen Moment lang fest. In seinen Augen konnte Marie lesen, dass ihn diese Worte tief bewegten.

In diesem Moment flog die Tür auf und Gerlinde stürzte ins Zimmer. »Oh Gott, bin ich froh, dass ihr beiden wieder da seid. Diese Reise war völliger Irrsinn. Mein Vater hat uns alles erzählt! Meine Mutter ist auch ganz außer sich. Marie, deine Nächstenliebe geht wirklich etwas zu weit, auch noch Philipp in dieses Abenteuer mit hineinzuziehen!«

Philipp stand auf, nahm Gerlinde bei der Hand und bat sie, sich hinzusetzen. »Gerlinde, beruhige dich! Es ist ja alles gutgegangen. Du wirst mir doch zustimmen, dass ich Marie nicht allein reisen lassen konnte, oder?«

Gerlinde atmete tief durch und sah mit großen Augen von Marie zu Philipp. Schließlich fasste sie sich und sagte schuldbewusst: »Entschuldigt! Ich hab mir nur solche Sorgen um euch gemacht.« Sie blickte Philipp strahlend an. »Du bist wirklich ein Held, Philipp.« Einen Moment später stand sie auf, ging zu Marie und nahm sie in die Arme. »Du natürlich auch, Marie.«

Unterstützt von Dr. Wunsch untersuchte Marie am nächsten Morgen Qingling eingehend. Dabei stellte sich wieder einmal heraus, wie wichtig die Gegenwart von Yonggang war. Sie hielt Qinglings Hand und konnte ihre Nervosität sichtlich mindern. Die dunkle Färbung der Zunge war schon etwas zurückgegangen, und ihr Kreislauf war stabiler.

Vorsichtig versuchte Marie zu ergründen, ob ein Giftanschlag auf Qingling vorlag oder ob sie sich selbst hatte umbringen wollen. Doch diese Fragen blieben ergebnislos. Die junge Frau brach in Tränen aus, und Marie beschloss, sie nicht weiter zu bedrängen.

Das Ergebnis der weiteren Untersuchung war eindeutig: Qingling war schwanger. Als Marie Du und seiner Frau die Bestätigung ihrer ersten Vermutung mitteilte, brach die junge Frau wieder in Tränen aus und war kaum mehr zu beruhigen. Marie redete ihr gut zu. Das Wichtigste war nun, dass sie zu Kräften kam, viel aß und trank und am besten im Bett blieb. Yonggang wurde zu ihrer Pflege rund um die Uhr abgestellt.

Nachdem seine Frau endlich vor Erschöpfung eingeschlafen war, bat Du Marie um ein Gespräch unter vier Augen.

Sie zogen sich in Maries Behandlungszimmer zurück. Du starrte erst einen Moment lang auf die Unterlagen auf ihrem Schreibtisch, bevor er Worte finden konnte.

»Ich wollte Ihnen noch einmal für Ihre Hilfe danken, Fräulein Dr. Hildebrand. Ich weiß nicht, was ohne Ihre Unterstützung passiert wäre.«

Marie winkte ab. »Ich habe nur meine Pflicht als Ärztin getan. Dafür müssen Sie sich nicht bedanken.«

»Das ist nicht wahr. Sie haben gegen den Willen Ihres Vaters eine Reise in unbekanntes, gefährliches Territorium gemacht. Und Sie haben mir wieder einmal gezeigt, dass es Augenblicke gibt, wo man gegen festgefahrene Ansichten angehen muss. Damit haben Sie mir Mut gemacht, gegen meine Familie, aber auch gegen die Angst meiner Frau zu handeln.« Er seufzte. »Ich wünschte, meine Frau wäre so mutig wie Sie.«

Marie hob abwehrend die Hände. »Jetzt sind Sie ungerecht! Ich finde, Ihre Frau war sehr tapfer, als sie sich entschloss, ihre Pflicht zu erfüllen und bei ihren Schwiegereltern zu bleiben, um sie zu versorgen, während Sie, Ihr Mann, wahrscheinlich gegen den Willen Ihrer Eltern auszogen, um ein neues Leben zu finden. Lag es nicht auf der Hand, dass man ihr deshalb nicht wohlgesinnt sein musste?«

Du saß Marie mit gesenktem Kopf gegenüber. Man konnte ihm die Bürde seines Familienkonfliktes ansehen.

»Ich ahnte nicht, wie schwer man ihr das Leben machte. Sie hat sich mir nie anvertraut. Ich kann nicht fassen, dass jemand versuchte, sie umzubringen.«

»Wir wissen doch nicht, ob es Fremdverschulden ist.«

»Wenn sie es selbst getan haben sollte, trifft mich eine noch größere Schuld, ihre Verzweiflung nicht erkannt zu haben.«

Es gab nichts, was Marie darauf erwidern konnte. Trotzdem versuchte sie, Du Mut zuzusprechen. »Jetzt müssen Sie nach vorne sehen und ein neues Leben für sich und Ihre Frau aufbauen. Wissen Sie denn schon, wo Sie beide wohnen können?«

»Ja. Wir werden eine Wohnung im Haus meines Onkels beziehen. Ich glaube, dort kann meine Frau sich sicher fühlen, denn meine Tante und ihre Töchter werden sich um sie kümmern. Sie werden sie morgen hier im Krankenhaus besuchen.«

»Das klingt doch schon sehr gut. Das Allerwichtigste ist, dass sie zur Ruhe kommt und sich erholt. Wir wissen nicht, wie sich das Gift auf ihre Schwangerschaft und den Fötus auswirken wird. Das Problem ist noch nicht überwunden.«

Du nickte betroffen. Dann stand er auf und ging hinaus, um wieder nach seiner Frau zu sehen.

Nachdenklich blickte Marie hinter ihm her. Schließlich wandte sie sich der Arbeit auf ihrem Schreibtisch zu. Minuten später klingelte das Telefon. Das Fräulein vom Amt stellte Philipp durch.

»Marie, wie ist die Untersuchung gelaufen? Alles in Ordnung?«

Als sie Philipps Stimme hörte, musste Marie unwillkürlich lächeln. »Philipp, wie nett, dass Sie anrufen.«

»Ich mache mir wirklich Gedanken um Du und seine Frau. Diese ganze Geschichte ist so entsetzlich, und ich hoffe so, dass sie gut enden wird.«

»Zunächst müssen wir einfach abwarten. Ich habe den Eindruck, Qingling ist schon etwas stabiler. Aber so schnell wird sie diese furchtbaren Erlebnisse und die neue Umgebung nicht verkraften können. Man kann nur hoffen, dass ihre Schwangerschaft ohne weitere Probleme verläuft. Ein Kind würde ihr sicherlich die Lebenskraft geben, die sie braucht.«

16.

Als Marie am späten Nachmittag nach Hause kam, wartete Fritz mit einer Nachricht auf sie. Gerlinde hatte angerufen. Sie wollte Marie dringend sprechen. Marie ließ sich mit der Villa Zimmermann verbinden, doch statt Gerlinde kam Helene Zimmermann an den Apparat. Ihre Stimme klang noch kühler als sonst.

»Gerlinde kann jetzt nicht mit Ihnen sprechen. Sie ist unpässlich und hat sich hingelegt.«

Marie war beunruhigt. »Ist es etwas Ernstes? Braucht sie vielleicht ärztlichen Beistand?«

Helene Zimmermanns Stimme klang abweisend. »Nein, danke der Nachfrage. Ich denke, diese Krise wird sie auch alleine überstehen. Guten Tag.«

Helene Zimmermann hatte aufgelegt. Irritiert stand Marie einen Augenblick lang mit dem Hörer in der Hand am Telefon und überlegte, ob sie trotz dieser Abfuhr nach dem Rechten sehen sollte. Schließlich gab sie diese Idee auf. Es war sicher nicht ratsam, sich mit Helene Zimmermann anzulegen.

Den weiteren Nachmittag widmete sich Marie einem medizinischen Fachbuch über Frauenkrankheiten, das ihr Dr. Wunsch aus seiner Bibliothek zur Verfügung gestellt hatte. Sie genoss die Ruhe am Schreibtisch und die warme Atmosphäre des kleinen Studierzimmers, das sie sich neben ihrem Schlafzimmer eingerichtet hatte. Hier konnte sie ungestört arbeiten und lesen, während der Kachelofen in der Ecke gemütlich knisterte.

Wie aus weiter Ferne hörte sie die Haustürklingel und Stimmen. Sekunden später wurde die Tür zu ihrem Zimmer aufgerissen. Gerlinde kam herein. Sie sah ungewöhnlich blass aus. Wortlos ließ sie sich in einen Sessel fallen.

»Marie, ich brauche deine Hilfe.«

Fritz war hinter ihr im Türrahmen erschienen. Er machte eine hilflose

Geste. Wahrscheinlich hatte Gerlinde ihn schlicht ignoriert, als er versucht hatte, sie bei Marie anzumelden.

Marie hob beschwichtigend die Hand. »Ist schon gut. Bringen Sie uns bitte Tee, Fritz.«

Er verschwand mit einem säuerlichen Gesichtsausdruck. Marie wandte sich an Gerlinde. »Was um Himmels willen ist denn passiert? Du siehst ziemlich blass aus. Fehlt dir was?«

Gerlinde schnaubte ärgerlich. »Nein, mir fehlt nichts. Es gibt nur wieder Ärger mit meiner Mutter. Diesmal ist es wirklich ernst.«

Marie sah sie fragend an.

»Wahrscheinlich hat uns irgendjemand in der Chinesenstadt gesehen und meiner Mutter erzählt, dass wir betrunkene Soldaten angesprochen haben. Sie ist außer sich und droht damit, mich entweder nach Deutschland zurückzuschicken oder aber nach Hongkong auf eine dieser englischen Finishing Schools, wo man zur perfekten Dame und Ehefrau erzogen wird. Stell dir das vor!«

Nachdem sie ihrer Wut Ausdruck verliehen hatte, sackte Gerlinde wie ein Häufchen Elend auf dem Sessel zusammen. Trotz des Ernstes der Situation registrierte Marie belustigt, dass sich Gerlinde wie ein schmollender Backfisch benahm.

»Ist das schon beschlossene Sache? Was sagt denn dein Vater dazu?«

»Mein Vater überlässt in solchen Fragen die Entscheidung immer meiner Mutter. Erstaunlicherweise hat er sie überredet, die ganze Angelegenheit bis Anfang nächsten Jahres zu vertagen, aber damit ist die Sache nicht vom Tisch. Jetzt hängt ständig dieses Damoklesschwert über mir: Wenn ich nicht pariere, schickt sie mich weg.«

»Vielleicht ist es endgültig an der Zeit, dass du einen eigenen Plan entwickelst, was du mit deinem Leben anfangen willst.«

Gerlinde sah sie zerknirscht an. »Du klingst wie meine Mutter. Ich dachte, du wärst meine Freundin!«

Marie schüttelte den Kopf. »Jetzt sei doch vernünftig. Denk doch mal an die chinesischen Mädchen! Wie stolz sie sind, etwas lernen zu dürfen. Und was machst du aus deinem Leben? Vielleicht könntest du dir ja auch eine interessante Aufgabe suchen?«

Gerlinde verzog das Gesicht. »Was kann ich schon tun? Ich habe doch keine besonderen Fähigkeiten!«

»Warum stellst du dein Licht so unter den Scheffel? Immerhin sprichst du Chinesisch, und du weißt alles über die Kolonie, über chinesische Oper, über das Land. Ich wünschte, ich hätte deine Kenntnisse!«

»Aber was kann ich damit schon anfangen? Ich könnte mich von dir als Krankenschwester ausbilden lassen, aber mir graut ehrlich gesagt vor dem Gedanken, kranke Menschen anfassen zu müssen.«

Marie zuckte mit den Achseln. »Es gibt ja auch noch andere Berufe als Krankenschwester. Will nicht dein Vater einen Verein zur Hebung des Fremdenverkehrs gründen?«

Gerlinde nickte.

»Warum bietest du ihm nicht deine Mitarbeit an? Du kennst dich hier besser aus als die meisten Menschen, du sprichst Chinesisch, Deutsch, Englisch und Französisch! Das wäre doch ideal für den Verein. Vor einigen Tagen stand in der Zeitung, dass demnächst auch die großen Weltumrundungsdampfer hier anlegen werden. Du wärest doch die perfekte Fremdenführerin. Gebildet, kultiviert und vielsprachig!«

Gerlinde sah sie für eine Sekunde sprachlos an. Dann erstrahlte ihr Gesicht, sie sprang euphorisch auf und fiel Marie um den Hals. »Das ist eine wunderbare Idee! Und das würde mir auch wirklich Spaß machen.«

Marie umarmte Gerlinde lachend. »Und du könntest einen neuen Reiseführer schreiben. Ich habe hier einen gekauft, aber er ist schon fünf Jahre alt und völlig überholt.«

Gerlinde ließ sich wieder in den Sessel fallen und überdachte voller Begeisterung die Möglichkeiten, die Marie ihr offerierte. »Das ist wirklich phantastisch. Ich werde sofort mit meinem Vater sprechen. Es wird zwar nicht leicht werden, meine Mutter von dieser Idee zu überzeugen, aber ich könnte mir vorstellen, er wird mich unterstützen. Er spricht immer in höchsten Tönen von dir und deiner Selbstständigkeit durch deinen Beruf.« Sie seufzte erleichtert und grinste hintergründig. »Ich freue mich schon auf sein Gesicht und ganz besonders auf das meiner Mutter.«

Der Rest der Woche verlief mit regelmäßigen Kontrolluntersuchungen von Qingling. Am Freitagnachmittag konnte sie das Krankenhaus bereits verlassen. Es waren keine Komplikationen aufgetreten. Yonggang hatte angeboten, sich während der ersten Tage in ihrem neuen Heim um die junge Frau zu kümmern, bis eine eigene Amah für Qingling gefunden war.

Nach den aufregenden Tagen dieser Woche beschloss Marie, den Samstag zu nutzen, um sich in aller Ruhe auf das abendliche festliche Dinner bei Zimmermanns vorzubereiten. Schon am Freitagnachmittag hatte sie im indischen Emporium ihre Abendkleider abgeholt. Gerlinde hatte keine Zeit, sie musste bei den Vorbereitungen zu Hause mithelfen. Marie entschloss sich, das königsblaue Kleid zum Dinner zu tragen. Nach einer kurzen Mittagsruhe meldete Fritz den Friseur an, den Marie auf Empfehlung von Adele Luther nach Hause bestellt hatte. Gespannt beobachtete sie im Spiegel, wie er ihre langen braunen Haare zu einer Frisur von schlichter Eleganz hochsteckte und sie mit zwei strassbesetzten Kämmen verzierte. Als er gegangen war, schminkte sie sich und legte ihr neues Abendkleid an. Das Oberteil war figurbetont geschnitten, der Ausschnitt mit einem raffiniert gestuften Rand gab dem Kleid eine ausgefallene Note. Der Rock fiel in lockeren Falten bis auf den Boden. Eng anliegende, kurze Ärmel umschlossen die Oberarme bis zum Ellenbogen. Das Kleid war schlicht, jedoch äußerst elegant. Es war, als ob Maries Spiegelbild ihr eine ganz neue, unbekannte Seite ihrer Persönlichkeit zeigte. Sie legte sich die Stola um die Schultern. Die silberne Borte wirkte wie ein letzter schimmernder Akzent, der ihr Gesicht erstrahlen ließ.

Die Halle der Villa Zimmermann war festlich mit Tannengrün, Zweigen mit roten Beeren und goldenen Schleifen geschmückt. Manfred Zimmermann kam mit großen Schritten aus dem Salon, um Marie und Wolfgang Hildebrand zu begrüßen. Der Boy nahm ihnen die Mäntel ab, und sie folgten dem Hausherrn in die Gesellschaftsräume.

Rund um den offenen Kamin, in dem ein behagliches Feuer loderte, hatten schon verschiedene Gäste in eleganten Abendroben Platz genommen. Marie kannte die Damen von Helenes »At Home«. Die Dame des Hauses thronte inmitten ihrer Gäste und lachte laut, als die Neuankömmlinge das Zimmer betraten. Als sie Maries ansichtig wurde, huschten ihre Augen für einen Moment durch die geöffnete Schiebetür in die angrenzende Bibliothek. Marie folgte ihrem Blick und entdeckte dort Gerlinde und Philipp. Sie standen nahe beieinander, tief in ein

Gespräch vertieft. Gerlinde lauschte Philipps Worten mit andächtigem Gesichtsausdruck.

Marie wandte sich sofort wieder der Hausherrin zu, die nun aufstand und triumphierend lächelnd auf sie zukam. Sie begrüßte die neuen Gäste überschwänglich.

»Herzlich willkommen zu unserer kleinen Soiree, lieber Herr Hildebrand, liebes Fräulein Hildebrand. Was kann ich Ihnen zu trinken anbieten? Ein Glas Champagner? Whiskey?«

Marie war erleichtert. Insgeheim hatte sie befürchtet, dass Gerlindes Mutter sich ihr gegenüber abweisend verhalten würde. Ohne Zweifel war Gerlindes gefühlsgeladener Auftritt nach ihrer Rückkunft aus Luotou am vergangenen Wochenende eine Antwort auf Helenes hysterische Reaktion auf die Reise mit Philipp gewesen. Da erklang auch schon Gerlindes Stimme hinter ihr. »Hallo, Marie! Mein Gott, du siehst einfach umwerfend aus!«

Marie drehte sich um und erblickte Gerlinde und Philipp, die auf sie zukamen. Während Gerlinde ihr stürmisch um den Hals fiel, trafen sich Maries und Philipps Augen für einen Moment. Er lächelte.

Gerlinde hielt Marie an den Schultern von sich und musterte sie von Kopf bis Fuß. »Genauso habe ich es mir vorgestellt! Du siehst wirklich aus wie die Königin von Saba!«

Philipp verbeugte sich zu einem Handkuss. »Da muss ich ihr recht geben. Guten Abend, Marie.«

Gerlinde legte einen Arm um Maries Taille und drehte sie zu Philipp. »Das ist mein Werk! Ich habe im indischen Emporium den Schnitt und den Stoff für Marie ausgesucht. Sieht sie nicht schön aus?«

Philipp nickte.

In diesem Augenblick erhob Manfred Zimmermann sein Glas.

»Ein gutes Stichwort. Trinken wir auf die Jugend, auf die Schönheit und auf unsere geliebte Tochter Gerlinde, die vor einigen Wochen achtzehn Jahre alt geworden ist. Nochmals herzlichen Glückwunsch, mein Kind!«

»Herzlichen Glückwunsch!«

Alle Anwesenden ließen die Gläser klirren.

Gerlinde nahm Marie zur Seite. »Komm bitte kurz mit.«

Sie zog Marie in die Bibliothek. Kaum waren sie außer Hörweite, flüsterte Gerlinde: »Stell dir vor! Es hat geklappt.«

Marie sah sie fragend an. »Meine Mutter hat akzeptiert, dass ich bei meinem Vater im Verein zur Hebung des Fremdenverkehrs mitarbeite.«

»Das ist ja wunderbar. So ganz ohne Widerrede?«

In diesem Moment streckte Philipp den Kopf um die Ecke. »Habt ihr ein Geheimnis?«

Gerlinde winkte ihn verschwörerisch näher und hakte sich bei ihm ein. »Philipp hat mir geholfen! Ich habe ihn in meinen Plan eingeweiht, und er hat meiner Mutter so viele positive Argumente für diese Strategie geliefert, dass sie gar nicht nein sagen konnte.«

Philipp winkte ab. »So schwer war das gar nicht. Wir wollen doch schließlich alle nicht, dass du uns verlässt.«

Gerlinde sah glücklich zu ihm auf. »Ich kann euch gar nicht sagen, wie froh ich bin.«

Philipp tätschelte ihre Hand. »Da bist du nicht die Einzige. Apropos, wo steckt eigentlich Geoffrey?«

Gerlinde grinste. »Er ist beim englischen Konsul eingeladen und konnte nicht mehr absagen. Aber er wollte später vielleicht noch vorbeikommen.«

Aus dem Nebenzimmer konnte man nun Helene Zimmermanns Stimme hören, die verkündete, dass das Essen serviert wurde.

Philipp bot den beiden jungen Damen seinen Arm an. »Kommt, wir sollten die Gastgeberin nicht warten lassen.«

Gerlinde rollte mit den Augen. »Besser nicht.«

Elegante Tischkarten wiesen jedem Gast seinen Platz an der langen, mit erlesenem Kristall, Silber und Porzellan gedeckten Tafel. Helene und Manfred Zimmermann saßen jeweils am Kopfende. Philipp saß zu Helenes Rechten, neben ihm Gerlinde. Marie saß am unteren Ende zur Rechten des Hausherrn. Helene warf einen zufriedenen Blick in die Runde. Da fast dreißig Personen am Tisch Platz genommen hatten, entwickelten sich schnell verschiedene Gespräche. Manfred Zimmermann berichtete seinen Tischnachbarn von seinem Erstaunen, als auf der Rückfahrt von Tianjin vor einigen Tagen mitten in der chinesischen Provinz Marie und Philipp in den Zug gestiegen waren. Alle wandten sich interessiert Marie zu und wollten nun endlich aus erster Hand hören, was der Anlass dieser Reise gewesen war.

Marie fing einen missbilligenden Blick von Helene Zimmermann auf, die trotz der anderen Gespräche mitbekommen hatte, wovon ihr

Mann sprach. Deshalb versuchte Marie das Thema kurz abzuhandeln. »Mein Chinesischlehrer hatte mich gebeten, seine todkranke Frau zu behandeln, da ihr angeblich kein chinesischer Arzt mehr helfen konnte.«

»Chinesische Ärzte sind eben nur Quacksalber und Scharlatane«, meinte Maries Tischnachbar trocken.

»Das kann ich nicht beurteilen. Für mich stellte sich die Situation eher so dar, als wolle man ihr nicht helfen.«

»Wie meinen Sie das?«

»Nun, es schien, als wollte die Familie ihres Mannes, dass die Schwiegertochter stirbt.«

»Unglaublich!«

Mitfühlend fragte eine Dame gegenüber. »Konnten Sie etwas für die arme Frau tun?«

Marie nickte. »Wir haben sie nach Tsingtau ins Faberhospital gebracht, und sie hat sich schon wieder gut erholt.«

Helene Zimmermann konnte jetzt nicht mehr an sich halten und schaltete sich mit unüberhörbarer Stimme vom anderen Tischende in das Gespräch ein. »Und für diese Barbarin setzte sie ihr Leben und das von Philipp aufs Spiel! Zwei deutsche Leben für ein chinesisches! Das ist in meinen Augen eine Rechnung, die nicht aufgeht.«

Marie erstarrte. Einige Herrschaften am Tisch nickten der Hausherrin zu, die anderen blickten nur peinlich berührt auf ihre Teller. Marie bemerkte, dass Philipp Helene stirnrunzelnd anblickte und ansetzte, etwas zu erwidern. Da legte Gerlinde beschwichtigend die Hand auf seine.

Stattdessen ergriff Manfred Zimmermann das Wort. »Meine liebe Helene! Fräulein Dr. Hildebrand hat den hippokratischen Eid geleistet, der sie verpflichtet, Menschenleben zu retten. Pflichterfüllung ist uns Deutschen doch eine besondere Tugend! Schließlich hat uns alle die Pflicht in unser schönes Tsingtau gebracht. Darauf erhebe ich mein Glas.«

Alle erhoben ihre Gläser und prosteten dem Hausherrn zu.

»Hört! Hört! Auf unser schönes Tsingtau! Auf die Pflicht und die Wacht am Gelben Meer.«

Auch Helene Zimmermann musste sich wohl oder übel diesem Trinkspruch anschließen. Marie lächelte Herrn Zimmermann dankbar zu und bewunderte im Stillen seine Schlagfertigkeit. Über den Tisch fing sie einen entschuldigenden Blick von Philipp auf, der ihr zuprostete, aber etwas zerknirscht wirkte.

Der weitere Abend verlief in harmonischer Atmosphäre, doch die öffentliche Attacke seitens der Gastgeberin hatte Marie verletzt. Sie bewahrte Fassung, fühlte sich aber unwohl, denn die allgemeine Fröhlichkeit hatte für sie nun einen schalen Beigeschmack. Alle hatten Helene Zimmermanns Bemerkung deutlich gehört und versuchten nun, Marie von dieser unangenehmen Erinnerung abzulenken.

Als sich Marie nach dem Essen im Vorraum der Toilette die Nase puderte, ging plötzlich die Tür auf, und Gerlinde kam herein.

»Es tut mir so leid, Marie! Ich möchte mich für meine Mutter entschuldigen. Rücksicht war noch nie ihre Stärke.«

»Mach dir keine Gedanken, Gerlinde. Sie kann eben aus ihrer Haut nicht heraus … Allerdings muss ich gestehen, dass mich Philipp etwas enttäuscht hat. Er hätte seinen Standpunkt klarmachen müssen. Ich hatte ihn nicht darum gebeten, mitzukommen. Es war seine eigene Idee.«

Gerlinde sah sie schuldbewusst an. »Ehrlich gesagt, hatte ich ihm das Versprechen abgenommen, nichts zu diesem Thema zu sagen. Als meine Mutter von eurer Reise erfuhr, hat sie sich entsetzlich aufgeregt, dass er so leichtfertig sein Leben aufs Spiel setzt. Wenn sich die beiden deswegen heute Abend in die Haare geraten wären, hätte es zum Eklat kommen können. Das hätte sie ihm nie verziehen.«

Bevor Marie darauf reagieren konnte, kam eine andere Dame herein. Marie schob ihre Puderdose wieder in ihr Handtäschchen. »Es war wahrscheinlich wirklich besser so.«

Sie lächelte Gerlinde zu und verließ den Raum. Am Durchgang zum Salon lief sie Philipp in die Arme. Er reichte ihr ein Glas Champagner und dirigierte sie in eine Ecke am Fenster. Instinktiv warf Marie einen Blick auf Helene Zimmermann, die mit einigen Gästen am Kamin saß.

Philipp grinste verlegen. »Ich wollte mich entschuldigen, dass ich Sie vorhin nicht gegen Helene verteidigt habe. Es tut mir aufrichtig leid.«

Marie lächelte aufmunternd. »Machen Sie sich bitte keine Gedanken! Sie haben so viel für mich getan. Herr Zimmermann hat ja Gott sei Dank die passenden Worte gefunden. Außerdem hat mir Gerlinde alles erklärt.«

Marie hob ihr Sektglas. »Und ich kann ja verstehen, dass Sie sich nicht mit der Gastgeberin anlegen können. Immerhin steht ja für Sie einiges auf dem Spiel.«

Philipp erstarrte. »Was meinen Sie damit?«

Jetzt wurde Marie nervös. Vielleicht war sie zu weit gegangen.

In diesem Moment betrat Geoffrey an der Seite von Gerlinde den Raum. Statt des üblichen Smokings trug er einen Kilt mit einer eleganten Abendjacke und sah ausgesprochen beeindruckend aus. Dankbar für diese Ablenkung deutete Marie auf den Neuankömmling. »Oh, je später der Abend …«

Sie beobachteten den jungen Engländer, der nun formvollendet die Gastgeber und die umsitzenden Gäste begrüßte und dann mit Gerlinde am Arm herüberkam.

»Hallo, ihr beiden! Ist was passiert? Ihr seht etwas bedrückt aus.«

Gerlinde mischte sich ein. »Was soll schon los sein? Seht mal her. Geoffrey hat mir ein umwerfendes Geschenk gemacht.«

Sie öffnete eine große Schachtel, in der einer der neuartigen handlichen Fotoapparate lag, die es seit kurzem zu kaufen gab.

Philipp sah anerkennend zu Geoffrey auf. »Da hast du dich ja selbst übertroffen, alter Knabe!«

Geoffrey grinste. »Man tut, was man kann.«

Gerlinde sah die beiden mit einem verwirrten Lächeln an.

17.

Wie üblich gab Pfarrer Winter am Ende des Sonntagsgottesdienstes die nächsten wichtigen Termine der Kirchengemeinde bekannt. Als er für den Nachmittag die Taufe des kleinen Gustav Fritsch, Sohn des Braumeisters Albert Fritsch und seiner Frau Feng, ankündigte, ging ein Tuscheln durch die Bänke. Pfarrer Winter hielt inne und blickte streng auf seine Schäfchen.

»Ich hoffe, dass Sie heute Nachmittag hier zahlreich erscheinen werden, um den kleinen Gustav als neues Mitglied der Gemeinde der Christuskirche gebührend willkommen zu heißen. Gehet nun hin in Frieden.«

Eine Sekunde herrschte betretenes Schweigen, bevor donnernder Orgelklang ertönte, der die Gottesdienstbesucher zu ihrem wohl verdienten Sonntagsbraten entließ.

Marie war erstaunt, dass sich doch fast fünfzig Gemeindemitglieder am Nachmittag vor der Kirche einfanden. Sie bestaunten den kleinen Gustav, der unbekümmert von all dem Trubel brav im Arm seines Vaters schlummerte. Maries Stimmung war etwas gedrückt, denn sie hatte ihren Vater nicht überzeugen können, mitzukommen. Er verschanzte sich störrisch hinter seiner Ablehnung von Mischehen. Aber außer Gerlinde und Philipp hatte sich Adele Marie angeschlossen, die um Nachsicht für ihren alten Freund bat.

Alle Neuzugänge zur Taufgesellschaft begrüßten die Eltern des Täuflings mit Handschlag und freundlichen Worten. Marie, die neben den beiden stand, konnte spüren, wie Albert Fritsch sich allmählich entspannte und zunehmend fröhlicher wurde.

Kurz vor drei Uhr erschien noch eine einzelne Dame, die Marie schon einige Male beim Gottesdienst gesehen hatte. Sie bemerkte sofort, dass die elegante junge Frau von den Umstehenden neugierig gemustert wurde. Es war deutlich zu erkennen, dass sie in anderen Umständen war.

Die Frau schüttelte Albert und Feng die Hand. »Mein Name ist Margarete Krüger-Li. Wir kennen uns noch nicht. Mein Mann und ich sind erst vor zwei Monaten hierher nach Tsingtau gezogen. Erlauben Sie mir trotzdem, Ihnen zu Ihrem wunderschönen Sprössling zu gratulieren.«

Albert Fritsch bedankte sich höflich und deutete nun auf Marie, die neben ihm stand.

»Darf ich Ihnen die Taufpatin vorstellen? Das ist Fräulein Dr. Marie Hildebrand, die unserem Sohn auf diese Welt geholfen hat.«

Frau Krüger-Li sah Marie an. »Oh, es freut mich wirklich sehr, Sie endlich kennenzulernen. Ich habe schon so viel von Ihnen gehört. Überall, wo ich hinkomme, sind Sie das wichtigste Gesprächsthema. Alle Bekannten meines Mannes preisen Sie in den höchsten Tönen.«

Marie bedankte sich für so viel Lob. Bevor sie sich jedoch nach Frau Krüger-Lis Mann erkundigen konnte, erschien Richard Wilhelm und bat die versammelte Gemeinde in die Kirche.

Nach der Taufe, die der kleine Gustav unbeeindruckt über sich hatte ergehen lassen, begaben sich die Gäste in den angrenzenden Gemeindesaal, den Salome Wilhelm und ihre Schwester Hedda für diesen Anlass festlich dekoriert hatten. Adele Luther und einige deutsche Hausfrauen hatten Kuchen gespendet, und es wurde Kaffee und Tee ausgeschenkt. Die drei brennenden Kerzen auf dem großen Adventskranz verliehen dem kleinen Empfang zusätzliche Festlichkeit.

Marie unterhielt sich mit Adele am Kuchenbuffet. »Kennen Sie Frau Krüger-Li?«

Adele nickte. »Ich habe sie noch nicht persönlich kennengelernt, aber schon einiges über sie gehört. Sie sticht sogar Sie, Marie, als Gesprächsthema für den Lokalklatsch aus.«

»Das klingt ja vielversprechend.«

»Ich habe gehört, sie sei mit einem Chinesen verheiratet, der in Berlin an der Botschaft gearbeitet hat. Dort haben sie sich wohl kennengelernt. Ihr Mann soll märchenhaft reich sein und über beste Kontakte sowohl zum chinesischen Provinzgouverneur als auch zu unserem deutschen Gouverneur verfügen. Vor knapp zwei Monaten tauchten sie in Tsingtau auf und haben in der Europäerstadt mehrere Häuser und Grundstücke gekauft. Sie lebten wohl vorher in Jinan, der Provinzhauptstadt von Shandong. Aus irgendeinem Grund sind sie ganz plötzlich hierher gezogen. Es ist alles sehr geheimnisumwittert. Jetzt sind alle ganz aus dem Häuschen, dass ein Chinese in der Europäerstadt wohnt, obwohl das ja eigentlich verboten ist. Aber das Gouvernement hat keinen Einspruch erhoben. Ein Indiz mehr für die exzellenten Kontakte zu höchsten Stellen. Frau Krüger-Li hat allerdings keinen Umgang mit der deutschen Gesellschaft. Mischehen werden hier ja nicht gerne gesehen.«

Marie zog die Augenbrauen hoch. »Das klingt tatsächlich interessant. Bitte entschuldigen Sie mich einen Augenblick, Adele.«

Marie schob sich durch die Gäste und gesellte sich zu Margarete Krüger-Li, die neben Feng Fritsch stand.

Frau Krüger-Li warf einen kurzen Blick in Richtung Adele. »Hat man Sie inzwischen über mich aufgeklärt?«

Für einen kurzen Moment war Marie über diesen bitteren Unterton irritiert, aber die junge Frau legte ihr begütigend die Hand auf den Arm. »Nichts für ungut. Ich wollte Sie nicht brüskieren. Manchmal geht eben mein Temperament mit mir durch.«

Marie lächelte schuldbewusst. »Das kenne ich. Aber ehrlich gesagt, Sie hatten recht. Ich habe Frau Luther gefragt, ob sie Sie kennt.«

»Und was hat sie gesagt?«

»Sie meinte, Sie würden mich als Gesprächsthema beim Lokalklatsch ausstechen.«

Margarete lächelte gequält. Ohne weitere Umschweife öffnete sie ihre Handtasche, zog eine Visitenkarte hervor und reichte sie Marie. »Ich würde mich wirklich sehr freuen, wenn Sie mich einmal besuchen würden.«

Marie nickte. Sie spürte, dass das Überreichen der Visitenkarte keine der üblichen gesellschaftlichen Floskeln war, sondern dass die junge Frau sich gerne in privatem Rahmen mit ihr unterhalten wollte.

Sie holte ebenfalls eine Visitenkarte aus der Tasche. »Ich komme gerne. Ich rufe Sie sobald wie möglich an.« Sie blickte kurz auf Margaretes gewölbten Leib. »Sind Sie gut versorgt? Kann ich Ihnen medizinisch helfen?«

Margarete schüttelte den Kopf. »Herzlichen Dank für das Angebot. Aber mein Mann hat eine englische Krankenschwester aus Shanghai engagiert, die mich betreut, bis das Kind zur Welt kommt.« Sie schwieg einen Augenblick, dann reichte sie Marie die Hand. »Ich muss nach Hause. Es hat mich wirklich sehr gefreut, Ihre Bekanntschaft zu machen.«

Marie glaubte einen fast verzweifelten Unterton wahrzunehmen.

Margarete winkte Marie zu, verabschiedete sich freundlich vom Ehepaar Wilhelm und den Eltern des Täuflings und ging zum Ausgang.

Gerlinde und Philipp tauchten neben Marie auf und sahen Margarete hinterher.

»Du hast dich mit ihr unterhalten? Was hat sie gesagt?«

Marie sah Gerlinde streng an. »Gerlinde, ich bitte dich.«

Gerlinde stieß ihr freundschaftlich in die Seite. »Ach komm. Ein bisschen Tratsch in allen Ehren. Ich hab doch gesehen, dass ihr euch gleich gut verstanden habt.«

Marie nickte. »Ich bin wirklich neugierig, sie besser kennenzulernen.«

»Du willst sie besuchen?«

»Ja, natürlich. Ich könnte mir vorstellen, dass ihr etwas Gesellschaft gut tun würde.«

Gerlinde sah Marie schmollend an. »Ich würde gerne mitkommen, aber meine Mutter bekäme eine Herzattacke, wenn sie erführe, dass ich dieses Haus betreten habe.«

Marie sah Gerlinde nachdenklich an. »Umso wichtiger, dass ich mich um sie kümmere.«

Philipp grinste. »Und wieder eine neue Aufgabe für unsere gute Fee von Tsingtau.«

Marie grinste genauso frech zurück. »Ich werde mich nicht von den bösen Hexen schlagen lassen. So viel kann ich versprechen.«

18.

Weihnachten stand vor der Tür. Eine Einladung jagte die andere. Die Arbeit im Faberhospital war für Marie eine willkommene Ausrede, um so wenig wie möglich an den nun täglich irgendwo stattfindenden Teegesellschaften oder Abendveranstaltungen teilnehmen zu müssen. Die Damengespräche über Dienstboten und lokalen Klatsch gingen ihr zunehmend auf die Nerven.

Auf der Baustelle des Gebäudes für den Tsingtau Club war ein Gerüst eingestürzt und hatte mehrere chinesische Arbeiter und Arbeiterinnen unter sich begraben, die schwer verletzt ins Faberhospital eingeliefert wurden. Dort wurden Sonderschichten gefahren, und Marie unterstützte Dr. Wunsch nun auch auf der Männerstation.

Sowohl von Gerlinde als auch von Philipp sah Marie wenig, da sich beide bei den Weihnachtsfeiern in den diversen Vereinen und Clubs der Stadt vergnügten. Auch Wolfgang Hildebrand war jeden Abend auf einer Veranstaltung und versuchte mehrmals vergeblich, seine Tochter zu überreden mitzukommen. Um ihm zumindest einmal die Freude ihrer Begleitung zu machen, entschloss sie sich, mit ihm zur Weihnachtsfeier des Schützenvereins ins Hotel Prinz Heinrich zu gehen.

Diesmal war nicht nur die feine Gesellschaft der Stadt versammelt, sondern ein breiter Querschnitt durch alle Schichten. Über dreihundert Gäste saßen an langen, weihnachtlich dekorierten Tischen im Festsaal. Nach einem deftigen Abendessen folgten der Jahreszeit entsprechend gefühlsgeladene Reden, man sang mit Unterstützung des Kirchenchores Weihnachtslieder und kaufte Lose für die Tombola, deren Erlös für das zehnjährige Stiftungsjubiläum des Schützenvereins im kommenden Jahr investiert werden sollte. Alle waren angetan von der gemütlichen Stimmung im Saal. Marie entdeckte unter den Gästen auch Isolde Richter nebst Gatten, doch ihr Kontakt an diesem Abend beschränkte sich auf ein freundliches Nicken aus der Ferne.

Einer der besonderen Höhepunkte der Veranstaltung wurde die Gewinnausgabe der Tombola. Max Grill, der Kaufhausbesitzer aus Köln und Vorsitzende des Schützenvereins, stand in seiner ganzen imposanten Leibesfülle auf der Bühne, verlas jeweils mit einem Tusch der Kapelle eine Losnummer und bat den Gewinner aufs Podium, um sich dort die Überraschungstrophäe abzuholen. Eine längliche Pappschachtel ging an die Losnummer 15. Marie hatte gewonnen. Als sie ihren Gewinn auf der Bühne in Empfang nahm und die Schachtel öffnete, brachen im Saal tosender Beifall, Gelächter und ein Pfeifkonzert los. Marie hatte einen Kochlöffel gewonnen. Nach einer kurzen Schrecksekunde wegen dieser lautstarken Reaktion des Publikums streckte Marie den Kochlöffel triumphierend in die Höhe und lachte, bis ihr die Tränen über das Gesicht liefen. Sie warf einen Blick zu ihrem Vater hinüber, der begeistert auf die Tischplatte klopfte. Hinter ihm stand Philipp von Heyden, der Marie ebenfalls lachend applaudierte.

Fast jeden Tag besuchte Marie auf ihrem Heimweg Qingling, um sich zu vergewissern, dass sich die junge Frau gut erholte. Du hatte inzwischen eine Amah für sie gefunden. Es war deutlich zu spüren, dass Qingling begann, Zuversicht zu schöpfen, und sie nicht mehr so depressiv wirkte. Doch obwohl Marie ihr empfahl, hin und wieder einen kleinen Spaziergang an der frischen Luft zu machen, verließ Qingling nie den Teil des großen Wohnhauses, in dem sie jetzt bei Dus Onkel wohnten. Darauf angesprochen, schob sie die Beschwerden vor, die ihr das Gehen mit ihren verkrüppelten Füßen bereitete. Du, der sich während Maries Besuchen manchmal zu ihnen gesellte, betrachtete seine Frau oft traurig und nachdenklich.

Eines Abends kam Marie eine Idee. Als sie sich von Du Xündi verabschiedete, lud sie ihn und seine Frau zu einer kleinen Teegesellschaft in die Tirpitzstraße ein. Sie hatte beschlossen, zur letzten Konversationsrunde mit den chinesischen Schülerinnen vor Weihnachten weitere Gäste dazuzubitten. Du blickte Marie einen Moment lang wortlos an.

»Erinnern Sie sich, wie ich Ihnen in unserer zweiten Unterrichtsstunde den chinesischen Namen erklärte, den ich für Sie gewählt hatte? He Meiren – die schöne Gütige. Die Silbe ›ren‹ bedeutet Güte und Menschenliebe und gilt als eine der wichtigsten Tugenden in China. Es muss

Vorbestimmung gewesen sein, dass mir dieser Name für Sie in den Sinn kam. Kein Mensch verdient diesen Namen so wie Sie.«

Marie war gerührt von seiner Ernsthaftigkeit und seiner herzbewegenden Art, seine Gefühle auszudrücken.

»Ich weiß nicht, wie ich Ihnen noch danken soll, Marie. Ich denke schon die ganze Zeit darüber nach, wie ich Qingling dazu bringen kann, die Fesseln der Vergangenheit endgültig hinter sich zu lassen und nach vorne zu sehen. Ihre Einladung könnte ein erster kleiner Schritt sein, die neue Welt außerhalb unseres Hauses kennenzulernen. Wir kommen sehr gerne.«

Gespannt sah Marie ihrem Besuch bei Margarete Krüger-Li am nächsten Abend entgegen. Um neuerliche Spannungen zu vermeiden, hatte sie vorsichtshalber ihrem Vater nichts von ihrer neuen Bekanntschaft und der Verabredung erzählt.

Die Villa des chinesisch-deutschen Ehepaars lag hinter einer hohen Mauer verborgen auf einem weitläufigen Grundstück im Villenviertel oberhalb der Auguste-Viktoria-Bucht. Kaum war Marie aus der Rikscha geklettert, öffnete sich eine kleine Tür in dem hohen Eingangstor. Sie wurde bereits erwartet. Zwei ungewöhnlich große, kahlköpfige Chinesen blickten Marie misstrauisch entgegen. Beide trugen lange Säbel. Das Grundstück wirkte wie eine Festung. Mehrere Kulis waren dabei, das verwilderte Gelände um das Haus in einen Garten zu verwandeln. Ein Dienstbote führte Marie ins Haus.

Die geräumige Eingangshalle war holzgetäfelt und wurde von einem riesigen Kronleuchter illuminiert. Margarete begrüßte Marie an der Haustür. Sie trug einen knöchellangen Rock nach neuester Mode, dazu eine lockere Seidenbluse in chinesischem Stil mit langen Ärmeln und seitlich auf einer Seite über der Brust geknöpft. Darüber hing eine lange Kette aus großen grünen Jadeperlen. Diese ungewöhnliche Kombination aus chinesischer und europäischer Mode sah sehr ausgefallen aus und war die perfekte Schwangerschaftsbekleidung.

Der Salon war mit schweren Sofas und dunklen Holzkommoden in neugotischem Stil eingerichtet. Im Kamin brannte ein Feuer. Man konnte den Geruch von neuem Holz wahrnehmen, und noch hingen keine

Bilder an den Wänden, aber ein großer Adventskranz lag auf dem Sofatisch.

»Wir sind erst letzte Woche hier eingezogen. Es dauert immer, bis man ein Haus richtig eingerichtet hat.«

Margarete goss Tee in elegante Wedgwood-Tassen.

Marie machte ihr ein Kompliment für die Einrichtung.

Margaretes Blick streifte durch den Raum. »Vielen Dank. Ich fühle mich auch schon fast wie zu Hause. Ich komme mir beinahe vor wie in Deutschland. Ein herrliches Gefühl. Und die Stadt! So sauber und was man hier alles kaufen kann.«

Marie lachte. »Ich kann mir vorstellen, dass es nicht leicht ist, im Binnenland zu leben. Ich habe gehört, Sie haben mehrere Jahre in Jinan zugebracht.«

Margarete nahm einen Schluck Tee. Sie sah plötzlich ernst aus. »Das stimmt ... Und ich bin froh, dass diese Zeit vorüber ist.«

Sie machte eine Pause, als suche sie nach Worten.

»Ehrlich gesagt, war es furchtbar. Anfangs war ich neugierig und fand alles sehr spannend. Wir wohnten in einem chinesischen Haus, das auf den ersten Blick sehr schön aussah, sich aber in Wirklichkeit als kalt und ungemütlich herausstellte. Nur im Sommer war es herrlich, die Tage im Hof zu verbringen. Und unsere Diener waren wirklich aufmerksam und liebevoll. Vor allem unsere Amah Ming, die sich um unsere kleine Tochter kümmerte. Sie wurde für mich wie eine jüngere Schwester. Wir haben sie hierher mitgebracht, sie wollte uns auf keinen Fall verlassen. Sie hat mir Chinesisch beigebracht, ich ihr ein bisschen Deutsch.«

Marie musste an Yonggang denken. Nach und nach erzählte Margarete mehr von ihrem Leben in der Provinzhauptstadt. Marie konnte spüren, dass es ihr guttat, jemandem ihr Herz auszuschütten und hörte geduldig zu. Die junge Frau berichtete von den Menschenmengen, die sich überall zusammenrotteten, wo sie auftauchte, und von den Beschimpfungen auf der Straße, die sie allmählich begonnen hatte zu verstehen. Bis sie sich schließlich gar nicht mehr aus dem Haus gewagt hatte.

Da Margaretes Mann oft beruflich unterwegs war, war sie mehr und mehr vereinsamt. Ihre einzigen Kontaktpersonen außerhalb der sicheren vier Wände ihres Hauses waren einige amerikanische Missionarsgattinnen, die sich aber von ihr distanzierten, als klar wurde, dass ihr Mann sich nicht taufen lassen wollte.

Die Fremdenfeindlichkeit war schließlich auch für Margaretes Mann zum Problem geworden. Obwohl er nie über seine Arbeit redete, wurde er zusehends bedrückter. Für die Familie war es immer die schönste Zeit, wenn sie wegen beruflicher Termine ihres Mannes einige Tage nach Tsingtau kommen konnten. Als sie vor drei Monaten wieder einmal ins deutsche Schutzgebiet gereist waren, hatte ihr Mann unerwartet erklärt, dass sie nicht wieder nach Jinan zurückkehren würden.

Marie konnte sich vorstellen, dass eine solche Entscheidung gravierende Gründe gehabt haben musste. »Wissen Sie, warum Ihr Mann nicht mehr nach Jinan zurückkehren wollte?«

Margarete schüttelte den Kopf. »Er hat meine Fragen nicht beantwortet. Ich denke, er will mich schonen.« Sie atmete tief durch. »Ich war natürlich sehr beunruhigt, aber dann fand ich, dass es hier einfach viel schöner war. Und ich hoffte, mich hier unbehelligt bewegen zu können und weniger einsam zu sein. Leider hat sich diese Hoffnung bisher nicht erfüllt. Wir waren einmal beim Gouverneur eingeladen und wurden verschiedenen Herrschaften vorgestellt, aber weitere Kontakte haben sich noch nicht ergeben. Zumindest reagiert niemand feindselig auf mich, wenngleich sie mich zumeist einfach ignorieren.«

Margarete seufzte und lächelte Marie verlegen an. »Sie sind mein erster Gast. Vielen Dank, dass Sie mir so geduldig zuhören.«

Marie lehnte sich vor und legte ihre Hand auf Margaretes Arm. »Ich möchte Ihnen sagen, dass ich Sie für Ihren Mut außerordentlich bewundere, Margarete. Und ich komme gerne jederzeit wieder.«

Margarete sah sie eindringlich an. Sie wirkte erleichtert. »Es tut so gut, sich all das von der Seele geredet zu haben. Darf ich Ihnen nun meine Tochter Lilly vorstellen. Sie brennt schon darauf, Sie kennenzulernen.«

Sie ergriff eine kleine Tischglocke und läutete.

Binnen weniger Minuten klopfte es zaghaft. Ein kleines Mädchen trat an der Hand einer jungen Chinesin ein.

Das Kind ging, ohne zu zögern, auf Marie zu, gab ihr die Hand und begrüßte sie höflich mit einem Knicks.

Margarete beobachtete sie lächelnd. »Das ist meine Tochter Lilly. Lilly, das ist Fräulein Dr. Hildebrand. Möchtest du dich ein bisschen zu uns setzen, mein Kind?«

Lilly nickte ernst. »Sehr gerne.«

Marie war hingerissen. Das bildhübsche Mädchen trug eine schwarze Hose, eine rosafarbene bestickte Bluse und schwarze Stoffschühchen. Seine Gesichtszüge waren asiatisch, die Haare braun wie die ihrer Mutter.

Marie lächelte Lilly an. »Es freut mich sehr, dich kennenzulernen, Lilly. Wie alt bist du denn?«

»Ich bin fünf Jahre alt und in Berlin geboren«, erklärte Lilly ernst.

»Oh, wie schön, ich komme auch aus Berlin«, antwortete Marie.

»Na so was! Dann sind wir hier ja drei Berlinerinnen in China.« Margarete lachte.

Die Zeit verging wie im Fluge. Marie und Margarete tauschten Eindrücke über die Kolonie und ihre Bewohner aus und lachten bisweilen herzhaft über die weit verbreitete kleinliche Mentalität mancher Mitbürger. Es war mehr als eine Stunde vergangen, als plötzlich Männerstimmen in der Halle zu hören waren und sich die Tür öffnete. Der Herr des Hauses trat ein.

Li Deshun war nicht sehr groß und leicht untersetzt. Er trug einen westlichen Anzug und modernen Haarschnitt. Lilly sprang sofort auf und warf sich ihm in die Arme. Lachend hob er seine Tochter hoch und umarmte sie.

Margarete beobachtete den stürmischen Empfang lächelnd und stellte Marie ihrem Mann vor. Herr Li war sichtlich erfreut über den Besuch.

»Es ist mir wirklich eine große Ehre, Fräulein Dr. Hildebrand, Sie in unserem Haus begrüßen zu dürfen. Ich war sehr neugierig, als meine Frau mir erzählte, dass Sie uns heute besuchen kommen würden. Sie sind ja eine wahre lokale Berühmtheit.«

Marie winkte ab. »Der hiesige Mangel an Gesprächsstoff treibt seltsame Blüten!«

Li ließ sich auf einem Sessel nieder und schickte seine Tochter mit ihrer Amah aus dem Zimmer.

»Sie sind zu bescheiden. Ihre Reise ins chinesische Hinterland, um die Frau Ihres Lehrers zu retten, würde ich eher als Heldentat einstufen. Wissen Sie eigentlich, dass Sie sich in größte Gefahr begeben haben?« Li schwieg einen Moment, als er Maries Gesichtsausdruck sah. »Es tut mir leid, ich wollte Sie nicht erschrecken. Ich bewundere Sie sehr für Ihr Engagement, aber ich denke, Sie können die Bedrohung, der Sie als Ausländerin im Landesinneren ausgesetzt sind, nicht einschätzen.«

Er warf seiner Frau, die plötzlich wie versteinert wirkte, einen kurzen Blick zu. »Gerade in der Provinz Shandong ist die Fremdenfeindlichkeit besonders groß. Haben Sie schon von den Boxern gehört?«

Marie nickte.

»Diese Bewegung entstand ursprünglich in unserer Provinz. Und obwohl man viele Anführer hingerichtet hat, ist die Gefahr nach wie vor nicht überstanden. Durch die Annexion des Schutzgebietes sind die Deutschen besonders verhasst. Es kann jederzeit wieder zu Übergriffen kommen.« Wieder hielt er einen Moment lang inne. »Verzeihen Sie meine Direktheit, aber Sie sollten auf keinen Fall mehr solch ein Wagnis eingehen. Es könnte Ihr Leben kosten.«

Marie starrte ihn schweigend an. Die Heiterkeit des Nachmittags war mit einem Male wie weggeblasen. Sie wusste, dass er aus eigener bitterer Erfahrung sprach, wagte aber nicht nachzufragen.

Auch Margarete hatte ihrem Mann mit entsetzter Miene zugehört. Marie konnte ihre tiefsitzende Angst spüren. Li Deshun bemerkte, was er angerichtet hatte, und hob beschwichtigend die Hände. »Entschuldige, Margarete. Ich wollte euch nicht den Nachmittag verderben.«

Marie kam ihm zu Hilfe. »Nein. Ich danke Ihnen für Ihre klaren Worte. Aber Gott sei Dank sind wir hier im deutschen Schutzgebiet ja sicher. Darf ich das Thema wechseln und mir erlauben, Sie in der nächsten Woche zu einer kleinen Teegesellschaft einzuladen? Ich würde mich sehr freuen, wenn Sie beide mit Lilly kommen würden.«

Nur mit Mühe fand Margarete ihr Lächeln zurück, als ihr Mann die Einladung dankend annahm.

Gerlinde war es nur mit Mühe gelungen, ihre Mutter davon zu überzeugen, dass sie trotz aller Festvorbereitungen drei Tage vor Weihnachten zu Maries Konversationstee gehen musste. Als sie bei ihrer Ankunft im Hause Zimmermann an diesem Nachmittag erfuhr, dass auch Margarete Krüger-Li und ihr chinesischer Mann eingeladen waren, wurde sie nervös.

»O Gott, Marie! Wenn meine Mutter das erfährt, gibt es bestimmt wieder Ärger.«

»Sie muss es ja nicht erfahren. Keiner der Leute, die heute kommen, hat Kontakt zu ihr, und draußen ist es schon dunkel Da sieht keiner, wer hier ins Haus kommt. Ich habe meinem Vater vorsichtshalber auch nichts gesagt.«

Gerlinde sah Marie fassungslos an. »Du hast deinem Vater nicht erzählt, wer heute hier zu Gast sein wird? Und was passiert, wenn er nach Hause kommt?«

Beruhigend legte Marie die Hand auf Gerlindes Arm. »Er kommt bestimmt nicht. Heute Abend ist die Weihnachtsfeier im Tsingtau Club. Er geht direkt vom Hafenbauamt dorthin.«

Gerlinde stöhnte. »Na, deine Nerven möchte ich haben. Wenn das mal gutgeht.«

Angesichts der interessanten Gäste, die an diesem Nachmittag bei Marie versammelt waren, schwanden Gerlindes Bedenken schnell. Nach einer anfänglich steifen Begrüßung entspannen sich bald lebhafte Gespräche auf Deutsch und Chinesisch. Als Marie ihrem Lehrer Li Deshun vorstellte, erwähnte sie, dass Li in Deutschland studiert hatte. Dus Interesse war schlagartig geweckt. Margarete versuchte einfühlsam, Qinglings Scheu zu überwinden und sich mit ihr zu unterhalten. Die chinesischen Schülerinnen fragten Margarete neugierig über ihre Eindrücke in China aus und erzählten stolz über ihre Schule. Qingling hörte mit großen Augen dem Erfahrungsaustausch zu, der abwechselnd auf Deutsch und Chinesisch stattfand. Eines der Mädchen riet ihr, so schnell wie möglich Deutsch zu lernen.

Marie spürte, dass ihr Lehrer Li Deshun aufmerksam beobachtete. Das entspannte Verhältnis zwischen dem Chinesen und seiner deutschen Frau schien ihn zu verwirren, aber auch zu faszinieren. Die beiden lachten über dieselben Scherze und lächelten sich hin und wieder zu. Gerlinde saß munter plaudernd zwischen den Gästen. Als sich Marie und Gerlinde am Samowar trafen, um ihre Teetassen nachzufüllen, war Gerlindes gute Laune nicht zu übersehen.

»Was für eine spannende Gesellschaft! Wenn meine Mutter das sehen könnte. Es ist so viel interessanter als die ewige Leier der deutschen Hausfrauen über ihr Personal.«

In diesem Moment erschien Fritz hinter Marie. Er wirkte nervös. »Master Hildebrand kommt gerade auf den Hof gefahren.«

Gerlinde und Marie sahen sich entsetzt an.

Marie flüsterte: »Du bleibst hier und kümmerst dich um die Gäste.«

Dann folgte sie Fritz in die Halle und schloss die Tür hinter sich.

Wolfgang Hildebrand war in Begleitung von Philipp. Beide zogen ihre Mäntel aus und übergaben sie Fritz.

»Marie. Guten Abend, mein Kind.«

Marie sah verwirrt von einem zum anderen.

»Ich habe heute Morgen vergessen, meine Rede einzustecken. Und deswegen dachte ich, wir trinken hier vorher noch einen Schluck, bevor Philipp und ich in den Club fahren.«

In diesem Moment drang aus dem Wohnzimmer lautes Gelächter. Deutlich waren auch Männerstimmen zu hören.

Wolfgang Hildebrand zog die Augenbrauen hoch. »Ich dachte, deine chinesischen Schülerinnen wollten heute kommen? Wer ist denn noch dabei?«

Ohne eine Antwort abwarten zu wollen, ging er auf die Wohnzimmertür zu. Marie trat ihm in den Weg. Über seine Schulter fing sie einen besorgten Blick von Philipp auf.

»Vater, lass mich bitte erklären. Da in drei Tagen Weihnachten ist, habe ich ein paar Gäste mehr eingeladen. Vor allem Du und seine Frau. Aus Angst vor ihrem neuen Leben versteckt sie sich immer nur zu Hause. Ich wollte sie herauslocken, um ihr zu zeigen, dass es hier auch nette Leute gibt.« Sie stockte einen Moment. »Und als weiteren Beweis dafür habe ich auch noch Frau Krüger-Li und ihren Mann dazugebeten.«

Wolfgang sah sie entgeistert an. »Etwa diese Frau, die mit einem Chinesen verheiratet ist?«

Marie starrte ihren Vater stumm an und nickte. Er war blass vor Wut und rang nach Worten. »Ich habe dir doch gesagt, dass ich keine privaten Kontakte mit Chinesen in meinem Hause wünsche«, brüllte er los.

»Vater, bitte, die Gäste könnten dich hören!« Marie versuchte ihn am Arm zu fassen, um ihn zu beruhigen.

»Was schert mich dieses Pack? Ich hab sie nicht eingeladen, und das ist immer noch mein Haus.«

Philipp trat neben ihn und legte ihm die Hand auf die Schulter. »Wolfgang, beruhige dich, bitte. Das kannst du Marie nicht antun! Alle wissen, dass sie sich für die chinesischen Frauen engagiert, und zollen ihr dafür Respekt – sowohl Deutsche als auch Chinesen. Und du doch auch. Ich weiß, wie stolz du auf sie bist.«

Wolfgang Hildebrand atmete tief durch, erwiderte aber nichts.

Philipp ließ nicht locker. »Es ist doch verständlich, dass sie Dus Frau helfen will, sich hier zurechtzufinden und ein neues Leben anzufangen. Schließlich hat sie sie doch hierhergebracht. Da ist diese Einladung doch nur die logische Konsequenz, auf Maries unnachahmliche Weise ein wenig nachzuhelfen. Das musst sogar du einsehen.«

Hildebrand schwieg. Marie sah Philipp dankbar an. Er lächelte und wandte sich wieder ihrem Vater zu. »Komm, Wolfgang. Gib dir einen Ruck. Lass uns reingehen und die Gäste begrüßen. Ich freue mich, Du und seine bezaubernde Frau wiederzusehen.«

Hildebrand blickte von Philipp zu Marie und seufzte schließlich. »Ich scheine in diesem Haus ja nichts mehr zu melden zu haben. Aber vielleicht hast du recht. Entschuldige meinen Wutanfall, Marie. Aber tu mir den Gefallen und warne mich das nächste Mal vor.«

Marie umarmte ihn erleichtert.

Hildebrand zog sein Uniformjackett zurecht. »Na, dann mal los.«

Als die Tür aufging und der Hafenbaumeister den Raum betrat, verstummten die Gespräche mit einem Schlag. Gerlinde wirkte angespannt. Hildebrand sah sich um.

»Einen wunderschönen guten Abend! Lassen Sie sich bitte von uns nicht stören.«

Dann machte er die Runde und begrüßte jeden Gast einzeln. Philipp folgte seinem Beispiel. Schließlich ergriff der Hausherr wieder das Wort.

»Wie wäre es denn mit etwas Anständigem zu trinken? Vielleicht ein Whiskey oder ein kleiner Sherry für die Damen?«

Als alle versorgt waren, bat Wolfgang Hildebrand nochmals um Gehör.

»Lassen Sie uns das Glas auf einen ganz außergewöhnlichen Menschen erheben. Auf meine Tochter Marie!«

»Auf Marie! Auf Marie!«

Die Anwesenden hoben ihr Glas und prosteten Marie zu. Es war deutlich zu spüren, dass allen dieser Trinkspruch aus dem Herzen sprach.

Philipp, der neben ihrem Vater stand, zwinkerte Marie vergnügt zu.

Am nächsten Vormittag tauchte Du Xündi unerwartet im Faberhospital auf. Er bedankte sich für den interessanten Abend. Dann übergab er Marie mit feierlichem Gesichtsausdruck eine auf rotem Papier gedruckte Einladungskarte zu einem festlichen Abendessen im Restaurant des Hotels Fürstenhof für sie und ihren Vater am zweiten Weihnachtsfeiertag. Gastgeber war Dus Onkel Du Yuesheng.

Marie war überrascht. »Wie kommen wir zu dieser Ehre?«

Du sah sie ernst an. »Mein Onkel und ich sind der Meinung, dass wir schwer in Ihrer Schuld stehen, Marie, nach allem, was Sie für Qingling und mich getan haben. Wir möchten uns bei Ihnen und Herrn von Heyden, der auch eingeladen ist, bedanken und bei Ihrem Vater offiziell entschuldigen. Ich hoffe sehr, dass Sie die Einladung meines Onkels annehmen.«

Marie war verwundert über die plötzliche Förmlichkeit ihres Lehrers, aber sie versprach, sich mit ihrem Vater und Philipp abzustimmen und Du schon am nächsten Tag Bescheid zu geben, ob sie zu dem Festessen kommen könnten.

Der Andrang zum Gottesdienst am Heiligabend in der Christuskirche war wie erwartet groß. Wolfgang Hildebrand und Marie nahmen früh ihre Plätze ein. Nach und nach fand sich die ganze protestantische Bevölkerung der Europäerstadt auf dem Kirchberg ein. Familie Zimmermann erschien in Begleitung von Philipp von Heyden, der traditionsgemäß bei ihnen den Abend verbringen würde. Sie nahmen einige Reihen hinter ihnen Platz und winkten fröhlich. Adele Luther erschien mit einigen ihrer Pensionsgäste, mit denen sie als treu sorgende Gastgeberin auch den weiteren Abend festlich begehen würde.

Bevor der Gottesdienst anfing, erschien Pfarrer Winter auf den Stufen vor dem Altar. Er deutete auf die drei ersten Reihen, die noch leer waren, da handgeschriebene Zettel darauf hinwiesen, dass die Plätze reserviert waren.

»Ich möchte alle Eltern mit kleinen Kindern bitten, hier vorne in den ersten Reihen Platz zu nehmen, damit sie den ersten Weihnachtsgottesdienst in unserer schönen neuen Kirche in besonderer Weise erleben können.«

Zögernd bewegten sich die Familien nach vorne. Da erblickte Marie Margarete und ihren Mann, die mit Lilly an der Hand durch den Mittelgang kamen. Marie nickte ihnen fröhlich zu. Lilly strahlte glücklich. Das Tuscheln, das durch die Bänke ging, war unüberhörbar. Pfarrer Winter warf einen strengen Blick in die Runde und gab dem Orgelspieler ein Zeichen. Sofort geboten die donnernden Klänge von der Empore der Gemeinde Schweigen.

Das Gedränge vor der Kirche nach dem Gottesdienst war groß. Man wünschte sich gegenseitig ein schönes Weihnachtsfest. Leider waren Margarete und ihre Familie schnell verschwunden, so dass Marie ihnen kein schönes Fest wünschen konnte. Als Philipp Marie die Hand reichte, lächelte sie ihn an. »Fröhliche Weihnachten, Philipp. Und ich möchte mich noch einmal für Mittwoch bedanken. Sie haben mich wieder einmal aus größter Not gerettet.«

Philipp küsste ihre Hand, legte seine linke Hand darüber und hielt sie fest. »Fröhliche Weihnachten, Marie. Ich möchte, dass Sie wissen, dass Sie immer auf mich zählen können.«

Bevor Marie darauf antworten konnte, spürte sie eine Hand auf ihrer Schulter, und sie hörte Helene Zimmermanns Stimme. »Frohe Weihnachten, Fräulein Dr. Hildebrand. Ich wünsche Ihnen einen schönen Abend und bleibende Erinnerungen an dieses Christfest in Tsingtau. Schließlich wird es ja das einzige Mal sein, dass Sie das erleben dürfen.«

Marie konnte an Philipps Gesichtsausdruck deutlich sehen, dass auch er von Helene Zimmermanns Bemerkung peinlich berührt war, doch sie blieb freundlich.

»Fröhliche Weihnachten, Frau Zimmermann. Und Ihnen auch einen schönen Abend.«

Helene Zimmermann nickte gnädig, zog ihre Handschuhe an und warf Philipp ein strahlendes Lächeln zu. »Den werden wir sicher haben. Kommen Sie, Philipp. Es wird Zeit für die Bescherung.«

Arm in Arm spazierten Marie und ihr Vater von der Kirche zu Fuß nach Hause. Es war fast dunkel, friedliche Stille lag über der Europäerstadt. In manchen Häusern leuchtete bereits der Weihnachtsbaum durch hell erleuchtete Fenster. Als plötzlich erste Schneeflocken vom Himmel fielen, blieben die beiden stehen und fingen die bizarren Kristalle auf ihren Händen auf. Einen Augenblick lang sah Wolfgang Hildebrand seine Tochter liebevoll an, dann zog er sie an sich. »Ach, mein

Kind, ich kann dir gar nicht sagen, wie glücklich ich bin, diesen Abend mit dir verbringen zu dürfen. Das entschädigt mich für vieles. Ich hoffe, dich auch!«

Wenig später tauschten Marie und Wolfgang Hildebrand bei einer Flasche Mummsekt vor einem prächtigen Weihnachtsbaum Geschenke aus. Marie hatte für ihren Vater eine englische Tabakspfeife besorgt. Er wiederum überraschte sie mit einem äußerst großzügigen Geschenk. Ein kunstvoll verpackter Pappkarton enthielt eine elegante Nerzstola, die perfekte Ergänzung zu ihrer neuen Abendgarderobe.

Vor dem Essen rief Marie alle Bediensteten zusammen und überreichte jedem einen roten Umschlag mit etwas Geld, wie sie es von Gerlinde gelernt hatte. Zum Festmahl gab es wie früher zu Hause in Deutschland Karpfen und Plumpudding.

Nach dem Essen machten es sich die beiden wieder vor dem Kamin gemütlich. Stolz weihte der Marinebaurat seine neueste Errungenschaft ein und legte eine Platte mit der Oper »Aida« auf sein Grammophon.

Es herrschte eine festliche, friedliche Atmosphäre.

Marie blickte ihren Vater an. »Wie hast du eigentlich in den vergangenen Jahren Weihnachten verbracht?«

Er sah auf. »Ich war immer zu Gast bei Friedrich und Adele und die letzten beiden Jahre dann bei Adele in der Pension Luther. Sie hatte uns beide auch heute Abend eingeladen, aber sie hat natürlich eingesehen, dass ich dieses einzige Weihnachtsfest, das du hier verbringst, mit dir allein genießen möchte statt in größerem Kreise mit fremden Menschen.«

»Adele ist wirklich eine bemerkenswerte Frau.«

Hildebrand nickte. »Sie hat ein großes Herz, sie ist tatkräftig, und sie erfüllt sich ihren Lebenstraum, obwohl dies nicht immer leicht ist.«

Marie zögerte einen Augenblick. »Das ist genau die Beschreibung, die auch auf dich zutreffen würde. Ich möchte dir ja nicht zu nahetreten, aber ich finde, ihr wärt wie geschaffen füreinander.«

Wolfgang Hildebrand sah seine Tochter verblüfft an. »Ich ... ich weiß nicht ... Was meinst du damit?«

Wieder zögerte Marie. Es war nicht leicht, so persönlich mit ihrem Vater zu sprechen. »Nun, wie stehst du denn zu ihr?«

»Sie ist eine gute Freundin.«

»Nicht mehr? Mir kommt es vor, als ob ihr beide aus Respekt vor euren verstorbenen Ehegatten die Augen davor verschließt, dass ihr zusammen ein wunderbares Paar abgeben würdet.«

Marie konnte sehen, dass ihrem Vater die plötzliche Intimität des Gesprächs unangenehm war. Er stand auf und legte ein Scheit Holz in das Feuer. Schließlich setzte er sich wieder hin, zündete sich eine Pfeife an, atmete tief durch und sah Marie nachdenklich an. »Vielleicht hast du den Nagel auf den Kopf getroffen. So habe ich die Situation noch nie gesehen.«

Marie nickte ihm liebevoll zu. »Es liegt mir fern, mich in deine Angelegenheiten einmischen zu wollen. Aber ich habe das Gefühl, du bist einsam und wagst aus Angst vor dem Gerede der Leute nicht, einen Schritt auf Adele zuzugehen. Man spürt genau, dass ihr euch sehr mögt.«

Wolfgang Hildebrand saß schweigend da und paffte an seiner Pfeife, dann wandte er sich dem Stapel Weihnachtspost zu. Marie beschloss, nicht weiter in ihn zu dringen. Gerade als sie ihr Buch zur Hand nehmen wollte, hielt ihr Vater ihr einen Brief entgegen.

»Hier ist noch ein Brief für dich. Aus Berlin von einem Dr. Hans Keppler. Darf man fragen, wer das ist?«

Marie lächelte. »Oh. Wie schön, dass er an mich gedacht hat. Hans ist ein guter Freund. Wir haben zusammen studiert. Er hat gleich nach der Promotion eine Stelle am Virchow-Klinikum bekommen. Bin gespannt, was er schreibt. Mein Gott, das ist alles so weit weg.«

Hildebrand beobachtete sie, während sie den Brief las. Sie endete mit einem Seufzer.

»Gute Nachrichten?«

»Interessante Nachrichten. Er arbeitet an einem Forschungsprojekt über Anästhesie mit. Das klingt sehr aufregend.«

»Na, du kannst dich doch nicht beschweren, dass du hier kein aufregendes Leben führst.«

Marie sah ihn an und lächelte. »Das stimmt. Er wird Augen machen, wenn er liest, was mir hier alles widerfahren ist. Ich werde ihm gleich morgen schreiben.«

Ihr Vater räusperte sich. »Ist dieser Dr. Keppler ein wichtiger Mann in deinem Leben?«

Jetzt war es an Marie, überrascht zu reagieren. Sie schüttelte den Kopf. »Nein, er ist einfach ein guter Freund und ehemaliger Studienkollege.« Sie schwieg einen Moment lang. »Es gibt keinen ...« Sie deutete mit beiden Zeigefingern Anführungszeichen an. »… wichtigen Mann in meinem Leben … Außer dir natürlich!«

»Na, dann wird's ja langsam Zeit!«

Marie lächelte verlegen und schlug ihr Buch auf. Sie konnte spüren, dass ihr Vater sie prüfend betrachtete.

Marie und Wolfgang Hildebrand waren gegen Mittag dabei, sich auf den Weg in die Pension Luther zum Weihnachtsessen zu machen, als draußen Salutschüsse zu hören waren. Wie üblich ergriff der Marinebaurat sofort sein Fernglas und trat auf die Terrasse. Marie folgte ihm neugierig. Es herrschte strahlender Sonnenschein, und das Meer lag funkelnd vor ihnen.

Hildebrand sah durch sein Fernglas. »Ah, die Österreicher sind endlich da. Eigentlich wollten sie gestern schon hier sein. Na, vielleicht hatten sie schwere See. Willst du mal sehen?« Er reichte ihr das Fernglas. »Das ist die ›Kaiserin Elisabeth‹, ein Kreuzer der kaiserlich Österreich-Ungarischen Marine. Na, da werden wir ja auf jeden Fall einen unterhaltsamen Silvesterball erleben.«

Marie sah ihn fragend an. »Was hat das mit den Österreichern zu tun?«

Hildebrand lachte. »Na, jedes Land hat seine Eigenheiten. Wenn die russische Marine kommt, saufen sie uns die ganzen Alkoholvorräte weg, wenn die Österreicher kommen, gibt es Konzerte und Tanzvergnügen. Dem Charme der österreichischen Offiziere kann sich keine Frau entziehen.«

Vergnügt schüttelte Marie den Kopf. »Welch merkwürdige Gedanken angesichts eines Kriegsschiffes.«

Hildebrand zwinkerte seiner Tochter zu. »Du wirst es erleben.«

Das festliche Mittagessen im großen Speisezimmer der Pension Luther wurde zu einem vergnüglichen Ereignis. Beschwingt durch den französischen Rotwein, der zur Gans gereicht wurde, verlor sich die anfängliche Steifheit unter der bunt gemischten Gästeschar schnell. Adele hatte neben ihren zehn Pensionsgästen Marie und Wolfgang Hildebrand und drei unverheiratete ehemalige Kameraden ihres Mannes eingeladen. Große Begeisterung herrschte unter allen Anwesenden über den im März bevorstehenden Besuch von Prinz Heinrich im Schutzgebiet. Wolfgang Hildebrand war Mitglied im Komitee, das sowohl die Feierlichkeiten anlässlich des Geburtstags des Kaisers Ende Januar als auch den Prinzenbesuch vorbereitete. Als Einziger unter den Anwesenden hatte er den Prinzen bereits bei seiner ersten Visite in Tsingtau vor zehn Jahren kennengelernt und berichtete von dessen unkomplizierter, freundlicher Art, die alle für den Bruder des Kaisers eingenommen hatte. Stolz lächelte Adele Luther über ihren Freund Wolfgang, der an diesem Tag ungewöhnlich redselig war. Marie beobachtete die beiden gerührt.

Am späten Nachmittag erschien Philipp im Haus Hildebrand zum Tee.

Zu Maries Überraschung brachte er Geschenke mit. Er überreichte ihr eine kleine chinesische Schachtel, die mit verziertem Stoff bezogen war. Darin steckte in einem Bett aus Samt ein schlichter smaragdgrüner Armreif. Sie streifte ihn sofort über. Er passte wie angegossen.

»Das ist Jade«, erklärte Philipp. »Die Chinesen schätzen Jade außerordentlich. Man sagt, er bewahre die Lebenskraft und symbolisiere Reinheit, Härte und Ausdauer … Ich fand, das passt sehr gut zu Ihnen, Marie.«

Sie blickte ihn an. Aus irgendeinem Grund fühlte sie sich plötzlich von Gefühlen überwältigt. »Ich weiß gar nicht, wie ich Ihnen danken soll. Der Armreif ist wunderschön. Als wäre er für mich gemacht.«

Philipp nickte wortlos. Er schien mit einem Mal verunsichert.

Wolfgang Hildebrand hatte inzwischen sein Päckchen geöffnet, das eine Dose besten amerikanischen Tabaks enthielt. »Der passt ja perfekt zu meiner neuen Pfeife, die mir Marie mitgebracht hat.« Er stand auf, machte die Tür auf und rief nach Fritz. »Jetzt trinken wir erst mal einen Schluck. So jung kommen wir nicht mehr zusammen. Wenn das kein Anlass ist, um anzustoßen.«

Als die Gläser gefüllt waren, stieß er mit den beiden jungen Leuten an.

»Nochmals fröhliche Weihnachten, meine Lieben. Ich hätte an dieser Stelle noch einen Wunsch, ohne Euch zu nahe treten zu wollen …« Er blinzelte Marie fröhlich zu.

»Ich finde, es ist langsam an der Zeit, dass ihr euch duzt.«

Verlegen sah Marie zu Philipp. Ohne zu zögern, hielt er ihr sein Glas entgegen, damit sie mit überkreuzten Armen trinken konnten. Er sah ihr in die Augen, beugte sich zu ihr hinunter und küsste sie behutsam auf die Wange.

»Ich heiße Philipp, Joachim, Edelbert, Ottokar.«

Marie lachte laut auf. »Oh je! Darf ich weiter Philipp zu dir sagen?«

»Ich bitte darum.«

19.

Erstaunlicherweise war keinerlei Überredungskunst seitens Marie nötig, um ihren Vater dazu zu bringen, die Einladung von Du Yuesheng in den Fürstenhof anzunehmen. Der Komprador war ein so wichtiger Mann in der Stadt, dass ein persönlicher Kontakt zu ihm von Nutzen sein könnte. Wolfgang Hildebrand war Pragmatiker genug, um dies zu wissen. Außerdem fand er es auch nur recht und billig, dass die Familie Du sich für den gefährlichen Einsatz von Marie und Philipp erkenntlich zeigte.

Marie war ein bisschen enttäuscht, dass sie nicht in das Haus von Du Yuesheng eingeladen worden waren, aber Philipp klärte sie darüber auf, dass Chinesen Europäer so gut wie nie zu sich nach Hause einluden. Zu nahe wollte man die Langnasen doch nicht an sich heranlassen. Ein Essen in einem teuren Restaurant war überdies weitaus prestigeträchtiger, da alle Welt Zeuge des Treffens und des opulenten Mahles werden konnte.

Als die drei Ehrengäste im Hotel Fürstenhof eintrafen, wurden sie sofort von einem Oberkellner in ein reserviertes Separee geführt, wo zu Maries Freude ein runder Tisch mit chinesischen Schälchen und Stäbchen gedeckt war. Aus besonderer Umsicht hatte der Gastgeber aber auch westliches Besteck auflegen lassen.

Du Yuesheng, seine Frau Wang Fei, sein dreizehnjähriger Sohn Gao, Du Xündi und Qingling erwarteten sie bereits. Formvollendet wurden Höflichkeiten ausgetauscht, dann überreichte der Komprador jedem Gast ein in rotes Papier verpacktes Geschenk.

»Erlauben Sie mir, Ihnen einige bescheidene Geschenke darbieten zu dürfen. Sie sind nur ein unwürdiger Ausdruck unserer Dankbarkeit für alles, was Sie für unsere Familie getan haben. Und Sie, Herr Hildebrand, bitte ich um Verzeihung dafür, dass Ihre Tochter sich über Ihren Willen hinwegsetzen musste.« Du Yuesheng sah seine Gäste ernst an. »Falls Sie je ein Problem haben sollten, bei dem ich Ihnen helfen kann, zögern Sie bitte nicht, mich anzusprechen. Es wird mir eine Ehre sein, Ihnen auf diese Weise ein wirkliches Geschenk machen zu können.«

Maries Paket war so groß, dass sie es kaum halten konnte. Obwohl sie ausgesprochen neugierig war, erinnerte sie sich an den Hinweis von Philipp, dass Geschenke in China grundsätzlich nie in Gegenwart des Gebers ausgepackt wurden, um ihm im Falle des Nichtgefallens Peinlichkeiten zu ersparen.

Kaum saßen alle, begann eine schier endlose Prozession von Kellnern ein Gericht nach dem anderen zu servieren. Du Yuesheng ging offensichtlich davon aus, dass westliche Damen gerne Champagner tranken, während die Herren Bier und Cognac bevorzugten. Qingling und Wang Fei tranken beide nur Tee. Serviert wurde eine Auswahl erlesenster Speisen internationaler Küche: russischer Kaviar, Hummer, Austern, Peking-Ente, Haifischflossen, Kamelsehnen. Nach dem zwanzigsten Gang hörte Marie auf zu zählen. Wie bei chinesischen Banketts üblich, durfte man nie sein Glas erheben, um alleine zu trinken. Dafür unterbrach der Gastgeber Du Yuesheng das Essen immer wieder mit Trinksprüchen, die Maries und Philipps Mut und Marinebaurat Hildebrands erfolgreiche Arbeit für die Stadt Tsingtau priesen. Als Senior der Ausländer erwiderte Wolfgang Hildebrand diese Lobeshymnen höflich mit Trinksprüchen auf Du Yueshengs großartige Zusammenarbeit mit dem deutschen Gouvernement und seinen Sinn für Geschmack, den er mit diesem Abendessen zum Ausdruck brachte.

Qingling starrte nur schweigend auf ihre Schälchen und pickte hin und wieder einen kleinen Bissen heraus. Du Yueshengs Frau Wang Fei schien die Gesellschaft der Ausländer zu genießen. Neugierig beobachtete sie Marie während des Essens und fragte sie ohne Scheu aus. Du übersetzte das Gespräch zwischen den beiden Frauen. Maries Fähigkeiten, mit Stäbchen zu essen, versetzte die Chinesin in größtes Erstaunen, und sie konnte sich kaum vorstellen, dass Marie in ihrem eng anliegenden Kleid richtig atmen konnte.

Unbeirrt beantwortete Marie all ihre Fragen.

Als sie einen Blickwechsel über den Tisch zwischen Philipp und Marie abfing, fragte sie ohne Zögern, ob Philipp Maries Mann sei. Marie schüttelte den Kopf und stellte klar, dass er ein Freund der Familie sei.

Wang Fei blickte ohne weiteren Kommentar von einem zum anderen.

Schließlich entdeckte sie den Jadearmreif. Wieder flüsterte sie Du Xündi ein paar Worte zu.

»Meine Tante meint, Ihr Armreif sei sehr schön. Haben Sie ihn in Tsingtau gekauft?«

Marie lächelte. »Er war ein Geschenk.«

Beeindruckt nickte die Frau und murmelte wieder einige Worte. Du lächelte verlegen. Marie war neugierig. »Was hat sie gesagt?«

»Sie fragt, ob der Freund der Familie Ihnen den Armreif geschenkt hat.«

Marie nickte und spürte, wie sie aus einem unerfindlichen Grund plötzlich rot wurde. Wang Fei nickte lächelnd vor sich hin und sagte nichts mehr. Marie bemerkte, wie Dus prüfender Blick zwischen ihr und Philipp hin und her flog.

Kaum waren als letzter Gang aufgeschnittene Orangen serviert worden, standen die Gastgeber auf und verabschiedeten sich. Der Abend war beendet.

Wolfgang Hildebrand musste Philipp nicht lange überreden, noch auf einen Drink mit zu ihnen nach Hause zu kommen. Kaum waren sie wieder in die Tirpitzstraße zurückgekehrt, ließen sie sich erschöpft in die Sessel fallen.

Ausnahmsweise trank Marie ein Glas Cognac. Sie konnte sich nicht erinnern, je in ihrem Leben so viel gegessen zu haben.

»Alle Wetter«, stöhnte Hildebrand. »Der Mann hat sich wirklich nicht lumpen lassen. Dieses Essen war des Kaisers von China würdig. Ich möchte nicht wissen, was ihn der Abend gekostet hat.«

Marie nippte an ihrem Cognac. »Es war einfach köstlich, obwohl mich der Kaviar am Anfang doch überrascht hat.«

»Die Chinesen wissen, dass bei uns russischer Kaviar als besondere Delikatesse gilt. Du Yuesheng ist ein Mann von Welt. Das Restaurant im Fürstenhof ist für seine exquisite Küche aus Ost und West bekannt.«

Unter Fritz' aufmerksamen Augen schleppte Xiao Li die Geschenke aus der Droschke herein. Neugierig packte Marie ihr Paket aus. Unter dem roten Papier kam ein stabiler, schwerer Pappkarton zum Vorschein, dessen Aufschrift auf eine Herkunft aus England deutete. Marie öffnete den Deckel und hielt den Atem an. Die Schachtel enthielt einen Arztkoffer aus feinstem Leder, bestückt mit einer großzügigen Auswahl an Instrumenten aus bestem Edelstahl.

»Mein Gott, das kann ich doch nicht annehmen«, stöhnte sie.

Auch Philipp hatte inzwischen sein Paket geöffnet. Es enthielt ein Rollbild mit einer chinesischen Landschaftsmalerei, das nach seiner ersten Einschätzung aus der Mingdynastie stammte und damit mindestens dreihundert Jahre alt war. Wolfgang Hildebrands Geschenk war ein Schiebeteleskop, das jedem Admiral Ehre gemacht hätte.

Alle drei waren betroffen über die Großzügigkeit, die ihnen widerfahren war. Es stand außer Frage, dass der Komprador sich ihnen zu größtem Dank verpflichtet fühlte.

Für den großen Silvesterball war das Strandhotel festlich herausgeputzt worden und lag wie ein funkelnder Juwel schon von weitem sichtbar im Dunkel der Auguste-Viktoria-Bucht. Fackeln beleuchteten die Zufahrt. Wer in der Stadt etwas auf sich hielt, feierte hier glamourös den Übertritt ins neue Jahr. Auf dem Programm stand ein mehrgängiges Menü, gefolgt von Tanz im großen Speisesaal, der zu diesem Zweck nach dem Dinner leer geräumt werden sollte. In allen Räumen und Gängen waren einladende Sitzgruppen für die zahlreichen Gäste vorbereitet.

Wolfgang Hildebrand hatte Adele eingeladen, mit ihm und seiner Tochter diesen denkwürdigen Jahreswechsel zu feiern. So betrat Wolfgang Hildebrand mit seinen beiden attraktiven Damen rechts und links am Arm die Halle des Hotels.

Es herrschte bereits festlicher Trubel. Die schillernden Abendroben der Damen wetteiferten mit den Paradeuniformen der Herren. Der Raum war erfüllt von deutschen, englischen, russischen und französischen Stimmen. Marie zog viele Blicke auf sich. Sie war erstaunt, welche Wirkung das neue Abendkleid aus türkiser Seide mit der weit ausgeschnittenen Korsage hatte. Noch nie hatte sie solch ein gewagtes Kleid getragen. In ihrem hochgesteckten Haar steckten glitzernde, mit Federn besetzte Kämme.

Kaum hatten sie ihre Garderobe abgegeben, tauchte auch schon Gerlinde auf. Auf ihre Initiative hin hatte man sich mit Zimmermanns und

Philipp von Heyden verabredet und gemeinsam einen Tisch reserviert. Als Gerlinde sie begrüßte, schob sich Geoffrey durch das Gedränge an der Garderobe. Als Mann von Welt küsste er den Damen galant die Hand.

Gerlinde sah ihn gespielt beleidigt an. »Das ist aber nicht die feine englische Art, so einfach unentschuldigt zu verschwinden. Wo waren Sie denn die letzten Wochen, Geoffrey?«

Er zuckte entschuldigend mit den Schultern. »Business in Tianjin. I am really sorry. Und ich hatte dort gleichzeitig eine Einladung, Weihnachten mit alten Freunden meines Großvaters zu verbringen. Eine gute Gelegenheit, mehr über ihn zu erfahren.« Er hielt einen Moment inne und grinste Gerlinde an. »Aber ich freue mich, dass Sie mich vermisst haben. Ich habe Ihnen auch ein kleines Weihnachtsgeschenk mitgebracht, dass ich Ihnen sobald als möglich überreichen möchte.«

Gerlindes Neugierde war sofort geweckt. »Ein Weihnachtsgeschenk? Wie wundervoll! Verraten Sie mir, was es ist?«

Geoffrey schüttelte lächelnd den Kopf. »Überraschung muss sein. Auf diese Weise kann ich sicher sein, dass wir uns bald wiedersehen.«

Gerlinde legte eine Hand auf seinen Arm und lachte geschmeichelt. »Ich werde mich also in Geduld fassen. Wir sehen uns später doch? An welchem Tisch sitzen Sie?«

»Am Tisch des britischen Konsuls. Aber ich hoffe, Sie reservieren mir einen Tanz.«

»Ja, gerne. See you later.«

Gerlinde hakte sich bei Marie unter. »Wie schön, dass er wieder da ist. Heute Abend wird es sicher herrlich. Und ich hab dir so viel zu erzählen.«

Unter den bewundernden Blicken der Herren in Uniform oder in Zivil flanierten die beiden jungen Frauen in den Speisesaal. Wie ihr Vater prophezeit hatte, waren zahlreiche Offiziere der »Kaiserin Elisabeth« unter den Gästen, die ihnen herausfordernd zulächelten und sich verbeugten, wenn sie ihren Blick erhaschten. Sie wirkten deutlich entspannter als die deutschen Offiziere, die ständig unter kritischer Beobachtung der lokalen Gesellschaft standen und es deshalb kaum wagten, sich jungen Damen zu dreist zu nähern. Als sie auf den reservierten Tisch zusteuerten, entdeckte Marie Philipp, mit seiner Tischherrin Helene Zimmermann ins Gespräch vertieft. Er sah auf. Marie registrierte, wie sein Blick über ihren Körper glitt und mit einem bewundernden Ausdruck wieder zu ihren Augen zurückkehrte. Er erhob sich, um sie zu begrüßen. Dabei lächelte er sie spitzbübisch an. »Darf ich mir die Freiheit nehmen zu sagen, dass du in diesem Kleid einfach umwerfend aussiehst?«

Marie lachte keck. »Warum so vorsichtig? Hast du etwa Angst vor mir?«

Er bewegte abwägend den Kopf hin und her. »Bisher hatte ich ein untrügliches Gespür, in alle Fettnäpfchen um dich herum zu treten. Da wird man notgedrungen vorsichtiger.«

»Ach, Sie duzen sich? Wie nett!« Helene Zimmermanns Stimme klang spitz.

Philipp hielt Maries Hand immer noch fest, während er sich lächelnd Helene zuwandte. »Nach all dem, was wir schon zusammen erlebt haben, ist das wohl nur recht und billig.«

Helene verzog indigniert die Mundwinkel und wandte sich Wolfgang Hildebrand und Adele zu, um diese zu begrüßen.

Marie setzte sich neben Manfred Zimmermann, während Philipp ihr gegenüber zwischen Tochter und Gattin des Rechtsanwaltes Platz nahm.

Alle erhoben die Gläser, um auf einen schönen Abend anzustoßen, und bald wurde auch schon der erste Gang aufgetragen.

Marie freute sich, dass Manfred Zimmermann wieder ihr Tischherr war. Als engagierter Bürger der Stadt, der über viele Beziehungen verfügte, war er eine gute Quelle für Maries Neugierde. Diesmal wollte sie mehr über den Komprador Du Yuesheng in Erfahrung bringen.

Zimmermann wiegte nachdenklich den Kopf. »Ihn umgeben viele Geheimnisse. Fest steht, dass er früher in Tianjin für ausländische Firmen Geschäfte vermittelte und sich vor zehn Jahren schließlich hier ansiedelte. Er hat beste Kontakte zur Provinzregierung. Man munkelt, dass er Mitglied einer der vielen Geheimgesellschaften ist, aber das lässt sich natürlich nicht nachweisen. Ich hatte mit ihm zu tun, als er als Vermittler für den Ankauf von Land für die Eisenbahnstrecke nach Tianjin auftrat. Solch ein Landkauf ist nach wie vor eine besonders heikle Sache, vor allem wenn die Trasse über Gräberfelder verläuft, die hier ja über das ganze Land verstreut sind. Gräber sind unantastbar, da man die Ahnen ja nicht verärgern will. Allerdings haben wir mit Du Yueshengs Hilfe erreicht, dass man für eine gewisse Summe Geld die Angehörigen dazu bringen konnte, die Gräber zu verlegen. Das ist vor allem sein Verdienst, ein sehr wichtige für die Anbindung von Tsingtau an den Rest von China, wie sich von alleine versteht.«

»Und was kostet es, ein Grab zu verlegen?«

»Soweit ich mich erinnere, hatten wir uns auf eine Summe von fünf Dollar geeinigt.«

Er unterbrach seine Ausführungen kurz, um den Wein zu verkosten, den ihm der Sommelier anbot. »Für manche Familien ist daraus ein gutes Geschäft geworden.«

Marie sah ihn fragend an. »Ein Geschäft?«

»Nun ja, manchmal konnte man sich des Eindrucks nicht erwehren, dass irgendjemand Informationen über den Verlauf der Streckenführung unter der Hand weitergab und dort überraschend viele Gräber lagen, die wir dann alle, gegen Abschlagzahlung verstehet sich, verlegen lassen mussten.«

»Wollen Sie damit sagen, dass diese Gräber extra angelegt würden, um abzukassieren?«

Zimmermann grinste sie an. »Das haben Sie gesagt! Wir vermuten es, aber beweisen lässt sich so etwas natürlich nicht.«

Marie schüttelte den Kopf.

Zimmermann zuckte mit den Achseln. »Die Chinesen sind ein geschäftstüchtiges Volk, und wo man etwas Geld für seine Familie machen kann, da lässt man sich eben was einfallen. Ausländer gelten als unermesslich reich. Warum sie also nicht ein wenig ausnehmen? Die Tatsache, dass der Eisenbahnbau letztlich dem ganzen Land zugutekommt, verstehen die wenigsten, und auf jeden Fall geht die Familie vor!«

»Und Du Yuesheng verdient fleißig mit?«

»Ja, und das ist nur ein Geschäft von vielen. Keiner weiß, wie viel er besitzt. Er ist wahrscheinlich einer der reichsten und einflussreichsten Männer der ganzen Provinz.«

Marie überdachte, was sie soeben erfahren hatte. Um sie herum wurde angeregt geplaudert. Hin und wieder erhaschte sie Philipps Blick über den Tisch, der sich mit seinen beiden Tischdamen Helene und Gerlinde ausgezeichnet zu unterhalten schien.

Kaum war das Dinner beendet, wurde der Saal geräumt, um Platz für die Tanzfläche zu schaffen. Zu Kaffee, Cognac und Zigarren zog man in die angrenzenden Räumlichkeiten um. Philipp flanierte mit Marie und

Gerlinde am Arm durch das Hotel und genoss die vielen neidischen Blicke. Aus einer Gruppe österreichisch-ungarischer Offiziere löste sich ein Mann und kam auf sie zu.

»Mein lieber von Heyden, Sie werden doch nicht allen Ernstes gleich zwei dieser entzückenden Damen für sich alleine beanspruchen? Wollen Sie mich nicht vorstellen?«

Dabei sah er mit seinen schwarzen Augen Marie eindringlich an. In der weichen Färbung seines ungarischen Akzents klang diese gewagte Annäherung charmant. Gerlinde und Marie schmunzelten.

Philipp lachte. »Darf ich vorstellen? Fräulein Gerlinde Zimmermann aus Tsingtau und Fräulein Dr. Marie Hildebrand aus Berlin – Kapitänleutnant Istvan von Somogyi, österreichisch-ungarische Marine und versierter Polospieler.«

Der Offizier küsste den beiden Damen die Hand. »Fräulein Doktor! Erlauben Sie mir, Ihnen meinen Respekt auszudrücken. Welche Art von Doktor sind Sie, gnädiges Fräulein?«

»Ich bin Ärztin. Ich besuche hier für einige Monate meinen Vater und werde im nächsten Jahr, das ja in wenigen Stunden beginnt, eine Stelle an der Charité in Berlin antreten.«

Von Somogyi hielt inne und neigte anerkennend den Kopf. »Da kann ich Ihnen nur gratulieren. Eine Stelle an der Charité bekommen nur die Besten, Fräulein Kollegin.«

Maries Neugierde war geweckt. »Vielen Dank für das Kompliment. Woher wissen Sie das? Sind Sie auch Mediziner? Was treibt Sie dann auf ein Schiff?«

Von Somogyi lächelte. »Budapest ist wunderschön, aber die Welt hat doch so viel mehr zu bieten. Und schließlich brauchen vierhundert Mann Besatzung in den asiatischen Gewässern auch dann und wann einen Arzt.«

Marie sah ihn schelmisch an. »Passen Sie nur auf Ihre Männer auf. Tsingtau ist ein gefährliches Pflaster.«

Istvan von Somogyi lachte aus vollem Hals. »Perfekte Diagnose, aber schlimmer als Shanghai wird's schon nicht werden.« Er beugte sich noch einmal über ihre Hand. »Versprechen Sie mir einen Tanz, wertes Fräulein Kollegin? Es wäre mir eine große Ehre und ein besonderes Vergnügen, wenn ich das so offen sagen darf.«

Marie fühlte sich geschmeichelt. Die Unverfrorenheit dieses abenteuerlustigen Ungar gefiel ihr. »Das Vergnügen wird ganz auf meiner Seite sein.«

Jetzt mischte sich Philipp wieder ein. »Wir sehen uns später noch, von Somogyi. Wir waren gerade auf der Suche nach einem Freund.«

Mit einem kurzen Nicken zog er seine beiden Begleiterinnen davon. Marie drehte sich noch einmal zu von Somogyi um und winkte ihm.

Philipp wirkte gereizt. »Diese Ungarn sind manchmal wirklich etwas dreist, finde ich.«

Gerlinde sah schmunzelnd zu ihm auf. »Man könnte meinen, du seiest eifersüchtig.«

Marie tat so, als hätte sie diese Bemerkung nicht gehört. »Ein charmanter Mann!«

Gerlinde war schon wieder abgelenkt. »Seht doch, da vorne ist Geoffrey.«

Endlich wurde die Tanzfläche freigegeben. Das Orchester des III. Seebataillons saß am Kopfende des Saals auf einer kleinen erhöhten Bühne und begann das Ballrepertoire aus schwungvollen Rheinländern, Galopps, Polkas und Walzermelodien zu spielen.

Marie und Gerlinde waren gefragte Tanzpartnerinnen und ließen keinen Tanz aus. Schließlich jedoch mussten sie eine Pause einlegen, um wieder zu Atem zu kommen und ihre Frisuren zu überprüfen. Als sie nebeneinander vor den großen Spiegeln des Schminkraumes der Damentoilette saßen, seufzte Gerlinde. »Ist das nicht ein wundervoller Abend? Geoffrey und Philipp sind wirklich reizend. Ich weiß gar nicht, welchen von beiden ich lieber mag. Beide sind so aufmerksam. Philipp gibt mir ständig Ratschläge für meine Arbeit am Reiseführer. Zu Weihnachten hat er mir ein wunderbares Buch über chinesische Kunst geschenkt. Ich habe zum ersten Mal das Gefühl, dass er nicht mehr nur das kleine Mädchen in mir sieht.«

Marie hörte ihr nachdenklich zu, während sie den Lippenstift nachzog. Sie war dankbar, dass Gerlinde so mit sich selbst beschäftigt war, dass sie gar nicht nachfragte, ob Marie auch ein Geschenk von Philipp bekommen hatte.

Gerlinde drängte zum Aufbruch. »Komm, Marie. Zurück an die Front. Nur nicht schlappmachen.«

Lachend kehrten sie wieder in den Saal zurück, wo sie schon sehnlich erwartet wurden. Istvan von Somogyi kam endlich zu seinem Tanz mit Marie. Er nutzte die Gelegenheit und lud Marie und Gerlinde mit Begleitung zum Dreikönigsball des österreichisch-ungarischen Marinegeschwaders im Hotel Prinz Heinrich ein.

Um elf Uhr wurde ein Höllenpunsch mit reichlich Alkohol ausgeschenkt, der die Stimmung weiter anheizte und auch den letzten Tanzmuffel auf die Beine brachte. Das Orchester spielte ohne Unterlass bis um zehn Minuten vor Mitternacht. Dann drängten die Gäste auf die Veranden und die Terrasse zum großen Feuerwerk. Dort verteilten die livrierten Saaldiener Gläser mit Sekt. Ein Raunen ging durch die Menge, als zum Auftakt des Spektakels mit einem Schlag unzählige Bengalische Feuer am Strand angezündet wurden. Hinter den Feuern sah man die dunklen Umrisse der chinesischen Kulis, die regungslos stehen blieben, um das weitere Schauspiel zu beobachten. Weit draußen auf Reede lag die prächtig illuminierte »Kaiserin Elisabeth«. Davor konnte man mehrere schwimmende Pontons ausmachen, auf denen einzelne Gestalten flink hin und her huschten. Pünktlich um Mitternacht ertönte ein Salutschuss von Bord des Kreuzers. Die Menge brach in Jubel aus. Die österreichisch-ungarische Marinekapelle, die am Strand Aufstellung genommen hatte, stimmte nun den Kaiserwalzer an. Dies war der Auftakt für ein fulminantes Feuerwerk, das sowohl auf den Pontons als auch dahinter auf dem österreichisch-ungarischen Kreuzer abgefackelt wurde.

Marie stand mitten in der Ballgesellschaft, die staunend das perfekt choreographierte Schauspiel bewunderte. Die Gläser klirrten, und man wünschte sich gegenseitig ein frohes neues Jahr.

Wolfgang Hildebrand nahm seine Tochter in die Arme. »Ich wünsche dir ein wunderbares Jahr 1911, mein liebes Kind. Möge der Beginn deines neuen Lebens in Berlin von Erfolg und Glück gekrönt sein.«

Marie sah ihn gerührt an. »Und ich wünsche dir, dass das neue Jahr auch dir einen Neubeginn und ein neues Glück bringen wird!«

Wolfgang Hildebrand lächelte verlegen, dann flüsterte er ihr zu: »Ich habe schon einen Ring gekauft.«

»Wann soll denn der große Tag sein?«

»In zwei Wochen hat Adele Geburtstag. Dann werde ich sie fragen.«

Wolfgang Hildebrand zwinkerte ihr übermütig zu. Er umarmte seine Tochter noch einmal, bevor er Philipp seinen Platz räumte, der hinter ihm stand, um den beiden zu gratulieren. Er stieß mit Vater und Tochter an. »Auf ein glückliches neues Jahr!«

Wolfgang Hildebrand wandte sich Adele zu, die ringsherum mit verschiedenen Ballgästen anstieß. Philipp blieb vor Marie stehen. Er hob nochmals sein Glas und sah ihr in die Augen. »Möge das neue Jahr alle deine Wünsche erfüllen, Marie.«

Er klang sehr feierlich. Marie spürte, wie sie unter seinem Blick nervös wurde. Sie beeilte sich, seinen Trinkspruch zu erwidern. »Das wünsche ich dir auch, Philipp. Und ich danke dir von ganzem Herzen für alles, was du hier für mich getan hast.«

Immer noch sah er sie unverwandt an. »Ich hoffe sehr, dass es noch mehr Gelegenheiten geben wird, dir zur Seite zu stehen.«

Marie lächelte Philipp verwirrt an. Eine unerklärliche Nervosität erfasste sie wie vor einigen Wochen bei der Schneeballschlacht im Laoshangebirge. Sie wusste plötzlich nicht, was sie antworten sollte. Eine Stimme hinter ihr rettete sie.

»Marie, wir haben uns noch gar nicht gratuliert.«

Marie drehte sich um. Hinter ihr stand Gerlinde, die von ihr zu Philipp sah, als spürte sie die Spannung zwischen den beiden. Dann fiel sie Marie um den Hals.

»Ich wünsche dir alles, alles Gute zum neuen Jahr und vor allem einen erfolgreichen Start in dein Berufsleben in Berlin!«

Marie drückte sie an sich. »Vielen Dank! Da kann ich mich ja nur anschließen, meine Liebe. Viel Glück und viel Erfolg im neuen Jahr.«

Gerlinde lachte vergnügt. »Du wirst sehen, 1911 wird ein ganz wunderbares Jahr werden.«

20.

Lautes Klopfen an der Zimmertür und plötzliche Helligkeit, als das Licht anging, rissen Marie aus dem Tiefschlaf. Draußen war es noch dunkel. Verwirrt richtete sie sich in ihrem Bett auf. Vor ihr stand Fritz.

»Entschuldigen Sie, Missy, Lehrer Du hat angerufen. Er bittet Sie, sofort zu kommen.«

Ein Blick auf den Wecker verriet Marie, dass sie nur drei Stunden geschlafen hatte, trotzdem war sie schlagartig wach. Ihr war klar, dass es um Qingling gehen musste.

»Wecken Sie Yonggang!«

Als sie aus dem Haus kamen, hatte der Mafu schon die Droschke angespannt. So schnell es ging, trieb er das Pferd durch die menschenleeren, dunklen Straßen bis zum Anwesen von Du Yuesheng in der Chinesenstadt. Zwei Diener mit Laternen in der Hand standen am Hoftor, das ganze Haus war wach. Marie hörte Frauen weinen. Sie folgten einem Bediensteten im Laufschritt bis zur Wohnung von Du Xündi und seiner jungen Frau. Die Amah kauerte totenbleich im Vorraum vor Qinglings Zimmer. Als sie Marie erblickte, warf sie sich weinend vor ihr auf den Boden. Entsetzt blieb Marie stehen. Plötzlich fühlten sich ihre Beine bleiern an. Sie musste all ihre Kraft zusammennehmen, um die Schlafzimmertür zu öffnen. Du saß zusammengesunken auf einem Stuhl am Bett, auf dem Qingling lag. Ihr Gesicht war blau angelaufen, die Bettdecken und Qinglings Kleidung an Unterleib und Beinen waren blutdurchtränkt. Von einem Balken vor dem Bett hing ein Stück Stoff, darunter befand sich eine Blutlache. Fassungslos blickte Marie auf Qingling hinunter. Vorsichtig umschloss sie mit den Fingern das zierliche Handgelenk. Das Fleisch war noch warm, aber das Blut in den Adern hatte aufgehört zu pulsieren.

Du Xündi hob den Kopf und sah Marie mit rot geweinten Augen an. »Ich habe sie umgebracht.«

Nach langem Zureden konnte Marie Du Xündi überreden, den Ort des Schreckens zu verlassen. Seine Tränen waren inzwischen sprachloser Apathie gewichen. Kraftlos ließ er sich von Marie in einen anderen Raum führen. Mühevoll konnte sie ihm einige Worte entlocken. Er war am Abend nicht zu Hause gewesen. Als er zurückkehrte, wollte er noch einmal nach seiner Frau sehen. Die Amah hatte im Vorzimmer geschlafen. Als er die Tür öffnete, bot sich ihm ein Bild des Grauens. Qingling hing reglos an einem Seidenschal von einem Balken, das Blut tropfte aus ihren Hosen auf den Boden.

Marie erschauerte über das Ausmaß dieser Tragödie und Qinglings furchtbare Entschlossenheit zu sterben, als sie gemerkt hatte, dass sie auch dieses Kind verloren hatte, der endgültige Beweis dafür, wie unnütz sie als Ehefrau war.

Sie schickte Yonggang nach Hause. Hier war nichts mehr für sie zu tun.

Marie fand keine Worte des Trostes für Du und saß nur schweigend neben ihm. Er starrte ausdruckslos vor sich hin. Nach einer Weile schien er aus seinen Gedanken zu erwachen und sah Marie traurig an.

»Es ist alles meine Schuld. Ich wollte ein modernes Leben führen, zu dem sie nicht bereit war. Sie wollte ihre Pflicht erfüllen, wie es die Tradition von ihr forderte. Ich habe sie alleine bei meiner Familie zurückgelassen, die sie dafür verantwortlich machte, dass ich weggegangen bin. Und jetzt, als sie ihre letzte Hoffnung auf ein Kind und die Erfüllung ihrer Pflicht gegenüber den Ahnen verlor, war ich wieder nicht da, um sie zu beschützen.« Er bedeckte seine Augen mit den Händen und schluchzte. »Es ist meine Schuld. Ich habe sie getötet.«

Marie saß erschüttert da. Sie konnte seine Gedanken verstehen. Sie legte eine Hand auf seinen Arm. »Es ist nicht Ihre Schuld. Sie ist ein Opfer dieser Zeit des Umbruchs geworden.«

Du starrte einige Momente ins Leere. Plötzlich schüttelte er ihre Hand ab, sprang auf und blickte auf Marie herunter. Sie erschrak, als sie seine feindseligen Augen sah und seine eiskalte Stimme hörte.

»Und wer ist für diesen Umbruch verantwortlich? Ihr fremden Teufel! Ihr wollt China unter euch aufteilen und uns Chinesen versklaven. Und Sie haben mich überredet, meine Frau mit nach Tsingtau zu bringen …«

Marie stockte der Atem.

»Verlassen Sie mein Haus. Sofort.«

Wie betäubt starrte Marie ihn an. Plötzlich saß vor ihr ein Mann, den sie nicht kannte. Seine dunklen Augen, die so oft bis in ihre Seele vorgedrungen waren, wirkten plötzlich wie gefährliche Abgründe. Seine Kälte machte ihr Angst. Sie wusste nicht, wie sie reagieren sollte. Wie konnte er ihr das antun?

»Aber ...«

Dus Augen verengten sich. Er atmete schwer. »Gehen Sie!«

Zitternd ergriff sie ihre Tasche, erhob sich und verließ schweigend den Raum.

Zu Hause zog sich Marie in ihr Zimmer zurück. Als ihr Vater zaghaft anklopfte und fragte, ob sie zum Frühstück kommen würde, lehnte sie ab. Sie fühlte sich elend und wollte nur allein sein.

Stundenlang saß Marie am Fenster und blickte hinaus über die roten Dächer der Stadt bis hinunter zum Meer. Alles sah wieder so friedlich aus. Doch hier war nichts so, wie es den ersten Anschein hatte.

Der Schrecken über den Hass, der hinter Dus liebenswürdiger Fassade hervorgebrochen war, machte Marie am meisten zu schaffen. Sie hatte geglaubt, ihn zu kennen, seine Hoffnungen und Ängste zu verstehen und ihm, soweit es in ihren Kräften stand, geholfen zu haben. Seine Attacke kränkte sie zutiefst. Je länger sie darüber nachdachte, desto mehr musste sie ihm jedoch recht geben. Sie war natürlich einer der fremden Teufel, ein Eindringling, auch wenn persönliche Gründe sie nach China gebracht hatten.

Es wurde schon dunkel, als es wieder leise an ihrer Tür klopfte. Es war Philipp. Sie bat ihn herein. Er setzte sich neben sie und schwieg einen Augenblick. Dann nahm er ihre Hand.

»Es tut mir so leid, was passiert ist. Yonggang hat es mir gerade erzählt.«

Marie seufzte tief. »Ich mache mir solche Vorwürfe.«

Philipp sah sie erschüttert an. »Um Gottes willen, das ist doch nicht deine Schuld, Marie. Es war das einzig Richtige, sie nach Tsingtau zu bringen. Wer weiß, wie lange sie in Luotou überlebt hätte, das weißt du doch selbst.«

Marie schwieg.

Philipp versuchte sie zu trösten. »So hart es klingen mag. Qinglings Tod ist die Tragödie Chinas. Das hat nichts mit dir zu tun. Du musst jetzt nach vorne sehen. Es gibt noch so viel, was du hier tun kannst.«

Er hielt einen Augenblick inne, aber Marie antwortete nichts.

»Ich würde dich gerne zur Beerdigung von Qingling begleiten. Versprich mir, dass du mir Bescheid gibst.«

Marie schluckte. »Ich denke, Du wird nicht wünschen, dass ich dabei bin.«

Philipp sah sie verwirrt an.

»Er gibt mir die Schuld.«

Philipp war fassungslos. »Das darf doch nicht wahr sein.«

Marie nickte. »Doch. Mir und uns fremden Teufeln.«

Philipp atmete tief durch. »Daher weht der Wind … dieser undankbare Bastard.«

Marie legte ihm beschwichtigend die Hand auf den Arm. »Bitte, Philipp. Hat er nicht recht?«

Er schüttelte den Kopf. »Es ist unverzeihlich, gerade dir das vorzuwerfen, wo du so viel für ihn getan hast!«

Marie lächelte mühsam. »Das ist lieb von dir, Philipp.« Sie seufzte tief. »Es ist alles so kompliziert hier.«

Drei Tage später fand Qinglings Beerdigung auf dem chinesischen Friedhof statt. Du Xündi hatte dafür gesorgt, dass seine Frau so ehrenvoll wie möglich zu Grabe getragen wurde. Angeführt von buddhistischen Mönchen und Musikern mit tönenden Schalmeien und Trommeln, zog der kleine Leichenzug durch die Chinesenstadt. Du Xündi ging als einziger Angehöriger in eine weiße Kutte gehüllt hinter dem Sarg her. Keiner der anderen Familienmitglieder nahm an der Beerdigung teil. Nur sein Freund Zhang Wen ging an seiner Seite.

Wie erwartet, war Marie nicht informiert worden. Es brach ihr das Herz. Mit Yonggangs Hilfe hatte sie herausgefunden, wann die Beerdigung stattfinden sollte. Die beiden warteten am chinesischen Friedhof auf den Leichenzug. Von weitem beobachteten sie heimlich die Rituale der buddhistischen Mönche am Grab.

Du Xündi war kaum wiederzuerkennen. Sein bleiches Gesicht war eingefallen, unter den Augen hatte er dunkle Ringe. Er ging gebeugt wie ein alter Mann.

Schließlich blieb Du allein zurück. Mit hängendem Kopf stand er einsam vor dem Grab. Sein Freund Zhang Wen hatte sich zurückgezogen.

Marie wagte nicht, näher zu treten und ihn anzusprechen. Es fing leise an zu schneien. Mit dem Schnee senkte sich eine bleierne Stille über den Friedhof. Marie hatte das Gefühl, das Herz würde ihr zerspringen vor Schmerz über die tiefe Trauer dieses Mannes, von der ihn niemand erlösen konnte. Eine Trauer, die sich in Hass gegen sie verwandelt hatte und ihr den Zugang zu seinem Herzen verschloss.

Marie sah sich außerstande, am österreichischen Ball teilzunehmen. Qinglings Tod und die Anschuldigung von Du Xündi gingen ihr zu nahe. Deswegen rief sie am nächsten Tag Gerlinde an, um sie von ihrer Entscheidung in Kenntnis zu setzen. Gerlinde versuchte sie vergeblich umzustimmen. Auch Wolfgang Hildebrand war nicht erfolgreicher und musste schließlich alleine mit Adele zum Ball gehen. Marie blieb zu Hause. Insgeheim hoffte sie, Du Xündi würde kommen, um sich mit ihr zu versöhnen und seinen Kummer mit ihr zu teilen. Betrübt saß sie den ganzen Abend allein vor dem Kamin, doch die Türglocke blieb still.

Als Marie auch in den folgenden Tagen nichts von Du Xündi hörte, begann sie sich ernsthaft Sorgen zu machen. Tief in ihrem Innersten war sie überzeugt, dass Du ihr nicht feindselig gesinnt war und das Gespräch mit ihr suchen würde, aber er kam nicht. Schließlich schickte sie Yonggang los, um sich nach ihrem Lehrer zu erkundigen. Das Mädchen kehrte mit schlechten Nachrichten zurück. Im Hause Du hatte sie vom Personal erfahren, dass Du Xündi von der Beerdigung nicht zurückgekommen war. Diener waren ausgeschickt worden, um nach ihm zu suchen, doch niemand hatte ihn mehr gesehen. Auch in sein Elternhaus nach Luotou war er nicht zurückgekehrt, dem Unterricht in der deutsch-chinesischen Hochschule war er unentschuldigt ferngeblieben. Du Xündi war spurlos verschwunden.

Marie wollte sich mit dieser Auskunft nicht zufriedengeben. Sie fuhr persönlich zum Anwesen von Du Yuesheng und gab ihre Karte ab. Keiner der Bediensteten sprach Deutsch, aber Marie wurde in einen Empfangsraum gebeten. Ein Diener versorgte sie mit Tee und Gebäck. Er stand den Rest der Zeit stoisch an der Tür, als würde er sie bewachen, und beäugte Marie neugierig aus dem Augenwinkel.

Nachdem sie fast eine Stunde lang gewartet hatte, tauchte der Komprador endlich auf. Er entschuldigte sich für die Unannehmlichkeiten. Wichtige Geschäfte hatten ihn aus dem Haus gerufen. Ohne weitere Umschweife kam Marie zum Grund ihrer Anwesenheit.

»Ich mache mir größte Sorgen um Du Xündi. Wissen Sie, wo er ist?«

Du Yuesheng nahm einen Schluck Tee. Seine Miene blieb völlig ausdruckslos. »Wir sind sehr geehrt, dass Sie sich um meinen unwürdigen Neffen sorgen. Leider kann ich Ihnen nicht mehr sagen, als Sie schon wissen. Er ist verschwunden, und wir haben keine Hinweise, wo er sich aufhalten könnte.«

Marie war der Verzweiflung nahe, aber alles Flehen half nichts. Der Komprador komplimentierte sie schließlich mit höflichen Worten, aber verschlossenem Gesicht hinaus.

Je länger sie auf dem Heimweg über das Gespräch nachdachte, desto klarer wurde es Marie, dass der Mann ihr etwas verschwieg. Wenn er wirklich so einflussreich in der Provinz war, wie jeder vermutete, musste er seine Quellen haben, die ihm den Aufenthaltsort seines Neffen mit Sicherheit verraten hätten. Gleichzeitig wuchs ihre Enttäuschung, dass Du Xündi einfach verschwunden war, ohne sich mit ihr auszusöhnen. Insgeheim musste sie sich die Frage stellen, wie gut sie ihn wirklich kannte, obwohl sie immer das Gefühl gehabt hatte, sie wären sich in den vergangenen Wochen sehr nahegekommen. Aber vielleicht war das ja nur ein Trugschluss wie so viele Dinge hier in der Kolonie.

21.

Auf Adeles besonderen Wunsch hin sollte ihr Geburtstag in kleinem Rahmen begangen werden, was Wolfgang Hildebrand sehr entgegenkam. Der, wie er es nannte, »Einladungsmarathon« der Gesellschaft von Tsingtau ging ihm gehörig auf die Nerven, und auch Marie war froh, dass fast familiär gefeiert werden sollte. Nur Philipp, als bester Freund von Wolfgang und Adele, sollte an diesem trauten Essen teilnehmen.

Am späten Nachmittag erschien Adele. Philipp war aus gutem Grunde erst etwas später geladen worden.

Im Wohnzimmer warteten ein Kübel mit Mumm-Sekt und Geschenke für das Geburtstagskind. Nach einigen Minuten verließ Marie unter einem Vorwand den Raum. Sie ging in die Küche, um nach dem Stand der Essensvorbereitung zu sehen.

Es klingelte wieder an der Haustür. Philipp war eingetroffen.

Marie ging in die Halle, um ihn willkommen zu heißen.

Er sah sie forschend an. »Wie geht es dir, Marie? Hast du Nachricht von Du Xündi?«

Marie schüttelte traurig den Kopf. Bevor sie antworten konnte, ging die Wohnzimmertür auf, und Wolfgang Hildebrand kam heraus.

»Was steht ihr hier herum? Kommt rein, wir haben doch was zu feiern!«

Im Wohnzimmer stand Adele mit einem Glas Sekt in der Hand am Kamin und sah ihnen strahlend entgegen. Sie umarmte Marie. »Ihr beiden habt ja ein ganz abgekartetes Spiel mit mir gespielt. Wolfgang hat mir alles erzählt. Aber ich danke dir von Herzen, Marie, dass du ihm einen kleinen Schubs gegeben hast. Ich weiß nicht, ob ich je den Mut dazu gehabt hätte.«

Philipp sah verwundert von einem zum anderen.

Wolfgang Hildebrand reichte beiden ein Sektglas und räusperte sich. »Meine liebe Marie, mein lieber Philipp. Ich habe die große Freude, euch als Ersten die glückliche Nachricht zu überbringen, dass Adele und ich uns soeben verlobt haben.«

Philipps Verblüffung war nicht zu übersehen. Er hob sein Glas. »Auf das glückliche Paar! Das ist ja eine schöne Überraschung am frühen Abend!«

Wolfgang Hildebrand zwinkerte seiner Verlobten zu. »Es wird ja auch langsam Zeit, dass in diesem Haus mal eine Verlobung stattfindet.«

Philipp schmunzelte. »Und wann soll der große Tag endlich sein?«

Adele und Wolfgang sahen sich an. »Das müssen wir erst gemeinsam überlegen.«

Marie mischte sich ein. »Also, ich finde, ihr solltet keine Zeit mehr verschwenden. Und außerdem: je eher dahin, je eher davon. Gönnt doch den Leuten ein bisschen Stoff zum Reden.«

Wolfgang Hildebrand zog eine Augenbraue hoch. »Du meinst, dann würden alle denken, wir hätten ganz schnell heiraten müssen?«

Alle lachten und stießen an. Zum ersten Mal seit vielen Tagen spürte Marie, wie eine Last von ihr abzufallen schien. Im Kreise dieser Menschen fühlte sie Geborgenheit und Frieden und konnte ihre Sorgen um Du Xündi für einige Stunden vergessen.

22.

Inzwischen hatte sich herumgesprochen, dass im Faberhospital eine ausländische Ärztin chinesische Frauen behandelte. Maries Sprechstunde, die sie zweimal wöchentlich vormittags abhielt, war meist gut besucht. Die Arbeit lenkte Marie von ihren Sorgen ab.

Wenige Tage später erschien Dr. Wunsch unerwartet in ihrem Sprechzimmer. Er sah besorgt aus. Maries spontaner Gedanke war, dass er schlechte Nachrichten über Du Xündi bringen würde. Dr. Wunsch schob ihr die Zeitung hin und deutete mit dem Finger auf eine Stelle. »Haben Sie das gelesen, Fräulein Dr. Hildebrand?«

Marie überflog den kurzen Artikel. Es wurde gemeldet, dass Ende des Jahres in der Mandschurei die Lungenpest ausgebrochen war und nun bereits erste Todesfälle in Peking zu beklagen waren.

»Wissen Sie, was das bedeutet?«

Marie sah Dr. Wunsch fragend an. »Ich weiß ehrlich gesagt nicht, worauf Sie hinauswollen.«

Der Arzt nahm seine Brille ab und rieb seine müden Augen. »Die Lungenpest ist eine der größten Plagen der Menschheit. Sie ist hoch ansteckend, und wer sich infiziert, ist spätestens drei Tage später tot. Sie ist noch gefährlicher als die Schwarze Pest. Es gibt kein Gegenmittel. Es sieht so aus, als hätte es nur knapp zwei Wochen gedauert, bis die Krankheit die achthundert Kilometer von der Mandschurei bis nach Peking zurückgelegt hat. Das ist der Fluch der Eisenbahn. Nicht nur Menschen, sondern auch ihre Krankheiten kommen jetzt schneller von einem Ort zum anderen. Tsingtau liegt ebenfalls knapp achthundert Kilometer von Peking entfernt. Das heißt, wir können uns darauf einstellen, dass wir in spätestens zwei Wochen die ersten Toten im Schutzgebiet haben. Ich habe mich informiert. Es gibt einen Impfstoff, aber wie wirksam er ist, wird sich erst weisen. Ich werde alle Mitarbeiter des Hospitals impfen lassen, doch für die ganze Bevölkerung wird es nicht reichen.«

Erschrocken sah Marie ihn an.

»Das Schlimmste dabei ist, dass in knapp drei Wochen das chinesische Neujahr stattfindet. Das sind traditionell die einzigen Feiertage im Jahr, an denen alle Chinesen zu ihren Familien heimkehren. Es bedeutet, dass die meisten unserer chinesischen Mitbürger ins Hinterland fahren und spätestens bei ihrer Rückkehr die Pest hier einschleppen.«

Marie überlegte fieberhaft. »Man muss die Menschen warnen. Sie dürfen nicht wegfahren.«

Dr. Wusch schüttelte den Kopf. »Am chinesischen Neujahr erfordert es die Tradition, dass man nach Hause fährt, um den Ahnen zu opfern. Die Chinesen sind Fatalisten. Epidemien sind hierzulande an der Tagesordnung. Niemand wird sie abhalten können wegzufahren. Die einzige Chance liegt darin, zu kontrollieren, wer wieder ins Schutzgebiet hineingelassen wird. Ich nehme an, das Gouvernement wird entsprechende Maßnahmen ergreifen.«

Marie war zutiefst betroffen. Unwillkürlich musste sie an Du Xündi denken. Ob er wohl an einem sicheren Ort war und würde er je wieder zurückkehren?

Die Bürger von Tsingtau konnten von nun an täglich in der Zeitung verfolgen, wie die tödliche Epidemie mit unheimlicher Geschwindigkeit näher rückte. Zwei Tage nach Peking meldete die knapp zweihundert Kilometer westlich der Hauptstadt gelegene Hafenstadt Tianjin sogar Pesttote in der österreichischen Niederlassung.

Doch trotz der höchst beunruhigenden Nachrichten ging das Leben unverändert weiter. Maries Vater fuhr nach seiner Arbeit und neben seinen laufenden gesellschaftlichen Verpflichtungen im Schützenverein und im Tsingtau Club nun auch zweimal wöchentlich abends ins Hotel Prinz Heinrich, wo das Komitee für die Vorbereitungen zu Kaisers Geburtstag und für den Besuch des Prinzen Heinrich Anfang März tagte. Obwohl eine gewisse Anspannung unter den Bewohnern der Stadt zu spüren war, wurde in den meisten Unterhaltungen das Thema Pest vermieden oder nur ganz kurz abgehandelt. Niemand schien in Erwägung zu ziehen, vor der drohenden Gefahr zu fliehen. Es herrschte eine Atmosphäre störrischen Durchhaltewillens. Jetzt abzureisen wäre mit Feigheit vor dem Feind gleichgesetzt worden.

Die »Tsingtauer Neuesten Nachrichten« meldeten die ersten Pesttoten im zweihundert Kilometer entfernten Qufu und erinnerten ein paar Zeilen weiter die geneigten Leser daran, dass am Abend der Maskenball des Marine- und Kriegervereins im Hotel Prinz Heinrich auf dem Programm stand.

Wolfgang Hildebrand sah von seiner Zeitung auf. »Hast du dir ein Kostüm für den Maskenball ausgedacht?«

Marie runzelte die Stirn. »Das kann doch nicht dein Ernst sein! Eine tödliche Epidemie überrollt das Land, und du willst Karneval feiern!«

»Wenn wir jedes Mal, wenn so was passiert, uns vor Angst in unseren Häusern verbarrikadierten, würde hier das ganze Leben zusammenbrechen. Natürlich feiern wir! Jetzt erst recht!«

Marie schüttelte den Kopf.

»Sei kein Spielverderber, Marie! Die Maskenbälle sind immer sehr unterhaltsam, du wirst schon sehen. Da geraten selbst die stieseligsten Tsingtauer außer Rand und Band.«

»Mir steht aber der Sinn nicht nach einem Tanzvergnügen. Außerdem haben wir in Kiel und Berlin auch nie Karneval gefeiert.«

»Ja, aber wir sind hier in Tsingtau und denken gesamtdeutsch. Du wirst sehen, der rheinische Frohsinn hat's in sich. Keine Widerrede.« Hildebrand stand auf. »Ich sage Adele Bescheid, sie soll dir ein Kostüm mitbringen. Sie hat bestimmt welche auf Lager. Bis heute Abend!«

Tatsächlich brachte Adele aus ihrem Kostümfundus eine kleine Auswahl mit, und Marie fügte sich in ihr Schicksal und wählte einen farbenprächtigen Sari aus. Als sich Marie und Adele unter viel Gelächter maskierten, fühlte sie sich ein wenig an ihre Kindheit erinnert, als ihre Mutter für Kinderfeste hübsche Kostüme für sie genäht hatte.

Wolfgang Hildebrand erwartete seine Damen im Wohnzimmer zu einem belebenden Glas Sekt. Statt seiner üblichen Uniform trug er für diesen Abend einen Smoking. Als Verkleidung präsentierte er eine rote Clownnase, die dafür sorgte, dass Fritz vor Lachen beinahe den Sektkübel umwarf. Unter den staunenden Augen des Personals machten sich schließlich der Clown, ein Zimmermädchen und eine Inderin auf dem Weg zum Karneval.

Die langen Tische im Festsaal des Hotels Prinz Heinrich waren bis auf den letzten Platz besetzt. Die Mitgliedschaft im Marine- und Kriegerverein war in den Kolonien für jeden Mann, der je gedient hatte, Ehrensache. Angesichts der hier stationierten Marinetruppen war die Mitgliederzahl dieses Vereins besonders hoch. Damen waren zu diesem fröhlichen Anlass natürlich besonders willkommen.

Da Manfred Zimmermann nie gedient hatte, waren Zimmermanns nicht anwesend, aber Philipp nahm, als Pirat verkleidet und von ihrem Vater mit lautem Hallo begrüßt, neben Marie Platz. Sie musste sich eingestehen, dass ihm sein verwegenes Äußeres mit Augenklappe und Bartstoppeln gut stand.

Mit einem lauten Tusch wurde das Programm eröffnet.

Während im Saal ein deftiger Imbiss mit reichlich Bier und Wein serviert wurde, marschierte der Vorsitzende des Karnevalsvereins Oberrichter Cusenius, umrahmt von strammen Funkenmariechen, auf die Bühne, wo das Seebataillonsorchester in gewohnter Manier aufspielte. Nach einer launigen Begrüßung folgte eine Büttenrede. Die derben Kalauer über die Tücken des Koloniallebens mit zahlreichen Anspielungen auf die Unarten und Dummheiten der chinesischen Angestellten und Mitbürger fanden lauten Beifall. Marie blieb das Lachen immer wieder im Halse stecken. Sie hoffte, dass die chinesischen Saaldiener nicht verstanden, wie hier auf ihre Kosten Witze gerissen wurden. Sie beobachtete die Reaktionen der Chinesen, doch deren Mienen blieben ausdruckslos.

Heftig beklatscht wurde auch die deutliche Häme angesichts der Kritik der Sozialdemokraten im Reichstag gegen die Kolonialpolitik. Als der Redner den Abgeordneten Erzberger zitierte, der Tsingtau ein »Drecksnest« genannt hatte, explodierte der Raum in Buhrufen und Pfiffen, um gleich darauf die deutliche Absage an diese ignorante Vermessenheit mit lautem Beifall zu unterstützen. Marie war erleichtert, als dieser Teil des Programms unter frenetischem Applaus zu Ende ging. Philipp hielt sich im Gegensatz zu Wolfgang Hildebrand mit seinen Beifallsbekundungen zurück und schien eher aus Höflichkeit zu klatschen.

Dann stimmte das Orchester ein Karnevalslied an, das mit heftigem Schunkeln vom Publikum begleitet wurde. Es folgte eine Riege des Tsingtauer Turnvereins mit einem Männerballett, das für größte

Erheiterung sorgte und sogar die chinesischen Saaldiener zum Lachen brachte, die bisher nur mit unbewegten Gesichtern dem merkwürdigen Treiben zugesehen hatten. Schließlich übernahm das Orchester des III. Seebataillons auf der Bühne wieder das Kommando und eröffnete den Tanz mit einem flotten Rheinländer.

Der derbe Humor der Darbietungen hatte durchschlagenden Erfolg. Die Stimmung kochte. Alles stürmte auf die Tanzfläche.

Philipp forderte Marie auf. »Darf ich bitten? Du wirst sehen, ein Tänzchen wird deine Stimmung sicher verbessern.«

Marie reichte Philipp die Hand und folgte ihm durch das Gedränge zur Tanzfläche.

»Ist meine mangelnde Begeisterung so offensichtlich?«

»Ich kenne dich jetzt schon gut genug, um zu wissen, dass diese Art von Humor nicht dein Ding ist. Außerdem glaube ich, mit dem Karneval muss man aufwachsen, um ihn zu lieben.«

Marie sah ihn amüsiert an. »Feiert man in Mecklenburg-Vorpommern denn Karneval?«

»Nur solange man kurze Hosen trägt.«

Marie grinste. »Und was treibt dich dann heute Abend hierher? Ich glaube, du wolltest einfach mal Pirat sein?«

Philipp schmunzelte. »Durchschaut! Ich verrate dir ein Geheimnis. Welcher Mann wäre nicht gerne Freibeuter und rettete nebenbei eine indische Prinzessin aus höchster Not! Sieh dich um, ich bin nicht der Einzige!«

Marie musste lachen. Ein Blick in die Runde zeigte, dass Philipp recht hatte. Zahlreiche Piraten tummelten sich im Saal. Unvermutet wechselte das Orchester abrupt von einem Walzer zur Polka. Die Tänzer gerieten für einen Moment aus dem Rhythmus, was für allgemeine Heiterkeit sorgte.

Philipp zog Marie fester an sich und drehte sich schwungvoll mit ihr über die Tanzfläche. Marie genoss die schnellen Drehungen, es machte wirklich Spaß.

Als sie am Ende der Polka völlig außer Atem das Orchester beklatschten, raunte Philipp ihr zu: »Mission erfüllt. Ich bin wirklich froh, dass ich dich retten durfte.«

Fragend sah Marie ihn an und fragte ihn provozierend. »Kann es sein, dass du heute nur meinetwegen hier bist?«

Philipp reichte Marie seinen Arm. »Nun ja. Die Anzahl der schönen Frauen hier ist begrenzt. Als mir Wolfgang erzählte, dass er dich überredet hat, mit zu diesem Maskenball zu gehen, dachte ich mir, diese Chance müsste ich nutzen … Ich wollte dich doch keinem anderen überlassen. Außerdem kenne ich ja den Humor unserer Landsleute.«

Philipp nahm sie an der Hand. Mühevoll schoben sich die beiden durch das Gedränge. Der Alkohol zeigte inzwischen überall Wirkung. Der Lärm im Raum war ohrenbetäubend. Betrunkene tanzten auf den Tischen, angefeuert durch grölende Zurufe ihrer Kumpane. Marie konnte sich nicht erinnern, jemals eine so entfesselte Menge erlebt zu haben.

Plötzlich drangen trotz des allgemeinen Trubels schrille, aufgeregte Schreie aus der Empfangshalle in den Festsaal herüber.

Eine Frau kreischte unüberhörbar. »Schmeißt den dreckigen Chinesen raus. Er hat die Pest und wird uns alle anstecken.«

Entsetzt sah Marie Philipp an. »Oh Gott.«

Bevor er reagieren konnte, stürzte sie aus dem Saal.

Da die Hotelhalle als Bar genutzt wurde, hatten sich hier zahlreiche Ballgäste niedergelassen, die etwas entfernt von dem höllischen Spektakel im Saal in Ruhe einen Drink nehmen und sich unterhalten wollten. Jetzt jedoch waren alle auf den Beinen. Mühsam schob sich Marie durch die Menge. Alle versuchten soviel Abstand wie möglich zwischen sich und einen jungen chinesischen Hoteldiener zu bringen, der heftig hustend in einer Ecke nach Atem rang. Zu seinen Füßen lagen die Scherben von zerbrochenen Tellern.

Marie verstand die Aufregung der Gäste gut, konnte aber auch erkennen, dass die aufgeheizte Stimmung die missliche Lage des chinesischen Dieners nur noch verstärkte.

Sie trat einige Schritte vor, drehte sich zu der erregten, bunt kostümierten Gästeschar und hob beruhigend die Hände. »Meine Herrschaften, bitte! Verlassen Sie kurz die Halle, bis wir die Situation hier klären können.«

In diesem Moment drängelten sich Dr. Henning, Herr Lehmann, der Direktor des Hotels, und Philipp durch die Gäste. Alle drei Herren traten an ihre Seite.

Dr. Henning nickte ihr kurz zu. »Meine Damen und Herren, Fräulein Dr. Hildebrand hat recht. Es ist das Beste, wenn Sie jetzt wieder in den Festsaal gehen.«

Aufgeregt durcheinanderredend zog sich die Menge in den Festsaal zurück.

Hoteldirektor Lehmann war außer sich. »Das kann nicht sein. Keiner unserer Angestellten ist außerhalb der Stadt gewesen. Alle arbeiten sieben Tage die Woche, da bleibt keine Zeit für Ausflüge. Außerdem haben wir alle untersuchen lassen.«

Inzwischen hatte sich der junge Chinese wieder etwas erholt. Er hatte einen roten Kopf und rang nach Luft. Marie deutete auf ein Bierglas, das neben ihm auf einem Tischchen stand, und gab ihm ein Zeichen, es auszutrinken. Mit einem Zug schüttete er den Inhalt des Glases herunter. Dann räusperte er sich und gewann allmählich wieder seine normale Gesichtsfarbe zurück. Er sah durchaus gesund aus.

Dr. Henning musterte ihn aufmerksam. »Kann ihn jemand fragen, was los ist?«

Philipp war der Einzige der Anwesenden, der ausreichend Chinesisch sprach. Der junge Mann senkte beschämt den Kopf und murmelte etwas.

»Was hat er gesagt?«

Philipp konnte sich das Grinsen nicht verkneifen. »Er sagt, er hätte heimlich irgendetwas von einem Teller, den er abservieren sollte, in den Mund geschoben. Es war so schleimig und sauer, dass es ihm vor Schreck im Hals stecken geblieben ist.«

Dr. Henning warf einen Blick auf die am Boden liegenden Tellerscherben und Speisereste. Er schüttelte lachend den Kopf. »Na, ich werde mir den jungen Mann noch mal genauer ansehen, aber ich denke, hier handelt es sich weniger um Lungenpest als um eine fehlgeleitete Spreewaldgurke.« Er zog die Augenbrauen hoch und wandte sich an Direktor Lehmann. »Vielleicht sollten Sie Ihr Personal anweisen, sich erst in der Küche die Essensreste einzuverleiben. Aber haben Sie Nachsicht mit dem Jungen. In dem Alter hat man immer Hunger.«

Trotz oder vielleicht auch wegen des Ernstes der Situation mussten alle erleichtert lachen.

Dr. Henning legte einen Arm um Marie. »Und Sie, Fräulein Kollegin, wie immer an vorderster Front.«

Philipp verzog grinsend den Mund, als er sah, dass Marie rot wurde. Um ihre Verlegenheit zu übergehen, nahm er Haltung vor Dr. Henning an. »Sie gestatten, Herr Marinestabsarzt, wenn ich Fräulein Dr. Hildebrand jetzt wieder auf die Tanzfläche entführe.«

»Tun Sie das«, brummte Henning. »Und passen Sie nächstes Mal gefälligst besser auf sie auf! Mit der Pest ist nicht zu spaßen.«

Nachdem Dr. Henning von der Bühne aus allgemeine Entwarnung gegeben hatte, stürzten sich die Gäste noch entschlossener ins Vergnügen.

Mehrere Male an diesem Abend war Marie froh über Philipps Anwesenheit. Er wich nicht von ihrer Seite und konnte mehrere Verehrer abwimmeln, die auf Grund übermäßigen Alkoholkonsums die Grenzen des guten Benehmens vergaßen. Zu später Stunde bot er ihr an, sie nach Hause zu begleiten, als Wolfgang und Adele noch keine Lust hatten, den Heimweg anzutreten.

Die frische Luft war herrlich. Ein Spaziergang nach all dem Rummel würde beiden guttun. Mit Mühe wimmelten sie die hartnäckigen Rikschakulis ab, die vor dem Hotel auf Kundschaft warteten und nicht verstehen wollten, dass jemand mitten in der Nacht bei Eiseskälte zu Fuß gehen wollte.

Marie hakte sich bei Philipp unter. »Was für ein Abend! Bin ich froh, dass ich das überstanden habe. Vor allem die Panik mit dem Kellner. Alle tun immer so stoisch, doch heute konnte man klar erkennen, dass die Nerven blank liegen. Der Abend kam mir vor wie der Tanz auf dem Vulkan.«

Philipp stimmte zu. »Im Mittelalter haben sich die Menschen, wenn die Pest kam, in ihren Häusern verschanzt und Orgien gefeiert. Nach dem Motto ›Carpe diem‹ – Nutze den Tag, du weißt nie, ob es nicht dein letzter ist.«

Marie nickte. »Was macht eigentlich Gerlinde? Ich habe schon ein paar Tage nichts von ihr gehört. Für den Fremdenverkehrsverein wird diese Epidemie ja eine Katastrophe.«

»Na ja, es ist nicht die erste und wird auch nicht die letzte ansteckende Krankheit sein, die in diesem Teil der Welt ausbricht. Auch das wird vorübergehen. Aber Gerlinde schreibt fleißig an ihrem Reiseführer, zu dem du sie inspiriert hast. Ich glaube, es macht ihr viel Spaß.«

»Das ist schön. Ich freue mich so, dass sie eine Aufgabe gefunden hat.«

Philipp lächelte vor sich hin.

Marie sah ihn fragend an. »Was ist? Hab ich was Falsches gesagt?«

Philipp schmunzelte. »Nein! Aber selbst auf die Gefahr hin, dass du gleich wieder böse wirst, muss ich gestehen, dass ich dich einfach bezaubernd finde in deiner ständigen Sorge um andere Menschen.«

Plötzlich spürte Marie wieder diese Nervosität, die sie schon mehrmals in Philipps Gegenwart überfallen hatte. Ihr Herz klopfte stärker. Sie empfand Philipps Nähe mit einem Schlag viel intensiver. Gleichzeitig regte sich in ihr Widerstand, ja Widerwillen. Sie wollte diese Nähe nicht. Sie versuchte abzulenken. »Schade, dass Gerlinde heute Abend nicht dabei war. Ich kann mir vorstellen, dass es ihr gefallen hätte, all diese temperamentvollen Tänzer!«

Philipp zog eine Augenbraue hoch, sein Tonfall wurde ernster. »Warum redest du eigentlich immer über Gerlinde?«

Fieberhaft suchte Marie nach einer Antwort. »Nun, einfach, weil uns doch beiden ihr Wohlergehen sehr am Herzen liegt, oder?«

Philipp wiegte den Kopf. »Ja, natürlich. Aber …«

»Aber was?«

Er zögerte, blieb stehen und drehte sich zu ihr. »Manchmal habe ich das Gefühl, sie würde zwischen uns stehen.«

Marie blickte zu Philipp hoch. Er sah ihr in die Augen, dann auf ihre Lippen. Trotz der Kälte strömte ein merkwürdiges warmes Gefühl durch ihren ganzen Körper. Sie erschrak und versuchte wieder, mehr Abstand zu Philipp zu gewinnen. Instinktiv nahm sie ihre Arme hoch, als wollte sie ihn von sich schieben.

»Philipp, ich bitte dich! Was redest du da? Was soll das heißen, sie stehe zwischen uns? Sie vergöttert dich, ihr kennt euch schon seit Jahren, und dich verbindet eine enge Freundschaft mit ihren Eltern, die dich wie ein Mitglied ihrer Familie behandeln!«

Philipp war sichtlich verwirrt und suchte nach Worten. »Ja, natürlich, aber …«

»Nichts aber! Das ist doch alles gut so. Ich möchte eurer Beziehung nicht in die Quere kommen. Das steht mir nicht zu. Schließlich bin ich hier nur zu Besuch, und in ein paar Monaten werde ich wieder nach Deutschland zurückkehren, um mein neues Leben anzufangen, für das ich so lange gearbeitet habe und auf das ich mich so freue.«

Sie spürte, wie Philipp erstarrte.

»Natürlich.« Er wandte seinen Blick von ihr ab und schwieg einen Augenblick, als müsse er sich sammeln. »Entschuldige, Marie. Ich wollte dir nicht zu nahe treten.«

Seine Stimme klang förmlich, distanziert. Jetzt tat er ihr fast schon wieder leid.

»Du musst dich nicht entschuldigen!« Sie hielt inne, legte eine Hand auf seinen Arm und grinste ihn an. »Außerdem habe ich doch wohl genug um die Ohren und wenig Lust, mich auch noch mit Helene Zimmermann anzulegen.«

Philipp lächelte gequält. »Sie hat inzwischen ganz andere Sorgen als dich!«

Zwei Tage nach dem Maskenball verkündeten Plakate in der ganzen Stadt, dass auf Beschluss des Gouvernements alle Chinesen, die am chinesischen Neujahr nach Hause fahren würden, bei ihrer Rückkehr zehn Tage in Quarantäne verbringen müssten. Andernfalls dürften sie nicht in die Stadt zurückkehren. Die Zufahrtswege zur Stadt wurden durch die Truppe blockiert, zehn Kilometer vor der Stadt wurde in Baracken der Feldartillerie eine Militärquarantänestation eingerichtet.

Die Ankündigung sorgte im Haus Hildebrand wie in allen anderen Haushalten der Stadt für größte Aufregung. Allen Angestellten wurde anlässlich des neuen Jahres in der Regel zwei Wochen Heimaturlaub gewährt. Die Abreise sollte in zwei Tagen sein, und Marie hatte die Reisevorbereitungen und die freudige Anspannung unter den Chinesen überall gespürt.

Auf Bitten von Marie versammelte Wolfgang Hildebrand das Personal im Wohnzimmer. Mit Fritz' Hilfe versuchte Marie zu erklären, welche tödliche Gefahr im Hinterland lauerte. Sie appellierte an die Vernunft ihrer Hausangestellten, die bisher sichere Stadt nicht zu verlassen. Um ihnen einen Ersatz für die Familienfeiern anzubieten, schlug Marie sogar vor, ein eigenes chinesisches Neujahrsfest in ihrem Hause abzuhalten. Wolfgang Hildebrand schien darüber eine eigene Meinung zu haben, widersprach aber nicht. Alle lauschten mit undurchdringlichen Mienen. Marie war sich nicht sicher, ob sie die Ausmaße der Bedrohung wirklich verstanden. Nachdem ihre Ausführungen beendet waren, herrschte einen Moment lang Schweigen im Raum. Marie sah von einem zum anderen. »Überlegt bitte genau. Es geht um euer Leben.«

Alle standen regungslos vor ihr und mieden ihren Blick.

»Was werdet ihr tun?«

Einer nach dem anderen schüttelte den Kopf. Alle wollten nach Hause zu ihren Familien fahren. Sogar Yonggang, die sich in den vergangenen Wochen Maries Unterweisungen gegenüber so aufgeschlossen gezeigt hatte, blieb hartnäckig. Mit Tränen in den Augen flehte sie Marie an, sie wie versprochen fahren zu lassen.

Hilfesuchend blickte Marie zu ihrem Vater, doch dieser schwieg. Die Entscheidung war gefallen.

Die Feierlichkeiten zu Ehren des Geburtstags des Kaisers wurden trotz aller Widrigkeiten wie geplant mit größtem Aufwand begangen. Am Vorabend des 27. Januars war die ganze Stadt festlich illuminiert.

Am nächsten Morgen waren alle Schulen, Geschäfte und Betriebe geschlossen, da die Teilnahme an den öffentlichen Veranstaltungen Pflichtprogramm für die gesamte deutsche Bevölkerung der Stadt war.

In einer perfekt abgestimmten Choreographie marschierten am Vormittag sämtliche Truppenverbände, die deutsch-chinesische Polizei und die uniformierten Schüler der deutsch-chinesischen Hochschule durch die Stadt zur Rennbahn hinter dem Strandhotel.

Diesmal war auch Marie unter den Zuschauern der besseren Gesellschaft, die bei eisigen Temperaturen frösteln auf der Tribüne saßen, um das zackige Militärritual mit Musikbegleitung zu verfolgen.

Tatsächlich war die ganze Stadt versammelt. Marie sah viele inzwischen bekannte Gesichter. Sogar das Ehepaar Wilhelm und Dr. Wunsch und seine Frau Lore hatten sich eingefunden. Hier durfte man nicht fehlen. Ein Abschnitt am Rande der Tribüne war für die führenden chinesischen Honoratioren reserviert. Marie winkte Margarete Krüger-Li und ihrem Mann zu. Der Rest der Bevölkerung wohnte dem Spektakel am Fuß der Tribüne stehend bei wie sonst bei den Pferderennen. Die große Parade der deutschen Truppen unter Befehl von Gouverneur Konteradmiral Truppel verlief vorbildlich. Die vertraute Militärmusik, die Hochrufe auf Kaiser Wilhelm und das prächtige Wetter sorgten für gelöste Stimmung unter den Kolonisten. Für einige Augenblicke schien die tödliche Gefahr vergessen, die vor den Toren des Schutzgebiets lauerte. Nur die Mundschutzmasken, die mehrere Zuschauer trugen, waren ein Hinweis darauf, dass die Angst allgegenwärtig war.

Ein Extrablatt der Tageszeitung hatte an diesem Morgen vermeldet, dass erste Pestfälle auf der Shandong-Eisenbahn festgestellt worden waren. Ab sofort wurden Karten der dritten Klasse nur noch bis zur Grenze des deutschen Schutzgebiets verkauft, der Warenverkehr wurde scharfen Kontrollen unterzogen. Die Stadt wurde Schritt für Schritt abgeriegelt.

Vergeblich suchte Marie unter den Studenten und Lehrern der Hochschule nach Du Xündi. Endlich entdeckte sie ein bekanntes Gesicht. Zhang Wen stand unter den Lehrern.

Nach der Parade strömten die Mitglieder des Organisationskomitees nebst ihren persönlichen Gästen mit den wichtigsten Repräsentanten der Tsingtauer Gesellschaft ins Strandhotel zu einem Empfang, während der nicht geladene Großteil der Bevölkerung sich auf den Rückweg in die Stadt machte. Marie versuchte sich in dem allgemeinen Getümmel zu Zhang Wen durchzukämpfen, verlor ihn aber aus den Augen.

Unverrichteter Dinge begab sie sich schließlich zu dem Empfang im großen Speisesaal, wo man sie bereits vermisst hatte. Wie so oft standen ihr Vater, Adele, Philipp und die Zimmermanns zusammen und plauderten. Man beschwerte sich über den schlechten Service, da die Kellner offensichtlich dem plötzlichen Ansturm der Gäste nicht gewachsen waren. Als Kavaliere alter Schule boten sich Philipp und Manfred Zimmermann an, Getränke zu holen.

Gelangweilt sah Marie sich um. Als sie den Leiter der deutsch-chinesischen Hochschule Dr. Knopp entdeckte, schob sie sich durch die Menge zu ihm durch. Marie kam ohne Umschweife zur Sache und erkundigte sich, ob er Nachricht von Du Xündi hätte. Sofort verfinsterte sich die Miene des Direktors. »Darf ich Sie fragen, in welcher Beziehung Sie zu Herrn Du stehen, gnädiges Fräulein?«

»Er gibt mir chinesischen Sprachunterricht, und ich habe seine Frau behandelt, bevor sie starb. Nun mache ich mir Sorgen um ihn, da er seit Wochen verschwunden ist.«

Dr. Knopp nickte missmutig. »Ich denke, Ihre Sorge ist berechtigt. Wir haben auch kein Lebenszeichen von ihm. Es steht zu befürchten, dass Hopfen und Malz verloren sind. Ich nehme stark an, dass sich Herr Du den revolutionären Hitzköpfen angeschlossen hat, die jetzt überall im Land für Unruhe sorgen und sogar Bomben legen. Es ist wirklich schade um den jungen Mann. Er hatte eine vielversprechende akademische Laufbahn vor sich.«

Marie erschrak. »Wie kommen Sie darauf?«

»Mein liebes Fräulein Dr. Hildebrand, Sie können das natürlich nicht wissen, aber wir gehen davon aus, dass praktisch alle unsere Studenten mit der Revolution sympathisieren. Es kommt an der Hochschule immer wieder zu heftigen Debatten über diese Themen, obwohl politische Aktivitäten streng verboten sind. Das Ressentiment gegen das chinesische Kaiserhaus, das sich von uns Ausländern demütigen lässt, wächst ständig. Wir haben alle Mühe, die jungen Männer unter Kontrolle zu halten. Gott sei Dank haben die meisten den Ehrgeiz, mit ihrem neuen Wissen später einmal dem Land zu dienen. Wenn wir wegen revolutionärer Agitation mit Rauswurf drohen, kommen sie wieder zu Verstand. Es steht zu befürchten, dass Du Xündi durch den Tod seiner Frau aus der Bahn geworfen wurde und in den Untergrund gegangen ist.«

»Heißt das, dass er entlassen wurde?«

In diesem Moment tauchte Philipp neben Marie auf und reichte ihr ein Sektglas. Angesichts ihrer ernsten Miene erstarb sein Lächeln, und er blickte besorgt von Marie zu Dr. Knopp. »Guten Tag, Herr Dr. Knopp. Ist etwas passiert?«

Marie atmete vernehmlich aus.

Dr. Knopp wiegte den Kopf. »Es geht um einen unserer Lehrer, Herrn Du. Fräulein Dr. Hildebrand macht sich Sorgen um ihn. Ich musste ihr gerade mitteilen, dass er nach wie vor verschwunden ist und wir befürchten, dass er sich revolutionären Kräften angeschlossen hat.« Knopp wandte sich wieder an Marie. »Um Ihre Frage zu beantworten. Noch haben wir ihn nicht entlassen. Zunächst wissen wir ja noch nicht definitiv, was aus ihm geworden ist. Wir verstehen, dass ihn der Tod seiner Frau erschüttert hat. Falls er nach den Neujahrsferien zurückkehrt, werden wir ihn nur verwarnen. Falls er bis dahin nicht wieder zurückkommt, wird er offiziell entlassen, und wir werden dem Gouvernement seine Ausweisung aus dem Schutzgebiet empfehlen.«

Marie reagierte sichtlich erregt. »Aber damit würden Sie all seine Zukunftspläne zerstören! Das können Sie doch nicht tun!«

Dr. Knopp sah sie befremdet an. »Herr Du kennt unsere Vorschriften. Er selbst trägt die Verantwortung für seine Zukunft, nicht die Hochschule!«

Philipp versuchte Marie zu beschwichtigen. »Warten wir doch einfach ab. Immerhin hat er noch mehr als zwei Wochen Zeit. Komm, Marie! Lass uns etwas essen.«

Marie funkelte ihn stirnrunzelnd an. »Philipp! Bitte! Mir steht im Augenblick nicht der Sinn nach Essen!«

Philipp und Dr. Knopp wechselten indignierte Blicke.

Marie ignorierte ihre Irritation. »Herr Dr. Knopp! Kennen Sie Zhang Wen? Er ist ein guter Freund von Du. Ich habe ihn heute während der Parade in der Gruppe der Hochschule gesehen.«

Knopp nickte. »Ja. Natürlich.«

»Wissen Sie, wo ich ihn finden kann? Vielleicht weiß er etwas über Dus Verbleib. Wohnt er im Lehrerwohnheim?«

»Ich denke schon, aber das Wohnheim wird heute wegen des chinesischen Neujahrs geschlossen. Die meisten Studenten und Lehrer sind wahrscheinlich unmittelbar nach der Parade abgereist.«

Marie sah ihn entsetzt an. »Sie haben sie abreisen lassen? Haben Sie keine Sorgen, dass die jungen Leute sich mit der Lungenpest infizieren könnten?«

Knopps Geduld schien am Ende zu sein. »Wenn Sie länger hier sind, Fräulein Dr. Hildebrand, werden Sie verstehen, dass man keinen Chinesen davon abhalten kann, Neujahr nach Hause zu seiner Familie zu reisen. Wir respektieren die chinesischen Gebräuche.«

Marie nickte seufzend. »Verzeihen Sie meine Reaktion, Dr. Knopp. Tut mir leid. Ich wünsche Ihnen noch einen schönen Tag.«

Als sie an Philipps Seite zu ihrer Gesellschaft zurückging, spürte sie seine Irritation. Sie lächelte ihn entschuldigend an. »Es tut mir leid. Ich mache mir einfach Sorgen um Du. Er hat in den letzten Wochen so viel erdulden müssen. Irgendjemand muss sich doch um ihn kümmern.«

Philipp verzog den Mund. »Du ist ein erwachsener Mann. Glaubst du wirklich, er braucht deine Fürsorge?«

Marie sah zu ihm auf. »Ich bin mir sicher, er weiß, dass ich mir Sorgen um ihn mache. Und ich glaube, er würde auf mich hören, wenn ich versuchen würde, ihn vor einer Dummheit zu bewahren, die seine Zukunft aufs Spiel setzen würde.«

Diesmal klang Philipps Stimme gereizt. »Glaubst du nicht, dass du deine Möglichkeiten in dieser Angelegenheit etwas überschätzt, Marie?«

Sie schüttelte störrisch den Kopf. »Er weiß, dass ich hinter ihm stehe.«

Die Entschiedenheit in Maries Worten ließ Philipp verstummen. Er machte lediglich eine Geste hilfloser Resignation und wirkte erleichtert, als sie den Tisch der Gesellschaft von Zimmermanns und Wolfgang Hildebrand erreichten. Hier herrschte gute Stimmung, und Philipp nahm nur zu gerne zwischen Helene und Gerlinde Zimmermann Platz.

Beim Abschied küsste Philipp Marie die Hand. »Wir werden uns eine Weile nicht sehen. Ich habe mich entschlossen, die Schließung des Hafenbauamtes über das chinesische Neujahr zu nutzen, um Freunde in Shanghai zu besuchen.«

Marie sah Philipp verblüfft an. Irgendetwas in ihr sagte ihr, dass er Abstand von ihr suchte.

»Oh, das kommt überraschend.«

Er lächelte gequält. »Ja und nein. Ich wollte eigentlich schon über Weihnachten nach Shanghai fahren, hatte mich dann aber anders entschieden. Ich denke, jetzt bin ich hier entbehrlich.«

Marie musterte ihn überrascht. »Dann wünsche ich dir eine gute Reise. Und komm gesund wieder.«

Philipp zögerte einen Moment. »Und Marie, bitte versprich mir, dass du auf dich aufpasst und dich nicht unbedacht in Gefahr bringst.«

Marie atmete tief durch. Sofort fühlte sie sich wieder bevormundet, aber gleichzeitig war sie gerührt über Philipps Sorge. »Ich verspreche dir, ich tue nur, was unbedingt nötig ist.«

Philipp sah sie ernst an, bevor er sich umdrehte und in der Menge verschwand.

Nach dem Frühstück erschien Fritz, um zu verkünden, dass die Angestellten nun abreisen würden. Marie bat alle vor dem Verlassen des Hauses noch einmal ins Wohnzimmer, um ihnen ein letztes Mal die Gefahr der Reise vor Augen zu führen und an ihre Vernunft zu appellieren. Doch nicht einmal das Angebot eines großzügigen Bonus' konnte sie zum Bleiben bewegen. Zu guter Letzt erklärte Marie die Funktion der Quarantänestation, in die alle, die nach den Feiertagen zurückkehren wollten, an der Grenze eingewiesen werden mussten. Nach einer eingehenden Untersuchung würden die Rückkehrer dort zehn Tage zur Beobachtung verbringen müssen. Da die Krankheit spätestens nach drei Tagen ausbrach und dann innerhalb weniger Stunden zum Tode führte, war ein zehntägiger Quarantäneaufenthalt ohne Krankheitssymptome eine sichere Garantie, dass man sich nicht angesteckt hatte. Die männlichen Hausangestellten blickten störrisch zu Boden und hörten ihr schweigend zu. Nur Yonggang wirkte sichtlich verunsichert.

Schließlich zog Marie ihre letzte Karte und sprach das Mädchen direkt an. »Was soll ich nur drei Wochen ohne dich machen, Yonggang?«

Yonggang blickte hilflos von Marie zu Fritz, der diese Frage übersetzt hatte. Schließlich atmete sie tief durch und verkündete: »Ich gehe nicht.«

Sie übergab Fritz einen Beutel mit Geschenken für ihre Familie und nahm ihre Reisebündel auf, um in ihr Zimmer zurückzukehren.

Marie war tief gerührt, dass nicht die Sorge um das eigene Leben, sondern um ihr Wohlergehen das Mädchen umgestimmt hatte. Sie war sehr erleichtert, sie so vor großer Gefahr gerettet zu haben.

Marie bat Fritz um eine letzte Übersetzung: Wie versprochen würde Marie mit Yonggang einkaufen und ein chinesisches Neujahrsmenü kochen. Yonggang war überglücklich.

Kaum hatten die anderen Dienstboten das Haus verlassen, machten sich Marie und Yonggang auf den Weg. Die Markthalle vibrierte förmlich vor Geschäftigkeit. Marie war erstaunt, dass trotz des Neujahrsfestes so viele Chinesen in der Stadt geblieben waren, die wohl inzwischen zu ihrer neuen Heimat geworden war. In den Gängen drängten sich die Kunden, der Lärm war ohrenbetäubend. Marie folgte Yonggang über den Markt. Das Mädchen kämpfte sich tapfer von Stand zu Stand und feilschte lautstark mit den Händlern. Am Ende lachten alle fröhlich.

Die Hochstimmung auf dem Markt und in den Straßen erinnerte Marie an die Vorweihnachtszeit. Überall war rot und gold dekoriert.

In der Pekingstraße ging es besonders hoch her. Die ganze Straße war zu einem Basar mit unzähligen Verkaufsbuden umfunktioniert worden. Aus Garküchen stiegen verlockende Gerüche. Fliegende Händler verkauften Spielzeug, grinsende Schweinchen, bunte Dekorationen, Kalligraphien und exotische Süßigkeiten, die kindliches Verlangen in Yonggangs Gesicht zauberten. Marie kaufte ihr die eine oder andere Leckerei und genoss das glückliche Lachen des Mädchens. Es war herrlich, diesem liebenswerten Kind eine Freude bereiten zu können.

Auf halbem Wege durch die Pekingstraße entdeckte Marie das Schild eines Fotoateliers. Sicher war Yonggang noch nie bei einem Fotografen gewesen. Marie packte ihre Begleiterin am Arm und zog sie in den Laden. Der japanische Besitzer Herr Watanabe begrüßte Marie mit tiefen Verbeugungen. Er sprach ein paar Brocken Deutsch, und so konnte Marie ihm klarmachen, dass sie ein Bild von Yonggang und sich machen lassen wollte. Yonggang besah sich indes mit großen Augen die ausgestellten Fotos, die zumeist sehr würdevoll oder etwas verwundert dreinblickende Chinesen und Ausländer zeigten.

Angrenzend an den Verkaufsraum lag das Fotoatelier. Dort stand eine Kastenkamera auf einem dreifüßigen Stativ vor einer großflächigen bemalten Leinwand, auf der eine chinesische Berglandschaft mit einem Wasserfall und Pavillons dargestellt war. Herr Watanabe rückte einen chinesischen Stuhl vor das Bild und bat Marie, Platz zu nehmen. Yonggang wurde daneben positioniert. Obwohl sie stand, überragte sie Marie nur um wenige Handbreit. Marie ergriff ihre Hand und machte ihr ein Zeichen zu lächeln. Yonggang prustete voller Übermut los. Ihr Lachen wirkte so unwiderstehlich ansteckend, dass Marie ebenfalls aus vollem Halse lachen musste. In diesem Moment drückte Herr Watanabe auf den Auslöser. Irritiert durch das undamenhafte Gelächter, schlug er vor, noch ein weiteres Foto zu machen, doch Marie widersprach. Sie war gespannt, wie dieser Schnappschuss aussehen würde. Herr Watanabe schien wenig begeistert, versprach jedoch, das Foto nach den Neujahrsfeiertagen in die Tirpitzstraße zu liefern.

Als sie das Fotoatelier wieder verließen, erblickte Marie auf der anderen Straßenseite einen Mann, der soeben aus einem Geschäft kam. Er sah aus wie Dus Freund Zhang Wen. Mit lauter Stimme rief sie seinen Namen, aber in dem allgemeinen Trubel schien er sie nicht zu hören und ging zügig weiter. Marie machte Yonggang ein Zeichen, hier auf sie zu warten, und rannte los. Der Mann bog in eine Seitenstraße ab. Als Marie die Ecke erreichte, war er nicht mehr zu sehen.

Marie ging einige Schritte in die Gasse hinein. Sie war schon einmal hier gewesen. Ein paar Meter weiter erkannte sie den Hintereingang zum Theater, wo sie zusammen mit Gerlinde die chinesische Oper besucht hatte. Marie sah ein, dass es aussichtslos war, hier weiter nach Zhang Wen zu suchen. Es gab zu viele Türen und Tore, hinter denen er verschwunden sein konnte.

Gerade als sich Marie entschloss, die Suche aufzugeben, hörte sie laute aufgeregte Rufe. Als sie die Pekingstraße wieder erreichte, sah sie, dass von allen Seiten Menschen laut schreiend vor einem Geschäftshaus zusammenliefen. Aus den Fenstern quoll dichter Rauch. Yonggang stand an der Stelle, wo Marie sie zurückgelassen hatte, und verfolgte gebannt die Katastrophe. Aus den Nachbarläden wurden Behälter mit Wasser angeschleppt und durch Türen und Fenster in den Laden geschüttet, doch der Qualm ließ nicht nach. Das Geschäft, aus dem vor wenigen Augenblicken der junge Chinese, der Zhang Wen ähnlich sah, getreten war, brannte. Nach wenigen Augenblicken war schon die Sirene eines Feuerwehrgespanns zu hören, das die Shandongstraße hinuntergaloppiert kam.

Die Menge der Helfer und Schaulustigen am Straßenrand wurde immer größer. Alles schrie aufgeregt durcheinander, aber Marie verstand von alledem nichts. Unwillkürlich musste sie an die Berichte über revolutionäre Anschläge denken, die neuerdings durch die Tagespresse geisterten. Der Brand hatte sich inzwischen ausgebreitet. Aus allen Fenstern schlugen Flammen. Selbst der kräftige Wasserstrahl des Feuerwehrschlauchs konnte nicht mehr viel ausrichten. Schließlich zog Marie Yonggang mit sich fort. Sie wollte nicht weiter als Schaulustige am Unglück anderer Menschen teilhaben, zumal sie von einem schrecklichen Verdacht geplagt wurde.

Yonggang und Marie waren mit Vorbereitungen für das Abendessen beschäftigt, als Marinebaurat Hildebrand vom Mittagessen im Tsingtau Club nach Hause zurückkehrte und wider jede Gewohnheit sofort in die Küche kam.

»Marie, ihr wart doch heute Morgen beim Einkaufen am Markt. Habt ihr etwas von dem Brand in der Pekingstraße mitbekommen?«

Marie, die nach Anweisungen von Yonggang Gemüse hackte, ließ das Messer sinken und nickte. »Ja, wir waren gerade in der Gegend, als das Feuer ausbrach. Es breitete sich in rasender Geschwindigkeit aus, obwohl die Nachbarn sofort anfingen zu löschen. Weißt du, was da passiert sein könnte?«

Hildebrands Gesichtsausdruck war angespannt. »Oberbrandmeister Maurer kam wegen des Brandes zu spät in den Club. Seiner Meinung nach wurde das Feuer absichtlich gelegt, wahrscheinlich durch Verschütten von Petroleum. Gott sei Dank hat das Feuer nicht auf die Nachbarhäuser übergegriffen, aber das Schlimmste ist, dass eine Frau und zwei kleine Kinder im oberen Stockwerk waren. Für sie kam leider jede Hilfe zu spät. Und den Täter hat man bisher nicht ausgemacht.«

Marie war zutiefst erschüttert. »Hat irgendjemand eine Erklärung für den Anschlag?«

Hildebrand zuckte mit den Achseln. »Wer weiß schon wirklich, was bei den Chinesen vor sich geht? Aber offensichtlich sind einige chinesische Polizisten der Auffassung, dieser Anschlag ginge auf das Konto der Revolutionäre. Der Besitzer des Kaufhauses hat angeblich enge Kontakte zum chinesischen Provinzgouverneur. Vielleicht wollte man ihn einschüchtern. Das ist wirklich unerhört. Die Polizei wird hart durchgreifen.«

Marie war wie vom Donner gerührt. Trotzdem bemühte sie sich, Fassung zu wahren. Selbst wenn es tatsächlich ein Anschlag war, bedeutete dies nicht zwingend, dass Zhang Wen damit zu tun hatte. Und vielleicht hatte sie sich ja getäuscht. Aber die Worte Dr. Knopps klangen noch in ihren Ohren, der behauptet hatte, dass man davon ausgehen müsse, dass quasi alle Studenten der deutsch-chinesischen Hochschule mit der Revolution sympathisierten. Sie konnte nichts tun. Deshalb blieb ihr nichts anderes übrig, als die Sache im Augenblick auf sich beruhen zu lassen.

Den letzten Abend des chinesischen Jahres verbrachten Marie, ihr Vater und Adele zusammen mit Yonggang ganz familiär bei dem köstlichen Abendessen, das die beiden jungen Frauen zubereitet hatten. Marie lernte, dass praktisch jede Speise Glück bringen sollte, von den gefüllten Teigtaschen, die die Form von chinesischen Silberbarren hatten und deshalb Reichtum verhießen, bis zum Fisch, dessen chinesischer Name yü gleichlautend mit Wohlstand war.

Obwohl Wolfgang Hildebrand kein großer Freund der chinesischen Küche war, musste er sich doch eingestehen, dass das Neujahrsessen, das aus unzähligen verschiedenen Kleinigkeiten bestand, außergewöhnlich wohlschmeckend war.

Von draußen hörte man seit Einbruch der Dunkelheit immer wieder Feuerwerk und Böller, die das Jahr des Schweins begrüßten. Als Marie sich wunderte, dass schon jetzt geschossen wurde, lachte ihr Vater nur. Der Lärm würde noch zwei Wochen weitergehen, bis das Laternenfest offiziell die Feierlichkeiten zum Jahresbeginn beendete.

Kurz nach Mitternacht verschwand Yonggang kurz in ihrer Kammer. Sie überreichte Marie, ihrem Vater und Adele je ein Holzschweinchen. Yonggang zeigte auf die chinesischen Schriftzeichen, die rundherum auf die Schweinchen gezeichnet waren.

»Gluck.«

Alle lachten. Noch ein Glücksbringer. Da konnte ja nichts mehr schiefgehen.

Marie umarmte das zierliche Mädchen. »Danke, Yonggang. Auch dir viel Glück im neuen Jahr.«

Wie vorausgesagt hörte die Knallerei auch am nächsten Tag nicht auf.

Am Neujahrsabend hatten Li Deshun und seine Frau Margarete zu einem Festessen ins Strandhotel gebeten. Mit Adeles wortgewandter Unterstützung war auch Wolfgang Hildebrand überredet worden, die Einladung anzunehmen.

Es war bereits dunkel, als Wolfgang Hildebrand den Landauer anspannte und sich mit Marie und Adele auf den Weg machte. Als die Kutsche die Anhöhe vor der Auguste-Viktoria-Bucht überquerte, bot sich ein unheimliches Bild. Marineboote patrouillierten in den Küstengewässern und tasteten mit starken Suchscheinwerfern das Meer und den Strand ab.

Marie sah erschrocken zu ihrem Vater auf. »Meinst du, dass dort etwas passiert ist? Vielleicht ist ein Schiff untergegangen.«

Hildebrand schüttelte den Kopf. »Nein, keine Sorge. Die See ist ja ganz ruhig. Die Küstenpatrouillen wurden nur verstärkt, um das Schutzgebiet wegen der Lungenpest auch vom Wasser her abzuriegeln. Wir sind inzwischen eines der wenigen Gebiete in der Provinz, wo noch keine Todesfälle zu beklagen sind. Deshalb muss verhindert werden, dass Menschen versuchen, illegal und unter Umgehung der Quarantäne hier anzulanden.«

Beklommen beobachteten Marie und Adele die Lichtkegel, die wie lange Finger über die nächtliche See krochen, als suchten sie nach Beute.

Im Restaurant des Strandhotels herrschte noch mehr Betrieb als sonst. Wahrscheinlich hatte die Abwesenheit des Personals und die Schließung des Marktes zum neuen Jahr die eine oder andere Hausfrau vor unüberwindliche Schwierigkeiten gestellt, ihre Familien zu versorgen.

Li Deshuns Gesellschaft hatte bereits ihren Tisch eingenommen. Der Gastgeber erhob sich und begrüßte Wolfgang Hildebrand mit Handschlag, Marie und Adele mit einem formvollendeten Handkuss. Wie alle anderen Gäste trugen er und seine Frau elegante westliche Abendkleidung.

Zu Maries großer Freude waren auch Richard Wilhelm mit seiner Frau und Schwägerin sowie Herr und Frau Dr. Wunsch der Einladung gefolgt. Zum Aperitif wurde französischer Champagner serviert.

Nach dem Dessert erschien der Hoteldirektor und bat im gut besuchten Speisesaal um allgemeine Aufmerksamkeit. Er verkündete, dass in Kürze am Strand ein Feuerwerk stattfinden würde, das großzügigerweise von Li Deshun aus Anlass des Neujahrstages gestiftet worden war. Der Stifter stand auf und bedankte sich mit einer Verbeugung für den höflichen Applaus der Anwesenden. Trotz des Klatschens hörte Marie das Getuschel am Nebentisch, wo sich mehrere Stimmen über die Arroganz und die Prahlerei der neureichen Chinesen ausließen. Auch Margarete hatte offensichtlich diese beleidigenden Äußerungen vernommen und blickte starr auf ihre Kaffeetasse. Erst als ihr Mann ihre Hand nahm, blickte sie wieder auf.

Li Deshun sah sie stolz an und wandte sich an seine Gäste.

»Dieses Feuerwerk ist nur ein kleiner Dank an meine tapfere Frau Margarete, die es gewagt hat, mit mir nach China zu kommen. Und bald erwarten wir unser zweites Kind. Frohes neues Jahr, meine Liebe! Frohes neues Jahr allerseits.«

Alle am Tisch hoben ihr Champagnerglas und prosteten Margarete zu, die ihre Fassung wiedergewonnen hatte und glücklich strahlte.

Warm in Mäntel und Pelze gehüllt, versammelten sich alle Gäste des Hotels auf der Terrasse zum Feuerwerk. Draußen auf dem Meer waren nach wie vor Patrouillenboote unterwegs. Am dunklen Strand huschten mehrere Gestalten hin und her, die auf ein Zeichen von Li Deshun das Feuerwerk zündeten.

Minutenlang sausten bunte Raketen in den Nachthimmel. Marie stand neben Margarete, die sich wärmend an ihren Mann drängte und vor Begeisterung laute Entzückensschreie ausstieß. Alle verfolgten verzückt das farbenprächtige Spektakel am Himmel.

Plötzlich jedoch registrierte Marie zwei ungewöhnliche Lichtblitze, die nicht wie die anderen Feuerwerksexplosionen in den Himmel schossen. Im selben Moment brachen Margarete und ihr Mann zusammen. Entsetzt schrien die umstehenden Gäste auf und stoben auseinander. Unten am Strand sah man eine Gestalt weglaufen und in der Dunkelheit verschwinden. Die Kulis am Strand blieben reglos stehen und blickten dem Attentäter hinterher.

Marie beugte sich über das am Boden liegende Ehepaar. Beide stöhnten vor Schmerz. Margarete hielt ihre Hand auf dem gewölbten Bauch. Blut quoll zwischen ihren Fingern hindurch. Li Deshun hatte eine Schusswunde an der Schulter. Mühsam richtete er sich auf und blickte entsetzt auf seine stöhnende Frau. Dann verlor er das Bewusstsein.

In einer Notoperation im Gouvernementkrankenhaus wurde eine Kugel aus Lis Schulter geholt. Margaretes Zustand war weitaus kritischer. Die Lage der Einschusswunde gab Anlass zu der schrecklichen Vermutung, dass der Fötus in ihrem Bauch getroffen sein musste. Mit einem Kaiserschnitt wurde ihr Leib geöffnet. Die Kugel hatte den Kopf des Kindes durchschlagen. Der Junge war tot.

Margarete hatte extrem viel Blut verloren. Sie lag im Koma, und die Ärzte waren unsicher, ob sie überleben würde. Reglos saß ihr Mann an ihrem Krankenbett und hielt ihre Hand.

Der Täter war verschwunden. Die sofort eingeleiteten Ermittlungen der Gouvernementpolizei blieben ohne Erfolg. Li Deshun selbst machte keine Angaben, wer auf ihn und seine Frau geschossen haben könnte. Die Gerüchte, die über ihn, seine Geschäfte und seinen legendären Reichtum in der Stadt kursierten, wucherten. Hinter vorgehaltener Hand munkelte man von Racheakten oder geprellten Anlegern, doch zu beweisen waren diese Thesen nicht. Die übereilte Abreise aus der Provinzhauptstadt Jinan in das vermeintlich sichere deutsche Schutzgebiet deutete auf eine ernste Bedrohung hin, die nun real geworden war. Doch die Arme der deutschen Polizei reichten nicht bis in die Tiefen des chinesischen Hinterlandes. Der erneute Anschlag auf deutschem Territorium, das für seine effektive Polizeitruppe bekannt war, wurde vom Gouvernement als Affront gegen das deutsche Kaiserreich gewertet. Der Gouverneur lobte eine Belohnung für Hinweise aus und kündigte eine massive Aufstockung der Sicherheitskräfte an. Doch alle Ermittlungen verliefen im Sande.

Margarete lag im Koma, während ihr toter Sohn in einer bewegenden Zeremonie auf dem deutschen Friedhof von Tsingtau bestattet wurde.

Marie stand unter Schock. Die Kaltblütigkeit des Attentats, aber auch die Tatsache, dass sie unmittelbar neben den Opfern gestanden hatte, erschütterte sie bis ins Mark. Die Nachricht, dass die Kugel das ungeborene Kind von Margarete getötet hatte, machte die ganze Tragödie noch entsetzlicher. Nun blieb nichts zu tun, als um Margarete zu bangen. Wieder einmal spürte Marie, dass das Leben in China ein Maß an Undurchsichtigkeit und existentieller Unsicherheit barg, das sie in Deutschland nie gekannt hatte. Sosehr man sich auch bemühte, es war schlicht unmöglich, hinter die Fassade der Chinesen zu blicken oder gar ihr Leben und Handeln wirklich beurteilen zu können. Herr Li musste mächtige Feinde haben, die es wagten, im deutschen Schutzgebiet einen Anschlag gegen ihn zu verüben. Was hatte sie dazu bewogen, so brutal gegen ihn vorzugehen?

Wie in einem Traum bewegte sich Marie in den folgenden Tagen zwischen ihrem Haus, der Frauenstation im Faberhospital und dem Gouvernementkrankenhaus hin und her. Dr. Henning, der Margarete behandelte, nutzte ihre Besuche, um ihr alle Stationen des Krankenhauses zu zeigen. Neben den üblichen Krankenstationen verfügte das Lazarett über modernste Labors zu Erforschung von Tropenkrankheiten und ihrer Bekämpfung.

Mit wachsender Beunruhigung verfolgte Marie die steigenden Zahlen der Pesttoten in der Provinz. Von Du fehlte weiter jede Spur. Eine neuerliche Pressemeldung des Gouvernements schlug ein wie eine Bombe. Es wurde verlautbart, dass der für März geplante Aufenthalt des Bruders des deutschen Kaisers Prinz Heinrich in Tsingtau abgesagt worden war. Der Prinz war mit einem Marinekreuzer bis nach Shanghai gereist und hatte bereits von dort aus die Rückreise nach Deutschland angetreten. Die Lage in Nordchina wurde zunehmend prekärer, und man konnte nicht für seine persönliche Sicherheit garantieren. Diese Nachricht erschütterte die deutschen Kolonisten bis ins Mark.

Doch mit zähem Durchhaltewillen ging das Leben weiter seinen gewohnten Gang. Nur wenige Frauen und Kinder schifften sich in das sechshundert Kilometer südlich gelegene Shanghai ein, wo bisher keine Pestfälle aufgetreten waren. Einzig die Mundschutzmasken, mit denen viele Bewohner der Stadt herumliefen, waren ein Indiz dafür, dass zusätzliche Vorsichtsmaßnahmen ergriffen wurden. Wie zum Trotz wurde der für das kommende letzte Karnevalswochenende geplante Maskenball des Schützenvereins nicht abgesagt. Allerdings machte diesmal Wolfgang Hildebrand keinen Versuch, Marie zu überreden, ihn und Adele zu begleiten.

23.

Zehn Tage nach Neujahr nahm Marie einen Telefonanruf aus der Quarantänestation in Xifang entgegen: Sie bestätigte, dass die drei Chinesen Li, Shu und Pang wirklich im Haus Hildebrand arbeiteten und in die Station aufgenommen werden durften. Marie nutzte die Gelegenheit und ließ über Dr. Henning nachfragen, ob sie die Station als Kollegin besichtigen dürfe. Schon am nächsten Tag erhielt sie die Genehmigung. Zusammen mit Yonggang fuhr sie mit einer Droschke hinaus. Marie war neugierig, wie man die Gesundheitskontrollen organisiert hatte. Gleichzeitig wollte sie sichergehen, dass ihre drei Angestellten über genug Geld verfügten, um gut versorgt zu werden, denn jeder Insasse musste selbst für seine Verpflegung aufkommen.

Die Quarantänestation war in Militärbaracken der Feldartillerie zehn Kilometer außerhalb der Stadt untergebracht. Diese waren Teil eines Befestigungsringes, mit dem seit den Boxerunruhen vor zehn Jahren die Stadt im Notfall völlig vom Hinterland abgeriegelt und verteidigt werden konnte. Entlang dieses Ringes war ein Stacheldrahtzaun errichtet worden, der von berittenen Truppen und Posten bewacht wurde, um so zu verhindern, dass jemand ohne Gesundheitskontrolle in die Stadt gelangte.

Die Station selbst war von einem Wall und einem hohen Stacheldrahtzaun umgeben und wurde ebenfalls scharf bewacht. Auf den ersten Blick wirkte die ganze Anlage wie ein riesiges Straflager.

Oberstabsarzt Dr. Uthemann führte Marie und Yonggang durch die Quarantänestation. Dazu mussten sie Schutzkleidung anlegen: einen weißen langen, mit Desinfektionsmittel imprägnierten Schutzmantel, einen Mundschutz, an den Füßen Schaftstiefel. Das ganze Personal war geimpft worden, aber um ganz sicherzugehen, trugen die Militärärzte und Pfleger, die sich Neuankömmlingen aus dem Hinterland und den Insassen mit Symptomen nähern mussten, zusätzlich eine Automobilistenbrille, eine Kapuze und Handschuhe, die ebenfalls mit Desinfektionsmittel getränkt worden waren. Dieser Aufzug verlieh ihnen ein furchterregendes Aussehen. Nach der ersten Untersuchung mit Fiebermessen und Abhören der Lungen folgte ein dreitägiger Aufenthalt in einem abgeschirmten Bereich der Station.

Drei riesige, über hundert Meter voneinander entfernte Holzbaracken konnten insgesamt mehr als tausend Personen aufnehmen. In Station I waren Neuankömmlinge und Pestverdächtige untergebracht, in Station II Kranke und in Station III Personen, die die dreitägige Abschirmung ohne Symptome überstanden hatten. Für diese Glücklichen hatte man zusätzlich ein angrenzendes Areal abgetrennt, wo sie sich auch im Freien bewegen konnten. Daneben gab es weitere, kleinere Hütten für Pfleger und Ärzte, für Sonderfälle wie Europäer oder wohlhabende Chinesen, eine riesige Wäscherei, eine Desinfektionsstation und eine Kantine für das Personal.

Durch ein Fenster konnten Marie und Yonggang einen Blick in Baracke III werfen. Hier ging es hoch her. Die Männer saßen schwatzend und rauchend auf den Betten, spielten Karten und tranken Tee. Die Stimmung schien geradezu ausgelassen. Auch Fritz, der Koch Lao Shu und der Gärtner Pang hatten schon die kritische Drei–Tage-Hürde genommen und winkten Marie fröhlich zu.

Laut Dr. Uthemann war bisher bei fünf Chinesen Lungenpest diagnostiziert worden. Die Betroffenen waren spätestens nach zwei Tagen unter entsetzlichen Schmerzen, Atemnot und blutigem Husten krepiert. Pfleger hatten sich ihnen nur noch vermummt genähert, aber es gab keinerlei Möglichkeit, ihnen zu helfen. Das Wichtigste war, nur noch zu verhindern, dass sie andere Menschen infizierten. Verstorbene wurden umgehend mehrere hundert Meter von der Station entfernt in eine Grube geworfen, mit Petroleum übergossen, verbrannt und verscharrt, um jegliche Ansteckung so weit wie möglich auszuschließen.

Man hatte mit einem großen Ansturm auf die Quarantänestation gerechnet. Schließlich mussten die Chinesen nach Neujahr wieder nach Tsingtau zurückkehren. Ihre Existenz hing von ihrem Verdienst im Schutzgebiet ab. Doch bisher waren nur kaum hundert Menschen eingetroffen. Dr. Uthemann berichtete von Neuankömmlingen, die erzählten, im chinesischen Hinterland kursierten grauenerregende Gerüchte über die Station. Niemand verstand wirklich, was hier vor sich ging und welchen Zweck dieser Ort hatte. Es hieß, die weißgewandeten Gestalten seien böse Geister, die ahnungslose Chinesen ermordeten und in Gruben verbrannten. Diese Gerüchte taten offenbar ihre Wirkung.

In Sichtweite des Stacheldrahts kampierten trotz der kalten Witterung zahlreiche Einreisewillige, die bisher noch nicht den Mut aufgebracht hatten, sich in die Hände der weißen Geister zu begeben. Auch Yonggang wirkte angesichts der Männer in Schutzanzügen verängstigt. Die Schau- und Erklärungstafeln über Sinn und Zweck der Quarantäne, die das Gouvernement hatte aufstellen lassen, konnten die Angst der Chinesen nicht besiegen, zumal die meisten Analphabeten waren und die Bildunterschriften nicht lesen konnten.

Als Marie nachfragte, ob chinesische Frauen unter den Insassen seien, schüttelte Dr. Uthemann den Kopf. Keine einzige Frau hatte sich bisher in die Station gewagt. Marie erfuhr, dass auch kein weibliches Pflegepersonal eingesetzt worden war. Im Augenblick gab es im Gouvernementlazarett nur eine einzige Schwester, die nicht abgezogen werden konnte. Zwei weitere Krankenschwestern wurden aus Deutschland erwartet, aber bis zu ihrer Ankunft würde noch mehrere Wochen vergehen.

Marie war sofort klar, dass hier dringend Abhilfe geschaffen werden musste. Zum einen musste wichtige Aufklärungsarbeit geleistet werden, am besten von Chinesen für Chinesen. Wieder einmal fiel ihr auf, wie sehr sie Du Xündi vermisste. Er hätte sicher Ideen gehabt, wie dies zu bewerkstelligen sei. Aber vielleicht könnten Richard Wilhelm und Li Deshun mit ihren Kontakten eine Aufklärungskampagne unterstützen.

Spontan bot Marie Dr. Uthemann ihre Mithilfe an, bis die Krankenschwestern aus Deutschland ankommen würden. Durch ihre Gegenwart wollte sie wie im Faberhospital Frauen ermutigen, in die Station zu kommen. Schließlich waren sie mehr noch als die Männer auf ihren Verdienst in der Kolonie angewiesen. Dr. Uthemann war skeptisch. Seiner Meinung nach waren weibliche Angestellte für die Kolonie nur von sekundärer Bedeutung. Marie konnte ihn davon überzeugen, dass sicher mehr Männer den Mut aufbringen würden, in die Station zu kommen, wenn Frauen es ihnen vormachten. Dieses Argument überzeugte ihn. Er versprach, sich sofort mit seinen Vorgesetzten zu besprechen. Da Marie ihre Arbeit im Faberhospital nicht aufgeben wollte, schlug sie ihm vor, an zwei bis drei Tagen in der Woche in der Station zur Verfügung zu stehen.

Auf dem Weg nach Hause ließ Marie die Droschke am Faberhospital anhalten. Sie musste mit Dr. Wunsch über ihr Angebot an Dr. Uthemann sprechen und zusammen mit ihm entscheiden, was inzwischen mit Yonggang passieren sollte.

Dr. Wunsch unterstützte Maries Idee sofort. Als Yonggang verstand, was Marie vorhatte, erklärte sie trotzig, sie werde an ihrer Seite bleiben – egal, wie furchterregend die Quarantänestation auf sie gewirkt hatte.

»Du kommst spät! Wo warst du den ganzen Tag? Wir haben etwas zu feiern!« Wolfgang Hildebrand kam gerade mit einer Flasche Wein aus dem Keller, als Marie die Haustür aufschloss. Er war sichtlich gut gelaunt, legte den Arm um Marie und zog sie mit sich ins Wohnzimmer. Dort saß Adele am Kamin. Wolfgang Hildebrand reichte den beiden ein Glas Wein, und sie stießen an.

»Auf einen gemütlichen Abend im Kreise der liebsten Menschen. Was gibt es Schöneres!«

Marie spürte ein schlechtes Gewissen, denn ihr war klar, dass der Abend doch nicht so schön ablaufen würde, wie sich ihr Vater vorstellte. Doch zunächst war er ahnungslos.

»Marie, wir haben dir eine wichtige Mitteilung zu machen! Adele und ich waren heute auf dem Standesamt und haben das Aufgebot bestellt. In vierzehn Tagen können wir heiraten!«

Marie wusste nicht, was sie sagen sollte. Fassungslos starrte sie die beiden an.

Ihr Vater runzelte die Stirn. »Freust du dich denn gar nicht für uns?«

Maries Gedanken rasten. Sie überlegte fieberhaft, wie sie ihren gefährlichen Entschluss unter diesen Umständen schonend verkünden konnte. Schließlich nahm sie all ihren Mut zusammen und bemühte sich, eine fröhliche Miene aufzusetzen.

»Doch, doch, ich freue mich sehr für euch! Aber ich muss euch auch eine wichtige Mitteilung machen.«

Der Marinebaurat war sofort alarmiert. »Oh Gott, was kommt jetzt schon wieder? Das verheißt ja nichts Gutes!«

Adele legte beruhigend eine Hand auf seinen Arm.

»Ich werde es kurz machen. Ich habe mich zum freiwilligen Einsatz in der Quarantänestation gemeldet.«

Sekundenlang herrschte Schweigen im Raum. Marie blickte in entsetzte Gesichter. Adele fasste sich als Erste. »Marie, ich hoffe, du weißt, dass wir alle hier dein Engagement für die Einheimischen sehr respektieren und schätzen. Aber glaubst du nicht selbst, dass du jetzt zu weit gehst. Denk doch bitte nur einen Moment an dich selbst, deinen Vater, an uns … Es ist doch unverantwortlich, sich selbst so in Gefahr zu bringen. Der Schutz der Kolonie obliegt dem Gouvernement! Das Militär hat doch genügend Fachkräfte, die sich um die Quarantänestation kümmern.«

Marie schüttelte den Kopf. »Vielen Dank für deine Fürsorge, Adele. Aber ich muss dir widersprechen. Wenn das so wäre, hätte Dr. Uthemann mein Angebot nicht einmal in Erwägung gezogen. Bisher ist keine einzige chinesische Frau in die Quarantänestation gekommen. Er versteht, dass sie nicht zurückkehren, weil sie noch mehr als die Männer Angst vor den Ärzten und Pflegern in der Grenzstation haben. Dort arbeiten nur Männer! Yonggang wird mich begleiten. Unsere Anwesenheit wird eine vertrauensbildende Maßnahme sein und außerdem nur ein paar Wochen dauern, bis neue Krankenschwestern ankommen.«

Wolfgang Hildebrand starrte fassungslos auf sein Weinglas. Schließlich hob er den Kopf und sah Marie unendlich traurig an. »Ich gestehe, ich beginne den Tag zu verwünschen, als ich dich hierher nach Tsingtau eingeladen habe. Ich könnte es mir nie verzeihen, wenn dir hier etwas passieren würde.«

Adele streichelte tröstend seinen Arm. Sie schien zu verstehen, dass Marie keine Wahl hatte, konnte aber auch die Angst des Vaters um seine Tochter nachvollziehen.

Marie lächelte tapfer. »Macht euch bitte keine Sorgen. Aber ich kann nicht tatenlos zusehen, wie die Frauen sich aus Angst und Unwissenheit nicht in Quarantäne begeben und deshalb vielleicht an Hunger sterben. Jeder Tag zählt. Der Einsatz an der Grenze ist doch nur die konsequente Fortführung meiner Arbeit im Faberhospital. Das müsst ihr doch einsehen.«

Adele griff nach der Hand ihres Verlobten. »Ich denke, unter diesen Umständen sollten wir die Hochzeit verschieben, bis das Ganze überstanden ist.«

Hildebrand nickte.
Marie konnte sich nicht erinnern, ihn je so traurig erlebt zu haben.

Richard Wilhelm verstand die Brisanz der Situation sofort. Er bat alle seine chinesischen Freunde, Briefe ins Hinterland zu schicken, in denen sie ihre Verwandten und Bekannten über die Notwendigkeit der Quarantänestation aufklärten und betonten, dass keine Gefahr für Leib und Leben durch die weißen Männer bestand. Auch die außerhalb des Schutzgebiets liegenden internationalen Missionsstationen sollten entsprechend informiert werden.

Obwohl Marie seit dem Mordanschlag Unbehagen gegen Li Deshun empfand, rief sie ihn an, um sich nach Margarete zu erkundigen und ihn um Mithilfe bei der Aufklärungskampagne zu bitten. Er kam ihr mit einem eigenen dringenden Anliegen zuvor.

»Ich wollte Sie gerade anrufen. Das Krankenhaus hat sich gemeldet und mir mitgeteilt, dass Margarete unruhig wird. Die Ärzte sind sich nicht sicher, ob dies ein gutes oder ein schlechtes Zeichen ist. Würden Sie mit mir und Lilly ins Krankenhaus kommen? Ich möchte unsere Tochter diesmal gerne mitnehmen. Wer weiß, was passieren wird. Lilly bewundert Sie so sehr. Vielleicht können Sie dem Kind beistehen.«

Ohne zu zögern, sagte Marie zu. Nur wenige Minuten später fuhr das Automobil von Li Deshun auf den Hof, um Marie abzuholen. Lilly saß ängstlich dreinblickend im Fond. Marie nahm neben ihr Platz und ergriff ihre Hand. Die Kleine sah dankbar zu ihr auf.

Als die drei in Margaretes Zimmer traten, beugte sich Dr. Henning über das Bett der Patientin. Sein gutmütiges Lächeln ließ Marie auf gute Nachrichten hoffen, doch Margarete lag immer noch im Koma. Der Arzt berichtete, dass sie seit einigen Stunden manchmal den Kopf hin und her bewegte und leise stöhnte. Lilly hörte ihm mit großen Augen zu. Schließlich fragte sie tapfer, ob sie etwas für ihre Mutter tun könnte.

Dr. Henning nickte. »Am besten, Lilly, setzt du dich zu ihr, nimmst ihre Hand und erzählst, was du heute den ganzen Tag über getan hast. Vielleicht kann sie dich ja hören.«

Zögernd trat Lilly an das Krankenbett. Um ihr Mut zu machen, hob Marie sie hoch, so dass sie ihrer Mutter einen Kuss auf die Wange geben konnte. Dann setzte sich Marie neben das Bett auf einen Stuhl und nahm das Mädchen auf den Schoß. Lilly ergriff die Hand ihrer Mutter und fing langsam an zu erzählen.

Geduldig saßen Marie und Li Deshun dabei und hörten zu. Li Deshun hielt die andere Hand seiner Frau. In Marie stiegen düstere Erinnerungen an die letzten Tage ihrer sterbenden Mutter auf, und sie spürte die schmerzvolle Verzweiflung des kleinen Mädchens am eigenen Körper.

Nach wenigen Minuten wurde Margarete unruhig. Sie warf den Kopf hin und her. Marie beobachtete sie besorgt. Dann kehrte wieder Ruhe ein, und Lilly erzählte weiter.

Plötzlich bemerkte Marie, wie Li Deshun sie erschrocken ansah. Sie folgte seinem Blick, der sich nun auf Margaretes Hand richtete. Die Finger bewegten sich. Margarete stöhnte auf und öffnete die Augen.

Lilly reagierte sofort. »Mama, Mama. Wach auf, ich bin's, Lilly.«

Ein Lächeln huschte über das fahle Gesicht von Margarete. Sie sah ihre Tochter liebevoll an. Man konnte sehen, dass sie sich anstrengte, die Augen offen zu halten. Sie wandte ihren Kopf zu ihrem Mann, dabei bemerkte sie ihren flachen Bauch. Erschrocken flüsterte sie: »Wo ist ...«

Li Deshun schüttelte fast unmerklich den Kopf. Eine Träne löste sich, rollte über Margaretes Gesicht. Dann siegte die Erschöpfung, und ihre Augen fielen wieder zu. Marie fühlte ihren Puls. Er schlug regelmäßig.

Marie warf Li Deshun einen ermutigenden Blick zu. »Sie schläft tief und fest. Das beste Mittel, um gesund zu werden und zu vergessen.«

Dr. Uthemanns Eingabe an das Gouvernement über mehr Aufklärung der chinesischen Bevölkerung und das Engagement von Dr. Marie Hildebrand zeigte Wirkung. Da der Mangel an Arbeitskräften inzwischen für Proteste der deutschen und chinesischen Kaufleute und Fabrikanten sorgte und negative Auswirkungen für die wirtschaftliche Entwicklung zu befürchten waren, entschied man an höchster Stelle, dass jede sinnvolle Maßnahme zur Förderung der Rückkehr von Arbeitskräften genutzt werden sollte. Schon am nächsten Tag wurde Marie ins Gouvernementkrankenhaus eingeladen, um über ihren Einsatz an der Grenze zu sprechen. Unterstützt von Yonggang sollte sich Marie um weibliche

Einreisewillige kümmern und die ersten Untersuchungen durchführen. Jenseits der Grenze würde durch Flugblätter und Anschläge angekündigt werden, dass nun auch eine Ärztin und eine chinesische Krankenschwester in der Quarantänestation anwesend sein würden.

Die Arbeit begann schleppend. Nur zehn Frauen wagten an diesem Vormittag den Weg zu den unheimlichen Holzbaracken im Grenzgebiet des deutschen Schutzgebiets. Aber Marie war froh, dass die Bekanntmachungen des Gouvernements im Hinterland erste Früchte trugen.

Die Untersuchung war einfach. Mit einem Fieberthermometer wurde im Mund die Körpertemperatur gemessen und die Lungen mit dem Stethoskop abgehört. Dann befragte Yonggang die Frauen nach Symptomen wie Fieber, Husten und Schüttelfrost sowie Krankheitsfällen im Familien- und Bekanntenkreis der Neuankömmlinge.

Nach knapp einer Stunde waren alle Frauen in die Station zur Beobachtung aufgenommen. Keine hatte Symptome der Lungenpest gezeigt. Erleichtert setzten sich Marie und Yonggang auf eine kleine Holzbank vor den Baracken und machten eine Teepause.

Plötzlich erschien ein Sanitäter und bat Marie, mit ihm zu kommen. Sie folgte ihm über das Stationsgelände zum Büro von Dr. Uthemann. Sie spürte wachsende Nervosität. Der Arzt kam sofort zur Sache. »Heute Morgen ist ein Chinese hier eingetroffen, der nach Ihnen gefragt hat. Er sagt, er sei Lehrer an der deutsch-chinesischen Hochschule, und spricht sogar sehr passabel Deutsch.«

Marie spürte einen Stich im Herzen.

»Möchten Sie ihn sehen?«

Marie nickte.

»Kommen Sie mit. Aber setzen Sie bitte wieder die Schutzmaske auf.«

Dr. Uthemann führte sie über den weitläufigen Hof zu einigen abseits gelegenen Holzbaracken. Vor einer der Hütten standen zwei Sanitäter in Schutzkleidung und Gasmasken. Zwischen ihnen saß auf einem Hocker eine hagere Gestalt mit kurzem Stoppelhaar in einem langen staubigen Übermantel. Als sie näher kamen, blickte der Mann auf, griff in die Manteltasche, holte eine Brille hervor und setzte sie auf. Dann stand er auf.

Von weitem war sich Marie nicht sicher gewesen, aber nun gab es keinen Zweifel mehr. Du war zurückgekommen. Er sah völlig verändert aus. Der Zopf war verschwunden.

»Du Xündi!« Marie stieß seinen Namen wie einen Freudenschrei aus. Spontan beschleunigte sie ihren Schritt. »Mein Gott, ich bin so froh, Sie zu sehen!«

Doch Dr. Uthemann packte Marie am Arm, um sie zurückzuhalten. Du Xündi hob eine Hand, um ihr zu bedeuten, nicht näher zu kommen. Entsetzt blieb Marie stehen und blickte von einem zum anderen. »Was ist los?«

Dr. Uthemann blickte sie betreten an. »Leider haben wir bei der Untersuchung Fieber und Husten festgestellt. Er muss auf die Isolierstation.«

Marie hatte das Gefühl, als hätte ihr jemand einen Schlag in den Magen versetzt. Sie stand reglos da und starrte Du Xündi nur an. Seine Wangen waren eingefallen, er hatte dunkle Ringe unter den Augen. Doch er lächelte sie ermutigend an. »Ich freue mich auch, Sie wiederzusehen, He Meiren.«

Die Art und Weise, wie er den chinesischen Namen aussprach, den er selbst für sie ausgewählt hatte, war, als ob er sie zärtlich streichelte. Es war wie ein geheimer Code, den nur sie beide verstanden.

»Auf dem Weg nach Tsingtau fiel mir ein Flugblatt in die Hand, in dem stand, dass auch eine deutsche Ärztin in der Quarantänestation arbeitet und sich um die Frauen kümmert. Da war mir klar, dass nur Sie das sein konnten.«

Marie stand hilflos da. Sie wollte ihn so vieles fragen, aber dazu war jetzt keine Zeit mehr. Die Sanitäter traten ungeduldig von einem Bein auf das andere.

Du nickte ihnen zu. »Gehen wir.« Er drehte sich noch einmal zu Marie um und hob seine Hand zum Abschied. »Ich wollte Ihnen noch sagen, dass mir alles sehr leid tut. Ich habe Ihnen Unrecht getan. Leben Sie wohl, Marie.«

Marie schossen die Tränen in die Augen. Es war, als ob er zur Hinrichtung geführt würde. Was konnte man in solch einer Situation noch sagen?

»Ich werde nach Ihnen sehen.«

Du nickte nur kurz und folgte den beiden Sanitätern zu der Hütte, deren Tür sie geöffnet hatten. Als er darin verschwunden war, wurde die Tür von außen mit einem Schloss verriegelt. Du war in seiner Todeszelle eingeschlossen.

Dr. Uthemann sah Marie mitfühlend an. »Sie wissen, dass Sie jetzt nichts mehr für ihn tun können. Ich verspreche Ihnen, dass wir ihn gut versorgen und ihm, soweit es geht, Schmerzen ersparen werden. Er darf nicht in die große Baracke. Aber wir können Sie auf keinen Fall mehr zu ihm lassen.«

Marie presste die Lippen zusammen und versuchte, gegen ihre Tränen anzukämpfen. Sie zwang sich, an ihre Aufgaben als Ärztin zu denken.

»Sie haben recht. Aber ich kann doch zumindest hin und wieder einen Blick durch das Fenster auf ihn werfen.« Dr. Uthemann legte ihr tröstend die Hand auf die Schulter. »Ja, natürlich.«

Marie schluckte. »Dann mache ich mich jetzt am besten wieder an die Arbeit.«

Wie betäubt ging sie zurück zum Frauentrakt. Eine weitere Gruppe Chinesinnen war gerade angekommen. Sie hockten neben ihren Bündeln nur wenige Schritte von Yonggang entfernt auf dem Boden. Schon von weitem konnte Marie deren meckerndes Lachen hören. Unwillkürlich musste sie lächeln, mit welcher Leichtigkeit Yonggang selbst in dieser grimmigen Umgebung sofort eine vertrauenerweckende Atmosphäre schuf. Das Mädchen machte ihr viel Freude, und seine Lernfähigkeit war erstaunlich.

Am Nachmittag gab es einen unerwarteten Zwischenfall. An der Grenzstation machten Reisende erster Klasse des Zuges aus Jinan die kontrollierenden Grenztruppen darauf aufmerksam, dass ein Chinese im Waggon unter starkem Husten litt. Kurzerhand wurden er und alle anderen Insassen des Waggons, ein russisches und zwei deutsche Ehepaare, unter lautem Protest in die Quarantänestation gebracht. Eines der deutschen Ehepaare waren Oberförster Richter und seine Frau Isolde. Marie wurde zur Aufnahme hinzugezogen. Den Neuankömmlingen war der Schrecken anzusehen, als die beiden Ärzte ihnen in Schutzkleidung und Mundschutz gegenübertraten und Dr. Uthemann ihnen den Grund ihres Zwangsaufenthalts in der Station erklärte.

Oberförster Richter war empört. »Auf keinen Fall werden wir uns hier in diesem Dreckshospital von jemandem untersuchen lassen, der Kontakt zu den chinesischen Insassen hat. Wir verlangen, sofort nach Tsingtau weiterreisen zu dürfen. Diese armseligen Holzbaracken sind nicht akzeptabel, noch dazu in unmittelbarer Nachbarschaft von Hunderten schmutziger Chinesen, die weiß Gott welche Krankheiten mit sich herumschleppen.«

Dr. Uthemann hörte sich diesen Wutausbruch gelassen an. »Sehr verehrter Herr Richter, ich möchte Sie bitten, Fassung zu bewahren. Die Quarantänestation wurde in einfachen Militärbaracken eingerichtet, aber von einem Dreckshospital kann keine Rede sein. Ich kann Ihre Bestürzung nachvollziehen, aber Sie werden verstehen, dass ich als zum Schutz von Tsingtau eingesetzter leitender Arzt kein Risiko eingehen kann. Tatsache ist, dass Sie unglücklicherweise im selben Waggon mit einem Mann saßen, der Symptome hat, die auf eine Erkrankung an Lungenpest hinweisen könnten. Bis wir sicher sind, dass Sie selbst sich nicht angesteckt haben, kann ich Sie nicht nach Tsingtau entlassen. Die Pest macht leider keinen Unterschied zwischen Chinesen und Deutschen.«

Die Neuankömmlinge rangen mit ihrer Fassung und warfen sich entsetzte Blicke zu.

Dr. Uthemann fuhr fort: »Wir werden jedem Ehepaar eine Baracke zur Verfügung stellen, wo Sie sich bitte während der nächsten Tage aufhalten wollen. Darüber hinaus werden wir Ihnen die Möglichkeit geben, Bestellungen für Dinge des persönlichen Bedarfs in Tsingtau in Auftrag zu geben. Wir erhalten täglich Lieferungen aus der Stadt. Bestellungen von Lebensmitteln und Bettwäsche können gegen Bezahlung problemlos aufgenommen werden. Wir können Ihnen leider nur simple Militärdecken zur Verfügung stellen, und die Verpflegung, die chinesische Händler unseren Insassen verkaufen, dürfte vielleicht nicht Ihren Anforderungen entsprechen.«

Es half kein Schimpfen und Klagen. Die Reisenden mussten sich mit dieser unangenehmen Situation abfinden.

»Fräulein Dr. Hildebrand wird die Untersuchung der Damen vornehmen.«

Isolde Richter ließ die Prozedur anfangs schweigend über sich ergehen. Marie fand, dass die junge Frau ungewöhnlich blass war und dunkle Ringe unter den Augen hatte. Behutsam fragte Marie sie über ihr Befinden aus. Sie spürte, dass sie zitterte. Plötzlich jedoch gab es kein Halten mehr. Isolde Richter brach weinend zusammen und wehrte sich vehement, als Marie ihr aufhelfen wollte. »Fassen Sie mich nicht an!«

»Bitte beruhigen Sie sich, Frau Richter. Ich kann keinen Grund zur Beunruhigung feststellen!«

Es dauerte mehrere Minuten, bis Isolde Richter ihre Fassung einigermaßen wiedergewonnen hatte. Marie stand geduldig neben ihr. Schließlich blickte die Frau wieder zu ihr auf.

»Doch, es gibt Grund zur Beunruhigung! Ich bin schwanger, und ich möchte mein Kind unter keinen Umständen in Gefahr bringen.«

Marie lächelte ihr zu. »Das werden Sie auch nicht. Herzlichen Glückwunsch. Wichtig ist jetzt nur, dass Sie Ruhe bewahren und sich nicht aufregen. In ein paar Tagen ist alles vorbei, Sie werden sehen!«

Isolde putzte sich die Nase und nickte stumm.

Am Nachmittag bat Dr. Uthemann Marie nochmals zu sich. Da inzwischen wider Erwarten viele Frauen ankamen, bat er Marie, in den nächsten Wochen entgegen ihrer ursprünglichen Absprache kontinuierlich in der Station zu bleiben. Insgeheim war Marie bereits klar gewesen, dass dies die einzig vernünftige Variante war. Sie erbat sich lediglich, für einen Tag ein letztes Mal nach Tsingtau zurückkehren zu dürfen. Ihr Vater hatte am nächsten Tag Geburtstag. Es stand außer Frage, dass sie diesen einzigen Geburtstag, den sie zusammen verleben konnten, mit ihm verbringen wollte.

Bevor Marie und Yonggang am späten Nachmittag die Rückfahrt nach Tsingtau antraten, sah Marie noch einmal nach Du Xündi. Er saß im Schein einer Petroleumlampe auf seinem Bett und las. Auf einem Hocker lagen Bücher und Zeitungen. Als Marie ans Fenster klopfte, stand er auf und kam näher. Instinktiv legte Marie eine Hand an die Fensterscheibe. Er sah sie an und legte seine Hand an der gleichen Stelle an das Fenster. Für einen Moment versenkte sich ihr Blick in seine dunklen Augen. Sie fragte sich, ob es das letzte Mal sein würde, dass sie ihn in ihrem Leben sah. Sein bleiches Gesicht mit den tiefen Augenringen wirkte müde und erschöpft. Sie winkte ihm zum Abschied zu und ließ ihn schweren Herzens allein zurück.

Zu Hause duftete das ganze Haus nach Braten. Adele kam aus der Küche. »Schön, dass du da bist. Das Essen ist gleich fertig. Dein Vater sitzt mit Gerlinde am Kamin.« Adele verzog ihr Gesicht zu einem verschwörerischen Ausdruck. »Es gibt eine Überraschung!«

»Eine Überraschung? Wunderbar. Aber gib mir bitte eine halbe Stunde Zeit für ein Bad und um mich umzuziehen.«

»Das hab ich mir gedacht. Ich habe deinen Badeofen schon anheizen lassen.«

Marie umarmte Adele. »Was würde ich nur ohne dich tun?«

Als Marie die Tür zum Wohnzimmer öffnete, hörte sie eine bekannte Stimme.

»Um Gottes willen, wie konntet ihr das zulassen? Das ist doch Wahnsinn?«

Marie trat in die Tür. »Was ist Wahnsinn?«

Philipp stand neben ihrem Vater am Kamin und starrte sie an. Man sah ihm an, dass er betroffen war. Obwohl sie instinktiv verärgert war über seine Bemerkung, spürte Marie Freude, ihn zu sehen. »Philipp, wie schön, dass du wieder da bist!«

Er kam auf sie zu und küsste ihr die Hand. Für eine Sekunde musterte er sie unverändert ernst, dann aber wurde er spöttisch. »Das klingt fast so, als hätte ich dir gefehlt!«

Marie lachte. »Natürlich! Du hast uns allen gefehlt!«

Philipp wurde wieder ernst. »Du hast dein Versprechen nicht gehalten!«

»Welches Versprechen?«

»Dich nicht in Gefahr zu begeben.«

»Ach Philipp! Du solltest mich inzwischen so gut kennen, um zu wissen, dass ich tue, was ich tun muss.«

Er hielt einen Moment lang schweigend ihre Hand fest.

Gerlinde bemühte sich, die Stimmung etwas zu heben. »Jetzt lass sie doch in Ruhe, Philipp. Sie weiß schon, was sie tut! Schön, dich zu sehen, Marie. Ich bin stolz auf dich.«

Wolfgang Hildebrand reichte seiner Tochter ein Glas Sherry. »Ich bin auch stolz und froh, dass wir heute Abend alle zusammen sind. Trink, mein Kind. Du siehst aus, als könntest du es gebrauchen.«

Marie nahm einen Schluck und setzte sich.

Nach und nach lockerte sich die Atmosphäre, und alle wollten wissen, was Marie an ihrem ersten Tag erlebt hatte. Sie berichtete von der Station, der perfekten Organisation, den ersten Ankömmlingen und den Routineuntersuchungen. Als Gerlinde neugierig nachfragte, ob jemand Bekannte im Lager angekommen sei, hielt Marie inne. Plötzlich brach ihre Stimme, und Tränen schossen ihr in die Augen. Sie versuchte Fassung zu bewahren. Alle starrten sie erschrocken an. Marie spürte, dass sie am Ende ihrer Kraft war. Die Tränen waren nicht mehr aufzuhalten.

Gerlinde sprang spontan auf und umarmte Marie. »Um Gottes willen, Marie! Was ist denn passiert?«

Es dauerte einige Minuten, bis Marie in der Lage war zu sprechen.

»Du Xündi ist heute Morgen in der Station aufgetaucht.«

»Das ist doch wunderbar. Du hast dich doch so um ihn gesorgt.«

Marie holte tief Atem. »Er hat Fieber und hustet.«

»Oh Gott.«

Der Schrecken stand allen ins Gesicht geschrieben.

»Jetzt ist es nur noch eine Frage der Zeit … Zwei, höchstens drei Tage.« Marie schüttelte fassungslos den Kopf. »Nach alldem, was er durchgemacht hat, nun auch noch ein so furchtbares Ende!«

Gerlinde fasste sich ein Herz. »Konntest du mit ihm sprechen?«

Marie nickte schwach. »Ganz kurz. Aber was kann man in einem solchen Fall sagen? Diese Krankheit ist ein sicheres Todesurteil.« Sie hielt inne und fügte dann mit leiser Stimme hinzu: »Dagegen verliert alles, was man vielleicht noch sagen wollte, an Bedeutung.«

Philipp betrachtete Marie mit ausdrucksloser Miene. Wolfgang Hildebrand warf einen hilfesuchenden Blick in die Runde.

Adele seufzte. »Ja, du hast recht, Marie. Wenn jemand geht, hat man nie alles gesagt.«

Sie ergriff Maries Hand. »Möchtest du vielleicht lieber alleine sein? Ich bringe dir gerne etwas zu essen auf dein Zimmer.«

Marie schüttelte den Kopf. »Nein! Ich glaube, es tut mir gut, unter euch zu sein. Verzeiht mir bitte. Ich verspreche euch, ich nehme mich zusammen. Lasst uns einen schönen Abend zusammen verbringen, es wird bis auf weiteres das letzte Mal sein.«

Alle sahen sie erschrocken an.

»Dr. Uthemann hat mich heute gebeten, ab übermorgen für die nächsten Wochen ständig in der Station zu bleiben. Es kommen unerwartet viele Frauen, und irgendjemand muss sich doch um sie kümmern. Und auf diese Weise ist jede Gefahr ausgeschlossen, dass ich vielleicht doch die Krankheit in die Stadt schleppen könnte.«

Es herrschte wieder entsetztes Schweigen. Adele warf einen unruhigen Blick auf Wolfgang Hildebrand. Er seufzte nur und schüttelte den Kopf. Ihm war deutlich anzusehen, dass er um Fassung rang. Schließlich holte er tief Atem. Er knallte sein Glas mit einer etwas zu heftigen Bewegung auf den Tisch und stand auf.

»Kommt, lasst uns essen und in diesen denkwürdigen Geburtstag hineinfeiern.«

Ohne seine Tochter eines weiteren Blickes zu würdigen, stapfte er hinüber ins Esszimmer.

Gerlinde und Philipp blieben an der Tür stehen und sahen sich hilflos an. Bevor einer von beiden etwas sagen konnte, hob Marie abwehrend die Hand. Ihre Stimme klang kühl und gefasst. »Macht euch bitte keine Sorgen um mich, aber ihr werdet mich nicht umstimmen. Es ist mein Leben, und ich weiß genau, was ich tue. Geht schon voraus, ich komme gleich nach.«

Telefonisch informierte Marie am nächsten Morgen die deutsch-chinesische Hochschule und seinen Onkel über Du Xündis Rückkehr und den Verdacht der Erkrankung. Da keine Besuche bei Patienten mit Krankheitssymptomen möglich waren, versprach sie, alle Parteien auf dem Laufenden zu halten. Dann fuhr sie kurz ins Faberhospital. Von Dr. Wunsch erfuhr sie, dass keine Patientinnen in der Frauenstation eingetroffen waren. Marie wurde also im Augenblick nicht gebraucht. Sie konnte Dr. Uthemanns Bitte entsprechen und die nächsten Wochen in der Quarantänestation Dienst tun.

Auf dem Heimweg hielt Marie im Gouvernementkrankenhaus an, um nach Margarete zu sehen. Man hatte der jungen Frau starke Beruhigungsmittel verabreicht, und sie schlief. Marie hinterließ ihren Blumenstrauß mit einem Kärtchen, in dem sie versprach, so bald wie möglich wieder vorbeizukommen. Während sie all diese Dinge erledigte, kam es Marie mit einem Mal in den Sinn, dass es den Anschein hatte, als gehe sie auf eine lange Reise, ohne zu wissen, ob sie je zurückkehren würde.

Wolfgang Hildebrands Geburtstagsabend wurde mit Adele und Philipp zu Hause verbracht. Der Marinebaurat war nach wie vor sichtlich mitgenommen von der Nachricht, dass seine Tochter sich nun für die nächsten Wochen in die lebensbedrohliche Quarantänestation begeben würde. Man vermied kritische Themen wie den Anschlag im Strandhotel oder die Lungenpest. Marie nutzte die Gelegenheit, um Philipp über seinen Aufenthalt in Shanghai auszufragen. Begeistert berichtete er von den neuesten architektonischen Entwicklungen der internationalen Stadt.

Marie versuchte ihm private Informationen zu entlocken. »Wo hast du denn eigentlich gewohnt?«

»Bei meinem englischen Studienfreund Bertil Belfort, der bei einem großen Architekturbüro arbeitet.«

Marie forschte weiter. »Ihr werdet euch doch hoffentlich nicht die ganze Zeit mit Architektur beschäftigt haben? Ich habe gehört, das Nachtleben von Shanghai sei Weltklasse.«

Philipp sah Marie erstaunt an. »Seit wann interessierst du dich für das Nachtleben?«

Marie grinste provozierend. »Nun ja, Shanghai soll ja ein Paradies für Junggesellen sein.«

»Da du so gut informiert bist, nutzt es wohl wenig zu leugnen, dass ich mich dort gut amüsiert habe.«

»Details! Ich will alles genau wissen.«

Philipp schmunzelte. »Es gibt nichts Skandalöses zu berichten! Am Tag nach meiner Ankunft kam Bertils Schwester Sarah aus London an, und so waren wir meist zu dritt unterwegs. Und wie du dir sicher denken kannst, schränkt Damenbegleitung selbst die zügellosesten Junggesellen etwas ein.«

Maries Neugierde war nun nicht mehr zu bremsen. »Wie ist sie denn, die Schwester deines Freundes?«

Philipp verzog nachdenklich den Mund, während er Marie einen Augenblick lang erstaunt musterte. »Oh, sie ist eine englische Rose, im wahrsten Sinne des Wortes!«

»Hm. Klingt ein bisschen langweilig.«

»Nein, ganz und gar nicht. Sarah ist eine Künstlerin. Sie malt, und zwar sehr gut. Ihre Skizzen vom Straßenleben in Shanghai waren bemerkenswert. Frische, unverbrauchte Eindrücke und ein wundervolles Auge für Details.« Die Begeisterung in Philipps Stimme war nicht zu überhören. »Ich glaube, sie wird euch gefallen! Ihr werdet sie hoffentlich bald kennenlernen. Bertil und Sarah wollen, sobald sich die Lage hier wieder normalisiert hat, nach Tsingtau kommen, um das Badeleben zu genießen. Das wird sicher eine sehr unterhaltsame Zeit werden.«

Als er sich verabschiedete, nutzte er einen kurzen Moment, um allein mit Marie zu sprechen. »Marie, versprich mir, wirklich gut auf dich aufzupassen. Und überbringe Du Xündi meine besten Wünsche.«

Unerwartet zog er Marie an sich und umarmte sie. Wieder verspürte sie dieses Gefühl von Sicherheit. Als er sie wieder losließ, überfiel sie ein unheilvolles Gefühl. Sie hatte Angst.

Schon kurz nach Sonnenaufgang wurden Marie und Yonggang von einem Militärfuhrwerk abgeholt. Als sie aus dem Gartentor traten, erhob sich ein älterer Chinese, der vor dem Tor auf sie gewartet hatte. Er verbeugte sich vor Marie und deutete auf einen großen Tragekorb, an dem ein Briefumschlag befestigt war. Marie öffnete das Schreiben. Dus Onkel schickte Lebensmittel und Geld für seinen Neffen in die Quarantänestation und bedankte sich bei Marie für ihre Fürsorge.

Als der Wagen die Station erreichte, musste er vor dem Tor kurz anhalten, um einem kleinen Pferdefuhrwerk die Vorfahrt zu lassen, das soeben vom Hof fuhr. Auf der Pritsche lag eine in ein weißes Tuch gehüllte Gestalt. Das Gefährt schlug den Weg zur Verbrennungsstätte in den Hügeln ein. Über Nacht hatte die Krankheit ein neues Opfer gefordert. Yonggang starrte ängstlich auf die Leiche, Marie blieb vor Schreck fast das Herz stehen.

So schnell sie konnte, warf sie ihre Schutzkleidung über und rannte zu Du Xündis Hütte. Sie schirmte mit beiden Händen ihre Augen ab und spähte durch das Fenster. Er lag zugedeckt auf seinem Bett und schien zu schlafen. Sie zögerte einen Augenblick, ob sie klopfen sollte.

Da tauchte Dr. Uthemann neben ihr auf. »Guten Morgen, Marie.«

»Guten Morgen, Dr. Uthemann. Was gibt es Neues? Wie ist sein Zustand?«

Der Militärarzt zuckte mit den Achseln. »Keine Veränderung. Er hat nach wie vor Fieber und hustet, aber verschlechtert hat sich sein Zustand nicht.«

Nachdenklich sah Marie auf die Gestalt im Bett. »Fast zwei Tage keine Veränderung. Könnte dies ein Hoffnungsschimmer sein?«

Uthemann wiegte den Kopf. »Es ist zu früh, daraus endgültige Rückschlüsse zu ziehen. Warten wir noch den heutigen Tag ab.«

Marie war dankbar, dass an diesem Tag bedeutend mehr Chinesinnen in der Station ankamen und sie so alle Hände voll zu tun hatte. Die Nachuntersuchungen der vor zwei Tagen angekommenen jungen Frauen zeigten, dass eine von ihnen seit gestern plötzlich Fieber und Husten hatte. Sie war sofort in den abseits gelegenen Krankentrakt verlegt worden. Ihr Zustand hatte sich seither stündlich verschlechtert. Marie und Yonggang mussten keine Pflege in der Krankenstation übernehmen. Ihnen oblagen einzig die Anfangsuntersuchung sowie die täglichen Routineuntersuchungen bei den Insassinnen der Beobachtungsstation. Alle anderen Maßnahmen wurden von Militärpflegern übernommen.

Das Ehepaar Richter und die anderen beiden ausländischen Ehepaare erfreuten sich hingegen nach wie vor guter Gesundheit. Isolde Richter hatte sich still in ihr Schicksal ergeben. Die erzwungene Ruhe schien ihr gutzutun, und allmählich kehrte sogar ihre rosige Gesichtsfarbe wieder zurück.

Am späten Nachmittag kam die traurige Nachricht, dass die kranke Chinesin gestorben war. Die Schnelligkeit, mit der sie von der Lungenpest dahingerafft worden war, schockierte Marie. Dr. Uthemann führte dies auf die Unterernährung zurück, an der die Frau offensichtlich zeit ihres kurzen Lebens gelitten hatte, deutlich sichtbar an den hellen Strähnen in ihrem Haar, Zeichen für eine Mangelerscheinung aus frühster Kindheit.

Marie hatte darum gebeten, bei der Abenduntersuchung von Du Xündi anwesend sein zu dürfen. Als Dr. Uthemann die Temperatur auf dem Fieberthermometer ablas, stutzte er und wandte sich an Marie. »Es sieht so aus, werte Kollegin, als hätten Sie recht mit Ihrer Annahme, dass es Anlass zu Hoffnung gibt.«

Marie stockte der Atem. »Die Temperatur ist gefallen. Sie ist bereits fast wieder normal. Und der Husten hat ebenfalls nachgelassen, wie mir scheint, oder?«

Du Xündi nickte.

Marie konnte es kaum fassen. »Was kann das bedeuten?«

»Ich denke, er ist auf dem besten Weg, seine Erkältung oder Grippe bald überwunden zu haben. An Lungenpest ist er ganz offensichtlich nicht erkrankt, da hätten wir inzwischen ein völlig anderes Krankheitsbild.«

Marie sprang auf. Dr. Uthemann hob warnend die Hand.

»Nicht so ungeduldig, Fräulein Dr. Hildebrand. Lassen Sie uns noch zwei bis drei Tage, um völlig sicher zu sein. Dann können Sie ihn gerne umarmen.«

Marie blieb stehen und strahlte Du an. »Ich wusste es! Das Schicksal hat etwas anderes mit Ihnen vor!«

Du lächelte schwach, aber die Erleichterung war ihm anzumerken.

Die nächsten Tage verliefen für Marie in gut organisierter Routine. Sobald Frauen am Tor auftauchten, wurden Marie und Yonggang herbeigerufen, um sie in Empfang zu nehmen und zu untersuchen. Marie hatte durch einen Militärsanitäter, der Chinesisch sprach, Yonggang die genaue Prozedur übersetzen lassen. Sie sollte alles so weit wie möglich verstehen, um den Frauen mit ihren Erklärungen die Angst zu nehmen. Erleichtert registrierte Marie die steigende Anzahl der Frauen, die sich inzwischen im Lager einfanden. Nur drei Frauen mussten bisher wegen verdächtiger Symptome im Isolierbereich beobachtet werden.

Wenn keine Untersuchung vorzunehmen war, nutzten die beiden die Zeit damit, sich gegenseitig Deutsch und Chinesisch beizubringen. Da sie zusammen in einer Holzbaracke schliefen, verbrachten sie auch die Abende zusammen.

Der raue Humor der Militärpfleger und des soldatischen Wachpersonals in der Kantine schreckte Marie ab, daher zog sie es vor, in ihrer Baracke zu bleiben. Dr. Uthemann sah regelmäßig nach den beiden jungen Frauen. Er registrierte, wie umsichtig sich Yonggang während ihrer Arbeit verhielt, und lobte sie mehrmals. Das Mädchen strahlte ihn voller Stolz an. Einmal mehr war Marie glücklich, Yonggang diesen neuen Lebensweg eröffnet zu haben, bei dem ihre Begabungen so wunderbar eingesetzt werden konnten.

Wie angekündigt, konnte Du bald in die allgemeine Wartestation umziehen.

Sobald Marie Zeit hatte, suchte sie ihn dort auf. Zusammen setzten sie sich auf eine Bank in die Sonne. Obschon es nachts immer noch empfindlich kalt war, konnte man tagsüber bereits einen ersten Hauch des nahenden Frühlings spüren.

Einige Momente lang herrschte Schweigen zwischen den beiden. Marie sah Du verstohlen von der Seite an. Er sah völlig verändert aus. Die Weichheit in seinen Zügen war verschwunden. Sein Gesicht wirkte kantig und entschlossen. Schließlich fasste sie sich ein Herz. »Wollen Sie mir nicht sagen, wo Sie die ganze Zeit waren?«

Dus Gesicht blieb ausdruckslos. »Ich war in einem Kloster. Ich musste nachdenken.«

Marie sah ihn an und wartete vergeblich, dass er weiterreden würde. Sie spürte wachsende Verunsicherung. Es war offensichtlich, dass er ihr nicht mehr erzählen wollte.

Nach einer Weile sah er sie an. »Wie ist es Ihnen inzwischen ergangen? Geht es Ihrem Vater gut?«

Marie lächelte schwach. »Es geht ihm gut. Er hat sich mit Adele Luther verlobt. Ich glaube, sie wird ihn sehr glücklich machen. Er braucht eine Frau an seiner Seite.«

Du nickte traurig. Marie biss sich auf die Zunge. Abermals stockte das Gespräch. Marie begann sich zunehmend unwohl zu fühlen. Sie hatte plötzlich das Gefühl, dass sie neben einem völlig Fremden saß. Hatte er etwas zu verbergen? Unwillkürlich kam ihr eine andere bedrückende Erinnerung in den Sinn.

»Hatten Sie im Kloster Nachricht von Zhang Wen?«

Abrupt wandte Du den Kopf. »Welche Nachricht sollte ich von ihm bekommen haben?«

Marie wagte nicht, von ihrem Verdacht zu sprechen. »Ich habe mir nur Gedanken gemacht, ob er anlässlich des Neujahrsfestes die Stadt verlassen hat oder ob er es nach unseren gemeinsamen Erlebnissen in Luotou vorzog, nicht mehr dorthin zurückzukehren. Die Situation muss ja auch für ihn schwer sein.«

Du schüttelte den Kopf. »Meines Wissens ist er nicht in Luotou.«

Marie zögerte, doch schließlich brach es aus ihr heraus. »Haben Sie gehört, dass es zwei Anschläge in Tsingtau gegeben hat, die man Revolutionären zuschreibt?«

Du sah sie an. Seine Augen schienen sich in sie hineinzubohren. »Es gibt viele Menschen in China, die nur zu gerne jedes Verbrechen den Revolutionären in die Schuhe schieben, um sie zu verunglimpfen.«

Seine Stimme klang hart und fast feindselig. Marie schwieg unbehaglich. Schließlich stand sie auf. »Ich sollte mich wieder an die Arbeit machen.«

Ohne eine weitere Reaktion abzuwarten, ging sie zurück zur Untersuchungsstation.

Kurz vor Schließung der Tore am Abend traf eine weitere kleine Gruppe am Tor ein. Zwei der Neuankömmlinge waren Frauen, die sofort von Yonggang und Marie in Empfang genommen wurden. Im Untersuchungsraum bat Yonggang eine der beiden, sich auf eine Bank an der Tür zu setzen, während sie der anderen bedeutete, ihre Bündel abzulegen und zur Untersuchung vor Marie hinzutreten. Die Frau ließ eines ihrer beiden Bündel auf den Boden fallen, während sie ein zweites, das sie vor dem Bauch trug, ängstlich umklammerte. Geduldig wiederholte Yonggang ihre Aufforderung, doch die Angesprochene reagierte nicht. Schließlich griff Yonggang selbst nach dem Stoffbündel. Die Frau schrie auf und wich vor ihr zurück. Ohne Vorwarnung sprang die andere Frau auf, stürzte sich auf Yonggang und schlug auf sie ein. Dabei riss sie dem Mädchen, das ihr körperlich deutlich unterlegen war, die Schutzmaske vom Gesicht und schrie sie keifend an. Marie, die nur wenige Schritte vom Geschehen entfernt stand, versuchte, sofort dazwischenzugehen und die beiden zu trennen. Alarmiert durch den Lärm, stürmten mehrere Pfleger in voller Schutzkleidung in den Raum und packten die beiden Frauen. Trotz massiver Gegenwehr konnte der Frau nun das Bündel entrissen werden. Darin eingehüllt steckte ein Säugling.

Yonggang verstand sofort. Sie versuchte die schreienden Frauen zu beruhigen.

Marie wies sie an, sofort die Schutzmaske wieder vor Mund und Nase zu schieben. Dann legte sie das Kind auf den Tisch, um es vorsichtig zu untersuchen.

Das Kind war ein erst wenige Wochen alter Junge, der mager aussah. Aufgeschreckt durch den Lärm und die unbekannte Gestalt, die sich über ihn beugte, fing er an zu schreien. Sofort verschluckte er sich und begann zu husten. Unwillkürlich wich Marie einen Schritt zurück. Das Fieberthermometer zeigte erhöhte Temperatur.

Die Untersuchung der beiden Frauen erbrachte keine Krankheitssymptome. Als Yonggang sie tapfer befragte, ob sie mit Kranken oder gar

Toten in Berührung gekommen waren, schwiegen sie. Marie ordnete an, alle drei im Isolierbereich unterzubringen.

Als die Pfleger die heftig Widerstand leistenden Chinesinnen mit dem Kind aus dem Raum geschleppt hatten, wandte sich Marie Yonggang zu.

Das Mädchen wirkte verstört und zitterte am ganzen Körper. Marie umarmte sie, um sie zu beruhigen. Dann machte sie sich auf die Suche nach Dr. Uthemann.

Der leitende Arzt entschied sofort, dass Yonggang ebenfalls isoliert werden musste. Sie war der körperlichen Attacke der Frau ohne Schutzmaske ausgesetzt gewesen. Als Schutzmaßnahme für das restliche Quarantänepersonal und weitere Ankömmlinge musste er sicherstellen, dass Yonggang nicht infiziert worden war. Als Marie Yonggang mit Hilfe eines Übersetzers den Entschluss von Dr. Uthemann mitteilen musste, brach das Mädchen weinend auf dem Boden zusammen. Instinktiv wollte sie Yonggang zu Hilfe kommen, doch Dr. Uthemann hielt sie zurück. Ein vermummter Pfleger hob das zitternde Mädchen auf und führte es behutsam in eine der Isolierhütten. Marie hatte das Gefühl, jemand würde ihr das Herz aus dem Leib reißen. Wieder konnte sie nichts tun, als zu hoffen.

Mehrmals an diesem Abend schlich sich Marie zur Isolierstation. Yonggang merkte davon nichts. Sie schlief erschöpft nach einem schweren Schock. Auch Marie fiel schließlich in einen unruhigen Schlaf.

Als Marie im Morgengrauen ihre Schlafbaracke verließ und zu den Garderobenräumen ging, tauchte unvermittelt Dr. Uthemann auf. Marie erschrak. Sein Gesichtsausdruck war angespannt. Er schwieg einen Moment lang und musterte Marie genau. »Wie geht es Ihnen, Fräulein Dr. Hildebrand? Fühlen Sie sich körperlich wohlauf?«

Marie sah ihn entsetzt an. »Ist etwas mit Yonggang?«

Er nickte. »Ich weiß gar nicht, wie ich es Ihnen sagen soll. Es sieht so aus, als sei die Krankheit sowohl bei den beiden Frauen als auch bei Yonggang ausgebrochen. Das Kind ist heute Nacht gestorben. Yonggangs Zustand hat sich seit den frühen Morgenstunden drastisch verschlechtert. Sie hat bereits hohes Fieber und blutigen Auswurf beim Husten. Ich mache mir die größten Vorwürfe.«

Marie starrte ihn voller Entsetzen an. Sie schloss für einen Moment die Augen. Der Gedanke, dass all dies nur ein Alptraum sei und vorüber wäre, wenn sie die Augen wieder öffnete, jagte ihr durch den Kopf.

Doch die Wahrheit war nicht zu leugnen. Dr. Uthemanns mitfühlender Blick ließ keinen Zweifel zu. Marie sank in sich zusammen. Sie biss sich auf die Lippen, um nicht anzufangen zu weinen.

»Wie ist das möglich? Wir sind doch geimpft worden.«

Dr. Uthemann sah sie hilflos an. »Das kann ich Ihnen leider nicht sagen. Ein Risiko bei sehr direktem Kontakt besteht wohl immer noch. Wir haben erst sehr wenig Erfahrung mit diesem Impfstoff. Es war ein schrecklicher Unfall, der nicht hätte passieren dürfen.«

Marie war fassungslos. »Es ist alles meine Schuld! Ich habe sie überredet, an Neujahr nicht zu ihrer Familie zu fahren, weil das zu gefährlich sei. Stattdessen habe ich sie hierhergebracht, und nun muss sie meinetwegen sterben.«

Dr. Uthemann atmete tief durch und schüttelte dann den Kopf. »So dürfen Sie nicht denken. Yonggang wollte bei Ihnen sein und von Ihnen lernen. Und sie wollte die Chance annehmen, die sich ihr hier für ihre Zukunft bot. Es war Schicksal, nicht Ihre Schuld!«

Marie sah ihn nur wie betäubt an.

Schicksal. So hatte es Yonggang auch erklärt, als sie sich kennenlernten.

»Kann ich sie sehen?«

Er nickte. »Aber ich muss darauf bestehen, dass Sie den Raum nicht betreten. Wir wollen Sie nicht auch noch verlieren.«

Mit bleiernen Beinen begab sich Marie in die Garderobe, legte die Schutzkleidung an und ging in den Isolierbezirk. Durch das Fenster konnte sie das Krankenlager sehen. Yonggang lag bleich, mit geschlossenen Augen und bläulichen Lippen auf dem Bett. Flecken auf der Decke zeugten von blutigem Auswurf. Als habe sie gespürt, dass sie beobachtet wurde, öffnete das Mädchen unvermittelt die Augen und sah Marie an. Ihr verzweifelter Blick erschütterte Marie bis in ihr Innerstes. Plötzlich jedoch veränderte sich Yonggangs Gesichtsausdruck. Sie lächelte Marie zu und hob eine Hand, als wolle sie nach ihr greifen. Unvermittelt ging ein Zucken durch den zierlichen Körper. Yonggang schlug die erhobene Hand vor den Mund, als ein neuerlicher Hustenanfall sie schüttelte. Entsetzt konnte Marie sehen, wie Blut durch die Finger vor ihrem Mund quoll. Instinktiv wollte Marie ihr zu Hilfe kommen, doch die Tür zu der Quarantänehütte war verschlossen. Plötzlich legte sich ein Arm um ihre Schulter. Dr. Uthemann war ihr gefolgt, um ihr tröstend zur Seite zu stehen. Er schüttelte den Kopf.

»Sie können nichts mehr für sie tun. Es tut mir leid.«

Beide blickten durch das Fenster. Die Hustenattacke war fast überstanden. Nur hin und wieder lief ein Zucken durch den geschwächten Körper. Erschöpft blieb Yonggang liegen und bewegte sich nicht mehr. Marie beobachtete die Kranke. Atmete sie noch? Tränen strömten ihr über das Gesicht.

»Wollen Sie hierbleiben?«

Marie nickte nur stumm.

»Gut, ich lasse Ihnen einen Stuhl bringen. Aber Sie müssen mir versprechen, nicht zu versuchen, in die Hütte zu gelangen.«

Marie konnte nur flüstern. »Ich verspreche es Ihnen.«

Den ganzen Tag saß Marie reglos vor dem Fenster. Yonggang lag zumeist in einem fiebrigen Schlaf, unterbrochen von blutigen Hustenattacken. Man konnte zusehen, wie sie schwächer wurde. Irgendwann am Nachmittag schüttelte ein weiterer Anfall das Mädchen. Dann bewegte sie sich nicht mehr. Eine halbe Stunde später erschien routinemäßig ein Pfleger. Durch das Fenster beobachtete Marie, wie er die Patientin betrachtete und schließlich einen Spiegel vor ihren Mund hielt. Dann schüttelte er den Kopf. Es war vorbei.

Marie blieb wie gelähmt vor der Hütte sitzen. Minuten später kehrte der Pfleger mit Dr. Uthemann zurück.

»Kommen Sie, Fräulein Dr. Hildebrand.«

Marie sah zu ihm hoch.

»Es bleibt uns leider keine andere Wahl. Wir müssen auch Sie vorsichtshalber in Quarantäne nehmen. Sie waren gestern auch in unmittelbarer Nähe der Frauen und von Yonggang.«

Marie kam es vor, als hörte sie diese Worte aus weiter Ferne. »Und was passiert jetzt mit Yonggang?«

Dr. Uthemann sah sie beklommen an. »Wir bringen sie zum Verbrennungsplatz und begraben anschließend ihre Asche.«

»Können wir sie nicht auf dem chinesischen Friedhof beisetzen lassen?«

Dr. Uthemann schüttelte den Kopf. »Es tut mir leid, das geht auf keinen Fall. Ich kann kein Pestopfer in das Stadtgebiet bringen lassen. Wir müssen sie hier verbrennen wie alle anderen Pesttoten auch.«

»Dann möchte ich sie auf ihrem letzten Weg begleiten.«

Der Arzt seufzte. »Seien Sie vernünftig, Marie. Sie haben durch ihren Tod schon genug mitgemacht. Ersparen Sie sich diese weitere seelische Qual und behalten Sie das Mädchen als gesunden, lebensfrohen Menschen in Erinnerung.«

Marie schüttelte den Kopf. »Ich bestehe darauf. Ich hätte das Gefühl, sie im Stich gelassen zu haben. Es ist schon schlimm genug, dass sie durch meine Schuld gestorben ist.«

Dr. Uthemann trat vor Marie und packte sie an den Schultern. »Kommen Sie bitte zur Vernunft, Marie.«

Tränen liefen Marie über das Gesicht, doch sie ließ sich nicht von ihrem Entschluss abbringen.

Eine Stunde später rumpelte ein Pferdekarren, gefolgt von zwei berittenen deutschen Soldaten, aus der Quarantänestation. Marie saß neben dem chinesischen Kutscher auf dem Bock, Yonggangs Leiche lag in ein weißes Tuch gehüllt auf der Ladepritsche.

Fast eine halbe Stunde ging die Fahrt im Schritttempo durch unwirtliches hügeliges Gelände jenseits des Absperrungszaunes. Zuletzt überquerte der Wagen eine kleine Anhöhe. In einer Mulde vor ihnen erblickte Marie Markierungen im Boden, wo offensichtlich die Überreste von verbrannten Pesttoten beerdigt waren. Am Rande des Gräberfeldes war ein Steinhaufen errichtet worden, auf dem ein kleiner chinesischer Schrein stand. Räucherstäbchen qualmten zu Ehren der Toten. Mehrere leere Gruben warteten auf neue Opfer. Zwei Chinesen und ein Soldat der Feldartillerie standen bereit, die Verbrennung vorzunehmen. Behutsam wurde Yonggangs verhüllter Leichnam in eine Grube gelegt.

Einer der Soldaten wandte sich an Marie. »Möchten Sie vielleicht noch ein Gebet sprechen?«

Marie erkannte dankbar, dass Dr. Uthemann den Soldaten Anweisung gegeben haben musste, dieses Begräbnis mit besonderer Rücksicht auf sie würdevoll vorzunehmen. Sie nickte.

Die Soldaten und Totengräber blieben reglos neben Marie stehen, als sie die Hände faltete.

Da sie kein Gebet für eine Beerdigung kannte, sprach sie laut das Vaterunser. Nach wenigen Worten versagte ihre Stimme. Die deutschen

Soldaten sprachen das Gebet alleine zu Ende. Zum Abschied blickte Marie nochmals auf die zierliche Gestalt in der Grube.

»Wir bitten Dich, Herr, nimm diese Seele in Deine Arme. Amen.«

Sie nickte dem Soldaten zu, der mit einem Kanister neben dem Grab stand. Er goss das Petroleum über die verhüllte Leiche und warf ein brennendes Holzscheit hinterher.

Es war bereits dunkel, als Marie in die Isolierbaracke zurückkehrte. Sie setzte sich auf das Bett, lehnte sich an die Wand und starrte vor sich hin. Sie fühlte sich leer und kraftlos wie noch nie in ihrem Leben.

Vor nur wenigen Tagen waren sie und Yonggang voller Tatendrang nach Xifang gekommen. Nun war das Mädchen tot, verbrannt und verscharrt. Jede Spur ihres kurzen, schweren Lebens war von der Erde getilgt.

Plötzlich und ohne Vorwarnung überkam Marie eine Panikattacke. Ihre Gedanken, die bis vor wenigen Augenblicken immer wieder um die Bilder der brennenden Grube gekreist waren, wurden von einer anderen furchtbaren Erkenntnis verdrängt. War sie infiziert, würde sie innerhalb der nächsten Stunden Symptome entwickeln, so grauenvoll wie Yonggang sterben und ebenfalls in der Einöde verbrannt und verscharrt werden? Dann gab kein Entrinnen.

Marie versuchte, in sich hineinzuhorchen. War die bleierne Müdigkeit, die sie überfallen hatte, ein Symptom der ausbrechenden Krankheit? Ihre Gedanken waren kaum mehr unter Kontrolle zu bringen. Sie fühlte sich plötzlich unendlich einsam und völlig hilflos ihrem Schicksal überlassen in dieser armseligen Hütte am Ende der Welt. War es nicht so, dass man schließlich immer allein war? Sie stand auf und atmete tief durch. Es nützte nichts, in Panik zu verfallen. Alles, was sie tun konnte, war abzuwarten und Ruhe zu bewahren. Marie hatte Dr. Uthemann angeboten, sich selbst zu überwachen. Sie verbrachte den Abend damit, regelmäßig Fieber zu messen und zu lesen. Es war unmöglich, sich auf die Lektüre zu konzentrieren. Immer wieder schweiften ihre Gedanken ab. Marie erinnerte sich an die ersten Tage, die sie zusammen mit Yonggang verlebt hatte. Und noch einmal spürte sie ihre Betroffenheit über Yonggangs Tränen, als sie von ihrer entbehrungsreichen Kindheit erzählt hatte und so glücklich schien über ihr neues Leben an Maries Seite. Ihr Herz war schwer vor Trauer und Schuldgefühl, als sie endlich in einen unruhigen Schlaf fiel.

Prasselnder Regen weckte Marie im ersten Morgengrauen.

Im ersten Wachmoment nahm sie nur die spartanische Einrichtung der Baracke wahr, dann stellte sich schlagartig die Erinnerung ein. Der Gedanke an die sterbende Yonggang legte sich wieder wie eine Umklammerung um ihr Herz. Trotzdem registrierte Marie im gleichen Moment, dass es ihr gutging und sie sich erholt fühlte. Auch ohne Fieber zu messen, wusste sie, dass sie keine erhöhte Temperatur hatte. Sie stand auf und ging ans Fenster.

Der Regen fiel in senkrechten Schnüren. Es sah aus, als ob das ganze Lager in einem See lag. Darüber breitete sich ein bleierner Himmel aus.

Unruhig sah sich Marie um. Es war nichts zu tun, als zu warten.

Ein schüchterner Pfleger brachte wenig später ein karges Frühstück. Marie übergab ihm ihre Fiebertabelle. Er warf einen kurzen Blick darauf, lächelte wortlos und verschwand.

Wenig später erschien Dr. Uthemann. Er war sichtbar erleichtert über Maries Wohlbefinden. Zusammen setzten sich die beiden auf die Bank unter dem Vordach der Hütte. Trotz der Kälte war der Aufenthalt an der frischen Luft angenehmer als in der beklemmenden Hütte.

Marie wunderte sich, dass der Arzt Zeit hatte, sich mit ihr zu unterhalten. Er zuckte mit den Achseln. »Seit gestern Nacht regnet es unaufhörlich. Die Straßen sind unpassierbar. Heute Morgen ist noch niemand hier angekommen. Die gute Nachricht daran ist, dass es endlich Frühling wird. Im Winter haben wir hier Nordostwind, der für trockenes Wetter sorgt. Das restliche Jahr über herrscht Südwestwind, der vom Meer kommt und Feuchtigkeit bringt. Der Wind hat offenbar gedreht.« Seine Miene war besorgt.

»Und was ist die schlechte Nachricht?«, fragte Marie.

»Man kann nur hoffen, dass sich das Wetter nicht zur nächsten Katastrophe entwickelt. Diese massiven Niederschläge verheißen nichts Gutes.«

Marie schwieg. Bisher hatte sie den Marinestabsarzt als einen unsentimentalen Pragmatiker kennengelernt, der sogar trotz der dramatischen Lage in der Quarantänestation keinerlei Emotionen zeigte. Seine bedrückte Stimmung beunruhigte sie. Er seufzte.

Marie sah ihn an. »Welche Befürchtungen haben Sie?«

»Es hat seit fast vier Monaten nicht geregnet. Und jetzt diese Wassermassen. Es wird zu Überschwemmungen kommen. Überschwemmungen bringen in diesem Land oft neue Epidemien und Tod. Ein nicht endender Kreislauf des Elends …« Er atmete tief durch. »Manchmal frage ich mich wirklich, ob es das alles wert ist.«

Marie wusste nicht, was sie sagen sollte. Sie fragte sich, ob er hier wie so viele andere vielleicht einen geliebten Menschen verloren hatte.

Dr. Uthemann starrte vor sich hin, als sei er in seinen Erinnerungen gefangen. Nach einer Weile schien er wieder zu Marie zurückzukehren. »Oh, ich vergaß. Ich soll Sie herzlich von ihrem Vater grüßen. Ich habe gestern Abend mit ihm telefoniert.«

Besorgt sah ihn Marie an. »Hat er sich sehr aufgeregt?«

Uthemann nickte. »Das kann man ihm ja wohl auch nicht verdenken. Er bestand darauf, heute hierherzukommen, um Sie zu besuchen.« Er blickte prüfend in den Regen. »Aber ich denke, daraus wird wohl nichts werden.« Er stand auf und verabschiedete sich. »Ich komme nachher wieder. Haben Sie weiter Geduld. Ich bin voller Zuversicht. Übrigens wird Herr Du heute entlassen. Soll ich ihm sagen, Sie würden sich freuen, ihn noch einmal zu sehen? Ich glaube, das Risiko hält sich in Grenzen.«

Marie lächelte. »Ja, das wäre wirklich nett.«

Um ihrer inneren Unruhe Herr zu werden, beschloss Marie, einen Brief an ihren Vater zu schreiben. Sie bat ihn inständig, sich keine Sorgen zu machen, da sie wohlauf sei. Als sie vom Tod Yonggangs berichten musste, kamen ihr wieder die Tränen. Die Bilder des Sterbens und der Verbrennung überwältigten sie mit solch schmerzhafter Wucht, dass ihr fast schlecht wurde. Sie war unfähig, weiterzuschreiben. Sie stützte ihren Kopf auf ihre Arme und weinte zum ersten Mal hemmungslos.

Plötzlich spürte sie eine sanfte Hand auf ihrer Schulter. Erschrocken sah Marie auf. Neben ihr stand Du Xündi und sah auf sie hinunter. In seinen dunklen Augen spiegelte sich unendliches Mitgefühl und Zärtlichkeit. Er zog sie von ihrem Stuhl hoch und nahm sie wortlos in die Arme. Marie spürte, wie sich seine Arme tröstend um sie legten und sie an ihn drückten. Sie legte ihren Kopf an seine Brust und ließ ihren Tränen freien Lauf.

Du hielt sie einfach fest und schwieg. Marie fühlte seine Wärme. Die ungewohnte Nähe hatte nichts Fremdes. Allmählich ließ Maries Schmerz nach. Mit einem Mal kam es ihr vor, als würde sie hinter einer Wand hervortreten und die Wirklichkeit wieder wahrnehmen. Erschrocken stieß sie Du von sich und drehte sich von ihm weg.

Du Xündi reagierte irritiert auf Maries Abwehr und trat rasch einen Schritt zurück. Er wurde abwechselnd blass und rot. Marie streckte die Hand aus, als wolle sie ihn festhalten.

»Nein ... Entschuldigen Sie ... Bitte missverstehen Sie nicht ...« Sie entfernte sich noch einen Schritt von ihm, lächelte ihn aber an. Sein verletzter Blick tat ihr weh.

Er machte eine Bewegung zur Tür hin.

»Nein. Bitte nicht. Warten Sie.« Sie griff nach ihrem Mundschutz, der über der Stuhllehne hing und zog ihn schnell über. »Ich habe die Gefahr für einen Moment lang vergessen. Es tut mir leid.«

Du war sichtlich erleichtert. »Ich verstehe.«

Marie spürte, wie sie rot wurde. »Dr. Uthemann sagte mir, dass Sie heute entlassen werden.«

Du warf einen kurzen Blick aus dem Fenster. »Erst muss es aufhören zu regnen.«

Marie schwieg einen Augenblick. »Dann bleiben Sie doch noch. Ihre Gesellschaft würde mir guttun.«

Die beiden nahmen auf der Holzbank vor der Baracke Platz. Marie erzählte ihm von Yonggangs qualvollem Ende und der Verbrennung der Leiche irgendwo weit draußen vor dem Lager. Du lauschte schweigend und ergriff tröstend ihre Hand, als sie erneut anfing zu weinen. Die Distanz, die Marie bei ihrem ersten Gespräch mit Du vor einigen Tagen gespürt hatte, war wie weggeblasen.

Als Marie sich ihre traumatischen Erlebnisse von der Seele geredet hatte, berichtete ihr Du von seinem Aufenthalt in dem taoistischen Kloster, wo er nach Qinglings Tod Trost gefunden hatte. In langen Gesprächen hatte ihn sein Onkel, der Abt in diesem Kloster war, daran erinnert, dass alles in der Welt dem ständigen Wandel unterzogen sei und dass Leid zum Leben der Menschen gehöre. Fasziniert hörte Marie ihm zu. Für eine Weile vergaß sie ihren Schmerz. Dus Nähe und die Tiefgründigkeit seiner Gedanken hüllten sie ein wie ein wärmender Kokon.

Am nächsten Tag hörte der Regen auf. Marie hatte immer noch kein Fieber. Sie hatte sich nicht infiziert. Auch Dr. Uthemann konnte das jetzt bestätigen. Schmunzelnd schüttelte er den Kopf, als Marie sofort vorschlug, wieder an die Arbeit zu gehen, bis die deutsche Krankenschwester eintreffen würde.

»Sie sind wirklich eine mutige Frau, das muss man Ihnen lassen. Aber ich nehme Ihr Angebot gerne an.« Er griff in die Tasche seines Arztmantels und zog einen Briefumschlag hervor. »Herr Du ist heute Morgen in aller Frühe nach Tsingtau aufgebrochen. Er bat mich, Ihnen diesen Brief zu übergeben. Wir sehen uns später.«

Marie setzte sich auf ihr Bett. Einen Moment lang betrachtete sie den Umschlag. Was hatte Du für so wichtig befunden, es ihr in einem Brief mitzuteilen? Sie öffnete den Umschlag. Der Brief enthielt vier Zeilen mit je vier chinesischen Schriftzeichen, ein Gedicht. Darunter stand die Übersetzung.

»Die Schöne Gütige ist bereit, ihr Leben für andere zu geben. Sie erfüllt die Herzen der Menschen mit Liebe.«

Drei Tage später erreichte die deutsche Krankenschwester endlich die Quarantänestation. Marie wies sie einen Tag lang in ihre Tätigkeit ein und erklärte ihr die besondere Befindlichkeit der chinesischen Frauen.

Am späten Nachmittag packte Marie ihre Sachen und verabschiedete sich von Dr. Uthemann, der darauf bestanden hatte, dass sie sofort in die Stadt zurückkehrte. Zum ersten Mal sah Marie ihm an, dass er gerührt war. Er hielt ihre Hand beim Abschied fest. »Ich lasse Sie nur gehen, wenn Sie versprechen, mir beim Sommerfest am Strand die Ehre eines Tanzes zu geben, Fräulein Dr. Hildebrand.«

Marie nickte bewegt. »Nichts lieber als das! Aber vielleicht müssen wir ja nicht bis zum Sommer warten.«

Marie sollte mit dem allabendlichen Transport in die Stadt zurückgebracht werden. Auf dem Platz vor dem Haupttor der Quarantänestation herrschte reges Treiben. Händler verkauften Obst und Lebensmittel an Soldaten und Pfleger, Rikschakulis warteten auf Kundschaft. Marie spürte, wie die eifrige Geschäftigkeit ihre Sinne belebte und sich über die Erinnerungen der letzten Wochen legte. Das Leben ging weiter. Von dem Pferdefuhrwerk, das sie mit in die Stadt nehmen sollte, wurden noch letzte Kisten mit Proviant und Medikamenten abgeladen. Plötzlich hörte Marie Pferdegetrappel. Mit vollem Galopp kam eine Kutsche angerollt. Der Mafu hatte das Gefährt noch nicht ganz zum Stehen gebracht, als Philipp aus der Kutsche sprang. Verblüfft sah sie ihm entgegen. Philipp rannte auf Marie zu, nahm sie in die Arme, hob sie hoch und drehte sich einmal lachend mit ihr im Kreis. Rundherum blieben Soldaten und Kulis stehen und beobachteten neugierig die temperamentvolle Szene. Einige Soldaten pfiffen und klatschten Beifall.

Schließlich stellte Philipp Marie wieder auf die Beine. »Entschuldige, Marie! Ich konnte nicht anders! Ich freue mich so, dich wohlbehalten wiederzusehen. Du hast uns allen schlaflose Nächte beschert.«

Marie lachte. »Was machst du denn hier? Woher weißt du überhaupt, dass ich heute Abend wieder nach Tsingtau zurückfahren wollte?«

Philipp grinste. »Beziehungen! Und ich wollte einfach kein Risiko eingehen, dass dir, nach alldem, was passiert ist, auf der Rückfahrt in die Stadt noch etwas zustößt.«

Nach der anfänglichen fröhlichen Überschwänglichkeit verlief die Rückfahrt schweigend. Marie spürte Philipps Unsicherheit. Er warf ihr hin und wieder einen Blick zu und schien nach Worten zu suchen. Marie selbst zögerte, ihm von den Ereignissen der letzten Tage zu berichten. Die Erinnerung lastete noch schwer auf ihrer Seele. Schließlich holte Philipp tief Atem. »Selbst auf die Gefahr hin, die Wunden wieder aufzureißen, möchte ich dir sagen, dass es mir sehr leid tut, was mit Yonggang passiert ist.«

Marie nickte nur. Sofort füllten sich ihre Augen wieder mit Tränen. Philipp stellte keine weiteren Fragen und legte nur seinen Arm um ihre Schulter. Marie war dankbar, dass er Verständnis zeigte und nicht weiter in sie drang.

Kaum war die Kutsche auf den Hof in der Tirpitzstraße gefahren, ging die Haustür auf, und Wolfgang Hildebrand und Adele stürzten heraus.

Als Wolfgang Hildebrand seine Tochter überglücklich umarmte, spürte er, wie sie plötzlich erstarrte. Fritz war an der Haustür erschienen und beobachtete reglos die Willkommensszene. Marie wurde blass.

Für einen kurzen Moment herrschte Schweigen. Dann fasste sich Marie ein Herz, ging auf den Boy zu und streckte ihm die Hand entgegen.

»Lieber Fritz. Mein herzlichstes Beileid zum Verlust Ihrer Nichte. Bitte glauben Sie mir, ich leide mit Ihnen. Ich hoffe, Sie können mir verzeihen.«

Wolfgang Hildebrand wollte dazwischen gehen, doch Adele packte ihn am Arm und schüttelte den Kopf.

Der Boy sah Marie einen Augenblick lang ausdruckslos an. Er nahm die dargebotene Hand nicht an, machte aber eine knappe Verbeugung.

»Ich danke Ihnen, Missy.«

Er drehte sich um und verschwand im Haus.

Wolfgang Hildebrand rang nach Luft. »Warum entschuldigst du dich bei ihm? So weit kommen wir hier noch, dass wir uns bei den Chinesen entschuldigen. Schließlich ist die Krankheit in ihrem Land ausgebrochen, da trifft dich doch keine Schuld!«

Marie sah ihren Vater traurig an. »Ich glaube nicht, dass man die Chinesen für die Pest verantwortlich machen kann. Tatsache bleibt, dass ich Yonggang überredet habe, nicht in ihr Heimatdorf zu fahren, und sie stattdessen hier mit Pestkranken zusammengebracht habe.«

Nun mischte sich Philipp ein. »Ich glaube, jede Art von Streit über Schuldzuweisung ist überflüssig. Das war Schicksal. Seien wir froh, dass Marie gesund wieder zurückgekehrt ist.«

Marie zuckte zusammen. Schicksal – yuanfen, so hatte Yonggang ihre erste Begegnung genannt.

Der Marinebaurat legte den Arm um seine Tochter und zog sie ins Haus. »Philipp hat recht. Also los, kommt rein. Ich kann mir keinen besseren Anlass vorstellen, um eine Flasche Moselwein aufzumachen.«

Marie ging erst einmal nach oben, um sich frisch zu machen und sich umzuziehen. Sie verspürte das dringende Bedürfnis, mit ihren Kleidern die Erinnerung an die letzten Tage abzustreifen. Unwillkürlich suchten ihre Augen in ihrem Zimmer nach Spuren einer glücklicheren Vergangenheit. Ihr Blick fiel auf das kleine Schweinchen, das Yonggang ihr zum chinesischen Neujahrsfest geschenkt hatte. Daneben wartete auf einem Tablett Maries Post. Obenauf lag ein Brief von Li Deshun. Sie erschrak. Margarete war vor einigen Tagen aus dem Krankenhaus entlassen worden. Warum schrieb sie nicht selber?

Li Deshuns Zeilen drückten seine Erleichterung darüber aus, dass Marie unversehrt aus der Quarantänestation nach Hause kommen würde. Er bat sie inständig, so bald als möglich seine Frau zu besuchen, der es leider nicht viel besser ginge. Marie nahm sich vor, gleich am nächsten Tag nach Margarete zu sehen.

Als sie den Brief auf den Stapel Post zurücklegen wollte, fiel ihr Blick auf einen Umschlag vom Fotoatelier Watanabe in der Pekingstraße. Marie spürte einen Stich im Herz. Es war, als ob Yonggang ihr eine Botschaft geschickt habe. Mit zitternden Händen öffnete Marie den Umschlag. Er enthielt das Foto, das sie am Tag vor Neujahr hatten machen lassen, an dem Tag, als Yonggang sich auf Maries Drängen hin entschlossen hatte, nicht zu ihrer Familie zu fahren. Beim Anblick der beiden lachenden Gesichter empfand Marie wieder diesen entsetzlichen Schmerz, der mit unverminderter Stärke ihren Körper durchflutete. Fast gleichzeitig kam aber auch die Erinnerung an den Brandanschlag zurück und Zhang Wens Auftauchen in der Nähe des Unglücksortes. All diese Ereignisse schienen Vorboten einer tragischen Zeit zu sein.

Als Marie wenig später die Treppe hinunterging, klingelte es. Sie kam Fritz zuvor und öffnete die Haustür. Gerlinde und Geoffrey liefen über den Hof. Gerlinde schrie auf, als sie Marie erblickte, rannte die Treppe hoch und fiel ihr um den Hals.

»Oh Gott, Marie! Mir fällt ein Stein vom Herzen, dass du gesund zurückgekommen bist. Ich hatte solche Angst um dich. Es muss ja alles ganz schrecklich gewesen sein! Als wir hörten, dass du heute nach Hause kommst, haben wir es nicht ausgehalten und mussten einfach kommen.«

Auch Geoffrey stand nun vor Marie und gab ihr die Hand. »She's right. Jolly good that you are back. Wir haben uns alle große Sorgen um Sie gemacht. Sie sind wirklich eine mutige Frau.«

Im Laufe des Abends erschien noch eine Reihe weiterer Besucher in der Tirpitzstraße, um Marie ihr Beileid zu bekunden und ihr Anerkennung auszusprechen. Richard und Salome Wilhelm, Salomes Schwester Hedda, Dr. Wunsch und seine Frau Lore gaben sich die Klinke in die Hand. Dr. Wunsch freute sich besonders, dass Marie nun wieder ins Faberhospital zurückkehren werde, um ihn zu entlasten, da er mehr Zeit brauchte, um sich um seine schwangere Frau zu kümmern. Hedda brachte Grüße aus der Mädchenschule. Marie war gerührt über die allgemeine Anteilnahme. Zu guter Letzt gab sich sogar noch Frau Truppel, die Ehefrau des Gouverneurs, die Ehre, um Marie die allerbesten Grüße ihres Mannes zu übermitteln. In dem allgemeinen Trubel überhörte Marie die Türglocke. Auf einem silbernen Tablett brachte Fritz eine Visitenkarte herein und hielt sie Marie entgegen.

Marie warf einen Blick auf die Karte und sprang auf. »Wo ist er? Kommt er nicht herein?«

Fritz schüttelte den Kopf. »Lehrer Du wollte nicht hereinkommen. Er wollte nur seine Karte abgeben.«

Sichtlich enttäuscht starrte Marie einen kurzen Moment lang auf die Nachricht, die auf der Rückseite der Karte notiert war.

»Willkommen zu Hause. Ich hoffe, wir werden bald unseren Unterricht wieder aufnehmen und weiter viel voneinander lernen.«

Unwillkürlich musste sie lächeln. Als sie aufblickte, bemerkte sie, dass Philipp sie beobachtete. Seine Augen wanderten kurz zu der Karte in ihrer Hand, dann wandte er sich wieder Geoffrey und Gerlinde zu, mit denen er sich eben unterhalten hatte.

Noch Stunden erfüllte fröhliches Geplauder und Gelächter das Haus. Beim Abschied verkündete Philipp, dass er anlässlich seines bevorstehenden Geburtstags in wenigen Tagen zu einem kleinen Empfang bei sich zu Hause einladen würde. Marie freute sich und war gespannt, wie seine Junggesellenwohnung aussehen würde. Als schließlich alle Gäste in der Dunkelheit verschwunden waren, zog Marinebaurat Hildebrand seine Tochter zärtlich an sich und hielt sie einen Moment lang fest. »Ich kann dir gar nicht sagen, wie stolz ich auf dich bin!«

Marie sah gerührt zu ihm auf. »Das bedeutet mir sehr viel, Vater.«

 24.

Der nächste Morgen brachte strahlendes Frühlingswetter. Die Sonne schien, es wehte ein leichter Wind, und die ganze Stadt wirkte trotz der fortwährenden Bedrohung an ihren Grenzen heiter. In den Vorgärten blühten schon die Narzissen. Es war ein Tag wie geschaffen für einen Ausflug, aber Marie hatte anderes im Sinn. Als die Rikscha in die vornehme Prinz-Adalbert-Straße im Villenviertel abbog, fielen ihr sofort die drei großgewachsenen Chinesen auf, die vor dem Grundstück von Li Deshuns Villa patrouillierten. Die Wachen musterten Marie misstrauisch, als sie auf das Tor zuging.

Der Boy geleitete Marie ins Wohnzimmer. Wenige Minuten später erschien Li Deshun. Er wirkte angespannt. »Vielen Dank, Fräulein Dr. Hildebrand, dass Sie so schnell gekommen sind. Ich bringe Sie gleich zu Margarete, aber lassen Sie mich bitte kurz erklären, warum ich Sie hergebeten habe. Sie sind der einzige Mensch, der vielleicht helfen kann. Margarete schätzt Sie sehr, und ich hoffe, sie wird auf Sie hören. Ich dringe leider nicht mehr zu ihr durch.«

Er bat Marie, Platz zu nehmen, und schilderte den Zustand seiner Frau. Seit ihrer Rückkehr aus dem Krankenhaus hatte sie das Bett nicht verlassen. Sogar Lilly schaffte es nicht, ihre Mutter, die sie über alles liebte, aufzumuntern. Marie lauschte beklommen.

Schließlich begleitete Li Deshun Marie in die obere Etage. Marie klopfte leise. Die Krankenschwester öffnete und ließ Marie mit ihrer Patientin allein. Das Zimmer lag im Zwielicht. Die Fensterläden waren geschlossen, aber die Frühlingssonne, die prall auf diese Seite des Hauses schien, blitzte durch alle Ritzen. Die Luft war stickig. Margarete lag reglos in einem Berg von Kissen und schien zu schlafen. Marie trat an das Bett und sprach sie an, doch sie reagierte nicht. Kurz entschlossen öffnete Marie die Balkontüren und schob die Fensterläden zur Seite. Gleißendes Licht fiel in den Raum. Als sich Marie zum Bett umdrehte, erschrak sie. Die junge Frau hatte sich auf den Ellenbogen aufgerichtet und starrte gespenstisch bleich mit dunklen Ringen unter den Augen auf die offene Balkontür. Ihre Stimme war kaum zu hören. »Bitte, schließen Sie die Tür. Die warten da draußen auf mich.«

Marie konnte ihre Panik spüren. Sie schloss die Fensterläden, ließ aber die Glastür offen, um frische Luft ins Zimmer zu lassen. Sie zog einen Stuhl neben das Bett, setzte sich und ergriff Margaretes zierliche Hand. »Margarete, erkennen Sie mich?«

Margarete sah sie an und lächelte schwach. »Marie.«

»Wie geht es Ihnen?«

Margarete seufzte leise. »Ich habe keine Kraft. Ich kann nicht aufstehen.«

Marie sah sie mitfühlend an. »Je länger Sie liegen, desto schwächer werden Sie. Denken Sie doch an Lilly und Ihren Mann. Die beiden brauchen Sie doch.«

Margarete schien mit ihren Gedanken abzudriften. Marie versuchte ihr gut zuzureden.

»Warum stehen Sie nicht auf, und wir beide gehen mit Lilly ein bisschen im Garten spazieren? Heute ist der erste Frühlingstag. Die Sonne scheint, und es wird endlich warm.«

Ruckartig riss Margarete ihren Kopf hoch und sah Marie an. »Wir können nicht rausgehen. Das ist zu gefährlich.«

Marie schüttelte den Kopf. »Im Garten kann doch nichts passieren. Rund um Ihr Anwesen ist eine hohe Mauer, und alles wird gut bewacht. Glauben Sie mir, Margarete. Es wird Ihnen guttun, an die frische Luft zu kommen. Und es wird Zeit, dass Sie sich Ihren Garten ansehen.«

In diesem Moment klopfte es zaghaft. Marie ging zur Tür und öffnete. An der Hand ihrer Amah Ming stand Lilly auf der Schwelle. Erwartungsvoll sah sie zu Marie auf.

»Kommt doch rein. Lilly, deine Mutter ist wach, und wir haben gerade überlegt, in den Garten zu gehen.«

Lilly riss sich los, rannte zum Bett und warf die Arme um ihre Mutter. »O ja, Mama! Komm, lass uns in den Garten gehen. Die Sonne scheint so schön.«

Auch Ming redete behutsam auf Margarete ein. Marie konnte sehen, wie sie mit sich kämpfte. Man musste ihre Unentschlossenheit nutzen. Draußen auf dem Korridor saß die Krankenschwester. Marie bat sie herein, um Margarete beim Ankleiden zu helfen. Sie leistete keine Gegenwehr.

Marie und die Krankenschwester stützten Margarete, die zu schwach war, um alleine die Treppe hinunterzugehen. Unten angekommen löste Lilly die Schwester ab und nahm tapfer die Hand ihrer Mutter, die sich bei Marie unterhakte. Als sie durch die Verandatür schritten, spürte Marie, wie Margarete sich sträubte, aber sie zog sie einfach mit sich. Auf der Terrasse hatten eifrige Diener bereits eine Gruppe Korbmöbel in der Frühlingssonne arrangiert. Margarete ließ sich stöhnend vor Anstrengung in einen Sessel fallen und sah sich ängstlich um. Nervös beobachtete sie zwei Gärtner, die an der Gartenmauer Büsche pflanzten.

Marie versuchte sie abzulenken. »Sehen Sie doch, Margarete, die Magnolien haben schon ganz große Knospen. Es ist sicherlich nur noch eine Frage von Tagen, bis sie anfangen zu blühen.«

Margarete nickte zerstreut. Sie war noch immer damit beschäftigt, den Garten nach gefährlichen Eindringlingen abzusuchen, doch außer den beiden Gärtnern war niemand zu sehen.

Lilly ließ begeistert ihren Blick über den weitläufigen Garten schweifen. Sie entdeckte eine Schaukel, die unter einem riesigen alten Baum hing. »Meine Schaukel!«

Ohne eine Reaktion abzuwarten, sprang das Kind auf und rannte los. Margarete schrie auf. »Lilly, bleib hier.«

Sie rappelte sich mühsam auf, machte einen Schritt vorwärts und fiel ohnmächtig in Maries Arme, die ihr entgegengesprungen war. Mit Hilfe der Krankenschwester wurde Margarete auf einen Liegestuhl gebettet und mit Riechsalz wiederbelebt. Kaum war sie wieder bei Bewusstsein, rief sie schluchzend nach Lilly, die ängstlich dreinblickend auf die Terrasse zurückkehrte.

Margarete umarmte sie so heftig, dass das Mädchen sich verstört zu befreien suchte. »Mein Kind, du darfst nicht so weit weglaufen. Es ist gefährlich. Hier gibt es viele böse Menschen.«

Bedrückt verfolgte Marie die Szene. Margarete hatte ihren schweren Schock nicht überwunden. Nur langsam und mit viel Geduld würde man diesen Zustand verbessern können. Marie war sich bewusst, dass sie selbst dabei tatkräftig mithelfen musste, denn außer ihrer Familie und der Amah gab es in Tsingtau niemanden, dem Margarete vertraute.

Insgeheim jedoch machte sich Marie größte Sorgen, ob Margaretes Angst nicht doch begründet war.

Ungeduldig erwartete Marie Du Xündi zum Unterricht. Sie hoffte, von ihm mehr über Li Deshun und die Hintergründe des Attentats zu erfahren. Die ganze Stadt brodelte immer noch vor Gerüchten, aber niemand konnte die Situation wirklich beurteilen, da der Einblick in chinesische Angelegenheiten jenseits der Grenze schlicht unmöglich war.

Du hielt sich jedoch bedeckt. »Ich weiß auch nichts Genaues über ihn. Sicher ist, dass er allgemein als sehr deutschfreundlich galt und so die fremdenfeindlichen Kräfte in der Provinzregierung gegen sich aufbrachte. Er gründete eine Minengesellschaft, importierte deutsche Technik und engagierte sogar deutsche Ingenieure. Nach einer Reihe von schweren Unfällen in einigen Minen wurde er verantwortlich gemacht, obwohl auch davon die Rede war, dass Sabotage am Werke war. Seine Gegner haben reichlich Zulauf, denn sie machen sich den Aberglauben der Menschen zunutze und behaupten, die Löcher und Stollen in der Erde würden das Fengshui stören und böse Geister freisetzen. Schließlich hat sich sogar der Provinzgouverneur von ihm distanziert. Das war wahrscheinlich der Grund, warum er mit seiner Familie in Tsingtau Schutz suchte. Sie waren in Jinan nicht mehr sicher.«

Marie runzelte die Stirn. »Böse Geister?«

Du zuckte mit den Achseln. »Hierzulande glauben die Menschen an Geister. Das ungebildete Volk ist zutiefst abergläubisch. Die Mächtigen haben das oft für ihre Zwecke ausgenutzt. Geschickt gestreute Gerüchte können katastrophale Wirkungen haben. Sie haben sicher vom Boxeraufstand gehört. Die Boxer glaubten auch an Geister, die sie unverletzlich machten. Mit fatalen Folgen für das ganze Land …« Er schwieg einen kurzen Moment. »Fest steht nur, dass Li Deshun sich mächtige Feinde gemacht haben muss, die offenbar vor nichts zurückschrecken.«

Marie überlegte. »Ich habe die Lis gestern besucht. Margarete hat so große Angst vor einem neuerlichen Anschlag, dass sie nicht einmal in den Garten gehen will. Glauben Sie, diese Befürchtungen sind begründet?«

Du wiegte den Kopf. »Leider ist heutzutage jeder käuflich. Das Elend ist so groß, dass es kein Problem ist, für einige Silberdollar einen Mörder anzuheuern.«

Betroffen blickte Marie ihn an. Es war ihm anzumerken, wie schwer es ihm fiel, so über sein Land zu sprechen. Und die Frage drängte sich auf, um welchen Preis menschlichen Lebens die Revolutionäre agierten. War Zhang Wen nicht vielleicht auch schon zum Mörder geworden?

Marie überlegte, wie sie dieses Thema ansprechen könnte. »Gibt es eigentlich schon Nachricht, wann das neue Semester an der Hochschule wieder anfängt?«

Du zuckte mit den Achseln. »Mitte März. Trotz der Pestepidemie gibt es bisher keine anders lautenden Ansagen.«

»Haben Sie seit Ihrer Rückkehr Zhang Wen schon getroffen?«

Du blickte auf. Sein Gesicht verriet Anspannung und Misstrauen, aber seine Stimme blieb ruhig. »Er hat mir eine Nachricht hinterlassen, dass er über Neujahr Freunde in Shanghai besucht.«

»Ach ja? Ich war am Tag vor Neujahr mit Yonggang in Dabaodao beim Einkaufen. Mir war, als hätte ich ihn dort gesehen.«

Du antwortete nicht gleich, sondern musterte Marie irritiert. »Ich weiß nicht, wann er abgefahren ist. Sollten wir uns jetzt nicht an die Arbeit machen?«

Marie spürte, dass er nicht weiter über Zhang Wen sprechen wollte. Tausend Gedanken schossen ihr durch den Kopf. Sie zuckte zusammen, als Du plötzlich seine Hand auf ihren Arm legte. Seine Stimme klang besorgt. »Haben Sie mit irgendjemandem darüber gesprochen, dass Sie ihn gesehen haben?«

Marie sah ihn erschrocken an und schüttelte den Kopf. »Nur mit Yonggang.«

Du schien erleichtert. »Ich verstehe.«

Marie wartete einen Moment, in der Hoffnung, dass Du eine Erklärung für seine Frage hätte. Aber er starrte nur schweigend auf sein Lehrbuch. Sie musterte ihn heimlich. Sein Gesichtsausdruck war angespannt, fast war er ihr unheimlich. Sie seufzte und öffnete ihr Buch. Vorne im Umschlag lag das Gedicht, das Du ihr vor seiner Abreise aus der Quarantänestation hatte zukommen lassen.

»Ich habe mich noch gar nicht für das Gedicht bedankt. Es ist wunderschön.«

Ein Lächeln überflog Dus Gesicht. Sie spürte, dass seine Anspannung nachließ. »Es ist nur ein bescheidener Versuch, einer wirklich heldenhaften Frau gerecht zu werden.«

Marie spürte, wie sie rot wurde. Jetzt ruhten Dus Augen auf ihrem Gesicht. Sie wich seinem forschenden Blick aus. »Wir sollten uns an die Arbeit machen.«

Bevor sie im Buch weiterblätterte, glitten Maries Augen über die letzte Zeile des Gedichts.

»Sie erfüllt die Herzen der Menschen mit Liebe.«

25.

Dringende Verpflichtungen warteten auf Marie. Sie nahm ihre Sprechstunde in der Frauenstation wieder auf, entlastete Dr. Wunsch nach Kräften und besuchte jeden Nachmittag Margarete, um sie auf andere Gedanken zu bringen. Die Abende verbrachte sie zumeist mit ihrem Vater und Adele, zuweilen auch mit weiteren Hausgästen. Der Karneval war vorüber, und die Pestepidemie hatte das gesellschaftliche Leben nun doch etwas gedämpft. Große Veranstaltungen wurden abgesagt. Man zog es vor, sich in privatem, kleinem Rahmen zu treffen.

An einem der nächsten Tage wollte sich Marie gerade auf den Weg ins Faberhospital machen, als Liu An unerwartet vor der Tür stand.

Die Schülerin bat Marie inständig, zu einem Notfall in ihrer Nachbarschaft mitzukommen. Marie verstand nicht ganz, was vorgefallen war, aber die Verzweiflung des Mädchens überzeugte sie. In nur wenigen Minuten erreichten die beiden mit einer Rikscha eine kleine Seitenstraße in der Chinesenstadt. Liu An klopfte an eine windschiefe Pforte. Eine runzlige, fast zahnlose Frau öffnete. Liu An wechselte einige kurze Worte mit der Alten, die sie schließlich einließ und auf eine Tür auf der gegenüberliegenden Seite des schattigen Hinterhofs wies. Das Mädchen machte Marie ein Zeichen mitzukommen. Zielstrebig betrat Liu An das Haus und kletterte eine steile Holztreppe nach oben, die nur spärlich durch schmale Fenster vom Hof beleuchtet wurde. Der erste Stock bestand aus zwei dämmrigen Kammern. Die Augen mussten sich erst an das Zwielicht gewöhnen. Plötzlich hörten die beiden leises Wimmern. Auf einer Pritsche lag unter einer Bettdecke ein kleines Mädchen. Marie beugte sich zu dem Kind herunter. Das Gesicht glänzte fiebrig. Erschrocken trat Marie einen Schritt zurück. Ihr erster Gedanke war, dass die Pest nun doch ihren Weg nach Tsingtau gefunden hatte, trotz der strengen Kontrollen an der Grenze. Liu An schien ihre Befürchtung zu verstehen. Sie schüttelte den Kopf und zog die Bettdecke beiseite. Ein fauliger Geruch schlug Marie entgegen. Die

Füßchen des Kindes waren mit schmutzigen Tüchern umwickelt. Beide Unterschenkel waren blau angelaufen. Marie verstand sofort. Die Füße des Mädchens waren eingebunden, um sie zu Lilienfüßen umzuformen. Durch den eng gewickelten Verband staute sich das Blut in den Beinen. Ihre Gedanken überschlugen sich. Was sollte sie tun? Welche Folgen würde es haben, wenn sie die Tücher aufband? Wie würde die Mutter reagieren?

Der Zustand des Kindes erschien alarmierend. Liu An redete beruhigend auf sie ein und fragte nach ihrem Namen. Sie hieß Xiaobao – »kleiner Schatz« – und war fünf Jahre alt. Marie schoss es durch den Kopf, wie absurd es schien, seinem Kind einen so liebevollen Namen zu geben und es dann so zu quälen.

Schließlich gab sie sich einen Ruck und löste die Verbände. Xiaobao schrie vor Schmerz auf und verlor das Bewusstsein. Als die Füße vollkommen freigelegt waren, schlug sich Liu An vor Entsetzen die Hände vor das Gesicht. Auch Marie stockte der Atem. Die Füße waren formlose, eitrige Klumpen, die entsetzlich stanken. Einzig erkennbar war jeweils der große Zeh. Die anderen Zehen klebten wie winzige bläuliche Stummel an dem entzündeten, geschwollenen Mittelfuß.

Der Anblick raubte Marie schier den Atem. Es gab nur einen Weg. Das Mädchen musste sofort ins Hospital gebracht werden, bevor irgendjemand auftauchte und dies verhindern wollte.

Marie erklärte Liu An, was sie vorhatte. Die Schülerin nickte. Marie übergab ihr die Arzttasche, wickelte das kleine Mädchen vorsichtig in eine Decke und hob es auf. Es war federleicht.

Die Alte, die bisher neugierig gaffend an der Tür gestanden hatte, begann zu zetern. Marie angelte aus ihrer kleinen Handtasche einen Silberdollar und gab ihn der Frau, die verblüfft auf die Münze in ihrer Hand starrte und für einige Momente verstummte.

Schnell drängten sich Liu An und Marie mit dem Kind auf dem Arm an ihr vorbei aus dem Haus. Kaum hatten sie das Tor passiert, schrie die Alte wieder los.

Liu An winkte zwei Rikschas herbei, und bevor irgendjemand reagieren konnte, setzten sich die Kulis in Bewegung.

Marie blickte stumm auf die kleine Gestalt in ihren Armen. Da schlug Xiaobao die Augen auf. Der Schmerz, der sich in dem kleinen, unschuldigen Gesicht spiegelte, brach Marie fast das Herz.

Da Dr. Wunsch an diesem Vormittag nicht im Hospital praktizierte, kümmerte sich Marie selbst um die Desinfizierung der entzündeten Füße. Dabei stellte sie fest, dass die Mittelfußknochen gebrochen waren und an zwei Stellen die bloßen Knochen durch das Fleisch ragten. Die Schmerzen mussten schrecklich sein. Die Vorstellung, dass seit Hunderten von Jahren chinesische Mädchen diesem Schicksal ausgeliefert waren, ließ Marie erschauern.

Liu An wurde losgeschickt, um Salome und Richard Wilhelm zu holen. Marie brauchte jetzt ihren Rat und Beistand. Auch sie waren schockiert von der Verstümmelung. Niemand hatte je das Anfangsstadium von Lilienfüßen gesehen.

Man beriet, wie man sich in diesem Fall weiter verhalten sollte, der mit Sicherheit Konsequenzen haben würde. Ohne Frage würde die Mutter bald herausfinden, wo ihre Tochter geblieben war und sie zurückfordern. Doch Wilhelm hatte eine Idee. Seit einigen Jahren war das Einbinden von Füßen per Dekret des chinesischen Kaisers verboten. Trotzdem wurde diese Praxis überall in China weitergeführt. Und niemand ging für die Rechte kleiner Mädchen vor Gericht. Trotzdem war dies offiziell ein Verstoß gegen einen kaiserlichen Erlass, der im Schutzgebiet respektiert werden musste. Man konnte der Mutter also eine Strafe und Ausweisung aus Tsingtau androhen, wenn sie die Befreiung ihrer Tochter von ihren unmenschlichen Qualen nicht akzeptieren oder gar rückgängig machen würde.

Liu An kannte die Frau. Weiwei war ein Sing-Song-Mädchen und arbeitete in einem Bordell in der Chinesenstadt. Mit Sicherheit würde sie sich gegen diesen Eingriff in ihre mütterliche Entscheidungsgewalt zur Wehr setzen.

Kaum zwei Stunden, nachdem das Kind im Faberhospital eingeliefert worden war, erschien Weiwei in Begleitung eines Mannes. Wutentbrannt versuchte sie sich Zutritt zur Frauenstation zu verschaffen. Inzwischen war auch Dr. Wunsch mit seinen beiden Assistenten wieder in die Klinik zurückgekehrt. Als man die Frau mit Gewalt daran hinderte, das Gebäude zu betreten, begann sie ohrenbetäubend zu schreien. Sofort tauchten von allen Seiten Schaulustige auf. Wartende Patienten und Angestellte des Hospitals und der Missionsstation schrien durcheinander. Richard Wilhelm ging zusammen mit seinem chinesischen Mitarbeiter Sun Lang dazwischen, um zu schlichten. Man hatte sich vorher auf die Mithilfe des Gelehrten verständigt, um auch chinesische Standpunkte anzuführen und nicht nur aus Sicht der Langnasen zu argumentieren. Er erklärte der wütenden Frau, dass ihre Tochter durch die Verstümmelung der Füße eine Infektion erlitten habe, die sie vielleicht umbringen könne. Das Geschrei hörte nicht auf. Erst als er ihr klar machte, dass man sie für dieses Vergehen bestrafen könnte, gab die Frau auf und verließ schimpfend das Missionsgelände.

Marie hatte nichts von den Hasstiraden der Mutter verstanden. Richard Wilhelm klärte sie auf. »Die Frau ist sich keiner Schuld bewusst, sondern beschimpft die Kleine für ihre Undankbarkeit. Schließlich hat sie sie aufgezogen, statt sie als Säugling zu verkaufen.«

Marie war beunruhigt. »Was soll denn jetzt mit dem Kind werden? Wir können sie doch wohl kaum zu ihrer Mutter zurückkehren lassen.«

Richard Wilhelm nickte sorgenvoll. »Die Frage, was mit dem kleinen Mädchen in Zukunft geschehen soll, ist im Augenblick zweitrangig. Wir müssen abwarten, ob sie die nächsten Tage überleben wird. Die Infektion ist so schwer, dass Dr. Wunsch eine Amputation nicht ausschließt.«

Bedrückt machte sich Marie auf den Heimweg. All die Tragödien, mit denen sie seit Wochen konfrontiert wurde, schienen ihren Tribut zu fordern. Sie fühlte sich kraftlos. Und Yonggang fehlte ihr unsäglich. Sie überlegte kurz, im Café Keining einzukehren, um mit einem Stück Schwarzwälderkirschtorte ihre Seele zu streicheln, doch schnell gab sie diesen Gedanken wieder auf. Die deutsche Kaffeehausidylle in der Friedrichstraße schien im Augenblick viel zu weit entfernt von der Wirklichkeit, die sie wahrnahm.

Am späten Samstagnachmittag sollte Philipps Geburtstagsumtrunk in seiner Wohnung stattfinden. Da das Faberhospital auf halbem Weg lag, fuhr Marie direkt vom Krankenhaus dorthin.

Philipp bewohnte die obere Etage eines freundlichen zweistöckigen Beamtenwohnhauses im Hafenviertel. Sein Boy öffnete die Tür und führte Marie in ein geräumiges, helles Wohnzimmer. Es war noch niemand eingetroffen. Neugierig sah sie sich um. Ein vollgestopftes Bücherregal nahm die ganze Stirnseite des Raumes ein. Davor standen ein Zeichentisch und ein großer Schreibtisch, fast zur Gänze bedeckt mit Büchern, Papieren und Behältern mit chinesischen Pinseln. Ein schweres Sofa und ein gemütlicher Lehnstuhl neben einer Leselampe rundeten das schlichte Mobiliar ab. Auf Marie wirkte der Raum sympathisch unaufgeräumt. Zur Gartenseite hin trat man vom Wohnzimmer auf eine große verglaste Veranda, auf der Korbstühle und Tischchen auf die Gäste warteten. Gläser und Eiskübel mit Wein und Bier standen bereit.

Marie ging zum Bücherregal und besah sich die umfangreichen Bestände. An einer zentralen Stelle im Regal standen zwischen den Büchern einige gerahmte Fotografien. Der hochherrschaftlich wirkende Hintergrund und die ernsten Gesichter auf den meisten Bildern verrieten, dass die Aufnahmen die Familie von Heyden auf deren Gut zeigten. Ganz vorne jedoch stand eine Fotografie, die deutlich aus dem Rahmen fiel: Sie zeigte eine junge, modern gekleidete Dame zwischen zwei Männern, einer davon war Philipp. Alle drei lachten fröhlich in die Kamera. Die Aufnahme war am Bund von Shanghai aufgenommen. In diesem Moment hörte Marie Philipps Stimme hinter sich.

»Welch seltener Glanz in meiner Hütte! Marie, wie schön, dass ich dich einige Minuten lang ganz für mich alleine habe.«

Philipp kam auf sie zu, nahm ihre Hand und küsste sie mit seiner unnachahmlich charmanten Nonchalance.

Marie lächelte. »Herzlichen Glückwunsch zum Geburtstag, mein Lieber! Wie alt bist du eigentlich geworden?«

Philipp lachte. »Viel zu alt! Meine Mutter würde jetzt sagen, ich sei längst überfällig.«

»Nicht vom Thema ablenken! Raus mit der Wahrheit.«

»Einunddreißig.«

Marie musterte ihn spöttisch. »Man sieht dir dein biblisches Alter nicht an!«

Philipp zog belustigt eine Augenbraue hoch. »Ein Kompliment aus deinem schönen Munde tut besonders gut …« Er deutete auf die gerahmten Bilder. »Ich sehe, du hast meine Ahnengalerie bestaunt.«

Marie nickte und nahm das Bild aus Shanghai in die Hand. »Gehören die beiden auch zu deiner Familie?«

»Nein, natürlich nicht. Es kam heute mit der Post. Das sind Bertil Morton und seine Schwester Sarah Belfort.«

»Ihr seht alle drei ausgesprochen gut gelaunt aus!«

»Da hast du recht. Das Foto wurde bei Sarahs Ankunft in Shanghai aufgenommen. Wir hatten uns alle jahrelang nicht gesehen. Da war die Freude natürlich groß.«

»Ach, du kennst beide schon von früher?«

»Ja, ich habe Bertil beim Studium in London kennengelernt und war während meiner Zeit in England einige Male zu Gast in Belfort Manor, wo Sarah mit ihrem Mann lebte.«

»Ihrem Mann? Ist er nicht mit nach Shanghai gekommen?«

»Nein.« Er machte eine kurze Pause. »Das ist eine tragische Geschichte. Sarahs Mann ist vor drei Jahren, kurz nachdem ich nach Tsingtau ging, bei einem Segeltörn über Bord gegangen und seither verschollen. Es war eine schlimme Zeit für sie, bis sie sich damit abgefunden hat, dass er wahrscheinlich tot ist. Aber nun hat sie ihren Lebensmut wiedergefunden und beschlossen, sich eine Weile in China umzusehen. Shanghai war natürlich ihre erste Station.«

Philipp blickte lächelnd auf die Fotografie, nahm sie Marie aus der Hand und stellte sie behutsam wieder an ihren Platz zurück. Einen Moment lang herrschte Stille.

»Und sie will auch nach Tsingtau kommen?«

»Bestimmt! Das hat sie mir versprochen. Aber natürlich erst, wenn die Epidemie vorbei ist.«

Da ertönte von der Tür her ein Räuspern. »Ich hoffe, ich störe nicht!«

Geoffrey McKinnan betrat das Zimmer und sah grinsend von einem zum anderen.

»Happy birthday, Philipp. You're a lucky guy. Your favourite guest's already here. Good to see you, Marie.«

Nach und nach trafen auch die anderen Gäste ein. Familie Zimmermann, Wolfgang und Adele, einige weitere Kollegen aus dem Hafenbauamt, befreundete Offiziere des III. Seebataillons sowie Seezolldirektor Ohlmer. Marie, Gerlinde, Adele und Helene Zimmermann waren die einzigen Damen. Sie wurden von den anwesenden Herren umschwärmt und mit freundlichen Komplimenten unterhalten. Binnen kürzester Zeit herrschte eine ausgelassene Stimmung. Mehrere chinesische Diener sorgten stets für flüssigen Nachschub und servierten kleine Häppchen.

Nach einer Weile klopfte Wolfgang Hildebrand mehrmals gegen sein Glas. Sofort verstummten die Gespräche.

Er räusperte sich kurz. »Meine Lieben! Als Vorgesetzter und ältester Freund von Philipp in Tsingtau möchte ich euch bitten, mit mir zusammen auf das Geburtstagskind anzustoßen! Nochmals herzlichen Glückwunsch, und bleib einfach so, wie du bist!«

Alle hoben ihr Glas und prosteten Philipp zu.

»Herzlichen Glückwunsch.«

Geoffrey stimmte ein Lied an. »For he's a jolly good fellow, for he's a jolly good fellow ...«

Fröhlich fielen die Gäste in den Text ein und ließen anschließend das Geburtstagskind hochleben.

Dann bat Helene Zimmermann um Gehör. »Lieber Philipp!« Sie warf einen kurzen Seitenblick auf Wolfgang Hildebrand. »Als zweitälteste Freunde möchten mein Mann, meine Tochter Gerlinde und natürlich ich selbst Ihnen, liebster Philipp, nur das Allerbeste im neuen Lebensjahr wünschen! Gesundheit, Glück – und mögen Sie immer die richtigen Entscheidungen für Ihr weiteres Leben treffen.«

Wieder hoben alle das Glas. Marie konnte beobachten, wie einige der Gäste sich heimlich zugrinsten. Gerlinde warf unauffällig einen Blick zu Geoffrey, der den Mund spöttisch verzog. Schließlich hob Philipp die Hand. Er prostete in die Runde und verbeugte sich galant gegenüber Wolfgang Hildebrand und Helene Zimmermann.

»Liebe Freunde! Vielen Dank für all die guten Wünsche und dass ihr der Einladung in meine bescheidene Junggesellenbude gefolgt seid! Ich hoffe, Ihr fühlt euch wohl!«

Aus allen Ecken kamen zustimmende Rufe.

»Werte Helene, Sie haben mir, elegant wie immer, das Stichwort gegeben. Ich möchte meinen heutigen Geburtstag dazu nutzen, euch allen etwas Wichtiges mitzuteilen.«

Sofort verstummte die Gästeschar.

»Ich bin nun seit fast drei Jahren in unserem schönen Tsingtau, habe viele interessante Menschen kennengelernt und wertvolle Erfahrungen gemacht ...«

Sein Blick schweifte in die Runde und blieb für einen kurzen Moment an Marie hängen.

»Auf Grund von einigen unerwarteten Herausforderungen mache ich mir seit einiger Zeit Gedanken, wohin mich all diese Erfahrungen bringen sollen ... Und ich bin nach reiflicher Überlegung zu dem Entschluss gelangt, dass ich mein Engagement bei der Marine und beim Hafenbauamt beenden werde, um mich als Architekt selbstständig zu machen.«

Für einen kurzen Augenblick herrschte Schweigen im Raum. Helene Zimmermann war blass geworden. Wolfgang Hildebrand sah erschrocken drein. Keiner schien so recht zu wissen, was er sagen sollte.

Einzig Geoffrey hob sein Glas. »Congratulations, old boy! Endlich wirst du ein freier Mann und kannst gehen, wohin du willst.«

Philipp stieß mit ihm an. »Ich danke dir, Geoffrey. Genau das ist es, was ich will.«

Marie schloss sich mit ihren Glückwünschen an. »Möge alles so kommen, wie du es dir erträumst!«

Philipp lächelte. »Ich danke dir. Ich glaube ganz fest daran.«

Sein Gesichtsausdruck und Tonfall wirkten ernst. Da drängelte sich Gerlinde zwischen die beiden. »Philipp, was soll das heißen? Du gibst jegliche Sicherheit auf. Denk doch an deine Karriere! Bedeutet das, dass du Tsingtau vielleicht verlassen willst?«

Philipp lächelte sie nachsichtig an. »Meine liebe Gerlinde, ich glaube, es gibt Situationen im Leben, in denen man einem Traum folgen muss und nicht nur an seine Pension denken sollte. Diese vermeintliche Sicherheit kann auch trügerisch sein.«

Inzwischen war auch Helene neben Philipp aufgetaucht. Sie sah schmallippig aus. »Ich hoffe, Sie wissen, was Sie tun, mein Lieber. Ich kann nicht sagen, dass ich glücklich bin über diese Entscheidung. Haben Sie eine Vorstellung davon, wovon Sie leben wollen?«

»Da hat sie recht!« Wolfgang Hildebrand stand hinter Philipp.

Dieser lachte gequält. Bevor er antworten konnte, mischte sich Marie ein. »Findet ihr nicht, dass man ihm lieber Mut machen sollte, statt von vorne herein Bedenken zu streuen? Es ist doch schließlich sein Leben!«

Philipp sah sie dankbar an.

Helenes Gesicht nahm einen zynischen Ausdruck an. »Das hätte ich mir ja denken können, dass Sie diesen Wahnsinn unterstützen, Fräulein Dr. Hildebrand. Es würde mich nicht wundern, wenn Sie ihm diese Flausen in den Kopf gesetzt hätten.«

Philipp legte besänftigend seine Hand auf Helenes Arm. »Helene, ich bitte Sie und alle anderen, meinen Entschluss zu respektieren. Aber ich kann euch beruhigen. Ich habe bereits meinen ersten Auftrag in Aussicht. In Tsingtau. Aber mehr davon, wenn alles spruchreif ist.«

Geoffrey schob sich mit einer neuen Flasche Sekt zwischen den Gästen hindurch. »Kommt, lasst uns die Gläser füllen und noch mal auf das Geburtstagskind anstoßen. In diesem Lebensjahr beginnt für ihn schließlich ein neues Leben, für das er alles Glück dieser Welt verdient hat.«

Die Gäste kamen dieser Aufforderung gerne nach, und nach wenigen Minuten war die gute Stimmung zurückgekehrt. Marie beobachtete Philipp. Sie spürte, dass unter seiner fröhlichen Fassade Unsicherheit herrschte. Was hatte er vor? Was hatte ihn zu diesem Schritt bewogen? Etwa die Ankunft seiner schönen englischen Freundin in Shanghai? Aber sie bewunderte ihn für seinen Mut, eine ungewisse Zukunft für seine Freiheit in Kauf zu nehmen. Insgeheim musste sie sich fragen, ob sie auch bereit wäre, ihr Leben in eine ganz andere Richtung zu lenken, als sie seit Jahren geplant hatte.

Nach einem kurzen Intermezzo mit gutem Wetter setzte der Frühlingsregen wieder ein. Luftfeuchtigkeit und Temperatur stiegen spürbar an.

Wenn Marie morgens aus ihrem Schlafzimmerfenster auf die Bucht blickte, lag oft dichter Nebel über dem Wasser, so dass weder die kleine Insel Arkona noch die Seebrücke mehr zu sehen waren. Dunstschwaden trieben vom Meer den Hügel hinauf und schienen in den Bäumen und Türmchen hängen zu bleiben. Die Aussicht veränderte sich täglich auf magische Weise. Marie liebte besonders das dumpfe Tuten des Nebelhorns.

Nur wenige Kilometer von dieser so zauberhaft wirkenden Idylle nahm das Elend apokalyptische Formen an. Die Zeitungen berichteten von Überschwemmungen des Gelben Flusses nur wenige hundert Kilometer nördlich des Schutzgebietes mit unzähligen Toten. Ganze Dörfer gingen in den Fluten unter. Wer nicht im Wasser starb, lief Gefahr, an Hunger zugrunde zu gehen. Dr. Uthemanns Alptraum schien wahr zu werden. Tage später wurde neben der anhaltenden Pestepidemie der Ausbruch von Flecktyphus in der Provinz gemeldet.

In Tsingtau nahm das Leben seinen geregelten Lauf. Man klagte allenthalben über das schlechte Wetter und das nach wie vor durch die Pestquarantäne eingeschränkte Gesellschaftsleben. Im Faberhospital kamen Dr. Wunsch, Marie und das Ehepaar Wilhelm überein, einen Hilfsfonds für die Opfer der Hungersnot in der Provinz zu gründen. Richard und Salome Wilhelm übernahmen die Organisation der Spendensammlung. Richard Wilhelm konnte das Orchester des III. Seebataillons für zwei Wohltätigkeitskonzerte im Hotel Prinz Heinrich gewinnen, bei denen Spenden gesammelt werden sollten und gleichzeitig für etwas gesellschaftliche Abwechslung gesorgt wurde.

Marie hatte im Hospital alle Hände voll zu tun. Neben den Patienten und Patientinnen der Poliklinik kümmerte sie sich persönlich um das Wohl von Xiaobao, deren Füßchen sie aufgebunden hatte. Zu ihrer Erleichterung war die Entzündung der eitrigen Wunden allmählich zurückgegangen, so dass Dr. Wunsch nicht hatte amputieren müssen. Nachdem die erste Krise überstanden war, begann er mit Hilfe von orthopädischen Schienen, die Fußknochen behutsam wieder in ihre natürliche Form zurückzubilden. Das Kind erholte sich langsam.

Kaum hatte sich diese Situation entspannt, kam eine neue Hiobsbotschaft. In einer chinesischen Arbeitersiedlung waren Fälle von Flecktyphus aufgetaucht. Dr. Wunsch ließ die Kranken ins Hospital transportieren und kümmerte sich selbst mit seinen beiden Pflegern um ihre Pflege. Er bat Marie, seine Sprechstunde zu übernehmen.

Drei Tage nach der ersten Einlieferung eines Flecktyphusfalles wirkte Dr. Wunsch plötzlich ungewöhnlich kraftlos. Er beschloss, nach Hause zu gehen. Nach einem Tag Bettruhe kehrte er wieder ins Krankenhaus zurück, doch schon wenige Stunden später bekam er Fieber und Kopfschmerzen und musste sich wieder hinlegen. Da Marie mit seiner Vertretung im Faberhospital genug zu tun hatte, übernahm Dr. Henning vom Gouvernementlazarett die Betreuung des Kranken. Er diagnostizierte eine starke Grippe, die sich aber trotz aller Behandlungsmaßnahmen hartnäckig hielt. Nach drei Tagen hatte sich Dr. Wunschs Zustand so verschlechtert, dass mit dem Schlimmsten gerechnet werden musste. Marie besuchte ihren kranken Kollegen und seine tapfere Frau Lore, sooft sie konnte. Der Patient wurde zusehends schwächer. Er begann zu halluzinieren. Die grausame Wahrheit wurde deutlich. Dr. Wunsch litt an Flecktyphus. Er wurde ins Gouvernementkrankenhaus verlegt, wo er nach zwei weiteren Tagen im Beisein seiner verzweifelten Frau starb.

Die ganze deutsche Kolonie war zutiefst betroffen. Jeder hatte Dr. Wunsch als engagierten Arzt und Menschenfreund gekannt. Natürlich war er sich aller Risiken bewusst gewesen und hatte entsprechende Vorsichtsmaßnahmen befolgt. Doch nun, nur einen Monat vor der Geburt seines zweiten Kindes und wenige Wochen vor dem Umzug in ein eigenes Haus, das er und seine Frau gerade angezahlt hatten, war er Opfer seines Berufs geworden. Jeder bemühte sich, Lore Wunsch nach Kräften zu unterstützen. Obwohl man ihrem Gesicht ansehen konnte, dass ihr Schmerz unerträglich sein musste, stand sie die nächsten Tage mit der Beerdigung und der Auflösung ihres Haushaltes mit bewundernswerter Fassung durch. Eine Woche nach dem Tod ihres Mannes, den sie auf dem Tsingtauer Europäerfriedhof zurücklassen musste, bestieg sie mit ihrer dreijährigen Tochter Gertrud einen Dampfer der Hamburg-Amerika-Linie, um für immer nach Deutschland zurückzukehren. Die Schnelligkeit, mit der das Schicksal hier alles verändern konnte, war für alle bedrückend.

Als Vorstand des Faberhospitals teilte Richard Wilhelm Marie mit, dass die Mission sofort nach dem Hinscheiden von Dr. Wunsch in Deutschland Ersatz angefordert hätte. Seiner Erfahrung nach würde es zwei bis drei Monate dauern, bis ein neuer Kollege im Schutzgebiet eintraf. Selbstverständlich erklärte sich Marie bereit, bis dahin das Hospital zu leiten. Dr. Henning bot ihr im Bedarfsfall seinen kollegialen Rat an.

Die Ereignisse der letzten Tage hatten Maries ganzen Einsatz erfordert. Sie hatte all ihre anderen Verpflichtungen abgesagt, um sich ganz dem Hospital und der Sorge um Dr. Wunsch und seine arme Frau widmen zu können. Jetzt, wo alles so plötzlich und so tragisch zu Ende gegangen war, musste auch Marie erst allmählich wieder zu sich finden.

26.

Am Nachmittag eines Tages, an dem wider Erwarten nur wenige Patienten vor der Poliklinik Schlange gestanden hatten, beschloss Marie, zu Fuß nach Hause zu gehen. Ein langer Spaziergang durch die Chinesenstadt würde ihr guttun. Außerdem wollte sie unterwegs ein Spielzeug für die kleine Xiaobao kaufen, um dem nach wie vor verschreckten Kind endlich ein Lächeln zu entlocken. Die eifrige Geschäftigkeit der chinesischen Händler und Handwerker in Dabaodao ließ Marie die Tragödien in der Stadt und in der Provinz für eine Weile vergessen. Sie bewunderte diese Menschen, die trotz allen Elends und immerwährender Unsicherheit ihrer Existenz nur nach vorne zu sehen schienen. Wie sehr unterschieden sie sich doch von den zur Larmoyanz neigenden Deutschen, deren Leben sich nach chinesischen Maßstäben in unvorstellbarem Wohlstand abspielte.

In den Straßen herrschte trotz der Quarantäne emsige Betriebsamkeit. Händler, mobile Barbiere und Zahnärzte oder die Betreiber kleiner Garküchen priesen lautstark ihre Waren und Dienste an.

Zu ihrer großen Freude entdeckte sie unter den Passanten Albert Fritsch und dessen Frau Feng. Die beiden standen vor einer kleinen Tischlerei. Feng verhandelte lautstark mit dem Verkäufer über den Preis einer Kommode. An Alberts Gesichtsausdruck konnte Marie sehen, dass er die temperamentvolle Diskussion seiner Frau stolz verfolgte.

Als Feng Marie entdeckte, stieß sie einen Begrüßungsschrei aus, sprang auf sie zu, ergriff deren Hände und drückte ihre Stirn auf die Handrücken. Nach all dem Elend, das Marie in den letzten Wochen erlebt hatte, erfüllte sich ihr Herz bei Fengs Anblick mit einem warmen Gefühl. Die junge Frau war wie eine Blume aufgeblüht. Sie sah gesund und munter aus und strahlte vor Glück. Klein Gustav lag in einem Kinderwagen und wirkte ausgesprochen zufrieden.

Auch Albert Fritsch begrüßte Marie voller Überschwang. »Würden Sie uns bald einmal die Ehre Ihres Besuches erweisen, Fräulein Dr. Hildebrand? Wir bewohnen zwar nur eine recht bescheidene kleine Wohnung, aber ich kann Ihnen versichern, meine Frau ist eine hervorragende Köchin.«

Feng schien zu verstehen, was Albert gerade gesagt hatte. Sie nickte heftig. »Ja, bitte kommen Sie.«

Marie war gerührt über diese Einladung, die ganz offensichtlich beiden aus dem Herzen kam.

Albert taute zusehends auf. »Vielleicht haben Herr und Frau Wilhelm ja auch Zeit.«

Marie bat die beiden um etwas Geduld, da sie im Augenblick zu viel zu tun hatte. Sie freute sich sehr, dass es den beiden gutging und sie zu einem erfüllten gemeinsamen Leben gefunden zu haben schienen. Albert bot Marie an, sie nach Hause zu begleiten, doch sie lehnte dankend ab. Dabaodao hatte längst alle Fremdheit für sie verloren, sie fühlte sich hier genauso wohl wie in der Europäerstadt auf der anderen Seite des Hügels.

Erfüllt von einem Gefühl von Freude nach dieser Begegnung spazierte Marie weiter. Sie entdeckte einen fliegenden Händler, der am Straßenrand chinesische Puppen verkaufte. Nach kurzem Feilschen mit Händen und Füßen und viel Gelächter erstand Marie ein hübsches Püppchen mit einer schwarzen Hose und einem bunten Hemdchen. Sie war gespannt, ob sie Xiaobao damit aus ihrer Apathie erwecken könnte.

Die untergehende Sonne schickte ihre letzten Strahlen zwischen den dicken Kumuluswolken hindurch, die schnell über den Himmel zogen. Die Straßen waren in ein weiches Licht getaucht. Alles wirkte friedlich und auch ein wenig geheimnisvoll. Die Sonne wies Marie die Richtung nach Hause, und sie bog, ohne zu zögern, in eine kleine Seitenstraße ein.

Leute saßen vor den Häusern auf niedrigen Hockern in der Abendsonne und schwatzten. Alle starrten sie an, aber inzwischen hatte sich Marie daran gewöhnt. Aus den Fenstern umliegender Wohnungen und Werkstätten ertönten Arbeitsgeräusche oder laute Stimmen. Der Klang von chinesischen Musikinstrumenten schwebte durch die Luft. Marie begriff, dass sie in der Nähe des kleinen Tempels des Stadtgottes sein musste. Sie überlegte, ob sie kurz dorthin gehen sollte, um ein Räucherstäbchen anzuzünden und die magische Ruhe der heiligen Stätte zu genießen.

Plötzlich jedoch wurde die Abendstimmung durch laute Schreie unterbrochen. Marie blieb stehen. Die Schreie wurden lauter. Der durchdringende Ton von Trillerpfeifen erklang, dann fielen Schüsse.

Marie erstarrte. Auch die Anwohner sprangen erschrocken auf und versuchten, festzustellen, woher die Geräusche kamen. Die Schüsse hatten Marie bis ins Mark erschreckt. Ihr einziger Gedanke war, so schnell wie möglich sicheres Terrain zu erreichen. Sie beschleunigte ihren Gang. Als sie um die nächste Straßenecke bog und sich vorsichtshalber nochmals umblickte, vernahm sie vor sich das Geräusch schneller Schritte. Aus einer Hofeinfahrt kam ein Mann gerannt, der auf der gegenüberliegenden Straßenseite über eine Mauer kletterte. Während Marie ihm erschrocken nachsah, bog ein weiterer Mann um die Ecke. Er prallte mit Marie zusammen. Sie schrie vor Schreck auf. Im nächsten Moment realisierte sie, wer vor ihr stand. Es war Du Xündi. Heftig atmend hob er beide Hände, um sie zu beruhigen.

»Marie, was machen Sie hier?«

»Die gleiche Frage könnte ich auch Ihnen stellen!«

Weitere Schreie und Pfiffe ertönten. Menschen versuchten zu fliehen. Du sah sich nervös um. »Polizei! Stehen bleiben!«

Marie und Du starrten sich erschrocken an.

Die Polizisten waren ganz in der Nähe.

Marie reagierte instinktiv. Sie hakte sich bei Du Xündi unter und zog ihn mit sich fort.

»Kommen Sie!«

Du sah überrascht auf sie hinunter, folgte aber ihrer Aufforderung. Seite an Seite gingen sie die Straße hinunter. Sekunden später tauchten mehrere deutsche und chinesische Polizisten an der Straßenecke auf. Ein Hauptwachtmeister blieb vor ihnen stehen, während er mit einer Armbewegung die anderen Polizisten weiterscheuchte. Er warf einen misstrauischen Blick auf Du Xündi und wandte sich an Marie.

»Gnädiges Fräulein! Was machen Sie hier? Die Gegend ist nicht ganz ungefährlich. Sie sollten hier nicht alleine spazieren gehen.«

Marie warf ihm einen strengen Blick zu. »Wie Sie sehen, bin ich nicht alleine, sondern in Begleitung. Darf ich fragen, was hier vor sich geht?«

Wieder sah der Wachtmeister Du Xündi argwöhnisch an. »Eine Razzia im Stadttempel. Wir haben Grund zu der Annahme, dass dort eine illegale revolutionäre Versammlung abgehalten wurde. Leider sind die meisten Verschwörer entkommen. Haben Sie jemanden weglaufen sehen?«

Marie deutete auf die Mauer, hinter der der unbekannte Mann längst verschwunden war.

»Wir haben einen Mann beobachtet, der dort über die Mauer geklettert ist.«

Der Wachtmeister blies in seine Trillerpfeife und signalisierte seinen Kollegen, die Suche jenseits der Mauer fortzusetzen. Dann zog er einen Notizblock aus seiner Jacke.

»Ich muss Ihre Personalien aufnehmen, falls sich noch weitere Fragen ergeben sollten.«

Bereitwillig zückten Marie und Du ihre Ausweise. Als der Polizist Maries Namen las, blickte er sie neugierig an. »Sieh an, Fräulein Dr. Hildebrand! Natürlich. Ich hätte Sie eigentlich erkennen müssen. Unsere deutsche Ärztin und Wohltäterin der Chinesen. Immer zur rechten Zeit am richtigen Ort.« Er warf einen abschätzigen Blick auf Du Xündis Ausweis. »Und ein Lehrer an der deutsch-chinesischen Hochschule! Da haben sich ja die Richtigen getroffen!«

Marie war einen Moment lang sprachlos über diesen offenen Affront. »Falls Sie keine Fragen mehr haben sollten, würden wir jetzt gerne weitergehen.«

Der Wachtmeister gab ihnen die Ausweise zurück, salutierte und wies dann mit der Hand die Straße hinunter. »Ich würde Ihnen empfehlen, auf schnellstem Wege nach Hause zurückzukehren. Sie bewegen sich hier auf gefährlichem Pflaster, mein Fräulein.«

Schweigend gingen Marie und Du weiter. Du sah sich immer wieder um.

Marie konnte spüren, wie unruhig er war. Als der Polizist aus ihrem Blickfeld verschwunden war, blieb er stehen.

»Ich glaube, jetzt ist die Luft rein. Ich muss nachsehen, ob jemand zu Schaden gekommen ist.«

Marie blickte ihn streng an. »Sie schulden mir eine Erklärung.«

Dus Stimme klang heiser. »Ich möchte Ihnen danken, dass Sie mir geholfen haben.«

Marie machte eine ungeduldige Handbewegung. »Unsinn! Sie wissen genau, was ich meine. Was geht hier vor sich? Sind Sie in irgendwelche illegalen Aktivitäten verwickelt?«

Sie konnte sehen, wie er fieberhaft überlegte. Er sah sich um, bevor er weitersprach. Sein Tonfall war zynisch. »Jede Versammlung von Chinesen, die nicht vom Gouvernement genehmigt ist, ist illegal. Revolution liegt weder im Interesse der deutschen noch der chinesischen Behörden. Auf diesem Gebiet arbeitet man sehr effizient zusammen.«

»Diese Erklärung genügt mir nicht.«

Du atmete tief durch. »Erinnern Sie sich, dass ich Ihnen gesagt habe, dass es mehr und mehr Menschen in China gibt, die der Meinung sind, das Mandat der kaiserlichen Dynastie sei abgelaufen?«

Marie nickte.

»Ich denke, Sie haben auch verstanden, dass ich einer dieser Menschen bin.« Wieder atmete er schwer. »He Meiren, ich muss Sie bitten, keine weiteren Fragen zu stellen. Seien Sie versichert, dass ich nur das Beste für mein Land will. Zu Ihrem eigenen Schutz kann ich Ihnen nicht mehr sagen. Wir leben in unruhigen Zeiten, die viele Gefahren mit sich bringen. Je mehr Sie wissen, desto größer ist die Gefahr, dass Sie selbst zwischen die Fronten geraten! Ich flehe Sie an! Bitte akzeptieren Sie diese Erklärung.«

Seine Worte klangen unheilvoll. Einmal mehr wurde Marie bewusst, wie naiv sie viele Vorkommnisse in diesem Land einschätzte. Der Kampf auf Leben und Tod um die Zukunft des Reiches war längst entbrannt, all den Verharmlosungen der Mächtigen und der Presse zum Trotz.

Sie legte ihre Hand auf Dus Arm. »Und was ist mit Ihnen? Ich erinnere mich an ein chinesisches Sprichwort, das Sie mir beigebracht haben: ›Aus gutem Stahl macht man keine Nägel und aus guten Männern keine Soldaten.‹«

Du lachte verbittert. »Das ist ein Sprichwort aus einer anderen Zeit. Leider bleibt uns keine andere Wahl, als Soldaten zu werden, wenn unser Land eine Zukunft haben soll, in der genau dieses Sprichwort eines Tages vielleicht wieder Geltung haben wird. Jetzt müssen wir kämpfen.«

Betrübt gestand sich Marie ein, dass sie diesen Worten nichts entgegensetzen konnte. Sie spürte die felsenfeste Entschlossenheit dieses Mannes, der ihr anfangs durch seine Weichheit und Feinfühligkeit aufgefallen war. Ihr wurde plötzlich klar, dass er bereit war, bis zum Tode für seine Vision zu kämpfen. Jegliche persönliche Interessen hatten da in den Hintergrund zu treten. Niedergeschlagen verabschiedete sie sich von ihm.

»Gehen Sie nur! Aber versprechen Sie mir, dass Sie auf sich aufpassen!«

Du lächelte sie aufmunternd an. »Ich verspreche es. Es tut mir leid, wenn ich Sie erschreckt haben sollte, Marie. Ich würde natürlich verstehen, wenn Sie es vorziehen würden, jeden Kontakt mit mir abzubrechen.«

Marie runzelte die Stirn. »Schätzen Sie mich wirklich so ein?«

Dus Gesichtsausdruck verlor allmählich wieder seine Starrheit, und seine dunklen Augen blickten sie eindringlich an. Ein warmes Gefühl durchströmte Marie. Ihr Herz schlug schneller, als er seine Hand auf ihren Arm legte. »Natürlich nicht.«

Die Razzia im Tempel war das vorherrschende Gesprächsthema beim Abendessen. Wolfgang Hildebrand und Philipp hatten auf dem Nachhauseweg Drinks im Tsingtau Club genommen, wo sie von anderen Clubmitgliedern mit den neuesten Nachrichten und dem letzten Stand der Ermittlungen versorgt worden waren.

Wolfgang Hildebrand war außer sich über die Schlappe der Polizei und die Unverfrorenheit der Chinesen. Da nur religiöse Versammlungen keiner Genehmigungspflicht unterworfen waren, hatten die Revolutionäre die Tarnung des Tempels benutzt, um unauffällig zusammentreffen zu können. Spitzel der Polizei hatten davon Wind bekommen, doch leider hatte dieser Überraschungsschlag der Sicherheitskräfte nicht den gewünschten Erfolg gehabt. Nur zwei Verschwörer waren gefasst worden, alle anderen waren entkommen. Einer der beiden hatte sich als Aushilfslehrer an der deutsch-chinesischen Hochschule entpuppt, die trotz strengster Disziplin und Kontrolle schon lange in dem Ruf stand, eine Brutstätte für junge Revolutionäre zu sein.

»Diese Hochschule ist ein Schlangennest. Kaum hat das Semester wieder angefangen, beginnen auch schon wieder die Probleme.« Wolfgang Hildebrand stopfte sich schlecht gelaunt seine Pfeife. Er warf einen kurzen Blick auf seine Tochter. »Es würde mich nicht wundern, wenn dein fabelhafter Lehrer Du auch mit von der Partie gewesen wäre.«

Marie hoffte, dass ihr niemand den Schreck ansah. Um Zeit zu gewinnen, griff sie nach ihrem Serviettenring und drehte ihn zwischen ihren Fingern. Ihre Gedanken überschlugen sich. Jetzt half nur noch die

Flucht nach vorne, denn es war absehbar, dass ihr Vater erfahren würde, dass sie zusammen mit Du Xündi in eine Polizeibefragung im Zusammenhang mit der missglückten Razzia geraten war. Sie räusperte sich.

»Wie kommst du denn auf solche Ideen, Vater? Du war heute Nachmittag mit mir in Dabaodao unterwegs.«

Hildebrand hielt inne. »Willst du damit sagen, du warst in der Nähe des Tempels, als die Razzia stattfand?«

Marie nickte. »Unglücklicherweise, ja. Ich wollte mir auf dem Heimweg ein wenig die Füße vertreten, um auf andere Gedanken zu kommen. Deswegen spazierte ich durch die Chinesenstadt. Unterwegs traf ich Albert Fritsch mit seiner Frau und Du Xündi, der mir anbot, mich nach Hause zu begleiten.«

Marie war nicht ganz wohl bei der Sache, aber es blieb ihr nichts anderes übrig, als weiter zu lügen. »Und dann hörten wir plötzlich den Lärm, Schreie und sogar Schüsse. Wir sahen auch einen Mann, der über eine Mauer sprang, aber das war alles.«

Alle am Tisch starrten Marie an. Sie wich den Blicken aus und beschäftigte sich weiter mit ihrem Serviettenring. Fritz kam herein und servierte den Kaffee. Keiner sagte ein Wort.

Als er wieder verschwunden war, fuhr Marie fort: »Wir wurden von der Polizei angehalten und befragt, durften dann aber weitergehen.«

Wolfgang Hildebrand atmete tief durch. Er blickte ernst in die Runde, dann lehnte er sich vor und sah seine Tochter mit zusammengekniffenen Augen an. »Marie! Habe ich dein Ehrenwort, dass du nichts mit diesen Revolutionären von der Hochschule zu tun hast?«

Marie sah ihn irritiert an. »Wie kannst du so etwas von mir denken, Vater?« Sie war froh, dass Adele und Philipp mit am Tisch saßen.

Hildebrand seufzte. »Es fällt mir nicht leicht, das zu sagen. Im Grunde genommen kenne ich dich doch nicht wirklich. Ich weiß, du hast ein gutes Herz, aber manchmal erscheinst du mir etwas naiv in deiner grenzenlosen Nächstenliebe. Es wäre für mich nicht verwunderlich, wenn du auf diese Weise in eine Sache hineinschlitterst, deren Folgen du nicht richtig einschätzen kannst.«

Marie schwieg einen Moment lang betroffen. Ihr Vater hatte nicht ganz unrecht. Es blieb ihr aber nichts anderes übrig, als an ihrer Geschichte festzuhalten. Würde sie die Wahrheit sagen, liefe sie Gefahr, dass ihr Vater sie umgehend nach Deutschland zurückschickte. Sie hob ihren Blick und sah ihn an. »Vater, bitte glaub mir, ich weiß sehr genau, was ich tue.«

Hildebrand blieb argwöhnisch. »Dein Wort in Gottes Ohr. Was immer du auch machst, sei dir bitte bewusst, dass du auch meine Position in dieser Stadt gefährden könntest.«

Marie erschrak. Er hatte recht. Sie musste sich vorsehen. Sie ließ das Zusammentreffen mit Du Xündi noch einmal vor ihrem geistigen Auge Revue passieren. Es war kein anderer Mensch auf der Straße gewesen, der gesehen haben konnte, unter welchen Umständen und zu welchem Zeitpunkt sie zusammengestoßen waren.

Adele erhob sich. Ihr war anzusehen, dass ihr die Auseinandersetzung zwischen Vater und Tochter sehr naheging. »Wollen wir uns nicht an den Kamin setzen und noch gemütlich ein Glas Wein trinken? Wolfgang, ich finde, du solltest Vertrauen zu Marie haben. Schließlich ist sie deine Tochter.«

Wolfgang Hildebrand sah einen Moment lang schweigend zu Adele auf, dann nickte er und tätschelte liebevoll ihre Hand. »Ja, meine Liebe. Nichts für ungut, Marie.«

Wenig später verabschiedete sich Philipp, und Wolfgang Hildebrand begleitete Adele nach Hause. Kaum hatten die beiden das Haus verlassen, klingelte es an der Haustür. Philipp war zurückgekehrt. Er wollte unter vier Augen mit Marie sprechen.

»Ich wollte dir etwas Wichtiges sagen, was ich nicht vor deinem Vater ansprechen konnte, Marie. Ich spüre deine Sympathie für Du Xündi und seine Sache. Wolfgang hat aber leider recht, wenn er sagt, du könntest in etwas hineingeraten, was du nicht richtig einschätzen kannst. Bitte glaub mir, dass mir nichts ferner liegt, als dich bevormunden zu wollen, aber sei vorsichtig. Und ich wollte dich wissen lassen, dass du immer zu mir kommen kannst, falls ernsthafte Schwierigkeiten auftreten sollten. Hoffen wir nur, dass es nie so weit kommt.«

Marie war gerührt über Philipps Fürsorglichkeit. Für einen Moment verspürte sie das intensive Verlangen, sein besorgtes Gesicht zu streicheln, um ihn zu beruhigen. Sie versprach ihm, sich in Acht zu nehmen. Aber sie hielt es für besser, ihm zu verschweigen, was sie über Du Xündi wusste.

Die Folgen der missglückten Razzia im Tempel und die Verhaftung des Hilfslehrers der deutsch-chinesischen Hochschule beschäftigten die Stadt für mehrere Tage. Die Räume der Hochschule wurden durchsucht und Schriften mit umstürzlerischen Inhalten beschlagnahmt, deren Besitzer allerdings nicht dingfest gemacht werden konnten, weil niemand eine Aussage machte. Der Polizeichef warnte in einer Versammlung des Lehrkörpers und der Schülerschaft vor revolutionären Umtrieben, die die sofortige Auslieferung an die chinesischen Behörden zur Folge haben würden und sogar die Schließung der Hochschule herbeiführen könnten. Doch nachdem sich die erste Aufregung gelegt hatte, kehrte allmählich wieder Ruhe in der Stadt ein. Du sagte für einige Tage den Sprachunterricht ab, was Marie die Möglichkeit gab, etwas Abstand zu gewinnen und die Ereignisse zu überdenken. Die Bemerkung ihres Vaters, dass sie ihm durch ihre mögliche Nähe zu Aufrührern schaden könnte, hatte sie erschreckt. Das war das Letzte, was sie wollte.

Seit dem Tod von Dr. Wunsch arbeitete Marie jeden Tag im Faberhospital. Wenn sie nicht mit Patienten beschäftigt war, saß sie bei Xiaobao und versuchte, mit ihr zu spielen und sie aufzuheitern. Bisher jedoch blieb das Mädchen verschlossen und misstrauisch und starrte Marie immer nur mit großen Augen an, wenn diese ihr mit Buntstiften etwas vormalte und sie ermunterte, es ihr gleichzutun.

Marie brachte der Kleinen die Puppe mit, die sie sorgfältig in rotes Geschenkpapier verpackt hatte. Sie legte Xiaobao das Päckchen in den Schoß und machte ihr ein Zeichen, es zu öffnen. Verständnislos sah das Mädchen Marie an, bis diese ihre Hände ergriff und sie führte. Mit wenigen Griffen war die Puppe aus dem Papier befreit. Xiaobao starrte sie überrascht und neugierig an, dann sah sie wieder hoch zu Marie, die ihr lächelnd zunickte und ihr die Puppe in den Arm drückte. Voller Mitgefühl beobachtete Marie das Gesichtchen, in dem sich von einem Moment zum nächsten der verwirrte Ausdruck in überglückliches Strahlen veränderte. Noch einmal sah die Kleine zu Marie auf, als könne sie nicht verstehen, was hier vor sich ging. Der Ausdruck innigster Zärtlichkeit, mit der Xiaobao die Puppe umklammerte, rührte Marie fast zu Tränen. Es schien ihr, als ob das Kind zum ersten Mal in seinem Leben Freude verspürte.

Die Parallele zu Yonggang war schmerzvoll. Marie beschloss, alles dafür zu tun, dass dieses unschuldige Menschenkind nie wieder solchen Qualen ausgesetzt werden würde.

Der Zustand von Maries anderem Sorgenkind, Margarete, blieb trotz ihrer regelmäßigen Besuche unverändert ernst. Margarete verbrachte ihre Tage zwar nicht mehr im Bett, wirkte aber zunehmend apathisch. Ihre frühere Lebensfreude war restlos verschwunden. Sie bemühte sich, den Gesprächen mit Marie zu folgen, aber es kam des Öfteren vor, dass sie plötzlich mit ihren Gedanken abschweifte und nur noch abwesend vor sich hinstarrte, bis Marie sie berührte, um sie wieder in die Gegenwart zurückzuholen. Ihre Angst vor der bedrohlichen Welt vor der Tür blieb unverändert. Sie verlor zusehends an Gewicht und hatte tiefe Schatten unter den Augen.

Häufig musste Marie mit ansehen, wie Margarete fast teilnahmslos die Aufmerksamkeiten ihrer Tochter Lilly entgegennahm. Die Verzweiflung des kleinen Mädchens, das nicht verstand, was ihrer Mutter fehlte, war herzzerreißend. Marie war froh, dass Lilly in ihrer Amah Ming einen Menschen hatte, der sie voller Liebe umsorgte und alles dafür tat, die plötzliche Unnahbarkeit der Mutter nicht zu schmerzhaft spürbar werden zu lassen.

Hin und wieder besprach sich Marie mit Margaretes Ehemann, aber keiner wusste Rat. Insgeheim befürchtete sie, dass Margarete über kurz oder lang in eine Nervenheilanstalt eingewiesen werden müsse.

Der Anruf von Gerlinde, die sie zu einem Treffen im Café Keining überredete, bereitete Marie ein schlechtes Gewissen. In den letzten Wochen hatte sie ihre Freundin sehr vernachlässigt.

Es war später Nachmittag, und zahlreiche andere Gäste saßen bei Tee, Kaffee und dem berühmten schwäbischen Kuchen in dem Café. Kaum hatte Marie Platz genommen, schob ihr Gerlinde mit vielsagendem Gesichtsausdruck ein Päckchen über den Tisch zu: »Für dich.«

Marie lächelte überrascht. »Was ist das? Ich hab doch erst im August Geburtstag.«

Gerlinde grinste. »Pack's einfach aus. Dann wirst du schon sehen.«

Gespannt wickelte Marie das Päckchen aus. Es enthielt ein kleines Büchlein in einem mit chinesischen Ornamenten verzierten Einband mit dem Titel »Neuer Reiseführer von Tsingtau«.

Erstaunt sah Marie auf. »Du bist schon fertig? Das ist ja fabelhaft.«

Gerlinde deutete auf ihr Werk. »Frisch aus der Druckerei. Schlag mal auf.«

Auf der ersten Seite stand unter dem Titel und dem Namen der Autorin eine weitere Zeile: »Für Marie, die gute Fee von Tsingtau, der nicht nur ich viel verdanke«.

Marie schüttelte lachend den Kopf. »Ach, Gerlinde, du bist unverbesserlich! Vielen Dank, das ist wirklich lieb von dir.«

Gerlinde strahlte. »Na ja. Ich muss gestehen, ich kann nicht ganz alleine die Lorbeeren für den Reiseführer und die Widmung beanspruchen.«

»Nein? Wer hat dich denn unterstützt?«

»Na, wer wohl?«

Marie warf noch einmal einen Blick auf die Widmung. »... die gute Fee von Tsingtau ... Das klingt ganz nach Philipp.«

Gerlinde nickte. »Er hat sich richtig ins Zeug gelegt und sich viel Zeit genommen. Es hat wirklich Spaß gemacht, mit ihm zusammenzuarbeiten. Ich habe ganz neue Seiten an ihm entdeckt ... Die Idee mit der Widmung stammte von mir selbst, der Text ist jedoch von ihm.«

Unwillkürlich musste Marie an den Geburtstag von Philipp vor wenigen Tagen denken und die überraschten Reaktionen von Gerlinde und ihrer Mutter angesichts von Philipps Ankündigung, seine Stelle aufzugeben.

»Obschon er so viel Zeit mit dir verbracht hat, hat er nie eine Andeutung über seine geplante berufliche Veränderung gemacht?«

Gerlinde sah Marie stirnrunzelnd an. »Nein. Kein Wort. Meine Eltern waren wirklich ziemlich beleidigt.«

Marie zog die Augenbrauen hoch. »Und du? Hattest du nicht das Gefühl, er hätte dir davon erzählen sollen, bevor er an die Öffentlichkeit geht?«

Gerlinde zuckte mit den Achseln. »Es ist schließlich seine Entscheidung. Vielleicht hätte ich das vor zwei Monaten noch anders gesehen und mich zurückgesetzt gefühlt.«

»Was hat sich denn in den letzten zwei Monaten geändert? Ich kann mich erinnern, dass du ziemlich verliebt in Philipp schienst.«

Gerlinde lächelte vielsagend. »Du hast recht. Aber das war nur Jungmädchenschwärmerei.«

Maries Gesichtsausdruck war so verblüfft, dass Gerlinde laut lachen musste.

»Kann es sein, dass mir etwas Wichtiges entgangen ist?«

Gerlinde grinste. »Ich glaube, du warst tatsächlich zu sehr mit dem Hospital beschäftigt, Marie …« Sie sah sich verstohlen um und senkte die Stimme. »Auf jeden Fall habe ich inzwischen eingesehen, dass Philipp nicht der richtige Mann für mich ist. Außerdem bin ich ziemlich sicher, dass sein Herz einer anderen gehört.«

»Einer anderen? Wer soll das sein?«

Es war Gerlinde anzusehen, dass Maries Frage sie verwirrte. »Das darf doch nicht wahr sein! Du bist der feinfühligste Mensch, der sich um alle anderen Sorgen macht, aber wenn es um dich selbst geht, bist du vollkommen blind.«

»Um mich?«

»Natürlich um dich! Philipp hat doch nur noch Augen für dich! Er legt sich mit all seinen Freunden an und begibt sich sogar in Lebensgefahr, um dich zu unterstützen.«

Marie versuchte, ihre Gedanken zu ordnen. Gerlinde beobachtete sie gespannt. »Ich weiß nicht. Nein … ich bin überzeugt, du irrst dich, Gerlinde! Er ist tatsächlich ausgesprochen aufmerksam und hilfsbereit, aber das ist einfach seine Mentalität … Ich glaube, es gibt eine Frau in seinem Leben, aber das bin nicht ich.«

Gerlinde sah sie bestürzt an. »Wer sollte das sein? Mir ist nichts zu Ohren gekommen, und ich denke, meine Mutter ist immer sehr gut informiert über Philipps Aktivitäten.«

Marie musste lachen. »Das mag sein, aber vielleicht reichen ihre Verbindungen nicht bis nach Shanghai!«

»Shanghai?«

Man konnte Gerlindes Gesicht ansehen, dass sie allmählich zu verstehen schien. Marie lehnte sich vor, damit die Gäste an den Nachbartischen nicht lauschen konnten. »Er hat in Shanghai eine alte Freundin wiedergetroffen. Ich habe ein Foto mit den beiden in Philipps Wohnung gesehen. Sie sahen sehr glücklich nebeneinander aus.«

»Und du glaubst, er hat gekündigt, um frei entscheiden zu können, wo er arbeiten will?«

Marie zuckte mit den Achseln. »Es ergibt doch einen Sinn, oder nicht?«

Gerlinde seufzte. »Auf jeden Fall fände ich es sehr romantisch, wenn ein Mann meinetwegen solch einen Schritt tun würde.« Sie hielt inne und musterte Marie, die sich zu einem Lächeln zwang. »Bist du nicht traurig? Ich finde, ihr beide wäret ein tolles Paar. Irgendwie kann ich das alles gar nicht glauben!«

Marie sah Gerlinde an. »Und du? Was ist denn mit dir?«

Gerlinde legte ihr beschwichtigend die Hand auf den Unterarm und lächelte. »Mach dir keine Sorgen um mich ...«

Marie lächelte gleichfalls. »Geoffrey! Hab ich mir's doch gedacht.«

»Dann warst du also doch nicht völlig blind.«

»Das freut mich für dich! Ihr passt wirklich gut zueinander! Was sagen denn deine Eltern zu ihm?«

Gerlinde verzog den Mund. »Die ahnen hoffentlich noch nichts. Also rede bitte mit niemandem darüber.«

»Glaubst du, er meint es ernst?«

Gerlinde nickte. »Ja, aber was ist denn jetzt mit dir und Philipp?«

Wie zur Abwehr hob Marie beide Hände. »Gerlinde, bitte! Es ist alles nicht so einfach, wie du glaubst. Auf mich wartet in Berlin eine Karriere. Im Augenblick ist kein Platz in meinem Leben für einen Mann.«

Gerlinde sah sie eindringlich an. »Du musst natürlich selbst wissen, was du tust. Aber ehrlich gesagt, glaube ich, dass du einen Fehler machst. Ich bin fest der Überzeugung, dass zwischen dir und Philipp eine Verbindung besteht.«

Marie schüttelte ungläubig den Kopf. »Es gelingt dir immer wieder, mich zu überraschen, Gerlinde. Manchmal benimmst du dich wie ein Backfisch, manchmal klingst du so weise. Aber ich bitte dich zu verstehen, dass ich jetzt nicht weiter darüber sprechen will. Es ist alles gut so, wie es ist.«

Gerlinde lehnte sich zurück und betrachtete ihre Freundin mit einem Gesichtsausdruck, der klarmachte, dass sie diese Auffassung nicht teilen konnte.

Zum ersten Mal seit mehr als einer Woche erschien Du Xündi zum Sprachunterricht. Marie hatte sichergestellt, dass ihr Vater nicht auftauchen würde, denn sie war sich nicht sicher, wie er auf die Anwesenheit ihres Lehrers reagieren würde.

Bevor sie sich einer neuen Lektion zuwandten, erklärte Du, dass ein wichtiger chinesischer Feiertag bevorstehe. »Übermorgen ist ›qingming‹, was so viel bedeutet wie ›Gräber putzen‹. Das ist traditionell der Tag, an dem die Familien die Gräber ihrer Ahnen besuchen, um ihnen Gesellschaft zu leisten und ihnen Verehrung zu zollen.«

Marie betrachtete ihn ernst. »Werden Sie das Grab Ihrer Frau besuchen?«

Du nickte. Er zögerte einen Moment. »Würden Sie mich begleiten, Marie? Ich würde mich darüber freuen und Qingling sicher auch.«

Marie spürte, dass diese Frage eine besondere Bedeutung hatte. »Ich komme gerne mit.«

An seinem Gesichtsausdruck konnte Marie sehen, dass Du tief bewegt war.

Sie seufzte. »Ich wünschte, ich könnte Yonggangs Grab besuchen. Sie war fast wie eine kleine Schwester für mich. Ich kann es kaum ertragen, dass es keinen Ort gibt, wo ich ihrer gedenken kann. Ich werde das bedrückende Gefühl nicht los, sie im Stich gelassen zu haben.«

Du nickte. »Das kann ich nachfühlen. Aber es gibt viele Möglichkeiten, die Erinnerung an Yonggang zu ehren. Sie könnten zum Beispiel im Tempel eine Gedenktafel für sie anbringen lassen. Dort können Sie sie dann immer besuchen. Ich glaube, Yonggang wäre stolz und glücklich darüber. Haben Sie vielleicht ein Foto von ihr?«

Das Foto. Einmal mehr schien es Marie, dass diese Aufnahme, die durch einen Zufall am Vorabend vor dem chinesischen Neujahr entstanden war, nur für diesen traurigen Zweck gemacht worden war. Schicksal.

Du nahm das Foto an sich und versprach, sich um die nötigen Arrangements im Tempel zu kümmern.

Trotz trüben Wetters herrschte auf dem chinesischen Friedhof Hochbetrieb. Marie hatte die Anlage, die sich an einem steilen Hügel am Rande von Dabaodao entlangzog, von Qinglings Beerdigung als trostloses Stück Land mit vereinzelten Grabsteinen in Erinnerung. Nun jedoch bot sich ihr ein ganz anderes Bild. Die Gräber waren mit Blumen geschmückt, und überall saßen Grüppchen von Menschen um die Grabsteine herum, picknickten und unterhielten sich angeregt. Man rief sich über die Gräber hinweg Grüße zu und lachte laut und ungehemmt. Die Atmosphäre war festlich und heiter, kein Vergleich mit den tristen Totensonntagen in Deutschland.

Als sie sich Qinglings Grab näherten, war dort ein Mann damit beschäftigt, ein aufwendiges Blumengebinde aufzustellen. Es war Zhang Wen.

Du war nicht überrascht. Er dankte seinem Freund für sein Kommen. Du verteilte nun Lebensmittel und Opfergaben, die er in einem Korb mitgebracht hatte, auf dem Grab.

Anschließend zündete er Räucherstäbchen an und verbeugte sich mehrmals vor dem Grab seiner toten Frau. Marie und Zhang Wen folgten seinem Beispiel. Als Letztes holte er kleine Porzellantässchen und eine Flasche aus dem Korb, füllte die Tassen und reichte sie Marie und Zhang Wen. Er tunkte zwei Finger in seine Tasse, spritzte die Flüssigkeit über das Grab und prostete ihnen zu. Vorsichtig probierte Marie einen winzigen Schluck. Es war hochprozentiger Schnaps. Sie schluckte die scharfe Flüssigkeit herunter und bemühte sich, einen Hustenreiz zu unterdrücken. Du und Zhang beobachteten sie lächelnd. An einem Grab nur wenige Meter von ihnen entfernt begann ein alter Mann auf einer chinesischen Zither zu spielen. Eine zarte, sehnsüchtige Melodie wehte über den Hügel. Du wandte seinen Blick dem Grabstein zu und verharrte mehrere Minuten schweigend.

Schließlich drehte er sich wieder zu Marie um. »Meine Frau starb, weil sie den veralteten, grausamen Traditionen unseres Landes nicht gerecht werden konnte. Und das Schlimmste ist, dass ihr Freitod das verdammungswürdigste Verbrechen ist, denn man fügt seinem Körper, der einem von den Eltern geschenkt wurde, keinen Schaden zu. Das widerspricht allen Grundsätzen der gehorsamen Liebe der Kinder gegenüber den Eltern. Deswegen musste ich sie hier, fern vom Sitz meiner Familie, beerdigen. Obwohl mein Onkel sich sehr fortschrittlich gibt, pflegt auch er diese rückständigen Gedanken. Er wollte mir sogar verbieten, heute hierherzukommen. In seinen Augen hat Qingling mit ihrem Tod Schande über die Familie gebracht, dabei hat sie immer nur versucht, die perfekte Schwiegertochter und Ehefrau zu sein. Ich bin nicht mehr bereit, diese Rückständigkeit hinzunehmen. Deshalb habe ich mich entschlossen, mich gänzlich von meiner Familie zurückzuziehen. Mein Ziehbruder Zhang Wen wird in Zukunft meine Familie sein.«

Marie war klar, dass ein endgültiger Bruch mit seiner Familie Du den Weg freimachte, sich ohne Rücksicht auf sich selbst oder seinen Klan in den Kampf zu werfen. Und Zhang Wen würde mit ihm kämpfen.

Plötzlich sauste etwas durch die Luft und prallte nur wenige Zentimeter neben Du Xündi gegen den Grabstein. Es war ein großer, in Papier gewickelter Stein. Erschrocken sahen sich die beiden Männer um, doch die anderen Friedhofsbesucher schienen alle mit ihren Gräbern beschäftigt. Keiner blickte zu ihnen herüber. Du bückte sich nach dem Stein und wickelte ihn aus. Auf der Innenseite des Papiers stand ein einzelnes Schriftzeichen. Du und Zhang starrten auf den Zettel.

»Was bedeutet das Zeichen?«

Du blickte sich noch einmal um und zerknüllte das Papier in seiner Hand. Marie konnte sehen, dass er blass geworden war.

»Verräter!«

Mit einem Mal spürte Marie, dass Du Angst hatte. Sie wagte es nicht, weiter in ihn zu dringen. Er rang einen Moment um seine Fassung, dann berührte er sie leicht am Arm.

»Kommen Sie, Marie. Wir sollten besser von hier verschwinden.«

27.

Erschöpft sank Marie in den Sessel vor dem Kamin. Sie war froh, an diesem Abend allein zu Hause zu sein und etwas Zeit für sich zu haben und sich zurückzulehnen. So viele Dinge gingen ihr durch den Kopf. Das Hospital, Du und seine gefährlichen Aktivitäten, die Zukunft der kleinen Xiaobao, Philipps neues Leben, Margaretes Schwermütigkeit. Und bald würde sie ihre Rückreise organisieren müssen, um sicherzugehen, pünktlich in Berlin einzutreffen, um ihre neue Stellung anzutreten.

Obwohl es allmählich wärmer geworden war, hatte sie noch einmal den Kamin anheizen lassen. Sie nahm ein Buch zur Hand, schweifte aber so oft mit den Gedanken ab, dass sie es zu guter Letzt aufgab, weiterzulesen, und einfach nur in die Flammen starrte. Im Haus herrschte absolute Stille. Die Dienstboten hatten sich zurückgezogen, und auch von draußen drang kein Laut herein.

Umso durchdringender wirkte das Klingeln des Telefons, das plötzlich durch das Haus schrillte. Marie fuhr erschrocken zusammen und sah auf die Uhr. Es war kurz nach zehn Uhr. Ein ungutes Gefühl beschlich sie. Als sie den Hörer aufnahm, hörte sie die übliche weibliche Stimme vom Fernsprechamt, die ihr durchsagte, mit welcher Telefonnummer sie verbunden wurde. Marie erkannte die Nummer sofort. Jemand aus der Villa Li wollte sie sprechen. Zunächst hörte Marie nur jemanden atmen und schniefen.

»Hallo, wer spricht da bitte? Margarete, bist du das?«
Jetzt war deutlich zu hören, dass jemand weinte.
»Lilly? Hier ist Marie Hildebrand. Was ist los?«
Das Weinen wurde stärker. Es war eindeutig Lilly. Aber trotz mehrmaligen behutsamen Nachfragens war das Kind nicht im Stande, sich so weit zu beruhigen, dass es sprechen konnte. Marie erinnerte sich, dass Li Deshun verreisen wollte. Deshalb fragte sie nach Lillys Mutter, doch das verstärkte nur das Schluchzen. In Maries Kopf schellten alle Alarmglocken. War Margarete etwas zugestoßen? Waren Attentäter

in das Haus eingedrungen? Im Hintergrund waren plötzlich deutlich chinesische Stimmen zu hören. Dann brach die Verbindung ab. Marie starrte auf das Telefon und überlegte fieberhaft. Was sollte sie tun? Sollte sie die Polizei benachrichtigen? Oder sollte sie selbst zur Villa Li fahren? Instinktiv entschied sie, die Polizei zunächst nicht zu verständigen. Sie wollte unbedingt vermeiden, dass Margaretes Zustand zum Stadtgespräch wurde. Auf der anderen Seite machte ihr der Gedanke Angst, ganz allein mitten in der Nacht zur Villa zu fahren. Aber wen konnte sie um Hilfe bitten? Der Erste, der ihr spontan einfiel, war Philipp. Einen Augenblick lang war sie überrascht über diese Idee, doch dann gestand sie sich ein, dass er ihr wahrscheinlich tatsächlich am besten beistehen konnte. Kurz entschlossen ließ sie sich mit seiner Wohnung verbinden.

Keine halbe Stunde später war Philipp zur Stelle.

Die Villa lag im Dunkeln. Als die Rikschas vor dem Tor hielten, tauchten zwei Wächter aus der Finsternis auf und beäugten die beiden späten Ankömmlinge misstrauisch. Zum ersten Mal war Marie erleichtert, die grimmigen Gestalten zu sehen. Philipp wechselte kurz einige Worte mit ihnen. Ihnen war nichts aufgefallen. Trotzdem klingelte er Sturm. Nach einigen Minuten ging irgendwo im Haus ein Licht an, und schließlich öffnete sich das schwere Tor. Der chinesische Boy fragte mit abweisender Miene, was die beiden wünschten. Philipp verlangte Li Deshun oder Margarete zu sprechen.

Der Hausdiener schüttelte nur den Kopf. »Bu zai. Nicht da.«

Ohne weitere Erklärung schob er das Tor wieder zu. Philipp reagierte sofort. Er stemmte sich gegen den Torflügel, um zu verhindern, dass er zufiel. Dann stellte er seinen Fuß dazwischen und brüllte den Boy an, er wolle sofort ins Haus gelassen werden. Sowohl die Wächter als auch der Diener waren sichtlich irritiert über diesen rüden Befehlston.

Marie war zunehmend beunruhigt. Irgendetwas stimmte hier nicht.

Sie rief so laut sie konnte nach Lilly. Plötzlich wurde irgendwo ein Fenster aufgestoßen, und man konnte Lillys Rufe hören. Ohne auf die Proteste des Boys zu achten, drängte Philipp ihn zur Seite und machte den Weg für Marie frei, die ins Haus rannte, die Treppe hinauf in Lillys

Zimmer. Weinend stürzte die Kleine ihr entgegen. Marie nahm sie in die Arme und drückte sie fest an sich.

»Wo sind deine Eltern, Lilly?«

Das Kind schluchzte. »Papa ist verreist. Mama ist weg. Ich weiß nicht, wo sie ist. Ming ist auch nicht da.«

»Ist irgendetwas passiert? Ist jemand gekommen und hat deine Mutter mitgenommen?«

Lilly schüttelte schniefend den Kopf. »Ich weiß nicht. Ich habe geschlafen. Als ich aufgewacht bin, war Ming nicht da. Ich wollte zu meiner Mutter, aber ihr Bett war auch leer. Ich hatte solche Angst.«

»Wo ist die Krankenschwester?«

Lilly deutete auf eine Tür. Die Krankenschwester lag in ihrem Bett und schlief. Als Marie sie wecken wollte, schien sie völlig orientierungslos.

Marie wandte sich wieder an Lilly, die nicht von ihrer Seite wich.

»Konnte der Boy dir nicht sagen, wo deine Mutter und Ming geblieben sind.«

Wieder schüttelte das Kind den Kopf. »Er sagt nur, dass ich wieder ins Bett gehen soll, und wenn ich aufwache, sind Mama und Ming wieder da.«

Der Boy wusste also, wo Margarete war!

Marie nahm Lilly an der Hand, und gemeinsam gingen sie die Treppe hinunter in die Halle. Dort warteten Philipp und der Boy, der mit gesenktem Kopf neben ihm stand.

Marie berichtete Philipp, was Lilly eben gesagt hatte. Philipp packte den Boy am Arm.

»Raus mit der Sprache. Wo ist Frau Li? Li taitai zai nar?«

Der Boy warf Lilly einen kurzen Blick zu, sagte aber kein Wort.

Man konnte Philipp ansehen, dass er wütend wurde.

Er drehte sich um und ging auf den Telefonapparat zu, der an der Wand hing, und nahm den Hörer ab.

»Ich rufe jetzt die Polizei an. Wo xianzai jiao jingcha lai.«

Der Boy hob abwehrend die Hand. Seine Stimme klang flehend. »Bu yao. Keine Polizei! Wo gaosu ni. Ich sag es Ihnen.«

Ein Schwall chinesischer Worte kam aus seinem Mund, die Marie nicht verstand. Philipps Miene nahm einen erschrockenen Ausdruck an.

»Er sagt, sie ist nach Dabaodao gefahren. Sie hat sich schon mehrmals nachts davongeschlichen, wenn ihr Mann nicht da ist. Ming ist bei ihr, um aufzupassen, dass ihr nichts passiert.«

»Was macht sie denn nachts in Dabaodao?«

Philipp blickte kurz zu Lilly, beantwortete diese Frage aber nicht. Was er zu sagen hatte, war offensichtlich nicht für Lillys Ohren bestimmt.

Stattdessen ging er vor dem Mädchen in die Hocke und redete beruhigend auf sie ein.

»Lilly, geh jetzt bitte ins Bett. Ich verspreche dir, dass wir deine Mama holen und ganz schnell zu dir zurückbringen.«

Marie war noch nie spätnachts in der Chinesenstadt gewesen. Es herrschte lebhaftes Treiben. Die Rikschas fuhren durch eine gut beleuchtete Straße, die von dampfenden Garküchen gesäumt wurde. Überall saßen Menschen und aßen Nudelsuppe oder gegrillte Fleischspieße, die verführerisch dufteten. Fliegende Händler boten auf dem Bürgersteig Obst, Gemüse und Kunsthandwerk feil.

Wäre die Situation nicht so ernst gewesen, hätte Marie am liebsten angehalten und eine Schale Suppe probiert. Schließlich verließen die Rikschas die Hauptstraße und bogen in eine dunkle Seitengasse ein. Hier lagen mehrere Spelunken, wo ebenfalls noch Betrieb herrschte. Am Ende einer Sackgasse war die Fahrt zu Ende. Nur ein kleiner Lampion leuchtete über einer Tür neben einem chinesischen Schild.

Philipp sah Marie beunruhigt an. »Bist du sicher, dass du mit hineingehen willst?«

Marie nickte. »Margarete vertraut mir. Ich muss zu ihr.«

Philipp machte eine resignierende Bewegung und betätigte den Türklopfer. Eine Chinesin öffnete und starrte die beiden an.

Philipp erklärte mit kurzen Worten, dass sie eine Ausländerin suchten, und reichte ihr einen Zehndollarschein. Lächelnd, aber ohne weitere Erklärung machte die Frau eine Handbewegung, um die beiden hereinzubitten. Sie schien nicht verwundert über ihr Ansinnen.

Ein süßlicher Geruch wehte durch das geräumige Haus. Überall rechts und links des spärlich beleuchteten Korridors standen einfache hölzerne Liegestätten, auf denen man im Halbdunkel reglos daliegende Gestalten erkennen konnte. Die meisten waren von ausgemergeltem

Äußeren und schienen zu schlafen. Einige wenige starrten mit glasigen Augen teilnahmslos vor sich hin. Es war eine gespenstische Szenerie.

Über eine enge Treppe gelangten sie in den ersten Stock.

Die Frau zeigte auf eine Tür am Ende des Gangs und verschwand. Philipp warf Marie einen kurzen Blick zu und stieß die Tür auf.

Die Hälfte des winzigen Zimmers wurde von einem Kang ausgefüllt, einem gemauerten Bett, das von unten beheizt wurde. Es herrschte stickige Hitze, und derselbe süßliche Geruch wie überall im Haus hing in der Luft. Ming saß reglos an der Wand und starrte den beiden Eindringlingen entsetzt entgegen. Sie war bei Bewusstsein. Margarete jedoch lag spärlich bekleidet auf dem Bett. Ihre Augen waren geschlossen. Sie schwebte in einer anderen Welt. Auf einem Tablett standen mehrere kleine Gefäße und Streichhölzer, daneben lag eine Pfeife. Marie setzte sich neben Margarete und fühlte ihren Puls. Sie strich ihr über das schweißnasse, bleiche Gesicht und sprach sie an, doch Margarete rührte sich nicht. Erschüttert betrachtete Marie das eingefallene Gesicht der jungen Frau. Sie hatte noch mehr Gewicht verloren, ihre nackten Arme waren so dünn wie Kinderarme. Ming beobachtete sie angsterfüllt. Marie warf Ming einen ermutigenden Blick zu. Die Treue der jungen Chinesin zu ihrer Herrin rührte sie zutiefst. Sie war sogar bereit, ihr in die tiefsten Abgründe zu folgen. Gemeinsam wickelten sie die bewusstlose Margarete in eine Decke. Dann trug Philipp sie die Treppe hinunter.

Er war erschüttert, wie leicht sie war. »Das ist der Fluch des Opiums. Die Menschen hören auf zu essen. Irgendwann sterben sie dann an Unterernährung oder einer harmlosen Erkältung.«

Bedrückt folgten Marie und Ming. Zu gerne hätte Marie in die anderen Räume geschaut, um vielleicht noch jemanden vor dem höllischen Rausch zu retten. Die Normalität, mit der die Besitzerin der Opiumschänke auf ihre Ankunft reagiert hatte, zeigte klar, dass hier auch Ausländer ein- und ausgingen.

Nachdem Marie und Ming Margarete ins Bett gebracht hatten, ging Marie hinunter in den Salon, wo Philipp wartete.

»Ich werde heute Nacht hier bleiben, Philipp. Bitte fahr nach Hause. Du kannst jetzt nichts mehr tun. Ich möchte dir nochmals danken, dass du mir beigestanden hast.« Marie lächelte Philipp an. »Ich muss dir gestehen, als ich heute Abend den Anruf von Lilly bekam und mir überlegte, wen ich um Hilfe bitten sollte, bist du mir als Erster eingefallen. Mein Retter in der Not!«

Philipp trat auf Marie zu, nahm ihre Hände, hob sie an seinen Mund und küsste zärtlich ihre Finger. »Weißt du, dass du mir gerade eine große Freude bereitet hast? Es ehrt mich, dass du sofort an mich gedacht hast. Und ich hoffe sehr, dass sich daran nichts mehr ändern wird. Ich möchte immer für dich da sein, wenn du mich brauchst.«

Marie sah zu ihm auf. Die plötzliche Nähe und die Intensität von Philipps Worten trafen sie mitten ins Herz. Im selben Moment aber setzte ihre Vernunft ein, und ihre Gedanken überschlugen sich. Unwillkürlich trat sie einen Schritt zurück, um Abstand zu gewinnen.

Marie konnte an Philipps Blick erkennen, dass er ihre Abwehr spürte. Einen Moment lang sah er ihr in die Augen, dann ließ er ihre Hand los. Sein Tonfall war mit einem Mal ganz sachlich. »Ich denke, ich werde mich jetzt mal auf den Heimweg machen.«

Die plötzliche Kälte in seiner Stimme irritierte Marie. Sie hatte ihn nicht verletzen wollen.

»Philipp, bitte!« Sie wusste nicht, was sie sagen sollte.

»Ja?«

Marie schluckte. »Ich möchte dich bitten, mit niemandem darüber zu sprechen, was heute Abend passiert ist.«

Jetzt hatte sie ihn noch mehr verletzt. Es war deutlich zu spüren.

»Wofür hältst du mich? Ich hatte gehofft, du würdest mich inzwischen gut genug kennen, um mir so etwas zu unterstellen.« Philipp drehte sich um und ging zur Haustür.

Marie rannte hinter ihm her und packte ihn am Arm. »Bitte verzeih mir, Philipp. Es tut mir leid. Ich bin nur so verwirrt.«

Er nickte, blieb aber distanziert. »Ist schon gut. Wir sehen uns.«

Bevor Marie reagieren konnte, war er in der Dunkelheit verschwunden.

Marie verbrachte die nächsten Stunden auf einer Chaiselongue neben Margaretes Bett. Immer wieder fiel sie in einen unruhigen Schlaf. In ihren Wachphasen drehten sich ihre Gedanken im Kreis um Philipp, um Du Xündi und ihre Zukunftspläne in Deutschland. Erst am späten

Vormittag erwachte Margarete aus ihrem todesähnlichen Rausch. Es dauerte eine Weile, bevor sie ihre Umgebung wahrnahm und Marie erkannte.

Wortlos sank sie zurück in ihre Kissen und drehte den Kopf zur Seite. Marie versuchte ihr behutsam Tee und Suppe einzuflößen, doch Margarete verweigerte die Nahrungsaufnahme. Stumm saß Marie an ihrem Bett und hielt ihre Hand. Wieder tauchten die dunklen Erinnerungen an das qualvolle Dahinscheiden ihrer Mutter auf. Doch so weit durfte es hier nicht kommen. Margarete war eine junge Frau, die ihr Leben noch vor sich hatte. Die wichtige Frage war allerdings, welches Leben das sein konnte.

Erst Stunden später war Margarete wieder so klar bei Bewusstsein, dass Marie mit ihr reden konnte. Zögernd rückte Margarete mit der düsteren Wahrheit heraus. Sie war schon mehrere Male in der Opiumhöhle gewesen. Der Rausch war für sie das einzige Mittel geworden, ihrem Leben zu entfliehen und für einige Stunden zu vergessen. Sie hatte die Dienerschaft bestochen, ihrem Mann nichts zu verraten, und Lilly und die Krankenschwester in diesen Nächten mit einem Schlafmittel ruhiggestellt, damit Ming sie begleiten konnte.

Marie hörte betroffen zu. Als sie Margarete vor einigen Monaten kennengelernt hatte, war sie ihr so stark vorgekommen, eine junge Frau, die mutig ihrem Mann nach China gefolgt war, in ein Leben, das jenseits all ihrer bisherigen Erfahrung und Vorstellung lag. Doch Margarete hatte sich und ihre eigene Stärke überschätzt. Sie hatte nichts geahnt von der Feindseligkeit, die ihr in China entgegengebracht wurde. Überall war ihr und ihrem Mann Verachtung begegnet. Wie hatte er eine Barbarin heiraten können? An den gesellschaftlichen und beruflichen Verpflichtungen ihres Mannes konnte sie keinen Anteil nehmen. Sie wurde zu einer Gefangenen in ihrem Hause, da es zu gefährlich war, sich auf der Straße sehen zu lassen. Die Unsicherheiten und Bedrohungen dieses Lebens hatten sie zermürbt und drohten, sie nun vollends zu zerstören. Und auch der Neuanfang im vermeintlich sicheren deutschen Schutzgebiet stand unter einem schlechten Stern. Auch hier erlebte Margarete nur Ablehnung, diesmal von ihren eigenen Landsleuten. Und das Attentat am chinesischen Neujahrstag hatte gezeigt, dass die Feinde ihres Mannes sich auch von der Autorität des deutschen Kaiserreichs nicht einschüchtern ließen. Marie war erschüttert über das Ausmaß ihres Leidens, das sie anfangs so gut verborgen hatte. Der gewaltsame Tod ihres ungeborenen Kindes hatte das Fass zum Überlaufen gebracht. Margarete drohte zu zerbrechen.

Marie war fest entschlossen, das zu verhindern.

Sie instruierte das Personal, Margarete unter keinen Umständen mehr aus dem Haus zu lassen und darauf zu achten, dass sie Nahrung zu sich nahm.

28.

Wenn Marie tagsüber im Hospital Dienst tat, ging sie zum Mittagessen ins Haus von Salome und Richard Wilhelm, das auf demselben Grundstück wie das Faberhospital lag. Salome Wilhelm hatte dieses Arrangement eingeführt. Das gemeinsame Essen mit dem Missionarsehepaar, Salomes Schwester Hedda und wechselnden Hausgästen war für Marie stets eine Bereicherung, da dort die Probleme der Kolonie und des chinesischen Hinterlandes offen und vorurteilslos besprochen wurden. Richard Wilhelms Kontakte zu chinesischen Gelehrten bescherten ihm tiefe Einsichten in die Konflikte, die im Kaiserreich schwelten. Gerne ließ er interessierte Zuhörer an seinen Erkenntnissen teilhaben. Ganz eindeutig begann sich die Situation zunehmend zu radikalisieren. Aus der südchinesischen Provinz Guangdong drangen immer bedrohlichere Nachrichten herein. Revolutionäre hatten das Büro des kaiserlichen chinesischen Generalgouverneurs gestürmt und verwüstet. Mehrere Bombenattentate sorgten für Schlagzeilen. Der Kaiserhof in Peking versuchte mit roher Gewalt auf die Unruhen zu reagieren, was die zunehmend verarmende Bevölkerung nur noch mehr aufbrachte. Kürzlich waren zweihundert Aufständische öffentlich geköpft worden. Besorgt verfolgte Marie diese Ausführungen. Sie verschwieg, was sie über Du Xündis politische Aktivitäten wusste. Sie wollte niemanden in Gewissenskonflikte stürzen, denn es war klar, dass er gegen die Chinesenordnung des deutschen Schutzgebietes verstieß und eigentlich verurteilt und abgeschoben werden musste.

Der Boy Max trug soeben den heißen Apfelstrudel herein, den es zum Nachtisch geben sollte, als ein chinesischer Pfleger aus dem Hospital ins Esszimmer stürzte. Seine Stimme überschlug sich. »Xiaobao …«

Der Rest seines aufgeregten Zeterns war für Marie nicht verständlich, doch den ersten Satz hatte sie noch verstanden.

Xiaobao war weg, das Bett war leer.

Offensichtlich hatte sich während der Mittagspause jemand in den

Patiententrakt geschlichen und Xiaobao fortgeschleppt. Es stand außer Frage, dass sie nicht alleine verschwunden war. Ihre beiden Füße waren nach wie vor eingegipst, und sie konnte noch nicht laufen.

Weit konnten die Täter nicht sein. Marie hatte noch vor dem Mittagessen nach der Kleinen gesehen, die zufrieden mit ihrer Puppe im Bett gesessen und gespielt hatte. Niemand hatte etwas gehört.

Marie war außer sich. Wahrscheinlich hatte Xiaobaos Mutter Weiwei ihr Töchterchen aus dem Krankenhaus entführen lassen. Das bedeutete aber, dass man davon ausgehen musste, dass dem Kind die Füße erneut eingebunden wurden und sie aus dem Schutzgebiet fortgebracht würde, um sie dem Zugriff der fremden Teufel zu entziehen. Die Vorstellung, dass die noch nicht verheilten kleinen Knochen wieder gebrochen und deformiert würden, war unerträglich. Was war zu tun? Die Polizei einzuschalten war problematisch. Streng genommen stand es der Mutter zu, ihr Kind wieder zu sich zu holen. Die deutsche Polizei im Schutzgebiet mischte sich ungern in chinesische Familienangelegenheiten ein.

Da sich Marie nicht erinnerte, wo das Haus stand, in dem sie Xiaobao gefunden hatte, wurde Liu An zu Hilfe gerufen. Zusammen mit ihr machten sich Marie, Richard und Salome Wilhelm und zwei chinesische Pfleger auf den Weg nach Dabaodao, um Weiwei und Xiaobao zu finden, bevor es zu spät war.

Die alte Frau, die Liu An und Marie beim ersten Mal bereitwillig die Tür geöffnet hatte, glotzte sie verständnislos an. Sie wusste nicht, wo Xiaobao und ihre Mutter waren. Nächste Anlaufstelle war das Teehaus, wo Weiwei als Singsong-Mädchen arbeitete. Richard Wilhelm stellte klar, dass die Besitzer des Etablissements gewiss nicht freiwillig eine Durchsuchung des Hauses zulassen würden. Es half also nichts, die Polizei musste eingeschaltet werden. Wilhelm schlug vor, seine Freundschaft mit dem deutschen Polizeichef Holzmüller zu nutzen, und ihn zu überreden, ihm einige Beamten für diese gute Sache zur Seite zu stellen. Marie, Salome und die Pfleger sollten inzwischen das Teehaus beobachten, um sicherzustellen, dass das Kind, falls es hier versteckt sei, nicht weggebracht werden würde.

Das Teehaus lag gegenüber der Markthalle. Salome und Marie konnten dort unauffällig zwischen den Händlern Position beziehen und die Vordertür beobachten. Einer der Pfleger hockte sich in die Nähe der Tür, der zweite verschwand auf dem Hof des Teehauses, um die Hintertür im Auge zu behalten.

Schnell kehrte Richard Wilhelm mit einem deutschen Wachtmeister und zwei chinesischen Hilfspolizisten zurück.

Förmlich stellte Wilhelm seiner Frau und Marie Hauptwachtmeister Schumann vor, der zur Begrüßung die Haken zusammenknallte und salutierte. Er war derselbe Beamte, der Marie und Du Xündi vor wenigen Tagen nach der Razzia im Tempel kontrolliert hatte. Er musterte sie mürrisch, sagte aber kein Wort. Stattdessen schritt er sofort zur Tat. Gefolgt von seinen Hilfspolizisten, Richard Wilhelm und Marie, betrat er das Teehaus und rief mit autoritätsgewohnter Stimme auf Deutsch nach dem Besitzer. Zu dieser nachmittäglichen Stunde war das Lokal nur spärlich besucht. Der Gastraum war mit einfachen chinesischen Tischen und Hockern möbliert, rote Lampions sorgten für eine schummrige Atmosphäre. Nur wenige Tische waren besetzt mit relativ gut gekleideten chinesischen Männern und stark geschminkten Frauen. Nichts Unzüchtiges schien hier vor sich zu gehen. Man trank Tee, plauderte und lauschte den melancholischen Klängen von drei hübschen Musikerinnen. Marie entdeckte in einer Ecke eine Gruppe deutscher Soldaten in Gesellschaft von mehreren Kurtisanen, die erschrocken herüberblickten. Der Besuch von chinesischen Bordellen war der Truppe untersagt, um dem Ausufern von Geschlechtskrankheiten entgegenzusteuern. Das Gouvernement genehmigte nur den Besuch staatlich überwachter Bordelle, zu denen dieses Haus sicherlich nicht gehörte. Hauptwachtmeister Schumann hatte sie ebenfalls erspäht, wandte den Blick jedoch ab. Alle Gespräche waren schlagartig verstummt. Misstrauisch wurden die Eindringlinge beäugt.

Nach wenigen Augenblicken tippelte die Besitzerin des Teehauses herbei, eine dicke ältere Chinesin in einem prächtigen Seidengewand über schwarzen Hosen und winzigen bestickten Schühchen. Ihr Gesicht war weiß geschminkt, ihr Mund durch roten Lippenstift zu einem winzigen Fleck im Gesicht reduziert, der ihr ein maskenhaftes, künstliches Aussehen verlieh. Hinter ihr tauchte ein grobschlächtiger Chinese auf. Marie erkannte sofort den Mann, der in Weiweis Begleitung ins Hospital gekommen war, um das Kind heimzuholen. Da der Wachtmeister kein Chinesisch sprach, trat Richard Wilhelm neben ihn. Er stellte sich höflich vor und fragte nach dem ehrenwerten Namen der Frau. Sie musterte ihn erstaunt, während Wachtmeister Schumann grimmig dreinschaute. Er pflegte offensichtlich einen anderen Umgang mit Chinesen.

»Ich heiße Wang. Was führt Sie hierher?«

»Wir suchen eine Frau namens Weiwei, die hier arbeiten soll.«

Frau Wang schüttelte den Kopf. »Mei you.«

Eine Frau namens Weiwei war hier angeblich nicht bekannt. Gerade als Wachtmeister Schumann die Aktion abblasen wollte, sah Marie etwas Schwarzes in einer Ecke unter einem Stuhl liegen. Sie bückte sich. Es war Xiaobaos Puppe.

Nun war Wachtmeister Schumanns Stunde gekommen. Sofort kommandierte er seine Hilfspolizisten zu einer Hausdurchsuchung ab, die jedoch erfolglos verlief. Weder Weiwei noch ihre Tochter waren hier zu finden. Maries Unruhe wuchs. Je mehr Zeit verstrich, desto größer war die Wahrscheinlichkeit, dass das Kind aus dem Schutzgebiet fortgeschafft werden würde. Einmal jenseits der Grenze war Xiaobao ihrem grausamen Schicksal ausgeliefert. Marie drängte Richard Wilhelm, eine Belohnung für Hinweise des Aufenthaltsortes auszuloben. Die Bordellbesitzerin warf einen warnenden Blick in die Runde. Keiner meldete sich. Wilhelm atmete tief durch und fixierte die Frau.

»Wir möchten Weiwei ein Geschäft vorschlagen, bei dem sie gutes Geld verdienen kann. Wer uns hilft, sie zu finden, bekommt eine Provision.«

Es war nicht zu übersehen, dass Wilhelm damit die Aufmerksamkeit der Frau geweckt hatte. Sie betrachtete ihn einen Moment lang nachdenklich.

Dann drehte sie sich um und zischte dem hinter ihr stehenden Mann etwas zu, der nickte und verschwand. Sie wandte sich wieder Richard Wilhelm zu und grinste. »Warum haben Sie das nicht gleich gesagt? Wir brauchen doch keine Polizei, wenn wir über Geschäfte reden wollen.«

Richard Wilhelm nahm den Wachtmeister zur Seite und bat ihn, mit seinen Kollegen draußen zu warten.

Mit geradezu überschäumender Freundlichkeit bat die Hausherrin nun Richard, Salome und Marie, ihr in ein Separee zu folgen. Dort rief sie einen Kellner herbei, der Tee und Knabbereien brachte. Richard Wilhelm bedankte sich höflich. Nur kurze Zeit später betrat Weiwei den Raum. Sie musste sich irgendwo in der Nähe aufgehalten haben.

Ruhig und bestimmt führte Richard Wilhelm die Verhandlungen mit Frau Wang, die sich als Interessensvertreterin für Weiwei einschaltete. Wilhelm bot im Namen von Marie Geld für den Kauf von Xiaobao.

Man einigte sich schließlich auf eine Summe von dreißig Dollar, was ungefähr dem Vierteljahresverdienst eines Hausboys entsprach. Ein gutes Geschäft, das Weiwei annahm. Kaum war der Verkauf abgeschlossen, drängte Marie darauf, zu Xiaobao geführt zu werden. Erst dann werde sie das Geld übergeben. Frau Wang nickte. Weiwei blieb mit verschlossenem Gesicht sitzen.

Marie fand Xiaobao versteckt im Taubenschlag auf dem Dach des Nebenhauses. Das Kind war bewusstlos. Beide Gipsverbände waren abgerissen, aber die Füße waren noch nicht wieder eingebunden worden. Überglücklich nahm Marie die Kleine in die Arme. Für einen Moment öffnete Xiaobao die Augen. Als sie Marie erkannte, glitt ein glückliches Lächeln über ihr Gesicht.

»Du hast was? Ein chinesisches Mädchen gekauft? Ja, bist du noch bei Sinnen?« Wolfgang Hildebrand sah Marie fassungslos an. »Und wie soll diese Angelegenheit weitergehen? Soll das Kind hier etwa einziehen? Und was passiert mit ihr, wenn du nach Deutschland zurückkehrst?«

Marie verspürte eine Mischung aus Wut und Verzweiflung. »Was hätte ich denn tun sollen? Ich konnte Xiaobao doch nicht bei ihrer Mutter lassen, die ihre Füße verkrüppeln will, selbst wenn dies den Tod ihrer Tochter bedeutet hätte. Ich wünschte, du hättest ihre Füße gesehen, als ich die Binden abgenommen habe. Dann hättest du vielleicht eine andere Einstellung dazu. Mit nur dreißig Dollar konnte ich ihr Leben retten.«

Ihr Vater schüttelte den Kopf. »Und wie soll diese Sache jetzt weitergehen?«

Marie musste sich eingestehen, dass sie im Augenblick keine Antwort auf diese Frage hatte.

29.

Obwohl Marie kaum mehr zu den üblichen gesellschaftlichen Anlässen wie Cocktails oder Teepartys ging, konnte sie die Einladung zum festlichen Empfang bei Seezolldirektor Ohlmer und Gattin nicht ablehnen. Gouverneur Truppel war abberufen worden und würde in wenigen Wochen mit seiner Familie in die Heimat zurückreisen. Hinter vorgehaltener Hand wurde gemunkelt, dass sein autoritärer Stil ihn seinen Posten gekostet hatte, aber nach außen hin galt es, Gesicht und Form zu wahren. Der übliche Reigen an Abschiedsveranstaltungen hatte begonnen. Als Doyen der Tsingtauer Gesellschaft gab Ohlmer den Auftakt.

Eine nicht enden wollende Schlange an Kutschen und Rikschas bewegte sich in das Villenviertel, wo das stattliche Ohlmersche Anwesen lag. Alles, was in der Kolonie Rang und Namen hatte, war geladen. Die weitläufigen Gesellschaftsräume summten wie ein Bienenstock, der Sekt floss in Strömen. Auf der Empore über der Eingangshalle spielte ein Orchester, während die Gäste angeregt plauderten. Seit Verhängung der Quarantäne war dies die erste große Veranstaltung dieses Frühjahrs, deren Eleganz für diesen Abend die Tragödie im Hinterland vergessen machte.

Es war auch das erste Mal seit jener verhängnisvollen Nacht mit Margarete, dass Marie wieder auf Philipp treffen sollte, der sich in den vergangenen Tagen rar gemacht hatte. Er fiel ihr sofort auf, als sie am Arm von Gerlinde den Salon betrat. An diesem Abend trug er keine Uniform, sondern einen eleganten Smoking.

Gerlinde steuerte mit Marie im Schlepptau sofort auf ihn zu. »Philipp! Du siehst ja umwerfend aus. Sogar ohne Uniform!«

Philipp lachte fröhlich, dann sah er Marie an. Für einen Moment wurde sein Gesicht ernst, was außer ihr niemand zu bemerken schien.

Marie lächelte zurückhaltend. »Guten Abend, Philipp!«

Philipp hielt ihren Blick einen Moment fest, als wolle er ihre Gedanken erforschen. Dann war er wieder ganz der Alte und musterte die beiden jungen Damen frech von Kopf bis Fuß. »Dieses Kompliment kann ich nur an euch beide zurückgeben. Ihr seht einfach bezaubernd aus.« Im nächsten Moment jedoch schweifte sein Blick ab. »Oh, ihr müsst mich bitte entschuldigen. Ich muss deine Eltern begrüßen, Gerlinde.«

Ohne eine weitere Reaktion abzuwarten, nickte er kurz zum Abschied und verschwand in der Menge.

Gerlinde sah ihm verblüfft hinterher. »Was ist denn in den gefahren?«

Marie zuckte mit den Achseln und musterte betont gelassen die übrigen Gäste. Innerlich jedoch war sie betroffen von der kühlen Nonchalance, die Philipp an den Tag gelegt hatte. Auch im weiteren Verlauf des Abends hielt er deutlich Abstand zu Marie. Heimlich blickte sie manchmal zu ihm hinüber, beobachtete ihn, wie er mit anderen Damen flirtete.

Trotzdem verlief der Abend interessant und abwechslungsreich. Sogar Richard und Salome Wilhelm waren erschienen und wie immer ergiebige Gesprächspartner für Marie. Als sie sich an der Bar ein Glas Sekt holte, traf Dr. Uthemann verspätet ein. Seit ihrer Abreise aus der Quarantänestation hatte sie ihn nicht mehr gesehen. Als sie sich zu ihm durchdrängeln wollte, erklang plötzlich ein Tusch, Zeichen für eine Rede des Hausherrn. Alles drängte in die Halle. Neben Seezolldirektor Ohlmer und seiner Frau stand das Gouverneursehepaar auf der Treppenempore und lächelte jovial in die Runde.

Seezolldirektor Ohlmer hielt eine Lobesrede auf den Gouverneur und sein Wirken in den vergangenen Jahren, dann übergab er dem Ehrengast das Wort. Gouverneur Truppel bedankte sich für die Jahre guter Zusammenarbeit mit den Bürgern der Stadt, in denen man schwere Herausforderungen des besonderen Standortes an der chinesischen Küste gemeinsam bewältigt hatte. Nach stürmischem Zwischenapplaus fuhr er fort.

»Immerhin haben wir in nur zwölf Jahren eine Musterstadt aus dem Boden gestampft, die bereits jetzt in ganz Asien Bewunderer findet, wo doch quasi erst die Fundamente für die kommenden achtundachtzig Jahre gelegt wurden, die dem deutschen Schutzgebiet ohne Frage eine großartige und wirtschaftlich blühende Zukunft bescheren werden.«

»Hört, hört«, klang es von allen Seiten, und man erhob die Gläser auf die Zukunft der Wacht am Gelben Meer.

Truppel bat noch einmal um Gehör. »In den letzten Monaten wurden wir mit einer der gefährlichsten Herausforderungen seit dem Boxeraufstand vor zehn Jahren konfrontiert: der Lungenpest. Nach vorsichtigen Schätzungen hat sie in China fast hunderttausend Menschenleben gefordert. Durch umsichtiges Handeln und den vorbildlichen Einsatz unserer Militärärzte haben wir es erreicht, dass das deutsche Schutzgebiet pestfrei geblieben ist. Diese Leistung ist einzigartig und hat uns Deutschen einmal mehr internationalen Respekt und Anerkennung gebracht.«

Die Gäste klatschten begeistert.

»Der verantwortliche Arzt der Quarantänestation hat auf meinen persönlichen Wunsch hin heute Abend seinen Posten verlassen und ist hier unter uns. Ich darf Dr. Uthemann zu mir bitten.«

Während Uthemann sich den Weg durch die Gästeschar zur Treppe hin bahnte, begleitete ihn frenetischer Applaus.

Gouverneur Truppel hob die Hand. »Und, last but not least, möchte ich eine Person erwähnen, die ebenfalls selbstlos und noch dazu freiwillig Dienst in der Quarantänestation getan hat. Es ist mir eine Ehre, auch Fräulein Dr. Marie Hildebrand zu mir zu bitten.«

Mit einem Schlag stand auch Marie im Mittelpunkt des allgemeinen Interesses. Während sie sich den Weg durch die Menge zur Treppenempore bahnte, streckten sich ihr von allen Seiten Hände zum Glückwunsch entgegen.

Gouverneur Truppel setzte erneut seine Ehrenrede fort. »Als Würdigung für Ihren großartigen Einsatz möchte ich Ihnen beiden heute Abend den Kaiser-Wilhelm-Orden für besondere Verdienste am Vaterland überreichen.«

Ein anerkennendes Raunen ging durch den Saal, gefolgt von donnerndem Applaus. Lächelnd nahm Marie die Auszeichnung entgegen. Als sie sich vor dem Publikum dankend verneigte, stieg plötzlich in ihrem Innersten wieder tiefer Schmerz empor. Während sie hier geehrt wurde, lag Yonggang, die ihren Einsatz in der Quarantänestation mit dem Leben bezahlt hatte, zu Asche verbrannt draußen vor den Toren der Stadt. Die junge Chinesin hätte einen Orden verdient, doch an sie hatte niemand gedacht.

Marie warf einen Blick über die applaudierende Menge. Ihr Vater und Adele strahlten voller Stolz. Einen Moment lang fing sich ihr Blick in Philipps Augen. Er nickte ihr ermutigend zu. Sein Blick sagte ihr, dass er ihre Gedanken lesen konnte. Seine stille Anteilnahme in diesem bittersüßen Augenblick erfüllte sie mit einem überwältigenden Gefühl von Verbundenheit mit ihm.

Ein letztes Mal ergriff Gouverneur Truppel das Wort. »Liebe Gäste, bevor ich Sie in den weiteren, hoffentlich heiteren Abend entlasse, habe ich noch eine Mitteilung zu machen, die mich mit größter Freude erfüllt. Es könnte keinen besseren Rahmen für diese Nachricht geben: Nach eingehender Prüfung der Lage ergeht nun der letzte Erlass des Gouvernements unter meiner Leitung: Mit sofortiger Wirkung wird die Quarantäne aufgehoben. Die Lungenpest ist besiegt. Alle Grenzen sind wieder ohne Probleme passierbar.«

Der Jubel, der nach dieser Ankündigung ausbrach, war grenzenlos. Die Gäste fielen sich gegenseitig lachend und vor Freude und Rührung weinend um den Hals. Als das Militärorchester daraufhin spontan Beethovens »Hymne an die Freude« anstimmte, brachen alle Dämme.

Obwohl der Abend lang und feuchtfröhlich gewesen war, erwachte Marie am nächsten Morgen schon früh. Es dämmerte gerade. Sie warf sich ihren Morgenmantel über und trat auf den Balkon vor ihrem Zimmer. Zum ersten Mal seit Wochen war die Sicht auf die Bucht klar. Kein Lüftchen wehte, und nach und nach erhoben sich erste Vogelstimmen. Weit draußen segelte eine einsame Dschunke majestätisch die Küste entlang, vorbei an schroffen Felsen, die vereinzelt aus dem Wasser ragten. Marie nahm dieses Bild in sich auf, und plötzlich durchflutete sie eine nie gekannte Euphorie. Welches Glück war ihr vergönnt, diesen Teil der Welt kennenlernen zu dürfen, dessen Schönheit und Elend sie gleichermaßen erschütterte.

Marie legte ihre Hände auf das Geländer und atmete tief durch. Sie hatte das Gefühl, sich festhalten zu müssen, um nicht von der Wucht ihrer Emotionen umgeworfen zu werden. Ihr Blick glitt über die schlafenden Villen der Europäerstadt. Hinter einer Baumgruppe ragte ein Teil eines geschwungenen Daches hervor, das golden im ersten Morgenlicht glänzte. Es war der kleine buddhistische Tempel unten am Meer, wo sie den Erinnerungsschrein für Yonggang gestiftet hatte. Auf einmal überkam Marie das Bedürfnis, Yonggang dort zu besuchen, um sie an der Ordensverleihung teilhaben zu lassen. Kurz entschlossen zog sie sich an und schlich aus dem Haus. Auf dem Hof begegnete sie dem Koch, der verschlafen und mit zerzausten Haaren von seiner Kammer am Pferdestall zum Kücheneingang schlurfte. Er sah ihr verwundert zu, wie sie im Vorgarten ein paar Narzissen pflückte und anschließend aus dem Gartentor entschwand.

Die Stadt lag noch in friedlichem Sonntagsschlaf, die Straßen waren menschenleer. Vom Turm der Christuskirche hörte Marie, wie es fünf Uhr schlug. Trotz der frühen Stunde herrschte im Tempel bereits Betrieb. Mehrere chinesische Frauen knieten auf Holzbänkchen vor dem Altarraum und beteten mit Räucherstäbchen in der Hand. Wahrscheinlich waren sie in den Villen der Umgebung angestellt und erfüllten hier vor Beginn ihrer Arbeit ihre religiösen Pflichten. Marie ging in den zweiten Hof, wo in einem Seitengebäude die Gedenkplaketten für Verstorbene an der Wand angebracht waren. Auf einem kleinen Altar brannten Kerzen und Räucherstäbchen, Blumen und Lebensmittel waren als Opfergaben für die Verstorbenen aufgebaut. Marie steckte die Narzissen aus ihrem Vorgarten in eine Vase und ging zu Yonggangs Bild. Sie zog aus ihrer Manteltasche den Orden, der ihr am Vorabend verliehen worden war. Still hielt Marie innere Zwiesprache mit Yonggang, der sie diesen Orden widmete. Minutenlang stand Marie in ihre Gedanken versunken vor dem Foto. Sie fühlte, dass sie die tiefe Verbundenheit zu dem jungen Mädchen ihr Leben lang begleiten würde.

Durch die halbgeöffnete Tür konnte sie den Hof einsehen, der von einem alten Mönch mit einem kurzen Reisigbesen gefegt wurde. Seine langsamen Bewegungen hatten etwas Meditatives und Beruhigendes. Plötzlich tauchte eine dunkelgekleidete, großgewachsene Gestalt auf, die mit schnellen Schritten über den Hof eilte. Marie konnte das Gesicht nicht sehen, doch an den Bewegungen hatte sie Du Xündi sofort erkannt.

Sie erschrak. Was machte er um diese Zeit im Tempel? Fand hier wieder eine illegale Versammlung statt?

Als Du aus ihrem Sichtfeld verschwunden war, schlich Marie hinter ihm her. Obwohl ihr nicht wohl zumute war, wollte sie wissen, was hier vor sich ging. Unvermittelt musste sie daran denken, dass Du sie gewarnt hatte, nicht zwischen die Fronten zu geraten. Es war ihr klar, dass ihre Anwesenheit an diesem Ort und zu dieser ungewöhnlichen Stunde auffallen musste. An der Ecke zum nächsten Tempelhof blieb sie stehen und lauschte. Sie hörte Stimmen. Worte der Begrüßung. Dann herrschte Stille. Marie wartete mehrere Minuten ab, doch nichts weiter geschah. Schließlich fasste sie sich ein Herz und spähte vorsichtig um die Ecke. Sie erblickte eine Gruppe von Männern und Frauen, die schweigend und hochkonzentriert in mehreren Reihen hintereinander standen und mit Armen und Beinen gegen unsichtbare Gegner zu kämpfen schienen. Eine virtuose Choreographie. Schattenboxer. Du stand in vorderster Reihe und leitete die Gruppe an. Fasziniert beobachtete Marie von ihrem heimlichen Beobachtungsposten aus das Geschehen. Dus Bewegungen waren elegant und kraftvoll. Obschon Marie nichts von Schattenboxen verstand, war ihr klar, dass Du ein Meister war, der seinen Körper durch und durch beherrschte. Unwillkürlich erinnerte sie sich an seine Umarmung in der Quarantänestation nach Yonggangs Tod. Die Kraft seiner Muskeln und die Energie seines Körpers konnte sie jetzt noch spüren. Trotzdem war Marie beunruhigt. Sie fragte sich, welche Bedeutung diese Kampfübungen wirklich hatten. Nach allem, was sie wusste, wurden die Aufständischen, die vor zehn Jahren die Ausländer gewaltsam aus China vertreiben wollten, genau wegen dieser Sportart Boxer genannt.

Schließlich beendete die Gruppe ihre Übungen. Alle verabschiedeten sich von Du Xündi und verschwanden. Nur ein Mann blieb zurück. Als er sich umdrehte, erkannte Marie Li Deshun, den Mann von Margarete. Die beiden setzten sich unter einen alten Baum und unterhielten sich. Marie beobachtete, wie Li mehrmals sehr aufgebracht reagierte über das, was Du ihm mitzuteilen hatte.

Schon am nächsten Tag sah Marie Li Deshun wieder. Richard Wilhelm hatte ihn ins Missionshaus eingeladen, nachdem Marie das Ehepaar Wilhelm über Margaretes Probleme ins Vertrauen gezogen hatte. Gemeinsam hatten sie beschlossen, zunächst das Gespräch mit Li zu suchen, um auszuloten, wie er zu seiner Frau und deren Situation stand.

Marie fühlte sich unwohl. Das heimliche Treffen im Tempel beschäftigte sie sehr.

Wilhelm, dem sie nichts davon erzählt hatte, ging mit Eifer auf den Chinesen zu. Er versuchte Li Zuversicht zu geben.

»Das Attentat und der Verlust Ihres Kindes haben Ihre Frau stark erschüttert. Sie versucht, ihrer Angst davonzulaufen. Wir würden gerne unsere Hilfe anbieten, eine Lösung für dieses Problem zu finden.«

Li Deshun starrte ihn mit ausdrucksloser Miene an. »Ich danke Ihnen. Ich kann Ihnen versichern, dass meine Frau keine Möglichkeit mehr haben wird, das Haus zu verlassen.«

Marie erschrak über die Kälte in seiner Stimme, obwohl Richard Wilhelm eine ablehnende Reaktion des chinesischen Geschäftsmannes vorhergesagt hatte. Es bedeutete für ihn einen massiven Gesichtsverlust, dass Margarete in einer öffentlichen Opiumhöhle aufgegriffen worden war. Sie folgte Wilhelms Rat und mischte sich nicht ein. Der Ratschlag einer Frau war für Li noch schwerer zu akzeptieren.

Wilhelm versuchte sich behutsam vorzutasten. »Sie haben in Deutschland gelebt, Herr Li. Deshalb wissen Sie, dass Frauen dort nicht nur im Haus wirken, sondern durchaus auch ein Leben außerhalb ihrer vier Wände führen. Es nützt also nichts, Ihre Frau einzusperren. Im Gegenteil, sie muss wieder anfangen, aktiv zu werden, auch außerhalb Ihres Hauses.«

Lis Augen blitzten wütend, er bewahrte allerdings Fassung. »Und wie stellen Sie sich das vor? Sie wissen selbst, dass Ihre eigenen Landsleute sie hier nicht gerade mit offenen Armen empfangen haben. Ich denke, das ist Teil ihres Problems.«

Wilhelm nickte betrübt. »Es gibt überall engstirnige Gemüter, sowohl in China als auch in Deutschland. Ihre Frau erzählte Fräulein Dr. Hildebrand von der Feindseligkeit, die ihr in Jinan entgegenschlug. Und leider Gottes müssen wir zugeben, dass es hier nicht viel besser bestellt ist. Es gibt nichts zu beschönigen. Mischehen gelten vielerorts als Stein des Anstoßes. Aber es gibt selbst in dieser Stadt Menschen, die sich über diese Borniertheit hinwegsetzen. Wir bieten Ihnen an, Ihre Frau mit diesen aufgeschlossenen Zeitgenossen zusammenzubringen. Sie selbst sind doch auch ein Mann ohne Vorurteile. Sonst hätten Sie Margarete nicht geheiratet.«

Marie spürte, dass Li anfing, sich Wilhelms Argumenten zu öffnen. Der Anflug eines Lächelns huschte über sein Gesicht.

»Wir glauben, eine Aufgabe außerhalb Ihres Haushaltes könnte Ihrer Frau helfen, wieder Selbstsicherheit zu gewinnen.« Wilhelm hielt inne und sah den Chinesen prüfend an. »In der chinesischen Mädchenschule könnten wir eine weitere Lehrkraft für Deutsch und Handarbeiten gebrauchen. Ihre Frau wäre eine gute Lehrerin. Wir würden ihr gerne eine Stellung anbieten, wollten aber vorher Ihre Meinung dazu erfahren.«

Marie war beeindruckt von Wilhelms diplomatischem Geschick. Für einen kurzen Moment herrschte Schweigen.

Li Deshun sah in die Runde und nickte. »Sie haben recht. Vielen Dank für Ihre offenen Worte. Ich bin sicher, meine Frau wird sich sehr über Ihr Angebot freuen.«

 30.

Die Aufhebung der Quarantäne wirkte wie ein Befreiungsschlag für Tsingtau. Mildes, sonniges Frühlingswetter erhöhte die allgemeine, freudige Stimmung zusätzlich. Allerorten wurden Pläne für Ausflüge, Feste und sportliche Veranstaltungen geschmiedet.

Der Dampferausflug, den der exklusive Tsingtau Club in aller Eile für den kommenden Sonntag organisiert hatte, war das angesagteste gesellschaftliche Ereignis.

In aller Früh ging es los. An der Seebrücke, direkt vor dem neuen Clubgebäude des Tsingtau Clubs, wartete der Dampfer auf die Clubmitglieder und ihre Gäste. Die übliche bessere Gesellschaft der Stadt war wieder unter sich. Sogar der Wettergott meinte es gut mit den Ausflüglern. Es herrschte strahlender Sonnenschein.

Wie auf eine geheime Absprache hin trugen alle Gäste an Bord helle Kleidung. Die Kostüme der Damen changierten von zarten Pastelltönen bis hin zum sommerlichen Weiß, farblich passende Sonnenschirme sorgten für eine weitere elegante Note. Leichte, extravagante Strohhüte beschatteten den blassen Teint. Die Herren trugen helle Anzüge, das Militär weiße Sommeruniformen. Eine kleine Gruppe von bewaffneten Marinesoldaten war ebenfalls an Bord, um die Sicherheit während des Ausfluges zu garantieren, doch auch diese jungen Männer wirkten aufgeräumt und in Ausflugsstimmung.

Marie spürte allgemeine Heiterkeit und Erleichterung. Dieser Tag schien für alle ein Geschenk nach einer langen bedrückenden Zeit voller Angst und Ungewissheit.

Bereits um neun Uhr morgens legte der Ausflugsdampfer »Seemöwe« von der Seebrücke ab. Über dem Meer lag noch ein leichter Dunstschleier, als das Schiff an der Insel Arkona mit dem rotweißen Leuchtturm vorbei die Küste entlang gen Norden Fahrt aufnahm. Seezolldirektor Ohlmer, der Vorsitzende des Tsingtau Clubs, begrüßte die Gäste an Bord mit einer kurzen launigen Rede und wünschte allen einen wunderschönen Tag.

Marie liebte Bootsausflüge. Während die meisten Gäste das unter Deck aufgebaute opulente Frühstücksbuffet ansteuerten, suchte sie sich einen ruhigen Platz auf dem Oberdeck und versank im Anblick der herrlichen Landschaft. Die Auguste-Viktoria-Bucht zog vorbei, an deren Hängen die großen Villen wie Juwelen in der Sonne glitzerten. Maries Gedanken wanderten zu Margarete, die dort wohnte. Sie hätte sie so gerne bei diesem Ausflug dabeigehabt. Chinesen war der Beitritt zum Tsingtau Club verwehrt. Zwar konnten Mitglieder chinesische Gäste zu gewissen Veranstaltungen einladen, doch bevor Marie überhaupt dieses Thema mit ihrem Vater zur Sprache bringen konnte, war bereits zu erfahren, dass die Billets ausverkauft waren.

Als Marie durch ihr Fernglas die Villa Li ins Visier nahm, entdeckte sie Margarete und Lilly, die auf der Terrasse standen und zum Schiff hinüberwinkten. Diese kleine fröhliche Geste erfüllte Marie mit Freude. Vielleicht befand sich Margarete ja auf dem Weg aus ihrer Depression in ein besseres Leben mit ihrer kleinen Tochter und ihrem Mann.

Schon bald verschwanden die letzten Gebäude im Umland von Tsingtau, und die Ausläufer des Laoshan-Gebirges schoben sich bis ans Meer. Die Küste änderte ihr Erscheinungsbild und zeigte sich nun rau und zerklüftet. Steile Felsen und unzählige Klippen machten diese Gewässer zu einer tückischen Strecke, an der schon manches Schiff gescheitert war. Trotz relativer Windstille konnte man sehen, wie die Brandung sich mit Macht gegen die Felsen warf. Die herbe Schönheit dieser Landschaft überwältigte Marie einmal mehr. Sie hatte bisher in ihrem Leben nichts Vergleichbares gesehen. Oberhalb einer Steilklippe entdeckte Marie einen kleinen Pavillon mit geschwungenem Dach im chinesischen Stil. Durch ihr Fernglas konnte Marie zwei Gestalten erkennen, die dort oben standen und zum Schiff heruntersahen. Wie grandios die Aussicht von dort sein musste.

Allmählich füllte sich das Oberdeck. Adele und ihr Vater gesellten sich zu Marie. Hand in Hand saßen sie ihr gegenüber. Der glückliche Ausdruck auf ihren Gesichtern erfüllte Marie mit Freude. Unwillkürlich sah sie sich nach Philipp um. Er stand mit einer Gruppe auf dem Vorderdeck. Dort schien man sich gut zu amüsieren. Philipp hatte sie gewohnt freundlich auf der Seebrücke begrüßt, dann aber nicht weiter ihre Gesellschaft gesucht. Als sie sich wieder ihrem Vater und Adele zuwandte, konnte sie spüren, dass die beiden sie beobachtet hatten. Aber sie enthielten sich jeglicher Bemerkung. Marie griff dankbar nach einem Glas Orangensaft, das ihr ein Kellner auf einem Tablett entgegenhielt.

Nach knapp zwei Stunden Fahrt war das Ziel erreicht. In einer Bucht, die von fast senkrechten, mehrere hundert Meter hohen Felswänden eingerahmt war, ging die »Seemöwe« vor Anker, und die Beiboote wurden zu Wasser gelassen. Unter Gelächter und Geschrei wurden die Passagiere ausgebootet und an den Strand gerudert. In einem Hain aus uralten Ulmen, Kiefern und Ginkgobäumen lag in paradiesischer Abgeschiedenheit von der Welt der taoistische Tempel Taiqinggong – »die Halle der Höchsten Reinheit«. Die Bucht gehörte nicht mehr zum deutschen Schutzgebiet, sondern war chinesisches Territorium. Da sie aber vom Land aus nur schwer zugänglich war, war der Tempel ein beliebtes, als sicher geltendes Ausflugsziel für Dampferfahrten.

Eine Gruppe von Mönchen, angeführt vom Abt des Klosters, erschien am Strand, um die Gäste zu empfangen. Seezolldirektor Ohlmer war dem Abt offensichtlich bestens bekannt, denn die beiden Herren verbeugten sich und begrüßten einander herzlich.

Ohlmer übersetzte die Willkommensbotschaft des Abtes, während dieser freundlich nickend neben ihm stand. Auf den Gesichtern der Mönche, die den Abt begleiteten, spiegelten sich freundliche Neugierde und Verwunderung über die bunte Gesellschaft wider. Als eine Gruppe von Kindern sich die Schuhe von den Füßen riss, um barfuß und laut schreiend die Wassertemperatur zu überprüfen, lachten die frommen Männer. Wie überall auf der Welt eroberten Kinder alle Seelen im Fluge.

Nach dem kurzen Begrüßungszeremoniell ergriff Manfred Zimmermann das Wort. Er lud im Namen des neuen Vereins zur Hebung des Fremdenverkehrs zu einer Führung durch das Kloster unter der »fachfraulichen« Leitung seiner Tochter Gerlinde ein, die der Abt ebenfalls wie eine alte Bekannte begrüßt hatte. Marie konnte nicht umhin, Gerlinde wieder einmal um ihre Sprach- und Landeskenntnisse und die Bekanntschaft mit solch eindrucksvollen Menschen wie den Abt zu beneiden. Innerlich verspürte sie Bedauern, dass sie nicht genug Zeit in diesem wunderbaren Land verbringen konnte, um mehr über seine vielfältige Kultur in Erfahrung zu bringen.

Begeistert folgte sie mit einem Großteil der Ausflügler Gerlinde durch die Anlage, die sich als überraschend weitläufig entpuppte. Fast einhundert, meist kleinere Gebäude lagen, auf Terrassen verteilt, in der üppig bewachsenen Bucht. Die Gründung des Tempels war laut Gerlinde vor fast tausend Jahren in der Song-Dynastie erfolgt. Im Zentrum lagen die eindrucksvollen Ritualhallen, drum herum schlichte Mönchsunterkünfte, Essräume und sogar ein kleiner Teich mit klarem Wasser, der aus einer eigenen Quelle in der Bucht gespeist wurde und den Mönchen Trinkwasser lieferte.

Gerlindes Begeisterung über diesen herrlichen alten Tempel übertrug sich auf ihre Zuhörer. Nach einer guten Stunde endete der Rundgang auf einer schattigen Terrasse hinter einem Seitengebäude. Hier hatten eifrige Hände eine lange Mittagstafel errichtet. Auf frisch gestärkten weißen Tischtüchern erwartete die Ausflügler ein sommerlicher Lunch im Grünen unter riesigen Ginkgobäumen. Die chinesischen Diener des Tsingtau Clubs, die auch schon an Bord die Reisegruppe versorgt hatten, standen mit Tabletts voller Gläser eisgekühlten Germania-Bieres oder Moselweins bereit. Serviert wurde eine Mahlzeit aus Salaten, Pasteten, kaltem Fleisch und üppigen Nachspeisen. Fröhlich ließ sich die Gesellschaft auf den schlichten Holzbänken an der langen Tafel nieder. Marie musste zugeben, dass sich der Hang zum Perfektionismus in der Kolonie wieder einmal ausgezahlt hatte, auch wenn ihr missfiel, dass weder der Abt noch die Mönche mitaßen, sondern in gebührender Entfernung unter den Bäumen auf der Erde saßen und die fremdländische Gesellschaft neugierig beobachteten.

Als Marie sie darauf ansprach, lachte Gerlinde. »Ich glaube nicht, dass ihnen unser Essen schmecken würde. Aber mach dir keine Gedanken, Marie. Das Kloster erhält eine Spende vom Club, die dem Kloster auf andere Weise dienlich ist. Wir sind hier willkommen, dessen kannst du gewiss sein.«

Bier und Wein flossen in Strömen. Allmählich begann Marie, sich unwohl zu fühlen, und empfand die trinkselige Lautstärke ihrer Landsleute als rücksichtslos. Schließlich war dies ein heiliger Ort. Die Mönche jedoch schienen davon unbeeindruckt. Sie saßen in Grüppchen im Schatten der Bäume und amüsierten sich über die merkwürdige Schar.

Nachdem Marie gegessen hatte, machte sie sich unauffällig davon. Die Rückreise würde erst in zwei Stunden erfolgen, Zeit genug, um eigene

Eindrücke des Tempels der Höchsten Reinheit zu sammeln. Erleichtert stellte sie fest, dass schon hinter dem nächsten Gebäude kaum mehr etwas von dem Lärm der Picknickgesellschaft zu hören war.

Entspannt schlenderte sie im Schatten der alten Bäume zwischen den in wundervoller Harmonie angelegten Tempelbauten umher und genoss den Frieden dieses Ortes. Ein Trampelpfad führte sie durch einen im Wind rauschenden Bambushain hinter dem Trinkwasserteich. Nach mehreren Metern erkannte Marie, dass dieser Weg auf die Felswand zulief und sich in gefährlichen Serpentinen hinauf bis über den Kamm zog. Dies war die Nabelschnur, die das Kloster mit dem Hinterland verband. An verschiedenen Stellen in der steilen Felswand waren Schriftzeichen eingemeißelt, und hie und da standen Statuen in Felsnischen und blickten aus schwindelnden Höhen auf das Meer hinaus. Marie beschloss, nur ein kurzes Stück hinaufzusteigen, um vielleicht die eine oder andere Statue aus der Nähe ansehen zu können. Vorsichtig folgte sie dem engen Steig in die Wand. An manchen Stellen waren Seile entlang der Felsen angebracht, an denen man sich festhalten konnte, um nicht abzustürzen. Ein Geländer gab es nicht. Der Aufstieg war lebensgefährlich. Vorsichtig tastete Marie sich vorwärts. Hin und wieder blieb sie stehen, um die sich allmählich verändernde Aussicht zu genießen. Von hier oben aus verschwand die Tempelanlage fast gänzlich unter den üppig belaubten Bäumen. Aus weiter Ferne war das Donnern der Brandung zu hören, oben über den Felsen drehten kreischende Möwen ihre Runden, sonst herrschte Stille. Marie hörte nur ihren Atem und das Knirschen ihrer Schuhe auf dem sandigen Weg. Als sie einen Vorsprung umrundet hatte, lag vor ihr eine Öffnung im Felsen. Neugierig blieb sie stehen und sah hinein. Die Wände der geräumigen, im Halbdunkel liegenden Höhle waren über und über mit farbenprächtigen Figuren und Symbolen bemalt. Gegenüber dem Eingang stand ein Altar, hinter dem drei vergoldete Statuen aus dem Felsen herausgeschlagen worden waren, die mit entrücktem Lächeln an Marie vorbei hinaus auf das Meer zu starren schienen. Unwillkürlich drehte sie sich um und folgte dem Blick der steinernen Kolosse. Die Aussicht war atemberaubend. Auf der rechten Seite schob sich eine senkrecht abfallende Klippe in die Bucht, die wie durch eine Felsenbrücke mit der Felswand verbunden war. Auf halber Höhe der Klippe stand auf einem Vorsprung eine zerzauste, vom Wind verbogene Kiefer, die einsam den Naturgewalten zu trotzen schien. Das Meer schimmerte in verschiedenen Farbtönen von türkis bis schwarzblau. In weiter Ferne ließ sich im Dunst der Mittagssonne eine zerklüftete Insel erahnen.

Marie war überwältigt und bewegt von der Vorstellung, dass die Mönche diesen Ort ausgewählt hatten, um ihren Göttern diesen Blick zu schenken. Plötzlich nahm sie eine Bewegung neben sich wahr. Ein Mönch trat aus der Höhle. Im ersten Moment erschrak sie, denn sie hatte ihn in der Dunkelheit nicht bemerkt, doch ein Blick in sein freundliches Kindergesicht beruhigte sie sofort.

Mit einer ausholenden Armbewegung deutete der junge Mönch aufs Meer hinaus. »Hao piaoliang!«

Marie nickte lächelnd. Dieser Ausdruck war leicht zu verstehen, da ihn alle Chinesen bei jeder Gelegenheit zu verwenden schienen. Er hatte recht, es war wirklich schön hier oben. Für einen Moment standen sie schweigend nebeneinander und genossen die Aussicht und die Stille. Da hörte sie, wie der Junge heftig durch die Zähne einatmete. Sein Gesichtsausdruck nahm einen zutiefst erschrockenen Ausdruck an. Marie folgte seinem Blick. Sie entdeckte mehrere kleinere Dschunken mit dunkelroten Segeln, die verwegen nahe an den Klippen in die Bucht hineinsegelten. Da auch die Felsen eine rötlich-braune Färbung hatten, waren sie nur schwer zu erkennen. Die Reaktion des Mönchs war eindeutig. Diese Dschunken bedeuteten Gefahr. Sofort kamen Marie die ständigen Zeitungsberichte über Piratenüberfälle entlang der Küste in den Sinn. Als sie noch überlegte, so schnell wie möglich den Rückweg anzutreten, um ihre Mitreisenden zu warnen, drangen leise, aber doch unüberhörbare Stimmen, Husten und das Knirschen von Schritten im Sand von oben zu ihnen herüber. Mehrere Männer kamen den steilen Pfad herunter.

Der junge Mönch musterte Marie kurz und zog sie in die Höhle, in eine Ecke, die fast völlig im Dunkeln lag. Dort befand sich ein kleiner Seitenaltar, der mit einem bestickten Tuch zugedeckt war. Der junge Mönch hob das Tuch hoch und deutete mit der Hand in den Hohlraum unter dem Altar. Sie musste sich verstecken. Es war ihr nicht wohl bei dem Gedanken, welches Getier sich dort an dieser dunklen Stelle verbergen konnte, doch der verzweifelte Gesichtsausdruck des Jungen sagte ihr, dass sie keine andere Wahl hatte. Sie kroch in die Dunkelheit. Im nächsten Augenblick war der Junge verschwunden. Sie hörte am Geräusch seiner nackten Füße, wie er mit schnellen Schritten den Pfad hinunter zum Kloster lief. Marie kauerte unter dem steinernen Altar. Im Rücken spürte sie die kühle Felswand. Sie versuchte, ihre Angst zu unterdrücken. Was würde geschehen, wenn sie von den Banditen entdeckt werden würde? Sie versuchte, diesen Gedanken wegzuschieben. Das Wichtigste war jetzt, Ruhe zu bewahren. Vorsichtig lugte sie seitlich hinter dem Altartuch hervor.

Nur wenige Augenblicke vergingen, bis sie mehrere Gestalten an der Höhle vorbeihuschen sah. Sie hörte Flüstern und hämisches Gelächter. Der junge Mönch hatte recht gehabt mit seiner Einschätzung, dass Marie es nicht geschafft hätte, sich über den Pfad vor ihnen rechtzeitig in Sicherheit zu bringen.

Marie spürte, wie ihre Panik wuchs. Ihr Vater, Adele, Gerlinde, Philipp und all die anderen Ausflügler befanden sich in größter Gefahr. Und sie konnte nichts tun, als sich selbst zu verstecken.

Plötzlich kamen zwei Männer in die Höhle. Im Gegenlicht konnte Marie nur ihre massigen Gestalten erkennen und die langen Schwerter, die sie im Gürtel trugen. Die beiden traten auf den Hauptaltar zu. Wollten sie die Götter um Vergebung bitten für das, was gleich geschehen würde? Marie hielt den Atem an. In diesem Moment spürte sie, wie etwas an ihrem Arm entlang kroch. Instinktiv machte sie eine heftige Bewegung und stieß einen unterdrückten Schrei aus. Sie hielt den Atem an und lauschte. Die Männer waren stehen geblieben. Sie flüsterten sich etwas zu. Jetzt konnte sie leises Knirschen hören. Die beiden kamen in ihre Richtung.

Marie schloss die Augen.

Plötzlich fielen draußen mehrere Schüsse. Der Angriff auf das Kloster hatte begonnen. Marie hörte, wie einer der beiden Männer ein Kommando gab.

»Kuai zouba!«

Schnelle Schritte entfernten sich. Marie saß reglos da und lauschte. Es blieb ihr nichts anderes übrig, als abzuwarten. Sie spürte, wie Verzweiflung und Angst sie zunehmend lähmten. Im Stillen flehte sie die Götter dieses wunderschönen Tempels um Schutz für die Ausflügler und Mönche vor den Piraten an.

Wie lange Marie im Dunkeln der Höhle saß und angestrengt nach draußen lauschte, wusste sie nicht. Es erschien ihr wie eine Ewigkeit. Anfangs meinte sie Schreie zu hören, immer wieder fielen Schüsse, schließlich kehrte jedoch Stille ein. Außer dem Gekreische der Möwen und dem Geräusch der fernen Brandung war nichts mehr zu hören. Da zu befürchten war, dass die Banditen über den Pfad, der sie in die Bucht geführt hatte, wieder den Rückzug antreten würden, war Marie zur Geduld gezwungen. Die Sicherheit der Höhle zu verlassen wäre zu riskant. Auf dem Weg nach unten gab es keine andere Möglichkeit, sich zu verstecken. Das Warten wurde zur endlosen Qual der Ungewissheit.

Irgendwann nahm Marie all ihren Mut zusammen und kroch unter dem Altar hervor. Sie schlich zum Höhleneingang. Vorsichtig spähte sie hinunter in die Bucht, doch die Bäume versperrten jegliche Sicht. Schließlich wagte sie sich bis zu der Felsnase vor, von der aus sie den Weg bis hinunter zum Kloster einsehen konnte. Kein Mensch war zu sehen. Plötzlich zischte eine Leuchtrakete gen Himmel, dann noch eine. Marie wusste, dass Leuchtraketen auf Schiffen für Notsignale genutzt wurden. Sie mussten von der »Seemöwe« stammen, chinesische Piraten kannten dieses Signal wahrscheinlich nicht. Während sie in die Bucht hinunterstarrte, schien es ihr plötzlich, als würde jemand ihren Namen rufen. Sie lauschte angestrengt.

Jetzt hörte sie es mit Gewissheit. Mehrere Stimmen brüllten laut ihren Namen. So rasch sie konnte, hangelte sie sich den schmalen Steig hinunter. Auf halbem Weg entdeckte sie Gestalten, die unter den Bäumen entlangliefen und nach ihr riefen.

Marie winkte und schrie. »Hallo!«

Ein Mann blieb stehen und sah in ihre Richtung. Als er sie entdeckte, stürzte er ihr entgegen.

»Marie! Mein Gott, da bist du ja!« Es war Philipp.

Sein Gesichtsausdruck verriet grenzenlose Erleichterung. Er riss sie in seine Arme und hielt sie fest. Für einen Moment standen die beiden schwer atmend und schweigend in ihrer Umarmung. Seine körperliche Nähe wirkte wohltuend. Im nächsten Moment schien er sich aber zu besinnen und ließ sie wieder los.

»Oh. Entschuldige, Marie.«

Sein Gesichtsausdruck schwankte zwischen Erleichterung und innerem Rückzug.

Marie sah ihn ängstlich an. »Was ist passiert? Ich habe Schüsse gehört.« Sie deutete hinauf in die Steilwand. »Ich war dort oben in einer Höhle. Plötzlich tauchten diese Männer auf. Ein Mönch hat mir zu verstehen gegeben, dass ich mich verstecken sollte.«

Philipp seufzte erleichtert. »Wir hatten schon befürchtet, du wärst den Banditen in die Arme gelaufen. Das war ein geplanter Überfall: Sie wollten uns überraschen, sowohl von See als auch von Land aus. Aber plötzlich tauchte dieser junge Mönch auf und hat uns gewarnt. Wir konnten uns in letzter Sekunde verschanzen, und die Soldaten haben sie in die Flucht geschlagen. Sie sind mit den Dschunken getürmt. Wir sind aber fast umgekommen vor Sorge um dich, als wir merkten, dass du verschwunden warst.«

Inzwischen kamen immer mehr Ausflügler angelaufen, sichtbar erleichtert, Marie unversehrt wiederzusehen.

Ihr Vater drängte sich durch die Menge. »Marie! Mein Gott hast du uns wieder einen Schrecken eingejagt!« Sein Gesicht wirkte grau vor Angst. Mit einer ruppigen Bewegung zog er Marie an seine Brust. »Warum musst du nur immer deinen eigenen Weg gehen, statt bei der Gruppe zu bleiben?«

»Jetzt lass sie doch, Wolfgang!« Adele tauchte neben ihm auf. »Sei doch froh, dass ihr nichts passiert ist!«

Marie nickte ihr dankbar zu. »Wurde jemand verletzt, kann ich helfen?«

Ihr Vater schüttelte den Kopf. »Von unserer Gruppe sind alle wohlauf. Drei Banditen sind auf der Strecke geblieben. Gott sei Dank haben wir ja immer bewaffneten Geleitschutz an Bord. Unsere Jungs haben gut gezielt, wahrscheinlich sind mehrere angeschossen, aber die Kerle haben keine überlebenden Komplizen zurückgelassen. Das wird ihnen eine Lehre sein! Man greift uns Deutsche nicht einfach an! Allerdings wurden einige Mönche verletzt. Unsere beiden Sanitäter kümmern sich schon um sie.«

»Wo sind die Verletzten? Bring mich sofort zu ihnen.«

Schlagartig hatte Marie ihre Angst vergessen. Philipp zeigte ihr den Weg.

Der Bereich um die Terrasse, wo die Mittagstafel errichtet worden war, bot den Anblick eines Schlachtfeldes. Tische und Stühle waren umgestürzt, Speisen und Teller waren überall verstreut, nachdem die Ausflügler in Panik aufgesprungen waren, um sich in Sicherheit zu bringen. Drei tote Banditen lagen in Blutlachen, durchlöchert von mehreren Schüssen. Ein Griff an die Halsschlagader verriet Marie, dass für sie nichts mehr zu tun war.

Auf dem Hof vor der zentralen Tempelhalle lagen mehrere blutende Mönche am Boden. Sie hatten wohl versucht, die Banditen daran zu hindern, den Tempel zu plündern. Einer von ihnen war tot, verblutet, nachdem ihm mit einem Schwerthieb der Arm abgetrennt worden war, der einige Meter neben ihm lag.

Unter den Überlebenden fand Marie den Jungen, den sie in der Höhle getroffen hatte und der die Menschen im Kloster vor der drohenden Gefahr gewarnt hatte. Er lag stöhnend am Boden und drückte seine Hände auf den Bauch. Blut quoll unter seinen Fingern hervor. Er hatte eine Stichwunde. Marie konnte die Angst in seinem schmerzverzerrten Blick erkennen, aber ein kurzes Lächeln schien über sein Gesicht zu huschen, als er sie erkannte. Marie sah den Mönch an, der neben dem Jungen kauerte und dessen Hand hielt.

»Wie heißt er?«

»Xiao Lu.«

Sie strich ihm liebevoll über die Stirn. »Xiao Lu. Xie xie ni. Ich danke dir.«

Dann rief sie einen der Sanitäter und machte sich mit ihm an die Arbeit, die Blutung durch einen Pressverband zu stoppen und die Wunde zu desinfizieren. Der Junge ertrug seine Schmerzen ohne einen Laut. Nachdem alle verletzten Mönche versorgt waren, drängte der Kapitän der »Seemöwe« zum Aufbruch. Es war höchste Zeit, um vor Einbruch der Dunkelheit wieder den Heimathafen zu erreichen. Die Küste war zu gefährlich, um eine Nachtfahrt zu wagen.

Marie überredete den Abt, ihren jungen Lebensretter mit nach Tsingtau ins Faberhospital nehmen zu dürfen, da sein Zustand kritisch war. Der Abt hatte keine Einwände, sondern nahm Maries Angebot dankbar an. Ein älterer Mönch wurde als Begleitperson mitgeschickt.

Einige der Ausflügler rümpften angesichts der schmutzigen und unangenehm riechenden Mönchskutten die Nase, als bekannt wurde, dass der Junge und ein Begleiter mit ihnen die Rückreise antreten würden. Aber Seezolldirektor Ohlmer sprach ein Machtwort. Schließlich hatte der Junge sie gewarnt und so Schlimmeres verhindert. Ohlmers Autorität wagte sich niemand zu widersetzen.

Die beiden Mönche wurden unter Deck in einer Kabine untergebracht, während die Ausflügler auf dem luftigen Oberdeck Platz nahmen, so dass sie keine Gefahr liefen, durch deren Geruch belästigt zu werden.

Kaum war der Anker gelichtet, als die bislang gedrückte Stimmung schlagartig umschlug. Marie, die in der Kabine noch letzte Handgriffe zur Versorgung ihres Patienten anlegte, hörte eine polternde Männerstimme auf Deck.

»Gibt's hier an Bord denn nichts zu trinken?«

Gelächter und Gegröle beantworteten die Frage. Binnen kürzester Zeit servierten die chinesischen Diener Wein, Bier und Schnaps, mit denen man den erlebten Schrecken kräftig hinunterspülte. Keine halbe Stunde später wurden die ersten Lieder angestimmt. Als die erste Zeile von »Im Wald da sind die Räuber« intoniert wurde, fielen fast alle an Bord grölend mit ein. Die jungen Soldaten vom bewaffneten Geleitschutz wurden wie Helden gefeiert. Mit Hochstimmung gedachte man der gewonnenen Schlacht gegen die chinesischen Piraten. Und als der Dampfer drei Stunden später wieder an der Seebrücke zu Tsingtau anlegte, beobachteten die Spaziergänger an diesem lauschigen Abend nicht ohne Neid, wie eine extrem gutgelaunte Schar ihrer Mitbürger leicht torkelnd, aber laut singend von Bord ging.

Während sich die Dampfergesellschaft auf den Weg nach Hause machte, um die Kunde der aufregenden Ereignisse so schnell wie möglich zu verbreiten, fuhr Marie mit dem Krankentransport ins Faberhospital. Sie wollte die Nacht dort verbringen, um sicherzugehen, dass der junge Mönch bestmöglich versorgt werden würde.

Mit Hilfe des Pflegers von der Nachtschicht brachte Marie Xiao Lu und seinen Begleiter Gao im Krankensaal unter, überprüfte die Verbände, flößte ihm ein Schlafmittel ein und hoffte, dass er die Nacht durchschlafen und bald zu Kräften kommen würde.

Anschließend schlich sie auf Zehenspitzen in den Krankensaal für Frauen, wo Xiaobao lag. Das Mädchen schlief selig, seine Puppe fest im Arm. Marie stand eine Weile an ihrem Bett und sah sorgenvoll auf die

Kleine hinunter. Noch immer hatte sie keine Lösung für die Zukunft des Mädchens gefunden. In spätestens drei Wochen würde sie den Gips abnehmen können, dann wäre ein Aufenthalt im Hospital nicht mehr zu rechtfertigen. Sie schreckte davor zurück, die Kleine mit in die Villa in der Tirpitzstraße zu nehmen, denn ihr Vater hatte recht. Was würde aus dem Mädchen werden, wenn sie selbst nach Deutschland zurückkehrte? Wenn sie das Kind mit nach Hause nahm, würde die Trennung in wenigen Wochen für alle nur noch schwerer werden, besonders für Xiaobao.

Marie zog die verrutschte Bettdecke wieder hoch und strich Xiaobao zärtlich über die Stirn.

Wenig später zog sie sich in ihr Behandlungszimmer zurück, um zu lesen. Doch schon nach einigen Minuten glitt ihr das Buch aus der Hand. Die Aufregungen des Tages und die frische Seeluft forderten ihren Tribut.

Marie erwachte vom Geräusch einer zufallenden Tür. Es dauerte einige Augenblicke, bis sie sich orientiert hatte. Sie lauschte, aber es herrschte wieder absolute Stille. Sie sah auf die Uhr. Sie hatte fast zwei Stunden geschlafen. Zeit, um noch einmal nach dem Patienten zu sehen. Sie stand auf und schlich über den dunklen Korridor. Ein Blick in das Pflegerzimmer zeigte, dass auch der Nachtpfleger sich zur Ruhe gelegt hatte und fest schlief. Kein Grund, ihn zu wecken, solange nicht Gefahr im Verzug war.

Als sie leise die Schwingtür zum Krankensaal aufstieß, bemerkte sie eine Gestalt, die am Bett des kleinen Mönchs saß und eine Hand auf dessen Stirn legte. Im ersten Moment glaubte sie, es sei sein Klosterbruder, der über ihn wachte, doch als sie näher herankam, drehte der Mann am Bett sich zu ihr um. Im Licht der schwachen Nachtbeleuchtung erkannte sie Du Xündi. Er lächelte leicht und legte einen Finger auf den Mund. Irritiert beugte sich Marie über den kleinen Patienten. Er schlief, aber sein Gesicht glänzte schweißnass, auf seiner Stirn lag ein weißer Lappen. Eine Schüssel mit Wasser stand auf dem Nachttisch.

Sie beugte sich zu Du und flüsterte: »Was machen Sie hier?«

Er deutete auf den Jungen. »Ich habe von dem Überfall im Kloster gehört und dass Sie einen verletzten Mönch zurückgebracht haben. Ich wollte sehen, ob ich helfen kann.«

Marie nickte, obwohl sie immer noch nicht verstand, was Du hierhergeführt hatte. Sie nahm den Lappen von der Stirn des Jungen, tauchte ihn in die Schale mit dem kalten Wasser und legte ihn erneut auf. Dann zog sie ein Fieberthermometer aus ihrer Kitteltasche und schob es zwischen die Lippen des schlafenden Jungen. Er hatte hohes Fieber.

»Könnten Sie bitte den Pfleger wecken? Er schläft im nächsten Zimmer links neben der Eingangstür.«

Du nickte und ging hinaus.

Es dauerte nur wenige Minuten, bevor der Pfleger und Du wieder zur Stelle waren. Xiao Lu, der inzwischen aus seinem unruhigen Fieberschlaf erwacht war, wurde entkleidet, mit kaltem Wasser abgewaschen und in saubere Decken gehüllt. Als er Du erblickte, lächelte er unvermutet und flüsterte. »Du Laoshi. – Lehrer Du.«

Du nickte ihm aufmunternd zu, nahm seine kleine Hand und redete beruhigend auf ihn ein. Auch der zweite Mönch Gao begrüßte Du freundlich und respektvoll.

Marie wies den Pfleger an, dem Jungen kalte Wadenwickel zu machen, um das Fieber zu senken. Gao beobachtete alles still und interessiert. Schließlich zog er aus seinem Gewand einen kleinen Beutel und hielt ihn Marie entgegen. Sie sah Du fragend an.

»Er sagt, das sei ein Tee, der Fieber bekämpft.«

Marie musterte den Beutel skeptisch. »Glauben Sie, es hilft?«

Du nickte. »In den Klöstern studiert man seit Jahrtausenden Heilmittel und Pflanzen, die Krankheiten lindern. Es ist eine getrocknete Blume, die mit heißem Wasser aufgebrüht wird. Vertrauen Sie ihm!«

Marie nickte. »Würden Sie ihm bitte sagen, er solle den Tee zubereiten. Der Pfleger wird ihm zeigen, wo die Küche ist. Dort kann er Wasser kochen.«

Eine Stunde später war Xiao Lu wieder eingeschlafen. Er hatte immer noch Fieber, aber sein Puls war deutlich ruhiger geworden, und er hatte aufgehört, den Kopf hin und her zu werfen.

Gao saß auf seinem Bett, um auf den Jungen aufzupassen. Der Pfleger würde regelmäßig Fieber messen.

Marie und Du Xündi zogen sich in Maries Behandlungszimmer zurück. Sie bot Du einen Platz an und ließ sich erschöpft gegenüber nieder.

»Was für ein Tag!«

Du betrachtete sie schweigend.

Marie erwiderte seinen Blick. »Sie kennen die Mönche?«

Er nickte. »Ich hatte Ihnen doch erzählt, dass ich nach dem Tod meiner Frau in einem Kloster Trost gesucht habe. Das war das Kloster Taiqinggong. Der Abt ist ein Onkel von mir. Die Mönche sind meine Freunde und Brüder geworden. Ich werde ihr Mitgefühl und ihre uneigennützigen Aufmerksamkeiten während dieser Zeit nie vergessen. Es hat mir für wenige Wochen den Glauben an die Menschen wiedergegeben.«

»Sie hatten nie erwähnt, dass es das Kloster Taiqinggong war.«

Du zuckte mit den Achseln. »Was hätte Ihnen der Name des Klosters bedeutet? Ich hätte auch nie gedacht, dass Sie je dorthin kommen würden.«

Marie nickte nachdenklich. »Es ist wirklich ein wundervoller Ort, so friedlich ... Bis die Banditen kamen.«

Sie erzählte Du die Geschichte von ihrem Zusammentreffen mit Xiao Lu, dem Überfall und der Rettung durch den tapferen kleinen Mönch. Plötzlich stieg die panische Angst, die sie während ihres Einsatzes für die Verletzten verdrängt hatte, wieder in ihr hoch. Sie hielt inne, um ihre Fassung wiederzugewinnen und um nicht in Tränen auszubrechen.

Du Xündi beugte sich zu ihr herüber, umfasste ihre Hand und streichelte sie beruhigend.

»Ich kann Ihre Angst verstehen. Es muss schrecklich für Sie gewesen sein. Wir können glücklich sein, dass nicht mehr passiert ist. Es tut mir so leid, dass dieser schöne Ausflug so enden musste.«

Marie schluckte. »Es war wirklich entsetzlich. Aber meine Landsleute und ich sind alle mit dem Leben davongekommen, während einige Mönche im Kloster gestorben sind, weil unsere Anwesenheit die Banditen angelockt hat. Das macht es für mich besonders schlimm.«

Du blickte mit versteinerter Miene auf seine Hände. »Man kann nicht mit Bestimmtheit sagen, dass sie es auf die Ausflügler abgesehen haben. Bisher haben Piraten nie ausländische Schiffe angegriffen und auch nie Klöster ... Wenn die Menschen zu solchen Maßnahmen greifen ...« Er seufzte. »Die Not wird immer größer, obwohl man manchmal denkt, es könne überhaupt nicht noch schlimmer werden.«

Marie hörte ihm schweigend zu. Sie konnte die Hilflosigkeit, die aus seinen Worten klang, bis in ihr Innerstes nachfühlen. Sie rückte auf ihrem Stuhl nach vorne, umarmte ihn und zog ihn an sich. Er hob seinen Kopf. Für einige Momente herrschte atemlose Stille. Alles, was Marie wahrnahm, waren Dus dunkle Augen, die bis an den Grund ihrer Seele zu dringen schienen. Sie fühlte seinen Atem auf ihrem Gesicht. Ihr Herz schlug heftiger. Ein warmes Gefühl strömte in die Magengegend. Dus Blick senkte sich auf ihre Lippen. Dann lehnte er sich ihr entgegen und küsste sie.

Seine Lippen fühlten sich warm und weich an. Plötzlich spürte Marie Dus Zunge, die ihre Lippen streifte. Als sich ihre Zungen zum ersten Mal begegneten, durchzuckte ein heißer Schwall ihren ganzen Körper bis in die Fußspitzen. Du richtete sich auf und zog Marie mit sich. Eng umschlungen drängten sich ihre beiden Körper aneinander. Durch ihr dünnes Sommerkleid konnte sie seinen Körper deutlich spüren. Noch ein verwirrender Gedanke mehr in diesem Nebel von Hitze, Nähe und Verlangen. Dus Hände glitten über Maries Haar, hinunter über ihren Hals und Rücken. Er zog sie ganz fest an sich, als wolle er sie nie wieder loslassen. Unzählige Gedankenblitze gingen Marie in diesen Augenblicken durch den Kopf, doch keinen konnte sie greifen, es war wie ein Sternschnuppenschwarm, der vorbeisauste, ohne dass man ihn festhalten konnte. Sie schloss die Augen und gab sich einfach ihrem Gefühl hin.

Schließlich ließ der Sturm der ersten Augenblicke etwas nach. Marie spürte Dus feste Umarmung. Er stand ganz still, seinen Körper gegen ihren gepresst. Als er seine Umarmung etwas lockerte, wandten beide eine Sekunde lang ihre Augen ab, bevor sie es wagten, einander anzusehen. Marie sah in seinem Blick Verwirrung und Zärtlichkeit und musste unwillkürlich lächeln. Genau das fühlte auch sie in diesem Moment. Was war geschehen? Was hatte das zu bedeuten?

Du ließ sie los. Seine Augen wichen aus, während er nach Worten zu suchen schien.

»Marie! Ich ... Ich muss mich entschuldigen ... Es ist einfach so über mich gekommen. Ich hoffe, Sie ...«

Marie schüttelte leicht den Kopf und legte ihm einen Finger auf den Mund. »Es gibt nichts zu entschuldigen. Mir ging es genauso.«

Ermutigt durch ihre Worte hob er den Kopf und sah sie an. »Sie ...«

Marie lächelte immer noch. »Du! Wenn man sich geküsst hat, sagt man du zueinander.«

Er zögerte. Sie nahm seine beiden Hände und zog ihn auf seinen Stuhl. Er ließ ihre Augen jetzt nicht mehr los. Marie konnte ihm ansehen, dass sich seine Gedanken überschlugen.
»Es war so schön.«
Marie nickte lächelnd und blickte auf ihre Hände, die ineinander verschlungen auf ihrem Schoß lagen. Dann sah sie ihn offen an. »Du musst nichts sagen.«
Für einige Augenblicke herrschte Stille. Marie war genauso überrascht wie Du von dieser unerwarteten Situation. Sie fühlte sich zu ihm hingezogen. Er war so attraktiv und geheimnisvoll. Seine Offenheit, seine vielseitigen Interessen und sein leidenschaftlicher Kampf für ein modernes China machten ihn in ihren Augen noch anziehender, denn sie empfand eine Art Seelenverwandtschaft mit ihm. Auf der anderen Seite wusste sie intuitiv, dass sie ihn nie richtig würde verstehen können, da sein Leben und die Kultur, in der er aufgewachsen war, ihr völlig fremd bleiben würden, egal, wie sehr sie sich anstrengen würde. Aber trotzdem … Wäre ein Leben mit diesem Mann nicht ein wunderbares Abenteuer, fern von jeglicher Gefahr von spießiger Behäbigkeit? Irgendwie war Marie auch von sich selbst überrascht, in dieser Situation voller Emotionen so klare Gedanken haben zu können.
Schließlich erhob sich Du Xündi. Er hielt Maries Hände immer noch fest und drückte sie gegen seine Lippen. »Ich werde jetzt gehen, Marie. Ich denke, wir beide brauchen etwas Zeit, um über das Geschehene nachzudenken.«
Marie lächelte ihn tapfer an, obwohl sie ihn eigentlich nicht gehen lassen wollte. Sie nickte schweigend.
Er beugte sich zu ihr herunter, und sie schloss die Augen, als sie noch einmal seine weichen Lippen auf ihrem Mund spürte. Sie hörte ihn flüstern. »Gute Nacht, Meiren. Wir sehen uns bald wieder.«
Marie spürte, wie er sich entfernte und das Zimmer verließ. Erst als die Tür leise hinter ihm ins Schloss fiel, öffnete sie die Augen wieder.

 31.

Am nächsten Morgen war der Andrang in der Poliklinik des Faberhospitals besonders groß. Die Öffnung der Grenzen brachte die Menschen und ihre Krankheiten wieder zurück in die Stadt.

Als gegen Mittag die letzten Patienten verarztet waren, ging Marie hinüber in den Krankensaal, um nach dem kleinen Mönch zu sehen. Sein Bett war leer, und auch von Gao war nichts zu sehen. Gerade als sie den Pfleger rufen wollte, hörte sie im Hof Kinderlachen. Sie blickte aus dem Fenster. Gao saß mit dem kleinen Mönch und Maries Pflegekind Xiaobao draußen im Schatten an der Hauswand auf einer Matte. Spontan holte Marie aus ihrem Behandlungszimmer einige Bananen, die sie vor einigen Tagen auf dem Markt erstanden hatte, ging hinaus und setzte sich zu ihnen. Schon am Tag zuvor war ihr aufgefallen, dass der dicke Mönch Gao mit seinem freundlichen, von Lachfalten überzogenen Gesicht eine überwältigende Herzlichkeit und Wärme ausstrahlte. Jetzt saß er auf dem Boden vor den Kindern und spielte ihnen mit erstaunlichem Geschick mit den Fingern Tiere vor, die sie erraten mussten. Gerade segelten seine Hände elegant wie ein Vogel durch die Luft. Der kleine Mönch saß blass und mit dunklen Augenringen an die Hauswand gelehnt, neben ihm Xiaobao mit ihren eingegipsten Füßchen. Auch sie wirkte noch sehr zerbrechlich, aber beide Kinder lachten aus vollem Halse über die lustigen Vorführungen des dicken Mönchs. Marie betrachtete die Kinder voller Rührung. Sie wusste nichts über den Jungen, aber sie konnte sich vorstellen, dass es für ein Kind schrecklich sein musste, in der Kindheit aus der Familie gerissen zu werden, um im Kloster aufzuwachsen. Xiaobaos Martyrium lag nur Wochen zurück. Zum ersten Mal war sie an diesem Morgen so ausgelassen und fröhlich, dass Marie beinahe die Tränen kamen. Um ihre Rührung zu überspielen, klatschte sie laut Beifall, was die Kinder sofort voller Begeisterung nachahmten. Marie lehnte sich vor und bot Gao und den Kindern eine Banane an. Sie nahmen sie neugierig in die Hand. Offensichtlich hatte noch keiner von ihnen je diese Frucht gesehen, die seit Neuestem aus Südchina importiert wurde. Marie hielt die letzte Banane hoch, brach die Schale auf und biss hinein. Ohne zu zögern, folgten die anderen ihrem Beispiel. Gao war für einen Moment lang skeptisch und roch an der Frucht, bevor er zubiss. Allen drei Gesichtern war die angenehme Überraschung angesichts des süßen Geschmacks anzusehen. Kaum waren die Bananen verspeist, hob Gao wieder die Hände und setzte seine Pantomime fort. Marie versuchte, seine Bewegungen nachzuahmen, und erntete fröhliches Gelächter der Kinder.

Plötzlich rutschte das kleine Mädchen auf Marie zu und streckte ihr spontan beide Ärmchen entgegen. Marie legte ihre Arme um Xiaobao und zog sie auf ihren Schoß. Das Mädchen legte den Kopf an Maries Brust und sah sie aufmerksam an. Marie beugte sich vor und küsste Xiaobao zärtlich auf die Stirn. Das Kind lächelte selig. Marie bewegte den Oberkörper sanft hin und her und wiegte Xiaobao in ihren Armen. Nach nur wenigen Minuten war die Kleine eingeschlafen. Marie lehnte sich an die Wand und hielt sie fest umschlungen. Der kleine Junge beobachtete die Szene, rutschte kurzerhand zu Gao hinüber, kuschelte sich an ihn heran und schlief ebenfalls ein. Gao nickte lächelnd. Schließlich streckte auch er sich auf der Matte aus und schloss entspannt die Augen.

Marie hatte keine Ahnung, wie lange sie geschlafen hatte, als sie von Schritten im Sand und leisem Kichern geweckt wurde. Als sie die Augen öffnete, standen Hedda Burghard und Margarete mit Lilly an der Hand, umgeben von den Schülerinnen der chinesischen Mädchenschule, vor ihnen. Die Mädchen kicherten angesichts dieses ungewöhnlichen Anblicks.

Hedda beugte sich vor und flüsterte: »Wollen Sie mit zum Essen kommen, Marie? Margarete und Lilly sind heute auch bei uns zu Gast!«

Marie blickte auf Xiaobaos schlafendes Gesicht. Hedda streckte ihr die Hand entgegen.

»Kommen Sie, ich helfe Ihnen. Wir nehmen Xiaobao einfach auch mit.«

Lilly beobachtete die Szene mit ernstem Gesichtsausdruck. Dann blickte sie zu ihrer Mutter hoch. »Ist das Maries Kind?«

Margarete lächelte hilflos und sah Marie an, die nach einem kurzen Moment des Zögerns an ihrer Stelle antwortete. »Ja, das ist mein Kind. Sie heißt Xiaobao – mein kleiner Schatz.«

Lilly lachte fröhlich. »Du hast mir noch gar nichts vor ihr erzählt. Aber macht nichts. Wir werden bestimmt Freundinnen werden.«

Marie nickte. »Bestimmt.«

Nachdem Marie Xiaobao im Wohnzimmer auf die Couch gelegt hatte, nahm sie an der Mittagstafel Platz, an der heute zehn Personen saßen. Richard Wilhelm blickte wohlwollend in die Runde, bevor er die Hände zum Tischgebet faltete.

Anschließend wurden dampfende Schüsseln mit Suppe aufgetragen. Alle langten hungrig zu, und schon bald erfüllte angeregte Unterhaltung den Raum. Margarete erzählte von ihrem ersten Tag in der Schule, und Hedda und Salome sparten nicht mit guten Ratschlägen und eigenen Anekdoten.

Während man auf den Hauptgang wartete, wandte sich Richard Wilhelm an Marie. »Ich habe eine gute Nachricht für Sie, Fräulein Hildebrand! Heute Morgen erreichte mich ein Telegramm aus Berlin von der Mission. Doktor Heltau, der Nachfolger von Doktor Wunsch, wird schon Anfang nächster Woche abreisen. Er bringt auch eine neue Krankenschwester mit. Sie kommen mit der Transsibirischen Eisenbahn. Die Reise dauert von Berlin Friedrichstraße bis Tsingtau Hauptbahnhof nur etwas mehr als zwei Wochen.« Er schüttelte den Kopf. »Manchmal kann ich es kaum glauben, wie schnell man heutzutage um die halbe Welt reisen kann! Wenn alles fahrplanmäßig abläuft, wird Dr. Heltau am 11. Mai hier ankommen. Mir fällt ein Stein vom Herzen. Dann haben Sie noch einige Wochen Zeit, um ihn einzuarbeiten, bevor Sie wieder nach Berlin zurückkehren.«

Marie spürte einen Stich im Herzen. Sie blickte erschrocken in das zufriedene Gesicht des Missionsdirektors. Bisher hatte sie den Gedanken an ihre Heimreise erfolgreich verdrängt. Nun hatte Richard Wilhelm offiziell den letzten Abschnitt ihres Aufenthaltes im deutschen Schutzgebiet in China ausgerufen. Schlagartig verstummten die Gespräche am Tisch. Alle sahen Marie schweigend an. Sie atmete tief ein und zwang sich, Haltung zu bewahren. »Das ist wirklich eine gute Nachricht.«

In diesem Augenblick war aus dem angrenzenden Wohnzimmer ein angstvolles Stimmchen zu hören. »Meiren! Meiren!«

Marie sprang auf, ging nach nebenan und brachte Xiaobao mit zurück an den Tisch. Sie nahm sie auf ihren Schoß. Die Kleine sah neugierig in die Runde.

Lilly, die zusammen mit den zwei Söhnen von Richard und Salome Wilhelm am unteren Tischende saß, blickte mit ernster Miene auf Marie. »Nimmst du Xiaobao mit, wenn du wieder nach Deutschland fährst?«

Margarete sah ihr Töchterchen strafend an. Lilly hatte ausgesprochen, was alle dachten. Der erste Gedanke, der Marie durch den Kopf schoss, war, dass Xiaobao Gott sei Dank kein Deutsch verstand.

Tapfer lächelte Marie zu Lilly hinüber. »Ich weiß es noch nicht, Lilly. Ich überlege noch, was am besten für Xiaobao ist.«

Lilly nickte verständnisvoll. »Aber sie ist doch dein Kind! Du kannst sie doch nicht alleine lassen.«

Nach dem Andrang am Morgen herrschte an diesem Nachmittag unerwartete Leere im Wartezimmer. Marie nutzte die Zeit, um ihre Patientenkartei auf den neuesten Stand zu bringen. Doch sie hatte Probleme, sich zu konzentrieren. Immer wieder schweiften ihre Gedanken zu Xiaobao und zu Du Xündi ab. Und je mehr sie über die beiden nachdachte, desto unruhiger wurde sie. Wie sollte das alles weitergehen? Diese Frage war nicht mehr länger zu verdrängen, sie musste sich damit auseinandersetzen.

Plötzlich klopfte es leise an der Tür.

Marie war dankbar für die Ablenkung. »Herein.«

Die Tür öffnete sich, und Du Xündi trat ein.

»Welch schöne Überraschung!« Marie stand auf und ging auf ihn zu. Er ergriff ihre Hände, zog sie sanft an sich und küsste sie. Widerstandslos sank sie in seine Arme und genoss seinen Geruch und seinen Geschmack. Minutenlang gaben sich beide nur ihrer Nähe hin.

Schließlich machte Marie sich los. Einige Haarsträhnen hatten sich gelockert. Nervös versuchte sie, sie wieder hochzustecken. Jeden Moment konnte jemand hereinkommen. Du betrachtete sie zärtlich. »Du bist wunderschön, Meiren. Ich konnte einfach nicht bis morgen warten, um dich wiederzusehen.«

Marie strahlte. »Wahrscheinlich haben dich meine Gedanken hierhergerufen. Ich habe den ganzen Morgen gehofft, du würdest kommen.«

»Wie lange musst du noch im Hospital bleiben? Ich dachte, wir könnten vielleicht zusammen einen Spaziergang machen.«

Marie musste nur kurz überlegen. »Das ist eine wunderbare Idee. Wo wollen wir hingehen?«

»Lass dich überraschen.«

Vor dem Hospital rief Du zwei Rikschas. Die Fahrt ging Richtung Norden stadtauswärts. Schon nach wenigen hundert Metern waren die letzten Gebäude verschwunden, und die karge Felslandschaft des Umlandes mit tiefen Ravinen tat sich auf. Die Kulis begannen zu schwitzen, als Du sie anwies, die geteerte Straße zu verlassen und einen holprigen Weg bergan zu laufen. Nach wenigen hundert Metern passierten sie eine kleine Brücke. Hier ließ Du anhalten. Während die beiden Kulis sich auf den Rikschas niederließen und die Beine hochlegten, folgten Du und Marie zu Fuß dem steinigen Weg. Riesige Felsen lagen auf dem Berghang, dazwischen spärlicher Bewuchs an trockenen Gräsern und niedrigen Büschen. Hand in Hand erklommen die beiden den Berg. Der Gipfel war ein großes Plateau, übersät mit Felsen, denen Jahrtausende von Wind und Wetter die Kanten genommen hatten. Es wehte eine warme Brise. Du zog Marie neben sich auf einen großen flachen Stein. Von hier aus hatte man einen herrlichen Rundblick auf die Chinesenstadt, den Hafen, die Bucht von Kiautschou und das Laoshangebirge. Die Sonne stand im Westen über der Bucht, auf der unzählige Dschunken wie Schmetterlinge dahinsegelten. Seeadler kreisten am Himmel.

Lächelnd beobachtete Du Marie, die sich begeistert umsah.

»Was für ein herrlicher Ort! Und keine halbe Stunde vom Hospital entfernt.« Sie blickte Du glücklich an. »Danke, dass du mich hierhergebracht hast. Die Welt da unten sieht ganz winzig aus. Es scheint, als würden hier oben alle Probleme mit einem Schlag ganz klein ...«

Er beugte sich zu ihr hinunter und küsste sie zärtlich. »Probleme? Was bedrückt dich?«

Marie seufzte. »Ehrlich gesagt frage ich mich im Moment, wie das alles weitergehen soll. Heute wurde ich ziemlich abrupt daran erinnert, dass meine Zeit hier bald abläuft.«

Du küsste sie erneut. Er zog seine Jacke aus und breitete sie hinter sich auf dem Felsen aus. Dann nahm er Marie in die Arme und zog sie mit sich hinunter. Sie lagen dicht aneinandergedrängt und sahen sich in die Augen. Er streichelte ihr Gesicht und ihr Haar.

»Ich habe nie gewagt, dich zu fragen, ob es einen Mann in deinem Leben gibt, Marie. Wartet jemand in Berlin auf dich?«

Marie schüttelte den Kopf.

»Wie kann das sein? Eine so schöne und so kluge Frau wird doch zahllose Verehrer haben, die sie heiraten wollen.«

Marie lächelte und zögerte einen Moment. »Es gab tatsächlich mehrere Bewerber. Aber sie alle hätten von mir erwartet, dass ich nach der Heirat bloß Ehefrau und Mutter werde und auf keinen Fall als Ärztin arbeiten könnte. Deswegen habe ich mich gegen eine Heirat entschieden.«

Du sah sie erstaunt an. »Und was sagt deine Familie dazu?«

»Meine Mutter ist seit Jahren tot, und mein Vater lebte weit weg, hier in Tsingtau. Ich glaube, er hätte es gern gesehen, wenn ich geheiratet hätte, aber er hatte immer ein schlechtes Gewissen, dass er nie für mich da gewesen ist. Deshalb würde er mich nie zu irgendetwas zwingen. Im Stillen hofft er, dass ich eines Tages noch zur Vernunft komme.«

»Und? Denkst du, du wirst zur Vernunft kommen? Du brauchst doch auch jemanden, der dich versorgt.«

»Ich brauche niemanden, der mich versorgt. Ich hatte Glück. Meine Mutter hat mir etwas Geld hinterlassen, mit dem ich mein Studium finanzieren konnte. Und bald werde ich als Ärztin Geld verdienen. Somit bin ich unabhängig.«

Du betrachtete sie liebevoll. »Du bist so mutig! Ich habe noch nie eine Frau wie dich getroffen.«

Marie setzte sich wieder auf. »Und wie stellst du dir dein weiteres Leben vor?«

Du schwieg.

Marie ließ nicht locker. »Ich mache mir einfach Gedanken über dich, weiter nichts. Also, was sind deine Pläne?«

»Ich bin mir nicht sicher. In den letzten Wochen und Monaten ist so viel passiert. Die Regierung in Peking gerät immer mehr unter Druck. Man muss sie jetzt aktiv bekämpfen, vielleicht erreichen wir schneller als erwartet den Umsturz.«

»Und was ist mit deinem Studium?«

»Das wird vielleicht warten müssen. Jeder Kämpfer wird gebraucht.«

Marie blickte ihn ernst an. »Versprich mir, dass du vorsichtig bist!«

Er lachte bitter. »Du kannst das nicht verstehen! Hier geht es um die Zukunft Chinas. Da kann ich auf mein eigenes Wohl keine Rücksicht nehmen.«

Als er Maries erschrockenen Gesichtsausdruck sah, nahm er sie in die Arme und zog sie an sich. »Hab keine Angst, Meiren.«

Marie atmete tief durch und ließ ihren Blick nochmals über die schroffe, aber ergreifend schöne Landschaft schweifen. »Ich habe mich getäuscht. Hier oben sind die Probleme noch größer als unten …« Sie schwieg einen Moment. Dann wandte sie sich mit trotzigem Gesichtsausdruck an ihn. »Sag mir die Wahrheit! Was hast du vor? Ich denke, ich habe ein Recht, das zu fragen, nach allem, was ich für dich getan habe.«

Dus Gesicht wurde mit einem Schlag ausdruckslos. »Ich werde dir ewig dankbar sein für das, was du getan hast. Aber mehr kann ich dir nicht sagen. Sieh das bitte ein.«

Marie betrachtete ihn. Von einem Augenblick auf den anderen schien hier ein anderer Mann neben ihr zu sitzen. Sie stand auf und klopfte sich den Staub von der Kleidung. »Lass uns bitte zurückfahren. Mein Vater wird schon auf mich warten.«

»Ja, natürlich. Ich bringe dich nach Hause …«

Kaum waren Marie und Du auf dem Hof in der Tirpitzstraße aus ihren Rikschas geklettert, streckte Marie Du förmlich die Hand entgegen. »Vielen Dank für den schönen Ausflug.« Du lächelte gezwungen. »Es freut mich, dass es dir gefallen hat.« In diesem Moment ging die Haustür auf, und Fritz erschien auf der Treppe.

»Guten Abend, Missy! Guten Abend, Du Laoshi! Missy, Master Hildebrand wartet schon. Es sind Gäste gekommen.«

»Gäste?«

»Master Philipp und Besuch.«

Du verbeugte sich kurz vor Marie. »Ich wünsche dir noch einen schönen Abend. Wir sehen uns morgen.« Er kletterte in seine Rikscha und gab das Kommando zur Abfahrt.

Marie sah ihm nachdenklich hinterher, dann folgte sie Fritz ins Haus.

»Alle sitzen auf der Terrasse.«

Als Marie in den Garten trat, blieb sie überrascht stehen. Um die Terrasse herum steckten brennende Fackeln im Boden, Windlichter standen auf den kleinen Tischchen zwischen den bequemen Korbsesseln, auf denen der Hausherr mit seinen Gästen saß.

»Marie, wie du siehst, die Sommersaison ist eröffnet! Wie herrlich, dass man endlich abends draußen sitzen kann.«

Drei Herren hatten sich erhoben. Ihr Vater, Philipp und ein junger Mann, den sie bisher noch nicht gesehen hatte. Im selben Moment entdeckte sie neben Philipp und Adele eine elegante blonde junge Frau, die sie neugierig musterte. Ihr Vater kam ihr mit ausgebreiteten Armen entgegen.

»Marie, schön, dass du endlich kommst. Wie du siehst, haben wir netten Besuch. Philipp hat uns seine Gäste mitgebracht, die heute aus Shanghai angekommen sind. Darf ich vorstellen. Lady Sarah Belfort und Mr. Bertil Morton.«

Für einen Augenblick schoss Marie die Frage durch den Kopf, warum die beiden so schnell nach Aufhebung der Quarantäne nach Tsingtau gekommen waren. Aber sie ließ sich ihre Verblüffung nicht anmerken. Sie schritt mit ausgestreckter Hand lächelnd auf Sarah zu. »Guten Abend, Lady Belfort!«

Sarah nahm lächelnd ihre Hand. »Ich hoffe doch, wir nennen uns beim Vornamen. Ich heiße Sarah, Marie. Philipp hat mir so viel von Ihnen erzählt, dass es mir vorkommt, als würde ich Sie schon sehr lange kennen.«

Marie warf Philipp einen kurzen verblüfften Blick zu, bevor sie Sarah antwortete. »Sehr gerne, Sarah. Herzlich willkommen in Tsingtau.« Sie reichte auch Bertil die Hand. »Willkommen auch Ihnen, Bertil.«

Als sie sich an Philipp wandte, konnte sie sich nicht zurückhalten. »Hallo, Philipp. Du hast uns gar nichts von der bevorstehenden Ankunft deiner Gäste erzählt.«

Bevor er antworten konnte, trat Sarah neben ihn und legte ihre Hand auf seinen Arm.

»Er kann nichts dafür! Es war eine Überraschung. Als wir letzten Sonntag die Nachricht über das offizielle Ende der Pestquarantäne in der Zeitung lasen, haben wir uns spontan entschlossen, sofort zu kommen. Alle sagen, Mai und Juni seien die schönsten Monate im Sommer in Tsingtau, bevor der Regen kommt. Das wollten wir ausnutzen. Und Bertil wollte sowieso etwas Urlaub nehmen, während ich in China bin. Es ist sehr schön hier, und das Hotel Prinz Heinrich hat wirklich Stil.«

Philipp lachte. »Die Überraschung ist mehr als geglückt! Ich war ziemlich sprachlos, als ich gestern Abend das Telegramm mit der Ankunftszeit für heute Morgen erhielt … Ich musste schon um sechs Uhr an den Hafen! Aber ich freue mich so, die beiden hier zu haben. Deshalb musste ich sie auch gleich heute Abend zu euch bringen!«

Wolfgang Hildebrand klopfte ihm freundschaftlich auf die Schulter. »Recht so, Junge. Du machst uns eine ganz große Freude! Deine Freunde sind natürlich auch unsere Freunde. Ich glaube, wir müssen noch eine Flasche Wein aufmachen. Fritz, noch eine Flasche Riesling!«

Als schließlich alle wieder Platz genommen hatten, musterte Philipp Marie mit ernster Miene. »Wie geht es denn deinem neuesten Patienten? Hat er die Nacht gut überstanden?«

Wolfgang Hildebrand räusperte sich. »Glaubt ihr wirklich, dass das das richtige Thema für solch einen schönen Abend ist? Noch dazu der erste deiner Gäste in unserer schönen Stadt!«

Sarah sah ihn begütigend an. »Machen Sie sich keine Sorgen, Kapitän Hildebrand. Philipp hat uns schon alles erzählt. Sie müssen uns nicht auf Rosen betten, auch in Shanghai und Umgebung kommt es zu Überfällen, wahrscheinlich oft noch gewalttätiger als hier.«

Marie seufzte. »Das liest man ja immer wieder in der Zeitung. Was meinen Patienten betrifft, so geht es ihm schon erstaunlich gut. Sein Klosterbruder kümmert sich rührend um ihn. Ich denke, in ein paar Tagen können die beiden wieder nach Taiqinggong zurückkehren.«

Sarah betrachtete sie aufmerksam. »Ich bewundere Ihr Engagement, insbesondere für die chinesischen Frauen.«

Marie zuckte mit den Schultern. »Ich tue nur das, wozu ich ausgebildet wurde.«

»Sie sind zu bescheiden, Marie. Wie man hört, hat der Gouverneur Ihnen sogar einen Orden für Ihre Arbeit verliehen.«

Marie atmete tief durch. Dann blickte sie mit gerunzelter Stirn zu Philipp. »Ich hoffe wirklich, dass Philipp auch noch andere Gesprächsthemen hatte als mich.«

Marie bemerkte, dass Philipp von dieser Äußerung betroffen schien. Sarah jedoch lachte laut. »Oh, da müssen Sie sich keine Sorgen machen! Wir kennen uns schon so lange, uns gehen die Themen nie aus.«

Wolfgang Hildebrand schien zu spüren, dass die Stimmung etwas angestrengt wirkte. Sofort warf er sich in die Schlacht. »Mr. Morton, wie lange wollen Sie und Ihre Schwester denn eigentlich hierbleiben, und was sind Ihre Pläne?«

Bertil wiegte den Kopf. »Mal sehen. Ich habe nur zwei Wochen Urlaub. Ende nächster Wochen werde ich nach Shanghai zurückfahren. Was meine Schwester vorhat, wird sich weisen. Sie hat sich noch nicht entschieden.«

Marie beobachtete, dass Sarah kurz zu Philipp blickte. Adele wollte es genauer wissen. »Oh, Lady Belfort, Sie wollen also vielleicht länger hier bleiben? Wie schön! Sie werden sehen, es gibt so viele Möglichkeiten zu Unternehmungen.«

Sarah lächelte freundlich. »Daran zweifle ich nicht. Ich wollte auch noch nach Peking weiterfahren, wo Freunde von mir an der Botschaft tätig sind. Mal sehen, was sich so ergibt. Ich lasse die Dinge einfach auf mich zukommen.«

Wolfgang Hildebrand nickte zufrieden. »Das ist ein gutes Stichwort.«

Er stand auf, ging zu Adele und nahm ihre Hand. Sie erhob sich und strahlte ihn glücklich an.

»Meine liebe Tochter, liebe Freunde! Ich möchte euch bitten, mit uns zusammen das Glas zu erheben und auf unsere bevorstehende Vermählung anzustoßen. Adele und ich haben heute endlich den Hochzeitstermin festgelegt. Am Samstag in drei Wochen ist es so weit. Was gibt es Schöneres als eine Hochzeit im Mai?«

»Hört! Hört!«

»Und wir möchten euch, liebe Marie und lieber Philipp, bitten, unsere Trauzeugen zu sein!«

Alle Anwesenden erhoben sich und gratulierten dem Brautpaar. Marie umarmte Adele.

»Ich bin so froh, liebe Adele! Da kann ich sicher sein, dass mein Vater in besten Händen ist. Es wird mir eine Ehre sein, Trauzeugin zu sein.«

Der glückliche Bräutigam legte seinen Arm um seine zukünftige Frau und um seine Tochter. »Das Wichtigste für uns ist, dass du bei diesem wichtigen Anlass bei uns bist.«

Marie sah die beiden gerührt an. »Ich danke euch.«

Insgeheim schnürte es ihr das Herz ab. Schon wieder wurde sie daran erinnert, dass sie sich bald mit ihrer Heimreise beschäftigen müsste, doch Deutschland schien so unendlich weit weg von dieser Welt und all diesen Menschen.

Der weitere Abend verlief in aufgeräumter Stimmung. Ideen für die Hochzeitsfeierlichkeiten wurden in die Runde geworfen, aber Adele und Wolfgang hatten die Vorbereitungen längst getroffen. Nach der Trauung am Nachmittag sollte ein großes Gartenfest hier in der Tirpitzstraße stattfinden. Zelt, Buffet und Möbel waren bereits bestellt. Das Hotel Kurfürst bot einen erprobten Service für derartige Veranstaltungen an. Marie war heilfroh, dass ihre einzige Aufgabe darin bestehen sollte, Adele zur Schneiderin zu begleiten und auch sich selbst ein neues Kleid machen zu lassen.

Schließlich wandte man sich Ausflugsplänen für die beiden Gäste aus Shanghai zu. Nun war Philipp am Zug. Er lud Marie ein, am Mittwochnachmittag mit ihm, Sarah und Bertil zu einem Spaziergang am Strand und Abendessen im Strandhotel zu kommen. Zur allgemeinen Überraschung lehnte Marie ab. Die Arbeit im Hospital erlaubte es ihr nicht, frei zu nehmen.

Philipp ließ nicht locker. »Aber am Wochenende kannst du uns doch begleiten. Wir wollen zur Irenebaude im Laoshan wandern und dort übernachten. Ich habe Sarah versprochen, dass sie dort wunderbare Motive für ihre Malerei finden wird. Gerlinde und Geoffrey wollen auch mitkommen.«

Diesmal nickte Marie. »Das klingt wunderbar. Und Gerlinde und Geoffrey habe ich schon viel zu lange nicht gesehen. Ich komme gerne mit, vorausgesetzt, es tritt kein unerwarteter Notfall ein.«

Philipps Lächeln wirkte etwas gezwungen. »Ja, natürlich. Notfälle gehen vor.«

Marie war bewusst, dass es dringend wichtig wurde, eine zuverlässige Lösung für die Fürsorge von Xiaobao zu finden. Nach dem Mittagessen suchte sie das Gespräch mit Richard und Salome Wilhelm. Obwohl Richard Wilhelm einen großen chinesischen Bekanntenkreis hatte, war seiner Meinung nach niemand darunter, der das Mädchen aufnehmen und für eine moderne Ausbildung sorgen würde. Zu traditionell war das Familienbild seiner gelehrten Freunde.

Alles, was Richard und Salome raten konnten, war, möglichst vielen Menschen von dem Fall zu erzählen. Vielleicht würde sich jemand von sich aus anbieten, Xiaobao zu adoptieren. Auch unter den in Tsingtau lebenden deutschen Familien war nach Wilhelms Meinung niemand, den man mit diesem Anliegen ansprechen konnte. Vor allem war bei den meisten nicht sicher, wie lange sie im Schutzgebiet bleiben würden, bevor es sie zurück nach Deutschland rief. Der beste Weg, die Zukunft des kleinen Mädchens zu sichern, lag in der Unterbringung in einem Missionswaisenhaus. Marie war entsetzt. An diesem Abend wälzte sie sich endlos im Bett, bevor sie in einen unruhigen Schlaf fand.

Du sah sofort, dass es ihr nicht gutging, als er am nächsten Abend zum Unterricht erschien. Kaum hatte Fritz Tee serviert und das Esszimmer verlassen, legte er besorgt die Hand auf Maries Arm.

»Was ist passiert? Du siehst blass aus.«

Marie seufzte tief. »Ich kann vor Sorge um Xiaobao nicht mehr schlafen. In zwei, spätestens drei Monaten werde ich nach Deutschland zurückkehren, bis dahin muss ich Pflegeeltern für sie finden. Hast du nicht eine Idee?«

»Was stellst du dir denn vor?«

»Ich glaube, es wäre am besten für sie, in einer chinesischen Familie aufzuwachsen, die dafür sorgt, dass sie eine Schule besuchen kann, um ihre Zukunft zu sichern.«

Du lachte bitter. »Ihre Zukunft sichern?«

Marie sah ihn fragend an. Dus Gesichtsausdruck war düster.

»In einem Land wie unserem gibt es keine sichere Zukunft für sie. Du solltest sie mit nach Deutschland nehmen und selbst für sie sorgen. Die Lage hier ist so instabil, dass jederzeit alles zusammenbrechen kann. Ein kleines Mädchen ohne eigene Familie hat keine Chance auf eine Zukunft.«

Mutlos starrte Marie ins Leere. Er bestätigte, was alle sagten und was sie inzwischen auch selber glaubte. Aber trotzdem wollte sie nicht aufgeben, irgendeine Lösung würde sie finden.

Du nahm ihre Hand. »Hast du dir auch Gedanken um unsere Zukunft gemacht?«

Marie spürte eine Mischung aus Ärger und Unsicherheit. Eigentlich wollte sie doch über Xiaobao reden. Gleichzeitig wusste sie nicht, wie sie sich eine Beziehung mit Du vorstellen sollte. Seit ihrem ersten Kuss war ihr klar, dass diese Frage irgendwann einmal kommen musste, und sie hatte Angst davor, denn sie hatte keine Antwort darauf. Sie hatte ihn so gerne um sich, liebte ihre Gespräche, bewunderte seinen Mut und die Leidenschaft für sein Land, aber gab es wirklich eine Zukunft für sie beide? Sie würde nach Berlin zurückkehren. Er würde für sein Land kämpfen. Wie sollte es da einen gemeinsamen Weg geben?

Sie wich seinem Blick aus und suchte nach Worten. Sie konnte spüren, dass Du sie intensiv ansah, auf eine Antwort wartend.

Schließlich blickte sie ihm in die Augen. »Was ist mit dir? Glaubst du, wir können eine gemeinsame Zukunft haben? Und wenn ja, wie könnte die aussehen?«

Du sah sie verblüfft an. Er schien zurückzuweichen.

Marie sah den verwirrten Blick in seinen Augen. Sie hatte ihm den Ball zurückgeworfen, aber auch er kannte keine Antwort auf diese Frage.

Sie legte ihre Hand auf seinen Arm. »Du musst diese Frage nicht beantworten.«

Du nickte schwach. Die Verzweiflung, die in seinen Augen zu lesen war, berührte Marie zutiefst.

Plötzlich öffnete sich die Tür. Fritz stand auf der Schwelle. »Missy, das Hospital hat angerufen. Sie müssen dringend kommen.«

Marie sah ihn erschrocken an. »Was ist passiert?«

Fritz sah hilflos von ihr zu Du. Dann ergoss sich ein wahrer Wortschwall über Du Xündi. Es war einfach leichter für den Boy, die Situation auf Chinesisch zu erklären.

Nach einigen Sätzen hob Du die Hand, um ihm Einhalt zu gebieten.

»Die Mutter von Xiaobao ist wieder aufgetaucht und hat versucht, ihr Kind wegzuschleppen. Die Pfleger haben es verhindert, aber nun ist die Kleine nicht mehr zu beruhigen.«

Marie sprang auf. »Rufen Sie mir eine Rikscha, ich muss sofort los.«

Du stand neben ihr. »Soll ich dich begleiten?«

Marie zögerte nicht. »Das wäre schön. Ich glaube, ich könnte deine Unterstützung jetzt gut gebrauchen.«

Xiaobao saß in ihrem Bett, umklammerte ihre Puppe und schluchzte herzzerreißend.

»Mama! Mama!«

Marie stand für einen Augenblick hilflos vor ihr, dann nahm sie das

Kind in den Arm und wiegte es sanft zur Beruhigung. Es war für sie verwirrend und furchtbar zugleich, dass das kleine Mädchen trotz aller Qualen, die ihm seine Mutter zugefügt hatte, immer noch nach ihr rief. Konnte der seelische Schmerz größer sein als der körperliche? Du Xündi stand bei dem Pfleger Laowei, der ihm aufgeregt und wortreich erzählte, was passiert war.

»Er ist aufgewacht, weil er ein Geräusch im Krankensaal hörte, als ob etwas zu Boden gefallen wäre. Als er nachsah, lag Xiaobao weinend im Bett, die Wasserkaraffe lag zerbrochen vor dem Nachttisch. Er holte gleich einen Besen, um die Scherben zu beseitigen. Dabei entdeckte er, versteckt unter dem Bett der Kleinen, ihre Mutter.«

»War sie alleine?«

»Es sieht so aus. Zumindest hat er niemand anderen gesehen.«

Beruhigend streichelte Marie Xiaobao, die allmählich aufhörte zu schluchzen.

»Und wo ist die Frau jetzt?«

»Er hat sie in die Wäschekammer gesperrt.«

»Wir müssen versuchen, mit ihr zu sprechen!«

Du widersprach. »Du solltest die Polizei rufen. Schließlich hast du ihr das Mädchen abgekauft. Sie gehört jetzt dir.«

Marie schüttelte ungeduldig den Kopf. »Niemand gehört irgendjemandem! Ich habe sie nicht gekauft, um sie zu besitzen, sondern um sie vor dem grausamen Schicksal zu bewahren, das ihre Mutter für sie vorgesehen hatte. Trotzdem bleibt diese Frau ihre Mutter. Ich muss mit ihr sprechen. Kannst du mir bitte helfen?«

Du nickte. »Dein Verständnis für deine Mitmenschen ist wirklich unerschöpflich.«

Als Marie die Tür zur Wäschekammer aufschloss, fand sie Weiwei in einer Ecke kauernd. Marie führte sie in ihr Behandlungszimmer und versuchte, sie mit Dus Hilfe zu befragen. Doch die junge Frau blieb stumm. Sie saß da, starrte auf ihre Hände und sagte kein Wort. Weder sanftes Zureden noch ein schärferer Tonfall hatten Erfolg. Schließlich gab Marie ihr ein Zeichen, dass sie gehen könne.

Du war nicht einverstanden. »Du willst sie einfach gehen lassen? Du solltest sie anzeigen. Nur Strafe kann sie überzeugen, dass es für sie gefährlich wird, wenn sie dem Kind wieder zu nahe kommt.«

Marie hob die Hand, um Dus Empörung zu bremsen. »Und was passiert bei der Polizei? Sie wird eingesperrt, bekommt einige Stockhiebe und eine Verwarnung. Das scheint mir nicht der richtige Weg. Sag ihr bitte, dass ich sie nicht anzeigen werde und dass ich alles tun werde, damit Xiaobao ein gutes Leben haben wird.«

Du schüttelte den Kopf.

Marie insistierte. »Bitte. Sag es ihr.«

Als Du diese Worte für Weiwei übersetzte, blickte diese zum ersten Mal auf und sah Marie an. Ihr Gesicht blieb ausdruckslos. Sie zögerte einen Moment, dann stand sie auf und verließ schweigend den Raum.

32.

Am Samstag kurz nach Morgengrauen rollte ein Automobil auf den Hof in der Tirpitzstraße. Blechernes Hupen ertönte. Manfred Zimmermann hatte Bertil und Philipp großzügigerweise seinen Wagen zur Verfügung gestellt, damit die jungen Leute schnell und komfortabel ins Gebirge kommen konnten. Marie war die Letzte, die abgeholt wurde. Gerlinde, Geoffrey und Sarah saßen im Fond. Marie durfte zwischen Philipp und Bertil vorne sitzen. Philipp legte wie selbstverständlich seinen Arm um Marie, während Bertil am Steuer saß.

Der Weg führte an der Bismarckkaserne vorbei auf dem Major-Müller-Weg hinaus aus der Stadt. Unterwegs durchquerte die gut ausgebaute Landstraße Licun, einen kleinen Ort, der berühmt war für seinen Markt. Auch an diesem sonnigen Morgen wurde der Bauern- und Viehmarkt abgehalten, dementsprechend mühsam war das Durchkommen. Das riesige Automobil konnte nur im Schritttempo durch das Dorf rollen und wurde von den Bauern und Viehhändlern aus dem Umland neugierig bestaunt. Die meisten hatten noch nie eine solche Maschine zu Gesicht bekommen. Viele blieben einfach stehen und starrten mit offenem Mund auf das seltsame Ungetüm. Die Mutigeren unter den berittenen Marktbesuchern drängten sich mit ihren Pferden neben dem Wagen und zeigten grinsend auf die Insassen, die fröhlich zurückwinkten. Einige erklommen die Trittbretter und reichten Obst und Gemüse in den Wagen in der Hoffnung auf ein schnelles Geschäft. Bertil behielt stoisch die Nerven. Als Gerlinde ihn übermütig ermunterte, doch endlich die Hupe zu benutzen, winkte er ab. Er wusste aus Erfahrung, dass das für Mensch und Tier ungewohnte Geräusch katastrophale Auswirkungen haben konnte, wenn die Pferde scheuten.

Schließlich jedoch erreichte der Wagen das Ortsende, und der Verkehr und die Neugierigen blieben zurück. Die Landstraße führte weiter durch eine karge Landschaft und folgte einem kleinen Flusslauf, in dem sich ein spärliches Rinnsal durch Felsen und Geröll quälte. Langsam ging es bergauf, die Vegetation wurde üppiger. Am Anfang eines Tales, das sich tief in das Gebirgsmassiv schnitt, lag ein Gebäude im europäischen Stil, das Baishan-Hotel. Dort hielt Bertil an. Vor hier aus sollte es zu Fuß weitergehen. Doch zunächst nahm man auf der Hotelterrasse ein kleines Frühstück ein. Die Umgebung strahlte Frieden und Ruhe aus. Es war immer noch früher Morgen, und letzte Nebelfetzen lösten sich in der Sonne auf, die langsam über den Gipfel stieg. Vögel zwitscherten in den Bäumen. Marie setzte ihre Sonnenbrille auf und lehnte sich in ihrem Korbsessel zurück.

»Ich hatte ganz vergessen, wie schön es hier ist. Gerlindes Märchenland. Wie lang ist der Weg bis zur Irenebaude?«

Gerlinde verzog abwägend den Mund. »Es kommt darauf an, wie gut ihr alle zu Fuß seid. Geübte Wanderer brauchen drei Stunden, etwas lahmere Zeitgenossen haben auch schon mal fünf Stunden gebraucht. Aber wir haben es ja nicht eilig.«

Philipp nickte. »Aber wie die Taoisten im Laoshan schon immer gesagt haben: Der Weg ist das Ziel.«

Wenig später blies er zum Aufbruch, und jeder schulterte seinen Rucksack. Der Weg schlängelte sich auf halber Höhe am Berghang entlang in das Tal hinein. Gerlinde marschierte mit Bertil an der Spitze. Marie beobachtete sie. Sie wirkte wie ein übermütiges Fohlen, das man endlich auf die Weide gelassen hatte. Sie kannte buchstäblich jeden Stein beim Namen, denn viele der bizarren Felsformationen waren nach ihrem Aussehen benannt: der Drachenkopf, der Tiger, die Fünffingerspitze, der Wolfsberg. An einem riesigen Felsen, hinter dem der Weg eine Biegung machte, blieben Gerlinde und Bertil stehen und warteten, bis die anderen aufgeholt hatten. Vor ihnen lag ein grandioses Naturschauspiel. Ein Wasserfall, der sich in eine senkrechte Felswand gefräst hatte, rauschte aus großer Höhe in die Tiefe. An seinem Fuß lag ein großes, türkis schimmerndes Wasserbecken.

Gerlinde wandte sich um. »Das ist der ideale Platz für eine Rast!«

Alle waren sofort einverstanden.

Gerlinde setzte sich auf einen Felsen am Rande des Bassins, zog Wanderschuhe und Strümpfe aus und steckte ihre Füße ins Wasser. Sie kreischte laut. »Das ist ja noch eisig! Eine wahre Kneippkur.«

Marie folgte ihrem Beispiel. Das Wasser war eine belebende Erfrischung. Geoffrey und Bertil rollten ihre Hosenbeine hoch und stapften durch den Teich zum Wasserfall. Philipp und Sarah blieben zurück. Sie legten sich etwas abseits auf einen großen ebenen Felsen in die Sonne. Marie beobachtete sie aus dem Augenwinkel. Sarah lehnte auf ihrem Unterarm und unterhielt sich leise mit Philipp, der mit geschlossenen Augen und hinter dem Kopf verschränkten Armen auf dem Rücken lag. Schließlich holte Sarah ihren Zeichenblock aus dem Rucksack und begann Philipp zu zeichnen. Dabei redeten und lachten sie.

Gerlinde bemerkte Maries Blick. Sie stieß Marie an. »Ich hoffe, du wirst ihr die Beute nicht kampflos überlassen.«

Marie runzelte die Stirn. »Ich bitte dich, Gerlinde.«

Gerlinde verzog belustigt die Mundwinkel. »Erzähl mir nicht, dass dir das egal ist.«

Marie schüttelte unwillig den Kopf. »Sei mir nicht böse, Gerlinde, aber misch dich bitte nicht ein.«

Gerlinde blieb unverdrossen. Sie lehnte sich näher zu Marie und senkte die Stimme. »Du hast so viel für mich getan, Marie. Ich möchte nur, dass du auch glücklich wirst.«

Marie lehnte sich zurück und lächelte geheimnisvoll. »Wer sagt dir, dass ich nicht schon glücklich bin?«

Gerlinde sah Marie prüfend an, aber bevor sie weiterbohren konnte, tauchte Geoffrey neben ihnen auf. »Ihr seht aus, als plantet ihr eine Verschwörung! Hier, trinkt das.« Er reichte ihnen zwei Blechbecher. »Frisches Quellwasser.«

Gerlinde nahm einen Becher. »Früher dachte man, dass es im Laoshan Quellen der Unsterblichkeit gibt. Ich finde, es schmeckt irgendwie besonders. Wer weiß?«

Marie lachte. »Willst du wirklich unsterblich werden? Das kann anstrengend werden!«

Gerlinde schüttelte den Kopf. Sie stieß mit Marie und Geoffrey an. »Immer diese Rationalisten! Na dann! Auf die unsterbliche Liebe!«

Geoffrey hob seinen Becher und stieß lächelnd mit Gerlinde an. »Auf die unsterbliche Liebe!«

Gegen Mittag erreichte die Gruppe nach einem letzten, steilen Aufstieg die Irenebaude. Erschöpft ließen sie sich auf der Bank vor dem Holzhaus nieder. Sofort erschien der Hüttenwirt Sebastian Moser, ein ehemaliger Hauptmann des Artilleriebataillons, mit einem Tablett voller Schnapsgläser. Er begrüßte seine neuen Gäste mit einem herzlichen

»Grüß euch Gott«. Vollbart, Lederbundhose und sein Akzent wiesen ihn als waschechten Bayern aus. Für einen Moment fühlten sich alle in die Alpen versetzt, doch dann erschien auch schon eine junge Chinesin und bot an, den Damen ihre Unterkunft zu zeigen.

Die Verhältnisse in der Bergvereinshütte waren einfach, aber zweckmäßig. Es gab zwei Schlafsäle mit Matratzenlager, einen großen für die zahlenmäßig überlegenen männlichen Wanderer und einen kleineren für die Damen. Jeweils anschließend ein Waschraum ohne fließendes Wasser, sondern mit eiskaltem Quellwasser, das in Eimern bereitstand.

Als sich alle frisch gemacht hatten, traf man sich vor der Hütte zu einer Brotzeit wieder. Deftige Wurst, herzhafter Käse, eingelegte Gurken und frisch gebackenes Brot. Nach den Anstrengungen des Vormittags schmeckte es allen besonders gut. Der Wirt gesellte sich zu ihnen auf die Holzbank, rauchte gemütlich seine Pfeife und genoss sichtlich die Gesellschaft.

Die Aussicht war grandios. Vor der Berghütte erstreckte sich eine riesige Wiese, die an beiden Flanken von ausgedehnten Baumneupflanzungen gesäumt wurde. Nicht ohne Stolz erklärte Moser, dass die deutsche Oberförsterei hier wie an vielen anderen Orten im Schutzgebiet mit systematischer Aufforstung mit Mischwald die Bodenverhältnisse zu verbessern suchte. Auch die Wiese war durch Erdaufschüttung und Aussaat von Gras und Wiesenpflanzen künstlich angelegt worden. Durch all diese Maßnahmen sollten die Gefahr von Erdrutschen und Erosion verringert und neue Erwerbszweige zur Versorgung des Schutzgebietes durch Holz- und Viehwirtschaft erschlossen werden.

Während die jungen, in Reih und Glied stehenden Bäume noch relativ kümmerlich wirkten, war die Bergwiese ein grünes Meer voller blühender Blumen.

Die Irenebaude lag auf knapp achthundert Metern Höhe, unterhalb eines steilen Hanges, dessen Kamm »Hoffnungspass« genannt wurde. Moser empfahl für den Nachmittag den Aufstieg zum Pass, da man von dort oben einen herrlichen Ausblick auf das Meer und den nördlichen Teil des Laoshangebirges hatte.

Moser hatte nicht zu viel versprochen. Nach nur einstündigem Aufstieg erreichten sie den Pass.

Bis unmittelbar vor dem Kamm hatte man nur eine karge Geröllhalde vor Augen. Dann jedoch, mit einem einzigen Schritt öffnete sich der Blick plötzlich und völlig unerwartet bis zum Horizont über dem Gelben Meer. Ein überwältigendes Gefühl, das Marie fast erschrocken zurückweichen ließ. Aus neunhundert Metern Höhe sah man über den Ozean. Alle blieben wie angewurzelt stehen und starrten schweigend auf die vor ihnen liegende Unendlichkeit.

An der Felswand, wo der Weg den Pass überschritt, waren riesige chinesische Schriftzeichen eingemeißelt. Gerlinde gelang es, den Text zu entziffern: Es war ein Gedicht über die Insel der Glückseligen, die der Legende nach irgendwo da draußen im chinesischen Meer lag. Die Inschrift war fast sechshundert Jahre alt. Vor dem Felsen befand sich ein kleines Plateau, das sich in sanfter Neigung einige hundert Meter bergab erstreckte, bevor es abrupt abbrach. Moser hatte sie dringend ermahnt, oben auf dem Plateau zu bleiben und dem Weg nicht weiter zu folgen. Am Ende der Hochebene fielen die Felswände mehrere hundert Meter steil zum Meer ab, eine tödliche Gefahr.

Doch niemand dachte daran, diesen herrlichen Aussichtspunkt zu verlassen. Vor ihnen lag das Meer, im Norden die höchsten Gipfel des Gebirges. Jeder suchte sich ein bequemes Plätzchen, um sich auszuruhen und die Sicht auf sich wirken zu lassen.

Marie ließ sich auf einem Stein nieder, holte ihre Wasserflasche aus dem Rucksack und trank einen großen Schluck. Versonnen starrte sie in die Ferne und überlegte, ob Du Xündi diesen Pass wohl kannte. Es wäre schön, wenn er mit ihr zusammen den Zauber dieses Ortes erfahren könnte.

»Darf ich mich zu dir setzen?« Marie blickte auf. Philipp stand neben ihr.

»Ja, natürlich. Hier ist Platz genug.«

Philipp setzte sich. »Ich hoffe, unser Ausflug gefällt dir.«

Marie seufzte. »Ich weiß wirklich nicht, ob ich je an einem so überwältigenden Ort gewesen bin. Aber ich bin sicher, dass ich diesen Augenblick nie in meinem Leben vergessen werde.«

Philipp lächelte. »Ich freue mich, dass ich Teil dieser Erinnerung bin.«

Marie schwieg und nahm noch einen Schluck aus ihrer Flasche.

Sie wandte sich um und beobachtete für einen Moment Sarah, die mit geschlossenen Augen neben ihrem Bruder an einem Felsen lehnte.

»Sarah scheint sich auch sehr wohl zu fühlen.«

Philipp folgte ihrem Blick. »Das denke ich auch.«

Für eine Weile herrschte Schweigen. Dann räusperte sich Philipp. »Wir haben lange nicht mehr miteinander geredet ... So richtig, meine ich.«

Marie war verunsichert. Er klang so ernst. Sie wusste nicht, was sie sagen sollte.

»Wie geht es Margarete?«, fragte er.

Die Nacht, in der sie zusammen Margarete aus der Opiumhöhle geholt hatten, war ihr noch gut in Erinnerung. Und auch das, was danach geschehen war. Seither hatte sich Philipp deutlich zurückgezogen.

»Ich habe Richard und Salome Wilhelm um Hilfe gebeten. Herr Wilhelm hat ihr eine Stelle als Lehrerin in der Mädchenschule angeboten, die sie mit Einwilligung ihres Mannes bereits angetreten hat. Jetzt hat sie eine Aufgabe und kommt unter Menschen. Ich hoffe, das wird ihr neue Kraft geben.«

Philipp lächelte. »Du bist wirklich die gute Fee von Tsingtau. Ein Leben mehr, das du gerettet hast.«

Marie sah ihn ernst an. »Und du hast mir dabei geholfen.«

Philipp ging nicht darauf ein. »Und was macht Du Xündi?«

Marie sah Philipp an. »Was meinst du damit?«

»Na ja. Nach all den Gerüchten um die Studenten der deutsch-chinesischen Hochschule ...«

Fast spürte Marie Erleichterung. »Er ist in sein geregeltes Leben zurückgekehrt. Unterricht an der Hochschule und zweimal die Woche mein Chinesischunterricht.«

Philipp nickte. »Gut für ihn. Ich hoffe wirklich, dass er nicht in irgendwelche gefährlichen Aktivitäten verwickelt wird.«

Marie ließ diese Bemerkung unkommentiert. »Warum über andere Leute reden? Wie geht es dir, Philipp? Wie geht dein Weg in die Selbstständigkeit voran?«

»Gut! Ich habe letzte Woche verschiedene Lokalitäten besichtigt. Sarah und Bertil haben mich liebenswürdigerweise begleitet ... Es ist schön, jemanden zu haben, mit dem man sich beraten kann.«

»Ich wusste gar nicht, dass du eine Wohnung suchst. Davon hast du mir nie erzählt.«

Philipp zuckte mit den Achseln. »Warum sollte ich dich mit meinem Problem belasten? Du hast ja weiß Gott genug am Hals. Meine bisherige Wohnung ist eine Dienstwohnung. Die muss ich aufgeben. Jetzt suche ich ein Objekt, das ich als Wohnung und als Studio gleichzeitig nutzen kann.«

»Ist es schwer, etwas zu finden?«

»Wohnraum ist knapp, aber es wird ja auch viel gebaut in der Stadt. Es wird sich schon etwas finden, da bin ich mir sicher.«

Marie sah ihn nachdenklich an. Sie spürte, dass nicht alles so einfach war, wie er es sie glauben lassen wollte. Unwillkürlich legte sie die Hand auf seinen Arm.

Überrascht sah Philipp auf. Einen Augenblick lang blickten sie sich schweigend an. Ein tiefes Gefühl der Zuneigung durchflutete Marie. Abrupt wandte sie ihren Blick wieder ab und suchte den Horizont.

Philipp wirkte eine Sekunde lang wie erstarrt, dann rückte er etwas von ihr ab und räusperte sich. »Hier ist nicht der richtige Ort, um über so etwas Banales wie Wohnungsprobleme zu reden.«

Der kurze Moment hatte Marie genügt, um ihre Fassung wiederzugewinnen. Sie lächelte ihn an. »Da hast du recht.«

Marie stand auf. Sie deutete auf die Berge im Norden. »Sieh doch, Philipp. Das Licht!«

Im Schein der späten Nachmittagssonne erglühten die Bergkuppen in leuchtendem Orange. Leichter Dunst begann in den Tälern aufzuziehen.

Philipp trat neben sie. »Wunderschön.« Er schwieg einige Sekunden. »Du fehlst mir, Marie. Du bist so weit weg.«

Ohne ihre Antwort abzuwarten, machte er kehrt, ging zum Rest der Gruppe zurück und klatschte laut in die Hände.

»Auf, auf, ihr faule Bande! Es wird Zeit für den Abstieg! Der gute Herr Moser wartet sicher schon mit dem Abendessen!«

Er zog sich seine Jacke an und schnallte sich den Rucksack wieder auf.

Marie stand immer noch wie angewurzelt an derselben Stelle. Philipps Worte waren wie ein Blitz durch ihren Körper gefahren.

Der Abend in der Irenebaude verlief in ausgelassener Stimmung. Mehrere andere Tische im Gastraum waren mit Wandergruppen belegt.

Marie, Gerlinde und Sarah waren die einzigen weiblichen Gäste. Nach einem deftigen Eintopf, begleitet von reichlich Bier und Schnaps, holte Sebastian Moser sein Akkordeon hervor und griff in die Tasten. Nur wenig später schunkelte die ganze Gesellschaft zu seinen Liedern und sang begeistert mit. Obwohl diese Art von Fröhlichkeit nicht ganz nach Maries Geschmack war, machte sie mit, ohne zu murren. Die allgemeine lautstarke Heiterkeit lenkte sie von den Gedanken ab, die sie seit dem Gespräch mit Philipp auf dem Pass beschäftigten. Sie war froh, als Gerlinde und Sarah schließlich deutliche Anzeichen von Müdigkeit zeigten und sich die drei Damen geschlossen zurückziehen konnten, um die Herren alleine weiterfeiern zu lassen.

Nach dem überhitzten Gastraum fühlte sich der leere Schlafsaal bitterkalt an. So schnell wie möglich krochen die drei unter die Decke. Selbst Gerlinde war zu müde, um noch viel zu reden. Nach wenigen Minuten waren sie eingeschlafen.

Marie erwachte in der Morgendämmerung. Leise zog sie sich an und schlich auf Zehenspitzen aus dem Zimmer. Ihre beiden Lagergefährtinnen schliefen noch tief und fest.

Im Korridor konnte Marie Schnarchen aus dem Männerschlafsaal hören und Tellerklappern aus der Küche.

Draußen von der Hütte begann langsam ein neuer Tag. Über dem Hoffnungspass schimmerte ein Streifen goldblauen Himmels, die Wiese lag in der Dämmerung, unten im Tal herrschte noch tiefste Dunkelheit. Erstes, zaghaftes Vogelgezwitscher war zu hören, sonst herrschte Stille.

Marie schlenderte über die taunasse Wiese und genoss den Zauber der Morgenstimmung. Dann nahm sie auf der Bank vor der Hütte Platz und zog ihre Jacke fester um sich. Es war frisch hier oben auf dem Berg, deutlich kühler als in der Stadt. Eine der chinesischen Hilfen kam aus dem Haus gehuscht, stellte ihr eine dampfende Tasse Kaffee hin und war auch schon wieder verschwunden.

Wenige Minuten später trat Sarah aus der Tür. Sie hatte ihren Rucksack in der Hand. Sie kam auf Marie zu, küsste sie links und rechts auf die Wangen und setzte sich neben sie.

»Good morning, Marie! You're an early bird!«

Marie lachte. »An einem Ort wie diesem muss man einfach früh aufstehen, damit man das alles erleben kann.« Sie machte eine ausholende Armbewegung.

Sarah sah sich um. »Ein herrliches Stück Erde! So etwas gibt es in Shanghai nicht! Ich bin so froh, dass ich nach Tsingtau gekommen bin.«

Marie nickte. »Ja, das bin ich auch. Schön, dass es dir gefällt.«

»Es ist wirklich herrlich hier. Philipp gibt sich so viel Mühe mit uns. Er hat sich letzte Woche zwei Tage frei genommen, um uns die Stadt zu zeigen, und nun dies! Er versprach, mir einen der schönsten Plätze der Welt zu zeigen, und ich finde, er hat nicht übertrieben.«

Marie betrachtete Sarah von der Seite. Trotz der frühen Morgenstunde sah sie aus wie aus dem Ei gepellt. Sie hatte ihre langen blonden Haare perfekt hochgesteckt. Ein leichter Rosenduft umgab sie, das schlichte Wanderkostüm saß wie angegossen, ohne eine einzige Falte.

Marie fühlte sich plötzlich plump und fast schäbig. »Philipp hat mir erzählt, dass ihr ihm bei seiner Wohnungssuche beisteht.«

Sarah nickte. »Ich finde es ausgesprochen interessant, die Stadt auf solche Weise genauer kennenzulernen. Ich meine, nicht nur von außen. Man kann Gebäude doch erst begreifen, wenn man sie betritt.«

Marie sah sie erstaunt an. Sarah wirkte jetzt irgendwie abwesend. Ihre Augen streiften suchend umher. Wieder erschien die Chinesin mit einer Tasse Kaffee. Sarah bedankte sich mit einem Lächeln. »Xiexie ni.«

Die Chinesin kicherte und verschwand wieder.

Marie wollte sich so gerne mit Sarah unterhalten, aber aus irgendeinem Grund fehlten ihr die Worte. Sarah nahm schweigend einen Schluck Kaffee und kramte in ihrem Rucksack. Sie zog ein knisterndes Päckchen hervor, öffnete das Papier und hielt es Marie mit einem schelmischen Lächeln hin.

»My favorites. You must try. Sie schmecken einfach herrlich mit Kaffee. Champagnertrüffel!«

Marie lächelte verblüfft. »Champagnertrüffel im Laoshan!«

Sarah lachte. »Sure! The perfect way to start a perfect day.«

Marie nahm eine Trüffel und schob sie sich in den Mund. Auch Sarah aß eine Praline und trank ihren Kaffee. Dann stand sie auf, packte ihren Rucksack und deutete in Richtung der Baumpflanzung. »Wir sehen uns beim Frühstück, Marie. Ich möchte unbedingt den Sonnenaufgang mit dem Pass und dem Haus malen.«

Sie marschierte davon. Am Rande der Wiese hielt sie an, überprüfte noch einmal den Blick, zog einen zusammenfaltbaren Hocker aus dem Rucksack und machte sich mit Zeichenblock und ihren Wasserfarben an die Arbeit. Marie beobachtete sie. Die junge Engländerin in ihrer so selbstverständlich wirkenden Eleganz und Nonchalance beeindruckte sie. Das war sie also, die perfekte Dame und Frau. Ein Traum für jeden Mann. Kein Wunder, dass Philipp sie verehrte.

Schweigend blieb Marie sitzen und beobachtete Sarah.

»Good morning, Marie! What a gorgeous morning!« Bertil ließ sich zwanglos neben Marie nieder.

»Good morning, Bertil! Schon ausgeschlafen?«

Bertil lachte. »Normalerweise bin ich Langschläfer, aber ich bin es nicht gewohnt, neben zwanzig schnarchenden Männern zu schlafen.« Er blickte über die Wiese. »Ah, ich sehe, meine Schwester ist auch schon auf.« Er grinste. »Vielleicht habt ihr ja auch geschnarcht.«

Auch er machte sich erfreut über die ungefragt servierte Tasse Kaffee her. Dann zündete er sich eine Zigarette an. »So, tell me, Marie. Philipp hat mir erzählt, dass du bald nach Deutschland zurückkehren willst. Wann reist du ab? Vielleicht hast du ja Lust, mich auf dem Heimweg noch ein paar Tage in Shanghai zu besuchen. So schnell wirst du sicher nicht wieder nach Asien kommen, oder?«

Marie atmete tief durch. Niemand hatte bisher so direkt ihre Heimreise angesprochen. Sie fühlte ein unangenehmes Gefühl im Magen. Es fiel ihr schwer, über dieses Thema zu reden.

»Ich habe noch kein Abreisedatum festgelegt. Aber danke für die Einladung. Ich muss noch ein paar Dinge klären, bevor ich endgültige Pläne machen kann.«

Bertil betrachtete sie aufmerksam. »Das wird sicher kein leichter Abschied.«

Marie überlegte, wie sie von diesem Thema ablenken könnte, aber Bertil ließ nicht locker.

»Philipp hat uns alles über deine wertvolle Arbeit im Hospital und deine Fürsorge für die Chinesen erzählt ... Er bewundert dich sehr.«

Marie lächelte verlegen. »Das ist doch nichts Außergewöhnliches.«

»Das sieht er aber anders.«

»Mag sein, dass es für einen Außenstehenden so aussieht, aber in Wirklichkeit tue ich nur, wofür ich ausgebildet wurde.«

»Soweit ich verstanden habe, nimmst du aber auch aktiv Anteil am Schicksal der Menschen, die du behandelst und denen du begegnest ... Und du bringst dich sogar für sie in Lebensgefahr.«

»Es ist ja nichts passiert. Philipp war ja bei mir.«

Bertil sah sie unverwandt an. »Er würde es nie zulassen, dass jemand dir etwas antut.«

Marie war verwirrt. »Was willst du damit sagen?«

»Ich denke, du weißt genau, was ich meine.«

Bertil stand auf und drückte seine Zigarette in dem Aschenbecher aus, der auf dem Tisch stand. »Bis nachher, Marie.«

Ohne eine weitere Antwort abzuwarten, stapfte Bertil über die Wiese zu seiner Schwester und ließ sich neben ihr im Gras nieder. Marie konnte sehen, dass die beiden einige Worte miteinander wechselten. Sarah blickte kurz auf und sah zu Marie herüber. Dann schüttelte sie den Kopf und wandte sich wieder ihrem Bild zu.

Nach dem Frühstück machte sich die Gruppe auf den Rückweg. Über den Prinzenpass ging es durch das enge Prinzental zurück zum Baishan-Hotel, wo der Wagen geparkt war.

Bei herrlichem Frühlingswetter bot der Wanderweg wunderbare Aussichten auf die Gebirgslandschaft, die sich immer wieder erstaunlich veränderte. Am auffälligsten waren riesige, aufeinander getürmte Felsen, die oft uralte Inschriften von Wanderern aus vergangenen Jahrhunderten aufwiesen, die hier Frieden oder geistige Erleuchtung im Taoismus gesucht hatten.

Tatsächlich hatte Marie an manchen Orten das Gefühl einer seltsamen Entrücktheit, als ob es nur noch diesen Ort auf der Welt gab und nichts anderes mehr eine Rolle spielte.

Philipp wanderte zumeist an Sarahs Seite, bat in ihrem Namen um kleine Pausen, damit sie eine Landschaftsskizze anfertigen konnte, und reichte ihr an unwegsamen Stellen die Hand.

Bertil blieb in Maries Nähe. Er war höflich, charmant und zuvorkommend, kehrte aber mit keinem Wort zu der kurzen Unterhaltung vom Morgen zurück, die Marie nicht mehr aus dem Kopf ging.

Schließlich war sie es, die das Gespräch suchte.

Der Weg war inzwischen breiter und bequemer geworden. Man konnte ohne Probleme nebeneinander hergehen.

»Wie lange kennst du Philipp eigentlich schon?«

»Wir haben uns vor zehn Jahren kennengelernt, als er zum Studium nach Eaton kam. Wir wohnten drei Jahre lang zusammen.«

»Dann müsst ihr euch ja wirklich sehr gut kennen.«

»Das kann man sagen. Philipp ist mein bester und teuerster Freund.«

»Bemerkenswert, dass es euch beide nach Asien verschlagen hat.«

Bertil zuckte mit den Achseln. »Wahrscheinlich bin ich schuld, dass Philipp hierhergekommen ist. Ich habe ihm oft geschrieben, welche Möglichkeiten sich in China bieten. Und als seine Verlobung platzte, hat er den Sprung gewagt.«

»Seine Verlobung?«

Bertil zögerte. »Hat er dir nie davon erzählt?«

Marie schüttelte den Kopf.

Bertil runzelte die Stirn. »Dann sollte ich es auch nicht tun. Es tut mir leid, aber das musst du verstehen. Er ist mein Freund, und ich möchte nicht, dass er sich von mir hintergangen fühlt.«

Marie spürte, dass Bertil sich unwohl fühlte. Eine Weile gingen sie weiter schweigend nebeneinander her. Maries Gedanken überschlugen sich. Schließlich fasste sie Mut.

»Sag mir nur eines: War er es, der die Verlobung gelöst hat oder seine Verlobte?«

Sie konnte Bertil ansehen, wie er mit sich kämpfte. »Es war seine Verlobte. Sie entschloss sich, einen anderen zu heiraten. Jemanden mit Vermögen.«

Marie blieb wie benommen stehen. Ihre Augen suchten Philipp. Er marschierte neben Sarah an der Spitze der Gruppe. Sarah gestikulierte in ihrer typischen Art, während sie Philipp etwas erzählte, was ihn sichtlich amüsierte. In dem Moment jedoch, als Marie zu ihm hinsah, drehte er sich um und blickte sie an, so als hätte er ihren Blick gespürt. Der Mann, der sie von weitem ansah, schien ihr mit einem Mal verändert.

Auch Bertil war stehen geblieben. »Ist alles in Ordnung?«

Marie wischte sich mit dem Handrücken über die Stirn und lächelte schwach. »Ja, danke, alles in Ordnung. Vielleicht ist die Anstrengung doch etwas ungewohnt.«

Bertil betrachtete sie einen Augenblick lang, dann hielt er ihr seinen Arm entgegen. »Hake dich bei mir unter … Und tief durchatmen. Wir sind sicher bald am Ziel.«

33.

Die Heimfahrt verlief so heiter wie der ganze Ausflug. Die Stimmung im Wagen war ausgelassen, bis Bertil auf das Hotel Prinz Heinrich zusteuerte. Irgendetwas war dort passiert. Schon von weitem war zu erkennen, dass sich vor dem Hotel eine große Menschenmenge gesammelt hatte. Fuhrwerke parkten überall kreuz und quer auf der breiten Uferstraße, vor dem Hauptportal stand ein Fuhrwerk der Ambulanz mit der Rot-Kreuz-Fahne, daneben das Feuerwehrfuhrwerk. Ein Schlauch war durch das Portal ins Haus verlegt worden. Qualm drang aus dem Seitenflügel, wo der Speisesaal lag. Alle Fenster waren zerborsten.

Sarah stieß einen spitzen Schrei aus. »Mein Gott, das Hotel brennt!«

Marie sprang aus dem Fahrzeug und rannte die Treppen hinauf. Ein Wachtmeister trat ihr in den Weg. »Tut mir leid, junge Dame. Da können Sie jetzt nicht hinein. Feuerwehreinsatz!«

In diesem Moment trugen zwei Sanitätssoldaten eine Trage aus dem Gebäude. Darauf lag ein Körper, der von einem weißen Tuch bedeckt war, das sich blutrot färbte.

Marie beschwor den Polizisten. »Ich bin Ärztin, vielleicht kann ich helfen!«

Der Wachtmeister strich sich kurz über seinen Schnurrbart und nickte. »In Ordnung. Gehen Sie rein! Melden Sie sich bei Dr. Uthemann. Rechts im Speisesaal.«

Marie lief durch die Hotellobby. Überall in den schweren Sitzmöbeln kauerten bleiche Gestalten, die vom Hotelpersonal mit Tüchern und Getränken versorgt wurden. Soweit Marie dies auf den ersten Blick überschauen konnte, wirkten alle derangiert und schockiert, aber niemand war verletzt. Einige Personen hatten beide Hände über die Ohren gelegt, als könnten sie den Lärm nicht ertragen. Es roch nach Rauch, aber in der Halle waren keine großen Schäden zu entdecken, außer dass alle Bilder von der Wand gefallen waren. Die beiden Flügeltüren zum Speisesaal jedoch hingen schief in den Angeln.

Der Speisesaal bot ein Bild der Verwüstung. Rauchschwaden standen im Raum, dessen eine Hälfte völlig zerstört war. Stühle und Tische sahen aus, als hätte sie jemand kleingehackt. Der Boden war übersät mit zerborstenen Gegenständen und Scherben. Die Wände waren verkohlt, mehrere Menschen lagen verkrümmt und blutüberströmt auf dem Fußboden, einige reglos, andere stöhnten vor Schmerzen. Die meisten von ihnen waren der Kleidung und den Gesichtszügen nach Chinesen. Drei Militärsanitäter und Dr. Uthemann kümmerten sich um die Verletzten. Der Arzt sah gerade auf, als Marie hereinkam. Er winkte sie zu sich. »Sie schickt der Himmel!«

Marie blickte sich um. »Was ist hier passiert?«

»Wahrscheinlich eine Bombe!«

Uthemann deutete auf eine Kiste mit Notfallausrüstung. »Nehmen Sie sich, was Sie brauchen.«

Marie wandte sich einem Verletzten zu, der in nächster Nähe lag und laut stöhnte. Auch er hatte schwere Verletzungen im Gesicht, aber viel schlimmer war, dass sein linker Unterschenkel abgetrennt war und er massiv Blut verlor. Marie beeilte sich, das Bein oberhalb des Knies abzubinden, um die Blutung zu stoppen. Der Mann stöhnte laut auf, dann verlor er das Bewusstsein. Marie fühlte seinen Puls. Er war nur noch schwach zu spüren. Sie winkte die Sanitäter mit der Bahre heran und ließ den Mann abtransportieren, um sich sofort dem nächsten Opfer zuzuwenden.

Plötzlich tauchte Philipp neben ihr auf. »Kann ich irgendwie helfen?«

Marie sah ihn an. »Willst du dir das wirklich antun?«

»Ich glaube, hier wird jede Hand gebraucht.«

Marie nickte. »Bleib neben mir, ich sage dir, was zu tun ist.«

Ein Verwundeter nach dem anderen wurde versorgt. Für mehrere Personen kam jede Hilfe zu spät. Sie wurden mit Tüchern zugedeckt, bis sie abtransportiert werden konnten.

Marie beugte sich eben über einen weiteren Mann, der im Gegensatz zu den meisten anderen Opfern einen westlichen Anzug trug. Sein Gesicht war verwüstet, seine schwarzen kurzen Haare waren blutverschmiert. In diesem Moment ertönte hinter Marie ein durchdringender Schrei. »Baba! Baba!«

Erschrocken blickte Marie sich um und entdeckte ein kleines chinesisches Mädchen, das an der Hand einer versteinert wirkenden Chinesin am Eingang stand, sich jetzt losriss und auf den Mann am Boden zustürzte. Philipp reagierte blitzschnell. Er fing das Kind ab, hielt sie mit seinen Armen umschlungen und drehte den Kopf des Mädchens weg, damit ihr der Anblick des völlig entstellten Gesichts des Mannes erspart blieb. Das Kind wand sich schreiend in seinen Armen, aber Philipp ließ nicht locker. Marie legte beruhigend ihre Hand auf den Kopf des Mädchens und blickte hilfesuchend zu der Frau an der Tür. Neben dieser erschien jetzt eine weitere Chinesin in Dienstbotenkleidung mit einem kleinen Jungen an der Hand. Die Dienerin ließ den Jungen los, stürzte durch den Saal und riss Philipp das Mädchen aus den Armen. Für einen kurzen Augenblick drehte das Kind Marie noch einmal den Kopf zu. Das kleine Gesicht war tränenüberströmt und kam ihr merkwürdig bekannt vor. Nur eine Sekunde später erinnerte sich Marie.

Es war das kleine Mädchen vom Hafen – und die Familie, die mit demselben Schiff wie sie selbst vor mehr als einem halben Jahr in Tsingtau angekommen war. Der zur Unkenntlichkeit verstümmelte Mann am Boden musste der Geschäftsfreund von Du Yuesheng sein, den Du Xündi damals abgeholt hatte.

Schließlich waren alle Verwundeten versorgt, die Toten waren weggeschafft worden. Polizisten untersuchten die Trümmer.

Erschöpft nahmen Marie und Philipp mit Dr. Uthemann in der Halle Platz. Der Direktor des Hotels Herr Lehmann erschien mit einer Flasche Whiskey und mehreren Gläsern in der Hand und setzte sich zu ihnen. »Ich denke, das können wir jetzt brauchen. Vielen Dank für Ihre Unterstützung, Doktor Uthemann, Fräulein Doktor Hildebrand, Herr von Heyden.«

Marie nahm einen Schluck Whiskey. »Gibt es schon Erkenntnisse, was genau vorgefallen ist?«

Der Hotelier schüttelte fassungslos den Kopf. »Der Polizeichef geht von einem Attentat aus. Eine Bombe ist ganz in der Nähe des Tisches explodiert, wo ein chinesischer Gast in Gesellschaft dinierte. Die Täter müssen sich hier gut ausgekannt haben, sie wussten offensichtlich genau, welchen Tisch er reserviert hatte. Was für eine Schweinerei! Diese verdammten Chinesen!« Er machte eine kleine entschuldigende Verbeugung zu Marie, die verärgert schnaubte. »Mit Verlaub, mein Fräulein. Schließlich könnten diese Schlitzaugen doch ihre Angelegenheiten unter sich abmachen und nicht unschuldige Menschen gefährden. Wo soll dieser ganze revolutionäre Wahnsinn denn noch hinführen? Wir haben doch schließlich nichts damit zu tun.«

Marie schluckte eine Bemerkung herunter, dass sie diese Ansicht nicht teilte. »Wer war denn dieser chinesische Gast? Wohnte er hier im Hotel?«

Direktor Lehmann nickte. »Ja, seit über einer Woche. Herr Lun Wen hat schon öfter hier residiert, immer pünktlich bezahlt und sogar Trinkgelder gegeben. Er war ein hoher Beamter und direkter Berater des Provinzgouverneurs von Shandong. Er hatte vor einigen Tagen sogar unseren Gouverneur nebst Gattin zum Dinner in unserem Hause geladen. Nicht auszudenken, wenn an dem Abend die Bombe hochgegangen wäre!«

In diesem Moment kamen drei Polizisten auf den Tisch zu. Zwei von ihnen waren Deutsche, ein dritter ein Chinese.

Die Männer am Tisch erhoben sich, um den deutschen Polizeichef von Tsingtau zu begrüßen. Dieser winkte ab. »Sparen Sie sich die Formalitäten, meine Herren. Direktor Lehmann, das sollten Sie sich ansehen!«

Er winkte den chinesischen Hilfspolizisten heran, der ein Stück Papier in der Hand hielt. Es war ein chinesisches Flugblatt.

»Dieses Pamphlet haben wir hier im Speisesaal gefunden, ganz offensichtlich wurden mehrere davon in der Stadt verteilt.«

Lehmann begutachtete das Blatt. »Und was steht darauf?«

»Es ist im Stile einer offiziellen Bekanntmachung formuliert: Hiermit werden Lun Wen und seine Komplizen wegen Verbrechen am chinesischen Volke zum Tode verurteilt. Weitere Urteilsvollstreckungen von Schuldigen werden folgen.«

Für einen Augenblick herrschte betroffenes Schweigen. Der Polizeichef sprach aus, was alle dachten. »Das klingt wie eine Kriegserklärung. Somit kann man wohl davon ausgehen, dass nun auch hier im Schutzgebiet die revolutionären Gruppen zu allem bereit sind.«

Philipp warf Marie einen kurzen Blick zu. Sie hatte das Gefühl, dass er sich die gleiche Frage stellte, wie sie selbst. Hatten die Studenten der Hochschule und mit ihnen Du Xündi bei dieser Gewalttat ihre Finger mit im Spiel?

Der Blick in die »Tsingtauer Neuesten Nachrichten« beim Frühstück am nächsten Morgen überraschte Marie. Über das Bombenattentat im Hotel Prinz Heinrich wurde kein Wort verloren.

Ihr Vater wunderte sich nicht. »Soll man Terroristen zu Aufmerksamkeit verhelfen, indem man ihre Untaten in der Presse auswalzt? Nicht mit uns! Wir brauchen hier Investoren. Dafür ist es wichtig, dass Tsingtau als sichere Stadt gilt. Der Verleger der Tsingtauer Neuesten Nachrichten geht da natürlich mit den Wünschen des Gouvernements konform.«

Marie schüttelte ungläubig den Kopf. »Du glaubst doch nicht im Ernst, dass sich solche Neuigkeiten nicht verbreiten, wenn sie nicht in der Zeitung stehen?«

»Da bin ich sogar ziemlich sicher. Wer sollte schon außerhalb des Schutzgebiets erfahren, was hier passiert? Und wen interessieren schon ein paar chinesische Aufständische? Außerdem hat der Kaiser die offizielle Weisung erteilt, dass Deutschland sich im innerchinesischen Konflikt neutral verhält. Also keine Berichte über Revolutionäre im Schutzgebiet. Befehl ist Befehl …«

Kaum war Marie im Hospital angekommen, schrieb sie als Erstes eine Nachricht an Du Xündi mit der dringenden Bitte, sie wenn möglich im Laufe des Tages aufzusuchen.

Die Stichwunde des kleinen Mönchs war gut verheilt, und die Fäden konnten gezogen werden. Marie wusste, dass die beiden so schnell wie möglich wieder ins Kloster wollten. Deshalb rief sie Seezolldirektor Ohlmer an, der ihr angeboten hatte, sich um den Rücktransport der Mönche zu kümmern. Eine Kutsche fuhr sie zum Dschunkenhafen, von wo aus sie ein kleiner chinesischer Segler nach Taiqinggong zurückbrachte.

Als der Pfleger Laotu am späten Vormittag die nächste Patientin in Maries Behandlungszimmer führte, erkannte sie Feng, die den kleinen Gustav auf dem Arm trug. Das Kind wimmerte leise.

Feng hatte dunkle Ringe unter den Augen. Sichtlich erschöpft hielt sie Marie den in dicke Decken gehüllten Säugling entgegen.

Der Kleine hatte hohes Fieber. Sein kleines Gesichtchen wirkte eingefallen, sein Körper war mit roten Pusteln überzogen. Er hatte Masern.

Marie rief Salome Wilhelm an, die ihr in besonderen Fällen dolmetschte. Zusammen erklärten sie Feng, dass man zunächst das Fieber senken müsse und dem Kind ein Stärkungsmittel verabreichen würde, um seinen Gesamtzustand zu stabilisieren. Am besten sollte Feng mit dem Kind ein oder zwei Tage im Hospital zur Beobachtung bleiben, damit im Falle einer Krise das Schlimmste verhindert werden konnte.

Marie schickte einen Boten mit einer Nachricht in die Germania-Brauerei, damit Albert Fritsch Bescheid wusste, wo seine Frau und sein Sohn waren.

Klein Gustav wurde versorgt und schlief endlich ein. Feng war kaum zu überreden, das Kind nicht auf dem Arm zu halten und im Bett liegen zu lassen. Schließlich setzte sie sich in einen Sessel neben sein Bett, wandte aber keinen Moment lang die Augen von ihrem Kind. Marie fand sie wenig später tief schlafend neben ihrem Sohn.

Da keine weiteren Patientinnen mehr warteten, trug Marie Xiaobao in den Hof und setzte sich zu ihr auf eine Decke auf den Boden, um mit ihr zu spielen. Die Kleine war anfangs traurig, dass ihre beiden Spielgefährten nicht mehr da waren. Aber nach einer Weile hatte sie ihren Kummer vergessen und tollte mit Marie auf der Decke herum. Laotu gesellte sich zu ihnen und brachte sie mit seinem Fingertheater zum Lachen.

Gerade als er wieder eine lustige Pantomime vorführte, sah Marie Du Xündi über den Hof kommen. Er sah blass aus. Instinktiv zog Marie Xiaobao an sich.

»Hallo, Meiren. Danke für deine Nachricht. Wie war der Ausflug?« Er lächelte gequält.

Der Pfleger Laotu verschwand unaufgefordert. Du ließ sich auf der Bank an der Hauswand nieder.

Marie musterte ihn besorgt. »Der Ausflug war herrlich, aber der Tag endete leider in einem Blutbad.«

Du blickte sie entsetzt an. »Warst du etwa dort, als die Bombe explodiert ist?«

»Nein, Gott sei Dank nicht, aber wir sind nur Minuten später dort eingetroffen. Philipp und ich haben Erste Hilfe geleistet.«

Du starrte ausdruckslos vor sich hin und schwieg.

Marie kämpfte mit ihrer Fassung. »Weißt du etwas über die Hintergründe des Attentats?«

Dus Kopf schnellte zu ihr herum. »Willst du mich etwa beschuldigen, etwas damit zu tun zu haben? Wie kannst du so etwas denken?«

Marie atmete tief durch. »Ehrlich gesagt, weiß ich im Augenblick überhaupt nicht, was ich denken soll. Am Tatort wurde ein Flugblatt gefunden, auf dem stand, dass die Opfer zum Tode verurteilt worden waren, weil sie Verbrechen gegen das chinesische Volk begangen haben. Das klingt mir ganz nach revolutionärer Propaganda. Der Gastgeber des Abends, auf den und dessen Gesellschaft man es abgesehen hatte, war ein hoher chinesischer Beamter. Außerdem kennst du eines der Opfer persönlich.«

Du starrte sie verstört an. »Wer sollte das sein?«

»Ich kenne seinen Namen nicht, aber ich weiß, dass einer der Getöteten ein Geschäftsfreund deines Onkels ist.«

»Ein Geschäftsfreund?« Du schnaubte verächtlich. »So etwas gibt es für meinen Onkel nicht! Es gibt nur Leute, von denen er etwas will oder die von ihm abhängig sind.«

Marie runzelte die Stirn. »Egal. Du kanntest ihn jedenfalls. An dem Tag, als ich nach Tsingtau kam, hast du ihn und seine Familie vom Hafen abgeholt. Ich habe euch damals beobachtet.«

»Wie kannst du dir da so sicher sein? Für euch Ausländer sehen wir Chinesen doch alle gleich aus!«

Marie sah ihn fassungslos an. »Wie kannst du das von mir behaupten?«

Du hob abwehrend die Hände. »Verzeih mir, Marie.«

Sie schüttelte nur mit dem Kopf. »Ich erinnere mich an ihn und seine Familie. Und gestern habe ich sie alle im Hotel Prinz Heinrich wiedergesehen. Seine kleine Tochter wird wahrscheinlich ihr ganzes Leben lang diesen schrecklichen Tag nicht mehr vergessen.«

Du wischte sich wie geistesabwesend mit beiden Händen über sein Gesicht, das aschfahl geworden war. Seine Augen wanderten ziellos umher, als suchte er irgendwo Halt. Marie konnte sehen, dass er zutiefst betroffen war und dass seine Gedanken rasten. Einige Minuten lang herrschte Stille. Schließlich atmete Du stöhnend durch.

Er blickte sich um, als wolle er sichergehen, dass niemand hörte, was er zu sagen hatte.

»Zhang Wen und einer seiner Freunde, ein Lehrling aus der Tsingtau-Werft, sind verschwunden.«

Marie erschrak. »Verschwunden? Hatten sie etwas mit dem Anschlag zu tun?«

Du wich ihrem Blick aus. »Ich weiß es nicht, aber es ist möglich.«

»Was soll das heißen, du weißt es nicht? Zhang Wen ist doch wie ein

Bruder für dich? Und ihr habt die gleichen politischen Ziele! Du musst doch wissen, was er treibt?«

Du zuckte hilflos mit den Achseln. »Ja, wir haben dieselben Ziele, aber wir waren in letzter Zeit nicht immer der gleichen Meinung, mit welchen Mitteln man sie durchsetzen sollte.«

»Ich verstehe nicht.«

»Es gibt viele verschiedene Bewegungen, die die Dynastie stürzen wollen. Mit unterschiedlichen Interessen und unterschiedlichen Methoden. Einige geheime Gruppen und auch viele Studenten fordern inzwischen radikale Maßnahmen. Ich habe schon länger befürchtet, dass Zhang Wen sich einer von ihnen angeschlossen hat.«

»Und du lehnst diese Radikalen ab?«

Du starrte düster vor sich hin. »Nein, eigentlich nicht. Ich bin inzwischen auch überzeugt, dass man mit allen Mitteln gegen die Regierung kämpfen muss, denn ihre Geheimpolizei bekämpft jeden Widerstand genauso erbarmungslos ... Aber ich habe eine Familie – auch wenn sie mich verstoßen hat. Wenn ich mit gewaltsamen Anschlägen in Verbindung gebracht werde, wird meine ganze Familie dafür büßen müssen. Das ist sicher ... Aber Zhang Wen hat keine Familie.«

Marie wusste nicht, was sie noch sagen sollte. Selbstvergessen streichelte sie Xiaobaos Haar. »Wo könnten die beiden sein? Meinst du, sie sind untergetaucht?«

Du saß reglos neben ihr. Seine Augen glänzten feucht. Er wirkte völlig verloren und hilflos, dass er Marie unendlich leid tat. »Ich habe keine Ahnung, aber ich befürchte das Schlimmste.«

Die beiden waren so in ihr Gespräch vertieft, dass sie nicht auf die Schritte achteten, die über den Hof näher kamen. Eine vertraute Stimme erklang. »Hallo, Marie! Hallo, Du Xündi!«

Vor ihnen standen Gerlinde, Sarah und Bertil. Gerlinde strahlte wie üblich, Sarah und Bertil lächelten eher verhalten und studierten besorgt Maries Miene.

Sarah streckte Marie ihre Hand entgegen. »Wir wollten dich besuchen, Marie, um zu sehen, wie es dir nach dem Schock von gestern geht. Und wir wollten bei dieser Gelegenheit das Hospital besichtigen, wenn wir Sie nicht gerade stören.« Ihr Blick blieb an Du Xündi hängen, der sie ausdruckslos anblickte.

Marie stand auf und klopfte sich den Staub vom Kleid, um einige Sekunden Zeit zu gewinnen. »Ja, natürlich. Vielen Dank für eure Fürsorge und willkommen im Faberhospital! Darf ich vorstellen: Das ist mein Freund und Lehrer Du Xündi, und das ist Xiaobao, meine … meine Adoptivtochter! Du Xündi, das sind Lady Sarah Belfort und ihr Bruder Bertil Morton, Freunde von Philipp. Gerlinde kennst du ja.«

Du erhob sich und nickte höflich. »Guten Tag!«

Sarah musterte Du neugierig. »Sie sind also der berühmte Sprachlehrer. Philipp von Heyden hat viel von Ihnen erzählt.«

Du lächelte gequält. »Zu viel der Ehre.«

Sarah schien den schnellen Blickwechsel zwischen Marie und Du bemerkt zu haben.

»Bertil und ich interessieren uns so für deine Arbeit, Marie. Deshalb hat sich Gerlinde netterweise anerboten, uns hierher zu begleiten.«

Marie warf erneut einen kurzen Blick zu Du. Er fühlte sich sichtlich unwohl. »Ja, natürlich. Ich führe euch gerne herum.«

Du starrte sie eine Sekunde lang an. Dann verbeugte er sich kurz. »Ich verabschiede mich. Ich muss zurück zur Hochschule. Auf Wiedersehen.«

Mit schnellen Schritten ging er davon.

Marie rief ihm hinterher. »Bitte sag mir Bescheid, wenn sich etwas Neues ergeben hat, ja? Und kommst du morgen zum Unterricht?«

Du drehte sich kurz um, zuckte nur wortlos mit den Achseln und verschwand.

Gerlinde reagierte verblüfft. »Was hat er denn? So habe ich ihn ja noch nie erlebt. Sonst ist er doch immer so höflich und charmant.«

Marie ließ diese Frage unbeantwortet. Sie wandte sich an Bertil und Sarah. »Wie sieht es im Hotel Prinz Heinrich aus?«

Bertil schüttelte den Kopf. »Business as usual! Heute Morgen werden die zu Bruch gegangenen Fenster ersetzt, und die Maler sind im Speisesaal an der Arbeit. Heute Abend soll er wieder eröffnet werden.«

Gerlinde grinste. »Perfekte Organisation, wie üblich! Das Leben geht weiter.«

Marie nickte geistesabwesend. Sie nahm Xiaobao auf den Arm und gab ihr einen Kuss. »Nun denn! Kommt, wir zeigen euch das Krankenhaus.«

Sarah lächelte Xiaobao freundlich an und tätschelte ihre Wange. Die Kleine betrachtete sie misstrauisch, dann verbarg sie ihr Gesicht an Maries Schulter.

Nach einer guten Stunde kehrten sie für eine Tasse Tee auf den Hof zurück. Marie war überrascht über die kompetenten Fragen, die Sarah stellte. Sarah winkte bescheiden ab.

»Ich habe zusammen mit einigen Nachbarn in dem Dorf, in dem ich lebe, eine kleine Krankenstation gegründet, da die nächste größere Stadt mit einem Krankenhaus zu weit entfernt ist. Deshalb bin ich immer neugierig, Dinge dazuzulernen, um die Situation zu verbessern.«

Marie musste sich beeindruckt eingestehen, dass hinter Sarahs eleganter Fassade ungeahnte Kräfte lagen.

»Aber wie wird es mit dem Hospital weitergehen, wenn du wieder zurück nach Deutschland fährst, Marie?«

Marie lächelte verkrampft. »Die Mission hat schon für Ersatz gesorgt. Ein Arzt aus Deutschland ist bereits auf dem Weg nach Tsingtau.«

»Aber was wird mit der Frauenstation? Du sagst doch selbst, dass Chinesinnen sich nie von einem ausländischen Mann behandeln lassen würden?«

Sarah hatte den Nagel auf den Kopf getroffen.

»Ich … ich habe noch keine wirkliche Lösung für dieses Problem gefunden. Ich werde mit dem neuen Arzt sprechen, wenn er ankommt. Vielleicht gibt es ja eine Möglichkeit, von dem kleinen Gehalt, das ich jetzt von der Mission bekomme, eine deutsche Krankenschwester zu engagieren. Oder er könnte eine Chinesin zur Pflegerin ausbilden.«

»Warum hast du das nicht selbst gemacht?«

Gerlinde mischte sich erschrocken ein. »Marie hat eine Chinesin als Pflegerin ausgebildet.«

Sarah blickte fragend von Marie zu Gerlinde. »Und was ist aus ihr geworden? Ist sie weggelaufen und verdient jetzt irgendwo anders mehr Geld? Man hört diese Geschichten ja immer wieder.«

Gerlinde lehnte sich vor und legte ihre Hand auf Maries Arm. »Yonggang hat zusammen mit Marie in der Quarantänestation gearbeitet. Dabei hat sie sich infiziert und ist an der Pest gestorben.«

Sarah schlug sich erschrocken die Hand vor den Mund. »O Gott! Es tut mir leid. Entschuldige, Marie. Das war unverzeihlich.«

Marie nickte und lächelte schwach. »Ist schon gut. Das konntest du ja nicht wissen.«

Es war Sarah anzusehen, dass ihr diese Geschichte äußerst peinlich war. Sie stand auf, für Bertil und Gerlinde ein Zeichen, ihr zu folgen.

»Vielen herzlichen Dank für diesen interessanten Nachmittag.«

Marie umarmte ihre Gäste zum Abschied und war froh, als sie endlich wieder mit Xiaobao alleine war.

Der nächste Morgen war ein wichtiger Tag für Xiaobao. Vor genau zwei Monaten hatte Marie sie ins Krankenhaus gebracht. Damals hatte Dr. Wunsch die verstümmelten Füße geschient und eingegipst. Heute sollte der Gips entfernt werden. Traurig dachte Marie an ihren Kollegen, der nun schon über einen Monat lang tot war.

Das kleine Mädchen saß auf dem Behandlungstisch und starrte skeptisch auf die große Schere, mit der sich Marie ihren Füßen näherte. Aber sie blieb tapfer sitzen und beobachtete aufmerksam, was passierte. Als die Schere unter den Gips geschoben wurde und an ihrer Haut kitzelte, kicherte sie. Nach wenigen Minuten waren beide Gipse entfernt. Vorsichtig betastete Marie die kleinen Füßchen. Die winzigen Zehen sahen immer noch etwas deformiert aus. Marie bewegte sie vorsichtig und sah Xiaobao auffordernd an. Das Kind verstand sofort und wackelte mit den Zehen. Das Strahlen, das dabei Xiaobaos Gesicht überzog, rührte Marie fast zu Tränen. Die Fußflächen waren fast wieder gerade, so dass Xiaobao bald wieder auftreten und stehen können würde. Aber die Fußknochen mussten noch geschont werden. Nach einer behutsamen Wäsche mit lauwarmem Wasser wickelte Marie die Füße über eine Sohlenschiene in einen Verband, der nun abends zum Schlafen abgenommen werden konnte.

Nach der langwierigen Prozedur nahm Marie Xiaobao auf den Arm und setzte sich mit ihr auf die Bank in den Hof neben Feng, die Klein Gustav im Kinderwagen neben sich stehen hatte. Gustavs Fieber war etwas gefallen, und man merkte Feng ihre Erleichterung an. Sie wirkte wieder so fröhlich, wie Marie sie kennengelernt hatte. Sie scherzte mit Xiaobao, die mit ihrer Puppe im Arm zwischen den beiden saß. Es gelang ihr ohne Probleme, dem sonst so scheuen Kind ein Lächeln zu entlocken.

Da bemerkte Marie, wie Xiaobaos Augen immer wieder zur anderen Seite des Hofs wanderten. Marie konnte dort nichts Auffälliges erkennen. In der Mitte des von drei Gebäuden eingefassten Hofs lag eine

Grünfläche mit Rasen und einigen niedrigen Büschen. Vor der offenen Hofseite standen einige Akazien, die wie überall in der Kolonie als schnell wachsende Bäume gepflanzt worden waren, um an heißen Sommertagen Schatten zu spenden. Ein chinesischer Kuli fegte mit einem kurzen Reisigbesen den Hof vor dem Patienteneingang. Alles wirkte friedlich, die Grillen zirpten. Aber Marie war beunruhigt. Irgendetwas hatte die Aufmerksamkeit des Mädchens erregt, denn es kehrte immer wieder mit seinem Blick zu ein und derselben Stelle zurück. Jetzt hatte auch Marie die Bewegung gesehen. Jemand stand hinter einem der Bäume und beobachtete sie.

Marie rief den Pfleger Laotu. Sie deutete mit der Hand auf die Baumgruppe.

»You ren. Da steht jemand. Qing ni qu kanba! Sieh bitte nach.«

Die Gestalt rannte davon, doch Laotu war schneller. Ein Schrei ertönte. Es war Xiaobaos Mutter. Der Pfleger hielt sie am Arm fest und beschimpfte sie lautstark. Xiaobao brach in Tränen aus. Marie nahm sie auf den Arm, um sie ins Haus zu tragen.

»Laotu, schick sie weg. Sag ihr, sie darf nicht mehr hierherkommen, sonst holen wir die Polizei.«

Der Pfleger brüllte die Frau an, bis diese davonlief.

Feng war sichtlich erschrocken. Sie verstand nicht, was hier vor sich ging. »Ta shi Xiaobao de mama?«

Marie nickte traurig. »Ja, sie ist Xiaobaos Mutter. Keine gute Mutter.«

Feng schüttelte den Kopf. Ihre Stimme klang leise. »Bu dui. Das stimmt nicht.«

Marie starrte sie an. »Woher weißt du das? Kennst du sie?«

Feng nickte. Marie betrachtete sie nachdenklich.

34.

Am späten Nachmittag saß Marie zu Hause und wartete auf Du Xündi. Sie starrte in ihr Lehrbuch und versuchte, die letzte Lektion auswendig zu lernen, aber sie war unfähig, sich zu konzentrieren. Fritz brachte ein Tablett mit Tee, Keksen und zwei Tassen, stellte das Geschirr auf den Tisch und ging wieder hinaus. An der Tür blieb er stehen. »Kommt Lehrer Du Laoshi heute später?«

Marie blickte ihn unsicher an. »Ich weiß es nicht.«

Da klingelte es an der Haustür.

Fritz ging hinaus, um zu öffnen. Nach wenigen Augenblicken kehrte er mit einem kleinen Briefumschlag in der Hand zurück. Nervös riss Marie den Brief auf. Die Nachricht war kurz.

»Ich kann nicht kommen. Wir haben sie noch nicht gefunden. Gruß Du Xündi.«

Marie blickte zu Fritz auf, der schweigend vor ihr stand. »Lehrer Du kommt heute nicht.«

Fritz nickte ausdruckslos, nahm die überzählige Teetasse vom Tisch und verließ den Raum.

35.

Am Abend war Marie allein zu Hause. Ihr Vater war im Club, Adele veranstaltete ein kleines privates Geburtstagsdinner für einen ihrer Gäste. Das chinesische Abendessen, das der Koch vorbereitet hatte, konnte Marie kaum genießen. Die Stille im Esszimmer wirkte bedrückend. Nach dem Essen gab Marie Fritz für den Abend frei und setzte sich ins Wohnzimmer, um zu lesen. Immer wieder ließ sie das Buch sinken, um ihren Gedanken nachzuhängen, die dem gleichmäßigen Ticken der großen Standuhr folgten.

Ein Geräusch weckte Marie. Ein Blick auf die Uhr zeigte, dass sie fast zwei Stunden geschlafen hatte. Wieder hörte sie das Geräusch. Jemand klopfte leise an die Glastür zur Terrasse. Marie ging vorsichtig zur Tür und versuchte zu erkennen, wer draußen stand. Auf einmal erkannte sie Du Xündis blasses Gesicht. Er winkte. Marie schob den Riegel zurück und öffnete die Tür. »Was machst du hier? Wieso hast du nicht geklingelt?«

Er legte einen Zeigefinger auf seine Lippen.

Sie zog ihn ins Haus. »Was ist los?«

Du packte sie mit beiden Händen an den Oberarmen. Seine Stimme überschlug sich. »Marie, du musst uns helfen. Es ist etwas Schreckliches passiert.« Tränen standen in seinen Augen. »Wir haben die beiden gefunden. Sie sind schwer verletzt.«

»Hatten sie einen Unfall? Warum habt ihr sie nicht ins Krankenhaus gebracht?«

»Das geht nicht. Bitte frag nicht weiter, und komm einfach mit. Ich flehe dich an. Jede Minute zählt.«

Marie hatte ein ungutes Gefühl, aber sie hatte keine Wahl. »Warte einen Moment. Ich hole meine Tasche und schreibe eine kurze Nachricht für meinen Vater. Sonst macht er sich Sorgen.«

Wenige Minuten später verließen die beiden leise das Haus. Keiner der Dienstboten war zu sehen. An der nächsten Straßenecke warteten zwei Rikschas.

Die Fahrt ging am Faberhospital vorbei zum Hafen. Kurz hinter dem Hafenhotel ließ Du anhalten. Er zog Marie in eine enge Gasse. Nur hundert Meter weiter, an Mole I war die Pier hell erleuchtet. Kulis löschten die Fracht eines Dampfers. Die lauten Kommandos und Trillerpfeifen, mit denen die Chinesen angetrieben wurden, waren deutlich zu hören. Zwischen den Häusern fielen helle Lichtkeile in die kleine Gasse, aber niemand bemerkte die beiden Gestalten, die dort entlangeilten.

Marie hielt sich dicht hinter Du Xündi. Zu dieser Nachtzeit wirkte die Gegend unheimlich und fremd. Von irgendwoher erschallte Musik und Stimmengewirr. Eine Hafenkneipe musste ganz in der Nähe sein.

Schließlich bog Du in einen schmalen Durchgang. Hier begannen die Lagerschuppen. Wenige Augenblicke später blieb er vor einer kleinen Tür stehen und gab ein kurzes Klopfzeichen. Die Tür öffnete sich geräuschlos.

Marie folgte Du in die Dunkelheit. Die einzige Lichtquelle war eine Petroleumlampe, die der junge Mann, der sie eingelassen hatte, in der Hand hielt. Sonst herrschte absolute Finsternis. Es roch nach Heu, aber alles, was zu erkennen war, waren hohe Stapel von Kisten. Du wechselte einige Worte mit dem Mann, dann zog er Marie hinter sich her. Außer ihren Schritten und ihrem Atem war nichts zu hören.

Am Ende eines langen Ganges wurde eine Schiebetür einen Spalt weit aufgeschoben. Marie nahm den Geruch von Urin wahr.

Eine weitere Petroleumleuchte warf flackerndes Licht auf drei Männer, die an der Wand hockten. Vor ihnen lagen zwei Gestalten am Boden. Sie waren nur mit knielangen Hosen bekleidet. Ihre Körper waren blutig, sie rührten sich nicht. Die Gesichter waren blutüberströmt und verformt. Einer der beiden atmete röchelnd, der andere gab keinen Laut von sich. Schnell kniete Marie sich nieder und fühlte seinen Puls. Sie spürte nichts.

Sie blickte auf und sah Du Xündi an. »Der Mann ist tot. Was ist hier passiert?«

Entsetzt stöhnte Du auf und deutete auf den zweiten Mann am Boden.

»Aber Zhang Wen lebt noch.«

Marie blickte in das blutige Gesicht des röchelnden Mannes. Das sollte Zhang Wen sein? Die Augenpartien waren bis zur Unkenntlichkeit geschwollen, die Nase schief, Blut sickerte aus seinem Mund.

»Sie wurden geschlagen!«

Du nickte. »Gefoltert.«

Marie fühlte den Puls. Er war nur schwach spürbar. Ihr Blick tastete den gemarterten Körper ab. Überall Blut. Was konnte sie tun, als die Wunden oberflächlich zu versorgen? Viel wahrscheinlicher war, dass er auch innere Verletzungen hatte.

»Er muss ins Krankenhaus gebracht werden. Hier kann ich wenig für ihn tun.«

Du packte sie an der Schulter. »Versteh doch. Das geht auf keinen Fall. Die deutsche Polizei würde davon erfahren. Spitzel sind überall. Sie würden uns an die chinesische Geheimpolizei ausliefern. Dann sind wir alle tot.«

»Ich könnte ihn doch alleine ins Krankenhaus bringen. Dann stellt keiner einen Zusammenhang zu euch her.«

»Wie willst du ihn denn ins Krankenhaus transportieren? Das geht nicht. Du musst ihn hier behandeln. Bitte.«

Widerwillig machte sich Marie an die Arbeit. Sie tupfte die Wunden mit Desinfektionsmittel ab und begann sie zu verbinden. Sie war auf der einen Seite froh, dass Zhang Wen nicht bei Bewusstsein war und so keine Schmerzen spürte, auf der anderen Seite war dies ein Symptom seines kritischen Zustandes. Immer wieder hielt sie inne, um den Puls zu fühlen.

Du und die vier anderen jungen Männer hatten sich einige Schritte entfernt und diskutierten aufgeregt mit leiser Stimme.

Plötzlich veränderte sich der Atem des Bewusstlosen. Er ging nur noch stoßweise. Der Körper verkrampfte sich. Es folgte ein letzter röchelnder Atemzug. Dann herrschte Todesstille.

Marie kauerte hilflos neben dem leblosen Körper. Die hitzige Diskussion der Männer war schlagartig verstummt. Du Xündi kniete sich neben sie.

Marie legte ihre Hand auf seine. »Er ist tot.«

Du saß wie versteinert da und starrte auf die Leiche seines Freundes. Marie blickte in sein blasses Gesicht, in dem sich unendlicher Schmerz spiegelte. Die anderen Männer waren hinter sie getreten und standen schweigend da. Jetzt konnte Marie zum ersten Mal ihre Gesichter sehen. Sie waren sehr jung, fast noch Kinder. Minutenlang schien die Welt still zu stehen. Niemand bewegte sich, keiner sprach ein Wort. Einer schniefte, Tränen liefen ihm über das Gesicht.

Plötzlich hörte Marie ein Geräusch aus der Dunkelheit des Lagerschuppens. Ein Rascheln. Marie lauschte, aber kein weiterer Laut folgte. Vielleicht eine Ratte. Diese kurze Ablenkung half ihr, wieder klare Gedanken zu fassen. »Wie habt ihr die beiden hier gefunden?«

Du klang heiser. »Es war eine anonyme Nachricht. Jemand hatte sie unter meiner Tür im Lehrerwohnheim durchgeschoben.«

»Aber wer auch immer dir die Nachricht geschickt hat, weiß, dass zwischen dir und Zhang Wen eine Verbindung bestand. Du bist in größter Gefahr!«

In diesem Moment hörte man ein lautes Geräusch aus der Dunkelheit. Kisten fielen um, schnelle Schritte kamen näher.

Marie sah Du erschrocken an. »Wer kann das sein?«

Drei Chinesen mit Fackeln in den Händen tauchten aus der Dunkelheit auf. Einer von ihnen hatte eine Pistole und eröffnete sofort das Feuer.

Du packte Marie und riss sie mit sich fort. Einer seiner Gefährten schrie auf und brach getroffen zusammen. Ein weiterer brüllte vor Schmerz, als eine Kugel seinen rechten Arm traf. In Panik flohen sie in die Dunkelheit.

Plötzlich flogen brennende Fackeln durch die Luft auf die gestapelten Kisten, die sofort Feuer fingen. Marie drehte sich noch einmal um. Hinter den Kisten stand ein weiterer Mann im Dunkeln, den sie bisher nicht bemerkt hatte. Als jetzt die Flammen blitzartig emporloderten, wurde sein Gesicht für einen kurzen Augenblick beleuchtet. Marie konnte ihn genau sehen. Eine wulstige Narbe zog sich über seine rechte Gesichtshälfte bis zum Ohr.

Dann drangen von außen der Lärm von Pferdegetrappel, das Rollen von Wagenrädern und Schritte herein. Kurz danach Trillerpfeifen.

Das Feuer breitete sich mit rasender Geschwindigkeit aus. Die Kartons brannten wie Zunder. Marie konnte die ungeheure Hitze spüren, während sie sich von Du vorwärts ziehen ließ. Sie hatte keinerlei Orientierung. Doch Du schien zu wissen, wo ein rettender Ausgang lag. Die Angreifer verfolgten sie nicht. Schließlich gelangten sie durch eine Tür in der Wand in einen Verschlag im hinteren Teil des Schuppens. Du schob hastig zwei lose Bretter auseinander, weit genug, um ins Freie kriechen zu können.

Alle rangen nach Luft. Einer der jungen Männer presste sich mit schmerzverzerrtem Gesicht die Hand auf eine blutige Wunde am Arm.

Marie schob sich zu ihm. »Die Wunde muss versorgt werden!«

Du drängelte. »Wir müssen hier weg. Und am besten teilen wir uns auf.«

Marie reagierte schnell. Sie packte den verletzten Mann am Arm. »Ich nehme ihn mit ins Hospital. Laufen kann er ja noch. Kennt er den Weg?«

Du und sein Gefährte nickten. Er legte seine Hand auf Maries Arm und sah sie ernst an.

»Du verstehst, dass du niemandem erzählen darfst, was du hier erlebt hast. Es würde uns alle in Gefahr bringen ... auch dich.«

Marie antwortete nicht.

Du zog seine Hand zurück. »Jetzt lauft. Schnell.«

Marie gehorchte wie in Trance.

Die Flucht ging im Schatten der Lagerhallen bis zum letzten Schuppen. Die Trillerpfeifen der Polizisten waren irgendwo ganz in der Nähe. Nach einigen weiteren Metern hörte die Hafenbebauung auf. Im Mondlicht lag eine Schlucht, eine der Geröllschluchten, durch die sich in der Regenzeit das Wasser seinen Weg von den Hügeln hinunter ins Meer suchte. Jetzt war sie ausgetrocknet. Der junge Mann zeigte mit der Hand in die Schlucht, die sich bis hoch zum Kamm erstreckte. Irgendwo da oben hinter dem Kamm lag die Chinesenstadt. Im Schutze der großen Felsen kletterten sie hinauf. Es war ein steiler Aufstieg. Nach wenigen Metern blieb Marie außer Atem stehen. Sie blickte sich um. Von hier aus hatte man gute Sicht auf die lange Reihe der Lagerhallen. Im Licht der Hafenbeleuchtung sah man Qualm aufsteigen. Menschen rannten hin und her, Rufe und Trillerpfeifen waren zu hören. Eine Alarmglocke läutete. Aber niemand war auf ihrer Spur.

Maries Begleiter wurde ungeduldig. »Kommen Sie!«

Er hatte recht. Je schneller sie von hier wegkamen, desto besser. Doch kaum hatten sie wenige Schritte zurückgelegt, ertönte ein dumpfer Knall.

Erschrocken blieben die beiden stehen und drehten sich um. Das Feuer hatte sich durch die Deckenbalken gefressen, die mit lautem Getöse eingestürzt waren. Die ganze Lagerhalle stand lichterloh in Flammen, die auch schon auf das nächstliegende Gebäude übergriffen. Entsetzt starrten sie auf das Inferno. Eine Glocke ertönte. Die Hafenfeuerwehr rückte an.

Marie riss sich von dem entsetzlichen Schauspiel los. Sie sah ihren jungen Begleiter an und nickte ihm zu. Schweigend setzten sie ihren Aufstieg fort, bis sie die ersten Gebäude von Dabaodao erreichten.

Später konnte sich Marie kaum mehr richtig erinnern, wie sie ins Faberhospital gelangt waren, wo alles in tiefem Schlaf lag. Unbemerkt schlichen sie in ihr Behandlungszimmer. Schnell entfernte sie die Kugel aus der Wunde von Dus Gefährten, der seine schlimmen Schmerzen mit zusammengepressten Zähnen ertrug. Kaum war die Wunde versorgt, sprang er auf.

»Ich danke Ihnen.« Marie hielt ihn kurz fest. »Sie müssen Ihren Arm schonen. Und kommen Sie bitte in ein paar Tagen wieder, damit ich den Verband wechseln kann.«

Der junge Mann nickte ungeduldig. Aber Marie ließ ihn immer noch nicht gehen. »Wie heißen Sie?«

Er lächelte mühsam. »Hong.«

»Gut! Meinen Namen kennen Sie ja, Hong, und Sie wissen, wo Sie mich finden können.«

Sie öffnete vorsichtig die Tür und blickte auf den Korridor. Alles war ruhig. »Die Luft ist rein.«

Hong drängte sich an ihr vorbei. Fast geräuschlos verschwand er in der Dunkelheit. Marie kehrte in ihr Zimmer zurück und ließ schnell die Spuren der Behandlung verschwinden. Dann zog sie ihr staubiges und blutbeflecktes Kleid aus, wusch sich und wechselte in das saubere Ersatzkleid, das sie für Notfälle im Schrank hängen hatte.

Diese Routinehandlungen beruhigten sie etwas, obwohl ihre Gedanken nicht aufhörten, in ihrem Kopf zu kreisen, und ihre Hände zitterten. Was war heute Abend geschehen? Wer hatte die beiden jungen Männer zu Tode gefoltert? Woher war plötzlich die Polizei gekommen? Und war Du rechtzeitig entkommen? Fragen, auf die es keine Antwort gab.

Um sich abzulenken, ging sie leise in den Krankensaal, um nach Xiaobao, Feng und Klein Gustav zu sehen. Alle schliefen tief und friedlich.

Als sie über den Korridor zurück zu ihrem Zimmer ging, kam Laotu mit zerzaustem Haar aus dem Pflegerzimmer geschlurft. Verwirrt starrte er sie an. »You wenti ma? Gibt es ein Problem?«

Marie schüttelte den Kopf. »Dou hao. Alles ist gut.«

Laotu nickte müde und zog sich wieder zurück.

Marie setzte sich an ihren Schreibtisch. Sofort krochen der Schock über das Erlebte und die Angst um Du Xündi wieder in ihr hoch.

Sie zuckte zusammen, als das Telefon klingelte. Automatisch sah sie auf die Uhr. Es war kurz vor Mitternacht. Sie nahm den Hörer ab.

»Einen Augenblick. Ich verbinde.«

Ein Knacken, dann erklang die aufgeregte Stimme ihres Vaters. »Marie, ich bin gerade nach Hause gekommen und habe deine Nachricht gefunden! Was ist passiert? Was für einen Notfall hattest du? Fritz hat gar nicht gemerkt, dass du weggefahren bist.«

Marie zögerte nur eine Sekunde. Die Lüge ging ihr leicht von den Lippen. »Ich wollte ihn nicht stören. Es war Xiaobao. Ich werde vorsichtshalber die Nacht über hier bleiben. Sicher ist sicher.«

Die Stimme am anderen Ende der Leitung klang erleichtert. »Ja, natürlich. Dann ist ja alles gut.«

Für einen kurzen Augenblick herrschte Stille. Dann räusperte sich Hildebrand. »Ich wünsche dir eine gute Nacht.« Gerade wollte sie den Hörer einhängen, als sie seine Stimme noch einmal hörte. »Aber morgen Abend bist du doch zum Essen zu Hause, Marie? Adele und ich wollten noch einige Einzelheiten wegen der Hochzeit besprechen. Außerdem habe ich eine Überraschung. Philipp kommt auch.«

Marie nickte geistesabwesend vor sich hin. »Ja, ich verspreche dir, ich bin pünktlich zum Essen da.«

»Du kannst dich nicht um das Abendessen kümmern, oder? Ich hatte gehofft ...«

Marie seufzte. »Vater, ich bitte dich. Im Hospital ist im Augenblick so viel zu tun. Sag Fritz einfach, er soll den Koch bitten, ein chinesisches Essen vorzubereiten. Dazu braucht er mich doch nicht.«

Am anderen Ende der Leitung herrschte kurzes Schweigen. »Schade.«

Marie schloss die Augen. »Es tut mir leid, Vater ... Gute Nacht.«

Ein Klopfen weckte Marie. Es dauerte einige Momente, bis sie sich orientiert hatte. Sie war auf der Couch in ihrem Behandlungszimmer eingeschlafen. »Herein.«

Salome Wilhelm trat ein. Sie trug ein Tablett mit einer Kaffeekanne und einem Teller mit Marmeladenbrötchen, das sie auf den Tisch neben der Couch stellte.

»Einen wunderschönen guten Morgen! Laotu sagte mir, dass Sie hier übernachtet haben.«

Marie lächelte sie dankbar an. »Kaffee! Salome, Sie sind ein Schatz. Ich danke Ihnen.«

Salome nahm in einem Sessel Platz. »Ohne Kaffee komme ich morgens nicht in Schwung. Und Sie waren sicher letzte Nacht lange auf.« Sie schenkte Marie eine Tasse Kaffee ein. »Haben Sie nichts gehört?«

Marie sah Salome an. »Was soll ich gehört haben?«

»Die Sirenen! Am Hafen sind zwei Lagerschuppen abgebrannt.«

»Was ist denn passiert?«

»Die Polizei erhielt wieder einen anonymen Hinweis, dass in den Schuppen eine illegale Versammlung stattfinden würde. Als die Beamten dort ankamen, hörten sie Schüsse und entdeckten das Feuer. Wahrscheinlich Brandstiftung. Furchtbar. In beiden Hallen waren Kisten mit Strohhüten und Strohborten gelagert. Alles hat binnen weniger Augenblicke lichterloh gebrannt. Drei Menschen konnten wohl nicht schnell genug fliehen. Sie sind verbrannt.«

»Weiß man, wer die Toten sind?«

»Soviel ich weiß, nicht.«

Marie zögerte. »Wurde jemand verhaftet?«

Salome schüttelte den Kopf. »Wegen des Brandes liefen von überall Menschen zusammen. Da konnte man Täter und Schaulustige nicht mehr unterscheiden, aber man spricht von mehreren Tätern. Eine furchtbare Sache!« Sie stand auf. »Ich muss wieder los. Die Pflicht ruft. Wir sehen uns um zwölf zum Mittagessen?«

Marie nickte.

Die Arbeit an diesem Morgen ging Marie schwer von der Hand. Ihre Gedanken schweiften ständig ab. Sie musste wissen, ob Du Xündi entkommen war. Schließlich schickte sie einen Boten mit einer Nachricht zur Hochschule. Sie bat Du, sich dringend zu melden, aber das Telefon blieb still, und der Bote kehrte ohne eine Antwort zurück. Er hatte Du Xündi nicht angetroffen.

Der Brand am Hafen war natürlich das wichtigste Gesprächsthema am Mittagstisch. Richard Wilhelm war in der Regel sowohl über die deutsche als auch über die chinesische Seite gut informiert. Doch diesmal war er ratlos. »Niemand weiß etwas Konkretes. Nur Gerüchte und Aussagen von Spitzeln, die sich nicht nachprüfen lassen. Denunziation gehört in diesen Zeiten zum Alltagsgeschäft. Einzig sicher ist, dass jemand einem Rikschafahrer Geld gegeben hat, auf der Polizeistation eine Nachricht abzugeben, in der stand, dass in einem Schuppen am Hafen Revolutionäre eine illegale Versammlung abhalten. Die Polizei rückte sofort aus. Als die Beamten dort eintrafen, entdeckten sie das Feuer, das sich so schnell ausbreitete, dass man nicht mehr in den Schuppen eindringen konnte. Als das Feuer endlich gelöscht war, fand man drei verkohlte Leichen. Das sah nicht nach einer der üblichen Geheimversammlungen aus. Einer der Toten war erschossen worden.«

»Und es gibt keinen Verdacht?«, fragte Marie.

»Doch. Angeblich sollen Studenten von der Hochschule involviert gewesen sein. Heute Morgen wurde eine Razzia durchgeführt, und mehrere Personen wurden zum Verhör mitgenommen.«

Marie wurde blass. »Ist jemand darunter, den Sie kennen?«

Wilhelm musterte sie argwöhnisch. »Die Namen kenne ich nicht.«

»Könnte es sein, dass dieser Vorfall etwas mit dem Bombenattentat am letzten Wochenende im Hotel Prinz Heinrich zu tun haben könnte?«

Wilhelm zuckte mit den Achseln. »Ein Racheakt? Dafür gibt es keinen Hinweis. Aber möglich wäre es. Meine chinesischen Bekannten stellen das Attentat im Hotel in einen viel größeren Zusammenhang. Letzte Woche sind zum ersten Mal größere Aufstände in Südchina ausgebrochen, für die die Revolutionäre um ihren Führer Sun Yatsen dreist die Verantwortung übernommen haben. Sogar das Büro des Generalgouverneurs, des offiziellen Repräsentanten des chinesischen Kaisers, wurde verwüstet. Der Beamte, dem der Anschlag im Hotel Prinz Heinrich galt, war ebenfalls ein Vertreter des Kaisers. Vielleicht war das der Auftakt zur gewaltsamen Umsturzbewegung hier im Norden. Die Menschen werden ungeduldig. Die angekündigten Reformen seitens des Hofes bleiben aus, nur die Repressalien nehmen zu. Da muss sich keiner wundern, was in China passiert und dass wir das hier auch zu spüren bekommen.

Schließlich ist unsere bloße Anwesenheit in China ja schon Zeichen für die Schwäche des Kaiserhauses, auch wenn das die Herren im Gouvernement nicht so gerne hören.«

Er stand auf, holte die Tageszeitung und zeigte Marie einen Artikel: »Hunderte von Aufständischen geköpft. Sun Yatsen wird für die Planung einer Revolution im großen Stil verantwortlich gemacht. Das ist ein Bericht von gestern. Das kann ein Zufall sein, es könnte aber auch alles zusammenhängen. Ein Racheakt der Kaisertreuen an den Bombenattentätern? Das werden wir wohl nie erfahren. Weder die chinesischen Aufständischen noch ihre Gegner pflegen der deutschen Polizei Bericht zu erstatten.«

Angespannt hörte Marie Wilhelms Erklärungsversuchen zu. Er sah sie aufmunternd an und legte seine Hand tröstend auf ihre. »Sie sind ja ganz blass geworden, Marie! Sie müssen sich nicht beunruhigen. Tsingtau ist und bleibt sicher. Es gibt inzwischen auf allen Seiten Interesse daran, dass wir hier extraterritorialen Status haben. Wo sonst könnten Revolutionäre sich vor der chinesischen Polizei relativ sicher fühlen?« Er tätschelte gutmütig ihre Hand. »Und in ein paar Wochen können Sie das alles hinter sich lassen, wenn Sie nach Deutschland zurückkehren.«

Marie lächelte mühsam. Sie wollte so gerne mit Wilhelm über die Ereignisse der letzten Nacht reden, aber sie konnte ihn nicht in Gewissenskonflikt bringen. Schließlich trug er als Leiter der Protestantischen Mission im Schutzgebiet große Verantwortung und pflegte naturgemäß mit dem Gouvernement engste Kontakte. Ob er wirklich schweigen konnte, wenn er ihre Geschichte hören würde, war unsicher.

Klein Gustav hatte kein Fieber mehr und konnte entlassen werden. Nach dem Mittagessen bat Marie Salome, mit ins Hospital zu kommen, um Mutter und Sohn zu verabschieden.

Marie hatte noch ein anderes Anliegen. »Salome, fragen Sie Feng doch bitte nach Weiwei. Sie kennt sie.«

Feng war es sichtlich unangenehm, über die Vergangenheit zu sprechen. Sie war als Kind an den Besitzer eines Teehauses in Tsingtau verkauft worden und hatte dort Weiwei kennengelernt, die einige Jahre älter war. Weiwei arbeitete als Singsong-Mädchen. Aber als sie schwanger wurde, verbannte man sie zurück in die Küche, bis ihr Kind geboren wurde. Da Feng selbst noch ein Kind war, musste auch sie in der Küche arbeiten und die anderen Angestellten bedienen, die sie bei jeder Gelegenheit schlugen und erniedrigten. Nur Weiwei behandelte sie gut.

Feng war fest davon überzeugt, dass Weiwei ihrem Kind ein besseres Leben ermöglichen wollte. Als Frau mit Lilienfüßen war sie für chinesische Männer wertvoller als mit normalen Füßen. Vielleicht hätte sie so die Konkubine eines reichen Mannes werden können.

Marie hörte nachdenklich zu. Als Feng und Gustav sich schließlich auf den Heimweg gemacht hatten, setzten sich Marie und Salome zusammen auf den Hof in die Sonne. Marie seufzte tief. »Ich werde das Gefühl nicht los, dass ich Weiwei gegenüber nicht gerecht war.«

Salome winkte ab. »Es ist schwer, hier gerecht zu sein. Tatsache ist, dass sie bereit war, das Leben ihrer Tochter aufs Spiel zu setzen.«

»Aber sie wusste wahrscheinlich nicht, welche Risiken mit dieser furchtbaren Prozedur verbunden sind. Ihre eigenen Füße sind nicht eingebunden.«

Salome legte tröstend die Hand auf Maries Arm. »Wenn Sie es nicht gerettet hätten, wäre das Kind jetzt tot. Nur das zählt. Wichtig ist, dass Sie Xiaobao eine lebenswerte Zukunft geben wollen.«

Marie starrte düster vor sich hin. »Wenn ich dafür nur schon die richtige Lösung gefunden hätte.«

Marie war rechtzeitig zu Hause, um sich vor dem Abendessen noch frisch zu machen und umzuziehen. Wolfgang Hildebrand war bester Laune. Während Marie den Aperitif auf der Terrasse vorbereitete, machte er sich zu Fuß auf den Weg zur Pension Luther in den Hohenloheweg, um seine zukünftige Frau abzuholen. Marie setzte sich in den Garten und versuchte, ihre Sorgen zu verdrängen.

»Dachte ich es mir doch, dass du hier sitzt.«

Statt zu klingeln, war Philipp direkt um das Haus herum in den Garten gekommen. Er legte seine Hände um ihre Schultern und zog sie wie selbstverständlich an sich.

Marie lächelte überrascht. »Schön, dich zu sehen, Philipp.«

Philipp hielt sie fest und blickte ihr forschend ins Gesicht. »Wie geht es dir, Marie? Hast du den Schrecken von Sonntagabend verdaut?«

Marie sah ihn ernst an. Er ahnte nicht, welche weiteren Schrecken sie seither erlebt hatte. »Ich weiß nicht, ob man solche Bilder wirklich verdauen kann. Wie geht es dir? Ich wollte dir nochmals für deine selbstlose Hilfe danken.«

Fritz war lautlos neben ihnen aufgetaucht. Auf einem Tablett servierte er Marie ihren üblichen Sherry, Philipp Whiskey mit Soda.

Philipp ergriff sein Glas. »Das war doch selbstverständlich.«

»Diese Einstellung ehrt dich …«

Für einen Augenblick schwiegen beide. Marie betrachtete Philipp unauffällig. Wieder einmal überfiel sie das Gefühl, dass dieser Mann ihr beistehen könnte. Im nächsten Moment jedoch wusste sie auch, dass er versuchen würde, sie von Du Xündi fernzuhalten, wenn er erfahren würde, in welche Gefahr er sie gebracht hatte. Sie seufzte.

Philipp sah sie an. »Was ist los, Marie? Hast du Sorgen?« Er legte seine Hand auf ihre.

»Ich habe dir schon mehrmals angeboten zu helfen …« Marie wich seinem Blick aus, aber Philipp blieb hartnäckig. »So schnell gebe ich nicht auf.«

Marie presste die Lippen zusammen. Ihre Augen füllten sich plötzlich mit Tränen. Sofort konnte sie die Besorgnis in Philipps Gesicht sehen.

»Marie, um Gottes willen, was ist denn los?«

Marie atmete tief durch. Sie trank einen Schluck Sherry. Ihre Gedanken überschlugen sich. Konnte sie ihn ins Vertrauen ziehen?

Philipp ließ nicht locker. »Marie, ich bitte dich. Sag mir, was dich bedrückt. Vielleicht kann ich dir ja helfen!«

»Es ist nichts. Mir ist nur bewusst geworden, dass meine Tage hier gezählt sind. Über kurz oder lang muss ich mein Abreisedatum festlegen. Da wird mir das Herz einfach schwer.«

Philipp kniff skeptisch die Augen zusammen. Er glaubte ihr nicht. »Das kann ich verstehen. Du bist nicht die Einzige, der bei diesem Gedanken das Herz schwer wird.«

In diesem Moment dröhnte Hildebrands Stimme durch den Garten. »Was für ein herrlicher Abend! Fritz, bring den Champagner. Wir haben etwas zu feiern!«

Einen kurzen Augenblick wechselten Marie und Philipp einen Blick. Schon klirrten die Gläser. Marie bemühte sich, fröhlich zu wirken, und küsste Adele zur Begrüßung.

»Was gibt es heute zu feiern?«

Adele strahlte Maries Vater an, der zufrieden grinste.

»So jung kommen wir nicht mehr zusammen. Eigentlich schon Grund genug, um anzustoßen! Außerdem hat mir der Gouverneur heute einen Orden verliehen und eine Gehaltserhöhung bewilligt.« Hildebrand blinzelte Adele schelmisch an. »Er meinte, da ich ja nun eine Frau zu versorgen hätte, könnte ich wohl eine Gehaltsaufbesserung brauchen! Wenn der wüsste, Adele, dass du mich von deinen Einkünften freihalten könntest ...« Dann grinste er Philipp an. »Ich muss dir sagen, mein Lieber, entgegen all dem kleinkarierten Gerede in unserer schönen Stadt haben moderne Frauen doch etwas für sich.«

Philipp stieß noch einmal mit Hildebrand und den beiden Damen an. »Ich bin ganz deiner Meinung, lieber Wolfgang. Auf die modernen Frauen!«

In diesem Moment trat Fritz auf die Terrasse. Er hatte ein silbernes Tablett in der Hand, auf dem ein kleiner Briefumschlag lag. Er hielt Marie das Tablett hin. Für einen Moment erstarrte sie. Schließlich gab sie sich einen Ruck, nahm den Umschlag und riss ihn auf. Sosehr sie sich auch bemühte, das Zittern ihrer Hände war nicht zu kontrollieren. Ihr Vater und Adele waren so miteinander beschäftigt, dass sie nichts zu bemerken schienen, aber Philipp beobachtete sie.

Mit einem Blick konnte Marie erkennen, dass die Nachricht von Du stammte. Sie kannte seine Schrift. Erleichtert atmete sie tief durch.

Die Nachricht war kurz.

»Ich komme morgen früh um sieben Uhr zu Dir ins Hospital. Bitte sprich mit niemandem über unser geplantes Treffen. Ich danke Dir für alles. Du Xündi.«

Marie faltete das Papier wieder zusammen und schob es in ihre Rocktasche.

Philipp beugte sich vor. »Alles in Ordnung?«

Marie sah ihm in die Augen. Zwei Sekunden konnten eine lange Zeit sein. Sie nickte.

»Ja. Alles ist gut.«

Wolfgang Hildebrand mochte es nicht, wenn bei trauten Runden in seinem Heim über Politik oder unangenehme Ereignisse in der Kolonie gesprochen wurde, und alle, die ihn kannten, hielten sich an diese ungeschriebene Regel. Marie hätte gerne erfahren, was man in Kreisen der Marine oder im Tsingtau Club, wo alle Polizeioffiziere verkehrten, über die Zwischenfälle sagte, aber sie wollte das Thema nicht anschneiden, um Philipps Argwohn nicht weiter zu schüren.

Der Abend ging früh zu Ende. Beim Abschied erinnerte Philipp an seine Einladung für Freitagabend zu einem kleinen Umtrunk zur Einweihung seines Ateliers.

Wolfgang Hildebrand schlug ihm anerkennend auf die Schulter. »Wir sind schon ganz neugierig. Es fällt mir schwer, das zuzugeben, aber ich bewundere deinen Unternehmergeist, mein Lieber. Aber glaubst du wirklich, dass deine zukünftigen Kunden dich in der Chinesenstadt aufsuchen werden?«

Philipp grinste. »Natürlich! Meinen ersten Auftrag habe ich so gut wie in der Tasche! Und zwar von einem Chinesen!«

»Du willst für Chinesen arbeiten?«

»Welche Frage! Den Chinesen gehört die Zukunft!«

Hildebrand schnaubte verächtlich. »Na, da müssen sie sich aber ganz schön ins Zeug legen.«

Kurz nach sieben Uhr am nächsten Morgen klopfte es leise an Maries Behandlungszimmer. Du schlüpfte lautlos in den Raum. Marie umarmte ihn, doch sie konnte spüren, dass er erstarrte, statt ihre Umarmung zu erwidern. Trotzdem hielt sie ihn einen Augenblick lang fest.

»Ich bin so froh, dass du nicht verhaftet worden bist! Wie geht es Hong?«

Du trat einen Schritt zurück. »Hong geht es gut. Vielen Dank, dass du ihn versorgt hast.«

Er hielt inne. Dann atmete er tief durch. »Hast du jemandem von den Ereignissen am Hafen erzählt?«

Marie schüttelte irritiert den Kopf. »Nein, natürlich nicht!«

Du sah sie ernst an. »Ich weiß, dass dies eine sehr schwierige Situation für dich ist.«

»Ich denke, es ist für uns alle schwierig.«

Du nickte bekümmert. »Marie, ich habe nachgedacht … Es fällt mir nicht leicht, das zu sagen, aber wir sollten uns soweit möglich nicht mehr sehen. Zumindest nicht allein.«

Marie starrte ihn entsetzt an. »Aber …«

Dus Gesicht wirkte grau. Er hob abwehrend die Hände. »Es ist zu gefährlich. Ich möchte nicht, dass du zu Schaden kommst. Wir wissen nicht, wer unsere Feinde sind, und sie können überall lauern. Die Attentäter im Lagerschuppen haben dich gesehen. Du bist eine bekannte Person in dieser Stadt, auch unter den Chinesen. Wir können nur hoffen, dass sie in dir nur die Ärztin gesehen haben, die sich um die Verletzten kümmert. Aber wenn diese Verbrecher herausfinden, was uns beide verbindet, ist dein Leben in allergrößter Gefahr. Jemand könnte dich angreifen, um mich zu treffen. Und diese Verantwortung kann und möchte ich nicht übernehmen. In ein paar Wochen fährst du zurück nach Deutschland, dort wirst du in Sicherheit sein!«

Marie suchte nach Worten. »Aber du bist doch auch in Gefahr!«

»Ich bin mir dessen bewusst, und ich nehme dieses Risiko auf mich. Aber, Marie, das ist unser Kampf, nicht deiner! Es geht hier um unser Land.«

Marie betrachtete ihn. Er stand ganz nahe vor ihr, dass sie nur die Hand ausstrecken musste, um ihn zu berühren, doch das schien mit einem Mal unmöglich.

Der Nachmittag auf dem Moltkeberg schien so lange Zeit zurückzuliegen. Sein Gesicht war ihr so vertraut und gleichzeitig auch so fremd.

»Was wirst du jetzt tun? Rache nehmen für Zhang Wen, so wie jemand ihn aus Rache für den Anschlag im Hotel Prinz Heinrich getötet hat? Wo soll das hinführen? Immer mehr Gewalt und Blutvergießen? Soll darauf die Zukunft des modernen Chinas aufgebaut werden?«

Du starrte sie ausdruckslos an. »Kampf ist inzwischen unvermeidlich. Aber ich möchte dich bitten, sehr vorsichtig zu sein. Am besten gehst du nirgendwo alleine hin. Bleib am besten immer dort, wo viele Menschen sind. Und pass auf, wenn sich dir jemand nähert, den du nicht kennst.«

Marie verspürte ein unbehagliches Gefühl im Magen. Er wich ihren Fragen aus, aber sie nickte. Es war, als stünde sie vor einer unüberwindlichen Mauer.

»Ich habe verstanden … Und was wird aus den Toten, aus Zhang Wen und den anderen?«

»Ich werde dafür sorgen, dass sie mit der Würde bestattet werden, die ihnen gebührt.«

Einen Moment lang herrschte Schweigen zwischen den beiden. Sie standen sich reglos gegenüber. Es war klar, dass es nichts mehr zu sagen gab. Marie bekämpfte den Impuls, Du in die Arme zu nehmen und festzuhalten, aber irgendetwas in ihr hielt sie zurück.

Du fasste sich als Erster. »Ich muss gehen. Leb wohl.«

Jetzt konnte Marie sehen, dass sich Tränen in seinen dunklen Augen sammelten.

Bevor sie ihrem Gefühl nachgeben konnte, ihn zu umarmen, hatte er die Tür geöffnet und war verschwunden.

Marie sank in ihren Schreibtischstuhl. Sie versuchte, ihre Gedanken zu sammeln. Angst, Unsicherheit und Leere schnürten ihr förmlich den Atem ab.

Sie stand auf. Sie brauchte frische Luft. Die ersten Patienten würden bald erscheinen, es war noch Zeit für einen kurzen Spaziergang. Sie entschloss sich, zu dem kleinen Laden zu gehen, der unweit vom Hospital Obst, Gemüse, Süßigkeiten und Zeitungen verkaufte.

Sie sah kurz nach Xiaobao, die noch friedlich schlief, und sagte Laotu Bescheid, dass sie gleich wieder zurückkommen würde. Als sie über den Hof ging, öffnete sich im Missionshaus gegenüber ein Fenster.

Salome Wilhelm winkte fröhlich herüber. »Marie, Sie kommen doch heute wieder zum Mittagessen?«

»Ja, sehr gerne! Vielen Dank. Bis später.«

Kaum trat sie durch das Tor auf die Straße, trabte auch schon eine Rikscha heran. Marie hob ablehnend die Hand, aber so leicht gab der Rikschafahrer nicht auf. Er zog sein Gefährt neben ihr her und versuchte sie mit einem Wortschwall zu überzeugen, dass es doch bequemer sei, sich fahren zu lassen. Unwillig herrschte Marie den Fahrer an, sie in Ruhe zu lassen. Der Mann stieß einen wütenden Fluch aus und machte kehrt. Schon im nächsten Moment tat Marie ihre Schroffheit leid. Sie spürte, dass die ganze Situation mehr an ihren Nerven zerrte, als sie sich eingestehen wollte.

Es war dunstig. In der Nacht hatte es geregnet, und noch hatte die

Sonne die Morgennebel nicht ganz aufgelöst. Die Luft war herrlich frisch. Manchmal konnte Marie einen Schwall von Akazienduft erahnen. Sie atmete tief durch und wurde ruhiger.

Die Begrüßung in dem kleinen Laden war gewohnt herzlich, lautstark und höflich. Marie kaufte eine Tageszeitung und eine Tüte der berühmten Shandong-Pfirsiche. Xiaobao liebte Pfirsiche. Die Normalität der Situation und die Heiterkeit, mit der ihr weitere Waren angepriesen wurden, taten ihr gut. Sie verabschiedete sich lachend.

Als sie sich wieder dem Eingang des Missionsgeländes näherte, erblickte sie im dunstigen Morgenlicht drei Gestalten, die mit langsamen Schritten aus der entgegengesetzten Richtung den Hügel heraufkamen. An der Kleidung konnte sie erkennen, dass es Mönche waren.

Einer der Männer winkte. »Daifu. Ni hao.«

Es war Gao, der dicke Mönch aus Taiqinggong, der seinen kleinen Klosterbruder ins Hospital begleitet hatte. Jetzt erkannte Marie neben ihm den Abt des Klosters. Was führte diese drei heiligen Männer hierher? Die drei Mönche verbeugten sich freundlich, als sie an Marie vorbei auf direktem Weg zum Missionshaus gingen.

Marie beobachtete, wie Richard Wilhelm an der Haustür erschien und die Ankömmlinge nach einem kurzen Wortwechsel hereinbat.

Zurück am Schreibtisch blätterte sie die Zeitung durch.

In einem kurzen Artikel wurde von einem Brand in zwei Lagerschuppen am Hafen berichtet. Die toten Chinesen und die angeblichen revolutionären Hintergründe, über die allerorten gemutmaßt wurde, wurden nicht erwähnt.

Als Marie zum Mittagessen ins Missionshaus kam, waren die Mönche nirgends zu sehen.

»Was wollte denn der Abt von Taiqinggong von Ihnen, Herr Wilhelm? Ich habe ihn und seine beiden Begleiter heute Morgen gesehen, als sie bei Ihnen ankamen.«

Wilhelm strich sich nachdenklich über das Kinn. »Ich muss gestehen, ich war mehr als überrascht über diesen Besuch. Der Abt verlässt praktisch nie das Kloster. Ich habe ihn dort häufiger besucht. Einen klügeren und weiseren Gesprächspartner kann man sich kaum vorstellen. Ich hatte ihn natürlich mehrmals hierher eingeladen, aber er hat immer abgelehnt. Und nun ist er ohne Vorankündigung erschienen.«

»Und was war der Anlass dieses ungewöhnlichen Besuchs?«

Wilhelm schwieg einige Sekunden lang. »Er hat mich gebeten, bei der deutschen Polizei als Fürsprecher für das Kloster aufzutreten. Sie möchten die sterblichen Überreste der drei Männer mitnehmen, die in dem Hafenschuppen ums Leben gekommen sind, um sie würdig zu bestatten.« Er schüttelte nachdenklich den Kopf. »Wie die Nachricht von diesem furchtbaren Zwischenfall wohl nach Taiqinggong kam? … Chinesische Wege sind wirklich manchmal seltsam.«

Für Marie war die Sache klar. »Glauben Sie, dass die Mönche Sympathien für die Revolutionäre hegen?«

»Wer weiß? Aber der Abt hat das natürlich nicht gesagt. Sein Hauptargument ist, dass niemand vortreten kann, um sich um die Toten zu kümmern, ohne sich selbst in Verdacht und Gefahr zu bringen. Er handelt aus Respekt vor den Seelen. Mehr kann man ihm nicht vorwerfen.«

Marie nickte. Was immer auch dahintersteckte, es war ein äußerst kluger Schachzug.

»Glauben Sie, dass die deutsche Polizei Ihrem Wunsch entsprechen wird?«

Wilhelm zuckte mit den Achseln. »So etwas ist meines Wissens hier noch nie vorgekommen. Aber ich werde mein Bestes tun, um die Genehmigung zu erhalten. Ich habe heute Nachmittag einen Termin beim Polizeichef. Dann werden wir weitersehen. Ich denke, auch die deutsche Polizei respektiert die Würde der Toten. Sonst würde man sie nur irgendwo verscharren. Selbst die schlichtesten deutschen Gemüter haben wohl inzwischen begriffen, dass die Totenverehrung ein wichtiger Teil der chinesischen Kultur ist.«

Marie war immer wieder beeindruckt von Wilhelms Weltoffenheit. Er machte aus seiner Bewunderung für China und seine uralten Traditionen nie einen Hehl.

»Und wo sind die Mönche jetzt?«

Wilhelm deutete zur Terrassentür und lächelte. »Sie haben in meinem chinesischen Pavillon Quartier bezogen. Dort fühlen sie sich wenigstens ein bisschen zu Hause und haben ihre Ruhe.«

Am nächsten Morgen konnte Marie beobachten, wie die drei Mönche zusammen mit Richard Wilhelm die Mission verließen. Als er einige Stunden später alleine wieder zurückkehrte, lief sie ihm über den Hof nach. »Wie ist die Sache ausgegangen?«

Wilhelm nickte zufrieden. »Es ist alles in Ordnung. Der Polizeichef hatte ein Einsehen. Für deutsche Verhältnisse ging alles sehr schnell. Die Mönche konnten die sterblichen Überreste bereits heute übernehmen. Inzwischen sind sie schon auf dem Weg zurück ins Kloster.«

Marie verspürte ein Gefühl der Erleichterung. Sie wusste, dass Du Xündi nun wenigstens für einen Augenblick seinen Seelenfrieden finden würde. Trotzdem machte sie sich größte Sorgen. Sie musste sich mit jemandem besprechen, der die Situation einschätzen konnte.

Plötzlich hatte sie eine Idee. Sie kehrte in ihr Sprechzimmer zurück und rief Margarete an.

Am späten Nachmittag verließ Marie das Krankenhaus und winkte eine Rikscha heran, um in die Chinesenstadt zu fahren. Dus Warnung klang ihr noch im Ohr. Es war besser, kein Risiko einzugehen.

Vor dem Haus, in dem Philipp sein Atelier eröffnete, war der Bürgersteig nach chinesischer Sitte mit bunten Blumenarrangements und rotgoldenen Glückwunschplaketten vollgestellt. Zwei chinesische Jungen brannten Batterien glückbringender Knallkörper ab. Chinesische Passanten scharten sich vor dem Haus und beobachteten neugierig die ankommenden Europäer und Chinesen. Am Eingang stand Philipp, um seine Gäste zu begrüßen. Spontan umarmte er Marie. »Schön, dass du kommen konntest, Marie!«

Ein Raunen ging durch die Schar der Schaulustigen. Umarmungen zwischen Männern und Frauen in der Öffentlichkeit waren für Chinesen völlig undenkbar.

Marie lachte. »Du sorgst hier für einiges Aufsehen, Philipp!«

»Das will ich hoffen! Ich habe alle Nachbarn eingeladen.«

Mehrere Chinesen traten näher und verbeugten sich mit vor der Brust übereinandergelegten Händen. Philipp erwiderte die Begrüßung mit der gleichen Geste und bat die Gäste einzutreten. Er wirkte völlig entspannt. »Marie, geh doch bitte schon hinein. Dein Vater, Adele und Familie Zimmermann nebst Anhang sind auch schon da. Sobald ich mich hier loseisen kann, komme ich zu euch. Wenn du etwas brauchst, wende dich an Sarah. Sie hat mir bei der Vorbereitung geholfen und kennt sich hier aus.«

Kaum war Marie durch die Eingangstür getreten, steuerte Sarah auch schon auf sie zu.

»Willkommen, Marie. Etwas zu trinken?«

Marie nahm ein Glas Sekt von einem Tablett, das ihr Philipps Boy entgegenhielt.

»Vielen Dank für deine Fürsorge, Sarah.«

Sarah nippte lächelnd an ihrem Sekt. »Wie findest du das Atelier? Meiner Meinung nach hat Philipp wie immer Geschmack und Talent bewiesen.«

Marie versuchte sich nicht anmerken zu lassen, wie Sarahs besitzergreifende Art sie plötzlich störte. Überall standen Grüppchen von Besuchern. Ihr Vater und Adele unterhielten sich mit Zimmermanns und winkten herüber. Die meisten chinesischen Gäste betrachteten schweigend das Geschehen oder inspizierten die Einrichtung des Ateliers. Es bestand aus zwei großen Räumen, die ineinander übergingen. Auf Regalen an den Wänden standen Bücher, Fotografien und Modelle. Der hintere Raum hatte zwei große Fenster, vor denen ein Zeichentisch so positioniert war, dass das Tageslicht optimal genutzt werden konnte. Marie spürte, wie Sarah sie beobachtete, als ihr Blick an einem großflächigen Ölgemälde hängen blieb, das die Stirnwand des Zeichenraumes beherrschte. Es zeigte einen modernen Ziegelbau in dörflichem Umfeld, vor dem unter Aufsicht einiger Frauen eine Gruppe von Kindern spielte. Die Szene wirkte wie eine Momentaufnahme eines sonnigen Nachmittags in England.

Sarah deutete auf das Bild. »Das Gemälde habe ich als Geschenk für Philipp in Auftrag gegeben. Es ist das erste von ihm entworfene Gebäude, ein Waisenhaus in unserem Dorf, das unsere Familie gestiftet hat. Philipp hat damals als Student in Eaton den Wettbewerb gewonnen, den wir ausgeschrieben hatten. Dadurch haben wir uns kennengelernt. Ich dachte, das wäre im doppelten Sinne ein schönes Geschenk für einen weiteren Neuanfang in seinem Leben. Er hat sich sehr gefreut.«

Marie betrachtete Sarahs lächelndes Gesicht. Sarah wusste so viel mehr über Philipp als sie selbst.

Da tauchten Gerlinde und Geoffrey auf und umarmten Marie. Gerlinde war begeistert. »Es ist wirklich schön geworden! Hoffen wir nur, dass ihm dieser Ort Glück bringt.«

Geoffrey war gewohnt gutmütig. »Nach dem Lärm des Feuerwerks und den anwesenden Gästen zu urteilen, sehen seine Zukunftsaussichten nicht schlecht aus.«

Marie nickte. Gerade hatte sie Seezolldirektor Ohlmer mit Gattin im Gespräch mit einigen Militärs aus dem Stab des Gouverneurs entdeckt.

In diesem Augenblick schritt der Komprador Du Yuesheng neben Philipp durch die Eingangstür, gefolgt von zwei jungen Chinesen. Alle Augen richteten sich sofort auf sie, und Marie konnte hören, wie getuschelt wurde. Philipp führte Du Yuesheng zu einer Sitzgruppe und bot ihm einen Platz an. Die beiden jungen Männer nahmen hinter dem Sessel Aufstellung und verschränkten die Arme vor der Brust. Sofort dirigierte Sarah einen Diener mit Getränken zu ihnen. Philipp stellte ihm Sarah als eine Freundin aus England vor. Du Yuesheng schenkte ihr ein wortloses Lächeln. Da erblickte er Marie. Der imposante Chinese stand auf und kam auf sie zu. »Fräulein Doktor Hildebrand! Hao jiu mei jian. Lange nicht gesehen! Ihr Name ist in Dabaodao in aller Munde. Sie sind eine mutige Frau!«

Marie schüttelte den Kopf. »Vielen Dank für Ihre Anerkennung. Aber ich versuche nur zu helfen.«

Sein Lächeln hatte einem starren Gesichtsausdruck Platz gemacht. »Welch selbstlose Haltung! Haben Sie nie Angst, sich selbst dabei in Gefahr zu bringen? Die Verhältnisse in China sind oft anders, als sie auf den ersten Blick zu sein scheinen.«

Marie spürte ein Schaudern. Wovon sprach der Komprador? Sie erwiderte seinen ungewöhnlich direkten Blick. »Wenn Menschen krank oder verwundet sind, frage ich nicht nach den Verhältnissen.«

Du Yuesheng lächelte wieder. »Solche Naivität kann hierzulande leicht zum Verhängnis werden. Sie sollten vorsichtiger sein.«

Marie blickte ihn irritiert an. Auch Philipp hatte diesen Wortwechsel mit wachsender Verwirrung verfolgt und mischte sich nun ein. »Du Yuesheng, haben Sie Ihren Neffen Du Xündi nicht mitgebracht?«

Du Yuesheng lächelte unbeirrt weiter und wiegte leicht den Kopf. »Mein unwürdiger Neffe ist in letzter Zeit sehr beschäftigt.«

Diese knappen Worte klangen kühl, aber seine Miene verriet nicht einmal ansatzweise, was er dachte. Marie starrte ihn an. Was sollten diese merkwürdigen Äußerungen? Was wusste der Komprador, dem alle die besten Verbindungen nachsagten, über die Aktivitäten seines Neffen und dessen Freunden?

Philipp war sichtlich bemüht, die spürbar abgekühlte Stimmung zu beleben. »Marie, nun kann ich das Geheimnis ja endlich lüften! Herr Du ist mein erster Auftraggeber. Wir haben heute Morgen den Vertrag zum Bau einer Seidenspinnerei und Arbeiterwohnungen unterzeichnet.«

Marie hatte Dus Gesicht beobachtet, während Philipp ihre Geschäftsverbindung offenlegte.

Der Komprador nickte zufrieden. »Herr von Heyden hat interessante Ideen, wie man chinesische und westliche Architektur verbinden kann. Und mir ist sehr an einem guten Verhältnis zwischen Chinesen und Deutschen hier in Tsingtau gelegen.« Einen kurzen Moment lang blickte er Marie in die Augen. Dann wandte er sich Philipp zu. »Ich möchte mich verabschieden. Vielen Dank für die Einladung! Und ich wünsche Ihnen viel Erfolg für die Zukunft!« Er nickte Marie kurz zum Abschied zu. »Und Ihnen, Fräulein Doktor Hildebrand, wünsche ich eine gute baldige Heimreise. Sie werden erleichtert sein, wenn Sie wieder in Deutschland sind. Da bin ich sicher.«

Ohne eine weitere Reaktion abzuwarten, schritt der Komprador zum Ausgang. Philipp und die beiden Leibwachen folgten ihm hinaus. Marie starrte ihm mit einem unguten Gefühl hinterher. Augenblicklich tauchten Gerlinde und Geoffrey neben Marie auf.

Gerlinde hakte sich bei ihr ein. »Das ist also der geheimnisvolle Auftraggeber! Da hat Philipp ja in der Tat einen fetten Fisch geangelt.«

Marie runzelte die Stirn. »Hoffentlich verdirbt er sich an ihm nicht den Magen!«

Sarah, die eben dazu getreten war, lachte. »Geld regiert die Welt. So einfach ist das.«

Philipp kam zurück ins Atelier, gefolgt von Bertil, der gehetzt wirkte.

»Oh, Boy. Tut mir leid für die Verspätung.« Er klang atemlos. »Sarah, good news! Ich habe heute Nachmittag ein Telegramm erhalten, dass ich sofort nach Shanghai zurück muss. Wir haben vielleicht einen sehr großen Auftrag! Die Schifffahrtsagentur sagt, es gibt für morgen Nachmittag noch Kabinen. Ich habe zwei Tickets reservieren lassen.«

Sarah sah ihren Bruder bestürzt an. »Morgen?«

Philipp zuckte mit den Achseln und grinste. »Die Konkurrenz schläft nicht!«

Bertil nickte.

Sarah schüttelte entschlossen den Kopf. »Du musst alleine zurückfahren, Bertil. Ich bleibe noch hier. Philipp wollte mir noch so viel zeigen, nicht wahr?« Sie legte ihre Hand auf seinen Arm.

Er lächelte. »Ja, allerdings! Und morgen findet der Große Preis von Tsingtau statt. Das Pferderennen der Saison! Ich reite selbst mit!« Er blickte erwartungsvoll in die Runde.

Gerlinde und Sarah klatschten begeistert in die Hände.

Philipp sah Marie fragend an. »Du kommst doch auch, oder?«

Marie schüttelte den Kopf. »Es tut mir leid, aber ich habe leider eine wichtige Verabredung.«

Gerlinde protestierte. »Ach, Marie, das darf doch nicht wahr sein! Schließlich bist du ja auch nicht mehr so lange hier. Sei doch kein Spielverderber!«

Marie blickte sie nur ernst an. »Es geht nicht! Eben weil ich nicht mehr lange hier bin, muss ich versuchen, noch einige Dinge zu regeln. Ihr werdet euch gewiss auch ohne mich amüsieren.« Sie spürte, wie alle betretene Blicke tauschten.

Philipp zog sie zur Seite. »Kann ich irgendetwas tun?«

Marie warf einen Blick auf ihre Freunde, die sie von weitem beobachteten. Sie lächelte Philipp aufmunternd an. »Du musst dir keine Sorgen machen. Wirklich. Aber ich verspreche, ich drücke dir morgen die Daumen!«

Philipp war enttäuscht. »Ich würde mich so freuen, wenn du mitkommen würdest. Ohne dich wird der Sieg nur halb so schön!«

Marie konnte es nicht lassen, einen kurzen Blick auf Sarah zu werfen, die sie beide beobachtete.

36.

Der Sonnabendmorgen im Hospital war ruhig. Marie inspizierte das ehemalige Büro von Dr. Wunsch, das nun für Dr. Heltau vorbereitet worden war, und das neu eingerichtete Schwesternzimmer. In zwei Tagen würden der neue Arzt und die Krankenschwester aus Deutschland ankommen.

Schließlich bereitete sie Xiaobao auf den Ausflug zu Lilly vor. Es war das erste Mal, dass das Mädchen das Hospital verlassen sollte. Sie schickte Laotu vors Tor, um eine Riksha zu holen. Xiaobao blickte Marie beunruhigt an. Marie nahm sie in den Arm.

»Women qu kan Lilly! Ni bu yao pa. Wir fahren zu Lilly. Keine Angst!«

Sofort hellte sich Xiaobaos Miene auf. Erwartungsvoll kletterte sie in die Riksha und genoss sichtlich die Fahrt den Berg hinunter in das Villenviertel.

Bewacht von einem der bulligen Wachtmänner, wartete Lilly bereits am Tor und führte Marie und Xiaobao direkt in den Garten. Auf der überdachten Terrasse war der Tisch gedeckt. Margarete und ihr Mann begrüßten die Gäste.

Es gab von Margarete selbst gebackenen Kuchen. Alle langten begeistert zu. Lilly kümmerte sich rührend um Xiaobao, die sich neugierig umsah. Als die beiden Mädchen genug gegessen hatten, läutete Margarete mit einer kleinen Glocke, die vor ihr auf dem Tisch stand. Sofort erschien Lillys Amah und führte die beiden Mädchen in Lillys Zimmer.

Marie machte Margarete und ihrem Mann Komplimente über den wunderbar angelegten Garten, während sie eine Gelegenheit suchte, um zu dem Thema zu kommen, das sie bewogen hatte, sich selbst hier einzuladen. Seit sie Du Xündi und Li Deshun zusammen beobachtet hatte, vermutete sie, dass die beiden mehr miteinander zu tun hatten, als sie öffentlich machen würden. Aber trotzdem war Vorsicht geboten, denn Marie konnte Li nicht einschätzen. Was sich hinter seiner freundlichen Fassade verbarg, war ihr nach wie vor ein Rätsel.

»Haben Sie von dem Zwischenfall am Hafen mit den abgebrannten Lagerschuppen gehört?«, fragte Marie.

Li sah sie ausdruckslos an. »Ja natürlich. Eine furchtbare Sache.«

»Was denken Sie, was steckt dahinter?«

Li atmete hörbar aus und ließ seinen Blick durch den Garten schweifen. Es herrschte einige Momente lang gespanntes Schweigen.

Margarete griff nach der Teekanne. »Marie, möchten Sie noch eine Tasse Tee?«

Marie hob ihr die Teetasse entgegen. Die Kanne zitterte. »Ja, bitte.«

Marie erschrak, als sie Margaretes Gesicht sah. Sie war leichenblass geworden. Zitternd schenkte Margarete Tee nach, stellte die Kanne wieder auf den Tisch und schien in ihrem Korbstuhl zusammenzusinken. Li Deshun hatte seine Frau sorgenvoll beobachtet. Er lehnte sich nach vorne und streichelte ihr liebevoll die Hand. »Warum gehst du nicht nach oben und siehst nach, was die beiden Mädchen machen?«

Margarete starrte ihn eine Sekunde lang an. »Ja … Natürlich. Ihr entschuldigt mich.«

Sie verschwand im Haus. Li nahm noch einen Schluck Tee und blickte Marie kühl an.

»Meine Frau reagiert sehr sensibel auf diese brutalen Vorkommnisse. Die Erinnerung an Neujahr ist noch zu gegenwärtig.«

Marie war zerknirscht. »Es tut mir leid, das habe ich nicht bedacht.«

Li Deshun winkte ab. »Wir leben leider in interessanten Zeiten. Wissen Sie, dass das in China als Fluch gilt?«

Marie nickte und seufzte. »Es wäre mir wirklich wichtig zu erfahren, was Sie über den Zwischenfall am Hafen denken.«

Li legte den Kopf etwas schräg und blickte sie an. »Ich könnte mir vorstellen, dass gerade Sie besser als alle anderen wissen, was dort geschehen ist.«

Marie erschrak. Li betrachtete sie aufmerksam.

Marie räusperte sich. »Ich kenne auch nur die Gerüchte. Ein Racheakt für die Bombe im Hotel Prinz Heinrich. Glauben Sie das auch?«

Ein leises Lächeln umspielte Li Deshuns Mund. »Davon gehe ich aus.«

»Aber wer könnte dahinter stecken?«

»Da gibt es unzählige Möglichkeiten. Das wird man wahrscheinlich nie herausfinden. Auftragsmörder kann man heute an jeder Ecke anheuern.« Seine Stimme klang bitter. »Die Hintermänner bleiben meist im Dunkeln. Da helfen auch die besten Beziehungen nicht.«

Marie verstand nur zu gut.

Li Deshun seufzte. »Viel schlimmer aber ist, dass heutzutage vielversprechende junge Männer Verbrechen begehen, weil sie Patrioten sind. Dadurch bringen sie sich doppelt in Gefahr. Sie verlassen den Weg des ›Li‹ und gefährden so ihren Seelenfrieden, und sie bringen sich in Lebensgefahr …« Li musterte Marie. »Hat Ihnen Ihr Lehrer Du Xündi den chinesischen Begriff ›Li‹ erklärt?«

Li Deshun war selbst auf Du Xündi zu sprechen gekommen.

Sie nickte. »Es bedeutet ›richtige Haltung‹. Er hat mir aber auch erklärt, dass ›Li‹ ein idealer Zustand in einer harmonischen Gesellschaft ist und dass man heute in China davon nicht mehr ausgehen kann.«

Li lächelte bitter. »Damit hat Lehrer Du leider recht. China ist aus dem Lot geraten. Nirgendwo herrscht mehr Harmonie und Frieden …« Er schwieg einen Moment lang, dann sah er Marie versonnen an. »Nicht einmal mehr im Taiqinggong, auch wenn man dort alles versucht, um die Harmonie der Seelen zu bewahren. Aber man kann die Welt eben nicht ausschließen.«

Marie hörte aufmerksam zu. Was wollte er ihr damit sagen? Sie griff seinen Köder auf.

»Aber vielleicht kann man dort für Verstorbene beten, um für kurze Zeit Seelenfrieden zu finden und Kraft zu sammeln.«

Er schnaubte verächtlich. »Kraft sammeln wozu? Um sich bei nächster Gelegenheit wieder dem Feind entgegenzuwerfen und ebenfalls das Teuerste zu opfern, was man besitzt: das eigene Leben, das man so viel sinnvoller einsetzen könnte, als es einfach wegzuwerfen?«

»Sie sprechen von Du Xündi?«

Sein Gesicht verriet nichts. »Er ist einer dieser jungen talentierten Männer, die China brauchen wird, um bei einem Neuanfang eine neue, moderne Gesellschaft aufzubauen – falls er dann noch am Leben ist.«

»Aber wann wird es so weit sein?«

Li zuckte hilflos mit den Achseln. »Das kann niemand wissen. Inzwischen sind so viele mächtige Interessen in unserem Land am Werke. Falls eines Tages tatsächlich das Kaiserhaus zusammenbrechen sollte, heißt das noch lange nicht, dass damit alles überstanden ist. Ich befürchte, danach wird es noch viel, viel schlimmer kommen. Wer wird die

Macht übernehmen? Es ist kaum vorstellbar, dass eine einzelne Gruppe so viel Kraft haben wird, das ganze Land zu beherrschen. China wird zersplittert werden, und die Machtgruppen werden sich gnadenlos bekämpfen ... und die Ausländer werden davon profitieren.«

Marie hörte ihm erschrocken zu. So weit hatte sie noch nie gedacht. »Das klingt, als werde für lange Zeit niemand in diesem Lande mehr sicher sein.«

Li sah sie offen an. »Genau das denke ich. Und deshalb lebe ich hier mit meiner Familie im deutschen Schutzgebiet. So traurig das auch sein mag. Wer weiß, vielleicht werden wir eines Tages ganz ins Ausland gehen müssen.«

Ein Gedanke durchfuhr Marie. Wieso hatte sie nie daran gedacht? »Vielleicht wäre das auch für Du Xündi eine Möglichkeit! Er ist so interessiert an Deutschland und seinen technischen Leistungen. Wenn er nach Deutschland gehen würde, wäre er erst einmal in Sicherheit.« Im nächsten Moment ließ sie jedoch ratlos die Schultern sinken. »Aber das kostet viel Geld. Das wird er nie bezahlen können, seine Familie hat ihn verstoßen. Und sein Onkel ist ebenfalls nicht gut auf ihn zu sprechen.«

Li strich sich nachdenklich über das Kinn. »Das ist ein guter Gedanke. Vielleicht gibt es da doch einen Weg ... Überlassen Sie das mir. Ich werde mit Du reden ...«, er lächelte, »... sobald er aus Taiqinggong zurückkehrt. Verlassen Sie sich auf mich, Fräulein Doktor Hildebrand.«

Zum ersten Mal seit Wochen fühlte Marie sich erleichtert.

Li betrachtete sie voller Sympathie. »Ich danke Ihnen sehr, dass Sie heute zu uns gekommen sind.«

Marie lächelte. »Es ist an mir, Ihnen zu danken. Dafür, dass sie so offen zu mir waren, und dafür, dass Sie Du Xündi helfen wollen ...«

Li Deshun winkte ab. »Ich werde nie wiedergutmachen können, was Sie für meine Frau getan haben. Sie haben ihr ihre Würde zurückgegeben, und das werde ich Ihnen nie vergessen.«

Die Menschenmenge am Bahnhof wartete ungeduldig auf den Zug aus Peking, der in wenigen Minuten ankommen würde. Es regnete in Strömen. Marie klammerte sich an Richard Wilhelms Arm, um unter seinem Schirm so trocken wie möglich zu bleiben. Neben ihnen stand Wilhelms

Boy Max mit einem Schild in der Hand, auf dem Bild und Name des Faberhospitals zu sehen waren.

Endlich dampfte der Zug in den Bahnhof und die Türen öffneten sich. Sofort entstand Gedränge. Als auch Marie näher herangehen wollte, hielt Wilhelm sie zurück. »Bleiben Sie lieber hier, Fräulein Hildebrand. Die beiden werden uns schon finden! Da vorne tritt man Ihnen nur auf die Füße.«

Tatsächlich dauerte es nur wenige Augenblicke, bis sich zwei Personen durch die Menge hindurch schoben und auf sie zukamen. Wilhelm streckte den beiden seine Hand hin. »Willkommen in Tsingtau, Dr. Heltau, Schwester Amalie!«

Dr. Heltau lüpfte den Hut. »Dr. Wilhelm, wenn ich richtig vermute. Und Fräulein Dr. Hildebrand! Vielen Dank, dass Sie uns abholen.«

Auch Marie begrüßte nun den Arzt. Heltau war ein großer Mann mit rötlichem Haar, wasserblauen Augen und einem kantigen, zerfurchten glatt rasierten Gesicht. Sie schätzte ihn auf Mitte vierzig. Während er Marie die Hand schüttelte, glitt sein Blick leicht grinsend über ihren Körper, und er hielt ihre Hand einen Moment zu lange fest.

»Sieh einer an! Sie hätte ich mir anders vorgestellt. Es ist mir ein Vergnügen, Sie kennenzulernen.«

Marie zwang sich zu einem Lächeln.

Schwester Amalie war eine junge, etwas pummelige Frau mit einer Nickelbrille. Sie streckte Marie mit einem schüchternen Lächeln die Hand entgegen. »Fräulein Dr. Hildebrand, es freut mich sehr, Sie kennenzulernen. Ich habe …«

Heltau fiel ihr ins Wort. »Ich würde doch vorschlagen, wir machen uns auf den Weg. Wenn wir noch lange hier herumstehen, sind wir bald völlig durchgeweicht. Wo bleiben nur diese nichtsnutzigen Kulis mit dem Gepäck?«

Wilhelm ignorierte sein Drängen. »Darf ich Ihnen beiden Laotu vorstellen. Er ist der leitende Pfleger im Hospital. Dr. Wunsch hat ihn ausgebildet, und er ist auch Fräulein Dr. Hildebrand eine große Hilfe.«

Laotu verbeugte sich mit stolzem Lächeln. »Willkommen in Tsingtau!«

Heltau nickte ihm nur kurz zu. »Schön, schön … Ah, da kommt ja endlich unser Gepäck. Fahren wir gleich ins Hospital, oder wie sieht das Programm aus? Ich denke, wir sollten keine Zeit verschwenden!«

Auf der Fahrt ins Hospital erklärte Richard Wilhelm die Gebäude an der Straße. Marie saß schweigend dabei und vermied es, Heltau anzusehen, denn sie spürte, wie er sie musterte und nur darauf wartete, ihren Blick zu erhaschen. Schwester Amalie wirkte gutmütig und aufgeschlossen. Hin und wieder stieß sie entzückte Rufe aus. Heltau hingegen besah sich die Stadt mit gleichgültigem Blick. Er kommentierte einzig die sauberen Straßen und brachte seine Hoffnung zum Ausdruck, dass die Chinesen wenigstens das von den Deutschen lernen könnten.

Als die Kutsche auf den Hof des Missionsgeländes rollte, stürzte einer der Pfleger laut schreiend aus dem Hospital.

Marie verstand nur ein einziges Wort: Xiaobao. Ohne zu warten, sprang sie aus der Kutsche und lief in den Schlafsaal. Xiaobaos Bett war leer. Auf dem Hof entbrannte eine hitzige Diskussion zwischen dem Pfleger, Laotu und Richard Wilhelm. Marie rannte wieder hinaus.

»Xiaobao ist verschwunden.«

Richard Wilhelm versuchte, für Ruhe zu sorgen. Heltau und Schwester Amalie standen daneben, und Heltau schüttelte sichtlich belustigt den Kopf.

Wilhelm klärte Marie auf. »Die Mutter des Mädchens ist wieder aufgetaucht. Als der Pfleger Hilfe holte, um sie zu vertreiben, verschwand sie plötzlich. Auf die Straße ist sie nicht gelaufen, dort hätten wir sie gesehen. Wahrscheinlich ist sie den Abhang hinter dem Grundstück hinuntergeklettert und versteckt sich dort.«

Er schickte die beiden Pfleger und den Pferdeknecht zum Abhang, um die Frau aufzuspüren.

»Marie, sehen Sie doch noch mal im Hospital nach. Niemand hat gesehen, dass die Frau Xiaobao wirklich mitgenommen hat.«

In diesem Moment kamen Salome und Hedda aus der Mädchenschule über den Hof gelaufen. Richard Wilhelm übergab seiner Frau die Neuankömmlinge in Obhut.

»Es tut mir leid, die Besichtigung des Krankenhauses wird etwas auf sich warten lassen müssen. Erst müssen wir das Mädchen finden. Hier geht es wirklich um Leben und Tod. Hedda, hilfst du uns beim Suchen?«

Hedda folgte Marie, während Salome Dr. Heltau und Schwester Amalie begrüßte und zum Empfang eine Tasse Tee im Garten anbot, bis sich die Lage geklärt hätte. Heltau war sichtlich verstimmt.

Im Frauenkrankensaal lag in diesen Tagen keine weitere Patientin. Marie und Hedda durchsuchten den Raum, sahen unter jedem Bett, in jeder Ecke nach. Auch in den anderen Räumen war keine Spur von Xiaobao zu entdecken. Maries Behandlungszimmer war wie gewöhnlich abgeschlossen. Auch die Suche auf dem Gelände hinter der Mission blieb ohne Erfolg. Richard Wilhelm schickte die Männer noch mal auf den Abhang und bat Marie, sich zu beruhigen und sich erst einmal um Dr. Heltau und Schwester Amalie zu kümmern.

Marie winkte ab. »Könnten Sie das nicht übernehmen? Bevor ich Xiaobao nicht gefunden habe, werde ich keine ruhige Minute haben.«

Wilhelm nickte verständnisvoll. »Rufen Sie Wachtmeister Schumann an! Vielleicht schickt er Ihnen ja ein paar Männer zur Verstärkung. Wenn wir die Kleine nicht finden, bleibt uns nichts übrig, als im Teehaus weiterzusuchen. Ich verarzte erst mal Dr. Heltau und versuche, seine Laune zu retten. Der Empfang in Tsingtau war ja kein großer Erfolg!«

Marie fragte vorsichtshalber auch in der Mädchenschule nach, aber auch hier hatte niemand etwas gesehen. Zu guter Letzt entschied sie sich, nicht länger zu warten und Wilhelms Vorschlag zu folgen, die Polizei zu rufen. Sie schloss ihr Behandlungszimmer auf und setzte sich an den Schreibtisch. Als sie den Telefonhörer abhob, um sich mit der Polizei verbinden zu lassen, spürte sie eine Berührung am Bein unter dem Tisch. Ein Blick brachte Gewissheit. Dort saß Xiaobao, ihre Puppe fest umklammert. Marie versuchte das Kind hervorzulocken, doch Xiaobao schüttelte nur verängstigt den Kopf. Ihr Gesicht war tränennass. Schließlich kroch Marie zu ihr unter den Tisch und wiegte sie beruhigend in den Armen. Marie entdeckte, dass das Fenster nur angelehnt war. Wahrscheinlich hatte sie vergessen, es zu schließen, bevor sie zum Bahnhof aufgebrochen war.

Während die beiden noch unter dem Tisch kauerten, ging plötzlich die Tür auf. Marie blickte in die erstaunten Gesichter von Richard Wilhelm, Dr. Heltau und Schwester Amalie. Wilhelm war sichtlich erleichtert. »Sie hat sich hier versteckt! Ein kluges Kind! Die Mutter ist entwischt. Gott sei Dank hat sie das Kind nicht wieder verschleppt.«

Dr. Heltau betrachtete die innige Szene mit einem schiefen Grinsen. »Das ist also Ihre Adoptivtochter, Fräulein Dr. Hildebrand ... Na, jetzt haben Sie sie ja wieder! Ganz offensichtlich sind Ihre normalen weiblichen Gefühle von Ihrem Beruf doch nicht ganz verdrängt worden. Aber vielleicht hätte es ja andere, etwas unkompliziertere Wege gegeben, sich ein Kind zuzulegen.«

Rüde lachend drehte er sich um und ging hinaus. Schwester Amalie und Richard Wilhelm sahen ihm verstört hinterher. Von weitem hörte man noch einmal seine laute Stimme. »Sie sollten Ihr Kind mit nach Hause nehmen. Dies ist ein Krankenhaus und kein Kinderheim. Kommen Sie, Schwester Amalie, was stehen Sie dort noch herum?«

Am Nachmittag suchte Richard Wilhelm Marie in ihrem Behandlungszimmer auf. Sie hatte Xiaobaos Verstörtheit vorgeschoben, um nicht am Mittagessen teilnehmen zu müssen, das Salome für den neuen Leiter des Hospitals und seine Krankenschwester vorbereitet hatte. Xiaobao saß in einer Ecke des Zimmers und spielte mit ihrer Puppe. Wilhelm wirkte zerknirscht. »Ich muss mich für Dr. Heltau entschuldigen, obwohl ich gestehen muss, dass er nichts von dieser meiner Mission weiß …«

Marie blickte ihn nur schweigend an.

Wilhelm räusperte sich. »Ich denke, diese Sorte Mann ist Ihnen in Ihrem Leben nicht das erste Mal begegnet, Marie … Das sind Männer, die offensichtlich nicht verkraften können, dass Frauen heutzutage in ihre Domänen einbrechen und ihnen Konkurrenz machen. Er weiß ganz genau, was Sie hier geleistet haben, denn er hat mit Sicherheit meine Berichte an die Missionszentrale über das Hospital und Ihre Arbeit gelesen … Ich habe ihm von Mann zu Mann gesagt, dass er Ihnen den Respekt zollen soll, den Sie verdient haben, und hoffe, dass er sich anständig benimmt.«

Marie atmete tief durch. »Vielen Dank für Ihre Unterstützung. Machen Sie sich bitte keine Sorgen um mich. Ich werde meine Aufgabe hier wie geplant zu Ende bringen. Aber Sie sollten sich Sorgen um unsere chinesischen Mitarbeiter und Patienten machen. Dr. Heltau wirkt nicht eben sehr menschenfreundlich, sondern so rassistisch wie so manche unserer Landsleute hier.« Sie seufzte. »Aber mit einer Sache hat er leider recht: Das Krankenhaus ist kein Kinderheim. Irgendetwas muss mit Xiaobao geschehen. Das macht mir die allergrößten Sorgen.«

Wilhelm betrachtete sie mitfühlend. »Haben Sie schon einmal an das Waisenhaus der amerikanischen Mission in Licun gedacht?«

Marie nickte betrübt. »Ihre Frau hat mir schon davon erzählt. Ich werde in den nächsten Tagen doch einmal hinausfahren und es mir ansehen. Es scheint wohl keine Alternative zu geben, aber nach allem, was ich in den letzten Tagen erlebt habe, frage ich mich immer mehr, ob ich sie überhaupt hier in China lassen kann.«

»Haben Sie denn inzwischen schon Ihren Abreisetermin festgelegt?«

Sie schüttelte den Kopf. »So viele Entscheidungen! Ich muss gestehen, im Augenblick wird mir alles etwas viel.«

Die nächsten beiden Tage im Hospital verliefen in einer Atmosphäre erzwungenen Waffenstillstands. Dr. Heltau ließ sich nur kurz von Marie in die Arbeit und die Besonderheiten der chinesischen Patienten einweisen, und übernahm umgehend, unterstützt von Laotu, die Krankenhausleitung. Schwieriger wurde es mit den weiblichen Patienten, die wie gewohnt Maries Sprechstunde aufsuchten. Dr. Heltau bestand darauf, auch in dieser Abteilung so bald wie möglich die Leitung zu übernehmen. Er wollte nicht einsehen, dass sich die Frauen nicht von ihm untersuchen lassen würden und er Schwester Amalie für diese Aufgabe ausbilden müsse. Immer wieder kam es zu Diskussionen zwischen Marie und Heltau, die dieser ohne Rücksicht auf anwesende Patienten führte. Marie fühlte sich immer unwohler und schämte sich für den rüden Umgangston ihres Kollegen. Schwester Amalie stand zwischen den Fronten.

Marie versuchte beharrlich, ihre Position zu behaupten und den Arzt von der Sensibilität der Menschen zu überzeugen. Die angespannte Stimmung und all die ungelösten Probleme zerrten zunehmend an ihren Nerven. Sie fühlte sich einsam. Richard Wilhelm stand hinter ihr, aber auch er musste versuchen, einen Weg der Kooperation mit dem neuen Arzt zu finden. Du hatte immer noch nichts von sich hören lassen. Oft überlegte sie, ob sie Philipp aufsuchen sollte, um ihm ihr Herz über diese unangenehme Entwicklung auszuschütten, doch sie verwarf den Gedanken. Er hatte sicher genug zu tun mit seinem neuen Atelier und mit Sarah.

Marie musste sich eingestehen, dass sie es bereute, ihn nicht ins Vertrauen gezogen zu haben, als er ihr Hilfe angeboten hatte.

Am Nachmittag des dritten Tages nach Heltaus Ankunft tauchte eine Frau in Maries Sprechzimmer auf, die sie anflehte, augenblicklich mitzukommen. Marie holte Laotu zu Hilfe, und er gab Marie zu verstehen, dass eine schwangere Frau in Taidongchen, einer der chinesischen Arbeitersiedlungen vor der Stadt, unmittelbar vor der Geburt stünde und Probleme aufgetreten wären.

Kurz entschlossen teilte Marie Dr. Heltau mit, dass sie mit Schwester Amalie und Laotu zu der Patientin fahren würde. Sie wollte versuchen, die Frau zur Geburt ins Hospital zu bringen. Heltau war einverstanden. Aber er konnte es nicht lassen, Marie einen letzten Hieb zu versetzen.

»Falls die Frau nicht mehr transportfähig sein sollte, kann ich nur hoffen, dass Sie in der Lage sein werden, das Kind vor Ort zur Welt zu bringen.«

Marie verließ wortlos sein Behandlungszimmer. Die Fahrt mit dem Hospitalfuhrwerk führte am Moltkeberg vorbei aus der Stadt. Als sie die Wegkreuzung passierten, von der der Weg zum Gipfel abzweigte, musste Marie an ihren Ausflug mit Du Xündi auf den Berg denken. Nur drei Wochen waren seither vergangen, aber so unendlich viel war passiert, dass diese Erinnerung ihr fast wie ein Traum aus einer anderen Zeit erschien.

Eine gute halbe Stunde später, vorbei an der Germaniabrauerei und der Moltkekaserne, erreichten sie die schachbrettförmig angelegte Siedlung mit grauen eingeschossigen Arbeiterhäusern.

Die Gebärende lag in einem dunklen kargen Zimmer hinter einem Küchenraum auf einem Gang und stöhnte vor Schmerzen. Zwei ältere Frauen saßen um sie herum und beäugten Marie und Schwester Amalie interessiert. Als sie Laotu sahen, zeterten sie laut los, aber er brüllte sie nur kurz an, dann herrschte erschrockene Stille.

Marie tastete die Frau ab. Der Muttermund hatte sich bereits geöffnet, an einen Transport zurück ins Hospital war nicht mehr zu denken. Sie ließ heißes Wasser bringen, wusch sich die Hände und tastete den enormen Schwangerschaftsbauch ab. Es gab keinen Zweifel, die Frau erwartete Zwillinge.

Als Laotu diese Feststellung übersetzte, begann sofort wieder lautes Gezeter unter den Frauen. Auch die werdende Mutter schluchzte auf. Marie beruhigte sie. Alles sah völlig normal aus. Marie bat die beiden Frauen und Laotu, den Raum zu verlassen. Hier war für ihn im Augenblick nichts zu tun. Mit tatkräftiger Hilfe von Schwester Amalie wurde die junge Frau mit mehreren Polstern in eine bequemere Liegeposition gebracht. Schwester Amalie machte ihr vor, wie sie atmen sollte, und nach nur wenigen Minuten hatte Marie das erste Kind zur Welt gebracht. Es war ein Mädchen, das kräftig schrie. Schnell war die Nabelschnur durchtrennt und die erste Grundversorgung erledigt. Amalie reichte das in Tüchern gewickelte Kind an die Frauen in der Küche weiter und wandte sich Marie zu, die bereits dem Zwillingsbruder auf die Welt half. Während die beiden mit der Versorgung des zweiten Kindes beschäftigt waren, brach plötzlich Geschrei in der Küche aus. Laotu brüllte die Frauen an, die wütend kreischten. Gepolter war zu hören, als ob Möbel umgestoßen wurden. Erschrocken ging Marie in den angrenzenden Raum. Laotu stand mit entsetzter Miene am Küchentisch, auf dem der reglose, nasse Leib des Mädchens lag. Das winzige Gesicht war blau angelaufen. Marie beugte sich über den Säugling, um den Puls zu fühlen, aber sie spürte nichts. Das Kind war tot.

Laotu zeigte nur schweigend auf einen Eimer neben dem Tisch und machte eine Handbewegung, als drücke er darin etwas unter Wasser. Das Mädchen war offensichtlich ertränkt worden, die Täterinnen hatten das Weite gesucht.

Marie war schockiert und ratlos. Sie schickte Laotu los, um die Polizei zu holen. Mehr konnte sie nicht mehr tun. Hier war ein Mord verübt worden.

Binnen weniger Minuten trafen ein deutscher Wachtmeister und sein chinesischer Hilfspolizist ein. Keiner der befragten Nachbarn wollte wissen, wer die beiden Frauen waren. Eine misstrauisch wirkende Menschenmenge sammelte sich vor dem Haus, als Marie die junge Mutter und ihr zweitgeborenes Kind auf dem Fuhrwerk unterbrachte, um beide mit ins Hospital zu nehmen. Laotu hatte der jungen Frau mitgeteilt, dass das erstgeborene Mädchen tot sei. Sie hatte nur apathisch genickt und keinerlei Regung gezeigt.

Schweigend traten die Menschen zur Seite, als sich das Fuhrwerk wieder in Bewegung setzte. Marie blickte sich ein letztes Mal um. Die Menge zerstreute sich bereits, als wäre nichts geschehen.

Bevor sie Dr. Heltau Bericht über den entsetzlichen Zwischenfall erstattete, suchte Marie Richard Wilhelm auf. Er saß mit seinem chinesischen Mitarbeiter Sun Lang wie üblich in seinem Pavillon im Garten an der Übersetzung eines chinesischen Textes.

Sun Lang verstand sofort, was passiert war. »Das ist alter Aberglauben. In manchen Teilen Chinas glaubt man, dass Zwillingsgeburten unterschiedlichen Geschlechts Unglück bringen, da die Kinder Geisterehepaare seien. Deshalb hat man das Mädchen wahrscheinlich umgebracht.«

Dr. Heltau reagierte auf diese Tragödie mit einer Mischung aus Schadenfreude und Verachtung. Marie verstünde ihre »schlitzäugigen Freunde« wohl doch nicht so gut, wie sie behauptete. Und wie primitiv müssten die Chinesen sein, um solchem unsinnigen Aberglauben anzuhängen. Er machte keinen Hehl aus diesen Gedanken und äußerte sie kaltschnäuzig.

Maries Betroffenheit über den Tod des Säuglings machte für einen Moment einem Gefühl nie gekannter Wut Platz. Was bildete sich dieser Mann ein? Wie konnte man jemanden mit so wenig Menschenliebe und Respekt in ein Missionshospital ans andere Ende der Welt schicken?

Wie konnte sie diese Menschen in Tsingtau, so einfach und abergläubisch sie auch sein mochten, mit solch einem Unmenschen allein lassen?

Marie fand es tröstlich, dass sie diesen Abend zu Hause in trauter Runde mit ihrem Vater und Adele verbringen konnte. Für ein paar Stunden würde dort ein Gefühl von Sicherheit und Geborgenheit herrschen, das einzige Thema würden die Hochzeitsvorbereitungen für das kommende Wochenende sein.

Auf der Kommode in der Halle lag wie üblich die Post. Obenauf ein Brief von Sarah. Sie lud Wolfgang Hildebrand, dessen Tochter und seine zukünftige Frau kurzfristig für den nächsten Abend zum Dinner ins Hotel Prinz Heinrich. Niemand von ihnen konnte sich vorstellen, was der Anlass für diese unerwartete Geselligkeit war. Marie hatte ein merkwürdiges Gefühl, wenn sie darüber nachdachte.

Am späten Vormittag des nächsten Tages, als alle wartenden Patientinnen versorgt worden waren, setzte sich Marie an ihren Schreibtisch und studierte den Kalender, um endlich ein Abreisedatum zu überlegen. Xiaobao saß auf dem Fußboden und spielte mit ihrer Puppe.

Plötzlich öffnete sich leise die Tür, und Hong schlüpfte herein. Er wirkte blass und fiebrig. Er schob den langen Ärmel seines chinesischen Übergewands zurück. Der Verband, den Marie angelegt hatte, war durch eine andere Binde ersetzt worden.

»Die Wunde heilt einfach nicht. Ich habe solche Schmerzen.«

Marie entfernte das Tuch, unter dem eine schmutzige, übel riechende Schicht aus verklebten Gräsern zum Vorschein kam. Die Wunde darunter war stark entzündet.

Sie runzelte die Stirn. »Was ist das? Was haben Sie auf die Wunde gelegt?«

»Die Wunde hat sich immer wieder geöffnet. Ich war in der chinesischen Apotheke. Dort wurde mir dieser Heilumschlag gemacht.«

»Warum sind Sie nicht zu mir gekommen, Hong?«

»Du hat es mir verboten. Er wollte auf keinen Fall, dass jemand uns zusammen sieht.«

»Ist er immer noch im Taiqinggong?«

Hong war sichtlich überrascht. »Woher wissen Sie das?«

Marie lächelte und machte sich daran, die Wunde zu säubern und mit Jod zu desinfizieren. »Richard Wilhelm hat mir erzählt, dass der Abt vom Taiqinggong ihn um Hilfe gebeten hat, die drei Toten aus der Lagerhalle im Kloster beisetzen zu dürfen. Es war nicht schwer zu erraten, wer dahintersteckt.«

Hong nickte. »Er wird in einigen Tagen wieder zurückkehren, wenn alle Rituale beendet sind.«

»Bitte sagen Sie ihm, dass ich ihn unbedingt sprechen muss. Bitte! ... Jetzt brennt es gleich etwas.«

Hong verzog das Gesicht, als Marie die Wunde desinfizierte.

»Wie ist die Situation an der Hochschule? Hat sich die Stimmung nach der Razzia wieder beruhigt? Inzwischen muss man doch das Verschwinden von Zhang Wen bemerkt haben?«

»Jemand schickte einen Brief an die Hochschule, dass Zhang Wen als nächster Verwandter wegen eines Todesfalls auf unbestimmte Zeit zu seiner Familie zurückkehren musste.«

Marie runzelte die Stirn. »Ich dachte, Zhang Wen hätte keine Familie.«

»Das weiß aber die Hochschule nicht. So etwas kommt immer wieder vor.«

Marie lächelte, während sie einen frischen Verband anlegte.

In diesem Moment flog die Tür auf, und Dr. Heltau stapfte herein. »Was geht hier vor sich? Wer ist das? Dieser Mann hat sich hier hereingeschlichen, ohne sich registrieren zu lassen. Das ist gegen die Vorschrift!« Er packte Hong grob am Arm und musterte misstrauisch den Verband. »Was ist da passiert? Lassen Sie mal sehen.«

Hong zuckte erschrocken zusammen.

Marie trat entschlossen dazwischen und hinderte Heltau daran, den Verband wieder zu entfernen. »Was bilden Sie sich eigentlich ein, hier, ohne anzuklopfen, hereinzuplatzen?«

Wie eine Schlange schnellte Heltau herum und funkelte sie böse an. »Darf ich Sie daran erinnern, dass ich jetzt der Leiter des Hospitals bin. Ich trage die Verantwortung, und ich will genau wissen, was hier vor sich geht. Sie sind nur für die weiblichen Patienten zuständig. Ich dachte, darauf hätten wir uns inzwischen geeinigt.« Er grinste Hong unheilvoll an. »Und davon kann ja wohl hier nicht die Rede sein.«

Marie ließ sich nicht beeindrucken. »Der junge Mann ist ein Bekannter.«

»Ach! Ein Bekannter! Mit einer verdächtigen Wunde am Arm, die ich nicht sehen soll? Das dürfte die Polizei interessieren. In letzter Zeit sind im Schutzgebiet ja einige kriminelle Anschläge verübt worden, wie ich erfahren habe.« Wieder packte er Hong am Arm. »Am besten kommen Sie gleich mit.«

Hong reagierte blitzschnell. Heltau wurde überrascht von der Kraft dieses schmächtigen jungen Mannes, der von deutlich kleinerer Statur war als er selbst. Hong hatte einfach nur die Hand gehoben und Heltau zwei Finger gegen die Stirn gestoßen. Dieser taumelte wie schwer getroffen rückwärts gegen eine Wand, Zeit genug für Hong, aus dem Zimmer zu entwischen.

Heltau brüllte laut nach dem Pfleger und versuchte sein Gleichgewicht wiederzugewinnen, so dass er dem Flüchtenden folgen konnte. Zu spät. Hong war verschwunden.

Marie sah Heltau trotzig entgegen, als er in ihr Behandlungszimmer zurückkehrte. Seine Stimme klang eisig. »Als Leiter des Faberhospitals fordere ich Sie auf, dieses Krankenhaus sofort zu verlassen. Packen Sie

Ihre Sachen, und lassen Sie sich hier nicht mehr sehen! Und nehmen Sie Ihr gekauftes Kind gleich mit. Ich werde Anzeige gegen Sie erstatten wegen Unterstützung krimineller Elemente. Diese Sache wird für Sie ein Nachspiel haben! Darauf können Sie sich verlassen.«

Marie starrte ihn wütend an. »Ich denke, da wird Herr Wilhelm auch noch ein Wörtchen mitzureden haben!«

»Herr Wilhelm wird keine Wahl haben. Auch er kann nicht dulden, dass in einer Missionsinstitution Kriminelle Beistand erhalten.«

»Sie haben keinerlei Beweise, dass dieser junge Mann ein Krimineller ist.«

Heltau trat näher an Maries Schreibtisch heran und beugte sich zu ihr, so dass sein Gesicht nur wenige Zentimeter von ihrem entfernt war. Sie konnte seinen Atem spüren. Seine Stimme klang drohend. »Raus! Sofort! Oder ich werde persönlich nachhelfen.«

Marie wich erschrocken vor dieser unkontrollierten Wut zurück. Sie stand auf, ergriff ihre Jacke und ihren Arztkoffer, nahm Xiaobao an der Hand und verließ das Gebäude.

Ihr Vater war zu dieser mittäglichen Stunde noch nicht zu Hause, als Marie mit Xiaobao in der Tirpitzstraße ankam. So hatte sie Zeit, sich zu beruhigen. Sie war erleichtert, dass Fritz Xiaobao freundlich begrüßte, als er erfuhr, wer das kleine Mädchen war. Fritz und Marie bereiteten ein provisorisches Bett für Xiaobao auf der Chaiselongue in Maries Zimmer.

Da klingelte es an der Haustür. Es war Richard Wilhelm, der aus ihrem Mund erfahren wollte, was im Hospital geschehen war. Marie bat ihn ins Wohnzimmer.

Als sie dem Leiter der Mission gegenübersaß, musste sich Marie eingestehen, dass sie nicht mehr weiterwusste. Wilhelm musterte sie abwartend. Schließlich holte sie tief Luft.

»Kann ich auf Ihre Schweigepflicht als Pfarrer rechnen, Herr Wilhelm?«

Wilhelm nickte. »Natürlich. Vertrauen Sie mir, Marie!«

Jetzt gab es kein Halten mehr. Marie erzählte alles, was sie in der Nacht am Hafen erlebt hatte, bis hin zu Hongs Erscheinen im Hospital an diesem Morgen. Als Marie ihren Bericht beendet hatte, herrschte einige Minuten lang Stille im Raum.

Dann lehnte Wilhelm sich vor und tätschelte Maries Hand. »Sie sind wirklich eine bewunderungswürdige Frau, Marie. All das haben Sie allein mit sich herumgeschleppt! Es tut mir mehr denn je leid, dass wir Sie in Kürze verlieren werden. Ein Mensch mit Ihrer Kraft und Offenheit könnte hier so vieles Schreckliche verhindern und den Menschen dieses Landes bei all dem, was ihnen bevorsteht, beistehen.«

Marie betrachtete ihn erleichtert. Es gab Hoffnung für Hong und Du Xündi.

Wilhelm formulierte vorsichtig seine Gedanken. »Wenn ich Sie richtig verstanden habe, gehörte Hong nur zu dem Suchkommando, das Zhang Wen und den anderen Jungen finden sollten. Er hat nichts Unrechtes getan ... Es besteht also auch kein Grund, seine Gegenwart im Lagerschuppen kundzutun und seine vielversprechende akademische Zukunft zu gefährden.«

Marie atmete erleichtert auf.

Wilhelm winkte ab. Er war noch nicht fertig. »Aber wir werden eine glaubwürdige Legende schaffen, um Dr. Heltau zum Schweigen zu bringen.« Er stockte und lächelte fast verschmitzt. »Und vielleicht können wir ihm auch bald einmal eine Lektion verpassen. Sein Mitgefühl gegenüber seinen Mitmenschen und vor allem denen, die nicht von seiner Hautfarbe sind, lässt zu wünschen übrig ... Wenn er hierbleiben will, muss er lernen, dass die Welt nicht nur aus Deutschen und Vorschriften besteht und dass manche Situation nicht nur schwarz oder weiß ist.«

Wilhelm und Marie berieten gemeinsam über die plausibelste Erklärung. Schließlich hatte Marie monatelang Frauen und Männer behandelt, kein Wunder also, dass sie das Vertrauen ihrer Patienten genoss und sie eher zu ihr kamen als zu dem neuen Arzt. Der junge Mann war ein Patient, der schon einmal von Marie behandelt worden war. Wer er war und wo er lebte, wusste niemand, aber in einem Missionshospital schickte man keinen Hilfesuchenden weg, nur weil er seinen Namen nicht nennen wollte.

Wilhelm bestand darauf, dass Marie bis zu ihrer Abreise weiter die Frauenstation leitete. Er wollte Heltau keine andere Wahl lassen, als dies zu akzeptieren.

Marie atmete durch. Dieses Problem war zumindest teilweise gelöst, und es hatte ihr gutgetan, sich ihre schlimmen Erfahrungen und Ängste wegen Du Xündi von der Seele zu reden. Jetzt musste sie nur noch ihren Vater davon überzeugen, dass Xiaobao bis auf weiteres in seinem Hause leben würde.

Wolfgang Hildebrand reagierte erstaunlich gelassen, als Marie ihm und Adele die Lage erklärte. »Wo ist die Kleine jetzt? Es wird Zeit, dass wir sie kennenlernen.«

Marie holte Xiaobao herein. Das Kind stand mit ängstlicher Miene vor dem uniformierten Hünen, der freundlich auf sie hinunterblickte.

»Du bist also Xiaobao! Tja. Was bleibt mir da noch zu sagen als: Willkommen in unserem Haus!«

Er streckte ihr seine riesige Hand entgegen. Xiaobao warf Marie einen fragenden Blick zu. Als diese ihr ermutigend zulächelte, packte Xiaobao tapfer seine Finger und schüttelte sie, wie sie es bei anderen Deutschen beobachtet hatte. Adele stand daneben und betrachtete ihren zukünftigen Mann und das zierliche Mädchen voller Rührung.

37.

In einem der Separees des Hotels Prinz Heinrich war Sarahs Abendgesellschaft bereits vollzählig versammelt, als Marie, Wolfgang und Adele dazustießen. Sogar Familie Zimmermann, der britische Konsul Hartford und Seezolldirektor Ohlmer mit Gattin waren gekommen. Es wurde französischer Champagner gereicht.

Erwartungsvoll sahen die Gäste Sarahs Rede entgegen, als sie gegen ihr Glas klopfte. Sie stand neben Philipp und warf ihm ein Lächeln zu, bevor sie zu sprechen begann. Marie spürte, wie sich ihr Magen zuschnürte.

»Dear friends, liebe Freunde. Ich denke, ich darf dieses Wort benutzen, obwohl ich erst vor wenigen Wochen hierher nach Tsingtau gekommen bin. Aber Sie alle haben mich und meinen Bruder Bertil so herzlich aufgenommen. Es ist an der Zeit, mich bei Ihnen allen dafür zu bedanken. Allen voran natürlich bei dir, Philipp!« Sie hob ihr Glas und stieß mit ihm an. »Philipp ist, wie Sie alle wissen, ein alter Freund meiner Familie, und er hat sich viel Mühe gemacht, meinem Bruder Bertil und mir die interessanten und sehenswerten Seiten von Tsingtau und seiner Umgebung zu zeigen. Er hatte recht, als er mir versprach, mir eine der herrlichsten Landschaften der Welt im Laoshan zu präsentieren. Dafür danke ich dir ganz besonders, Philipp. Das Wochenende im Laoshan werde ich wie so vieles andere hier nie vergessen.«

Marie beobachtete, dass Philipp mit einem angestrengt wirkenden Lächeln den Fußboden anstarrte.

»Sie werden sich alle fragen, warum ich Sie so kurzfristig heute Abend hierher gebeten habe.«

Rundherum nickte alles.

»Nun, es ist an der Zeit, mich zu verabschieden. Da in den kommenden Tagen einige wichtige Anlässe stattfinden werden, die Sie alle beschäftigen werden – wie die Verabschiedung Ihres Gouverneurs und die Hochzeit von Wolfgang und Adele Hildebrand …« Sie hob den beiden ihr Glas entgegen. »... habe ich diesen Abend gewählt, um Ihnen allen meinen Dank für Ihre Gastfreundschaft auszudrücken. Ich werde kommenden Sonntag mit dem Zug nach Peking weiterreisen, aber ich verspreche Ihnen, wiederzukommen, um zu sehen, wie sich Ihre schöne Stadt weiterentwickelt. Und schließlich bin ich natürlich auch neugierig, wie Philipp seine weitere Zukunft hier gestalten wird, deren Anfang ich ja miterleben durfte.«

Während sie diesen Satz beendete, drehte Sarah leicht den Kopf und blickte Marie an. Marie konnte nicht verhindern, dass sich ein Lächeln auf ihr Gesicht schlich, und Sarah lächelte zurück. Alle waren völlig überrascht, hatte man doch eher eine andere Ankündigung erwartet, nachdem Sarah und Philipp in den letzten vier Wochen praktisch immer gemeinsam aufgetreten waren. Man tuschelte. Marie sah zu Philipp. Er schien darauf gewartet zu haben. Sein Blick wirkte fast wie eine Herausforderung.

Es fiel Marie am nächsten Morgen nicht leicht, ins Hospital zu fahren. Wie erwartet wurde der Tag überschattet von Dr. Heltaus eiskalter Höflichkeit. Der gestrige Vorfall wurde nicht weiter erwähnt. Heltau ging ihr aus dem Weg. Trotzdem war seine Aggressivität spürbar, und die vertrauten Räume wirkten fremd und kalt.

Da am späten Nachmittag der offizielle Abschiedsempfang der Familie Truppel stattfinden sollte, war nur am Vormittag Sprechstunde, und Marie kehrte bereits mittags nach Hause zurück. Am Nachmittag kam Adeles Friseur und machte beiden Damen die Haare, während Xiaobao staunend danebensaß und die Utensilien auf Maries Schminktisch bewunderte.

Hinter dem Gouverneurspalast war ein riesiges weißes Zelt errichtet worden. Zu dieser Jahreszeit musste stets mit Regen gerechnet werden. Marie hatte hier nie an einer Gartenveranstaltung teilgenommen und war überwältigt von der Aussicht. Sie erinnerte sich, wie Gerlinde ihr das Gebäude hoch auf dem Berg über der Stadt gezeigt hatte, als sie mit dem Schiff in die Bucht eingelaufen waren. Nun stand sie hier oben und blickte über die roten Dächer der Europäerstadt hinweg hinunter auf das chinesische Meer. Vor der Küste herrschte wie üblich reger Betrieb an Dschunken, Dampfern und Kriegsschiffen, die auf Reede lagen.

Ein opulentes Buffet bot süße und herzhafte Köstlichkeiten für jeden Geschmack. Wein, Champagner und Germania-Bier flossen in Strömen. Das Orchester des III. Seebataillons bot wie gewohnt den musikalischen Rahmen zu diesem Fest. Ganz Tsingtau war gekommen, um den Gouverneur und seine Familie zu verabschieden, der seit nunmehr fünf Jahren die Geschicke der Kolonie mitbestimmt hatte. Truppel wirkte gutgelaunt, obwohl man hinter vorgehaltener Hand munkelte, dass er wegen Unstimmigkeiten im Gouvernement nach Berlin zurückberufen worden war.

Marie folgte ihrem Vater und Adele grüßend durch die Menge. Philipp stand mit Familie Zimmermann und Geoffrey beieinander und lachte gerade aus vollem Herzen. Als er Marie entdeckte, kam er sofort auf sie zu.

Sie grinste ihn frech an. »Na, Philipp, du bist ja glänzender Laune! Ich hätte eigentlich geglaubt, dass Sarahs Abreise dir mehr zu Herzen ginge.«

Er schaute sie an. »Ich wünschte, du würdest wissen, was mir wirklich zu Herzen geht!«

Verblüfft starrte Marie ihn an. In diesem Augenblick entdeckte sie Richard und Salome Wilhelm, die mit Dr. Heltau über den Rasen kamen. Wilhelm führte seinen neuen Arzt zu Gouverneur Truppel, um ihn vorzustellen. Augenblicklich war ihre Aufmerksamkeit abgelenkt. Marie konnte nicht hören, was gesprochen wurde. Truppel begrüßte den Neuankömmling mit einer einladenden Armbewegung, und Heltau wirkte sichtlich beeindruckt. Er erwiderte mit einer tiefen Verbeugung die Begrüßung und lauschte ergeben den Worten des Gastgebers. Dabei schweiften seine Augen über die anwesende Gesellschaft. Bevor Marie ihren Blick abwenden konnte, hatte er sie erspäht. Für den Bruchteil einer Sekunde trafen sich ihre Augen. Sein Blick verhärtete sich sofort, dann drehte er sich demonstrativ weg und sprach wieder mit Truppel.

Philipp hatte Maries plötzliche Stimmungsänderung gespürt. Er folgte ihrem Blick. »Wer ist das? Kennst du den Mann, der mit Truppel spricht?«

Marie seufzte. »Das ist mein Nachfolger im Hospital, Dr. Heltau. Er ist Montag angekommen.«

»Du scheinst ja nicht gerade begeistert von ihm zu sein.« Er musterte sie neugierig. »Und ich dachte immer, deine Menschenliebe sei grenzenlos.«

Marie schnaubte verächtlich. »Alles hat seine Grenzen.«

In diesem Moment ertönte ein Tusch.

Augenblicklich drängte alles näher an die Bühne. Seezolldirektor Ohlmer, als Doyen der Gesellschaft, hielt eine Abschiedsrede für Gouverneur Truppel und dessen Familie. Danach bedankte sich das Ehepaar für die herzlichen Worte und die Jahre der guten Zusammenarbeit im Schutzgebiet.

Philipp stand ganz nahe neben Marie und schob sachte seinen Arm unter ihren. Sie lächelte zu ihm auf. Während der Reden schweifte ihr Blick wieder über die Gäste. Da stand Dr. Heltau und starrte sie an. Auf seinem Gesicht lag ein hämisches Grinsen. Neben ihm stand der Polizeichef von Tsingtau, dem Heltau nun etwas zuflüsterte. Marie spürte, wie sie erschrak. Es war ihr klar, dass ein Mann wie Heltau keine Niederlage hinnehmen würde, schon gar nicht gegen eine Frau. Er würde versuchen, ihr zu schaden oder sie zu verletzen. Er spürte, dass sie ihm etwas verheimlichte, und er würde nicht aufgeben, bis er die Wahrheit kannte.

Philipp war wieder ihrem Blick gefolgt. Er lehnte sich zu ihr und flüsterte: »Was ist mit dem Mann? Wann wirst du mir endlich vertrauen?«

Marie zuckte zusammen. Philipp schien wieder ihre Gedanken gelesen zu haben.

Der laue, wolkenlose Frühsommermorgen mit leichtem Dunst über der Bucht versprach beste Voraussetzungen für ein perfektes Hochzeitsfest im Garten.

Marie amüsierte sich über ihren Vater, der so nervös wie ein Pennäler wirkte. Sie freute sich auf den Tag und dass Fritz und Xiaobao mit zum Standesamt und in die Kirche kommen durften. Philipp fuhr pünktlich am frühen Nachmittag im blumengeschmückten Landauer vor. Xiaobao jauchzte vor Vergnügen, als sie in die Kutsche stiegen, um Adele Luther abzuholen. Das Standesamt befand sich im Gouvernementgebäude. Der Standesbeamte in Marineuniform wartete schon. Kapitän Müller war ein alter Freund von Wolfgang Hildebrand, dem man deutlich ansah, wie sehr er sich für das Brautpaar freute.

In einer kurzen, aber sehr persönlichen Zeremonie wurden Wolfgang Hildebrand und Adele in den Bund der Ehe geführt. Am Ende unterzeichneten Marie und Philipp die Urkunde als Trauzeugen.

Nach einem Glas Sekt, das Kapitän Müller zur Feier des Tages spendiert hatte, ging die Fahrt in der Kutsche weiter zur Christuskirche. Auf dem Hof vor der Kirche wartete bereits eine große Schar von Gästen, die sich dieses Ereignis nicht entgehen lassen wollten. Pfarrer Winter führte die kirchliche Trauung durch.

Als das frischgetraute Paar aus der Kirche kam, läuteten die Glocken. Adeles chinesische Angestellte veranstalteten ein Feuerwerk auf dem Kirchhof, und von der Salutbatterie her war Kanonendonner zu hören.

Adele forderte alle unverheirateten jungen Damen auf, sich bereitzumachen, den Brautstrauß zu fangen. Marie versuchte sich unauffällig zur Seite zu drücken, doch Gerlinde hielt sie zurück. »Ausbüchsen gilt nicht. Sei kein Feigling, Marie!«

Der Strauß flog in hohem Bogen durch die Luft, direkt auf Marie zu. In letzter Sekunde sprang Gerlinde vor und schnappte ihn sich. Sie freute sich wie ein kleines Mädchen, und Philipp klopfte Geoffrey ermunternd auf die Schulter.

Eine handverlesene Schar aus Kollegen und Freunden fand sich wenig später im Garten in der Tirpitzstraße ein. Auch Sarah hatte diese letzte Einladung vor ihrer Abreise angenommen. Wolfgang liebte Geselligkeit, aber keine steifen gesellschaftlichen Ereignisse, und Adele teilte diese Einstellung. Bei Waldmeisterbowle, Wein, Bier und sommerlichen Köstlichkeiten feierte man zwanglos in einem für Tsingtau bescheidenen Rahmen von fünfzig Gästen. Adeles Angestellte übernahmen unter den wachsamen Augen von Fritz die Bedienung. Eine Handvoll Musiker des III. Seebataillons sorgte für musikalische Untermalung. Das Brautpaar eröffnete den Tanz mit dem obligatorischen Hochzeitswalzer. Nachdem Wolfgang Philipp mit einem Handzeichen aufgefordert hatte, ihnen zu folgen, nahm dieser Marie an die Hand und zog sie auf die Tanzfläche.

Marie war bester Stimmung. »Was für ein schönes Fest! So kann man offenbar nur in Tsingtau feiern. Da wird mir der Abschied nur noch schwerer.«

Philipp war sichtlich bestürzt. »Abschied? Hast du dein Abreisedatum festgelegt?«

Marie lächelte beruhigend. »Keine Sorge. Ich muss ja noch einige Dinge regeln. Und ich habe mich entschlossen, mit dem Zug nach Berlin zurückzufahren. Dadurch habe ich noch etwas Zeit gewonnen.« Marie entdeckte Sarah, die zu ihnen herübersah. »Es würde mich interessieren, wieso sich Sarah so plötzlich entschieden hat abzureisen? Als Bertil nach Shanghai zurück musste, klang es, als wolle sie noch lange hierbleiben.«

»Ich glaube, sie hat alles gesehen, was sie sehen wollte. Kein Grund also, noch länger hier zu bleiben.«

»Ach ja? Ich dachte, ehrlich gesagt, es gäbe mehr Gründe für sie, in Tsingtau zu bleiben als nur die Sehenswürdigkeiten.«

»Was willst du damit sagen?«

Marie stieß ihn provozierend an. »Jetzt tu nicht so! Ihr beide wart ja fast unzertrennlich. Und sie hat in deinem Atelier die Gastgeberin gegeben.«

»So ein Quatsch! Sie ist eine alte Freundin, sonst nichts. Daran wird sich auch nie etwas ändern. Sie hat mir geholfen. Das ist alles. Dazu sind Freunde ja wohl da, oder? Du hattest ja keine Zeit.«

Marie sah ihn irritiert an.

Er entschuldigte sich sofort. »Tut mir leid, so war das nicht gemeint ... Hast du eigentlich Neuigkeiten von Du Xündi?«

Marie schüttelte den Kopf. »Welch geschickter Themenwechsel! Ich habe ihn schon mehrere Tage lang nicht gesehen.«

»Ich dachte eigentlich, ihr wäret unzertrennlich!«

Marie wollte keine Fragen über Du beantworten. Da entdeckte sie Xiaobao, die im Wohnzimmer hinter dem Vorhang stand und heimlich das bunte Treiben im Garten beobachtete.

»Würdest du mich bitte entschuldigen, Philipp. Ich glaube, ich muss mich um Xiaobao kümmern.«

»Wer wechselt hier das Thema?«

Marie starrte ihn empört an. Sofort ließ Philipp sie los.

Marie ging ins Haus. Doch schnell hatte Philipp seine Fassung wiedergefunden. Er folgte ihr. »Marie, bitte, lauf nicht schon wieder davon.

Ich wollte dir nicht zu nahe treten mit meiner Bemerkung über dich und Du Xündi. Es tut mir leid.«

Sie winkte ab. »Ist schon gut. Ich habe ja angefangen … Es scheint, als lägen die Dinge bei uns beiden oft anders, als man denkt.«

»Da hast du wohl recht! Aber was ist denn nun mit Du Xündi? Wo steckt er? Ich spüre doch, dass du dir Sorgen um ihn machst.«

Marie blickte hinaus in den Garten und seufzte. »Das sind keine Themen an einem solchen Freudentag! Aber du hast leider recht.«

Sofort war Philipp alarmiert. »Was ist passiert?«

»Ich möchte jetzt nicht weiter darüber sprechen. Bitte akzeptiere das. Vielleicht wird sich bald eine Lösung für Du finden. Lass uns bitte wieder rausgehen und weiterfeiern. Wir wollen doch niemandem die Laune verderben.«

Philipp sah sie eindringlich an. »Gut. Aber bitte versprich mir, dass du mir Bescheid sagst, wenn du Unterstützung brauchst. Du kannst dich auf mich verlassen. Ich verspreche dir, dass ich dich nie verraten werde – auf keine Weise.«

Marie spürte, dass er es ernst meinte. »Ich verspreche es dir.«

Philipp blieb einen kurzen Augenblick stehen und blickte ihr in die Augen. Dann lächelte er. »Gut. Darf ich mich jetzt einen Moment lang entschuldigen. Ich würde gerne einen kleinen Tanz mit Xiaobao wagen!«

Er verbeugte sich vor der Kleinen, die hinter dem Vorhang hervorlugte. »Ni xihuan tiaowu ma? Möchtest du tanzen?«

Sie nickte kichernd.

Philipp nahm das Mädchen auf den Arm und trug sie hinaus auf die Tanzfläche. Marie beobachtete die beiden, wie sie sich lachend im Walzertakt über die Tanzfläche bewegten. Xiaobao jauchzte vor Freude. Marie hatte Tränen in den Augen.

Der Nachmittag und Abend vergingen wie im Fluge. In einer kleinen Rede bedankte sich Wolfgang Hildebrand bei den Gästen, dass sie mit ihnen diesen wichtigen Tag verbracht hatten. Als er zum Ende kam, wandte er sich an seine Tochter. »Meine liebe Marie, mein ganz besonderer Dank gilt dir, mein Kind. Jetzt kann ich es ja laut sagen. Es war meine Tochter, die mich ermutigt hat, Adele einen Antrag zu machen … Jetzt wünsche ich mir nichts mehr, als dass wir beide Gelegenheit haben werden, auch bei ihrer Hochzeit dabei zu sein. Also, bitte versprich mir, uns rechtzeitig Bescheid zu geben, dass wir nach Deutschland kommen können, wenn es bei dir eines Tages so weit sein wird!«

Marie lachte verlegen. »Ich verspreche es dir!«

Um Marie herum brach lauter Applaus aus.

Hinter ihr ertönte die Stimme von Geoffrey. »Noch einfacher wäre es natürlich, wenn du hier heiraten würdest, dann könnten wir alle dabei sein.«

Der Applaus, der auf diesen Einwurf folgte, war ohrenbetäubend.

Schließlich ging auch dieser schöne Tag zu Ende, und die ersten Gäste brachen auf. Seezolldirektor Ohlmer und seine Frau boten Sarah an, sie in ihrer Kutsche mitzunehmen. Sarah nahm das Angebot an und entließ großmütig Philipp aus der Pflicht, sie nach Hause zu bringen.

Gemeinsam begleiteten Marie und Philipp das Ehepaar Ohlmer und Sarah hinaus.

Sarah drückte Marie zum Abschied die Hand. »Ich wünsche dir alles Gute für deine Zukunft, Marie. Ich hoffe so für dich, dass du die richtige Entscheidung triffst.«

Ein Hustenanfall von Philipp unterbrach sie.

Lächelnd legte sie eine Hand auf seinen Arm. »Du Armer, du wirst doch nicht krank werden! Pass auf dich auf.« Sie umarmte Marie. »Auf jeden Fall bin ich sicher, dass wir uns wiedersehen, wo auch immer auf dieser Welt.« Sarah stieg in die Kutsche. »Philipp, wir sehen uns morgen früh.«

Er hatte sich von seinem Hustenanfall erholt und nickte.

»Ich hole dich um acht Uhr ab. Hoffentlich bist du rechtzeitig mit dem Packen fertig!«

Sarah lachte und winkte, als die Kutsche vom Hof fuhr.

Marie sah ihr nach. »Irgendwie kann ich es noch immer nicht fassen, dass sie so schnell abreist.«

Sie sah Philipp an. Er zuckte nur mit den Achseln. Xiaobao erschien an der Haustür und beobachtete sie neugierig.

Marie scheuchte sie davon. »Es ist Zeit zu schlafen! Ni xian shang qu ba, wo gangkuai lai. Geh schon mal nach oben, ich komme gleich nach.«

Als das Mädchen verschwunden war, wandte Marie sich an Philipp. »Du hast mir doch angeboten, mir zu helfen. Ich glaube, ich könnte deine Hilfe brauchen.«

»Gerne, was kann ich tun?«

»Ich möchte morgen nach Licun fahren. Dort gibt es ein Waisenhaus der amerikanischen Mission. Ich wollte dich bitten, mich dorthin zu begleiten.«

»Ins Waisenhaus?« Er sah sie erschrocken an. »Willst du Xiaobao etwa in ein Waisenhaus geben?«

Marie seufzte. »Ich weiß es noch nicht. Aber ich weiß eben nicht, was ich mit Xiaobao machen soll. Ich habe niemanden gefunden, der sie aufnehmen kann, und ich möchte sie nicht mit nach Deutschland nehmen. Dort wäre sie eine ewige Fremde. Salome Wilhelm hat mir von dem Waisenhaus erzählt, sie kennt die Missionare, die es gegründet haben, und hält große Stücke auf sie. Es wäre zumindest eine Möglichkeit, für Xiaobaos Zukunft zu sorgen.«

Philipp nickte ernst. »Vielleicht hast du recht. Ich begleite dich gerne. Kommt Xiaobao auch mit?«

»Um Gottes willen, nein! Ich will sie nicht beunruhigen, bevor ich nicht eine endgültige Entscheidung gefällt habe. Dann wird es schlimm genug. Ich möchte ihr noch einige sorglose Tage gönnen.«

Philipp nahm ihre Hand. »Das kann ich verstehen. Ich hole dich morgen gegen zehn Uhr ab, wenn ich Sarah zum Bahnhof gebracht habe.« Er küsste sie sanft auf die Wange. »Gute Nacht, Marie. Hoffentlich kannst du gut schlafen.«

38.

Abgesehen von dem neuen Kommandeursgebäude und dem Bahnhof in deutschem Stil war das alte chinesische Dorf Licun um einen großen Platz angelegt, auf dem seit jeher ein großer Bauern- und Viehmarkt abgehalten wurde. Auf den Straßen herrschte reges Leben, Händler am Straßenrand priesen lautstark ihre Waren an. Das Waisenhaus war in einem alten chinesischen Hofhaus am Ortsrand untergebracht. Durch das schwere Eingangstor gelangte man in einen Innenhof, der von Wohngebäuden umgeben war. Hazel und John Collingwood, die beiden amerikanischen Missionare, freuten sich über den seltenen Besuch aus der Stadt. Zu Maries Überraschung trugen beide chinesische Kleidung, und John sah mit seinem langen grauen Bart den chinesischen Gelehrten nicht unähnlich, die sie oft bei Richard Wilhelm sah. Salome hatte Maries Kommen angekündigt, und die beiden wurden zum Mittagessen eingeladen. Marie hatte nach chinesischer Sitte als Gastgeschenk einen Korb mit frischem Obst mitgebracht, der dankbar angenommen wurde.

Die Wohngebäude machten einen heruntergekommenen Eindruck, aber gleichzeitig strahlte die Anlage schlichte Schönheit aus. In einer Ecke des Hofs stand eine kleine Sitzgruppe aus geflochtenen chinesischen Stühlen, Hockern und Tischchen unter einem schattenspendenden Baum. Kinder in verschiedenen Altersgruppen spielten im Hof, andere saßen im Schatten und lasen oder malten. Neugierig beäugten sie die fremden Gäste. John klatschte in die Hände, und sofort sprangen die Kinder auf und stellten sich der Größe nach wie die Orgelpfeifen auf. Zwei blonde Jungen nahmen an der Spitze Aufstellung. John stellte seine Söhne Elias und John vor, dann fünfzehn chinesische Waisen, die alle englische Namen trugen. Die Kinder begrüßten die Gäste im Chor.

»Welcome to our house. God bless you.«

Tee wurde gereicht. Marie erklärte den Grund ihres Besuchs, und John fragte sie über Xiaobao aus. Sie nahm kein Blatt vor den Mund und gestand ihre Ratlosigkeit, weil sie niemanden gefunden hatte, der das Kind zuverlässig aufziehen könnte.

John war nachsichtig mit seinen Mitmenschen. »Es ist natürlich eine große Verantwortung, ein Kind aufzunehmen und sich zu verpflichten, es zu versorgen und zu erziehen, bis es auf eigenen Beinen stehen kann. Die meisten Ausländer bleiben ja nur eine gewisse Zeit in China. Wie sollten sie diese Aufgabe übernehmen können? Hazel und ich haben dieses Waisenhaus zu unserer Lebensaufgabe gemacht. Wir werden nie freiwillig aus China weggehen. Wir unterrichten die Kinder in den wichtigsten Fächern wie Religion, Englisch und Rechnen. Ein Mann aus dem Dorf unterrichtet sie in Chinesisch. Alle arbeiten im Haushalt, im Gemüsegarten und so weit möglich in der Mission mit. Und wir versuchen, für die Älteren Stellen zu finden, damit sie die Talente, die Gott ihnen gegeben hat, ausbilden und nutzen können.«

In diesem Moment ertönte lautes Geschrei, und ein kleiner Junge rannte auf den Hof. Sein Gesicht war schmutzig, ein Ärmel seiner Jacke war abgerissen, und er hatte eine Kopfverletzung, die heftig blutete. Hazel sprang auf und nahm den Jungen beruhigend in den Arm. Marie untersuchte seine Wunde. Er hatte eine Beule, und die Haut an der seitlichen Stirn war aufgeplatzt.

Da Marie immer eine kleine medizinische Notausrüstung bei sich trug, konnte sie mit Jod und einem Pflaster aushelfen. Allmählich beruhigte sich der kleine Junge und hörte auf zu weinen.

John und Hazel wirkten ernst, aber ruhig und gelassen. John fragte den Kleinen aus und schüttelte anschließend den Kopf. »Der Herr stehe uns bei! Wir sind seit über zehn Jahren hier in Licun. Leider gibt es hier Menschen, die uns und unsere Kinder hassen. Man wirft uns vor, die Kinder zu bösen Geistern zu erziehen, weil sie einen fremden Gott anbeten. Die Menschen hier sind einfach und abergläubisch. Ich bin überzeugt, sie werden von fremdenfeindlichen Gruppen aufgestachelt oder gar bezahlt. Der Boxeraufstand ist zehn Jahre her, aber der Hass ist geblieben. Obwohl wir unter dem Schutz des deutschen Kommandanten stehen, kommt es immer wieder zu Übergriffen. Der Kleine hatte Glück, Gott hat seine schützende Hand über ihn gehalten.« Er lächelte.

»Und er kann schnell laufen …«

Marie war entsetzt. »Wie kann man seinen Hass an kleinen Kindern auslassen? Ist schon eines der Kinder ernsthaft verletzt worden?«

Hazel senkte den Blick. John tätschelte ihr die Hand.

»Vor drei Jahren wurden zwei unserer Jungen, die beide erst knappe vier Jahre alt waren, vor dem Haus von Steinen getroffen und starben. Diese feigen Morde wurden nie aufgeklärt.«

Maries Augen wanderten hilfesuchend zu Philipp. Er schwieg betroffen.

Dem Vorfall wurde jedoch keine weitere Beachtung geschenkt. Kurze Zeit später läutete der Gong. Das schlichte Mittagessen wurde nach einem kurzen Dankgebet schweigend eingenommen.

Am frühen Nachmittag machten sich Marie und Philipp wieder auf den Rückweg. Marie hatte mit den Missionaren vereinbart, die Angelegenheit zu überdenken und sich in einigen Tagen wieder zu melden. Sie saß minutenlang schweigend neben Philipp, der selbst kutschierte. Auch er sprach kein Wort.

Schließlich räusperte er sich. »Was ist denn dein Eindruck? Könntest du dir vorstellen, dass Xiaobao gut bei den Collingwoods aufgehoben wäre?«

Marie schüttelte den Kopf. »O Gott, nein! ... Die Vorstellung, dass sie in Licun nicht sicher ist, weil es Menschen im Dorf gibt, die den Missionaren und den Kindern nach dem Leben trachten, ist unerträglich. Außerdem muss ich gestehen, dass mich diese christliche Frömmigkeit in einem Land, das ganz andere religiöse Traditionen hat, eher befremdet. Wieso soll Xiaobao mit einer Religion aufwachsen, die nicht die ihre ist?«

Philipp sah sie überrascht an.

»Ich weiß, ich arbeite in einem Missionshospital. Und die Mission hat die Mädchenschule gegründet. Die Collingwoods haben dieses Missionswaisenhaus gegründet und helfen Kindern, die sonst wahrscheinlich längst verhungert wären. Alles gute Werke der Menschlichkeit, aber muss man wirklich missionieren und anderen Menschen unseren Glauben aufzwingen oder einreden? Warum kann man sie nicht mit ihrem Glauben akzeptieren, auch wenn uns dieser manchmal etwas seltsam erscheint? Werden die Kinder nicht zu Fremden in ihrem eigenen Land erzogen?« Sie sah ihn verlegen an. »Bitte verrate mich nicht bei den Wilhelms.«

Philipp lächelte. »Natürlich nicht. Obwohl, ich könnte mir denken, dass Richard Wilhelm eine ähnliche Einstellung hat. Schließlich hat er sich doch von der Missionsarbeit freistellen lassen. Dafür hatte er sicher gute Gründe.«

Marie nickte. »Salome meinte es einfach gut. Und abgesehen von dieser Frömmelei sind Hazel und John sicher verantwortungsvolle Erzieher. Das möchte ich gar nicht in Frage stellen. Aber Xiaobao? Der Gedanke, sie dort zurückzulassen, würde mir das Herz brechen.«

Philipp sagte nichts. Marie verfiel wieder in ratloses Schweigen und betrachtete die karge Landschaft. Das Dorf lag hinter ihnen, vor ihnen eine menschenleere Einöde.

Marie schüttelte den Kopf. »Was soll ich nur tun? Ich weiß einfach nicht mehr weiter. Wer soll sich um Xiaobao kümmern?«

Philipp brachte die Kutsche zum Stehen. Er holte tief Luft. »Dafür gibt es eine ganz einfache Lösung.«

Marie sah ihn an. »Eine einfache Lösung?«

Philipp nickte. Er legte die Zügel ab und nahm Maries Hand. »Das Einfachste wäre, du würdest hierbleiben und sie selbst großziehen … Zusammen mit mir … und zusammen mit unseren Kindern.«

Marie starrte ihn entgeistert an. »Aber …«

Philipp hob eine Hand. »Ja, ich weiß … deine Pläne für die Zukunft! Die Stelle an der Charité! Alles, wofür du jahrelang gearbeitet hast! Das alles aufzugeben wäre zweifelsohne ein großer Schritt! Aber überleg doch mal! Was könntest du hier alles schaffen? Was hast du in wenigen Monaten bereits erreicht? Du könntest den Menschen in diesem Lande helfen, denen sonst niemand beistehen würde. Vor allem den Frauen! Und du könntest dich um Xiaobaos Zukunft kümmern und ihr ein Leben in Sicherheit und Bildung schenken. Und du könntest meine Frau werden, die ich bis zum Ende meiner Tage lieben und bewundern werde. Und wir gemeinsam könnten hier etwas ändern, während wir in Deutschland doch nur Rädchen im großen Getriebe wären.«

Marie war immer noch sprachlos, und Philipp war noch lange nicht am Ende.

»Du selbst hast mir durch deinen Mut und deinen Einsatz gezeigt, dass es auch andere Wege im Leben gibt als den einer sicheren Stellung. Du warst es, die mich dazu ermutigt hat, meine Karriere bei der Marine aufzugeben und eigene Wege zu gehen und zu versuchen, meine Träume zu verwirklichen. Du würdest mich zum glücklichsten Mann der Welt machen, wenn ich dir genau diesen Weg aufzeigen könnte, der dich dann auch noch zu mir führt … zu uns! Marie, ich liebe dich!«

Marie spürte, wie Tränen in ihre Augen traten.

Philipp hielt inne, und seine Aufregung legte sich. Sein Blick wurde sanft und versank in ihrem. Er zog sie an sich und küsste sie sanft. Sie spürte seine Wärme und seine Kraft. Sein Geruch und sein Mund fühlten sich so vertraut an. Und um sie herum war nichts als Stille, während ihr Herz heftig schlug.

Philipp gab ihre Lippen frei und sah ihr in die Augen. »Ist das ein Ja?«

Marie konnte die tiefe Zärtlichkeit in seinem strahlenden Blick erkennen. Sie musste unwillkürlich lächeln. Im nächsten Moment jedoch erschrak sie zutiefst über die Tragweite seines Antrages. Augenblicklich wurde sein Gesicht ernst.

Sie hob abwehrend die Hände. »Philipp, bitte! Das kommt alles so überraschend. Vor einigen Tagen noch dachte ich, du und Sarah wäret ein Paar. Ich weiß nicht, was ich sagen soll. Bitte gib mir Bedenkzeit!«

Philipp atmete tief durch. Sie konnte ihm ansehen, dass es ihn große Kraft kostete, ruhig zu bleiben. »Ja, natürlich sollst du Bedenkzeit haben, wenn du sie brauchst.« Er seufzte. »Es war mein eigener Fehler, dass ich so zurückhaltend war und dir nie wirklich nachdrücklich gezeigt habe, was ich für dich fühle.« Er sah verlegen aus wie ein kleiner Junge. »Aber vielleicht war ich auch etwas in meiner Eitelkeit verletzt. Lass es mich noch einmal in aller Deutlichkeit sagen. Marie, ich liebe dich. Ich möchte, dass du meine Frau wirst und wir zusammen hier in China leben und arbeiten.«

Marie lächelte ihn an. »Ich fühle mich zutiefst geehrt durch deinen Antrag. Ich habe dich sehr, sehr gerne, Philipp, das kannst du mir glauben. Und ich möchte dich auf keinen Fall verletzen. Aber bitte lass mir etwas Zeit, mir alles durch den Kopf gehen zu lassen.«

Er nickte. »Nimm dir die Zeit, die du brauchst … Ich bin voller Zuversicht.«

Sie lehnte sich an ihn und ließ sich von ihm in den Arm nehmen. Es fühlte sich gut an.

Fast die ganze Stadt versammelte sich am nächsten Morgen am Hafen, um Abschied von der Gouverneursfamilie zu nehmen. Das Gouvernement hatte vorgesorgt, damit kein Unfall geschah und jemand ins Wasser fiel. Der Pier war abgesperrt, und nur ausgewählte Gruppen der Bevölkerung wurden in den Bereich vor dem Dampfer gelassen. Dort wurden jeder Gruppe bestimmte Plätze zugeteilt. Die in Tsingtau stationierten Truppen, die Angestellten des Gouvernements, die europäischen Zivilisten, die Vertreter chinesischer Gilden und Vereine, alle nahmen nach und nach ihre Positionen ein. Marie stand mit Adele und Philipp weit vorne unter den zivilen Gästen, während ihr Vater zwischen seinen Kollegen vom Hafenbauamt wartete.

Alle waren da, Kaufhausbesitzer Grill, seine Frau Trude und Neffe Paul winkten. Isolde Richter trug stolz ihren deutlich gerundeten Bauch zur Schau, Albert Fritsch war ohne Feng gekommen.

Philipp hatte sie freundlich, aber zurückhaltend begrüßt. Marie registrierte erleichtert, dass er ihre neue Vertrautheit nicht verraten wollte. Er wirkte gelassen und gutgelaunt und hakte sich leger bei ihr unter, als das große Orchester des III. Seebataillons zum Abschiedskonzert ansetzte. Immer noch strömten weitere Vertreter der Bürgerschaft auf die Mole. Unter dem Banner der deutsch-chinesischen Hochschule kamen nun Lehrkörper und Studenten in Uniform durch die Absperrung und stellten sich auf. Als Erstes erkannte Marie Hong, dann sah sie auch Du Xündi. Ein Stich fuhr ihr durchs Herz. Er sah leichenblass aus und starrte mit düsterer Miene vor sich hin, ohne sie eines Blickes zu würdigen. Philipp hatte ihn ebenfalls entdeckt. Er konnte Maries Schreck spüren und zog sie mit seinem Arm schützend näher an sich.

Dann trafen die Vertreter der chinesischen Interessengruppen ein. Du Yuesheng und mehrere andere wohlhabende Kompradoren und Kaufleute stachen mit ihren prächtigen chinesischen Gewändern hervor. Hinter ihnen folgten ihre Begleiter und Leibwächter. Diese Gruppe war auf eine Position schräg gegenüber von den Europäern verwiesen worden. Marie betrachtete die wohlhabenden Chinesen und fragte sich, welche Gefühle sie wohl für den Gouverneur hegten, der als oberster Dienstherr den Anspruch Deutschlands auf diesen Teil ihres Landes repräsentierte. Sie profitierten ohne Zweifel von der Anwesenheit der Fremden, aber empfanden sie nicht auch etwas von dem neuen Nationalstolz, den die Revolution entfacht hatte? Du Yueshengs Blick schweifte umher. Er grüßte mit einem Nicken zu Marie und Philipp herüber, die den Gruß höflich erwiderten. Jetzt hatte er Du Xündi entdeckt, der ihn wie alle Menschen um sich herum zu ignorieren schien. Die Miene, mit der der Komprador seinen Neffen einen Moment lang musterte, gab Marie Rätsel auf.

Li Deshun, Margarete und Lilly tauchten an der Absperrung auf und wurden zu den Chinesen hinübergeschickt. Margarete winkte fröhlich herüber, obwohl sie etwas verloren wirkte zwischen all den chinesischen Männern, die wie üblich ohne Frauen erschienen waren.

Endlich fuhr der Wagen mit der Familie des Gouverneurs vor. Gouverneur Truppel und seine Gattin richteten von einer Rednertribüne aus ein letztes Mal das Wort an die Bürger des Schutzgebietes. Kapitän zur See Mayer-Waldeck verabschiedete Truppel formell. Mehrere Damen zückten ein Taschentuch vor Rührung, als die Familie schließlich die Gangway hinaufging und der Dampfer unter den Klängen von »Mussi denn, mussi denn« langsam ablegte. Während die Europäer noch auf Position blieben, bis das Schiff angemessen weit entfernt war, setzten sich die Chinesen sofort in Bewegung, um den Hafen zu verlassen.

Marie beobachtete Du Yuesheng. Sie war neugierig, ob er mit seinem Neffen sprechen würde. Stattdessen aber drehte er sich um, winkte einen der Männer hinter sich heran. Der Mann war etwas größer als Du Yuesheng. Der Chinese neigte den Kopf etwas zur Seite, um besser hören zu können. Auf einmal sah ihn Marie ganz deutlich vor sich. Quer über sein Gesicht zog sich eine Narbe bis zum Ohr. Unwillkürlich schlug sich Marie die Hand vor den Mund. Es war der Mann aus dem Lagerschuppen, der im Dunkeln gestanden hatte.

Philipp bemerkte ihre heftige Reaktion. »Was ist los?«

In Maries Kopf schwirrten die Gedanken. Sie musste Du Xündi warnen. Der Mann, der seine Freunde getötet hatte, stand nur wenige Schritte von ihm entfernt und erhielt Anweisungen von seinem Onkel. Ihre Augen suchten Du Xündi in der sich auflösenden Menge. Philipp hielt sie am Arm fest, als sie davonstürzen wollte.

»Marie, bitte, was ist denn los?«

Sie sah ihn flehend an. »Ich kann dir das jetzt nicht erklären, aber bitte komm mit, wir müssen Du Xündi finden!«

Ohne weitere Fragen zu stellen, folgte Philipp ihr. Marie hielt das Banner der Hochschule im Blick und drängelte sich vorwärts. Um sie herum traten ihre Mitbürger empört zur Seite, da sie keine Rücksicht auf Höflichkeiten nahm. Die Menge wurde dichter, denn die Soldaten marschierten ab. Schließlich war kein Vorankommen mehr. Alle mussten warten. Das Militär hatte Vorrang. Verzweifelt suchte Marie die Hochschüler, doch sie waren auf der anderen Seite der Marschformation bereits ein Stück vorangekommen und zerstreuten sich in alle Richtungen. Als sie sich endlich wieder bewegen konnte, rannte Marie zur Hafenstraße. Rikschas, Fuhrwerke und Fußgänger drängten sich auf dem Weg zurück in die Stadt. Weder Du noch Hong waren zu sehen. Sie blieb außer Atem stehen und rief laut Dus Namen. Die einzige Reaktion darauf waren indignierte Blicke der Europäer.

Philipp war angespannt. »Um Gottes willen, Marie, was ist denn los? Du bist ja völlig außer dir!«

In diesem Moment hörte Marie, wie jemand ihren Namen rief. Richard Wilhelm stürzte auf sie zu, dicht gefolgt von Laotu.

»Marie, Sie müssen sofort mit ins Hospital kommen. Ein dringender Notfall!«

Sie schüttelte den Kopf. »Unmöglich! Ich kann jetzt nicht mitkommen. Ich muss erst Du Xündi finden. Er und sein Freund Hong schweben in höchster Gefahr. Fragen Sie bitte Doktor Heltau!«

Wilhelm packte sie am Arm. »Heltau kann jetzt nicht helfen. Es geht um Weiwei!«

Marie starrte ihn an. »Was ist mit ihr?

»Laotu hat mich alarmiert. Sie hat sich wieder ins Krankenhaus geschlichen. Als sie Xiaobaos leeres Bett sah, kletterte sie auf Dach und drohte, sich herunterzustürzen. Sie glaubt, wir ›fremden Teufel‹ haben ihre Tochter umgebracht oder verkauft! Marie, Sie müssen unbedingt Xiaobao holen.«

Marie war hin- und hergerissen. Was sollte sie tun?

Wilhelm schien erst jetzt zu realisieren, was sie eben gesagt hatte. »Wieso ist Du Xündi in höchster Gefahr?«

»Einer der Männer aus dem Lagerschuppen, die auf uns geschossen haben, ist hier am Hafen. Mit Du Yuesheng. Mein Gott, es ist sein eigener Onkel, der versucht hat, uns umzubringen. Ich konnte Du Xündi und Hong nicht rechtzeitig erreichen, jetzt sind sie weg. Und der Mann ist ihnen auf den Fersen.«

Philipp und Wilhelm starrten sie erschrocken an.

Philipp war sehr blass geworden. »Jemand hat versucht, euch umzubringen?«

Marie hatte keine Zeit, darauf einzugehen. »Wir müssen Du und Hong warnen.«

Philipp reagierte sofort. »Und was ist mit dir? Du bist wahrscheinlich auch in Gefahr!«

Marie schüttelte den Kopf. »Das glaube ich nicht. Ich war die ganze Zeit in der Stadt. Wenn jemand mir hätte etwas antun wollen, hätte er es mit Leichtigkeit tun können. Ich habe deutlich gesehen, dass Du Yuesheng überrascht war, seinen Neffen hier zu sehen. Und er gab diesem Mann Anweisungen!«

Philipp hob beschwichtigend die Hand. »Ich fahre zur Hochschule. Du holst Xiaobao und fährst ins Krankenhaus. Ich komme nach, sobald ich Du Xündi gefunden habe.«

Marie blieb eine Sekunde reglos stehen, dann umarmte sie Philipp spontan und küsste ihn. »Ich danke dir!«

Philipp hielt sie kurz fest. »Ich hab dir doch immer gesagt, du kannst auf mich zählen.«

Er drehte sich um und pfiff einige Rikschas heran. Marie fuhr nach Hause, Richard Wilhelm und Laotu begaben sich ins Hospital, und Philipps Rikscha trabte in die entgegengesetzte Richtung los.

Marie ließ die Rikscha, die sie und Xiaobao ins Hospital gebracht hatte, vor dem Tor des Missionsgeländes anhalten. Sie wollte Xiaobao keinem unnötigen Schock aussetzen. Der Hof der Mission war voller Menschen. Marie überlegte, was sie am besten mit Xiaobao machen sollte, aber schon hörte man das Schreien einer Frau. Xiaobao war sofort alarmiert. Sie riss sich von Maries Hand los und rannte in den Hof.

»Mama, Mama!«

Marie lief hinter ihr her. Das Kind hatte seine Mutter auf dem Dach entdeckt und blieb erschrocken stehen. Salome trat neben sie, legte Xiaobao die Hand auf die Schulter und redete beruhigend auf Weiwei ein, die ihre Tochter erkannte und aufhörte zu schreien. Dafür streckte sie nach ihrer Tochter die Hand aus, mit der sie sich vorher an einen der Kamine geklammert hatte. Durch die Bewegung verlor sie das Gleichgewicht. Sie rutschte kreischend über das steile Ziegeldach hinunter und stürzte zwei Stockwerke tief auf den Hof. Dort blieb sie reglos und seltsam verrenkt liegen. Das Ganze passierte im Bruchteil eines Augenblicks. Xiaobaos Entsetzensschreie gellten über den Hof.

Geistesgegenwärtig hielt Salome Xiaobao fest, während Marie zu Weiwei hinstürzte. Dr. Heltau kam aus dem Haus gerannt. Er schob Marie zur Seite. »Lassen Sie mich mal ran! Sie haben hier schon genug angerichtet.«

Erschrocken wich Marie zurück. Heltau fühlte den Puls. »Sie lebt.«

Er schob das knielange Überkleid der Frau hoch. Ihr rechtes Bein war verdreht, Blut quoll durch den Stoff der Hose.

»Sie hat sich den Oberschenkel gebrochen. Die Arterie ist verletzt, wir müssen die Blutung stillen.«

Schwester Amalie, die hinter ihm stand, rannte sofort davon. Heltau drehte sich um und schnippte mit dem Finger in Richtung Laotu. »Trage. Aber schnell.«

Vorsichtig wurde die Bewusstlose hochgehoben und in den Operationssaal gebracht. Salome nahm Xiaobao mit ins Missionshaus, um dort die weiteren Ereignisse abzuwarten. Dr. Heltau gab Marie und Schwester Amalie sachlich und kühl Anweisungen, eine Operation vorzubereiten. Es ging um Weiweis Leben.

Heltau machte sich an die Arbeit. Marie beobachtete seine geschickten Hände. Egal, welche menschlichen Defizite Heltau hatte, er war ohne Zweifel ein erfahrener Arzt und Chirurg. Die tiefe Wunde am Bein wurde genäht, das Bein begradigt und geschient. Heltau untersuchte den restlichen Körper und stellte einen Schulterbruch fest. Auch hier ging er zügig zu Werke und legte einen Gips an. Nach einer guten Stunde war das Nötige getan, und nun hieß es abwarten, bis Weiwei wieder zu sich kam.

Schwester Amalie erbot sich, Xiaobao zu holen. Gemeinsam setzten sich Marie und das Mädchen an Weiweis Bett. Xiaobao betrachtete ihre Mutter ängstlich, aber sie weinte nicht mehr, und irgendwann schlief sie erschöpft ein.

Plötzlich spürte Marie eine sachte Berührung an ihrer Schulter. Sie zuckte zusammen, wahrscheinlich war sie auch eingenickt.

Philipp kauerte neben ihrem Stuhl. Er flüsterte: »Laotu hat mir erzählt, was passiert ist. Wie ist die Prognose?«

Marie zuckte betrübt mit den Achseln. »Das wissen wir erst, wenn sie wieder wach wird.« Sie stand auf und zog Philipp mit sich aus dem Krankensaal. »Wo ist Du Xündi? Hast du ihn gefunden?«

»Leider nicht. Ich war in der Hochschule und habe mehrere Lehrer und Studenten nach ihm und Hong gefragt, aber keiner hatte sie gesehen. Ich habe aber eine Nachricht in Dus Zimmer und bei seinen Kollegen im Lehrerwohnheim hinterlassen, dass er unbedingt so schnell wie möglich zu dir kommen soll. Hier im Krankenhaus oder bei euch in der Tirpitzstraße wäre er erst einmal in Sicherheit. Ich bleibe vorsichtshalber bei dir.«

Marie lehnte sich an ihn. Er umarmte sie, als sei es die selbstverständlichste Sache von der Welt. Plötzlich kam Dr. Heltau um die Ecke. Einzig an einem Zucken einer Augenbraue konnte man erkennen, dass er überrascht war. Philipp ließ Marie sofort los. Ohne stehen zu bleiben, ging Heltau an ihnen vorbei in Richtung Krankensaal.

»Ach, Fräulein Dr. Hildebrand, mal wieder Männerbesuch. Na, wenigstens scheint dieser Herr ja keine kriminellen Absichten zu haben. Sollten Sie sich nicht um die neue Patientin kümmern?«

Marie spürte Philipps Wut. Sie packte ihn am Arm, um ihn davon abzuhalten, auf Heltau loszugehen. Der Arzt stieß die Flügeltür zum Krankensaal auf und war verschwunden.

Philipp sah ihm konsterniert nach. »Unglaublich. Was bildet der sich ein?«

Marie winkte ab. »Vergiss ihn einfach. Manche Menschen haben die Unfreundlichkeit gepachtet. Aber er ist ein guter Arzt.«

Philipp verzog das Gesicht und wandte seine Aufmerksamkeit wieder Marie zu. Er sah sie besorgt an. »Ich denke, es wäre an der Zeit, dass du mir die Sache mit dem Anschlag erklärst.«

Sie warf einen Blick Richtung Krankensaal. »Nicht hier. Komm mit in mein Behandlungszimmer. Da sind wir ungestört. Ich sage Laotu kurz Bescheid, dass er sich um Xiaobao kümmern soll.«

Philipp unterbrach Marie nicht, als sie ihm die ganze Geschichte von Zhang Wen, Du Xündi, dem Zwischenfall am Hafen und dem Mann mit der Narbe erzählte.

»Und du bist sicher, dass der Mann, mit dem Du Yuesheng gesprochen hat, der Mann aus dem Lagerschuppen war?«

»Ganz sicher, das Gesicht werde ich nie vergessen!«

Philipp überlegte. »Wir sollten mit der Polizei sprechen.«

Marie starrte ihn erschrocken an. »Bitte denk doch mal nach, Philipp.

Genau aus diesem Grund habe ich bisher niemandem außer Richard Wilhelm von der Sache erzählt. Wenn wir zur Polizei gehen, wird Du Xündi wegen revolutionärer Umtriebe verhaftet und an die chinesische Polizei ausgeliefert. Das ist sein sicherer Tod. Und gegen Du Yuesheng haben wir nichts in der Hand. Der Mann mit der Narbe wird sofort verschwinden. Jemand wie Du Yuesheng hat seine Informanten überall. Uns bleibt nichts, als zu versuchen, Du Xündi zu warnen, mit wem er es zu tun hat. Er kann dann entscheiden, was das Beste ist.«

Philipp betrachtete Marie und schüttelte ratlos den Kopf. »Ich mache mir vor allem Gedanken um dich. Ich gestehe, es ist das erste Mal, dass ich glaube, es wäre besser für dich, nach Deutschland zurückzufahren. Diese Revolution hat erst begonnen. Und du stehst zwischen den Fronten. Nicht auszudenken, was da alles passieren kann.«

In diesem Moment klingelte das Telefon. Ein Gespräch aus dem Hause ihres Vaters wurde durchgestellt. Es war Fritz. »Missy, Lehrer Du ist gekommen. Er will mit Ihnen sprechen!«

Marie warf Philipp einen aufgeregten Blick zu. »Fritz, bitte holen Sie Lehrer Du ans Telefon. Es ist sehr wichtig!«

»Das geht nicht, Missy. Master Hildebrand ist nach Hause gekommen. Er war nicht sehr erfreut, Lehrer Du zu sehen. Du wollte sofort wieder gehen, aber ich habe ihn gebeten, in meinem Zimmer auf Sie zu warten. Aber er kann nicht ins Haus zurückkommen, sonst wird Master Hildebrand wütend.«

Marie überlegte kurz. Fritz wohnte im Souterrain des Hauses. Dort war Du für den Augenblick in Sicherheit.

»Das haben Sie gut gemacht, Fritz. Ich komme sofort nach Hause. Bitte passen Sie auf, dass Du Xündi nicht weggeht. Es ist sehr gefährlich. Sagen Sie ihm das.« Sie legte auf. »Du ist zu Hause bei uns. Fritz hält ihn fest, bis wir kommen. Wir müssen sofort los. O Gott, was mache ich denn jetzt mit Xiaobao?«

»Sag Salome Bescheid. Sie oder Hedda werden sicher für ein paar Stunden auf sie aufpassen. Und Laotu ist ja auch noch da.«

Marie nickte seufzend. »Du hast recht! Ich danke dir, dass wenigstens du den Kopf behältst!«

Dr. Heltau zuckte nur mit den Achseln, als sich Marie bei ihm abmeldete, da dringende Gründe sie nach Hause riefen. Er warf einen verächtlichen Blick auf Philipp. »Tun Sie, was Sie nicht lassen können. So eng muss man ja die Vorschriften nicht nehmen, wenn man sowieso nur noch einige Tage im Dienst ist.«

Diesmal war es Philipp, der Marie zurückhielt, indem er sie an der Hand packte und aus dem Zimmer zog.

Die Abenddämmerung war bereits hereingebrochen, als Philipp und Marie vor dem Hospital in zwei Rikschas kletterten. Philipp versprach den Rikschakulis ein gutes Trinkgeld, wenn sie sie besonders schnell in die Tirpitzstraße brachten. Dort angekommen, rannte Marie sofort die Außentreppe hinter dem Haus hinunter ins Souterrain, wo Fritz und der Koch wohnten. Doch das Zimmer von Fritz war leer. Sie machte sofort kehrt. Fritz und Philipp kamen ihr entgegen. Marie war am Rande der Verzweiflung. »Fritz, Du ist nicht in Ihrem Zimmer! Wo kann er sein?«

Fritz reagierte hektisch. »Ich weiß nicht. Ich habe ihm gesagt, er soll in meinem Zimmer warten.«

Es folgte ein Schwall Chinesisch. Fritz alarmierte das Personal, doch niemand hatte Du Xündi gesehen. Alle standen auf dem Hof und redeten aufgeregt durcheinander. Plötzlich ging Philipp dazwischen. Er legte seinen Zeigefinger auf den Mund und brüllte zwei Worte auf Chinesisch. »Anjing! Ruhe!«

Augenblicklich herrschte Stille.

Dafür hörte man deutlich Schreie aus der Dunkelheit in einiger Entfernung vom Haus.

»Hilfe! Qiu ming!«

Marie wurde blass. »Das ist Du Xündi!«

Ohne zu zögern, rannte Philipp los. Marie und Fritz folgten ihm auf dem Fuß. Philipp verschwand um die nächste Straßenecke. Sekunden später waren wütende Schreie zu hören. Philipp rief laut nach der Polizei. Als Marie um die Ecke bog, sah sie zwei Männer, die Du Xündi unter den Schultern gepackt hatten und wegschleppen wollten. Du wehrte sich heftig und trat mit den Beinen um sich. Zwei weitere Männer mit Knüppeln schlugen auf ihn ein. Philipp sprang brüllend dazwischen. Marie rannte auf das Gerangel zu und schrie ebenfalls laut. »Polizei. Hilfe.«

Da blitzte etwas im Licht der Straßenlampe auf. Einer der Männer drehte sich um. Marie konnte das Gesicht mit der Narbe genau erkennen. Der Arm des Mannes traf Philipp in der Mitte seines Körpers, der Knüppel des anderen Angreifers schlug fast gleichzeitig auf Philipps Kopf. Mit einem dumpfen Schmerzenslaut ging Philipp in die Knie. Fritz, der Mafu und der Koch waren um die Ecke gekommen und schrien laut. Daraufhin ließen die vier Männer von Du und Philipp ab und tauchten in der Dunkelheit eines unbebauten Grundstücks unter.

Du und Philipp lagen am Boden. Du stöhnte vor Schmerzen, er hatte eine Wunde am Kopf, die blutete, aber er versuchte sich aufzurappeln. Philipp lag reglos mit dem Gesicht nach unten da.

Marie hatte nur Augen für Philipp. Sie kniete sich neben ihn und drehte ihn vorsichtig um. Er war nicht bei Bewusstsein, und unter seiner hellen Sommerjacke quoll Blut hervor. Der Angreifer hatte Philipp ein Messer in den Bauch gerammt. Panik überfiel Marie.

In diesem Moment hörte sie das Geräusch von Pferdehufen. Ein Landauer fuhr um die Ecke. Marie sprang auf die Straße vor das Fuhrwerk. Im letzten Moment gelang es dem Mafu, die Pferde zum Stehen zu bringen. Im Fond saßen Isolde Richter und ihr Mann Oberförster Richter. Die beiden sahen entsetzt von dem am Boden liegenden Philipp zu Du Xündi, der sich langsam aufrappelte, und zu Marie.

Maries Stimme überschlug sich. »Ich brauche Ihre Kutsche, Herr Richter. Philipp von Heyden hat versucht, einen Überfall zu verhindern, und wurde mit einem Messer schwer verletzt.«

Oberförster Richter betrachtete nervös und hilflos seine Frau, die leichenblass geworden war und sich schützend die Hand auf den Bauch legte. »Meine Frau darf sich nicht aufregen. Sie ist schwanger. Sie sollten besser die Polizei rufen.«

»Ich weiß, und es tut mir leid, dass Sie Zeuge dieser Notlage wurden. Aber jetzt zählt wirklich jede Minute. Sie können doch nicht zulassen, dass er hier auf der Straße stirbt.«

Marie verlor die Fassung und begann zu schluchzen. »Ich flehe Sie an! Bitte helfen Sie mir! Unser Haus ist gleich um die Ecke, dort kann sich Ihre Frau von dem Schreck erholen. Unser Boy wird sie begleiten. Mein Vater ist zu Hause. Bitte!!«

Richter war sichtlich erschrocken über ihren Gefühlsausbruch. Er zögerte noch einen Moment, dann legte er den Arm um seine Frau. »Komm, Isolde. Wir müssen dem armen Mann helfen. Es wird alles gut.«

Isolde Richter sträubte sich nicht, als ihr Mann ihr aus der Kutsche half. Philipp wurde vorsichtig in die Kutsche gehoben. Du schaffte es, alleine einzusteigen, wurde dann jedoch ohnmächtig. Marie gab dem Kutscher Anweisung, ins Gouvernementkrankenhaus zu fahren. Militärarzt Dr. Uthemann sollte sich um Philipp und Du kümmern. Dr. Heltau wollte sie auf keinen Fall damit behelligen.

Dr. Uthemann ordnete eine sofortige Notoperation von Philipp an. Du hatte eine Gehirnerschütterung und wurde zur Beobachtung stationär aufgenommen. Seine Platzwunde musste genäht werden. Marie saß während Philipps Operation mutterseelenallein im Warteraum. Sie machte sich schwere Vorwürfe. Sie hatte Philipp in diese gefährliche Situation gebracht. Sie war verantwortlich, wenn er jetzt starb. Bei diesem Gedanken wurde ihr fast schlecht. All die Momente, die sie seit ihrer Ankunft mit ihm erlebt hatte, fielen ihr ein. Bei der Erinnerung an seine Annäherungsversuche musste sie lächeln. Dann all seine selbstlosen Einsätze, ihr bei ihrer Arbeit und Fürsorge für andere beizustehen. Die Reise nach Luotou, die Rettung von Margarete aus der Opiumhölle. Nach und nach fügten sich all ihre Erinnerungen wie ein Puzzle zu einem einzigen Bild zusammen. Dieser Mann liebte sie so sehr, dass er alles für sie tun würde, und sie hatte ihn immer wieder abgewiesen. Sie hatte sogar um Bedenkzeit gebeten, als er ihr mutig einen Heiratsantrag gemacht hatte. Wie herzlos und uneinsichtig war sie gewesen! Ihr kamen die Tränen. Sie wünschte sich nichts mehr, als ihn in die Arme zu nehmen und ihm zu sagen, dass sie ihn genauso liebte wie er sie und dass sie in Zukunft alles tun würde, um ihn glücklich zu machen. Ihr Herz schmerzte bei der Vorstellung, dass sie dazu keine Gelegenheit mehr haben könnte.

Plötzlich öffnete sich leise die Tür.

Voller Angst blickte Marie auf. Es war Du Xündi. Er hatte einen Verband um seinen Kopf und war noch etwas unsicher auf den Beinen. Er blickte Marie besorgt an und nahm ihre Hände. Instinktiv wich sie vor ihm zurück.

Du erstarrte für einen Moment und senkte traurig den Kopf. »Es tut mir alles so leid, Meiren. Philipp hat mir das Leben gerettet und dabei seines in Gefahr gebracht. Das ist wirklich das Letzte, was ich wollte. Bitte, bitte verzeih mir.«

Marie nickte schwach. »Ich mache dir keine Vorwürfe. Es sind andere, die hier die Verantwortung tragen.«

Für einige Minuten sprach keiner von ihnen ein Wort.

Marie ordnete ihre Gedanken. »Hast du die Männer erkannt, die dich angegriffen haben?«

Du schüttelte den Kopf.

Marie holte tief Luft. »Ich muss dir etwas Schlimmes sagen. In der Nacht am Hafen habe ich einen Mann mit einer Narbe im Gesicht in der Lagerhalle gesehen. Diesen Mann habe ich heute Morgen wieder gesehen.«

Du sah sie entsetzt an. »Wo war das?«

»Er stand hinter deinem Onkel am Quai bei der Verabschiedung des Gouverneurs. Dein Onkel hat mit ihm gesprochen. Er war einer der Männer, die dich angegriffen haben.«

Du war noch blasser geworden. Er war völlig verstört. Seine Stimme klang heiser. »Mein Onkel Du Yuesheng?«

Sie nickte mitfühlend.

Er saß einen Moment lang schweigend da und starrte vor sich hin.

»Er hat Rache genommen für den Tod seines Geschäftspartners … Niemand kommt Du Yuesheng in die Quere, das habe ich schon immer geahnt. Aber dass er so weit gehen würde!« Dann stand er auf. »Ich muss sofort gehen.«

»Aber …«

»Ich kann auf keinen Fall hierbleiben. Es tut mir leid, wenn ich dir jetzt nicht beistehen kann, aber ich kann hier nicht helfen. Ich muss meine Freunde warnen. Wir müssen überlegen, was wir machen können. Ich komme wieder. Das verspreche ich dir.«

Marie packte ihn am Arm. »Noch etwas. Du musst unbedingt mit Li Deshun sprechen. Vielleicht kann er dir helfen!«

Du sah sie misstrauisch an. »Li Deshun? Was weiß er von uns? Hast du ihm irgendetwas erzählt?«

Marie schüttelte den Kopf. »Nein, ich habe ihm nichts erzählt. Er ahnt deine politische Einstellung, und er schätzt dich sehr. Er hat mir versprochen, etwas für dich zu tun, denn er weiß, dass du in Gefahr bist. Du musst zu ihm gehen! Versprich mir das!«

Du überlegte kurz.

Schließlich nickte er. »Ich verspreche es dir!«

Marie war erleichtert. »Gut. Sei bitte vorsichtig.«

Du lehnte sich zu ihr hinunter und küsste sie zärtlich auf den Mund. »Ich danke dir für alles. Und nochmals, bitte verzeih mir.«

Ohne ein weiteres Wort ging er hinaus und zog die Tür hinter sich zu. Marie blieb reglos sitzen. Sie spürte, wie die Erschöpfung in all ihre Glieder kroch. Eine Weile herrschte wieder Stille. Jedes Mal, wenn Schritte auf dem Korridor näher kamen, zuckte Marie angstvoll zusammen, doch Dr. Uthemann blieb weiter aus. Stattdessen stürmten nach einer Weile Wolfgang Hildebrand und Adele herein.

»Um Gottes willen, Marie! Bist du in Ordnung? Was ist denn passiert? Fritz und Förster Richter haben etwas von einem Überfall auf Du Xündi und Philipp erzählt! Wie geht es Philipp?«

Trotz der plötzlichen Unruhe und der lauten Stimme ihres Vaters war Marie froh, dass die beiden gekommen waren und sie das bange Warten nicht alleine durchstehen musste. Sie berichtete kurz den Hergang des Angriffs, ohne jedoch die Hintergründe zu erklären. Als sie Philipps kritischen Zustand schilderte, kamen ihr die Tränen. Adele setzte sich neben sie, nahm ihre Hand und forderte ihren Mann auf, sich hinzusetzen und Ruhe zu geben.

Es dauerte fast noch eine ganze Stunde, bis sich schließlich die Tür erneut öffnete und Dr. Uthemann eintrat. Er wirkte blass und erschöpft.

Er holte tief Atem. »Um es kurz zu machen: Herr von Heyden lebt. Noch! Er hat viel Blut verloren, und seine Milz wurde verletzt. Wir haben getan, was wir konnten. Jetzt hilft nur noch abwarten, ob er stark genug ist, das alles zu überstehen. Die Chancen stehen fünfzig zu fünfzig. Wir können nur hoffen, dass keine Infektion auftritt.«

Marie sprang auf. »Kann ich zu ihm?«

Dr. Uthemann zuckte mit den Achseln. »Es wird sicher noch Stunden dauern, bis er wieder zu sich kommt, werte Kollegin. Aber Sie können natürlich gerne an seinem Bett sitzen und darauf warten.« Er lächelte. »Vielleicht freut es Herrn von Heyden ja, wenn er Sie sieht.«

Wolfgang Hildebrand versuchte zu protestieren. »Marie, komm doch mit uns nach Hause! Hier kannst du im Augenblick nichts tun. Du bist ja völlig erschöpft.«

Marie schüttelte den Kopf. »Geht bitte ohne mich nach Hause. Adele, telefoniere mit Salome und bitte sie, Xiaobao bei sich aufzunehmen, bis ich mich wieder um sie kümmern kann. Sie soll sie auf keinen Fall mit ihrer Mutter alleine lassen. Ich bleibe hier, bis Philipp wieder zu sich kommt.«

Philipp wachte jedoch nicht auf. Sein Zustand verschlechterte sich über Nacht. Die befürchtete Infektion war eingetreten. Unruhig warf er im Fieberwahn den Kopf hin und her, kam aber nicht zu sich.

Adele brachte am nächsten Morgen Kleidung zum Wechseln, da Marie sich weigerte, von Philipps Seite zu weichen. Stunde um Stunde saß sie an seinem Bett, maß Fieber, machte kühlende Umschläge, hielt seine Hand und redete beruhigend auf ihn ein. Sie hoffte, er könne sie hören und durch ihre Worte Kraft finden.

Das plötzliche Verschwinden von Du Xündi sorgte für Aufregung. Die Krankenhausverwaltung hatte wegen Philipps schwerer Stichverletzung die Polizei benachrichtigt. Ein Wachtmeister erschien, um Du Xündi als Zeugen zu befragen. Marie musste eine Aussage machen. Sie berichtete von dem Überfall auf Du Xündi und Philipps Eingreifen, gab aber an, dass sie nicht wisse, warum Du ohne Vorwarnung verschwunden war.

Im Laufe des Tages kamen immer wieder Besucher, die sich nach Philipp erkundigten, doch Marie ließ sie alle wegschicken. Als Oberförster Richter erschien, ging Marie für einige Minuten hinaus, um mit ihm zu sprechen.

»Ich möchte Ihnen nochmals danken, dass Sie mir trotz des Zustandes Ihrer Frau Ihre Kutsche überlassen haben. Damit haben Sie Philipp das Leben gerettet. Jetzt bleibt uns nur zu hoffen, dass er stark genug ist, die Krise zu überstehen. Wie geht es Ihrer Frau? Hat sie den Schrecken gut verkraftet?«

Oberförster Richter nickte mitfühlend. »Ja. Machen Sie sich um Isolde keine Sorgen. Es geht ihr gut. Ich soll Sie und Herrn von Heyden herzlich von ihr grüßen. Sie würde Sie gerne einmal zusammen einladen, wenn das alles überstanden ist.«

Als Oberförster Richter die Tränen in Maries Augen sah, klopfte er ihr beruhigend auf die Schulter und verabschiedete sich schnell.

Geoffrey, Gerlinde und Helene Zimmermann kamen am Nachmittag vorbei. Geoffrey und Gerlinde reagierten wie alle anderen entsetzt über Philipps Zustand.

Helene hingegen nahm kein Blatt vor den Mund. »Das war ja abzusehen, dass so etwas passieren musste. Sie haben ihn ja schon mehrmals dazu gebracht, sich in Gefahr zu begeben.«

Die Gefühllosigkeit ihrer Worte verschlug allen die Sprache. Geoffrey schüttelte den Kopf und legte den Arm um Marie. »Mach dir keine Vorwürfe. Philipp ist alt genug zu wissen, was er tut.«

Erschrocken musterte Gerlinde ihre Mutter. Helene warf Geoffrey einen eisigen Blick zu, drehte sich auf dem Absatz um und stolzierte davon.

Trotz des Ernstes der Lage musste Marie lachen. »Ich danke dir für deine moralische Unterstützung, Geoffrey. Aber ich weiß nicht, ob das so klug war.«

Er zuckte mit den Achseln und grinste vielsagend. »Sie ist eben eine Frau, die nicht gerne verliert.«

Die folgende Nacht wurde unruhig. Das Fieber war immer noch nicht zurückgegangen, und Philipps Gesicht wurde immer blasser, seine Lippen nahmen eine bläuliche Farbe an. Marie wurde fast verrückt vor Sorge um ihn. Philipp wurde kalt gewaschen, danach übernahm Marie wieder die kühlenden Umschläge. Dazwischen saß sie einfach nur da und hielt seine Hand.

Sie schreckte auf, weil sie eine Bewegung an ihrer Hand spürte. Draußen war die Sonne aufgegangen, und die Vögel zwitscherten in dem herrlichen Garten, der das Hospital umgab. Philipp war wach und betrachtete sie mit liebevollem Blick. Seine Augen waren klar, die Krise war überstanden.

Marie lehnte sich zu ihm vor und küsste ihn zärtlich auf den Mund. »Liebster, du bist zu mir zurückgekehrt.« Tränen liefen über ihr Gesicht, sie weinte vor Glück.

Die Tür öffnete sich, und Dr. Uthemann trat ein. Im ersten Moment erschrak er, doch dann erkannte er den Grund für Maries Gefühlsausbruch, legte beruhigend die Hand auf ihre Schulter und ging wieder hinaus.

Philipp war noch zu schwach, um sich aufzurichten, doch er hielt Maries Hand ganz fest.

»Jetzt wird alles gut. Ich liebe dich so.«

Marie wischte sich die Tränen aus dem Gesicht und lächelte ihn an. »Ich liebe dich auch.«

Er streichelte mit seinen Fingern ihre Hand. »Bleibst du hier bei mir? ... Für immer?«

Sie nickte. »Für immer.«

Er atmete tief durch. »Ich bin der glücklichste Mensch der Welt, Marie. Ich freue mich so auf unser Leben zusammen.«

»Ich freue mich genauso. Aber jetzt ruh dich bitte aus und werde erst mal gesund.«

Philipp lehnte sich in sein Kissen zurück. »Kannst du dich noch an unseren ersten Ausflug in den Laoshan erinnern?«

Marie sah ihn fragend an. »Wie kommst du gerade jetzt darauf?«

»Das Orakel riet dir damals, nicht auf eine große Reise zu gehen, und du wusstest nicht, was das bedeuten sollte. Jetzt wissen wir, was damit gemeint war.«

Maries Vater und Adele waren die Ersten, die die gute Nachricht erfuhren. Kapitän Hildebrand war ungewohnt gerührt, als er Marie und Philipp Händchen haltend in Philipps Krankenzimmer antraf. Doch er gewann seine gewohnt stoische Fassung sofort wieder und grinste gutgelaunt. »Hah! Ich wusste von Anfang an, dass ihr beide füreinander geschaffen seid! Was glaubst du, Philipp, warum ich dich im November mit an den Hafen nahm, als Marie ankam?«

Marie schüttelte den Kopf. »Ehrlich gesagt, hatte ich tatsächlich genau diese Vermutung! Das alles war ein abgekartetes Spiel!«

Hildebrand tätschelte liebevoll die Schulter seiner Tochter. »Aber du warst ja schon immer etwas störrisch und wolltest nicht auf deinen alten Vater hören. Ich muss gestehen, zwischendurch hatte ich ernste Zweifel, ob ich mich nicht vielleicht doch getäuscht hatte.«

Adele legte den Arm um ihren Mann. »Was lange währt ... Bei uns hat es schließlich auch etwas gedauert.«

Es klopfte, und die Tür ging auf. Du Xündi trat ein. Der Verband an seinem Kopf war durch ein Pflaster ersetzt worden, und er sah nicht mehr so blass aus. Er blieb einen Moment lang stehen, unschlüssig, ob er dieses Treffen stören sollte, aber Marie kam ihm zu Hilfe. »Du Xündi! Komm herein! Sieh doch, Philipp geht es besser. Er hat die Krise überstanden.«

Verlegen trat Du Xündi an Philipps Bett und reichte ihm die Hand. »Sie haben mir das Leben gerettet. Ich weiß nicht, wie ich Ihnen danken soll.«

Philipp winkte ab. »Nicht der Rede wert. Hauptsache, Ihnen ist nichts passiert und Sie sind in Sicherheit.«

Marie legte ungeduldig die Hand auf Dus Arm. »Hast du mit Li Deshun gesprochen?«

Du nickte. »Ja. Ich habe mit ihm gesprochen. Ich muss mich auch bei dir bedanken, Meiren. Er hat mir von eurem Gespräch erzählt.« Er hielt inne, als wolle er sich sammeln. »Er hat mir ein Darlehen angeboten, damit ich in Deutschland studieren kann. Und er wird für mich bürgen, damit ich eine Zulassung an der Universität Berlin bekomme. Das habe ich dir zu verdanken.« Er strahlte Marie an und ergriff ihre Hand. »Ich werde mit dir zusammen nach Deutschland fahren. Ich freue mich unbeschreiblich.«

Einen Augenblick lang herrschte überraschte Stille im Raum, dann fasste sich Marie. Sie zog die Hand, die Du festhielt, zurück. Dann trat sie neben Philipp und nahm dessen Hand. »Das freut mich sehr für dich. Und mir fällt ein Stein vom Herzen, glaub mir. Aber ich werde nicht mit dir nach Deutschland fahren, sondern hier in Tsingtau bleiben. Mit Philipp.«

Dus Lächeln gefror. Er versuchte seine Fassung zu bewahren, doch er wirkte sichtlich verstört, während er von Marie zu Philipp blickte.

Wolfgang Hildebrand räusperte sich vernehmlich.

Du fasste sich. »Ich gratuliere euch zu diesem Entschluss. Ich gratuliere.«

Er drehte sich um und lief aus dem Zimmer. An der Tür prallte er mit Dr. Uthemann zusammen, murmelte einige Worte der Entschuldigung und war verschwunden.

Dr. Uthemann sah ihm verblüfft hinterher. »Er scheint seine Gehirnerschütterung noch nicht überstanden zu haben … Fräulein Dr. Hildebrand! Ich störe ungern Ihr trautes Familientreffen, aber Richard Wilhelm hat angerufen. Sie werden dringend im Faberhospital verlangt.«

Marie seufzte. »Ja, natürlich. Xiaobao!«

Philipp streichelte ihre Hand. »Geh nur, Liebste. Kümmere dich um sie. Du schaffst das schon. Ich bin hier in guten Händen und verspreche dir, nicht wegzugehen, bis du wiederkommst.«

39.

Nach einem opulenten Mittagessen im Hotel Prinz Heinrich wurde Du Xündis kleine Abschiedsgesellschaft im Wagen von Li Deshun zum Hafen chauffiert. Der Dampfer »Lützow« würde in zwei Stunden nach Bremerhaven in See stechen und Du Xündi zum ersten Mal in seinem Leben China verlassen. Er war aufgeregt wie ein kleiner Junge, obwohl er versuchte, eine würdevolle Miene zu bewahren. An der Mole II nahmen Li Deshun, Margarete, Lilly, Philipp und Marie mit Xiaobao von ihm Abschied. Marie hatte ihm als Reiselektüre einen kleinen Reiseführer von Berlin besorgt, den er freudestrahlend entgegennahm.

Eine kleine Gruppe von Studenten von der Hochschule wartete schon, um Du Xündi eine erfolgreiche Studienzeit in Deutschland und gesunde Rückkehr zu wünschen. Hong war auch gekommen. Man konnte ihm ansehen, dass ihm der Abschied von seinem Freund schwerfiel.

Das Gedränge vor der Gangway nahm zu. Das Quai stand voller Menschen, die sich umarmten, letzte Ratschläge gaben, Tränen vergossen. Plötzlich ertönte das heisere Hupen eines Automobils an der Zufahrt zum Quai.

Du Xündi wurde blass. »Mein Onkel.«

Du Yuesheng kletterte aus dem Fond und ging auf seinen Neffen zu. Er kam allein, keiner seiner Leibwächter folgte ihm wie sonst üblich.

Die Studenten stellten sich um Du Xündi auf, als wollten sie ihn beschützen. Philipp nahm Marie bei der Hand und sah sich um, wo der nächste Polizist stand. Doch Du Yuesheng näherte sich ihnen lächelnd, legte zur Begrüßung die Hände aufeinander und verbeugte sich. Li Deshun und Du Xündi folgten seinem Beispiel.

Du Yuesheng warf einen Blick in die Runde. »Ich sehe, du hast einen würdigen Abschied, Neffe. Als dein einziges Familienmitglied betrachte ich es als meine Pflicht, dir eine gute Reise und einen erfolgreichen Aufenthalt in Deutschland zu wünschen. Als dein Onkel möchte ich dir sagen, dass ich große Hoffnungen in dich setze.«

Er steckte eine Hand in die Innentasche seines Mantels. Marie spürte Philipps Anspannung, doch der Komprador zog ein Lederetui hervor, das er Du Xündi entgegenstreckte.

Du starrte ihn nur hasserfüllt an. »Ich will dein Geld nicht, Onkel. Nicht jeder Mensch ist käuflich.«

Du Yueshengs Miene gefror. »Dies ist nicht der Ort, um solche Dinge zu besprechen. Warum bist du nicht zu mir gekommen, als ich dich rufen ließ?«

Du grinste ihn nur verächtlich an. »Sollte ich mich freiwillig in dein Haus begeben, um mich dort von deinen Schergen abschlachten zu lassen wie meine Freunde?«

Du Yuesheng atmete zischend durch die Zähne aus. »Niemand in meinem Haus wollte dich abschlachten. Du bist ein Teil der Familie.«

Du schüttelte nur den Kopf und deutete auf Philipp. »Und was ist am Hafen geschehen und vor zwei Wochen in der Tirpitzstraße? Da starben Menschen und wurden verletzt, weil sie nicht zur Familie gehörten?«

Du Yuesheng nickte Philipp zu. »Es tut mir sehr leid, Herr von Heyden, was passiert ist. Bitte nehmen Sie meine Entschuldigung an, ich werde Sie für Ihre Schmerzen entschädigen. Es war ein unglücklicher Unfall. Bitte glauben Sie mir das!«

Marie war starr vor Schreck und Empörung. »Und die Toten in der Lagerhalle? Und der zu Tode gefolterte Zhang Wen?«

Man konnte Du Yuesheng deutlich ansehen, dass dieses Gespräch ihn an den Rand seiner Fassung brachte.

»Ich versichere Ihnen, Fräulein Doktor Hildebrand, dass ich nichts mit diesen Morden zu tun habe.«

»Aber der Mann mit der Narbe? Ich habe ihn gesehen.«

»Er sollte meinen Neffen beschützen. Leider kam er zu spät. Er hat in der Lagerhalle niemanden angegriffen. Diese Morde haben andere zu verantworten. Und vor zwei Wochen sollte er Du Xündi lediglich für einige Zeit aus dem Verkehr ziehen, um ihn in Sicherheit zu bringen. Das ist leider missglückt. Mehr habe ich dazu nicht zu sagen.« Er hielt Du Xündi die Geldbörse hin. »Bitte nimm das. Du wirst es brauchen.«

Du Xündi war wie erstarrt. Man konnte ihm ansehen, dass er nicht wusste, was er glauben sollte.

Schließlich schüttelte er den Kopf. »Es tut mir leid, ich kann dein Geld nicht annehmen.« Er verbeugte sich förmlich. »Onkel! Meine

Freunde! Es wird Zeit, dass ich an Bord gehe. Lebt wohl! Ich hoffe, Euch alle gesund wiederzusehen.«

Er drehte sich um und ging zur Gangway. Nach einer letzten Kontrolle des Billetts winkte er noch einmal, bevor er im Bauch des Schiffes verschwand.

Du Yuesheng fasste sich als Erster. Er verbeugte sich zum Abschied. Zuletzt wandte er sich noch einmal an Philipp. »Ich hoffe sehr, dass Sie meinen Worten Glauben schenken und wir unser geplantes Projekt realisieren werden. Kommen Sie bitte zu mir, wenn Sie sich wieder ganz gesund fühlen.«

Er verbeugte sich nochmals und schritt davon. Die anderen sahen ihm schweigend hinterher.

Marie sah Li Deshun an. »Glauben Sie, was er gesagt hat?«

Li zuckte mit den Achseln. »Es ist nicht unmöglich, dass er die Wahrheit sagt. Aber was ist heute in China schon die Wahrheit? Sie kann so viele Fassetten haben. Und wer weiß, welchem Herrn er dienen muss.«

Nur drei Wochen nach der Hochzeit von Wolfgang und Adele fuhr erneut eine Hochzeitskutsche am Haus in der Tirpitzstraße vor. Gerlinde war Maries Trauzeugin und fand, dass sie die strahlendste Braut war, die die Stadt je gesehen hatte. Philipp war hingerissen von seiner schönen Frau in ihrem weißen Spitzenkleid und den duftenden Kamelien im Haar.

Xiaobao durfte zusammen mit den drei jungen Chinesinnen aus Maries Konversationsrunde in der Kirche die Blumen streuen. Weiwei wohnte der kirchlichen Zeremonie mit Fritz, dem Koch, dem Kochboy und dem Mafu bei. Marie hatte ihr die Stelle als Amah in ihrem neuen Haushalt angeboten, so dass Xiaobao und ihre Mutter zusammenleben konnten und Xiaobaos Zukunft und Erziehung durch Marie sichergestellt war. Weiwei war vor Marie auf die Knie gefallen, als sie ihr das Angebot unterbreitet hatte.

Richard Wilhelm persönlich führte die Trauung durch, und Marie war gerührt über seine unübersehbare Freude, dass sie ihr Glück in Tsingtau gefunden hatte und nun für immer hierbleiben würde. Mit Margarete und Li Deshuns Unterstützung hatte Marie bereits angefangen, ihre eigene Praxis zu planen. Mit Dr. Heltau wollte sie unter keinen Umständen weiter zusammenarbeiten.

Als Marie nach der Trauung ihren Blumenstrauß über die Schulter warf, fing Gerlinde ihn auf. Alle lachten laut, denn Philipp gab seinem Freund Geoffrey einen Klaps und forderte ihn auf, endlich Nägel mit Köpfen zu machen. Nur Helene Zimmermann war wie immer wenig amüsiert. Gerade als die Hochzeitskutsche vom Kirchhof fuhr, schrie Oberförster Richter auf, der mit seiner Frau inmitten der winkenden Gästeschar stand.

»Anhalten!! Fräulein Doktor Hildebrand ... Äh, Frau von Heyden! Bitte kommen Sie schnell. Die Fruchtblase meiner Frau ist geplatzt. Das Kind kommt.«

Marie zögerte nur einen kleinen Moment. Dann küsste sie ihren Mann auf den Mund.

»Die Feier wird noch ein klein wenig warten müssen! Aber kein Grund zur Sorge, ich bin bald wieder bei dir.«

Philipp lachte. »Ich mache mir keine Sorgen. Ich kann warten.«

Nachwort

Schon seit meiner Kindheit geisterten Geschichten über China durch unsere Familie, da mein Großvater als junger Leutnant der kaiserlichen Marine im damaligen deutschen Schutzgebiet Kiautschou stationiert gewesen war. Die vergilbten Fotos von chinesischen Tempeln oder Gesellschaften in der Hauptstadt Tsingtau mit uniformierten Männern, eleganten Damen und Chinesen in fremdartigen Roben übten eine große Faszination auf mich aus. Ob mein späterer Entschluss, Sinologie zu studieren und China selbst zu entdecken, schon damals geprägt worden war, kann ich nicht sicher sagen, aber während meines Studiums wurde die Auseinandersetzung Chinas mit dem Westen im 19. und 20. Jahrhundert der zentrale Schwerpunkt. In meinem Berufsleben beschäftigte ich mich mit der Entwicklung von Filmstoffen und kam auch dabei oft mit China in Berührung. Immer wieder stellte sich die Frage, ob man nicht eine Geschichte über China erzählen könnte, die einen Bezug zu Deutschland hätte. Und irgendwann tauchte Kiautschou wieder aus der Versenkung auf, das deutsche Schutzgebiet in China, das das deutsche Kaiserreich 1898 vertraglich auf 99 Jahre dem chinesischen Kaiserhaus abgepresst hatte. Bei meiner Recherche stieß ich auf die »Tsingtauer Neuesten Nachrichten«, die Tageszeitung, die von 1904 bis 1914 vor Ort herausgegeben wurde. Diese zehn Jahrgänge eröffneten mir ein lebendiges, ambivalentes und spannendes Bild der internationalen Gesellschaft in der deutschen Kolonie, und die Idee entstand, diese in einem historischen Roman wieder zum Leben zu erwecken. Viele meiner Figuren lehnen sich an Personen an, die dort lebten, und viele ihrer Erlebnisse und Abenteuer basieren auf tatsächlichen Ereignissen. Eine Reise ins moderne Qingdao (so wird die Stadt in der heute international geltenden Umschrift geschrieben) rundete das Bild ab. Viele der Gebäude, die während der deutschen Kolonialherrschaft entstanden, stehen auch heute noch und atmen für mich noch immer spürbar den Geist der damaligen Bewohner.

Da es erfahrungsgemäß schwierig ist sich chinesische Namen zu merken, hier eine Liste wiederholt vorkommender chinesischer Figuren in alphabetischer Reihenfolge

Du Xündi, oder Du Laoshi (Lehrer Du) 24, Lehrer an der deutsch-chinesischen Hochschule, Maries Chinesischlehrer

Du Yuesheng, 50, Onkel von Du Xündi, Komprador, erfolgreicher Kaufmann

Feng Fritsch, 18, Frau von Albert Fritsch

Fritz (eigentlich Li), 45, der Boy oder Major Domus im Haus Hildebrand

Gao, ca. 50, taoistischer Mönch

Hong, 25, Kollege von Du Xündi an der deutsch-chinesischen Hochschule

Lao Shu, 35, Koch im Hause Hildebrand

Li Deshun, 45, erfolgreicher Geschäftsmann, verheiratet mit der Deutschen Margarete Krüger-Li

Li Nan, ca. 25, chinesische Fabrikarbeiterin und Patientin von Marie

Lilly Li, 5, Tochter von Li Deshun und Margarete

Liu An, 15, Schülerin an der Missionsschule für chinesische Mädchen

Max, 50, chinesischer Boy im Haus Wilhelm

Ming, 30, Kindermädchen von Lilly und Vertraute von Margarete Krüger-Li

Qingling, 21, Frau von Du Xündi

Sun Lang, 60, Mitarbeiter von Richard Wilhelm

Weiwei, 28, Singsong-Mädchen, Mutter von Xiaobao

Xiao Bao, 5, Tochter von Weiwei,

Xiao Li, der Pferdeknecht (auf Chinesisch »Mafu«) im Haus Hildebrand

Xiao Lu, ca. 10, junger taoistischer Mönch

Yonggang, 13, Nichte von Fritz, Amah von Marie

Zhang Wen, 26, Adoptivbruder von Du Xündi, und dessen bester Freund

Kurze Anmerkung zur Umschrift chinesischer Namen
Ich habe für bekannte Ortsnamen im näheren und weiteren Zusammenhang mit dem deutschen Schutzgebiet die damals gültige Umschrift verwendet, wie Tsingtau, Kiautschou und Peking, für alle anderen Namen und Orte verwende ich die seit 1957 von der chinesischen Regierung eingeführte und seither international gültige Umschrift pinyin.

ULRIKE RENK
Die Australierin

Von Hamburg nach Sydney
544 Seiten
ISBN 978-3-7466-3002-1
Auch als E-Book erhältlich

Von Hamburg nach Sydney

Als Tochter eines Werftbesitzers wächst Emilie behütet in Hamburg auf. Im Jahr 1855, mit neunzehn Jahren lernt sie Carl Gotthold Lessing kennen, einen Kapitän und den Neffen des Dichters. Emilie verliebt sich in Lessing, doch ihr Vater ist gegen eine Ehe. Emilie bricht es schier das Herz, als Lessing ohne sie aufbricht. Als er von seiner ersten großen Fahrt zurückkehrt, gehen sie eine heimliche Affäre ein. Als ein Hausmädchen sie verrät, kommt es zum Bruch, und gemeinsam lassen sie sich auf ein großes Abenteuer ein: nach Australien zu gehen.

Die spannende Geschichte einer Auswanderung, die auf wahren Begebenheiten beruht.

Mehr Informationen erhalten Sie unter www.aufbau-verlag.de oder in Ihrer Buchhandlung.

 aufbau taschenbuch